TROIS DE CHUTES

Hervé Le Corre a déjà publié :

Tango parano, Éditions In-8/Noires de Pau, 2005

« Partir », in *Noirs quartiers*, Ours Polar Éditions, 2005

L'Homme aux lèvres de saphir, Rivages/Noir, 2004, Grand Prix 2005 du roman noir français au Festival de Cognac, prix Mystère de la critique 2005

« Tenir », in *36 nouvelles noires*, Éditions Hors Commerce, collection Hors Noir, 2004

« Ad patrem », in *Bordeaux, le roman d'une ville*, Éditions Autrement, 2003

Copyright, Gallimard, Série noire, 2001

« Le Premier Pas qui coûte », in *Les 7 Familles du polar*, Baleine, 2000

« La Nuit porte conseil », in *Neuf Morts et demi*, Zulma, 1997

Les Effarés, Gallimard, Série noire, 1996

Du Sable dans la bouche, Gallimard, Série noire, 1993

La Douleur des morts, Gallimard, Série noire, 1990

www.pleinepage.com

www.ours-polar.com

ISBN : 978-2-913406-59-9

ISBN : 978-2-952411-82-0

HERVÉ LE CORRE

TROIS DE CHUTES

Publié avec le concours du
Conseil Régional d'Aquitaine

Collection Récidives
PLEINE PAGE / OURS POLAR / ÉDITEURS

LA DOULEUR DES MORTS

LA DOULEUR DES MORTS

« Les morts, les pauvres morts, ont de grandes douleurs. »
BAUDELAIRE

Pour Gina

1

Ils ont prétendu qu'ils avaient eu du mal à me retrouver, car Marianne n'avait nulle part noté ni mon adresse ni mon numéro de téléphone. Il est vrai que c'était plutôt moi qui l'appelais pour prendre de ses nouvelles ou pour l'inviter à manger. Je sentais bien qu'elle acceptait à contrecœur, qu'elle ne me parlait que pour répondre à mes questions de père encombrant ; aussi avais-je espacé les appels, et renoncé pratiquement à l'inviter. Je rongeais mon frein tout seul, j'essayais de m'habituer à cette séparation d'avec elle en invoquant la liberté de chacun de mener sa propre vie, quelle que fût la solitude que cela impliquait.

Le policier qui m'a accueilli en bas de l'immeuble m'a indiqué que c'était au quatrième, comme si je l'ignorais. La rue était pleine de voitures de police, leurs radios grésillaient de voix qui s'échangeaient des informations mystérieuses. Dans l'escalier, des policiers interrogeaient des voisins dont les regards se posaient sur moi avec insistance comme des mouches. J'étais essoufflé, et à partir du troisième étage, j'ai dû m'aider de la rampe pour soulager mes jambes contractées par l'effort.

La porte de l'appartement de Marianne était grande ouverte, des voix assourdies discutaient à coups de mots et de phrases brefs. J'ai d'abord vu trois hommes, dont l'un s'est approché de moi quand il m'a aperçu.

– Monsieur Lorenzo, a-t-il présumé.

Bêtement, j'ai eu le geste de sortir mes papiers. Les autres policiers s'étaient arrêtés de parler et me regardaient. Celui qui était venu vers moi a posé sa main sur mon bras qui fouillait déjà une poche intérieure de mon imperméable.

– Non, je vous en prie. C'est inutile.

Il m'a attiré sur le palier.

– Je suis l'inspecteur Fourmond, chargé de l'enquête. Il va vous falloir du courage. On a déjà emporté le corps, mais ce n'est pas très joli à voir quand même. Je vous accompagnerai tout à l'heure à la morgue pour l'identification. C'est une formalité obligatoire, vous comprenez.

Je lui ai dit que je voulais voir l'appartement.

– Vous êtes sûr ?

Comme j'ai affirmé que oui, il a estimé qu'il n'y voyait après tout aucun inconvénient, mais qu'il m'avait prévenu.

Jamais je n'avais vu autant de sang. En Algérie, peut-être, après un attentat à la grenade. Sur le moment, je n'ai pas cherché à comparer. Le mur, au fond de la pièce, était parcouru de traînées brunes. Les rideaux étaient froissés, collés de sang coagulé.

Il y en avait sur les fauteuils, sur les meubles, des mèches de cheveux pendaient parfois à ces paquets d'horreur. J'ai pensé que Marianne avait dû résister, se battre, avant de mourir. Et puis il y avait cette flaque. Large, pâteuse, aux contours capricieux. J'ai cherché en vain une trace du corps, la preuve qu'il avait existé, mort, à cet endroit. D'autres choses étaient répandues au sol, dont l'odeur, et l'idée de carnage qu'elles représentaient, m'ont obligé à vomir. J'ai bousculé le policier qui se tenait derrière moi et j'ai couru me fourrer la tête dans l'évier. Je ne vomis jamais, mais quand ça m'arrive j'ai l'impression que je vais en crever, que c'est ma vie qui se bouscule à la sortie pour s'échapper.

Le policier, celui qui s'appelait Fourmond, m'a demandé si j'allais mieux. J'ai agité la main pour qu'il se taise. Au bout d'un moment, alors que j'étais toujours au-dessus de l'évier à faire couler de l'eau pour m'en asperger le visage, je l'ai entendu dire :

– Allons, ne restez pas là. Venez. On nous attend.

Je l'ai suivi. Il descendait les escaliers lentement, tête baissée, comme s'il avait honte. J'avais envie d'aller plus vite, de me retrouver au plus tôt dehors. On est montés dans une voiture surmontée d'un petit gyrophare. Un homme maigre, à la moustache tombante, se trouvait au volant.

– Fonce, lui a dit l'inspecteur Fourmond.

Il a déclenché la sirène, qui a achevé de m'abrutir. Je me souviens seulement du regard des gens qui se tournait vers la voiture passant en trombe. Sur le cours Victor-Hugo, des silhouettes se laissaient aspirer en arrière par la vitesse. On a dû traverser le centre-ville en deux ou trois minutes. Rue Castéja, on est entrés dans un parking où il faisait noir, puis des néons ont pris le relais des éclairs bleus au moment où les pneus crissaient et où j'étais propulsé en avant par un coup de frein.

Les portières ont claqué, on m'a poussé vers des portes qui grinçaient toutes affreusement. Sur le seuil de bureaux vitrés, des hommes nous regardaient passer d'un air perplexe, et ils parlaient ensuite entre eux sans que je comprenne rien à ce qu'ils se disaient. On m'a fait entrer dans une pièce qui sentait le neuf et la peinture fraîche, où une femme tapait sur le clavier d'un ordinateur. On m'a dit de m'asseoir, on m'a offert du café. Je me suis retrouvé peu après avec une tasse de porcelaine entre les mains. De la porcelaine. Pas un de ces gobelets de plastique qu'on froisse pour les jeter. Ce détail m'a ramené un peu à la réalité des choses. J'ai bu le café d'un coup, bouillant, et mon œsophage a gardé pendant un court instant la mémoire de la brûlure. Des gens s'agitaient autour de moi, et je restais avec ma tasse à la main, trop éloigné d'une table pour l'y poser, sans oser bouger, me lever pour m'en débarrasser. Ils parlaient à voix basse, dans mon dos la plupart du temps, comme si j'étais l'objet d'une sorte de complot. J'ai eu le sentiment, lorsqu'une porte s'est ouverte et que les voix se sont tues, que j'étais entouré d'ennemis sournois.

Tout d'un coup, l'inspecteur Fourmond s'est trouvé devant moi, appuyé au bureau, en train d'allumer une cigarette. Il m'a demandé de lui parler de Marianne.

J'ai dit ce que je savais d'elle, de sa vie, autant qu'un père peut connaître l'existence de sa fille de vingt-six ans, pendant qu'il prenait, sur un bout de papier posé à côté de lui, quelques notes rapides. Elle enseignait l'anglais dans un lycée privé, le genre de boîte où les élèves avaient presque le même âge qu'elle mais roulaient dans des voitures souvent plus puissantes que la sienne. J'ai ajouté qu'elle vivait seule, qu'elle avait toujours vécu seule depuis que sa mère était morte, parce que ça n'avait rien d'exaltant de vivre avec un père dont le divorce l'avait irrémédiablement éloignée. De toute façon la solitude ne me pesait pas, non, pas du tout, je m'étais fait peu à peu à cette idée de la séparation d'avec ma femme, puis de sa mort, et je savais bien que ça finirait ainsi. L'inspecteur m'a interrompu pour me demander ce que je voulais dire. Je lui ai dit que les chances de refaire sa vie, comme on dit, sont plus réduites à cinquante ans qu'à trente, surtout quand on ne fait aucun effort pour ça. Je ne voulais pas être un poids pour Marianne, elle était jeune et belle, elle avait la force de tirer un trait sur le passé, et moi pas. J'ai raconté notre dernière soirée ensemble, l'année précédente, le 25 février exactement, pour son anniversaire. Je lui avais offert le restaurant pour ses vingt-cinq ans. Je m'étais bagarré contre le silence qui s'abattait entre nous ; de son côté, elle manipulait ses couverts entre chaque plat le visage souvent tourné vers les autres clients, en m'adressant des sourires embarrassés. J'avais bien senti l'écart entre nous, le fossé plus profond et plus large encore que la fois précédente, mais je n'avais pas osé en parler, ne serait-ce que pour faire le point, mettre les choses gentiment au clair. Le service avait traîné un peu, éternisant les intermèdes. Le cinéma, notre seule passion commune, avait permis, à la fin surtout, de meubler les vides, et même de se parler vraiment. Vers onze heures nous nous étions séparés sous une pluie froide qui avait abrégé les effusions. Elle avait couru vers sa voiture, j'avais marché quelques instants avant de rejoindre la mienne.

L'inspecteur s'est étonné de ce genre de rapports entre père et fille, qu'il a qualifiés de bizarres. Je lui ai répondu que ce n'était pas de ma faute, que je lui racontais la stricte vérité. J'ai répété que Marianne était libre de ses actes et de ses sentiments à mon égard, et que pour rien au monde je n'aurais voulu lui imposer ma présence.

– Je comprends, je comprends, a-t-il murmuré.

On s'est regardés en silence. J'ai baissé les yeux parce qu'il me considérait avec une curiosité un peu suspicieuse. J'avais envie de m'en aller. Ce flic me mettait mal à l'aise.

– C'est que, a-t-il repris, c'est que j'aurais aimé avoir quelques détails sur les fréquentations de votre fille, ses habitudes, vous voyez ?

Il s'est mis à marcher de long en large. Je l'ai suivi des yeux et je me suis alors aperçu que nous étions seuls dans le bureau, je n'avais même pas entendu les autres partir. Je me demandais quelle heure il pouvait bien être, mais je n'osais pas regarder ma montre.

– Votre fille a probablement été assassinée par un tueur que nous recherchons depuis plusieurs mois. Un type qui procède toujours de la même façon : il bat violemment ses victimes avant de les éventrer ou de les égorger, et dans trois cas sur quatre, il s'est livré à des mutilations sexuelles. Nous n'avons jamais trouvé le moindre indice. Pas de traces, pas d'empreintes. Et surtout, aucune effraction, ce qui nous laisse croire que ses victimes le connaissaient ou qu'il se débrouille pour qu'elles lui ouvrent sans aucune méfiance. Depuis huit mois, on piétine lamentablement : on a épluché les carnets d'adresses de toutes les femmes assassinées, on a interrogé leurs amis, leurs relations, et ça n'a rien donné. Seul point commun aux quatre femmes : elles étaient jeunes, plutôt jolies, et célibataires, menant une vie libre mais banale : boîtes de nuit, baisouillages à droite et à gauche. On pense à un maniaque qui les aurait draguées dans une boîte et les aurait massacrées au moment crucial. Autant dire que ça nous donne quelques milliers de suspects. Voilà pourquoi je me permets d'insister pour que vous nous fassiez part de tout détail, même le plus insignifiant, concernant les gens que pouvait connaître votre fille, vous comprenez ?

Je comprenais. J'avais vu le ventre de Marianne répandu sur ce tapis, j'avais senti l'odeur de l'horreur, et j'aurais donné mon âme pour que la saloperie qui avait fait ça soit arrêtée. Mais aussi loin que je me rappelais, jamais Marianne n'avait laissé entrevoir la moindre parcelle de sa vie privée, même à Solange, sa mère, à qui pourtant elle racontait tout, et qui s'inquiétait parfois qu'elle ne nous présente aucun petit ami. Jamais l'ombre d'une liaison, du moindre flirt. Seules quelques camarades de classe, plutôt ternes et discrètes, venaient travailler avec elle ou passer un après-midi à écouter de la musique.

Quand je me suis tu, l'inspecteur a soupiré et s'est installé derrière son bureau. Il a gardé le silence un bon moment, il manipulait une règle en plastique, tapotant parfois le creux de sa main avec. Puis il a regardé sa montre.

– Il faut qu'on y aille.

J'ai failli demander où.

On a repris la même voiture ; c'est lui qui conduisait. Il n'a rien dit de tout le trajet, et je n'ai pas éprouvé le besoin de lui parler. Pour se rendre à l'Institut de

Médecine légale, il fallait s'engager sur les boulevards, complètement coincés à cette heure-là. Il était presque cinq heures du soir. Au bout d'une demi-heure, j'ai aperçu au loin l'entrée du Stade municipal, signalée par l'espèce de monument olympique, orné d'anneaux, qui la surmonte. J'ai compris pourquoi la circulation était à ce point difficile : les Girondins jouaient ce soir-là, et des déviations étaient mises en place pour canaliser les supporters qui commençaient à traîner dans le coin. Ils étaient reconnaissables à ce que, mains dans les poches, isolés ou en groupes, ils marchaient tous dans la même direction, d'un pas rapide, sans marquer la moindre hésitation. Ils se faufilaient entre les voitures arrêtées, dont ils dévisageaient parfois les occupants avec l'air supérieur de ceux qui vont vivre un morceau d'Histoire. Certains arboraient des bonnets ou des écharpes aux couleurs du club et se congratulaient sur les trottoirs en parlant fort. Les bars grouillaient de monde. Sur le moment, j'ai méprisé tous ces gens. J'ai eu envie qu'une catastrophe survienne ce soir-là pour leur faire connaître le goût de l'épouvante.

J'ai été content de revoir Marianne. Elle aurait pu dormir, seulement un peu pâle. Je l'avais regardée dormir des dizaines de fois et j'ai été presque heureux qu'il me soit donné de le faire à nouveau. Je me suis surpris, dans le chaos brumeux où j'essayais de faire fonctionner mon cerveau, à attendre le moment où elle ouvrirait les yeux, où la lumière s'emparerait de son regard, en douceur, comme de l'intérieur. Elle me souriait alors, puis sa bouche se faisait boudeuse, et elle me tendait les bras pour que je la serre contre moi. Les dimanches d'hiver, j'allais souvent la réveiller en silence, par ma seule présence, et je la portais hors du lit en l'embrassant. Tout ça était vieux. Bien avant la maladie de Solange.

Rituellement, l'inspecteur Fourmond m'a demandé si c'était bien Marianne. J'ai signifié que oui avant d'embrasser la joue froide de ma fille.

Fourmond m'a déposé place Gambetta. J'ai eu envie de marcher un peu, et j'ai descendu la rue Porte-Dijeaux sans rien voir, d'un bon pas, en essayant de respirer à fond, parce que des mains géantes tenaient mes poumons serrés et menaçaient de les rouler en boule comme des sacs de papier. Peu à peu, les mains se sont ouvertes et un long frisson m'a prouvé que des nerfs, de la peau, des muscles fonctionnaient encore dans mon corps. J'ai tourné dans la rue Sainte-Catherine où les flaques de la précédente averse s'écoulaient lentement et luisaient à la clarté du soleil en sursis. Je suis entré dans un bar où j'ai commandé un cognac, j'ai vu dans une glace ternie par la fumée de cigarettes et la graisse le reflet d'un type qui me ressemblait, tassé sur la banquette, voûté sous les néons dont la lumière maladive salissait tout. J'ai flairé le liquide doré. Il jetait sur ma main des éclats chaleureux. J'avais tout à la fois envie de pleurer, de jeter une chaise dans ces glaces crasseuses et de crier. Comme je suis un velléitaire, j'ai avalé d'un coup le cognac, et je me suis levé, les yeux encore larmoyants de la rudesse de l'alcool. J'ai dérivé jusqu'à la place Jean-Jaurès en prenant le cours du Chapeau-Rouge, poussé par un vent furibond qui me fermait parfois les yeux. Il allait encore pleuvoir.

Dans le bus, accroché à la poignée de plastique, je me suis efforcé d'ignorer les odeurs fétides de transpiration et de pieds sales. J'ai contemplé comme tous les jours les façades grises des quais, les embouteillages inextricables. Deux gamines de quinze ou seize ans riaient en se pinçant les bras pour se parler tout bas. Je crois que c'est de moi qu'elles s'amusaient. Jolies et insolentes.

Dès que le bus s'est faufilé dans la rue Achard, après le pont tournant, il m'a semblé que la nuit allait venir d'un coup sur Bacalan. Et de fait, j'ai remarqué que les voitures allumaient leurs phares, juste comme on glissait le long des anciens ateliers du Port autonome. Je suis descendu devant la Cité Lumineuse et j'ai marché vers Claveau pendant une centaine de mètres. Dans le hall de mon immeuble, j'ai salué Mme Zerka qui se plaignait de son gosse de quatre ans, le petit Driss, qui s'était encore chié dessus à l'école. Chié. Elle a employé ce mot-là, qui s'accordait mal avec le ton pleurnicheur de sa voix. C'est pas Dieu possible, elle m'a dit. Je lui ai conseillé de l'emmener chez un docteur, elle m'a répondu que les docteurs étaient tous des incapables et des voleurs. Alors, ai-je dit, si vous en êtes convaincue...

J'ai aimé le silence qui régnait chez moi. Je me suis endormi tout habillé sur le lit.

2

Comme des chiens, les flammes ont bondi autour du cercueil avec des bruits de gorge. Heureusement, le four s'est refermé aussitôt. J'ai attendu un instant. Ma sœur Colette est arrivée à ce moment-là. Elle m'a embrassé.

– Mon pauvre Louis, c'est terrible !

Je l'ai serrée contre moi. Cela ne nous était pas arrivé depuis longtemps. Plus tard, elle a déposé un bouquet de fleurs rouges au colombarium.

– C'est terrible, a-t-elle répété. Toutes ces boîtes. Je préférerais qu'on m'enterre. Ça me fait penser à cette pauvre Solange. Raymond n'a pas pu venir, tu comprends... Demander des heures au patron.

Je l'ai assurée que cela n'avait aucune importance. Je ne savais même plus à quoi il ressemblait, son Raymond. J'avais dû le voir trois fois en tout depuis leur mariage, et il ne manquait pas à mon décor. Je l'ai laissée partir, parce qu'elle avait l'air pressée. Elle a trottiné sur l'allée de béton, ses petites jambes s'activaient pour rattraper le retard.

– Vous pouvez passer chez votre fille récupérer des affaires quand vous voudrez, Monsieur Lorenzo. Pour nous, c'est terminé.

L'inspecteur Fourmond m'a salué d'un signe de tête comme je me retournais vers lui.

– On m'a dit que vous avez recommencé à travailler, tous ces jours-ci. Vous avez du cran.

Je lui ai rétorqué que ça n'avait rien à voir avec du cran. Sur le moment, j'ai cru qu'il me faisait une sorte de reproche.

– Au moins, au bureau, je vois du monde.

– Bien sûr, bien sûr... Je dois vous dire que nous piétinons, pour l'instant. On n'a rien trouvé chez votre fille qui nous permette de progresser dans l'enquête. Les prélèvements n'ont rien donné, ou presque. Quelques cheveux, qu'on a envoyés à Toulouse. Mais ce sera long, et peut-être peu probant.

On s'était mis à marcher vers la sortie, lentement. Il était plus grand que moi d'une bonne tête, et plus jeune – moins de la quarantaine sans doute.

– On vérifie les emplois du temps des amis de votre... de Marianne, mais on n'attend pas de miracle de ce côté-là. En fait, elle fréquentait peu de monde.

Il s'est tu, et moi, je n'avais rien à lui dire. Plus loin, dans une autre allée, un cortège noir avançait au pas.

– Dites, a repris Fourmond. C'est curieux qu'il n'y ait personne pour assister à la cérémonie. Vous n'avez pas de famille ?

– Ma sœur est venue. Vous avez dû l'apercevoir en arrivant. Je n'ai qu'elle, et encore.

– Je veux dire que des amis de Marianne auraient pu venir, non ?

– Je n'en sais rien. Peut-être qu'elle n'avait pas d'amis.

Il s'est éloigné vers sa voiture après m'avoir assuré qu'il me tiendrait au courant des progrès de l'enquête. Un autre policier conduisait, qui s'est retourné vers moi au moment où le moteur démarrait.

Ils avaient nettoyé le plus gros, mais une grande tache brune subsistait sur la moquette, sur laquelle j'ai vidé une bombe de produit nettoyant. J'ai ouvert les fenêtres, largement. Un peu de soleil s'est précipité. J'ai enlevé les rideaux encore tachés, j'ai passé sur les murs une éponge imbibée d'eau de Javel en serrant les lèvres, car mon estomac s'affolait dès que j'approchais des traînées marron de sang coagulé. À un moment, même, j'ai dû sortir sur le petit balcon pour respirer à fond, et j'ai regardé le soleil en face jusqu'à ce que mes yeux ne puissent plus le supporter et soient noyés de lueurs rouges douloureuses. Accroché à la balustrade, un pot de géraniums-lierres osait quelques fleurs roses. J'ai remarqué les traces récentes de coupes qu'avait effectuées Marianne, un peu comme lorsqu'on veut faire des boutures. J'ai essayé de l'imaginer en train d'arroser ce pot de fleurs, s'appliquant à en couper une tige pour la donner à quelqu'un, enveloppée dans un bout de papier.

Quelques étagères bancales supportaient des tonnes de livres dans un désordre probablement savant dont je n'ai pu percer à jour l'organisation clandestine. Tout un meuble était consacré à des ouvrages en anglais. De la littérature. J'en ai ouvert plusieurs : ils étaient annotés d'une écriture minuscule qui courait dans les marges comme des processions d'insectes. Cette écriture dessinait aussitôt le visage de Marianne penchée sur son bureau lorsqu'elle était petite, enfant grave et silencieuse, les yeux presque clos par ses longs cils, levant vers nous un visage indifférent quand nous venions la chercher pour dîner. Elle se redressait en soupirant, maîtrisait son agacement en restant debout devant son travail durant quelques secondes, les yeux rivés à ses cahiers.

J'ai traqué son écriture au fil des pages. Les mots y tressautaient en pointes et en courbes, et je me suis rappelé son pas dans l'escalier lorsqu'elle rentrait du collège, son « Salut ! », le bruit confus du cartable et des chaussures jetés en hâte dans un coin derrière le portemanteau.

Mais cette écriture n'était plus celle d'une enfant. Elle appartenait à une jeune femme que je ne connaissais plus. À qui je n'avais plus rien trouvé à dire depuis la mort de sa mère, et que j'avais laissée dériver loin de moi sans rien tenter pour empêcher ce lent naufrage. Je n'en épiais pas moins, au fil de ces phrases miniatures, l'intonation aiguë de sa voix ou le regard triste qu'elle avait parfois, sans que nous ayons jamais demandé ce qui la rendait soudain si lointaine.

J'étais assis sur le bord d'un fauteuil, des livres anglais sur les genoux, contemplant l'accumulation de la bibliothèque, redoutant l'équilibre instable de château de cartes qu'elle évoquait. On a sonné alors à la porte. Je n'ai pas bougé, parce que je ne croyais pas qu'on pût encore sonner là.

La sonnette – un carillon électrique, en réalité – a retenti de nouveau, et on a frappé doucement contre le battant.

Une jeune femme se tenait sur le seuil. Elle m'a regardé comme si j'étais je ne sais quel monstre d'outre-tombe. Elle a porté une main à sa bouche en se mordant la lèvre inférieure, et elle est partie en courant dans l'escalier. Le temps que je réagisse, elle était presque parvenue au rez-de-chaussée. J'ai appelé, je dérapais sur les marches usées, arrondies par endroits, la rampe vacillait sous ma main. Quand je suis arrivé dehors, elle courait vers la place Saint-Michel. Je gueulais toujours après elle, arrêtez-vous, je veux vous parler. La garce courait vite, comme une perdue, cheveux au vent, et elle creusait l'écart. J'avais les poumons pleins d'insectes brûlants qui ne savaient pas s'ils devaient s'enfuir ou s'accumuler au fond de ma poitrine en y creusant de la douleur. Mes exploits de footballeur étaient loin. J'avais l'impression que les muscles de mes cuisses allaient éclater en bouts de viande convulsifs. Dans la bouillie lumineuse de larmes et de fatigue que je percevais encore, j'ai vu la fille danser une façon de polka avec un homme qui sortait d'une boucherie arabe. Des paquets de papier rose ont volé, un gigot a roulé au sol au moment où le couple improbable s'effondrait en s'emmêlant. J'ai récupéré la fille par le bras pendant que le type râlait dans sa langue. Je lui ai donné deux cents francs pour qu'il se taise, et j'ai entraîné la fille avec moi. On a fait en sens inverse le chemin, je n'arrivais pas à parler, le cœur tailladé par l'effort. Elle résistait faiblement, elle était légère et fine, je m'imposais sans difficulté. Dès que mon souffle me l'a permis, je l'ai menacée vaguement de lui casser la gueule si elle essayait de s'échapper, de lui faire boire l'eau dégueulasse du caniveau, où stagnait une mousse bleuâtre. Elle a protesté. Je n'avais pas le droit. J'étais cinglé. Un vieux malade. Je l'ai laissée dire, parce que c'était vrai. Et puis parce que j'aurais pu lui faire très mal si je m'étais mis à lui taper dessus. Dans l'escalier elle s'est un peu calmée, et mon cœur aussi. Mes jambes parvenaient tant bien que mal à me hisser de marche en marche. Quand on est arrivés chez Marianne, j'ai fermé à clé derrière moi. Je préférais éviter un deuxième marathon, perdu d'avance parce que les gens feraient attention désormais en traversant les trottoirs.

La fille s'est vautrée dans un fauteuil. Visiblement, elle avait besoin de récupérer elle aussi. Je lui ai proposé un verre d'eau, qu'elle a refusé en secouant la tête. Avec ses cheveux tombant sur sa figure, je ne pouvais pas voir de quoi elle avait l'air. Je me suis aperçu que je ne l'avais même pas regardée. Pendant qu'elle reprenait son souffle, le visage dans les mains, j'ai fini de nettoyer la moquette en frottant avec acharnement. La tache s'était atténuée, mais je ne parvenais pas à la faire disparaître complètement. J'étais à quatre pattes, je m'escrimais sur le sang répandu et imprégné de ma fille, quand j'ai vu l'autre dégager ses cheveux de devant ses yeux et se lever. Je me suis redressé à mon tour, mon chiffon à la main. Elle me tournait le dos et feuilletait des livres sur les étagères. Sans me regarder elle a marmonné quelque chose.

– Qu'est-ce que vous disiez ?

– Elle a souffert ?

Sa voix était cassée par l'horreur de la question, comme si le fait de la poser à voix haute la rendait plus brutale encore. J'ai eu envie de la frapper.

– Oui, probablement beaucoup, ai-je répondu au bout d'un moment.

– Qui a fait ça ?

– Qui êtes-vous ?

J'ai balancé le chiffon souillé par la porte de la kitchenette. Un paquet de cigarettes traînait, j'en ai allumé une, la deuxième en trois jours. Après dix ans sans tabac, j'avais envie de fumer comme à l'époque de mes deux paquets par jour.

– Qui êtes-vous ? Qu'est-ce que vous veniez faire là ?

– J'en sais rien. Ça fait quatre jours que je dors plus, que je pense à elle. Vous êtes son père, pas vrai ?

– Exact. Comment vous... ?

– Elle m'a montré des photos de vous. Plusieurs fois. Elle parlait beaucoup de vous.

Elle s'est enfin retournée. Elle pleurait. Elle était très pâle, et j'ai cru qu'elle allait tourner de l'œil.

– Asseyez-vous, ça n'a pas l'air d'aller.

Je me suis rendu dans la cuisine, et j'ai préparé du café. L'odeur m'a revigoré. C'était la première chose un peu agréable qui m'arrivait depuis cinq jours. J'ai trouvé dans un placard deux mazagrans rouges et un peu de sucre en poudre. Quand je suis revenu dans la pièce principale, la fille était moins pâle. Elle fumait une Camel, et ses mains tremblaient un peu.

– Comment vous vous appelez ?

– Corine.

J'ai servi le café, elle a refusé le sucre. Elle a dit que c'était brûlant. On a bu en silence. J'ai fumé encore, ça recommençait. Je m'en voulais, mais c'était si bon, sur le moment. Au loin, mêlée aux bruits de la rue, de la musique orientale tissait des harmonies compliquées.

– Vous étiez une amie de Marianne ?

– On s'est connues à la Fac.

– Vous êtes enseignante, vous aussi ?

Elle a eu un sourire agacé, agitant sa main dans un geste de refus poli.

– Non. Très peu pour moi. Je travaille à mi-temps dans une boîte d'import-export comme traductrice. Marianne était sur le point de trouver le même genre de job. Elle en avait sa claque des fils de rupins qui passaient un mois d'été tous les ans en Angleterre ou à New York et qui se foutaient de son accent anglais.

– Elle m'en a parlé un peu. C'est un métier de con.

Corine s'est resservi du café. Elle ne tremblait plus. Ses yeux noirs m'évitaient soigneusement.

– Pourquoi vous êtes-vous enfuie ? Vous m'aviez reconnu, pourtant, non ?

Elle m'a regardé enfin.

– J'ai paniqué. Vous ici, j'ai plus rien compris. C'était tellement… incongru…

– Choquant, vous voulez dire ?

Un rire bref et silencieux l'a secouée.

– Oui, un peu.

– Pourquoi ?

Le tabac enrouait ma voix. Corine a haussé les épaules.

– Pour rien.

– C'est vague, comme explication.

– Il vaut mieux que ça reste vague.

Je me suis levé. Il fallait que je bouge, sans quoi je me serais rué sur elle. Cette espèce d'indifférence, ce sourire narquois qu'elle avait en me parlant me donnaient envie de la moudre.

– Ma fille est morte. Vous l'oubliez, ça ? Et je ne sais même pas comment elle vivait, ni qui elle était, au fond. Et je tombe sur une petite conne qui a peur soi-disant de heurter mes vieilles oreilles ? Merde ! J'ai cinquante-quatre ans, j'en ai vu et entendu, c'est pas une morveuse qui va décider de ce que je dois savoir ou ignorer, non ? Qu'est-ce qu'il y a ? Qu'est-ce que vous essayez de cacher, au juste ? Que Marianne n'était pas celle que j'imaginais ? C'est ça ? Comme si je ne m'en doutais pas ! Comme si, déjà, le choix d'habiter dans ce quartier pourri, dans cet immeuble minable, n'avait pas de quoi m'inquiéter !

– Arrêtez, a dit Corine.

– Quoi ?

– Arrêtez. Vous ne savez pas ce que vous dites.

– Alors expliquez-moi, je ne demande qu'à savoir. Pourquoi vous ai-je fait fuir, tout à l'heure ?

– Parce que je savais que vous me poseriez toutes ces questions.

Je m'étais rassis, j'essayais de respirer calmement.

– Votre présence m'a paru choquante parce que vous êtes ici en territoire inconnu. Tout deviendra hostile peu à peu dans tout ce que je vous dirai. Vous êtes nu en pleine jungle, Monsieur Lorenzo. Essayez de comprendre ça et rentrez chez vous. Je vous assure que vous ne trouverez rien de bon ici.

Elle s'est tue, a repris du café, m'en a servi un fond. Il était tiède et amer. J'ai allumé une autre cigarette, malgré les picotements que je sentais dans ma gorge.

– Marianne m'a parlé de vous. Plusieurs fois. Longuement. Elle vous tenait volontairement à l'écart de sa vie parce qu'elle avait peur de vous faire de la peine. Elle vous avait fait une promesse, quand sa mère était morte. Elle vous avait promis de tout faire pour lui ressembler, de ne jamais vous décevoir. Le genre de serment qu'on fait devant les morts.

– Je ne m'en souvenais même pas.

– Marianne, elle, s'en est souvenue. Sa mère l'a hantée pendant toutes ces années. La façon dont elle ressassait ce souvenir était presque morbide, vous comprenez ? Elle ne pouvait pas supporter d'avoir fait devant votre femme cette promesse et de mener une vie qui n'avait rien à voir avec. Elle était comme ça, Marianne. À s'emprisonner dans sa propre morale.

– Elle a toujours été comme ça. Je ne vois pas le problème. Ce que je sais, c'est qu'entre elle et moi, depuis la mort de sa mère ça n'a plus été la même chose. Il n'y avait plus de tendresse... On est restés à distance. De toute façon, elle a toujours été très proche de sa mère.

Je me suis levé pour allumer une lampe, parce que dans cette rue étroite, la nuit tombait vite. Il s'était mis à pleuvoir sans que je m'en aperçoive. Je suis resté un moment à la fenêtre, observant une gouttière qui perdait bruyamment, accrochée comme par miracle au toit d'en face.

– Quelle vie elle menait ? Vous en avez trop dit, maintenant.

– Vous êtes têtu. Vraiment, qu'est-ce que ça peut vous foutre, à présent ?

Son regard était planté dans le mien comme si elle avait pu par hypnose me dissuader de chercher davantage à savoir.

– N'insistez pas, a-t-elle repris. Laissez Marianne tranquille.

Elle me faisait le coup des morts et de leur mémoire, du respect qui leur est dû comme si nos questions pouvaient les atteindre encore et leur faire mal. Hypocrisie de curés. J'ai revu les flammes se jeter sur le cercueil.

– Marianne est tranquille, et plus rien ne saurait l'inquiéter. Il y a des moments où j'envie cette tranquillité. Mais il y a un assassin. Il y a quelqu'un qui l'a massacrée et que je ne veux pas laisser en paix. Alors j'aimerais comprendre d'où ça peut sortir, un assassin de ce genre, et comment on peut croiser son chemin. Vous pouvez comprendre ça ?

Corine s'est levée et m'a regardé avec un sourire triste.

– Vous êtes en voiture ? Je vais vous montrer.

On a réussi à traverser Bordeaux malgré les embouteillages qui menaçaient de se laisser dissoudre sous la pluie battante. Dès qu'on a quitté le centre-ville, j'ai commencé à redouter ce que cette fille allait me montrer. En d'autres circonstances, j'aurais pu lui reconnaître un certain talent pour le suspense et la mise en scène, mais sur le moment je la considérais comme une gamine déplaisante et trop sûre d'elle-même. Pendant tout le trajet qui nous a menés jusqu'à Gradignan, au-delà du campus et de la rocade périphérique, elle est demeurée muette. Elle regardait la ville plonger dans la nuit avec l'air protecteur de ceux qui se croient maîtres de tout : des lieux, du moment, des gens. J'avais l'impression qu'elle me baladait, sans aucun commentaire, comme un touriste trop niais pour qu'on tente de lui expliquer quoi que ce soit. Le territoire où je m'aventurais était le sien, et elle cherchait à me faire entrer cette évidence dans le crâne. Je me retrouvais brusquement étranger dans ma ville, intrus dans la nuit qui m'avait toujours semblé la même pour tous, aussi noire, pareillement trouée de néons ou tapissée d'ombres qu'elle l'avait toujours été.

Corine occupait un appartement dans une résidence calme aux immeubles bas bordés de grands balcons. Pelouses, arbres nombreux, massifs et bosquets, on n'avait pas lésiné sur le cadre de vie des classes moyennes. J'ai songé aux pétitions qu'on avait signées dans ma cité pour obtenir quelques portiques de balançoires pour les enfants et l'ensemencement des pelouses, et tout ça m'a laissé rêveur.

L'appartement était vaste, le mobilier moderne, carré et fonctionnel. Aux murs, des reproductions de tableaux que j'ai examinés un instant sans parvenir à en identifier les auteurs. Elle m'a demandé, tout en réglant des lampes équipées de variateurs d'intensité, si j'aimais la peinture. J'ai avoué mon incompétence, ma culture de borne kilométrique en la matière. Elle m'a offert une bière et m'a installé devant un téléviseur. Elle a glissé une cassette dans le magnétoscope, et ça a commencé.

– Vous voulez voir, a-t-elle déclaré durement. Eh bien regardez.

J'ai vu. Un sexe d'homme en gros plan, une bouche qui s'en approchait, les gestes qui ont suivi. C'était filmé de si près qu'il était impossible de distinguer vraiment le visage de la femme. La caméra a dû reculer, parce qu'ensuite j'ai reconnu la fille qui s'activait : c'était Corine. Elle fermait les yeux, et les mains de l'homme tenaient sa tête de chaque côté pour la guider. Des zébrures ont envahi l'écran avec des grognements électroniques. Puis encore un gros plan. Un sexe de femme, ouvert, offert. Une main qui vient y faire courir des doigts, fouiller la fente, et toujours la même technique : un zoom arrière révèle Marianne, installée sur un fauteuil. Un type apparaît, il frotte son sexe contre le visage de ma fille, il repart. On entend des cris. Une silhouette vient s'interposer entre la caméra et Marianne, pour disparaître peu après. Marianne tient une bouteille de soda, la porte à sa bouche, puis la glisse dans son sexe béant en proférant une sorte d'aboiement rauque.

– Arrêtez, ai-je demandé.

Corine fixait l'écran d'un air songeur en fumant. Elle semblait avoir oublié ma présence.

– Arrêtez cette merde !

Elle a sursauté et m'a regardé avec une surprise feinte. Elle a hoché la tête sans rien dire, a pressé la télécommande.

– C'est comme vous voulez. Il y en a près de quatre heures, en plusieurs épisodes. Si ça vous dit, je vous prête la cassette.

Elle a éteint le téléviseur et a disparu dans la pièce d'à côté. J'ai entendu de l'eau couler. Une baignoire se remplissait.

J'ai bondi vers la salle de bains. Corine n'était plus vêtue que d'un slip et d'un Tee-shirt.

– Il faut m'expliquer, maintenant. Qu'est-ce que c'est ces saloperies ?

Elle m'a considéré avec gravité, puis s'est assise sur le rebord de la baignoire.

– Ce sont des jeux. Des soirées ou des week-ends qu'on organisait de temps en temps. Marianne en était très friande. Autant que vous le sachiez avant de me traiter de salope.

– C'est pas vrai ! C'est pas vrai !

Je tournais en rond dans cette salle de bains où, de toutes parts, des glaces se renvoyaient mon air effaré, faisaient rebondir ma gueule d'abruti sous la lumière crue. J'ai encore dit que ce n'était pas vrai, parce qu'il fallait bien que je dise quelque chose. Je n'avais aucune envie d'insulter Corine, encore moins de gifler son visage indifférent qui me regardait m'agiter à grands pas désordonnés comme un grand con de singe.

– Qui sont ces gens ?

– Je n'en connais pas la moitié, et je ne les ai jamais revus, pour la plupart.

– D'où sortent-ils ? Vous les recrutiez par petites annonces ?

Elle a fermé le robinet bruyant et m'a lancé des paquets de silence au visage en guise de réponse. Je me suis assis sur un tabouret. Je transpirais comme une vieille carne dans un camion pour l'abattoir.

– Le minitel, a-t-elle dit au bout d'un moment. Tout simplement le minitel.

– Le minitel… Les trucs roses, là, où les gens se draguent en se racontant des histoires ?

– Exact. On appelle ça des messageries. Rose n'est pas exactement la couleur que je leur donnerais… Question de goût.

– Vous voulez dire que tous ces gens étaient des inconnus pour vous ?

– C'est ce que je dis. Marianne avait rendez-vous avec un galant quelques jours avant de mourir. Quelqu'un avec qui elle avait correspondu à plusieurs reprises. Le surnom, d'ailleurs, la faisait beaucoup rire : Hector ! Elle se demandait s'il se pointerait avec son armure et son char, façon Guerre de Troie !

– Qu'est-ce qu'on peut bien trouver à dire à quelqu'un dont on n'a même jamais vu le visage ?

Elle a souri avec dureté.

– Vous ne croyez pas à la magie des rencontres ? Et puis quant à parler à un inconnu que l'on se contente d'imaginer, on trouve sûrement mille fois plus de choses à lui dire qu'à celui qu'on entend ronfler depuis vingt ans ! Et puis, franchement, il n'est pas besoin forcément de se parler beaucoup, si l'on sait s'occuper agréablement. Il y a beaucoup de gens qui éprouvent le désir de nuits sans lendemain. Ni vu ni connu…

– En ce qui concerne Marianne, le sans lendemain est maladroit.

– Excusez-moi. J'essayais seulement de vous expliquer certaines choses.

Il faisait chaud, dans cette salle de bains. J'ai ouvert la porte ; l'air plus frais du reste de l'appartement s'est engouffré dans le sauna. J'ai dit à Corine que j'allais partir parce que j'étouffais.

Elle s'est levée, m'a raccompagné à la porte.

– Je n'aurais pas dû vous montrer tout ça. Sans ce type qui m'a fait tomber cet après-midi, vous auriez encore de votre fille l'image que vous chérissez. Je vous avais prévenu. Vous êtes loin de votre base. Loin de vos repères. Retournez-y vite, et oubliez tout ça. Je vous assure que ça vaut mieux. Vous faites quoi, dans la vie, déjà ?

– Je travaille aux impôts, je...

– C'est bien. C'est du solide, les impôts. L'État, tout ça... C'est bien pour vous.

– Laissez-moi juge de ce qui est bien pour moi. S'il vous plaît.

On s'est dit bonsoir, ou bonne nuit, je ne sais plus. La porte s'est refermée doucement derrière moi. J'ai hésité un moment avant de trouver la minuterie, et j'ai descendu les escaliers l'esprit totalement vide, le cerveau pétrifié. Dehors, la pluie m'a poussé vers ma voiture. Je me suis retrouvé à Bacalan sans savoir comment. En bas de chez moi, une patrouille de police contrôlait un môme à mobylette. Le gyrophare me faisait mal aux yeux. J'ai plongé dans le noir du hall aux ampoules brisées.

3

Mon chef de service, Larrieu, n'a rien osé dire lorsque je lui ai appris que je n'irais pas au bureau ce jour-là. Il a même essayé de me plaindre, m'appelant son pauvre vieux, ou quelque chose dans ce goût-là. Il a ajouté que ce devait être dur, m'a conseillé de me faire arrêter quelques jours par mon médecin. Je lui ai dit que le boulot était une façon comme une autre de me changer les idées, et je le pensais vraiment. Vingt-cinq ans de loyaux services à la Direction générale des impôts, sans que personne m'ait jamais dit s'ils étaient loyaux ou même bons, selon la formule consacrée. Bons et loyaux services. J'ai entendu ça dans la bouche d'un inspecteur principal lors du départ à la retraite de Clarac. Sans faillir. Le service de l'État. Le bien public. Ce type avait dû apprendre par cœur un vieux discours datant de la Troisième République. Avec les collègues, on se jetait des regards, pendant que Clarac écrasait quelques larmes avec son Kleenex. Ça m'a écœuré pour longtemps des départs à la retraite. Je cotise pour le cadeau, mais je leur laisse le champagne tiède, lorsque dans le meilleur des cas la cagnotte permet d'éviter le mousseux sucré. À plus forte raison si le retraité est un con, ce qui arrive assez souvent. Question de générations, sans doute. J'ai fait une exception pour Guignard, qui était resté longtemps notre délégué syndical. J'ai tenu à lui remettre le cadeau moi-même : un superbe stylo à plume d'or qui devait lui permettre d'écrire ses mémoires, puisque tel était le projet dont il voulait meubler son temps libre. Les retraités de la CGT et mes mémoires, disait-il. C'est pas demain que je me transforme en légume. L'attaque qui lui a ravagé le cerveau en quelques minutes, six mois plus tard, en a décidé autrement. Il restait des journées entières devant sa table, le stylo-plume à la main, dont il n'avait même pas la volonté d'enlever le capuchon. Sa femme m'a dit que parfois, des larmes roulaient sur ses joues et venaient tacher le papier désespérément blanc. Je suis allé le voir une fois. Sa femme errait autour de lui, un chiffon à poussière à la main, ou bien s'installait à côté de lui pour lui faire la lecture. Guignard m'a regardé, je lui parlais du boulot, des collègues, j'essayais de sourire. Et puis tout d'un coup, il a pris le stylo et a tourné son regard vers la fenêtre. J'ai fui au bout d'un quart d'heure. Quand je lui ai tapé sur l'épaule pour lui dire au revoir, il a levé vers moi des yeux brillants qui m'ont cloué le cœur.

Une fois le téléphone raccroché, je me suis senti libre. Pendant un moment, la perspective de la journée qui se présentait devant moi m'a redonné un peu de tonus. J'ai même avalé trois biscottes avec appétit pendant que la radio annonçait le retour sur terre de cosmonautes soviétiques après un an passé en apesanteur à dormir attachés au plafond. J'ai lavé la vaisselle qui traînait, je n'avais plus envie de fumer. J'ai aimé la présence des animateurs de radio derrière leur micro, en pensant à tous les gens qui écoutaient la même émission que moi à ce moment-là.

Dans la salle de bains, j'ai regardé dans la glace mon corps flasque et maigre, ma figure fatiguée, avec la barbe naissante sur les joues en poils durs et argentés par endroits. Je me suis dit que j'aurais pu continuer à faire du sport, à m'entretenir, comme on dit. Regagner quelques muscles, rendre à toute cette viande un peu grasse un semblant de dignité, empêcher qu'elle s'affaisse. Retrouver un peu de souffle pour éviter de crever dans un escalier que je prendrais trop vite, un jour. Ça m'a atteint le moral de me contempler ainsi. J'ai foncé sous la douche et j'y suis resté vingt bonnes minutes pour me débarrasser de cette odeur aigre qui me remontait aux narines. Cette odeur de vieux.

J'ai fait un peu de ménage, et les images de la veille me sont revenues comme un renvoi bilieux ou un mauvais rêve dont on ne parvient pas à se secouer. Je ne me rappelais pas la dernière fois que j'avais vu Marianne toute nue. Peut-être avait-elle neuf ou dix ans. Peut-être jouait-elle dans la baignoire avec un canard rouge, ou ce genre de chose. Mais sur l'écran, j'avais vu une femme se livrer à d'autres jeux que je n'aurais jamais crus possibles, surtout ainsi, ce grand écart devant une caméra, ces corps qui se frottaient, cette promiscuité que je pensais être l'apanage de certains films. Qui étaient ces gens ? Et l'assassin ? Il se trouvait peut-être parmi eux, c'était peut-être ce type qui était venu exhiber son machin à un moment. Peut-être que le meurtre de Marianne n'était lui-même qu'un jeu, une sorte de rituel définitif ? Une dernière expérience pour jouir de la mort ? Des images ont défilé dans ma tête à une vitesse vertigineuse, où Marianne éventrée se vautrait jambes ouvertes avec des gloussements de plaisir. Une silhouette, comme celle qui était apparue sur la bande-vidéo, lui donnait un couteau et la laissait se labourer le corps en gigotant.

J'ai arrêté l'aspirateur et me suis laissé choir sur le fauteuil pour interrompre cette projection complaisante du film de ma terreur. Voilà que venait à moi, justement, ce que je croyais inimaginable. Mon esprit concevait tout seul une horreur dont il se repaissait sans qu'il me fût possible de rien empêcher. Je contemplais le gouffre et j'aimais presque mon vertige. J'ai regardé autour de moi. Les plantes vertes, la télé éteinte, les vieux meubles voilés de poussière, le tapis usé. J'ai regardé cette pièce où je me retrouvais le soir dans le silence, en rentrant du travail. Ma vie alors mesurait vingt mètres carrés, que je dépoussiérais méthodiquement tous les huit jours, le samedi matin. Ce fil, qui traînait sur le carrelage. Fil rouge. Ces particules suspendues dans le rayon de soleil qui s'affalait sur la table basse. J'ai entendu des éclats de voix – au-dessus, au-dessous ? J'ai balancé un coup de poing dans le dossier du fauteuil, et je suis sorti.

J'ai fait deux choses. J'ai acheté des cigarettes et je suis allé à la poste demander un minitel. C'était tout ce dont j'étais capable à ce moment-là. Mais c'était déjà trop.

4

Le lendemain, *Sud Ouest* annonçait le meurtre d'une autre femme. Jeune. À Bègles. J'ai cherché en hâte l'article dans la rubrique locale. La grosse femme assise à côté de moi dans le bus s'est agitée avec agacement, sans doute à cause de mes gestes amples et du froissement des pages. Je l'ai ignorée.

FEMMES ASSASSINÉES : UNE NOUVELLE VICTIME

Laurence Garriga, une jeune étudiante de 22 ans, a été retrouvée morte dans un couloir de l'immeuble qu'elle occupait, rue Gabriel Péri, à Bègles. Affreusement mutilée, la victime aurait perdu, selon les premières constatations des enquêteurs, la quasi-totalité de son sang. C'est la cinquième victime de celui qu'on commence à surnommer « l'homme au rasoir ». En effet, les policiers de la Brigade criminelle ont acquis la certitude que le meurtrier est également celui qui a sauvagement assassiné la jeune Marianne Lorenzo (voir nos éditions des 20 et 21/03), il y a seulement quelques jours, le SRPJ renouvelle son appel à témoignage auprès de toutes les personnes ayant connu ou rencontré dernièrement l'une des victimes. En outre, les policiers s'inquiètent des intervalles de plus en plus courts qui séparent les différents crimes, et redoutent que ce psychopathe ne passe très bientôt de nouveau à l'acte. Ils invitent les jeunes femmes âgées de 20 à 30 ans et vivant seules à la plus grande prudence dans leurs contacts ou échanges avec des inconnus.

Bordeaux est-elle touchée à son tour par le virus redoutable des grandes métropoles, celui du meurtre gratuit et pervers ? La douceur girondine, qui semblait nous préserver de la sauvagerie urbaine, aurait-elle laissé la place à l'air du temps, pollué et vicié par toutes les monstruosités ? La capitale mondiale du vin...

J'ai replié le journal, et la mémère a soupiré en faisant vibrer un peu son menton. J'ai laissé ma place à une jeune fille enceinte qui m'a remercié avec un sourire édenté. La grosse femme l'a regardée avec une sorte de dégoût. Je l'ai observée à la dérobée : un peu obèse, un peu laide, elle semblait mépriser tout ce qui l'entourait. Ses yeux jetaient autour d'elle des kilos de haine mortelle, comme si elle avait pu en maigrir sur-le-champ. Je me suis demandé si un tête-à-tête avec le rasoir du tueur lui rendrait la vie et les vivants moins haïssables. Puis je l'ai laissée mariner dans son fiel, parce que mon esprit s'est trouvé brutalement paralysé dans un nuage épais de coton, du coton sanglant.

Dès que je suis arrivé au bureau, Larrieu a posé devant moi un volumineux dossier en me demandant si j'allais mieux. Bien sûr, que j'allais mieux. J'ai même souri pour lui répondre. Il fallait régler cette histoire au plus vite, établir des présomptions de fraude, refaire quelques calculs. Avant ce soir, évidemment. Il s'est éloigné en saluant les collègues qui arrivaient les uns après les autres et discutaient du temps qu'il ferait pour Pâques. Épouvantable, comme d'habitude, estimaient certains. Ils sont tous venus s'enquérir de mon état de fonctionnement. J'en soupçonnais quelques-uns de guetter chez moi les signes avant-coureurs de l'effondrement mental, de la déprime ravageuse. Pourquoi pas la retraite anticipée dans une maison de repos pour fonctionnaires hors d'usage ? J'ai dû leur répondre d'un air suffisamment absent et d'une voix sourde gorgée de désespoir qui les ont rassurés sur leurs certitudes concernant l'âme humaine : un tel choc, une horreur aussi crue ne peuvent laisser personne intact. Ils sont retournés à leurs bureaux respectifs, se composant des mines de circonstance. Au bout d'une heure, les plaisanteries coutumières et les discussions kafkaïennes sur les grilles indiciaires et le pouvoir d'achat ont repris, secouant le bureau d'éclats de rires et de tirades indignées. Le seul sujet pourtant rituel qu'ils n'ont pas abordé était celui de la santé des enfants : je n'ai pas eu droit au dernier communiqué en provenance du front des angines, ni à la défense et illustration de l'homéopathie.

J'ai profité de l'oubli apparent où je me sentais retomber pour appeler l'inspecteur Fourmond. On me l'a passé tout de suite. Lui aussi m'a demandé de mes nouvelles, et quel bon vent m'amenait à l'appeler. Quel bon vent. Il a employé cette expression.

– Cette pauvre fille qui a été assassinée. Vous n'avez rien trouvé ?

– Non, rien. L'autopsie ne nous a fourni aucun élément nouveau. Mais on commence à se faire une idée plus précise de l'assassin. De son profil psychologique, tout ça.

– On retrouve les criminels grâce à leur profil psychologique ?

– Ça s'est déjà vu. Un bon profil vaut parfois mieux qu'une mauvaise photo. Quoi de neuf, de votre côté ? Rien que vous n'ayez oublié de me dire ?

– Non... Enfin... Non, rien du tout. Si vous, vous ne trouvez pas...

– On a épluché le carnet d'adresses de votre fille, ça n'a rien donné. Peu d'amis, beaucoup de vagues connaissances qui se souvenaient à peine d'avoir travaillé avec elle au cours de ces dernières années. Et puis surtout, pas mal de numéros de téléphone sans le nom des correspondants. On a vérifié, rien non plus de ce côté-là. Les gens ne savaient même pas de qui on leur parlait. C'est curieux, non ?

– Je ne sais pas. Qui sont ces gens ?

– On cherche auprès des Télécoms. Un peu de tout. Je doute que notre bonhomme se trouve parmi eux. Un assassin tranquillement couché dans un carnet d'adresses, vous savez...

– Ça s'est déjà vu, comme vous dites, non ?

– Sûrement !

– Ce carnet... Je pourrai le récupérer ?

– Impossible. Il est versé au dossier.

– La jeune fille, là, qui a été tuée... Vous connaissez la date des obsèques ? Parce que j'aimerais y assister, et...

J'ai dit ça sans réfléchir. Je me suis trouvé stupide, malsain. À l'autre bout de la ligne, Fourmond a marqué le coup de dix secondes de silence qui m'ont serré la gorge.

– C'est vendredi, à dix heures à Libourne.

Il a raccroché un peu précipitamment, je l'ai à peine entendu me dire au revoir. Je me suis senti minable en reposant le combiné. Cet enterrement, je n'irais pas, je le savais. Alors ?... J'ai regardé les autres, et peu à peu le bruit de leurs conversations, le tapotis sur les claviers d'ordinateurs sont revenus à mes oreilles. Je les ai observés comme de l'autre côté d'une glace sans tain. Comme au zoo on regarde les singes grimacer. Ceux-ci étaient moins drôles, et si loin de moi. Ce jour-là, l'idée que je devenais fou, insensiblement, irrémédiablement, m'est apparue dans toute son évidence. Je voyais bien la grille qui me séparait des autres dans ce zoo ouvert jour et nuit, mais j'ai eu du mal, sur le moment, à savoir quel côté était le bon, et où je me situais, au juste.

5

Quand je suis arrivé à la maison, juste au moment où j'ouvrais la porte, le téléphone a sonné. On m'appelait rarement, si bien que je me suis précipité pour répondre, au risque d'entendre encore quelqu'un s'excuser de son erreur. C'était Corine, l'air passablement agitée.

– La police a téléphoné ici. Ils ont dit qu'ils passeraient me voir.

– Et alors ? C'est leur boulot, non ? Ils vérifient...

– Ne faites pas semblant de ne pas comprendre. Il faut que vous veniez. Tout de suite.

J'ai soupiré. Le col froid et humide de mon imperméable contre mon cou m'a fait frissonner.

– Non. Je suis fatigué. Vous, venez.

– Vous êtes gonflé. C'est de votre fille qu'il s'agit. Je croyais que vous vouliez préserver sa mémoire. Je me trompe ?

Elle crevait de trouille, c'était palpable.

– Préserver sa mémoire et sauvegarder votre situation présente, voilà deux excellentes raisons de se voir. Mais c'est vous qui venez.

Elle n'a rien dit pendant un moment. J'entendais en fond sonore de la musique rock, ou quelque chose dans ce genre, bruyant et rythmé. Enfin, elle s'est décidée.

– Merde. Vous habitez où ?

– Bacalan. Rue Pascal Lafargue, résidence du Port de la Lune, entrée 4, troisième étage.

– Bacalan ? C'est le bout du monde ! C'est ce quartier pourri qui est après les bassins à flots ?

– C'est ça. Les quais, le pont tournant, la rue

Achard, c'est toujours tout droit, la Cité Lumineuse, vous pouvez pas la louper, c'est comme un mur immense avec des cages à lapins, et encore tout droit, j'habite à deux cents mètres sur la droite.

– Ouais... C'est simple quand on connaît. Je sens que je vais me perdre, moi, c'est le trou du cul de la ville, votre coin. C'est bien parce que j'ai pitié du travailleur éreinté par sa tâche au service de l'État. J'arrive.

J'ai calculé que depuis chez elle, il lui faudrait une heure pour arriver. J'ai profité de ce délai pour me doucher et passer des vêtements plus confortables que ce veston et cette cravate qui m'avaient emprisonné toute la journée. J'ai enfilé un pull noir, large et usé, et un pantalon de velours dans lequel je me sentais bien.

Deux heures plus tard, j'attendais encore. J'ai commencé à être furieux après cette fille, j'ai regardé ma montre deux cents fois par demi-heure. J'ai allumé la télé, regardé distraitement les informations régionales où la grosse affaire du jour était un trafic de foie gras. Interview d'un directeur des douanes, d'un industriel qui criait à la machination. La météo promettait des giboulées pour le lendemain, un temps de saison, a précisé la femme qui commentait le défilé des nuages. J'ai ainsi passé vingt minutes palpitantes pendant lesquelles j'ai laissé ma montre en paix. Puis je suis allé plusieurs fois à la fenêtre pour voir si Corine arrivait, j'épiais les bruits de pas dans le couloir, d'où ne me parvenaient que des braillements lointains de nouveau-nés.

J'ai cherché dans l'annuaire. Gradignan. Maçon Corine. J'ai composé plusieurs fois le numéro. Elle est en route, ai-je pensé. Elle a été retardée. Je me suis préparé un sandwich au fromage, j'ai regardé à la télé un reportage sur le tremblement de terre en Arménie, où on voyait un homme hagard qui venait de perdre toute sa famille retourner sans but la terre de son jardin à l'aide d'une immense bêche. « Je travaille, il faut bien », disait l'homme en fixant la caméra. L'émotion de ces images m'a occupé l'esprit pendant quelques minutes. J'ai pensé qu'on se ressemblait un peu, cet homme et moi. Comme lui, je retournais de la boue au milieu de ma vie en ruine, et je ne savais pas ce qui pourrait bien en surgir.

Vers neuf heures, après avoir constaté une nouvelle fois que personne ne répondait chez Corine Maçon, je me suis décidé. J'ai laissé un mot sur ma porte, au cas où nous nous croiserions, et j'ai foncé sur les quais en direction du centre-ville sans penser que je perdais du temps en prenant cet itinéraire. Bordeaux était déserte, brillante de pluie et sale. Un vent chahuteur soulevait des papiers et des bouts de carton sur le cours Victor-Hugo. Comme je traversais Talence, une nouvelle averse a tambouriné avec rage sur la carrosserie. Les essuie-glaces dégageaient avec peine les paquets d'eau qui dégringolaient, et j'ai allumé l'autoradio pour conjurer le vacarme du déluge. J'ai tourné un peu en rond avant de retrouver la rue où Corine habitait. On n'y voyait strictement rien, la nuit et la pluie s'alliant pour m'empoisonner davantage l'existence.

Quand j'ai aperçu les gyrophares devant le bâtiment où elle logeait, j'ai failli faire demi-tour. Je ne voulais pas voir ce qui m'attendait là-bas. Ce sang, encore, ces flics à l'air blasé qui évoluaient au milieu de ces massacres comme des grossistes en boucherie humaine. J'entendais déjà leurs questions. Que faites-vous ici. Depuis quand connaissiez-vous la victime. J'imaginais leurs doutes, leurs soupçons. Encore lui, se diraient-ils. Comme c'est curieux. Pourtant, je me suis approché. Je pensais à cette cassette vidéo.

Un flic en ciré m'a interdit l'accès du hall d'entrée. Des pompiers poireautaient dans un véhicule de secours d'urgence, alors qu'un SAMU repartait silencieusement, sans sirène ni feux clignotants. J'ai demandé à parler à l'inspecteur Fourmond, c'était important. La consigne a été transmise dans les étages, des voix ont retenti sèchement.

Fourmond est venu à ma rencontre dans le couloir d'entrée de l'appartement.

– Putain, qu'est-ce que vous foutez là ?

Il s'était arrêté à deux mètres de moi et me regardait avec dureté.

– On devait se voir, avec elle. Je l'attendais chez moi. Comme elle n'arrivait pas, je...

– Bon. On verra ça plus tard. Venez. Ce sont les voisins qui ont appelé Police Secours. Vous tenez à voir ?

– Pas vraiment.

– C'est propre, aujourd'hui. Une balle de petit calibre dans la tête. Du 22 Long Rifle ou quelque chose d'approchant. Et puis vous aiderez à l'identification.

– C'est pas le...

– Non. Sans doute pas.

– Alors qui ? Pourquoi ? Un rôdeur ? On lui a volé des trucs ?

– Rien de particulier, à première vue. Il n'a pas touché au fric, ni aux quelques bijoux. Mais je cherchais déjà un lien, et je vous trouve.

Il a soulevé une couverture. Un simple trou noir dans la tempe avait suffi.

– C'est bien elle ?

J'ai fait signe que oui. Fourmond a recouvert lentement le visage reposé. Ensuite, j'ai attendu debout dans le vestibule que les flics aient terminé de se parler à voix basse en arpentant la salle de séjour, tournant autour de la morte comme des Indiens autour d'un totem. Le sens de leur ballet m'échappait en grande partie, et j'avais plutôt l'impression qu'ils se donnaient une contenance tout en réfléchissant à voix haute. Un photographe rembobinait de la pellicule, assis dans un coin sur une chaise. J'entendais des placards s'ouvrir et se fermer dans la cuisine et la salle de bains. Des objets tombaient, roulaient au sol, accompagnés de jurons étouffés. Pendant presque deux heures, ils ont opiniâtrement tout foutu en l'air, au point que je me suis étonné de n'avoir pas trouvé davantage de désordre chez Marianne. Disques, bibelots, bouquins, coussins, tapis, ils n'ont rien laissé tranquille, revenant jusqu'à cinq fois sur la même babiole qu'ils soulevaient et examinaient d'un air qui se voulait compétent.

Vers onze heures, ils ont décidé de se retirer, rangeant leur matériel, éteignant les lumières, comme une équipe de cinéma qui plie bagage. Ils m'ont fait monter dans une voiture en me conseillant de me dépêcher. J'ai fait remarquer que j'étais venu à bord de mon propre véhicule, mais ils m'ont répondu sèchement que je la récupérerais plus tard. Je sentais que je glissais dans le noir, en même temps que la voiture démarrait. La rue mal éclairée où nous roulions avait toutes les apparences de ces chemins menant vers l'enfer dans certains bouquins. J'ai essayé en vain de distinguer au dehors ce monde qui était le mien, toutes ces maisons de gens normaux qui regardaient leur télé en maîtrisant les renvois d'un repas trop lourd. J'aurais tout donné, moi qui n'avais pas grand-chose, pour me trouver dans mon fauteuil devant une émission de variétés stupide avec des chanteurs nuls, des cadeaux distribués contre l'envoi d'une carte postale. Après tout, est-ce que cela existait vraiment, ces émissions, tous ces citoyens qu'on n'avait jamais emmenés en pleine nuit à la police ? Je cherchais à quoi me raccrocher, à quelle réalité me repérer pour me convaincre que j'appartenais encore à ce monde. Tout se dissolvait au point même que les souvenirs que je tentais de rameuter pour donner à mon cerveau un autre contenu que la trouille et l'envie de pisser qui venait de se déclencher, se dérobaient complètement ou ne parvenaient que sous forme de lambeaux inutilisables.

Les trois policiers qui m'accompagnaient fumaient sans rien se dire, et je les regardais comme des extraterrestres monstrueux. Ces gens faisaient leur boulot. Ils étaient chargés de me transférer pour de bon sur une autre planète. J'étais devenu un cas, un « client ». Je pesais soixante-quinze kilos de questions, de soupçons, et pourquoi pas, de culpabilité. J'étais de l'autre côté. J'ai pensé à Alice, celle du pays des merveilles, au moment où elle tombe dans le gouffre en voulant rattraper le lapin. Cette scène avait terrorisé Marianne. Elle était restée blottie contre moi, le visage entre les mains, tout au long de la chute d'Alice. Penser à Marianne m'a redonné un peu de confiance. J'ai commencé à me reconstituer, dans le genre puzzle, encore un peu dans le désordre.

Ils m'ont fait entrer dans le même bureau que la première fois. Ils étaient d'abord quatre, puis à l'arrivée de l'inspecteur Fourmond deux sont sortis, que je n'ai pas revus. Ils se sont assis sur des coins de bureaux ou des rebords de tables – je me demandais à quoi leur servaient les sièges – et ils m'ont regardé sans rien dire pendant un petit moment. Puis Fourmond s'est mis à me parler d'une voix qui se voulait à la fois douce et ferme.

– Il va falloir être franc avec nous, Monsieur Lorenzo. Ne rien nous cacher, parce que ça ne vous apportera que des ennuis supplémentaires. On est bien d'accord ?

J'ai acquiescé. Les deux autres flics ne me quittaient pas des yeux.

– Comment et quand avez-vous connu Corine Maçon ?

– Il y a deux jours. Elle a sonné chez Marianne, et j'ai ouvert. Elle était une de ses amies.

– Pourquoi lui rendiez-vous visite ce soir ?

– Je vous l'ai dit. Elle avait des choses à me dire, et on était convenu qu'elle viendrait à la maison. Comme elle n'arrivait pas, et que son téléphone ne répondait pas, je suis allé chez elle.

– Vous connaissiez son adresse ?

J'ai eu la tentation de tout lui dire, pour la cassette et le minitel, parce que je voulais en finir et avoir la paix. Je les ai regardés tous les trois, ils fumaient et rendaient l'atmosphère suffocante.

– Elle me l'a donnée l'autre jour. Elle a vu que j'étais désemparé, et je crois qu'elle a eu pitié de moi. Elle pensait pouvoir m'aider.

– Connaissiez-vous sa profession ?

– Elle m'a dit qu'elle était traductrice à mi-temps. Marianne et elle s'étaient connues à la faculté.

Fourmond tripotait un briquet jaune qu'il faisait passer d'une main à l'autre, et n'interrompait son jeu que lorsqu'il parlait.

– Vous l'avez crue ?

– Je n'avais aucune raison de ne pas la croire. Pourquoi ? Elle a menti ?

Il a regardé ses deux acolytes d'un air interrogateur.

– Non. Elle ne vous a pas menti. Lazzarini, tu vas chercher du café ? Vous en prendrez, Monsieur Lorenzo ?

J'ai dit non. Leur rituel de la tasse de café commençait à me taper sur les nerfs. Le temps que le dénommé Lazzarini revienne, ils n'ont rien dit. Ils ont lu des rapports tapés à la machine. Ils fumaient sans cesse, et ça me donnait une migraine qui me tarabustait le crâne comme un gourdin intérieur. Ils se sont ensuite jetés sur les tasses comme s'ils n'avaient pas bu de café depuis vingt ans.

Brusquement, alors qu'aucun d'eux n'avait l'air de se rappeler ma présence, Fourmond m'a de nouveau adressé la parole :

– Et si vous l'aviez tuée, vous ?

J'ai sursauté. Il cherchait à faire pression. Il voulait m'intimider en faisant peser sur moi de faux soupçons. J'ai eu envie de lui rire au nez et de lui crier que j'étais moins stupide qu'il le croyait.

– Vous savez que c'est impossible. J'étais chez moi, je l'attendais, je ne suis venu chez elle que parce que j'en avais assez d'attendre.

– C'était donc si important, ce qu'elle voulait vous confier ? Et puis chez vous, avec qui étiez-vous ? Qui peut prouver que vous ne vous trouviez pas sur les lieux au moment du meurtre ?

– Pourquoi l'aurais-je tuée ?

J'avais la bouche sèche. J'aurais bien goûté à leur café, même froid.

– Ça, vous finirez bien par nous le dire.

Il a mis ses mains dans ses poches de pantalon et m'a tourné le dos. La comédie continuait, et seul le décor, authentique, m'inquiétait encore un peu.

– Il est tard, lui ai-je dit. J'ai pas envie de jouer avec vous aux énigmes policières. Je crois que je vais rentrer chez moi.

Il s'est retourné brusquement et s'est approché de moi :

– Je ne joue pas, Monsieur Lorenzo. Je vous signale que l'énigme policière que vous brocardez ainsi concerne la mort dégueulasse de votre fille. Je vous épargne les autres victimes, dont seuls les enterrements ont l'air de vous captiver vraiment.

Un tressaillement douloureux m'a parcouru tout le corps. Ce flic cognait dur sans avoir à enlever les mains de ses poches.

– Ou alors, a-t-il continué, les éventrations, les dizaines de coups de rasoir dont les femmes assassinées sont déchirées ne constituent pour vous que des jokers ?

Il parlait doucement, mais les mots se pressaient dans sa gorge, agressifs et rapides comme une volée de balles. J'ai baissé la tête, ce geste a eu l'air de le calmer. Il s'est éloigné en soupirant, et s'est planté devant un des inspecteurs qui se trouvait là.

– Je ne sais plus trop où j'en suis, vous savez, je...

– Je sais, m'a-t-il coupé plus calmement. Dites-moi seulement pourquoi vous deviez rencontrer Corine Maçon ce soir. Pour l'instant, vous êtes le seul lien qui existe entre deux meurtres commis de façons différentes par des assassins différents. Ces deux meurtres s'expliquent peut-être l'un l'autre, alors n'oubliez rien.

Il s'est assis sur une chaise. Le silence était total dans le bureau. Derrière moi, une cigarette a été allumée, dont le grésillement me parvenait à chaque bouffée qu'on tirait dessus.

– Elle m'a raconté l'autre jour la vie un peu agitée de Marianne : beaucoup de rencontres, de passades, d'aventures. Elle vivait beaucoup la nuit, dans les clubs privés, les boîtes. L'assassin est sûrement quelqu'un qui appartient à ce milieu des noctambules, je crois que c'est une évidence.

Fourmond a approuvé d'un hochement de menton.

– Entièrement d'accord. Mais le milieu des noctambules, comme vous dites, ça fait du monde et c'est un peu vague. Corine n'avait donné aucun détail ?

– Non. Elle m'a surtout parlé de Marianne, de sa personnalité. Je me suis aperçu que je ne connaissais pas ma fille, et ça m'a fichu un coup… J'ai cru comprendre qu'elle n'était guère farouche, et ne prenait aucune précaution particulière à l'égard des gens qu'elle rencontrait. Je voulais voir Corine ce soir parce que j'étais preneur de tout ce que j'aurais pu apprendre sur Marianne, vous comprenez ?

– Pourtant, je suis sûr que Corine Maçon vous a donné des détails qui vous ont permis de mieux comprendre les conditions dans lesquelles votre fille a été tuée. Et je suis de plus en plus persuadé que ces deux affaires sont liées, et pas seulement par votre présence.

– On tourne en rond, ai-je observé.

La seule pièce qui manquait à son assemblage était

la cassette vidéo, apparemment volée chez Corine. Avec ça, il pouvait peut-être résoudre l'affaire en quelques jours. J'ai imaginé pendant un moment l'assassin de Marianne les menottes aux poignets en train de faire son entrée devant la cour d'assises. Regard indifférent, vaguement curieux, peut-être, par lueurs furtives. Un type ordinaire, bien mis, à peine marqué par les mois de détention préventive, et qui va assister au procès comme on regarde un film à la télé : tour à tour attentif et ennuyé, soupirant parfois en jetant un coup d'œil aux gendarmes qui l'encadrent dans le box. Cet homme, on pourra le condamner à tout ce que l'on voudra : les années de prison passeront sur lui comme des nuages sans pluie. L'acharnement des flics à le prendre, des juges à lui faire payer l'atrocité de ses crimes ne comblera jamais le gouffre sans fond de sa folie.

Fourmond se concertait à voix basse avec ses collègues à l'autre bout de la pièce. J'entendais le bourdonnement de leurs voix, où surnageaient parfois des mots insignifiants. Je me suis aperçu que j'étais en sueur. Je me suis levé pour marcher jusqu'à la fenêtre. Derrière moi, le bourdonnement a cessé quelques secondes puis a repris. Dehors, à nouveau, je n'ai rien pu entrevoir, comme si tout, hors des limites de cette pièce, était plongé dans la nuit totale. J'ai repensé au carnassier qui avait tué Marianne, et j'ai su que je ne connaîtrais un peu de paix que lorsque je le tiendrais à ma merci. Alors seulement commencerait à se refermer le trou qui s'ouvrait sous moi à chacun de mes pas. Trou ou spirale. Égout vertigineux qui soufflait ses remugles de corps morts. Jamais je n'aiderais la police. Ce chien dément qui me ressemblait peut-être par la grisaille qu'il portait sur lui, cette couleur de muraille où les monstres se confondaient avec les pierres, je le voulais devant moi pour décider au dernier moment de ce que j'en ferais. J'ai vu sa silhouette déambuler silencieusement dans les couloirs d'un hôpital psychiatrique, se retournant d'un air courroucé vers les agités et leurs cris. J'ai laissé les images se bousculer, les frissons et les sueurs froides se disputer mon échine. Mon cinéma intérieur s'est arrêté, la salle rallumée, l'écran replié brusquement, et le calme est revenu en moi. Ainsi, je basculais du côté des justiciers, des fanatiques de la loi du talion ? J'allais mener, comme dans les romans policiers, une enquête sombre et tumultueuse et me faire justice moi-même ? Moi, Louis Lorenzo, cinquante-quatre ans, fonctionnaire des impôts et incapable de courir cent mètres sans que le cœur me sorte par la bouche ?

Devant cette fenêtre noire où je ne distinguais que mon propre reflet, j'essayais de répondre à toutes ces questions et les réponses restaient coincées quelque part entre crâne et cervelle devant la seule nécessité impérieuse de retrouver ce type en face de moi pour lui dire, peut-être : je suis le père de Marianne, vous l'avez tuée, et j'ai envie de vous faire souffrir.

Ils m'ont laissé partir vers deux heures du matin. Fourmond m'a proposé de me faire ramener, mais j'ai décliné en lui expliquant qu'un peu de marche à pied me ferait du bien. Sur le cours Clemenceau, un taxi attendait seul à la station. Un quart d'heure plus tard, en arrivant chez moi, je me suis senti bien malgré la fatigue.

En me quittant, Fourmond m'avait conseillé de me méfier du terrain miné où je semblais vouloir m'aventurer. Il avait fait une comparaison entre les mines et les serpents, dont les termes exacts ne me revenaient plus. L'idée était d'éviter de marcher dessus. Aucun risque, lui avais-je répondu. Je ne marche pas dessus, j'y saute à pieds joints.

6

C'étaient donc des vivants, avec chair et os, cheveux, bouche, regard, tous ces noms extravagants qui s'alignaient sur l'écran ? C'étaient vraiment des gens, qui m'envoyaient parfois des invites salaces ou des messages inquisiteurs pour connaître mes mensurations intimes ou la couleur de mes yeux ? Des hommes et des femmes rivés comme moi à leur clavier et espérant des réponses à leurs questions ? On pouvait rencontrer quelqu'un, dans ce dédale de pseudonymes, de messages qui clignotaient de toutes leurs fautes d'orthographe ? Depuis dix minutes que je me trouvais sur cette messagerie, je lançais toujours la même question : JE CHERCHE HECTOR. Mais tout ça commençait à ressembler à une sinistre plaisanterie. Non. En réalité, un énorme ordinateur s'amusait avec moi et m'envoyait au hasard des messages, au terme d'une grande loterie informatique. J'étais seul face à lui, dindon de la farce, pourvoyeur de fonds pour les Télécoms : j'en étais à quinze francs, et je sentais se désagréger ma détermination au fil des minutes. Je m'effilochais à chaque envoi que je faisais, à chaque réponse vaine ou grossière qui me parvenait. J'ai laissé passer un ultime message qui m'était destiné, avant d'éteindre pour de bon la machine infernale.

– HECTOR ? IL EST SOUVENY SUR EUROSUD C'EST SA MESSAGERIE PRÉFÉRÉE. BONNE CHANCE

J'ai tapé en hâte une réponse :

– TU LUI AS DÉJÀ PARLÉ ?

Parler. J'employais ce mot. Qui songeait encore à se parler ?

– OUI. JE T'AVERTIS, IL NE S'INTÉRESSE QU'AUX FEMMES. PAS TROP DÉÇU ?

C'était une certaine Laura (« Pour passer le temps », affirmait une carte de visite accrochée à son nom) qui me répondait. J'ai éteint l'engin, et je suis resté un moment dans l'obscurité. Mon cerveau s'efforçait d'aller vite, de griller les étapes du raisonnement, mais ne parvenait qu'au télescopage d'idées mauvaises ou de stratégies boiteuses. Finalement, je me suis levé en m'étirant. J'avais mal au dos, aux épaules. Mes chevilles craquaient. J'ai regardé par la fenêtre le parking désert, j'ai essayé de deviner la ville, au loin, où des dingues de mon espèce s'excitaient devant un écran minuscule ou espéraient faire la rencontre qui meublerait quelques jours de leur vie minable. Marianne avait fait partie de cette coterie nocturne de vagabonds télématiques. Elle avait attendu, invité, provoqué des inconnus, les avait rencontrés, les avait laissés se coucher sur elle. Quelle émotion avait-elle éprouvée ? Quel effet avaient produit les insanités qu'on lui envoyait, et celles qu'elle devait adresser aux autres ? J'ai dû faire un effort mental pour l'imaginer penchée sur cet écran sordide, elle si jolie, elle à qui il aurait suffi de croiser le regard d'un garçon pour l'attirer et le connaître, et faire avec lui ce qui lui plaisait. Au lieu de quoi elle avait choisi ce colin-maillard où étaient lâchés pêle-mêle les timides et les éventreurs, les solitaires et les maniaques.

Je me suis connecté sur l'autre messagerie en prenant un pseudonyme féminin, Rosalie. Je trouvais ce prénom suffisamment ridicule pour garder une certaine distance et éviter d'être pris au sérieux. Les propositions les plus saugrenues ont commencé à affluer, de la demande de dialogue érotique jusqu'au rendez-vous avec un couple en chaleur assorti d'injures pornos. J'ai répondu à tout ça par toute l'ironie dont j'étais capable, ce qui n'empêchait pas tous ces chacals en rut de revenir à l'assaut.

Les pseudonymes étaient suivis du numéro de département. Une dizaine de Girondins étaient là, parmi lesquels Hector, dont la carte de visite m'a fait grincer des dents : « love me tender ». Il était le seul à ne pas m'avoir écrit, et je me suis hasardé à lui expédier un message :

– HÉLÈNE DE TROIE CHERCHE HÉROS AU CŒUR PUR.

J'avais fouillé les fins fonds de ma culture scolaire, et j'étais assez fier de moi. Pendant ce temps, les pornographes se déchaînaient :

– VITE TON NUMÉRO SALOPE QUE JE TE SECOUE AU TÉLÉPHONE !

– DÉCRIS-TOI ! RENDS-MOI FOU !

J'ai envoyé à tous ces cinglés des mensurations record, et la description d'une petite culotte.

– JE N'AI PAS LE CŒUR PUR MAIS ON PEUT CAUSER QUAND MÊME, a répondu Hector au bout d'un moment.

Je le tenais. Il faudrait garder le contact, entretenir la confiance.

– J'AIMERAIS ÉVITER LES SUJETS GRAVELEUX ÇA CHANGERA UN PEU, ai-je suggéré.

– D'ACCORD. J'AIME BIEN LE CINÉMA ET LE SPORT.

Il avait répondu tout de suite. J'étais étonné que ce soit si facile.

– TU VIENS SOUVENT SUR LE MINITEL ? ai-je tapé.

– ÇA M'ARRIVE. QUAND JE ME SENS SEUL COMME CE SOIR.

– CÉLIBATAIRE ?

– OUI. ET TOI ?

J'ai tapé « veuf », par réflexe. Au dernier moment, j'ai rectifié :

– MOI AUSSI. C'EST UN CHOIX D'INDÉPENDANCE.

On a « discuté » ainsi pendant deux ou trois minutes. Aimablement. Comme des gens civilisés. L'avantage du minitel, c'est qu'il ne trahissait rien de ma haine ou de mon dégoût. Les mots que j'envoyais ne signifiaient qu'eux-mêmes. C'était le masque absolu, derrière lequel aucun lapsus, aucune intonation qui m'eût trahi ne pouvait passer. Je pouvais peser mes mots, rectifier, hésiter avant d'expédier les messages. Rien de spontané là-dedans, puisqu'on n'y décelait même pas les vibrations d'une écriture, les ratés d'une main trop rapide ou émue. Le minitel, c'était l'amour des robots, la parole des machines, sans frisson ni sueur, solitaire, laborieuse et sale. Je manipulais Hector. Il répondait aussitôt, dans les trente secondes, allant jusqu'à expédier plusieurs messages à la suite sans attendre de réponse. Au bout de chaque caractère que mes doigts pressaient, je faisais réagir ce type comme je le voulais. Je m'apercevais combien une femme, dans une situation de désir et de séduction, peut être maître du jeu.

On s'est donné rendez-vous pour le lendemain à la même heure. Il m'a embrassé avant de se déconnecter. Il a embrassé Rosalie.

Je portais Marianne sur mes épaules. Légère et rieuse. Ses mains se serraient autour de mon cou, et elle m'indiquait des directions en ruant de ses talons contre mes flancs. « Là-bas jusqu'à l'arbre » criait-elle. Je hennissais un bon coup et je bondissais vers l'arbre, galopant sans peine, accompagné par les éclats de rire de ma fille. On se trouvait dans un pré en bordure de falaise avec la mer en bas qui cognait sourdement. On s'était approchés, un peu plus tôt, du précipice. Je m'étais penché au-dessus du vide, mais le hurlement terrifié de Marianne m'avait rejeté en arrière. Haletante, elle avait pressé ma tête contre elle, jusqu'à m'étrangler presque de ses mains crispées. L'arbre immense portait des fruits rouges qui brillaient au soleil, et dont je ne pouvais distinguer s'il s'agissait de pommes ou d'énormes cerises. Au pied de l'arbre, un homme était allongé et nous regardait courir vers lui. « Plus vite ! » a demandé Marianne. J'ai au contraire ralenti ma course pour tenter de discerner les traits de l'homme, mais son visage se dérobait sans cesse à mes efforts : il ne ressemblait à personne, il était brun et jeune, il souriait, vêtu d'un polo noir et d'un blue-jean. Quand on est arrivés à une dizaine de mètres de lui, Marianne a exigé que je la pose à terre d'une voix criarde. Je me suis accroupi, et elle a couru vers l'inconnu. C'était une femme, et non plus une enfant, qui s'éloignait de moi. L'homme s'est levé à son approche. Elle s'est retournée vers moi, m'a regardé avec dureté en rejetant ses cheveux en arrière comme par défi. Marianne et l'homme se sont longuement dévisagés, avec une sorte d'indifférence. J'appelais Marianne, je lui disais que nous devions rentrer, que sa mère s'inquiéterait. L'homme m'a jeté un regard agacé, puis Marianne s'est agenouillée à ses pieds et elle a commencé à défaire la boucle du ceinturon. Je voyais parfaitement ses doigts tirer sur la boucle d'acier et libérer le ruban de cuir. Elle a dégagé le bouton du haut, baissé la fermeture

Éclair. Aussitôt un sexe énorme est apparu, tendu vers son visage. Elle l'a aussitôt pris dans sa bouche. Le type m'a alors regardé, longtemps. Derrière lui, les fruits commençaient à se détacher de l'arbre et roulaient sur le sol avec un bruit sourd pour venir terminer leur course à mes pieds. J'ai reculé, instinctivement, parce que j'ai eu peur que les fruits ne me heurtent. Ils brillaient au soleil. J'avais l'impression qu'ils s'arrêtaient de rouler dans l'herbe en émettant un grincement à peine audible. J'ai tendu l'oreille pour vérifier cette sensation, mais les gémissements de Marianne, les grognements de l'homme s'intensifiaient jusqu'à couvrir les coups de boutoir de la mer en bas de la falaise. J'ai crié pour surmonter leur joie. J'insultais ce salaud. J'essayais de faire quelques pas pour arracher ma fille à ses mains qui guidaient le mouvement de sa tête, mais la distance qui me séparait d'eux restait toujours la même. L'homme gardait les yeux mi-clos, étranger à mes injures. La chute des fruits s'accélérait, ils roulaient toujours plus nombreux, avec ce grincement fantôme dont je ne parvenais pas à m'assurer, avec des bondissements qui m'obligeaient à reculer pour éviter leur contact. Je criais toujours, Marianne arrête, et brusquement elle a été nue, ses cheveux agités en tous sens par les mains de l'homme, froissés comme une étoffe légère.

Quelque chose a lui dans l'une des mains de l'inconnu, un éclat brutal et blanc qui a décrit sous le cou de Marianne un arc de cercle foudroyant. L'homme a eu un râle de plaisir, il maintenait le visage de Marianne affaissé contre son sexe. Puis il l'a violemment repoussée en arrière, dans ma direction, comme s'il consentait à me la rendre. Le cou tendu vers moi bouillonnait de sang sous la bouche souillée. Les yeux écarquillés, inexpressifs, ne me voyaient plus.

L'avalanche de fruits faisait trembler l'arbre dans un grand froissement de feuilles. Ils avaient des trajectoires de balles de caoutchouc, imprévisibles et aériennes, et j'ai hurlé lorsque les premiers impacts, comme des coups de pied, m'ont frappé à la poitrine. Mon hurlement m'a jeté hors du lit. Je me suis retrouvé debout dans le noir, le cœur tranché battant à coups douloureux.

Le sang, les grognements de plaisir de l'assassin, se sont estompés pour laisser la place au regard renversé de Marianne. J'ai marché en homme ivre jusqu'au lavabo où la lumière m'a écrasé les yeux. Longuement, sous le jet d'eau froide, j'ai laissé ma tête se vider du cauchemar. Je me suis ébroué comme un chien. Je bavais ; mon nez coulait. J'ai plongé mon visage dans une serviette pour contenir l'écoulement général que j'étais devenu. Je suis resté un moment dans l'obscurité parfumée du tissu bouclé que je pressais sur moi. J'ai ensuite éteint la lumière. Je n'ai pas osé me recoucher. J'ai ouvert les volets comme pour hâter la venue du jour. Il était presque six heures. Peu à peu, le bruit de la circulation, la lueur des lampadaires qui entrait doucement par les fenêtres m'ont ramené à la réalité. J'ai pensé à Larrieu, aux collègues du bureau avec la satisfaction d'être revenu parmi les vivants. Le rêve s'est retiré de moi comme une fièvre quand un médicament la fait baisser. J'ai préparé du café. J'ai même mangé un peu en écoutant les informations. Le métro était bloqué par la grève à Paris, et c'était l'enfer pour des millions de personnes. L'enfer des autres. J'ai repris deux fois du café.

7

Je me suis inventé une vie de femme célibataire dessinatrice en publicité, libertine, et jalouse de son indépendance. J'étais brune aux yeux noirs, je mesurais un mètre soixante-dix et pesais cinquante-cinq kilos. Mes seins étaient petits, ma taille bien marquée, et la pratique régulière du jogging et de l'aérobic empêchait la cellulite de s'éterniser autour de mes rondeurs. Bien sûr, Rosalie n'était pas mon véritable prénom : je m'appelais en réalité Marie-Ange.

Je n'ai fait cette confidence à Hector qu'au sixième jour de nos rendez-vous quotidiens. Chaque jour à vingt heures nous nous dévoilions, et je me souviens qu'il a été touché, affirmait-il, par la révélation de mon vrai prénom, qu'il considérait comme une marque de confiance et de complicité supplémentaire. Dans la foulée, il a prétendu se nommer Richard, prénom qu'il détestait.

J'étais obligé de prendre des notes sur le scénario que j'inventais au fur et à mesure, en datant chaque détail que j'ajoutais. Je notais aussi ses réponses et ses réactions, persuadé qu'il finirait bien par se contredire, par trahir quelque chose qui me mettrait sur sa piste. Devant mon écran, j'essayais d'imaginer à quoi il pouvait ressembler : un jeune cadre de l'informatique, spirituel et séduisant comme il prétendait l'être ? Un éventreur bon chic bon genre en quelque sorte ? Ou bien un maniaque introverti desséché par la solitude, tortionnaire de femmes dès qu'il trouvait le silence trop lourd autour de lui ? Je tapais à la hâte des questions que je souhaitais subtiles pour l'amener à se découvrir davantage : innocemment, je tentais de le faire parler de son enfance, de lui faire évoquer des souvenirs intimes, comme si j'avais été capable, psychologue au petit pied, de comprendre quoi que ce fût à sa folie meurtrière, même s'il l'avait décrite dans le détail. Mais à chaque fois il se dérobait adroitement, jouant la carte d'une pudeur de bon aloi, prétendant qu'il ne fallait pas confier certaines choses tout de suite. Il parlait de jardin secret, où il m'inviterait bientôt.

Pourtant, soir après soir, on en est venu à des propos plus osés, à des dialogues à double sens au cours desquels il déployait une virtuosité que je lui enviais parfois. À l'évidence, j'avais affaire à un homme intelligent et probablement cultivé. Il gardait en toutes circonstances, même lorsque je laissais Marie-Ange déraper un peu, un sang-froid parfait, se cantonnant dans le registre de la sensualité maîtrisée, de la timidité ténébreuse. J'inventais pour Rosalie-Marie-Ange une adolescence troublée par des émois solitaires d'avant dormir, par des tentations exhibitionnistes jamais assumées ni avouées. Je distillais ainsi au détour de nos correspondances des confidences ardentes en croyant lui tendre à chaque fois un piège définitif. Il ne réagissait que par des points d'exclamation dont il remplissait l'espace destiné au message, ou me renvoyait des compliments ironiques. Peu à peu, malgré la discrétion dont il tenait à faire preuve, il m'invitait de plus en plus souvent à m'exprimer davantage. Je lui donnais toujours ce qu'il désirait, car c'était la seule façon de l'accrocher. Au risque d'être parfois, comment dire... ému par les récits que j'imaginais. C'est à ce moment-là de nos échanges bizarres que j'ai décidé de franchir l'ultime étape : je me sentais glisser insensiblement dans sa logique de malade, je commençais à ressentir cette excitation malsaine de l'anonymat qui autorise tout et le pire. C'est ainsi peut-être qu'il avait pris Marianne dans son piège : à force d'intelligence et de finesse. Il l'avait fait se confier, se déshabiller, pratiquement, pendant que lui, sous prétexte de tact, se gardait bien d'en faire autant et protégeait par avance sa fuite. Il avait gagné sa confiance sans forcer jamais sa pudeur parce que de toute façon, excitée elle-même par la situation et la perspective d'une rencontre inédite, elle avait laissé s'effondrer lentement toutes ses défenses.

Et un soir, elle lui avait fixé un rendez-vous. J'étais sûr qu'elle en avait pris l'initiative. Parce que plus fragile, sans doute. Et puis parce que Hector n'aurait jamais osé rompre le fil ténu qui le reliait à elle.

Au soir du douzième jour, alors qu'il évoquait la rencontre de Bacall et d'Humphrey Bogart dans *Le Port de l'angoisse* (j'ai tressailli, c'était un des films préférés de Marianne), j'ai proposé un rendez-vous.

Il a aussitôt fixé le lieu et l'heure.

Un café du cours Victor-Hugo, vers 17 heures. Je le reconnaîtrais. Il serait vêtu d'une canadienne et d'un jean, et serait accoudé au comptoir.

J'ai coupé la communication le cœur dans la bouche. Je le tenais. Une envie d'arme s'est creusée dans ma main droite. L'appel de quelque chose de lourd, et de dense, et de redoutable qui m'aurait chanté ses airs de cliquetis mortels.

8

Je suis arrivé au lieu de rendez-vous, un grand café un peu vieillot, avec une demi-heure d'avance, et j'en ai fait rapidement le tour pour m'assurer qu'aucun type brun vêtu d'une canadienne n'attendait au comptoir. Se trouvaient là une vingtaine de clients à peine, et j'ai pu trouver une table qui me permettait de surveiller à la fois la rue et la terrasse, et le comptoir où s'affairait une grosse femme qui fumait tout le temps et s'adressait aux deux garçons comme à des chiens stupides. L'un d'eux, d'ailleurs, vêtu d'une veste blanche trop étroite pour lui, trahissait un vague air de famille avec l'espèce des bouledogues, et la couperose qui ornait son nez écrasé donnait à son visage un aspect encore plus fruste. Je lui ai commandé un café, il a grogné quelque chose que je n'ai pas compris en repartant vers le percolateur. Il est revenu me servir en traînant les pieds comme s'il était accablé de fatigue, et a posé la tasse devant moi avec humeur.

– C'est six trente.

Je lui ai donné dix francs, et il a soupiré.

– Vous n'avez rien d'autre ?

– Elle n'est plus valable ? J'ai un billet de cent, si vous préférez.

Il a haussé les épaules et a posé la monnaie en tas sur la table d'un geste sec. Il a bougonné encore quelque chose comme « Con de temps » en regardant la pluie tomber sur les voitures arrêtées au feu, et j'ai eu l'impression qu'il s'en prenait un peu à tout à la fois : à moi, aux clients, à son boulot, à la météo, et sans doute aussi à la patronne qui s'est mise à glapir de derrière sa caisse et l'a tiré brutalement de ses réflexions amères.

– Robert ! Vous vous remuez un peu, oui ?

Il l'a rejointe et a laissé tomber son plateau sur le zinc dans un fracas qui a fait se retourner quelques consommateurs. Puis la patronne l'a engueulé brièvement, accompagnant ses récriminations de grands gestes qui secouaient sa poitrine énorme.

Deux Arabes regardaient la télé qui diffusait une série américaine dont ils commentaient parfois l'action dans leur langue. C'étaient des types de mon âge, aux cheveux grisonnants, avec des visages anguleux et fatigués. Ils restaient immobiles, la tête levée vers le téléviseur haut perché dans un coin sombre de la salle. Ils avaient pris chacun un verre de limonade auquel ils n'avaient pratiquement pas touché. Je les ai observés un moment jusqu'à ce que l'un d'eux, revenant à son verre, sente mon regard peser sur lui. J'ai alors détourné les yeux et j'ai avalé mon café d'un coup en cherchant sur quoi ou sur qui concentrer mon attention et hâter l'arrivée d'Hector.

Un homme grand et sec a poussé devant lui la porte pour laisser entrer une petite fille tout habillée de rouge. L'homme, lui, était tout en noir : chapeau, imperméable au col relevé, pantalon, bottes. Il a secoué son parapluie et a ordonné à la petite fille, d'un geste, d'ôter sa capuche. Lorsqu'il est passé devant moi, je me suis aperçu que ses cheveux étaient retenus dans son cou par une sorte de queue-de-cheval. Il a indiqué à la gamine une table un peu à l'écart, et elle s'est précipitée pour occuper la banquette qu'elle a escaladée avec difficulté, tant elle était petite. Une fois assise, ses pieds ne touchaient pas par terre, et elle les balançait nerveusement sous la table. L'homme lui a parlé, je n'entendais pas ce qu'il disait, et elle a déboutonné le haut de son manteau. Comme elle allait dénouer son écharpe, l'homme l'a arrêtée d'un geste. Lui-même avait enlevé son chapeau et l'avait posé sur la chaise qui se trouvait à côté de lui.

La petite fille regardait autour d'elle avec curiosité, peut-être un peu émerveillée. J'ai pensé qu'elle ne devait pas avoir l'habitude d'entrer dans les cafés. Elle était très brune, très belle, et ses yeux noirs s'enhardissaient sous l'ombre portée de ses longs cils.

Le garçon à tête de chien leur a apporté une carte écornée au sujet de laquelle l'homme a demandé quelques explications. Le garçon lui a répondu avec un agacement manifeste, puis est retourné vers le bar en leur disant qu'il les laissait choisir. La gamine s'est mise à lire la carte, ses grands yeux dévorant par avance ce qui y était annoncé. Elle a fait son choix, assez rapidement, et a repris l'observation de son environnement immédiat. Comme j'en faisais partie, au même titre que l'ensemble des êtres vivants qui respiraient là, elle a planté à un moment ses yeux brillants dans les miens et les y a laissés durant quelques secondes interminables. Finalement d'un battement de cils un peu méprisant, elle a porté son regard ailleurs, et je me suis bêtement senti soulagé.

Mais mon cœur a aussitôt sursauté en cognant contre mes côtes, parce que Hector venait d'entrer. Grand, brun, canadienne et blue-jean. Sur le moment, j'ai éprouvé une déception qui m'a mis mal à l'aise : quelque chose de dur, de violent, dans l'expression de son visage, le regard écœuré qu'il portait sur ce qui l'entourait ne cadraient ni avec le personnage qui s'était confié à moi pendant deux semaines, ni à l'idée que malgré tout je me faisais de l'assassin de Marianne.

Il a marché vers le comptoir rapidement, sans se soucier de ce qui se trouvait dans la salle. Il a commandé un demi et a entrepris de le vider à grands traits, sans jamais se retourner, les yeux rivés à l'alignement de bouteilles qui se dressait derrière le bar. Pourtant, des femmes se trouvaient dans la salle. Cinq ou six, que je n'avais pas eu le loisir d'observer. Il a commandé une autre pression, qu'il a absorbée avec la même soif, et j'ai pensé qu'il allait partir, que je le raterais. Je me suis levé, et je me suis dirigé vers lui.

– Salut, Hector, ai-je dit sans le regarder en m'appuyant au comptoir.

Il n'a pas réagi. J'ai eu tout d'un coup envie de partir, de mettre un terme à cette mascarade grotesque. Je n'entendais plus rien des bruits de la rue, les voix qui bourdonnaient dans le bar s'étaient dissoutes dans le silence épais qui m'oppressait. Pourtant, je me suis tourné vers lui et j'ai parlé plus fort :

– Salut, Hector.

Il m'a regardé de la tête aux pieds, et a vidé son verre sans plus s'intéresser à moi.

– Je suis Rosalie. Enfin... Marie-Ange, si tu préfères.

Il m'a de nouveau toisé, avec une sorte de pitié dans le regard.

– Ah bon, a-t-il fait.

Il avait une voix grave et enrouée. Il a allumé une cigarette, dont il a expulsé la fumée loin devant lui.

– Ne joue pas au plus malin, Hector. Je t'ai retrouvé. Rosalie. Tu te souviens ? Hier soir encore, tu...

J'étais brusquement sûr de moi, presque arrogant. J'attendais le moment où il perdrait contenance et commencerait à se lézarder sous mes yeux.

– C'est à moi que tu parles, papi ? Rosalie, tu dis ? T'as pas la gueule à ça.

– Arrête. Tu t'es fait piéger comme un môme.

Il a bougé un peu. Ses chaussures ont crissé. Il s'est adressé au garçon :

– Tu le connais, ce mec ? Il dit qu'il s'appelle Rosalie !

Le garçon m'a considéré d'un air absent, et a secoué négativement la tête.

– Ce type est un assassin, ai-je expliqué. Je vais avertir la police.

– Stop ! a fait Hector. Tu bouges plus.

Il s'est campé sur ses jambes légèrement écartées. Il avait l'air plus grand que lorsqu'il était entré, et plus large. Puis il a balancé son pied entre mes jambes, et j'ai entendu le garçon crier Pas de ça ici, allez vous battre dehors. Je suis tombé à genoux, mais j'ai réussi à m'accrocher aux jambes du type qui a basculé en arrière en poussant un cri. J'ai vu ses bottes se propulser vers moi, ma tête a explosé de douleur, mon estomac s'est soulevé d'un coup et j'ai vomi. Autour de moi des cris se mêlaient, dominés par la voix de la patronne qui aboyait qu'elle ne voulait pas de flics ici, qu'on me foute dehors, ça ferait un ivrogne de moins. Des bras, des mains qui me broyaient les muscles m'ont relevé. J'ai croisé le regard de la petite fille en rouge qui me fixait avec curiosité, sa cuillère à long manche fichée dans la bouche. Vire-moi cette épave, a encore dit quelqu'un.

J'ai dû m'évanouir. Je ne sais plus. C'est la pluie coulant dans mes yeux qui m'a réveillé. Je n'ai d'abord vu que des chaussures, nombreuses, qui piétinaient autour de moi. Des bottes, des baskets, des mocassins usés, des talons hauts vernis. Qu'est-ce qu'il a, se demandaient les chaussures. Un poivrot qui s'est fait virer. Un drogué, peut-être, répondait le pataugement de la foule. J'ai essayé de me redresser en m'appuyant sur un bras, mais une violente douleur dans l'épaule m'a rejeté au sol. Le cercle des chaussures s'est resserré autour de moi, puis s'est rompu brusquement. Je suis médecin, qu'est-il arrivé à cet homme, a prononcé une voix au-dessus de moi. J'ai distingué une paire de chaussures rouges, à talon plat.

– Écartez-vous. Il lui faut de l'air.

– Vous voulez un coup de main pour le transporter ? a demandé quelqu'un.

– Allons-y. En douceur.

De nouveau, on m'a remis debout. Je n'ai rien discerné des visages pourtant si proches du mien. J'avais honte. Je sentais sur moi les regards hostiles de cette foule, j'avais mal partout, avec dans la bouche un goût de cuivre et de nausée. On me portait presque, une main me tenait par la taille, dure, pointue. On m'a installé dans une voiture. Des mots ont été échangés. L'odeur de neuf, la pluie qui ne tombait plus sur moi, m'ont ragaillardi pendant un court moment. Je me souviens du démarrage du moteur, du ronronnement discret et confortable. Et j'ai coulé. Loin. Profond.

9

Il faisait sombre. Pourtant, le soleil se glissait en rayons étroits entre les volets à demi tirés de la chambre où je me trouvais couché. Je n'osais pas bouger. J'ai promené mon regard autour de moi. Tapisserie bleue, rideaux bleus, commode et armoire de bois sombre. Au plafond, un entrelacs de moulures circulaires marquait l'emplacement ancien d'un lustre. Une voiture est passée, en bas, dans la rue, donc. Une autre a klaxonné, plus loin. La migraine est montée d'un coup, comme une marée galopante. J'ai dû fermer les yeux pour tenter de l'apaiser, mais je sentais quand même battre à coups de poing chaque artère de mon cerveau.

Une porte s'est ouverte. J'en ai entendu le pêne claquer doucement, et j'ai rouvert les yeux.

Une femme était debout près du lit et me regardait d'un air perplexe. Ses yeux brillaient dans la pénombre.

– J'ai entendu le lit grincer, a-t-elle dit tout bas. Je pensais que vous vouliez vous lever.

Elle s'est approchée, a pris mon pouls. Sa main était mince et froide.

– Ça va mieux, on dirait.

– J'ai la migraine, un peu.

– C'est normal. Ce sont les somnifères que je vous ai donnés.

– Des somnifères ?

– Vous étiez très agité. Et il fallait que vous vous reposiez.

J'ai essayé de m'asseoir pour reprendre un peu de ma dignité, mais la douleur a déboulé dans mon crâne et m'a empêché d'achever mon geste.

– Je vais vous donner un peu d'Aspirine. Dans un quart d'heure, ce sera fini.

Elle est partie, silencieuse, légère. On aurait pu croire que ses pieds ne foulaient pas le sol. Je n'avais même pas prêté attention à son visage. Il ne me restait d'elle qu'une sensation d'harmonie.

Au prix d'une nouvelle explosion douloureuse, j'ai réussi à m'adosser à l'oreiller. Il faisait doux. Je me suis aperçu que j'étais revêtu d'une vaste chemise de nuit de coton blanc, à l'ancienne. Ne manquait que le bonnet pour achever le tableau. La chemise de nuit me remontait au-dessus des reins et du bassin. Je l'ai tirée sur mes jambes en me soulevant péniblement. La femme est revenue juste au moment où je me rétablissais.

Elle apportait un verre où pétillait un cachet, et une bouteille d'eau minérale.

L'eau avait un petit goût d'agrume, et elle a rafraîchi ma bouche pâteuse, mes lèvres sèches. Je me suis senti mieux. Les plantes doivent ressentir ce bien-être, lorsque prend fin une longue période de canicule.

– Encore un peu d'eau ? a proposé la femme.

J'ai tendu mon verre. Je ne me rappelle pas avoir bu une eau si bonne, un goût si rond, si équilibré. Je l'ai même laissée aller et venir dans ma bouche comme on le fait avec du vin vieux.

La femme s'était assise au bord du lit et me regardait en souriant.

– Ça va mieux, non ?

– Depuis quand je suis là ?

– Deux jours. Vous avez de beaux hématomes, mais rien de cassé.

– Vous êtes médecin ?

– Oui. Je m'appelle Fanny Darnon.

– Et moi, je suis Louis Lorenzo.

– Enchantée.

Elle m'a tendu la main. Elle a ri.

– Vous auriez pu me laisser dans un hôpital, au lieu de vous donner tout ce mal.

– J'ignorais ce qui s'était passé dans ce bar. Tous ces gens autour de vous m'inquiétaient, je les trouvais menaçants, je ne sais pas. Je pensais qu'il fallait vous sortir de là au plus tôt, et... enfin, j'ai réagi un peu instinctivement, c'est vrai. Disons que j'ai trouvé la situation... aventureuse. Voilà. J'ai couru le risque si l'on peut dire, de vous soigner ici. De toute façon nous ne sommes pas chez moi. Mon appartement est en travaux ; une amie qui fait un séjour aux États-Unis m'a laissé ses clés.

On s'est tus, mais le silence était léger, discret comme quelqu'un qui veut passer inaperçu. Elle me regardait, et moi, je n'osais pas rencontrer son regard.

Elle a eu un petit sursaut :

– J'y pense ! Vous avez peut-être faim ?

Mon estomac a compris avant moi de quoi il était question. Il a entrepris de grogner grossièrement avec un petit vacarme d'écoulements et de bulles paresseuses.

– Je reviens, a murmuré la femme en se levant.

Cinq minutes plus tard, elle était de retour avec un plateau-repas. J'avais envie d'avaler la tranche de jambon en la déchirant en trois coups de dent comme je le faisais quand j'étais seul. Le supplice du couteau et de la fourchette, qui ralentissait l'ingestion de la chose, était en fait voluptueux. Chaque bouchée que je mâchais devenait un bout de plaisir pur. Le sort de la cochonnaille a néanmoins été vite réglé. Le rôti de bœuf, les chips, ont été engloutis sans que je me rappelle comment. J'ai dû avoir du mal à me garder de la précipitation des affamés. Ce dont je me souviens, c'est que Fanny a pelé l'orange et me l'a tendue quartier après quartier, sauf un, qu'elle a mangé avec gourmandise.

Je lui ai dit que vraiment, elle était très chic de s'occuper ainsi de moi. Je me suis interrogé à haute voix sur ce qu'on allait penser de mon absence au bureau.

Elle s'est levée, m'a demandé si je désirais me reposer encore.

– Sinon, la salle de bains est derrière cette porte, a-t-elle indiqué. Je vais vous laisser vous débrouiller. Votre linge est propre, là, sur la chaise.

Je me suis à nouveau confondu en remerciements, et j'ai essayé aussitôt de me lever. Un bref éblouissement m'a fait chanceler. Fanny a eu le geste de me soutenir, mais je lui ai indiqué d'un signe que c'était passé.

– Ça fait longtemps que je n'étais pas resté couché pendant deux jours, ai-je expliqué.

La salle de bains était spacieuse, entièrement carrelée de vert sombre et de bleu. L'émail du lavabo et de la baignoire était vert, également, jusqu'au linge de toilette qui était teinté d'émeraude. On se serait cru dans le repaire d'une sirène, et je m'attendais à voir passer dans la glace en forme de hublot des poissons multicolores. Ce luxe sanitaire m'a pour de bon rétabli dans ma dignité d'être civilisé, et pendant ces moments-là, je n'ai plus pensé à Hector, ni à l'erreur que j'avais commise en le provoquant. Tout mon esprit se mobilisait avec effort pour se remémorer le visage de Fanny, sans y parvenir tout à fait.

Lorsque je suis revenu dans la chambre, rasé, vêtu de propre, je l'ai trouvée appuyée du front contre la vitre, en train de regarder pensivement dans la rue. Elle a tourné vers moi un visage inexpressif, comme si elle ne me reconnaissait pas. Je me suis approché d'elle et je lui ai dit encore que je la remerciais, sans doute, pour le nettoyage de mes vêtements, ou quelque chose de ce genre. Je n'ai jamais su parler aux femmes. Elle a marché dans ma direction, rapidement, m'a croisé sans me regarder, comme méfiante, soudain pressée.

– Vous voulez que je vous raccompagne chez vous ? a-t-elle demandé.

– Ça dépend, on est où, là ?

– Caudéran. Je prends mon service à l'hôpital dans deux heures, je remplace un confrère.

J'ai hésité. Évidemment, elle avait envie de clore là notre rencontre et de me renvoyer au plus vite dans mes foyers. Mais je voulais profiter de sa présence pendant quelques moments encore, la sentir là tout à côté de moi, même si elle se taisait, même si elle estimait m'avoir assez vu. Elle était le premier événement heureux qui m'arrivait depuis des années, et je voulais qu'il se prolonge encore un peu, juste pour l'illusion d'exister un instant pour quelqu'un.

– Je ne voudrais pas vous déranger davantage, vous...

– Alors allons-y. Votre manteau est dans l'entrée.

On s'est retrouvés bloqués place Gambetta dans le chaos de l'heure de pointe. Les voitures arrêtées puaient furieusement de tous leurs échappements irrités. Des nuages lourds menaçaient déjà le beau temps qui avait régné dans l'après-midi, et semblaient boucher le cours du Chapeau-Rouge, au-dessus de la Garonne. Malgré l'embouteillage qui nous faisait progresser de vingt mètres toutes les cinq minutes, Fanny ne trahissait aucun agacement. Muette depuis notre départ, elle concentrait soigneusement son attention devant elle. Elle a rompu le silence au moment où nous arrivions place Jean-Jaurès :

– Il y a un paquet de cigarettes dans la boîte à gants. Vous m'en passez une ? Vous vous servez, évidemment.

J'ai trouvé le paquet de blondes, tout neuf, j'en ai arraché l'emballage de cellophane et lui ai tendu une cigarette. En mettant la mienne à la bouche, j'ai dit merci.

– Arrêtez de dire merci tout le temps. Vous êtes trop poli, c'est emmerdant.

J'ai été piqué, et j'ai eu mal.

– Trop poli, mais honnête, ai-je répliqué.

– On dit ça...

Elle m'a regardé, la cigarette à la bouche, et a ri silencieusement.

– Ne soyez pas susceptible. Je suis un peu fatiguée, en ce moment, et...

Elle n'a pas achevé sa phrase parce qu'elle faufilait la voiture sur les pavés de la place de la Bourse pour prendre les quais dans le bon sens, vers le nord.

– C'est pas grave, ai-je murmuré.

On a longé sans encombre les hangars désaffectés du port. À l'angle du cours du Médoc, un accident bloquait le trafic.

– Je viens rarement par ici. C'est sinistre, ces quais, a dit Fanny.

– C'était un endroit vivant, jusque dans les années soixante. Un vrai port avec des bars et des marins comme dans les chansons.

On n'a plus rien dit jusqu'à Bacalan. Alors que nous prenions la rue Achard, elle s'est tournée vers moi :

– Vous habitez ce quartier depuis longtemps ?

– J'y suis né. Mais je m'y suis réinstallé il y a quinze ans à mon retour de Paris. Comme on venait d'acheter une maison sur le Bassin, on a pris un appartement ici, parce que c'était moins cher.

– Je ne vous ai même pas demandé si vous viviez seul. Mais je présume que oui.

– Vous présumez bien. Je suis veuf depuis quatre ans, et...

Je me suis interrompu. Ne rien lui dire. La laisser en dehors de tout ça.

Quand on est arrivés à la Résidence, elle a garé sommairement la voiture le long d'une pelouse.

– Bon, ai-je fait avec banalité. J'espère que votre nuit à l'hôpital sera calme.

Elle a dit qu'on verrait bien, mais qu'il s'y passait toujours quelque chose, comme dans certains grands magasins.

J'ai ouvert la portière. L'air était froid, il y avait du vent. J'ai fait quelques pas, la tête vide.

– Louis ?

Je me suis empêché de revenir vers la voiture en courant. J'ai tourné la tête : Fanny était penchée à la portière.

– J'aimerais qu'on se revoie, a-t-elle souri. Comme ça, en copains, quand vous aurez récupéré tout à fait.

J'ai maîtrisé le sourire épanoui qui allait me donner l'air niais, et j'ai éteint mon enthousiasme avec la rage ambiguë d'un pompier pyromane.

– Bien sûr ! Quand ?

– Je vous rappellerai. Je ne vais pas être très disponible dans les jours qui viennent, mais je vous rappellerai, c'est promis.

J'ai griffonné sur un bout de papier mon numéro de téléphone.

Elle m'a souri comme personne ne l'avait jamais fait. Sauf peut-être Solange, avant notre mariage. Comme la voiture reculait, j'ai fait de la main un petit signe ridicule, qu'elle m'a renvoyé gaiement.

Une fois chez moi, j'ai passé un long moment derrière la fenêtre, tout habillé, les mains dans les poches de mon imperméable. Le viaduc d'accès au pont d'Aquitaine alignait ses lampes au sodium comme des petites flammes qui dansaient follement.

10

Au bureau, Larrieu m'a accueilli avec mauvaise humeur. C'est dans ces moments-là que son visage retrouvait un peu de dignité : ses traits durcis par la colère effaçaient la mine obséquieuse et grise qu'il arborait la plupart du temps, quelle que soit la place dans la hiérarchie de celui à qui il s'adressait.

Il a levé vers moi, sans rien dire, un regard qui se voulait implacable. J'aurais sans doute dû bafouiller des excuses embarrassées, et retourner à mon travail l'air penaud. Je l'ai laissé à son silence armé et je me suis plongé dans les paperasses qui m'attendaient. Au bout d'une heure, il est arrivé avec un gobelet de café qu'il a posé devant moi en m'informant que la machine avait été réparée.

– Je vous l'offre, a-t-il prononcé sourdement. Malgré vos infidélités.

J'ai feint d'être surpris par le son de sa voix. Ses traits avaient retrouvé leur insignifiance coutumière.

– La prochaine fois, je ferai un rapport, a-t-il ajouté.

– Vous ne ferez que votre travail, ai-je répondu en m'efforçant de sourire.

– Ne le prenez pas sur ce ton, s'il vous plaît.

Il parlait bas, d'une voix monocorde. Visiblement il se retenait de me balancer à la figure ce qui se trouvait sur le bureau.

– Je sais que vous traversez une sale période, mais il faut vous reprendre. Depuis cinq ans que je dirige ce module, je n'ai jamais rien eu à vous dire.

– Ah, vous avez remarqué ? Moi non plus, je n'ai jamais trouvé grand-chose à vous dire. Nous sommes quittes.

Il a soupiré et m'a regardé avec une sorte de compassion mêlée de rage froide.

– Bon. J'ai compris.

Il a tourné les talons et s'est assis à son bureau en bousculant sa chaise.

À midi, je suis allé déjeuner dans un bistrot assez éloigné du boulot, et où j'étais sûr de ne rencontrer aucun collègue. J'ai mangé sans y prêter attention une andouillette-frites et j'ai vidé deux bouteilles d'eau minérale comme si j'avais eu soif. Il n'y avait pas grand monde dans ce bistrot. Les quelques clients s'étaient tous orientés de façon à voir la télé qui diffusait des infos et des jeux. J'étais le seul à tourner le dos au poste, et donc à faire face aux regards qui n'en perdaient pas une de ce qu'on leur racontait à propos du Moyen-Orient, ou de la dernière déclaration d'un futur candidat à la candidature.

Au fond de la salle, une femme se débattait avec un bout de viande récalcitrant. Elle ressemblait vaguement à Fanny, et mon esprit n'arrivait pas à dissocier les deux visages l'un de l'autre. Elle aussi regardait la télévision, mais avec moins de fascination abrutie que les autres clients, tous mâles. De longues jambes s'échappaient de sa jupe courte. Les bas noirs qu'elle portait allongeaient encore les courbes des cuisses et affinaient davantage les chevilles. Elle regardait souvent sa montre, buvait du vin à petites gorgées en jetant de temps en temps un coup d'œil dans la rue. Puis elle a fait bonjour de la main à quelqu'un, et le klaxon d'une voiture que je ne voyais pas a retenti. Elle s'est levée vivement, a payé au comptoir.

Pour sortir, elle est passée près de ma table. Elle sentait le chèvrefeuille. Une portière a claqué, j'ai vu glisser une voiture puissante. La femme secouait la tête pour envoyer ses cheveux en arrière, dans un geste doux. Un homme conduisait, dont je n'ai pas vu le visage. Je l'ai envié.

Je ne sais pas comment le reste de la journée a passé. Est-ce qu'on a vécu les moments que l'on ne se rappelle pas ? Je crois que la mémoire est le témoin de la vie, et que, mis bout à bout, les instants dont on garde une trace réduiraient notre existence à quelques jours, quelques semaines pour les mieux dotés. Finalement, quand on se retourne, on voit la nuit, trouée de quelques clairières où les souvenirs luisent un peu.

J'ai dû passer l'après-midi à ce genre de réflexions qui n'intéressent personne à part moi, si je peux parler d'intérêt. Disons que je m'y laisse aller volontiers, saisi parfois d'un vertige dérisoire.

Le soir, j'ai pourchassé Hector sur le minitel, mais il est demeuré introuvable. J'ai demandé si on avait vu sa trace ; oui, tout à l'heure, m'a répondu quelqu'un.

J'ai lu un peu avant de m'endormir. Cinq, six pages d'un best-seller que mon cerveau a refusé d'assimiler. J'ai éteint vers neuf heures et demie, les yeux fatigués, ahuri de fatigue.

La sonnerie du téléphone a eu du mal à déchirer mon sommeil. Un rêve s'est brodé aussitôt, pour s'évanouir dès que je me suis réveillé. Deux heures du matin. Fanny.

J'ai décroché, le souffle court. Une voix d'homme a oublié de s'excuser de l'heure :

– Monsieur Lorenzo ?

– Qui le demande ?

– Il faut qu'on se voie.

– Vous êtes sûr ? Vous savez l'heure qu'il est ? Qui êtes-vous ?

– Mon nom ne vous dirait rien. Vous vous intéressez à la vidéo ?

– Je ne regarde pas assez la télé pour ça.

– Pourtant, dernièrement, vous avez regardé une cassette vidéo, vous vous rappelez ?

Un frisson glacé m'a indiqué que j'avais trouvé la bonne longueur d'ondes.

– Oui, je me souviens.

– Il faut que nous parlions de tout ça, Monsieur Lorenzo.

J'ai réfléchi un moment. J'avais un assassin au bout du fil.

– Je crois que je vais parler de tout ça, comme vous dites, à la police. Je discute pas avec les fumiers de votre espèce.

Il y a eu un silence sur la ligne. J'avais froid. Je tremblais des chevilles aux cheveux.

– Bon. Vous réfléchirez. Demain « chez Pepito », place Saint-Michel. Je vous attendrai vers dix-neuf heures. Et soyez sérieux. Je suis pas tombé de la dernière pluie.

On a raccroché en même temps. Je suis retourné dans mon lit où j'ai trouvé des draps glacés. J'ai tremblé là-dedans en repensant à Marianne, à Corine, pendant plus d'une heure, sans parvenir à m'endormir. J'ai regardé le radio-réveil pour la dernière fois vers trois heures et demie. Je ne comprenais rien. Je tremblais toujours. Et tout à coup j'avais chaud.

11

J'ai travaillé toute la journée du lendemain sous l'œil maussade de Larrieu. Comme on avait du boulot par-dessus la tête, j'ai eu peu l'occasion de repenser à mon correspondant de la nuit. Bizarrement, l'émotion du moment passée, et le jour, ses êtres vivants de retour, leur agitation autour de moi, je n'avais pas peur de la menace qui pesait sur moi. J'avais du mal à rétablir le rapport entre la cassette vidéo et la nécessité du rendez-vous avec ce type. Que voulait-il, au juste ? Un récit détaillé des cinq minutes de film que j'avais visionnées ? Le compte rendu de mon dégoût, de ma tristesse de voir ma fille écarter ses cuisses devant l'objectif ? Ou alors son intérêt résidait-il dans ce que je n'avais pas vu ?

À midi, pour éviter de ressasser inutilement toutes les questions que j'avais évité de me poser grâce au travail, je me suis rendu au local syndical où une réunion était prévue. Une vingtaine de personnes se trouvaient déjà là. J'ai serré des mains en m'efforçant de sourire. Les réunions syndicales étaient le seul moment où l'on avait l'occasion de parler un peu avec les gens des autres services. On a attendu d'être au complet, c'est-à-dire une trentaine au maximum, pour commencer. Je les ai laissés parler de la grève qui devait avoir lieu la semaine suivante. Quelques-uns ont lourdement insisté pour qu'elle soit reconduite et généralisée en usant d'un vocabulaire pesant qu'ils déroulaient comme les chenilles d'un bulldozer dès que l'on exprimait un désaccord quelconque. Faire reculer le pouvoir, affirmer l'unité syndicale, éviter l'émiettement des luttes. Ils ont écrasé tout le monde de leurs certitudes et ont fini par se lasser, leur baratin restant désespérément minoritaire. Je me suis laissé bercer par le débat, souriant malgré moi aux éclats de rire qui agitaient parfois l'assemblée. Une femme, dont je ne me rappelais pas le nom et que j'aimais bien, s'est inquiétée de mon silence au moment où la séance était levée.

– Tu parles davantage, d'habitude.

J'ai prétexté un peu de fatigue, une légère migraine. Et puis j'étais d'accord avec l'essentiel de ce qui se disait, et je ne voyais pas l'intérêt de répéter ce que d'autres avaient exprimé.

– Ça fera une journée de salaire économisée par l'État, ai-je ajouté. Une de plus.

– T'es d'accord avec les gauchos ?

J'ai avoué que je n'en savais rien. Je ferais grève, mais sans conviction. Je dormirais une heure ou deux de plus, ça ne me ferait pas de mal.

Le soir, je me suis pressé pour arriver à temps au cinéma. Comme par défi, j'étais résolu à ne pas laisser libre le moment où j'aurais dû me rendre à Saint-Michel pour rencontrer un tueur. J'ai choisi un film d'aventures sous-marines, avec des dauphins et des plongeurs amoureux. Tout ce bleu m'a fait m'endormir au bout d'une heure.

Je me suis réveillé en sursaut, le cœur au fond de l'estomac : une main s'était posée sur mon épaule.

– Vous ronflez, m'a dit une jeune fille. C'est un peu gênant.

J'ai bredouillé des excuses et me suis concentré sur l'action du film. Au bout d'un quart d'heure, comme je sentais le sommeil me gagner de nouveau, je me suis levé et je suis sorti. J'ai marché jusqu'à Jean-Jaurès, non sans hésiter devant une pizzeria, presque vide, où j'aurais été servi rapidement. J'ai finalement renoncé, découragé par la perspective de dîner seul hors de chez moi.

Il était presque huit heures quand je suis arrivé à la maison. Le téléphone sonnait. J'ai eu le réflexe de décrocher, puis j'ai pensé que c'était probablement le type de la nuit précédente. C'est à ce moment-là que je me suis rendu compte qu'il connaissait sûrement mon adresse, et qu'il pourrait venir quand il le voudrait. J'ai aussitôt fermé les volets pour qu'on ne voie aucune lumière de l'extérieur, et j'ai bouclé le verrou à double tour. Quand j'ai eu terminé, je me suis retrouvé au milieu de la salle de séjour, haletant, encore vêtu de mon imperméable. Ça m'a rendu furieux. Toute cette peur, cette lâcheté. Je me suis débarrassé de l'imper et je l'ai envoyé s'écraser mollement contre une chaise. Un pauvre type. Voilà ce que j'étais. Trouillard comme un moineau. Grisâtre et sans saveur, spécimen mortellement banal du fonctionnaire de base. Fanny l'avait bien senti, qui ne m'avait pas rappelé. Elle et moi. Jolie, souriante, brillante, ironique. Chauve, morose, sans ambition, susceptible comme un vieux chien qui a mal partout dès qu'on le touche.

Je me suis ainsi auto-flagellé pendant une heure, abattu dans un fauteuil. Solange voulait tout le temps voyager. Les États-Unis, le Brésil, l'Afrique. Avec nos deux salaires, on peut se le permettre, répétait-elle. Et puis ça ouvrira l'esprit de la petite. Moi, je tergiversais ; l'année prochaine, promis. Cette année, on va sur le bassin, il faut refaire la toiture de la maison. Vendons-la, cette maison, protestait Solange, je vais y passer mes vacances depuis l'âge de deux ans. On en achètera une autre à la campagne, plus grande, avec des bois autour.

Solange est partie un jour de pluie, en tenant Marianne par le bras. On te quitte, Louis. J'ai trouvé un appartement à Mérignac. Je n'ai rien dit. J'ai juste pleuré, il me semble, car tout s'est trouvé brusquement si vide. Marianne avait quatorze ans, je crois. Je me rappelle son regard dur et lointain, pendant que sa mère me parlait.

J'ai laissé remonter la nausée des reproches tardifs et de l'échec. Cinquante-quatre ans. Tout ce temps pour ne rien comprendre et franchir la ligne complètement seul sans oser me retourner sur mes deux mortes, celles que je n'avais pas su faire vivre.

Je me suis levé en me donnant une gifle à assommer un boxeur. Dans la cuisine, j'ai ouvert le compartiment congélation du réfrigérateur et j'ai mis une pizza surgelée au four. Pour patienter, j'ai allumé la radio et écouté les informations. J'ai laissé les malheurs du monde s'écouler par le haut-parleur et peu à peu mon esprit a pu repousser les assauts des souvenirs et de la peur.

Après le repas, l'inquiétude m'a repris. J'ai de nouveau pensé à celui qui m'avait téléphoné et j'ai cherché les moyens dont je disposais pour me défendre au lieu d'attendre qu'il vienne en tremblant comme une chèvre qui entend arriver un tigre. Je suis allé dans la pièce qui me servait de débarras, et j'ai pris mon vieux fusil de chasse, une antique escopette à canon superposé. Il m'a paru lourd et inutile dans sa housse, inoffensif comme une pièce de musée. Je l'ai nettoyé, graissé avec de l'huile pour moteur. Les détentes, dures au début, se sont assouplies jusqu'à devenir presque sensibles, ne nécessitant aucun effort. Il me restait quelques cartouches – une vingtaine. Du gros plomb que j'avais acheté en même temps que le fusil au début de notre mariage, lorsque les parents de Solange nous avaient invités à deux ou trois reprises à chasser le chevreuil dans les Landes. Je n'aimais pas la chasse, encore moins les armes à feu. Leur vacarme, leur pouvoir de tuer me terrifiaient. Même en Algérie, je m'étais débrouillé pour avoir le moins de contacts possible avec cette sorte d'engins, et les tours de garde, quand je ne pouvais y échapper, faisaient peser le PM de tout le poids de ma trouille.

Mais j'étais bien loin de mes appréhensions de jeunesse. J'aurais même bien aimé posséder une arme plus discrète et plus efficace que ce tromblon. Un revolver que j'aurais pu glisser dans ma poche, et dont j'aurais pu faire usage immédiatement, sans réfléchir, sans faillir. J'ai trouvé au fond du cellier une scie à métaux, et j'ai entrepris de raccourcir le canon. J'ai ensuite poli les bordures déchirées de l'acier à la toile émeri. Il m'a fallu une bonne heure pour parvenir à un résultat acceptable. Plus léger, le fusil pouvait être utilisé à la hanche, et d'une seule main. Il faudrait simplement que je me méfie du recul, qui ne serait plus compensé par le poids du canon.

Ensuite, j'ai confectionné, avec de vieux bouts de tissu, une façon de housse qui me permettrait de transporter l'arme dans la rue en cas de besoin. J'ignorais comment les choses pouvaient tourner, mais je ne voulais plus rester le jouet des circonstances. J'ai cousu le tout assez grossièrement à l'épaule de l'imperméable, et j'ai essayé mon équipage : même ouvert, l'imper ne laissait rien deviner de l'arsenal que je trimballais.

Il était plus d'une heure du matin quand je me suis couché. J'ai parlé à Marianne en enfilant mon pyjama. J'étais sûr qu'elle aurait un peu moins honte de moi.

12

Je suis sorti du bureau pour marcher un peu à la rencontre d'un bar où j'aurais pris un café. Je n'avais pas faim. Le soleil semblait se décider enfin à prendre en main la situation après quinze jours de grisaille déprimante. Les tours de la Cité du Grand Parc semblaient plus hautes, et leurs angles se faisaient plus durs, la ville jetait de partout des éclats nets dans la lumière crue et coupante. C'est au moment où je ramenais mes yeux au sol, éblouis par le reflet violent d'un pare-brise, que je l'ai vue.

Elle marchait vers moi en faisant claquer ses talons sur le pavage du trottoir. Ses cheveux s'ébouriffaient sous un petit vent.

– Fanny, ai-je dit avec une effrayante banalité. Je devais être très pâle, parce qu'elle m'a aussitôt demandé si je me sentais bien.

– On aurait cru que vous rencontriez une revenante, a-t-elle plaisanté.

Je l'aurais embrassée, serrée, blottie contre moi. Elle m'a tendu la main. Une main froide qu'elle a sortie d'un gant de cuir brun. Des petits doigts nerveux ont bougé confusément pour rompre le contact.

– Vous alliez manger ?

– Je... non, en fait...

Elle a eu un battement de paupières long de cils, doux comme un sourire.

– Et vous ? ai-je demandé. Elle a ri doucement.

– J'ai déjà mangé. Je me suis échappée de l'hôpital, je voulais vous voir.

On a marché pendant quelques instants, puis elle m'a pris le bras.

– On va où ?

– Il y a une brasserie, à cinq minutes à pied. J'aime bien marcher un peu.

– Va pour la brasserie, a-t-elle déclaré d'un ton joyeux.

On avançait du même pas. Elle était venue, et j'en avais la tête fourmillante. Sa hanche balançait jusqu'à m'effleurer à chaque pas. J'ai éprouvé pourtant le besoin de meubler notre silence.

– Dans quel hôpital vous travaillez ?

– Au Tripode. En traumatologie.

– Les fractures et tout ça ? Les accidents de la route ?

– Oui. On recolle les morceaux, quand on peut.

Elle a ri.

– J'ai un patient qui se remet en ce moment de vingt-quatre fractures. Un mauvais virage en pleine nuit. Bras, jambes, bassin, côtes. Un vrai puzzle.

– Il a gagné son poids en plâtre, si j'ai bien compris.

Elle s'est serrée contre moi en riant.

– Tout juste. En plus, il est maçon ! Vous voyez l'ironie !

En entrant dans la brasserie, on riait encore de ce malheureux. Le plaisir de la voir là m'avait, étrangement, complètement coupé l'appétit. On a commandé chacun un café. La télévision fonctionnait toujours, les clients la regardaient avec toujours autant d'attention. Fanny m'a demandé en quoi au juste consistait mon travail aux impôts. Je lui ai répondu le plus brièvement possible, en précisant que la question ne me passionnait pas vraiment. J'avais envie de parler d'autre chose avec elle. Au bout d'un moment, on ne s'est plus rien dit. C'est Fanny qui s'est remise à parler en posant une main sur mon bras.

– Vous aimez la danse ? Le flamenco ?

Bien sûr, que j'aimais le flamenco. J'ai explosé d'enthousiasme. Toro de fuego, je me serais mis à courir entre les tables, si j'avais été d'une nature expansive. Avec Fanny, j'aurais assisté à sept heures de chant grégorien sans entracte. J'avais en horreur le flamenco et toutes les espagnolades de ce genre ; tous ces gens qui frappaient dans leurs mains en tapant des pieds avec une frénésie qui m'était totalement étrangère me tricotaient les nerfs.

– Antonio Gadès. Carmen. Vous connaissez ?

À la rigueur. J'avais vu le film de Carlos Saura sans m'endormir, c'était bon signe.

– Il y aura cette comédienne qui joue Carmen dans le film de Saura ? Comment elle s'appelle ?... Laura del Sol ?

– Je ne sais pas. Mais la troupe de danseurs sera la même. Il n'y a qu'un problème, c'est qu'il faut aller faire la queue au Palais des Sports pour acheter les places. Et moi, je dois être à l'hôpital jusqu'à sept heures ce soir. Vous pouvez y aller ?

C'était d'accord, évidemment. Le spectacle avait lieu le soir même. On a regagné le Grand Parc par le même chemin qu'à l'aller. Elle m'a laissé la prendre par le bras. Je ne sais plus de quoi on a parlé. De sa passion pour la danse, il me semble. Elle parlait doucement, suspendant parfois le fil de ses phrases avec un sourire un peu rêveur. Elle avait pris des cours, dans le temps, je crois.

Je me rappelle son profil, ses longs cils qui griffaient l'air devant elle. Son visage penché sur son sac à main, où elle cherchait ses clés quand nous sommes arrivés auprès de sa voiture. Elle a fait le tour du véhicule, la serrure de la portière a claqué. Elle allait s'installer au volant, après m'avoir salué de la main, puis s'est ravisée : elle a fait quelques pas vers moi. Et elle m'a embrassé. Un baiser rapide, léger, sur la bouche. Je n'ai pas vu la voiture s'éloigner.

Nous nous étions fixé rendez-vous à huit heures dans un café tout proche du Palais des Sports. Après avoir poireauté plus d'une heure pour obtenir deux places à peu près bien situées, je suis rentré directement chez moi. Je me foutais pas mal de ce que penserait Larrieu de ma nouvelle absence.

À cette heure de l'après-midi, les quais étaient encore à peu près praticables, et le bus n'a pas mis plus de vingt minutes pour me déposer devant la résidence. L'ascenseur était en panne, une fois de plus. J'ai grimpé presque légèrement les quatre étages et je me suis engouffré dans l'appartement avec une envie de chanter qui m'étreignait la poitrine.

C'est en me prenant les pieds dans un tiroir qui traînait au milieu du couloir que je m'en suis aperçu. L'envie de chanter s'est transformée en un besoin de hurler que j'ai eu du mal à maîtriser. J'ai franchi les deux mètres qui me séparaient de la salle de séjour sans respirer, sans rien voir du désastre qui jonchait déjà le corridor.

En face de moi, peint sur le mur à la bombe aérosol, un sexe de femme, rouge, dégoulinant de peinture, était déchiré par un poignard qui s'y enfonçait jusqu'à la garde. Tout autour, outre la naissance des cuisses, l'artiste avait esquissé un éclaboussement sanglant.

Le buffet n'avait plus de porte, et la maigre vaisselle qu'il contenait semblait avoir été piétinée par un troupeau d'éléphants. Un éclat de soupière était même planté dans le plâtre du plafond. Les chaises étaient empilées sur la table en une pyramide précaire qui s'est effondrée, d'ailleurs, dès que j'ai essayé d'y toucher. J'ai couru dans ma chambre, affolé par le fracas des meubles qui n'en finissaient plus de rebondir les uns sur les autres. Là, le matelas, éventré, maculé de peinture rouge, dégueulait toute sa garniture et ses ressorts. Je n'ai senti l'odeur d'urine et d'excréments qu'au bout d'un moment, en retournant du pied les draps posés en tas devant le radiateur. Le sommier était cassé en deux, probablement à la hache, dont j'ai cru reconnaître les impacts sur les montants. L'armoire n'était plus qu'un caisson de bois sombre au fond duquel s'entassaient mes vêtements, recouverts par le contenu de la poubelle. Je me suis brusquement précipité vers la fenêtre et l'ai ouverte, écœuré tout à coup par les odeurs puissantes qui pourrissaient l'atmosphère. J'ai retrouvé mon souffle en même temps que mes repères, en constatant que la Garonne coulait toujours derrière le paquet d'arbres plantés sur la rive.

Bizarrement, en dehors des projections de ketchup sur les murs et le mobilier, la cuisine était intacte. Tout avait été fouillé, mais rien n'était endommagé. Sur la table, j'ai trouvé un bout de papier griffonné au feutre noir : « On n'aime pas le lapin. On préférait ta salope de fille. On te recontactera. Attention à tes couilles. »

Pendant deux heures, j'ai rempli machinalement des sacs poubelle que je descendais les uns après les autres au local à ordures. J'étais incapable de concevoir la moindre idée cohérente. Je n'ai même pas cherché à faire l'inventaire de tout ce qui avait été détruit. J'ai arraché la tapisserie où était peint le sexe de femme, j'ai gratté jusqu'à m'en faire saigner les ongles les moindres lambeaux de papier où subsistait une trace de peinture. Quand je me suis arrêté, les meubles à peu près remis d'équerre, la salle de séjour vaguement rangée, les murs nettoyés, j'étais trempé de sueur et pourtant complètement frigorifié à cause des fenêtres que j'avais toutes ouvertes pour venir à bout des odeurs de merde et de poubelle. J'ai tout bouclé, volets compris, et je me suis fait couler un bain.

Une fois dans l'eau, j'ai recommencé à penser à peu près normalement. Les questions m'ont assailli comme une nuée d'insectes. Évidemment, ces gens avaient tué Corine et dérobé la cassette vidéo. Évidemment, ils connaissaient Marianne et avaient peut-être participé à la partie de jambes en l'air dont j'avais visionné quelques minutes. Tout s'était passé après mon rendez-vous raté avec Hector. Tout se tenait. Ils me sentaient sur leur trace, ou sur sa trace, je ne savais plus, et je devenais encombrant. Je me suis secoué au moment où la tiédeur de l'eau commençait à m'avachir le corps et l'esprit. Presque groggy, je me suis essuyé vigoureusement. L'heure tournait. J'ai réussi à trouver un costume convenable que les ordures n'avaient pas souillé, et je n'y ai décelé aucune odeur suspecte. Avant de partir, j'ai ressenti un haut-le-cœur en pensant au fusil : j'ai farfouillé dans le capharnaüm qu'était devenu le cellier, et je l'ai trouvé bien au chaud dans sa housse. Il ne manquait pas une seule cartouche.

Je suis sorti. Fanny. À partir de ce moment, je n'ai plus eu qu'elle en tête.

J'ai passé la moitié de la soirée à la regarder dans le noir. Ses yeux brillaient en essayant d'avaler le spectacle, ses lumières, ses mouvements. Sur scène, les danseurs s'agitaient aux accords d'une musique tonitruante qui m'abrutissait. « Qu'est-ce qu'ils sont beaux ! » s'est exclamée Fanny à voix basse pendant un duo noir et rouge. Elle a serré mon bras avec enthousiasme, sans quitter le spectacle des yeux. Quand les lumières se sont rallumées, elle a applaudi longuement, radieuse, à l'instar de toute la salle qui s'était levée. Je ne voyais autour de moi que des visages épanouis, des sourires ravis. Les gens se laissaient aller à des commentaires exaltés. J'ai tapé dans mes mains pour faire comme tout le monde. J'avais eu peu l'occasion d'aller au théâtre, et le rituel des applaudissements, cette sorte de geste animal de satisfaction, me semblait plus vain et ridicule que jamais. Enfin, le rideau noir est retombé, la salle s'est rallumée pour de bon, et Fanny s'est retournée vers moi l'œil enflammé :

– Vous avez aimé ?

– Oui, beaucoup, c'est... très impressionnant.

– Impressionnant ?

– Oui. Impressionnant. Je ne saurais pas dire pourquoi.

J'ai bafouillé quelques banalités, mais déjà elle ne s'intéressait plus à mon opinion, progressant entre les fauteuils vers l'allée centrale où piétinait la foule aux yeux rougis par le retour brutal de la lumière et de la réalité grégaire.

– On va boire un pot chez moi, a décidé Fanny dès que nous nous sommes trouvés dehors. J'ai du champagne au frais et quelques bricoles sympas. J'ai vu assez de monde pour ce soir. Pas vous ?

J'ai acquiescé en affirmant que je haïssais la foule et la promiscuité, satisfait de renouer avec la sincérité.

Chez elle, c'était encore la maison de sa copine à Caudéran. Il n'était pas facile de se garer dans cette rue encombrée de sorties de garages où la menace de la fourrière était brandie par des panneaux agressifs. J'ai finalement trouvé à ranger la voiture à une centaine de mètres de la maison, et le petit trajet que j'ai dû faire à pied dans l'air froid m'a aidé à juguler un peu l'émotion qui me nouait les tripes en un paquet souffreteux au niveau de l'estomac. J'ai poussé la grille et me suis arrêté deux secondes pour contempler les deux palmiers qui se dressaient au milieu d'un parterre de graviers plutôt tristounet. Le palmier se porte chic, à Bordeaux. J'avais déjà remarqué ces plumeaux anémiques censés orner certaines demeures cossues, et je m'étais toujours demandé ce qu'ils avaient au juste de décoratif. Le fait de me retrouver au pied de ces deux fantômes tropicaux ne répondait guère à ma question.

– On se croirait en Californie ou sur la côte d'Azur, avec ces palmiers, ai-je plaisanté.

Fanny m'a répondu de l'intérieur de la maison, où des verres tintaient.

– C'est pas vraiment Sunset Boulevard ou la Croisette, n'est-ce pas ?

Elle était dans la cuisine, je l'entendais chantonner. Je me suis débarrassé de mon imper et me suis posé du bout des fesses sur le bord d'un canapé. J'étais entouré de verre et d'acier. Le décor était plutôt froid, un peu chirurgical.

– Je peux vous aider ?

– J'ai terminé. Ne bougez pas.

Malgré le mobilier sans âme, les murs blancs où étaient accrochés des tableaux de couleurs vives couverts de formes géométriques, je me sentais ravi, comblé. Heureux. Je crois bien que ce mot m'est venu à l'esprit ce soir-là, et j'en réapprivoisais peu à peu le sens.

Fanny a fait son entrée, portant comme un sacrement un plateau où trônait une bouteille de champagne au milieu de toasts.

– Vous préférez peut-être du Sauternes, avec le foie gras ?

Je ne préférais rien. Qu'aurais-je pu préférer ?

Elle s'est assise près de moi, m'a tendu la bouteille.

– À vous l'honneur.

J'ai débouché en grimaçant, le bouchon était littéralement soudé au goulot. Puis on a joué à la dînette pendant un moment, sans trop rien dire, ou bien des bêtises. Fanny avait mis de la musique, du blues, une voix râpeuse, profonde, a rayé les murs, s'est accrochée à la moquette. Une gifle de pluie a cinglé tout à coup la baie vitrée qui donnait sur le jardin. Fanny a sursauté, au point de renverser un peu de vin sur sa robe. Elle est devenue pâle et a regardé la vitre d'un air inquiet. Comme la pluie s'est mise à tambouriner sourdement et régulièrement, les couleurs sont revenues à son visage, elle a recommencé à boire, à manger le foie gras avec gourmandise.

Je ne sais plus à quel propos ni à la suite de quoi nous avons reparlé de la Californie et des palmiers. Fanny avait aimé Los Angeles et son délire de bagnoles et d'autoroutes, la chaleur de la ville, le soleil sur les plages et toute la faune qui s'y retrouvait. Mais Hollywood, Sunset Boulevard l'avaient déçue. Elle avait eu l'impression de visiter un champ de ruines.

– Je n'aime pas les voyages, ai-je dit, mais il y a des coins où j'aimerais aller. Marcher sur le Sunset une fois dans ma vie, j'aurais bien aimé. Sans doute à cause du film.

– Vous seriez vraiment désappointé. C'est plutôt sale, et la nuit, entre deux passages de voitures de flics, c'est plutôt dangereux.

Je lui ai affirmé qu'elle exagérait. Que toutes ces réputations, dans la plupart des cas, étaient surfaites.

– C'est vrai, a-t-elle convenu. C'est parfois quand on se croit le plus en sécurité que le danger menace vraiment !

On a fini la bouteille de champagne, avalé les deux derniers toasts. Fanny s'est levée, a changé la cassette. Un crooner a commencé sa cour sur fond de swing de velours.

Elle s'est plantée devant moi et m'a tendu les bras en me regardant gravement, de l'ombre plein les yeux.

– On danse ?

Je me suis levé aussitôt, mais une fois debout, au moment où ses bras entouraient mon cou, un vertige m'a fait tituber et j'ai dû m'accrocher à sa taille pour garder l'équilibre.

– Vous tenez mal le coup, a-t-elle observé en souriant.

On s'est éloignés du canapé. Un parfum compliqué rôdait autour de la nuque de Fanny. Ses cheveux, coiffés à la diable, flottaient dans l'air à quelques centimètres de mon visage. J'aurais voulu m'y perdre comme on s'égare dans une brume tiède où se cachent des merveilles. J'ai osé pencher mon visage dans son cou, l'embrasser pour lui rappeler son baiser de l'après-midi. Elle a imperceptiblement sursauté – ou bien a-t-elle frémi – puis elle m'a attiré à elle. Je sentais la rondeur de ses seins, ses doigts bougeaient sur mes épaules à travers le coton de ma chemise.

« Pas tout de suite. Pas ce soir », a-t-elle soufflé au moment où ma main remontait entre ses cuisses. J'avais au bout des doigts la chaleur de son secret. Sa robe était largement dégrafée dans le dos. J'avais pu effleurer la pointe d'un sein. « Il faut attendre un peu. » Elle a caressé furtivement à travers l'étoffe du pantalon mon sexe tendu. Je l'ai serrée contre moi, elle a laissé aller sa tête contre ma poitrine. J'ai regardé devant moi un tableau où un triangle rouge vif tentait de se dégager d'un fond rouge pâle, mais cela ne m'a pas aidé à penser à autre chose qu'au corps que je questionnais timidement.

On s'est quittés dans le couloir, la porte était ouverte déjà sur la pluie qui dégringolait avec entêtement. Comme Fanny n'avait pas agrafé sa robe, le haut a glissé au moment où elle baissait les bras pour me laisser partir, et ses seins ont jailli, ourlés par deux croissants d'ombre. Elle m'a laissé la regarder pendant quatre, cinq secondes, sous la lumière jaune du plafonnier.

J'ai claqué la porte. J'ai marché lentement sous la pluie battante.

13

Un de ces chefs de service que j'avais dû croiser trois fois dans un couloir, un de ces types qu'on salue et dont on ne se rappelle jamais le nom, m'avait accordé sans sourciller les deux semaines de congé que j'avais demandées. Larrieu avait appuyé ma requête de tout son poids en précisant que c'était préférable à un avertissement disciplinaire. « Un abandon de poste. Vous vous croyez où ? Je n'ai rien dit par égard pour le deuil qui vous frappe, mais vraiment… » Il était devenu tout blême de rage contenue.

J'ai repris mes recherches sur le minitel en limitant le plus souvent la durée des connexions à sept ou huit minutes au maximum, à cause du prix que cela finirait par me coûter. Hector était devenu insaisissable : on l'avait aperçu, on lui avait parlé, il venait de se déconnecter. Pendant quatre jours, je l'ai cherché sur les quatre messageries où il avait ses habitudes. Comme je me contentais de chercher le pseudonyme sur les listes, sans répondre aux messages, n'en envoyant aucun sauf pour interroger quelques habitués, j'ai pu faire en peu de temps le tour de tout ce que comptaient les réseaux de dingues authentiques et probablement dangereux, une fois écartés les plaisantins facilement repérables à leur humour et leur fantaisie. Hector n'avait aucun sens de l'humour. Il venait là en chasseur, et on ne rigole pas avec le gibier.

Mon regard courait sur les colonnes où s'affichaient les surnoms cabalistiques, les offres abrégées. Mes yeux me brûlaient à force de scruter ce qui n'était plus parfois qu'un alignement lumineux sans signification, assemblage arbitraire de traits et de points phosphorescents.

Un soir, découragé, persuadé de courir après un fantôme qui pouvait changer dix fois de pseudo par soirée, préférant sa sécurité à sa cour de fidèles qui aimaient sans doute le retrouver régulièrement, alors que je venais d'éteindre et de tout débrancher, on a sonné à ma porte. Mon cœur s'est emballé à la pensée que ce pouvait être Fanny qui décidait à l'improviste de rompre tous ces jours de silence. La porte a émis ce petit couinement que je lui connaissais depuis que j'occupais l'appartement, quelles que fussent les quantités de graisse dont je pouvais enduire les gonds.

Deux hommes attendaient dans l'obscurité du couloir. Un grand baraqué et un petit plutôt large. Le plus grand m'a balancé sans rien dire une gifle qui m'a expédié deux mètres en arrière, assis et ridicule, puis il m'a relevé par les cheveux pendant que l'autre refermait la porte. Ils m'ont poussé sur le fauteuil. Je saignais du nez, et la douleur me brouillait les yeux de larmes. J'ai pensé au fusil, qui attendait mon bon vouloir bien au chaud dans sa housse. J'en étais déjà à regretter mon manque de réflexes, et à me couvrir mentalement d'injures lorsque le plus grand des deux types s'est planté devant moi en montrant les murs de ses bras écartés.

– T'aurais pu refaire la tapisserie ! Tu savais pourtant qu'on reviendrait ! Ça fait dégueulasse, ce papier arraché !

Ils ont éclaté de rire en se congratulant mutuellement, comme des duettistes pendant un sketch. Puis le petit est allé à la fenêtre, dont il a écarté le rideau en soupirant.

– C'est la Garonne, là ? a-t-il demandé sans se retourner.

– Non, la Loire, a répondu l'autre. T'es con, des fois.

– Des fois, oui !

Ils ont ri de nouveau, bruyamment. Ils semblaient ne plus se soucier de moi, trop occupés à se taper dans le dos en rigolant. Leur cirque a duré quelques minutes, pendant lesquelles je me suis tamponné le nez avec ma manche de chemise. Ils se sont brusquement calmés. Le plus grand s'est penché vers moi, sa gueule très près de mon visage, les mains appuyées sur les bras du fauteuil.

– Tu sais pourquoi on est venus ?

J'ai répondu que je m'en doutais, mais que je voyais mal en quoi je pouvais leur être utile puisque je n'avais pas la cassette.

– On le sait, que tu l'as pas. Là-dessus, on est tranquilles.

Il a éloigné de moi son haleine de fond d'estomac, lourde de bière et de frites grasses. Son copain, appuyé contre la fenêtre, me regardait avec fixité, et sa face ronde, ses yeux aux paupières tombantes, n'exprimaient aucune émotion.

– Montre-lui, a ordonné le plus grand.

L'autre a fouillé une poche de son blouson et a fait jaillir la lame d'un cran d'arrêt. Ses yeux ont brillé d'un éclat plus net.

– Tu vois ce mec, m'a dit le grand. C'est une sorte d'artiste. Tu lui donnes un couteau, il en fait ce qu'il veut. Son truc, c'est la sculpture sur chair. On l'appelle Plaies-Mobiles, dans son bled. Il s'est entraîné sur les cochons à la cambrousse, mais il a fini par trouver que ça puait trop, et puis la charcutaille, il aimait pas ça.

Alors il s'est recyclé. Bougnoules au Liban, gonzesses plus tard, au Brésil. Un artiste international, tu vois ? Alors si tu réponds pas à nos questions, t'auras une gueule de chef-d'œuvre. *Comprendes* ?

J'avais tellement compris que mes intestins en capilotade se débattaient furieusement en spasmes douloureux.

– Raconte-nous tout ce que t'as vu sur cette putain de cassette, et n'oublie rien.

Les deux types tournaient autour de moi, chacun dans un sens. Ils se croisaient dans mon dos, et je me voûtais un peu sur moi-même dès que je les sentais derrière moi. Ils avaient tous les deux l'accent bordelais. Plus précisément celui des Capucins. Je me concentrais sur ce genre de remarque pour essayer de réfléchir à peu près calmement à ce que je devais leur dire, et surtout à ce que j'étais censé avoir vu sur cette cassette.

Ils se sont arrêtés, chacun d'un côté.

– Tu la connaissais depuis longtemps, la gouine ?

– Quelle gouine ?

– Celle chez qui t'as vu le film. Tu vas pas nous faire croire que tu savais pas qu'elle broutait des femmes, non ?

– Corine ?

Le grand a soupiré avec impatience.

– Je ne la connaissais que depuis deux ou trois jours. Comment savez-vous que je suis allé chez elle ?

– On le sait, a marmonné l'homme au couteau.

– C'est vous qui l'avez tuée, hein, c'est ça ?

– On savait même pas qu'elle était morte, a répondu le plus grand.

Ils ont ri encore, nerveusement.

J'ai repensé au fusil. À l'usage que j'en aurais fait si je l'avais gardé à portée de la main. L'éclair d'une pensée m'a montré mes deux questionneurs recroquevillés, troués au plomb de chasse.

– Et le film ? C'était bien ? Tu t'es branlé, en le regardant ?

– Ce que j'ai vu ne m'a pas spécialement excité, si vous voulez savoir.

– Pourtant, y a de belles salopes, là-dedans, pas vrai ? À commencer par ta fille, hein ?

Je me suis retrouvé debout, mes mains accrochées autour du cou du plus petit, qui avait dit ça. De surprise, il avait lâché son couteau, et je l'ai poussé contre le buffet en essayant de lui fendre le crâne sur un angle du meuble. Il criait en pesant de tout son poids sur mes bras, et sa tête, en cognant contre le bois, faisait vibrer la vaisselle sur les étagères. Le coup de genou entre les jambes, je ne l'ai pas vu arriver. J'ai reculé, aidé par les mains de l'autre qui m'agrippaient dans le dos et m'ont propulsé contre un mur. Le type au couteau gueulait qu'il allait me saigner comme on avait saigné ma fille, et la lame a brillé tout près de mes yeux. J'ai pu distinguer son éclat pointu malgré les larmes qui transformaient tout autour de moi en une bouillie de couleurs fauves et jaunâtres.

– Tu vas nous le dire, maintenant, parce qu'on va t'ouvrir en deux, je te jure !

Ils me cognaient la tête par terre, j'ai pensé que j'allais finir comme ça, en explosant sur le carrelage. J'ai bramé que je n'avais vu de ces saloperies que cinq minutes, que ça m'avait rendu malade de découvrir ma fille ainsi, je ne savais rien, je ne voulais rien savoir. S'il vous plaît, arrêtez de me frapper. J'ai dû les supplier, je voyais du sang éclabousser le sol et je ne savais pas d'où il coulait. Ils ont hurlé leur question, toujours la même, salope, tu vas parler. Ils appuyaient leurs mots de coups de pied qui me coupaient le souffle, et j'avais l'impression que mes côtes se repliaient à l'intérieur et me tordaient les poumons.

– Je lui coupe un doigt, ai-je entendu grogner.

– Parle, fumier ! Tu vas finir en rondelles !

– Regarde ! Il s'est chié dessus !

L'odeur m'est parvenue aussitôt, et j'ai pensé que je n'étais plus rien. Mon odeur lamentable, d'organisme avili, d'où s'enfuyait mon courage. La brûlure est remontée de mon auriculaire jusqu'à l'épaule, annulant toutes les autres douleurs. Mon cerveau s'est allumé d'arcs aveuglants avant de plonger dans la nuit.

14

« Bonjour, Monsieur Lorenzo ! Tu vas mieux ? » Omar Zerka me souriait en secouant la tête.

Derrière lui, deux mômes aux yeux immenses me considéraient avec inquiétude.

– Tu nous as fait peur ! T'as juste une côte fêlée, et puis ton doigt... On n'a même pas retrouvé l'autre bout !

La réception des informations s'organisait peu à peu dans ma tête. Mon doigt. J'ai bougé la main : aucune douleur n'était perceptible. Mais une inspiration plus profonde que les autres a fait clignoter un peu partout dans mon corps des alarmes endolories. Flancs, bras, jambes, de partout mes terminaisons nerveuses envoyaient des messages qui disaient tous la même chose : pas bouger. Pas encore.

– Bouge pas, renchérit Omar. T'es trop douloureux.

J'ai fait signe que oui. D'accord. J'ai fermé les yeux. Les draps sentaient bon. Sur moi errait encore un parfum de savon, des effluves d'eau de Cologne.

– Ils ont voulu nous faire peur, avec leur couteau. Tu parles. Ils se sont barrés en courant. Heureusement que la télé était en panne, on a pu entendre le bruit !

J'ai senti sa main se poser sur mon épaule.

– Ça va aller. C'est un cousin qui t'a soigné. Il est étudiant en médecine.

– Merci, Monsieur Zerka.

J'ai rouvert les yeux. Il riait silencieusement. Il a chassé les enfants qui s'étaient approchés du lit, j'ai entendu le martèlement menu de leur course dans le couloir.

– Depuis quand je suis là ?

– Depuis jeudi. On est samedi, maintenant. Tu peux te lever demain. Faudra prendre tes antibiotiques, à cause du doigt. Ma femme a tout nettoyé chez toi. Et tes affaires aussi, parce que…

Il s'est interrompu et a remis sa main sur mon épaule.

– Ça m'est arrivé une fois. Des flics qui m'avaient arrêté. Ils m'ont mis à plat ventre dans le car, avec leurs pieds sur moi. J'ai eu peur. On n'est que des êtres humains, tu sais.

J'ai sorti ma main valide de sous les draps et j'ai serré la sienne. Je l'aurais embrassé, ce type que je croisais dans l'ascenseur presque tous les soirs et avec qui je n'avais jamais parlé que du temps qu'il faisait.

Pendant deux jours, je suis resté chez eux, dormant jusqu'à midi, me levant un peu le soir pour dîner en famille. Le lundi, j'ai eu droit à un couscous luxueux, et on a parlé. De leur pays, où ils ne reviendraient pas, de Marianne, qu'ils n'avaient jamais vue. J'aurais pu tout leur raconter parce qu'ils pouvaient tout entendre, totalement à l'écoute de l'hôte que j'étais. Disponibles et discrets, ils ne sont jamais allés au-delà de ce que je voulais bien leur confier. Fanny mise à part, ils étaient les premiers êtres humains qui se donnaient la peine de me regarder et de m'entendre depuis des années.

Après le repas, j'ai aidé les gosses à faire leurs devoirs. En fait, ils n'avaient guère besoin d'aide, mais j'ai considéré leur demande comme un honneur. Ils étaient deux d'âge scolaire, un garçon et une fille sombres et jolis, qui ont suivi mes explications d'un air grave.

Il a bien fallu m'arracher à leur gentillesse en promettant de fêter avec eux l'Aïd-El-Kébir.

Un silence écrasant m'a accueilli chez moi. J'ai tourné en rond, allumé la télé, ouvert le frigo. Les spectacles offerts étaient interchangeables. Viandes froides et conneries en conserve. Je suis resté un bon moment dans l'obscurité, seulement éclairé par la lueur du poste et la lumière du réfrigérateur.

Puis j'ai enfilé ma canadienne, et je suis parti chez Fanny.

Je savais bien que je bravais son interdit en prenant l'initiative de lui rendre visite. « Si tu veux qu'on continue à se voir, laisse-moi choisir le moment et le lieu », m'avait-elle dit.

J'ai pris les quais, cent vingt à l'heure tout le long, les feux étaient au vert. J'ai tourné dans la rue Esprit-des-Lois en faisant gueuler les pneus, ce qui n'était guère dans mes habitudes. La voiture, que je maniais généralement en douceur, sans à-coups, semblait réagir avec complaisance au traitement sportif que je lui faisais subir, et s'accrochait gaillardement au bitume. Place Gambetta, c'était l'heure de sortie des cinémas, et la foule se pressait sur les trottoirs en paquets sombres et nonchalants. La terrasse du Régent, malgré l'humidité de l'air, était pleine de jeunes rupins dont j'ai pu détailler au feu rouge les mèches sophistiquées, les vêtements à la mode, amples et coûteux.

Au-delà des boulevards, les rues étaient totalement désertes. Caudéran n'est pas précisément un faubourg populeux où brillent tard dans la nuit les lampions des troquets. Sombre et policé, ce serait plutôt. Pas un chat dehors, les panières étaient pleines. Le confort bourgeois se cachait derrière les volets tirés et les hautes grilles des jardins.

J'ai garé la voiture pratiquement au même endroit que la fois précédente, et j'ai presque couru jusqu'à la porte de chez Fanny. Étouffée, de la musique me parvenait, et un peu de lumière jaune se faufilait par les fentes des contrevents. En attendant qu'elle vienne ouvrir, j'ai levé les yeux vers les plumeaux misérables des deux palmiers. La Californie décidément était loin. Mais celle qui était derrière la porte valait tous les soleils.

J'ai sonné à nouveau. La musique l'empêchait d'entendre. J'ai cru percevoir un bruit de pas dans le corridor, le grincement d'une porte. Le volume de la musique a baissé. J'ai tambouriné à la porte en appelant. Je sais que tu es là. Les palmiers ont grelotté sèchement sous le vent de toutes leurs feuilles dures. Je suis resté devant la porte à m'efforcer de saisir des bribes de musique, des vapeurs de voix. Je savais qu'à quelques mètres elle vivait, bougeait, riait, peut-être, et qu'elle n'était probablement pas seule. Pendant une heure j'ai attendu. Une jalousie nauséabonde me dévorait la tête. Elle dansait nue dans les bras d'un type, elle pressait son ventre contre le désir dressé. Le fusil. L'idée de m'en servir m'est venue, encore. Comme s'il se fût agi d'une arme magique de chevalier légendaire. J'ai repoussé la vision des blessures que j'aurais infligées. Je voyais le corps d'un homme reculer sous la décharge, son sang se précipitant aux déchirures, ventre et gueule lacérés de plomb. Pendant une minute, l'enfer m'a ouvert toutes grandes ses portes pour que j'aille y rejoindre Marianne.

J'ai finalement regagné ma voiture, pratiquement en état de choc. J'avais envie d'attendre là jusqu'au lendemain matin, pour savoir au moins avec qui elle avait passé la nuit. Sûrement un jeune toubib comme elle, hâbleur et séduisant. L'idée de l'humiliation que je subirais m'a fait tourner la clé de contact, et j'ai démarré en trombe. Demain, je lui parlerais. Elle me dirait enfin la vérité qui me délivrerait d'elle.

Le hall immense du Tripode ressemblait à celui d'une gare. En moins bruyant, moins bousculé, peut-être. Je me suis approché d'un guichet de renseignements où une fille travaillait sur un ordinateur.

– Oui ? a-t-elle fait sans lever les yeux de son écran.

– Je cherche le docteur Fanny Darnon. Pouvez-vous m'indiquer le service où je pourrai la joindre ? J'ai un message très urgent à lui faire parvenir en main propre.

– d.a.r.n.o.n, fanny, avec un y ?

– Oui, c'est ça.

Une liste s'est affichée. La fille a eu une moue perplexe.

– Attachée de consultation, ou chef de clinique ?

Elle a tapé d'autres données, une autre liste s'est allongée instantanément.

– Il n'y a personne de ce nom-là qui travaille ici, Monsieur.

– Même parmi les infirmières ?

La fille a soupiré en interrogeant son ordinateur.

– Même chez les infirmières. Désolée, Monsieur.

J'avais commis une erreur. Je m'étais trompé d'hôpital. Fanny travaillait à Saint-André, ou à Haut-Lévêque. J'avais confondu bêtement, dans l'émotion de ce jour où elle était venue à ma rencontre. Je suis allé récupérer ma voiture que j'avais réussi à garer au fin fond de l'immense parking. En repassant devant l'entrée des urgences où s'engouffrait une ambulance, j'ai tout à coup été sûr de moi. Nous avions parlé d'accidentés de la route, du service de traumatologie, du Tripode. C'était clair, net, et intolérable.

Elle m'avait menti. J'en voulais davantage à ma crédulité qu'à son mensonge. Une fois de plus, je me suis méprisé et haï. J'ai donné un coup de poing dans le volant, et le moignon de mon auriculaire m'a rappelé à l'ordre de façon foudroyante. J'ai dû attendre que cesse la douleur pour redémarrer, sans trop savoir où aller traîner ma carcasse.

J'ai agi par associations d'idées. La douleur de mon doigt m'a fait penser aux salauds de l'autre soir. J'ai mis le cap au nord, vers Bacalan, où j'ai récupéré le fusil.

Une heure plus tard, je me retrouvais sur la place Saint-Michel, où se mélangeaient les odeurs de couscous et de frites. Devant moi, un bar minable était sur le point de perdre son auvent aux couleurs fanées d'une marque de bière : Chez Pepito-Bières-Tapas.

J'ai toujours eu la conscience aiguë des décalages qui s'opéraient entre un lieu, une situation, et moi. Immédiatement, j'ai l'impression de miroiter de solitude, et je sens se tourner dans ma direction des regards indisposés. C'est exactement ce qui s'est produit lorsque j'ai pénétré dans le bar. La dizaine de consommateurs qui végétaient là-dedans m'ont regardé comme si j'étais peint en vert. Jusqu'au patron qui m'a dévisagé en passant un chiffon crasseux sur le zinc.

– Monsieur ?

– Un café.

Le percolateur a fait son bruit, les regards ont plongé de nouveau dans le morne et l'indifférent.

Le patron a posé devant moi une tasse pleine d'un breuvage mousseux et fumant, et a poussé un sucrier sphérique à portée de ma main. Il a levé les yeux vers moi, et j'en ai profité pour lui parler.

– Je voudrais voir Plaies-Mobiles. Vous savez où je peux le trouver ?

– Qui ?

– Plaies-Mobiles. Un mec petit et large.

– Et qu'est-ce que vous lui voulez ? On peut savoir ?

– Je suis en affaires avec lui. Je lui dois de l'argent, et j'ai promis de le rembourser aujourd'hui. Il m'a dit que vous sauriez le trouver.

L'homme a jeté un coup d'œil méfiant, autour de lui.

– Il est sur la place, au marché. Il vend de la ferraille.

J'ai payé et je suis sorti. Sur la place, une foule de badauds errait entre les stands dont la moitié se réduisait à quelques caisses posées sur le sol où s'entassaient des objets hétéroclites allant du treillis militaire jusqu'à la batterie de casseroles usagées. Un jeune type entièrement vêtu de cuir proposait une guitare électrique sans corde et un petit amplificateur pour « à peine 1 000 francs », comme le proclamait un petit panneau de carton. J'ai trouvé mon bonhomme sans peine. Il piétinait sur place en discutant avec un client. Il ne m'a pas vu venir, trop occupé à traiter la vente d'un moteur de machine à laver. Pour cent francs, le client a emporté son moteur et quatre ou cinq courroies dépareillées.

Je me suis promené dans le quartier en attendant la fin du marché. Le fusil ballottait contre mes côtes, et je me sentais fort et invincible. J'ai marché jusqu'aux Capucins, et devant les étals des bouchers j'ai eu envie de viande. Je suis resté un long moment à humer les odeurs de poisson, de fraîchin, de légumes qu'agitaient des courants d'air froid dont les poissonnières se protégeaient à l'aide de gros bonnets de laine. J'aimais ce marché. Nous y venions souvent, Solange et moi, tôt le matin, l'hiver, nous faufilant entre les camions accumulés le long des trottoirs. Ça sentait la viande, le sang, l'eau salée. Parfois, on entrait dans un bar bruyant pour boire au comptoir à côté des maraîchers ou des mareyeurs, un café-rhum ou même un verre de vin qu'on calait d'un sandwich aux rillettes.

Je me suis attardé dans le coin où les marchandes de poissons rudoyaient la clientèle des beaux quartiers. « Qu'est-ce qu'elle veut, la dame avec sa fourrure ? Les prendre en photo, mes poiscailles ? Non ? Alors elle se pousse, parce qu'elle gêne le client qui achète, hein, c'est pas l'Aquarium d'Arcachon, ici. »

Quand je suis revenu sur la place Saint-Michel, Plaies-Mobiles rangeait son matériel dans une 4 L break bouffée par la rouille. Entendant quelqu'un venir derrière lui, il s'est retourné. Il m'a reconnu, mais son visage n'a trahi aucune surprise.

– Tiens, s'est-il contenté de dire. Ça t'a plu, notre petite conversation ? Tu vas finir en morceaux, si tu me casses trop les couilles.

J'ai sorti le fusil. Il a regardé les tubes noirs braqués sur lui.

– Marche devant toi. Vers la rue des Menuts.

Il a ricané en se retournant vers l'intérieur de sa voiture.

– T'es une tante. Tu tireras jamais, a-t-il marmonné en remuant une caisse.

Je lui ai balancé un coup de crosse dans la nuque, et il s'est affaissé sur son fourbi.

– Marche, je t'ai dit. Par là.

Il m'a regardé, vaguement inquiet, et a refermé la portière de la voiture.

– T'énerve pas, ma poule. On y va.

On a marché jusqu'à la rue des Menuts, où je m'étais garé devant le 52. Je sentais mon gibier méfiant, essayant de lorgner en coin ce que je faisais derrière lui.

Je lui ai indiqué la voiture, l'ai fait s'installer au volant pendant que je m'asseyais sur le siège arrière, en diagonale par rapport à lui.

– Prends les quais vers Bordeaux-Nord. Tu connais le chemin.

On a contourné la Flèche, et on a débouché sur le quai Richelieu. Il conduisait souplement, sans se soucier, apparemment, de l'arme que je pointais sur lui.

– Ta fille, j'y suis pour rien, a-t-il dit alors que je ne lui posais aucune question. Ça, c'est du travail de malade. Les flics s'en chargeront, s'ils arrivent à le gauler. Je tue pas les femmes, moi. J'en ai corrigé, ça oui, mais les tuer, c'est pas mon truc.

– C'est pour rigoler qu'on t'appelle Plaies-Mobiles ?

– Des conneries. Au Liban, j'ai travaillé des mecs au couteau pour les faire parler, mais rien du tout, quoi. Des coupures. C'est un copain qui m'a appelé comme ça un jour où on était bourrés. Alors ça m'est resté, c'est tout.

– Et les femmes au Brésil ?

– Non, je te dis. Juste de quoi leur faire peur, je les coupais un peu, quand on me le demandait. Les macs là-bas étaient trop attachés à leur gagne-pain pour que je puisse leur abîmer. Ils les aimaient trop. Ils arrivaient pas à se faire respecter, alors pendant que j'ai été là-bas, je leur ai donné un coup de main.

On a vite été rendus aux ponts tournants. Je lui ai dit de continuer tout droit vers Claveau.

– Ici aussi, y en a beaucoup.

– Quoi ?

– Des Arabes, putain. Y en a partout.

Comme on passait devant la Cité Lumineuse, il a hésité sur la direction à prendre.

– On va chez vous ?

– Non. Tourne à gauche. On va récupérer le chemin de Labarde, et on partira dans le Médoc.

– Le Médoc ?

On a laissé derrière nous la zone industrielle, et très vite, la route s'est enfoncée dans le désert marécageux qui précède la vigne. À proximité du camp gitan, des mômes traînaient au bord de la route et ont salué notre passage de gestes obscènes. À quelques kilomètres de l'usine Ford, je l'ai fait stopper dans un chemin inondé. Il est descendu en grelottant. Il avait l'air moins fier. L'endroit était désert et triste. Le pré que longeait le chemin servait de décharge sauvage.

– Avance.

Il s'est tordu les pieds dans les ornières en essayant d'éviter les immenses flaques d'eau qui transformaient l'endroit en une mare boueuse ; j'avais envie de lui tirer dans le dos sans rien lui demander. Le fusil était lourd, son poids me faisait du bien. Je suis remonté dans la voiture et j'ai mis en route. Je l'ai suivi très lentement, juste sur ses talons, à sa vitesse. Il se retournait avec angoisse de temps en temps. J'ai accéléré. Il a commencé à courir, il a même pris un peu d'avance, à une vingtaine de mètres, soulevant des gerbes de boue à chaque foulée. À un moment, il a glissé dans une flaque et s'est débattu à plat ventre en essayant de se relever. J'ai roulé vers lui, puis au-dessus de lui jusqu'à ce que le capot le cache à mes yeux. Son cri m'est parvenu malgré les vitres fermées et les râles du moteur. Je suis sorti de la voiture le fusil à la main. Son corps était à moitié engagé sous le châssis, le pare-chocs lui barrant les omoplates. Le moteur tournait toujours, et j'ai dû hausser la voix :

– Qui t'a envoyé ? Il faut le dire, maintenant !

Il s'est contenté d'émettre des sortes de sanglots. Le plaisir d'inverser les rôles me rendait fou. J'aurais massacré cette ordure sans la moindre hésitation. Il a réussi à tourner sa gueule maculée de boue vers moi. Du coup, ses dents paraissaient étonnamment blanches au milieu de son masque fangeux.

– Je peux pas te le dire ! C'est trop sérieux comme affaire !

J'ai baissé le canon du fusil vers sa tête, et il a gueulé comme un môme au moment où la décharge est partie. Les plombs bien groupés ont arraché au sol une gerbe de terre et d'eau sale. Plaies-Mobiles a laissé sa tête retomber dans le merdier. Il était sur le point de s'enfouir sous la terre comme une taupe. J'ai rechargé le fusil en vitesse, je préférais avoir deux coups à ma disposition en cas d'imprévu. J'ai gueulé en agitant le canon dans sa nuque.

– Qu'est-ce qu'elle avait de particulier, cette cassette ?

– Y avait dessus des gens qu'avaient pas envie qu'on les voie !

– Je les ai même pas vus, putain ! J'en ai regardé cinq minutes ! Alors, pourquoi vous vous êtes acharnés ? Réponds ! Je te jure que je vais pas tirer à côté !

Il a craché de la boue, et un peu de bave, les lèvres retroussées.

– Quand ils ont appris que ta fille avait été assassinée, ils ont pris peur et ont voulu récupérer la cassette. Ils voulaient pas être inquiétés dans cette affaire, alors ils nous ont envoyés chez la gouine pour reprendre le film. Elle nous a dit que tu l'avais visionné, et qu'elle raconterait tout aux flics si on l'emmerdait. Alors on nous a dit de la flinguer pour être sûr qu'elle ferme sa grande gueule.

– Qui sont ces types ?

– Non ! Je peux pas !

Il a hurlé en se débattant. Il essayait de se dégager de dessous la voiture.

Je suis remonté à bord en vitesse. J'ai avancé un peu, en faisant aboyer le moteur. Les roues patinaient dans la boue. Quand je suis revenu près de lui, Plaies-Mobiles pleurait en s'efforçant de tenir son visage hors de l'eau.

– Alors ?

– Nous, on savait que t'avais rien vu, à la façon dont t'as réagi l'autre soir. Mais eux, ils nous ont pas crus ! Ils avaient peur que tu les balances aux flics à cause de ta fille !

– Qui sont ces mecs ? Merde !

Je lui ai envoyé un coup de crosse dans le dos, et il s'est tassé dans l'eau sale.

– Y en a un qu'est un ponte des hôpitaux, un cardiologue, je crois. L'autre, c'est un gros entrepreneur de travaux publics, plein de fric. Le toubib, il s'appelle Lamantin. Et l'autre, c'est Moussard. Ils se faisaient des week-ends de baise, ils organisaient ça en draguant des filles sur le minitel ou par petites annonces. Nous, on se chargeait de leur fournir des professionnelles qui faisaient nombre et qui rassuraient les occasionnelles, mine de rien. Une fois qu'ils avaient constitué un groupe, ça se renouvelait par connaissances. Avec mon pote, on surveillait discrètement, on s'occupait des courses, du ravitaillement, quoi. On a connu Moussard à l'époque où il avait besoin de monde pour casser une grève sur ses chantiers. Depuis, on l'a dépanné plusieurs fois, et lui ne nous oubliait pas non plus.

– Tout d'un coup, tu parles presque trop, ai-je fait remarquer. Tes copains ne vont pas aimer ça...

Il haletait en esquissant le geste de prêter serment. L'honneur des truands, sans doute. Cinoche.

J'ai fait marche arrière prudemment en évitant de l'estropier, et je l'ai laissé vautré dans sa mare à canards. En manœuvrant pour reprendre la route, je l'ai aperçu dans le rétroviseur. Il se relevait, ne faisant plus qu'un avec la gadoue où il pataugeait J'ai pensé que cela valait tous les coups de fusil dont j'aurais pu lui farcir le corps.

15

De retour chez moi, il m'a bien fallu l'après-midi pour mettre de l'ordre dans le capharnaüm de mes idées. Je me sentais écœuré et sec de toute larme ou de toute tristesse. La mort de Marianne m'apparaissait comme l'aboutissement fatal de ce qu'elle avait fait, de ce qu'on lui avait fait faire, forcée ou payée, par plaisir ou par curiosité malsaine. Son assassin n'était qu'un moment – le dernier – du chaos où elle avait évolué follement comme une balle entre quatre murs. Je ne savais même plus pourquoi, mais j'avais la certitude que j'irais jusqu'au bout. Je serais sûr de ce que je cherchais quand je l'aurais sous les yeux. Un tueur de la pire engeance peut-être. Dans le meilleur des cas.

J'avais la sensation de m'engloutir peu à peu dans un merdier universel où plus rien de ce à quoi je croyais n'avait de valeur. La confiance, l'amitié, l'amour. Grands mots gonflés à l'air vicié. Niaiseries vieux jeu que Solange et moi avions cultivées des années et dont nous avions pensé façonner l'esprit de notre fille, malgré l'échec de notre mariage.

Un égout à ciel ouvert où surnageaient les crocodiles, voilà comment je voyais le monde. Je devenais philosophe du marigot, moi qui m'étais contenté de vivoter sur des berges qui s'étaient effondrées sous mes pas. À cinquante-quatre ans, je découvrais une couleur à la vie, moi qui la croyais transparente, et c'était celle de l'ordure.

Même l'image de Fanny avait fini par se brouiller. Pourquoi ce mensonge ? Ma jalousie froissait jusqu'aux traits de son visage que j'avais parfois de la peine à me rappeler. Si j'avais eu le cœur à ça, je me serais saoulé comme un cochon avec le mauvais whisky que je conservais en bas du buffet depuis trois ou quatre ans. J'aurais bu comme un trou, vomi sur moi, me serais liquéfié en loque humaine. J'aurais rampé dans mes déjections. Ça, je savais faire. J'y mettais même, depuis quelque temps, un certain empressement. J'étais peut-être en train d'inventer la reptation métaphysique, celle de ces films où le destin des personnages n'est plus qu'une énorme bavure.

J'ai bu deux grands verres d'eau minérale. Et j'ai pris une douche. Le moignon de mon doigt était rouge, bordé au ras de la main d'une auréole d'un bleu maladif. Pendant quelques secondes j'ai redouté la gangrène, et ça m'a donné des sueurs froides, comme on dit. Je collais en serrant les dents le dernier morceau de sparadrap quand le téléphone a sonné.

J'ai bondi pour décrocher. Fanny. Je l'aimais. J'avais envie d'elle. Les malentendus se dissiperaient dès que j'entendrais sa voix. Une érection rageuse me crispait le bas-ventre.

– Inspecteur Fourmond à l'appareil. Je vous attends au 8 rue Lyautey.

– Hein ? Qu'est-ce qui se passe ?

– Grouillez-vous, ou je vous envoie chercher à coups de pied. On a assez plaisanté.

Les gyrophares transformaient la rue qu'ils peuplaient d'éclairs désynchronisés en un lieu de catastrophe et de sang. Je me suis faufilé entre flics et pompiers en déclinant à plusieurs reprises mon identité et en précisant que Fourmond m'avait fait venir.

Un homme en imperméable noir était penché au pied d'un palmier. Il venait d'y vomir, et reprenait péniblement son souffle, contemplant le résultat de son écœurement les yeux exorbités. J'ai couru dans le couloir, bousculé un agent en uniforme qui a aboyé avec impuissance. Fourmond s'est retourné au moment où je faisais irruption dans le séjour. Il a essayé de me retenir, mais s'est contenté de me suivre jusqu'à la bâche qui couvrait une forme dressée sur une chaise. Du sang s'était largement répandu entre les pieds du siège, enserrant un balai-brosse à manche de bois par des plissements bruns figés par la coagulation.

– Je ne peux pas vous demander de l'identifier, a murmuré Fourmond.

Je me suis retourné vers lui sans comprendre au moment où il tendait le bras pour soulever la bâche.

Les gifles m'ont réveillé. Mes mâchoires étaient douloureuses, et j'ai écarté le bras qui m'écrasait le visage avec un masque à oxygène. J'ai aperçu une main qui rengainait presque à regret une nouvelle torgnole. Le visage de Fourmond s'est intercalé dans mon champ de vision.

– Restez allongé. Vous êtes le troisième. On a appelé une seconde ambulance rien que pour ça.

Deux types sont entrés dans la pièce, puis des éclairs de flashes ont dispersé les ombres. J'ai compris qu'ils ôtaient la bâche au bruit de plastique qui m'est parvenu.

– Ah oui d'accord, a fait une voix. Le tueur de femmes, c'est ça ?

– C'est dégueulasse, a commenté quelqu'un d'autre. Si ma femme veut faire le ménage comme ça, je lui dirai que ça fait des taches !

J'ai agrippé le bras de Fourmond :

– Faites-les taire, bon Dieu !

– Ça les défoule. C'est leur façon d'être dégoûtés. Ils en voient d'autres, mais à chaque fois ils font les marioles pour ne pas se mettre la tête à l'envers.

Il leur a quand même conseillé d'aller traîner ailleurs leur humour de bouchers dès qu'ils auraient terminé leur travail.

Je me suis redressé, puis levé. La tête me tournait encore un peu. J'ai regardé le jardin. Des jonquilles s'ouvraient le long de la murette de clôture. Derrière moi, des tas de gens s'agitaient. Un « Bonjour Docteur » m'a fait me retourner. Un grand type, sec et élégant, posait sa serviette sur un fauteuil en serrant la main de Fourmond.

– Montrez-moi ça, a-t-il ordonné à un infirmier des pompiers.

L'autre a enlevé la bâche, et le corps de Fanny est apparu dans toute sa pâleur sinistre.

– La tête a été découpée post-mortem. Vous ne l'avez pas retrouvée, j'imagine ? La mort a dû être causée par l'hémorragie interne massive.

Fourmond hochait la tête, mais je me suis aperçu qu'il évitait de regarder le cou béant.

– Bon, a continué le médecin. De toute façon, je vous en dirai davantage ce soir vers dix-huit heures, et demain matin, j'aurai les résultats des analyses et des prélèvements.

Je me suis retourné vers le jardin pour ne pas les voir détacher le corps de la chaise. J'ai entendu les hommes souffler en dégageant Fanny de sa position de torture, en se donnant à voix basse des conseils de prudence. J'ai fait quelques pas vers la porte vitrée qui ouvrait sur la petite pelouse. L'air frais a fait refluer un peu mon malaise.

– Il fait de plus en plus fort, votre bonhomme, a observé le médecin. Vous nous l'arrêtez quand ? Vous savez que j'ai deux filles en âge d'être massacrées ?

– On va l'avoir, on va l'avoir, a grogné Fourmond.

– Avec toutes leurs conneries de Bicentenaire, ils nous fabriquent des nostalgiques de la guillotine d'un genre un peu spécial ! a déclaré le médecin légiste en rangeant ses affaires dans sa serviette. Il n'empêche. Une décollation volontaire, c'est la première fois que j'en vois une. C'est quand même moins impressionnant que les accidents ou les suicides sur les voies ferrées.

Il m'a jeté un coup d'œil avant de sortir, raccompagné par Fourmond.

– La famille ? l'ai-je entendu demander.

La réponse de l'inspecteur s'est perdue dans le brouhaha du dehors. Je suis resté deux ou trois minutes seul face aux jonquilles, puis un flic est venu me chercher. L'inspecteur Fourmond m'attendait dans sa voiture.

« Pourquoi m'avez-vous appelé ? Comment avez-vous su ? »

La voiture de police brûlait les feux rouges les uns après les autres. Fourmond m'a tendu un répertoire téléphonique très banal, toilé de noir.

– Vous êtes là-dedans. Adresse et téléphone. On a trouvé ça dans son sac à main.

Mon nom était tracé d'une écriture complètement renversée vers la gauche, ronde et appuyée. En page L, j'étais le seul.

– Sachez qu'on recherche l'amie qui lui a prêté la maison.

– Pour quoi faire ?

– Pour vérifier. On vérifie toujours tout. Tant que nous n'aurons pas retrouvé cette femme, tant que nous n'aurons pas contrôlé tous les numéros de téléphone qui se trouvent dans ce carnet, nous ne serons sûrs de rien. C'est ce souci des vérifications qui explique votre présence ici.

– C'est-à-dire ?...

Il n'a pas répondu. Il s'est emparé d'un téléphone et a donné des ordres brefs que je n'ai pas écoutés. À force de griller toutes les priorités, on est arrivés en moins de cinq minutes rue Castéja. Pendant qu'on montait dans les bureaux et qu'on parcourait des couloirs sans fin, personne n'a prononcé un mot. J'avais même la sensation que les trois flics qui m'accompagnaient évitaient soigneusement mon regard.

Dès qu'on a été installés dans son bureau, l'inspecteur Fourmond a fait d'une voix brutale, cassante, ce qu'il a appelé un résumé de la situation. Les femmes tuées depuis huit mois dans l'agglomération bordelaise, la sauvagerie des meurtres, l'absence totale d'indice, les piétinements de l'enquête. Et puis au milieu de trois meurtres, moi, Louis Lorenzo, père d'une des victimes, lié avec les deux autres. Ce n'était plus une coïncidence, selon l'inspecteur. Il s'agissait bel et bien d'une convergence de faits plus que troublante. Pour conclure, il m'a fait remarquer qu'on pouvait être sérieusement suspecté pour moins que ça.

– Suspecté de quoi ? ai-je demandé.

– Ça peut aller d'entrave à la justice jusqu'à assassinat avec préméditation, en passant par le faux témoignage ou la complicité avec le meurtrier. Vous le voyez, la gamme est très étendue.

Il s'est tu et s'est mis à marcher de long en large en se raclant la gorge. Il est revenu derrière son bureau et a attrapé dans un tiroir une boîte de cachous jaune qu'il a secouée au creux de sa main.

– Comment avez-vous connu Fanny Prima ?

J'ai encaissé. Quelques lueurs fugitives m'ont ébloui. Voilà pourquoi je ne l'avais pas trouvée à l'hôpital.

– Je n'ai connu que Fanny Darnon.

– Darnon, c'est le nom de l'amie qui lui a prêté la maison. Comment l'avez-vous connue, quel que soit le nom qu'elle vous a fait gober ?

– Par hasard. On s'est rencontrés et on s'est plu.

– Par hasard ? Je vous croyais plutôt solitaire et casanier, depuis votre divorce et surtout la mort de votre femme.

Je prenais soin de ne pas m'accrocher trop aux bras du fauteuil où l'on m'avait assis, mais je me sentais tanguer sérieusement sous les questions qui soufflaient autour de moi.

– Vous ne me croirez pas, si je vous raconte comment on s'est rencontrés.

– Je ne demande qu'à vous écouter, a souri Fourmond. Une histoire d'amour, ça me changera un peu de tous ces meurtres dégueulasses.

– J'ai eu un malaise, un soir, rue Sainte-Catherine. C'était quelques jours après l'incinération de Marianne. J'avais décidé d'aller au cinéma pour me changer les idées, et je marchais vers la porte Dijeaux pour me rendre au Gaumont. Et puis tout d'un coup, tout s'est mis à tourner, j'ai été pris de nausée, et le trou noir. Quand je suis revenu à moi, des tas de gens me regardaient, en cercle autour de moi, sans rien faire. Quelqu'un a écarté les badauds et s'est penché sur moi, c'était Fanny. Comme elle était médecin, elle m'a emmené et conduit chez elle. Depuis, on s'est revus à trois ou quatre reprises.

Toutes les images des moments passés en sa compagnie sont remontées en même temps, et j'ai commencé à pleurer, incapable de rien articuler. J'ai entendu Fourmond me demander doucement de me reprendre, que pleurer ne servait à rien. J'ai eu envie de lui crier que rien ne servait à rien, que les morts, surtout eux, ne nous étaient plus d'aucune utilité, et qu'avec ce genre de raisonnement, on pouvait tout de suite creuser des fosses communes que l'on comblerait à la chaux vive. Que savait-il, lui, des larmes ? Qu'elles ralentissaient le cours de son enquête en m'empêchant de répondre à ses questions ? Qui pourrait jamais partager le goût de ces larmes qui me coulaient dans la bouche et me livraient au regard de ce flic avec indécence ? J'aurais voulu lui hurler tout ça, ma peine, mon amour, ma haine mortelle pour le tueur, mes souvenirs de tendresse où se confondaient Marianne et Fanny, où se bousculaient les putains de mots que je n'avais jamais su dire, que jamais je n'avais voulu apprendre. J'aurais renversé mon âme en vrac sur son bureau, et qu'en aurait-il fait ? Un procès-verbal, signez là Monsieur Lorenzo ?

J'ai laissé tout déborder. Quelqu'un a dit dans mon dos qu'est-ce qu'il a ? On appelle un toubib. J'ai glapi, trépigné, avec des sanglots qui ressemblaient à des fous rires. Les portes se fermaient, s'ouvraient, derrière moi, dans les bureaux voisins. Un cirque à moi tout seul. Visitez la ménagerie, c'est gratuit.

Peu à peu, le silence est revenu. Autour de moi, et à l'intérieur. Je me suis senti abruti de fatigue en même temps que refluait cette marée brutale qui m'avait submergé. J'ai regardé Fourmond. Lui-même me contemplait sans bouger, ses mains jointes coupant sa figure comme le fer d'une lance. J'ai balbutié des excuses.

– Laissez tomber les excuses. On continue ? Il faut qu'on avance, vous savez.

J'ai fait signe qu'il pouvait y aller.

– Vous avez dit que Fanny Prima était médecin. Il semble bien qu'elle vous ait raconté des sornettes. En fait, elle était infirmière. C'est marqué sur sa carte d'assurée sociale. Renseignements pris, elle était intérimaire dans une agence de personnel médical.

J'ai secoué la tête. Le k.o. se confirmait.

– Mais pourquoi elle m'aurait menti à ce point ?

– Et vous ? Vous ne mentez jamais ? Ce qui m'intéresse, voyez-vous, c'est davantage les silences et les contre-vérités que vous accumulez depuis qu'on se connaît, que les mensonges un peu pervers, mais d'ordre strictement galant, que Fanny Prima vous a fait croire. Vous rendez-vous compte que vous n'êtes en mesure de fournir aucun alibi pour les meurtres de Corine Maçon et de Fanny Prima ?

Il recommençait avec sa tactique de pression. Il s'est éloigné dans le fond de la pièce, derrière moi, où je l'ai entendu fouiller dans un tiroir. Il est revenu à son bureau avec un cendrier et un paquet de cigarettes. Il m'en a offert une.

– Ce sont des blondes. Je n'ai que ça.

Je l'ai remercié lorsqu'il m'a tendu un briquet.

– Qu'est-ce que vous avez au doigt ? a-t-il demandé tout d'un coup après un long silence.

– Je me le suis coincé dans une porte. Le toubib m'a fait un gros pansement parce que j'ai une phalange fracturée.

– Vous êtes en période de chance. Surveillez-vous.

Il lorgnait sur mon pansement avec une envie évidente de le défaire pour jeter un coup d'œil sur ce qu'il cachait.

– Je vais vous faire examiner par un médecin. Au moins, il changera votre bandage.

Il a donné un coup de fil et cinq minutes plus tard, un homme à la barbe et à la calvitie naissantes a fait son entrée. Il portait une petite mallette noire qu'il a ouverte aussitôt et a pris une paire de gants en caoutchouc.

– Ça vous fait mal ? a-t-il demandé tout en dénouant la bande.

J'ai dit que non, pas tellement.

– Elle coupait bien, la porte qui vous a coincé, a-t-il observé. Il faudra moins aiguiser les montants, à l'avenir.

– Alors ? s'est inquiété Fourmond.

– Amputation. Il a été soigné aussitôt. Du travail propre. Je vais vous changer le pansement, m'a-t-il dit. Vous ne serez pas venu pour rien.

– De toute façon, il ne sera pas venu pour rien, a insinué Fourmond.

Le médecin a haussé les épaules. Il travaillait vite, avec une dextérité de prestidigitateur.

Quand il a été parti, Fourmond s'est emparé d'une chaise qu'il a traînée près de moi pour s'asseoir dessus à califourchon. S'il avait porté un chapeau il l'aurait probablement repoussé en arrière, dégageant dans la clarté incertaine de la lampe de bureau un front soucieux creusé de rides parallèles. J'essayais de penser à autre chose pour éviter de lui rire au nez. Rire nerveux, sans doute, mais qui me pesait sur la poitrine.

– Première preuve de mensonge, Monsieur Lorenzo. Alors, ce doigt ?

– Alors rien. J'ai dû passer trois jours à l'hôpital pour qu'on m'y soigne correctement.

– On le vérifiera facilement. Quel hôpital ?

– Le Tripode. Ce sont des voisins qui m'y ont transporté.

– Nom des voisins ?

– Foutez-leur la paix. Ce sont des Marocains.

– Nom des voisins marocains ?

– Zerka.

Ce qui pouvait se produire désormais m'était complètement indifférent. Je savais qu'une demi-heure plus tard mon histoire serait dégonflée et que Fourmond appuierait encore plus fort là où ça me faisait mal, espérant que je finirais par craquer. Pour l'instant, il notait tout ce que je lui disais avec un soin méticuleux.

– Si je peux me permettre, lui ai-je dit. Je crois que vous inversez les rôles. Ma fille est morte. Je suis plaignant. Pas suspect. Pour le reste, je peux vous affirmer que je ne suis pour rien dans toutes ces coïncidences, c'est tout. Je peux vous dire une chose : au sujet de mon doigt, je vous ai menti. J'ai été agressé chez moi par deux types qui voulaient me dissuader de retrouver l'assassin de Marianne. Voilà. Un grand costaud et un petit gros qui m'a coupé le doigt avec un couteau à cran d'arrêt.

Fourmond est devenu tout pâle. Il m'avait écouté, son stylo en suspens au-dessus de son bloc-notes, sans me regarder. Il a levé les yeux vers moi, battant des paupières comme pour se défaire d'une hallucination.

– Tiens donc. Vous voilà poursuivi par la Mafia. Ce qui explique que vous nous imposiez la loi du silence, sans doute ? Évidemment, je dois croire vos conneries sur votre bonne mine de dingue flippé par le chagrin ?

Il a appuyé sur le bouton d'un interphone.

– Viens ici. J'ai un client pour toi.

Il s'est levé, a allumé une cigarette.

– Je vous ai assez vu pour le moment. Il faut absolument éviter l'overdose, et avec la gueule que vous avez, on est vite en danger. On va vous servir un plantureux casse-croûte en cellule, et nous reprendrons le cours de vos passionnantes confidences cet après-midi. Et faites-moi grâce de vos prestations de citoyen persécuté par la force publique.

J'étais trop fatigué, mon esprit était trop confus pour que je sois capable de la moindre tentative d'explication. Un gardien est entré, qui m'a pris par le bras et m'a entraîné dans un ascenseur bruyant.

L'odeur d'urine m'a fait hésiter sur le seuil du secteur des gardes à vue. Le gardien m'a poussé en avant.

– Allez, y a presque personne, vous serez tranquille.

Il traînait les pieds. Sa respiration sifflante rythmait ses pas. Il a ouvert une cage grillagée.

– C'est là.

Il a vérifié que je n'avais ni ceinture ni lacets. La serrure a claqué deux fois.

– Je t'apporterai un sandwich. T'as droit au traitement de faveur.

Il s'est traîné vers la sortie. D'autres verrous ont résonné avant de laisser la place à un silence seulement troublé d'éclats de voix amortis par la distance et les cloisons. J'ai examiné la cage à singe où je me trouvais, mitoyenne avec deux autres vides, sauvagement éclairées de néons. Plus loin, sur une sorte de couchette, gisait une forme pelotonnée qui émettait un ronflement laborieux. Dans un coin du réduit où je me trouvais s'ouvrait une chiotte à la turque où des traces d'excréments et de vomissures essayaient de sécher. J'ai réprimé une nausée en respirant à fond, bouche ouverte. J'ai repensé à Fourmond. J'essayais de comprendre pourquoi je m'entêtais ainsi à ne rien lui dire. La seule réponse à cette question consistait en l'apparition dans mon esprit du cadavre de Marianne à la morgue, du corps mutilé de Fanny.

Quand je suis revenu à ce qui m'entourait, m'efforçant de purger mon cerveau de cette horreur, j'ai aperçu, me regardant fixement, le type qui dormait jusque-là recroquevillé sur son banc. Il s'est levé et a marché dans ma direction pour venir se coller au grillage de sa cellule, les doigts crispés au treillis d'acier.

– T'as une clope ? a-t-il demandé.

Il était petit, mal rasé ; son front était barré d'une blessure impressionnante. Comme je lui ai répondu que non, il m'a tourné le dos et a lâché un pet sonore qui a résonné de façon écœurante dans l'espace vide.

– Enculé ! T'es comme les autres ! Un sale enculé ! Je chie à la fente de ta mère !

Il bramait ses injures le dos tourné, la tête légèrement relevée, comme s'il s'adressait aux néons.

– Je la nique, cette salope ! Je lui éclate la moule !

Je m'attendais à voir débouler les gardiens qui viendraient le calmer en lui cognant dessus. Au lieu de cela, quand l'homme s'est tu, le silence a laissé perler quelques rires gras et le grincement lointain d'une porte. L'homme s'est assis, me faisant face, en se grattant l'entrejambe. Il me regardait avec fixité, l'air absent. Je me suis aperçu qu'il portait un nœud papillon fixé de travers, et que le costume qu'il avait sur le dos était d'une bonne coupe.

Au bout d'un moment, j'ai senti un abrutissement me gagner. Je me suis replié en chien de fusil et j'ai dormi aussitôt. Sans l'ombre d'un cauchemar pour m'effrayer.

Ils m'ont relâché dans la soirée. Je ne devais pas quitter Bordeaux, éviter de m'éloigner trop longtemps de mon domicile.

– J'aurais pu convaincre le juge de vous inculper, alors ne jouez pas trop avec mes nerfs. Tôt ou tard, je vous coincerai, et une bonne partie de cette affaire sera résolue. Je vous jure que je trouverai les éléments qui me manquent pour vous faire regretter de vous payer ma gueule.

Je l'ai laissé dire. Quand il a eu terminé, je lui ai demandé si c'était tout. Il m'a répondu d'un geste qui me montrait convulsivement la porte.

Arrivé chez moi, j'ai mangé. Des œufs, je crois, quelle importance ? Puis j'ai repéré où se situait le cabinet du docteur Lamantin. C'était au Bouscat, dans un quartier résidentiel derrière le parc Bordelais.

J'ai décidé que je m'y rendrais dès le lendemain, après m'être assuré qu'il consultait bien ce jour-là.

J'ai ensuite passé un bon moment sur le minitel, sans trouver la moindre trace d'Hector. Il avait dû changer définitivement de pseudonyme ; désormais, les messageries ne me serviraient plus à rien. J'ai éteint après un dernier coup d'œil aux listes qui ne voulaient plus rien me dire.

Le cabinet de Lamantin occupait une maison de pierre d'un étage en partie cachée par des arbustes à feuillage permanent. Je me suis garé pratiquement en face, il était à peine neuf heures. L'homme de l'art ne commençait ses consultations qu'à dix heures, mais je ne voulais pas manquer son arrivée. Une demi-heure plus tard, une BMW s'est rangée à une vingtaine de mètres devant moi. Un homme brun, élégant, en est descendu, un attaché-case à la main, et il a entrepris de traverser la rue.

Je l'ai apostrophé un peu plus fort que je n'aurais voulu. Ma voix tremblait, et j'avais peur qu'il s'en aperçoive. Il a tourné vers moi un visage bienveillant et affable. Sa cinquantaine, apparemment, devait plaire aux femmes. Il m'a dévisagé d'un regard bleu, très clair.

– Il faut que je vous parle, Professeur.

– Ici ? Au milieu de la rue ? a-t-il ironisé.

– L'endroit importe peu. Il vous sera indifférent à vous aussi quand vous saurez ce qui m'amène.

Il a marché vers la porte où brillait la plaque de cuivre.

– Entrons, voulez-vous ? Je ne commence à travailler que dans un gros quart d'heure.

J'ai pénétré dans son cabinet derrière lui, et il s'est aussitôt assis derrière son bureau de verre et d'acier laqué de noir. Je me suis retrouvé un peu stupide au milieu de la pièce, debout les bras ballants, en quémandeur, et j'ai connu un moment de flottement.

– Je suis Louis Lorenzo, ai-je attaqué.

– On se connaît ?

– Oui. Enfin... Pas directement...

L'air innocent qu'il se donnait, le regard ironique dont il me toisait rendaient ma situation aussi confortable que celle d'un insecte épinglé sur une plaque de liège.

– Je vous connais par un de vos amis, me suis-je repris. Un brocanteur surnommé Plaies-Mobiles.

– C'est très drôle, comme sobriquet. Il vend des soldats de plomb, votre ami ?

Il a posé ses mains à plat sur le bureau comme s'il allait se lever.

– J'ai du travail, Monsieur. Venez-en au fait.

Il semblait plus agacé que gêné. C'était un comédien diabolique. J'ai décidé de bluffer :

– Je vous ai vu sur la cassette. C'est excellent pour le cœur, les activités auxquelles vous vous livrez durant les week-ends.

Je crois bien qu'il a pâli. Il n'était pas du genre rougeaud, sa peau était hâlée, peut-être un peu jaune, mais il m'a semblé que le sang s'en était brusquement retiré.

– Je ne vois pas de quoi vous voulez parler.

– Je viens vous porter la réponse à la question que vous aviez confiée aux deux demeurés qui m'ont rendu visite l'autre soir. C'est à cette occasion que j'ai fait la connaissance de Plaies-Mobiles. Vous fréquentez des chirurgiens d'un genre un peu particulier.

Il s'est levé, a ouvert son attaché-case et a farfouillé un instant dedans. J'ai cru qu'il allait en sortir une arme, comme dans les films policiers. Il s'est contenté de jeter sur le plateau de verre de son bureau un paquet de cigarettes, puis en a allumé une. Au culot, pour le bluffer davantage, je me suis servi et je lui ai demandé du feu. C'étaient des cigarettes ultralégères, elles avaient peu de goût.

Lamantin a marché vers le fond de la pièce, où il a fait couler de l'eau dans un petit lavabo. Il s'est passé une main mouillée dans la nuque.

– Combien voulez-vous ? a-t-il demandé sans se retourner. J'ai là sept mille francs. Je vous fais parvenir le double avant ce soir. Qu'en pensez-vous ?

– Parlez-moi de ma fille et des gens qui participaient à vos week-ends sportifs. Allez. Parlez. Ce que vous direz n'a pas de prix. Je veux seulement la cassette.

Il est repassé derrière son bureau et s'est calé dans son fauteuil.

– La cassette, je l'ai effacée dès que je l'ai récupérée. J'ai enregistré un western dessus : *La Captive aux yeux clairs*. Un beau titre, n'est-ce pas ? Bon. Mes week-ends. Nos week-ends, devrais-je dire. Sachez que les gens qui y participaient étaient tous consentants, adultes et responsables. Que voulez-vous que je vous dise ? Je commence par votre fille ?

Je lui ai fait signe de continuer en m'asseyant sur un siège réservé aux patients.

– Elle était l'une des plus actives. Prête à toutes les audaces, à toutes les innovations. Et quelle imagination ! Elle nous laissait parfois pantois, tant, à chaque fois, elle se surpassait, jusqu'à mettre sa santé en jeu. Elle n'avait pas sa pareille pour décoincer les petites nouvelles, les timides qui avaient répondu du bout des lèvres aux annonces. En quelques heures, elle les transformait en furies brûlantes, c'était extraordinaire ! Pendant les deux années où elle a participé à nos réunions, elle a toujours fait preuve d'un dynamisme et d'une gentillesse sans faille... Et je vous dois bien un aveu : je crois que j'en étais amoureux. Non parce qu'elle m'accueillait toujours avec une intense jouissance quel que fût l'orifice qu'elle m'offrait, mais plutôt parce que je la considérais comme un alter ego féminin. Je savais que si j'étais trop pris pour tout organiser un jour, elle s'occupait de tout avec une autorité remarquable. La seule chose qui nous séparait un peu était sa légère préférence pour les ébats saphiques. Je l'y ai même vue convertir des femmes à hommes fanatiques, et...

– Arrêtez, ai-je bredouillé. Je devrais vous massacrer. Marianne n'était pas celle que vous décrivez, c'est impossible !

Je criais, accroché à mon siège. Et lui, à l'aise dans son fauteuil, me considérait d'un air narquois.

– Vous employez là un terme que Marianne méprisait. Et puis, vous avez vu la cassette, non ? Quelle preuve vous faut-il donc ? Vous croyez que c'est une doublure, qui suce et se fait sodomiser en aboyant ? C'est un sosie, qui a ce goût si particulier pour le Coca-Cola en bouteille ? Allons ! Votre fille était la salope la plus déjantée que j'aie jamais connue ! Rendez-vous à l'évidence !

– Et les autres ? ai-je hurlé. C'étaient des enfants de chœur ?

J'ai avancé sur lui, il a eu un geste de recul du buste en me voyant m'approcher.

– Et cette saloperie de tueur de femmes ? Il est déjanté, sans doute, lui aussi ? Amateur d'émotions fortes, et vous le couvrez ? C'est peut-être vous ? Ça expliquerait bien des choses, pas vrai ? Cette rage à vouloir savoir ce que j'avais vu... Ou alors c'est votre ami Moussard ? Vous voyez, j'en sais, des choses !

La porte a grincé dans mon dos. Une jeune femme blonde nous a regardés avec inquiétude.

– Docteur ? J'ai entendu du bruit, je croyais que...

– Marie-Pierre, a fait Lamantin le souffle court. Annulez les rendez-vous, reportez-les à demain après-midi... Dites-leur que je suis souffrant.

– Mais...

– Faites ce que je vous dis. Soyez gentille.

La secrétaire a refermé la porte doucement, et quelques minutes plus tard, les pas des patients qui repartaient ont résonné dans le hall. Peu après, la secrétaire est partie à son tour. Nous étions seuls, et Lamantin n'en paraissait guère rassuré : il regardait autour de lui comme si des justiciers allaient bondir de tous les coins de la pièce. J'ai décidé de marquer mon avantage :

– Plaies-Mobiles m'a raconté que vous recrutiez des professionnelles pour que les invitées occasionnelles se sentent moins bloquées. Racontez-moi ça.

– C'est Moussard qui s'occupait de ça. Il fréquente les salons de massage, et il connaît tout un tas de filles prêtes à faire des extras pendant les week-ends.

– Vous voulez dire que vous les payiez ?

– Pas toutes. Certaines venaient là parce qu'elles aimaient ça. Et puis il était facile de trouver des contreparties.

– Lesquelles ?

– Vous en demandez trop...

Un silence oppressant s'est aussitôt installé. Le passage d'une voiture, dans la rue, a semblé rendre vie à la scène. Lamantin a ouvert un tiroir de son bureau, et en a manipulé le contenu quelques secondes. Pour ma part, j'essayais d'organiser mes idées, si bien que l'effort de logique où j'étais plongé m'a empêché de comprendre tout de suite pourquoi il s'était mis à sourire. Il tenait un pistolet noir, un automatique comme j'en avais vu à l'armée entre les mains des officiers.

– Je crois que je vous en ai trop dit.

Il s'est levé.

– Vous n'avez pas parlé sous la torture, il me semble. J'ai même cru déceler chez vous un certain plaisir à me raconter tout ça.

– Disons que je me suis donné d'impérieuses raisons d'en finir. À aucun prix je ne laisserai ma réputation salie par un minable dans votre genre.

Je lui ai fait remarquer qu'un meurtre, dans sa situation, n'était pas la meilleure façon de préserver sa réputation.

Il a éclaté de rire.

– Quel meurtre ? On retrouvera votre corps dans la Garonne, coincé sur un banc de roseaux quelque part dans la Gironde, et la police croira à un geste désespéré. Crevettes et anguilles, par leur travail patient et vorace, compliqueront considérablement le travail du médecin légiste.

C'était la première fois que je me retrouvais nez à nez avec une arme et que l'on me faisait envisager les modalités de ma propre mort. Celle des êtres aimés me plongeait dans des abîmes paniques, et le mois qui venait de s'écouler m'avait montré de près l'horreur et la mutilation. Mais tout à coup, l'image de mon cadavre bouffé par les bestioles peuplant l'estuaire s'imposait à moi avec une froide netteté. Je fixais l'extrémité du canon, le cran de mire, l'échancrure luisante de la culasse, pendant que le clapotement nauséeux de l'eau chuintait dans mon esprit. Je n'éprouvais ni peur de l'arme ni épouvante à la vision de ce qu'il adviendrait de moi.

– Je vais sortir d'ici, ai-je dit à voix basse. Je vais prendre ma voiture, et me rendre dans un bar pour écrire à la police tout ce que vous venez de me dire. Ce que je leur apprendrai sur la mort de Corine Maçon les passionnera sûrement. Vous ne tirerez pas parce que vous avez plus à perdre que moi dans cette affaire.

– Ils ne vous croiront pas.

– Alors pourquoi me menacer de mort ? Pourquoi vous être acharné sur moi ? Ils veulent avoir le tueur de femmes, et le genre de piste que je vais leur indiquer ne les laissera sûrement pas indifférents.

Il a posé le pistolet sur le bureau et s'est retourné vers la fenêtre.

– Partez. Je me demande pourquoi je vous ai laissé entrer.

– Vous êtes trop sûr de vous. Vous avez pensé me crucifier en me décrivant les frasques de Marianne, en me submergeant de saloperies, persuadé que chaque détail m'assommerait, me ferait reculer. Assommé, je l'ai été plusieurs fois ces derniers temps, et pour le compte. Mais j'apprends à encaisser, vous voyez. Le cœur, Docteur. Le cœur qui durcit au point de ne plus battre, et que plus rien n'étouffe. Vous devez connaître ça, dans votre métier. Ça s'appelle peut-être la mort, je n'en sais rien. Souvenez-vous de ça, si jamais vous vouliez changer d'avis et m'envoyer vos clébards : je suis déjà mort, ils feraient le déplacement pour rien.

Je suis sorti au moment où le soleil se faisait avaler par un nuage porteur d'averses. Je suis rentré à la maison où j'ai tapé une dizaine de feuillets relatant tout ce que je savais désormais des activités de Lamantin et de son compère Moussard, en prenant la précaution de rester anonyme, me corrigeant plusieurs fois pour ne pas laisser filer d'indices qui auraient pu me faire identifier. Après quoi, je suis allé poster tout ça dans le centre-ville.

Je n'avais plus peur de rien, comme les héros dans les films. J'avais seulement envie de hurler tout le temps, dès que j'étais seul. J'appelais d'une voix nouée Marianne et Fanny. Les héros n'ont pas de ces faiblesses. Ils ne hurlent que lorsqu'ils sont en colère, ça fait frémir les femmes, et trembler les méchants. Mais je n'avais plus de voix, et personne à impressionner.

16

Dès le lendemain, je me suis occupé de Moussard. J'ai trouvé le siège de son entreprise à Bègles, rue du 19-mars-1962, et j'ai attendu son arrivée, comme je l'avais fait pour Lamantin. Je savais que je le reconnaîtrais, car une photo de lui figurait sur tous les encarts publicitaires vantant les mérites de ses maçons, que ce soit dans les journaux ou sur les autobus. Il était difficile d'éviter son visage rond et jovial, ses dents mal implantées qui donnaient à son sourire quelque chose d'inachevé. Aux heures de pointe, certains jours où les bus arboraient son buste cravaté de patron dynamique, on pouvait rester coincé en tête à tête avec lui pendant une demi-heure avant que GERTRUDE* s'y retrouve dans la gestion des embouteillages.

Il a dû arriver vers dix heures et demie, au volant d'une R 25 dont il est descendu rapidement, et a marché d'un pas décidé dans la cour de son entreprise en serrant de droite et de gauche les mains qu'on lui tendait. Il n'était pas très grand, un certain embonpoint alourdissait sa silhouette, mais il bougeait et se déplaçait avec beaucoup de vivacité. Il a disparu à mes yeux en s'engouffrant dans un couloir qui s'ouvrait au rez-de-chaussée d'une sorte de hangar par une porte de verre.

J'étais décidé à ne pas le lâcher. Il finirait bien par me conduire dans un de ces salons de massage qu'il goûtait tant. En fait de salons, il m'a promené aux quatre coins du département et j'ai visité six ou sept chantiers. Cet homme-là ne mangeait pas. À midi et demi, nous roulions à deux cents mètres l'un de l'autre

* Système informatique chargé de régler la circulation à Bordeaux.

sur l'autoroute qui mène à Bazas. Dès qu'il est arrivé sur le chantier, des hommes ont surgi des abris roulants où ils prenaient leur repas et ont suivi leur patron, finissant de mâchonner leur dernière bouchée, en enjambant des coffrages, ou en passant en équilibre précaire sur des planches jetées au-dessus d'immenses flaques boueuses. C'en était fini des gamelles qui refroidissaient dans les roulottes rouillées. En quittant ses hommes, Moussard leur a tapé sur l'épaule, paternel et confiant. Les ouvriers se sont contentés de sourire, échangeant dès qu'il a eu le dos tourné des regards complices.

Moussard est rentré chez lui vers onze heures du soir, après avoir fait un détour par ses bureaux, où il est resté trois heures. J'ai laissé s'éteindre les lumières de son petit hôtel particulier avant de partir me coucher moi aussi.

Le lendemain, j'avais prévu de me confectionner des sandwiches, au cas où la journée serait aussi longue que la veille. En fait, Moussard n'a pas bougé de son bureau, et j'ai dû casser la croûte dans ma voiture. Il n'est sorti qu'à dix-sept heures. Je me suis lancé derrière lui dans les encombrements du centre-ville. J'ai cru dix fois le perdre. Heureusement, sa voiture était facile à repérer. On est arrivés sur la place des Martyrs-de-la-Résistance, à deux pas de l'Hôtel de Police, et Moussard s'est enfoncé dans le quartier tranquille situé derrière l'église Saint-Seurin. Il s'est garé dans la rue Roger-Allo, et a pénétré dans une maison de la rue Colbert. Sur la porte, une plaque blanche gravée de rouge annonçait :

RELAX 2000
DE 10 H A 21 H
SAUF DIM. ET JOURS FÉRIÉS

J'ai sonné. Une femme d'une quarantaine d'années est venue m'ouvrir et m'a prié d'entrer avec un sourire commercial. Je lui ai raconté qu'un ami m'avait parlé de ce centre et me l'avait vivement recommandé, me laissant la surprise de ses méthodes. La femme a ri, apparemment avec sincérité. Elle m'a annoncé que selon la méthode, justement, c'était trois cents ou cinq cents francs, payables par carte bleue, si je le souhaitais.

J'ai choisi le grand jeu, en tout cas le plus cher, à cinq cents francs, et j'ai donné ma carte de crédit.

– Vous signez là, m'a-t-elle indiqué en me tendant le récépissé.

Puis elle a décroché un interphone.

– Laurence ? Quelqu'un pour toi. Cabine numéro cinq.

Elle m'a fait signe de la suivre. Nous nous sommes engagés dans un couloir étroit, entièrement lambrissé de pin verni. Parvenue devant la porte de la cabine, la femme s'est arrêtée, m'a souri de nouveau, et a ouvert la porte en me souhaitant de passer un bon moment.

Dans la cabine m'attendait une fille d'une trentaine d'années, peut-être moins, vêtue d'un court peignoir bleu pâle. Ses cheveux, taillés en casque brun, encadraient de façon autoritaire son visage peu expressif aux yeux noirs et vastes, lourdement fardés de rimmel, et sa bouche charnue, un peu boudeuse, achevait de lui donner un air d'adolescente attardée. Elle a fait quelques pas vers moi en se frottant lentement les mains.

– Déshabillez-vous, on va commencer par le sauna. Je peux vous aider, si vous voulez.

Comme elle parlait, son visage s'était éclairci et animé soudain, et elle me jetait des coups d'œil qui mêlaient l'indifférence à l'ironie distante.

Je me suis débarrassé en hâte de mes vêtements sans qu'elle ait à m'assister dans cette tâche. Une fois que j'ai été nu, la glace qui se trouvait en face de moi m'a renvoyé l'image d'un corps affaissé où brillaient quelques poils argentés, et le fait de rentrer le ventre immédiatement n'a guère amélioré le tableau. La fille m'a tendu une serviette éponge que j'ai attachée autour de ma taille avec soulagement. Je ne m'étais pas trouvé nu devant une femme depuis des années.

La fille a ouvert une porte d'où se sont échappées des volutes de vapeur.

– Vous restez un petit quart d'heure. Après, je vous montrerai comment vous doucher.

La salle de sauna était plus vaste, mais son plafond semblait plus bas. Un autre type se trouvait là banalement assis sur un banc à claire-voie, les mains posées sur les genoux. Je me suis assis également, et j'ai commencé à regarder ma montre. Il faisait là-dedans une chaleur infernale, et des paquets de vapeur jaillissaient parfois d'une bouche d'aération située au milieu d'une des cloisons. J'ai toujours détesté la chaleur (c'était une des raisons qui m'avaient rendu très vite la guerre d'Algérie intolérable), la transpiration, les effluves qu'elle suscite. J'étais servi. J'ai senti la serviette autour de ma taille s'humidifier de mes sécrétions. En face de moi, le type qui était assis a dénoué sa serviette pour essuyer son visage ruisselant, et il a croisé les jambes pour tenter de dissimuler l'impeccable garde-à-vous dans lequel son bas-ventre présentait les armes. Bien vite, il a posé sa serviette en vrac sur sa turgescence, et il a soupiré avec effort.

Mon hôtesse est venue me chercher au bout de dix minutes et m'a fait pénétrer dans un étroit cabinet de douche qui s'ouvrait dans une des cloisons de la salle de soins où je m'étais défait de mes vêtements. Une eau glaciale s'est effondrée sur moi, dont chaque goutte cherchait avec violence à me percer la peau. J'ai bondi en arrière pour me mettre à l'abri, collé contre le mur carrelé de bleu marine, le souffle coupé. La main de la fille, insensible à la glace qui s'abattait sur elle, m'a attiré sous la pomme de douche en m'assurant que cela me délasserait. Pour l'instant, j'étais raide comme un sac de noix. Elle a manipulé les robinets, et peu à peu, l'averse s'est faite plus tiède. À force d'insister pour que je me mouille, de tourner des robinets dont l'accès était malaisé pour elle, son peignoir était détrempé sur le devant et révélait avec franchise qu'elle ne portait rien dessous. Je voyais ses seins bouger et se coller au tissu mouillé. Elle s'est emparée d'une savonnette au parfum entêtant, et a commencé à me frotter le dos : je me sentais réduit à l'état d'objet infantile et m'attendais à ce qu'elle insiste bien, de la pointe de l'index, au fond des oreilles.

Je me suis vite aperçu qu'elle s'éternisait sur d'autres endroits, autrement sensibles à sa sollicitude. Elle agissait l'air de rien, les mains couvertes de savon, un sourire neutre aux lèvres. J'ai eu le geste d'écarter son bras, mais j'ai croisé son regard brillant, sa bouche s'est entrouverte. Au bas de mon ventre, sa main en a profité pour assurer sa prise et hâter le mouvement. Elle m'a laissé au bord du plaisir, et m'a invité à venir me coucher sur la banquette de skaï qui occupait le centre de la pièce. Pendant que je m'installais, elle a ouvert un petit placard et s'est changée. Elle me tournait le dos, et s'est trouvée nue durant quelques secondes, sans se soucier de mon regard ni de ce que je pouvais faire. Ne sentant plus ses mains sur mon corps, je retrouvais l'usage de la parole :

– Mon copain avait raison. C'est très bien, ici.

– Ton copain ?

Elle s'est retournée en finissant de nouer le kimono qu'elle portait à présent.

– Oui. Moussard. Vous le connaissez ? Il m'a dit qu'il venait souvent ici.

– Bien sûr, que je le connais. C'est un gourmand.

Elle s'est approchée de moi.

– Mets-toi à plat ventre, les mains le long du corps.

Son massage, de la frime. J'étais même plutôt content de n'avoir aucun problème de dos. Elle n'était réellement efficace que dans la zone comprise entre les lombaires et les genoux. Très vite, elle m'a fait me retourner, et a souri en constatant mon émotion palpitante.

– Tu es encore un peu contracté. On va arranger ça.

Après, j'ai fermé les yeux. Je me suis laissé tomber au fond d'elle. Elle m'a porté très haut, à la cime de mon souffle, et je me suis oublié, esprit et corps, dans un vertige effarant. Dix ans que je n'avais pas connu cette chute libre.

J'ai rouvert les yeux. Elle était couchée sur moi. J'ai parcouru du doigt le sillon de son cul. Je ne voyais que ses cheveux, répandus sur ma figure. Son visage se tournait ailleurs. Elle n'était pas payée pour me regarder.

Elle s'est redressée, est demeurée à califourchon sur moi, s'est soulevée avec précaution pour me faire sortir d'elle, et a quitté la banquette sans plus me regarder. Elle a ensuite enfilé son kimono et a plié sa culotte qu'elle a enfoncée au fond d'une poche, puis s'est absorbée dans la contemplation du sol. J'ai compris qu'il fallait que je sorte. Je n'existais déjà plus. Je me suis assis sur la banquette en me demandant comment m'y prendre pour établir la conversation. J'ai finalement décidé de me faire encore plus stupide que j'étais.

– Sacré Moussard ! Il n'a pas menti !

La fille a souri avec amertume.

– Il m'a même parlé de certains week-ends. Il m'a dit que des… hôtesses y participaient parfois. Vous y êtes déjà allée, vous ?

Elle a secoué négativement la tête et m'a regardé avec curiosité.

– Les week-ends, je m'occupe de ma fille, a-t-elle commenté un peu sèchement.

– Je disais ça, parce que j'aimerais bien organiser un truc avec un groupe d'amis, hommes et femmes… Je pensais que quelques personnes un peu expérimentées, quoi, aideraient tout le monde à se débloquer, vous voyez ?

– Je vois. Vous ne vous rhabillez pas, en attendant votre partouze ?

J'ai sauté par terre et me suis précipité sur mes affaires, réalisant brutalement que je parlais nu avec une femme, pratiquement depuis cinq minutes, sans éprouver aucune gêne. Je me sentais confus et grotesque. Quand j'ai eu enfilé mon pantalon, elle s'est approchée de moi :

– Il faut que vous parliez à Sophie. Elle a déjà participé à ce genre de trucs avec Moussard, et elle a tout le temps besoin d'argent.

– Je peux la voir quand ?

Elle a réfléchi tout en marchant vers la porte, qu'elle a ouverte.

– Ce soir au Montesquieu vers dix heures. Je lui téléphonerai, je pense qu'elle viendra. Vous négocierez directement avec elle.

– Et vous ? Vous ne serez pas là ?

Ses yeux sombres se sont immédiatement transformés en projectiles menaçants.

– Que j'y sois ou pas, qu'est-ce que ça peut faire ? Vous croyez que je fais tout ça pour vos beaux yeux fatigués ? Ce soir comme il y a cinq minutes, chacun restera à sa place. Serviettes d'un côté, torchons de l'autre.

J'ai filé dans le couloir en l'entendant refermer un peu vivement la porte de la cabine. Dans le petit hall d'entrée, la maquerelle qui m'avait accueilli m'a salué d'un au revoir marmonné sans lever les yeux de la revue féminine qu'elle était en train de lire.

Le soir, je suis arrivé en avance au Montesquieu. Je me suis installé sous une immense plante verte factice, et aussitôt un loufiat est venu prendre ma commande. Il avait l'œil fait, le cheveu gominé, et ne devait guère être âgé de plus de vingt ans. Il attendait avec indolence que je me décide. La consommation la moins chère était le café, à neuf francs cinquante service compris, alors un café. À ce prix-là, il était difficile de résister à la tentation. Le serveur a eu l'air déçu et a fait volte-face vers le comptoir d'un mouvement vif et méprisant. Différente était son attitude avec les tables d'où venaient des commandes plus abondantes : cocktails, coupes glacées, salades composées, crottins chauds lui arrachaient des sourires complices, des astuces, et il s'éloignait vers le bar d'un pas alerte pendant qu'à la table les gens se concertaient, penchés les uns vers les autres, pour apprécier la qualité du service. J'ai toujours eu avec les garçons de café des relations complexes, et finalement amèrement négatives.

Les filles sont arrivées vers dix heures et quart. Laurence précédait sa copine ; elle a esquissé un sourire en m'apercevant. Elle portait un vieux jean délavé et un vaste pull vert et bleu. Elle ressemblait à n'importe quelle jolie fille de son âge, naturelle et discrète. L'autre, Sophie, passait moins inaperçue. Cuir noir, cheveux décolorés, maquillage outré. Elle m'a déplu tout de suite. Dès qu'elles ont été assises, Sophie a posé sur moi un regard curieux et ironique, d'un noir intense. Laurence a fait de brèves présentations. Pendant qu'elles commandaient des cocktails, je me suis distrait de la foule qui faisait la queue devant un cinéma, tout en me demandant comment je ferais pour mener mon interrogatoire.

Le garçon est revenu apporter les consommations, me demandant si je voulais autre chose. Je lui ai répondu que ça irait ainsi. Sa sale gueule m'était décidément insupportable.

– Alors vous vouliez me voir ? a fait Sophie sans transition.

– Oui. C'est mon ami Moussard qui m'a appris que vous acceptiez de participer à des week-ends un peu particuliers… Moyennant finances, évidemment. J'organise ça avec deux copains et un petit groupe de minitélistes. On n'a jamais poussé l'expérience si loin, vous comprenez. On en parle, on s'excite là-dessus, mais les femmes sont très réticentes dès qu'il s'agit d'organiser les choses.

– C'est toujours pareil, a souri Sophie. Elles voudraient jouer les salopes, mais elles tiennent à garder leur honneur sauf. Comme si elles faisaient des omelettes sans casser des œufs. Combien vous payez ?

– Trois mille pour vous, autant pour une autre si vous pouvez la trouver.

Elle a émis un sifflement admiratif.

– Vous payez mieux que Moussard. Pourquoi vous n'êtes jamais venu à ses partouzes ?

– Il m'a toujours dit qu'ils étaient assez nombreux, qu'il y avait trop d'hommes.

Sophie a allumé une cigarette extra-longue qui a dégagé aussitôt une odeur sucrée, un peu écœurante. Elle secouait de temps en temps ses cheveux en soufflant la fumée loin devant elle.

– Elles sont bi, vos femmes ? a-t-elle repris.

– Bi ?

J'ai dû la regarder d'un air parfaitement niais.

– Oui, quoi, s'est-elle un peu agacée. Bisexuelles. Voile et vapeur, si vous préférez.

– Oui, évidemment, ai-je répondu. C'est même leur principal fantasme. Le problème, c'est qu'elles n'osent pas forcément passer à l'acte, et on espère que dans le feu de l'action...

J'ai souri d'un air entendu, et elle a posé sur moi un regard de spécialiste qui réfléchit intensément avant d'émettre une opinion.

– Pour le prix, on pourra initier la plus coincée... Transformer ça en cérémonie, vous voyez... J'ai fait ça dans le temps.

Laurence, qui semblait ne rien écouter de ce que nous disions, s'est raclé la gorge pour parler.

– Sophie est un peu… autoritaire. Y a des mecs qui paient très cher pour qu'elle les batte ou leur morde la queue jusqu'au sang.

J'ai bien regardé Sophie, qui avait porté son regard dur ailleurs, loin dans l'obscurité trouée de spots multicolores et semblait ressasser des sensations ou des souvenirs sanglants. J'essayais d'imaginer l'allure de ces types repartant de chez elle après avoir marché à quatre pattes en jappant après leur maîtresse. Des gens très bien, sans doute. Pas des maniaques hallucinés ou sanguinaires. Des cadres. Des époux qui avaient réussi à capter la sympathie de leurs beaux-parents. Des braves retraités, des veufs ? J'avais presque envie qu'elle m'en fasse un portrait, de ses clients, cette mère fouettarde, pute à cuir et à clous. J'avais envie aussi de m'enfuir en courant et de renverser la table parce que je me sentais tout à coup à côté de la plaque, incongru, déplacé. Discuter avec cette fille distante et raide qui me parlait en technicienne du merdier où je pataugeais me collait la nausée.

À ce moment-là, Laurence a proposé de nous payer un verre de plus et a fait signe au garçon de venir. J'ai finalement commandé un jus de fruit, pour tenter de refouler toute l'aigreur que je sentais s'accumuler au fond de mon estomac. J'ai pris une cigarette dans un paquet qui traînait sur la table, et en soufflant bruyamment la fumée, j'ai pu expulser un peu de l'air mortel qui me broyait la poitrine. Je me suis rendu compte aussi qu'avant de partir, il fallait que j'obtienne le plus de détails possible de la part de Sophie, car à l'évidence elle avait connu Hector au cours de ces week-ends, l'avait peut-être promené en laisse, à l'occasion.

– Comment vous procédez, pour initier les gens, comme vous dites ? Jusqu'où vous allez ? ai-je demandé dans un souffle.

– Comment ça, jusqu'où je vais ?

– Je veux dire dans la souffrance, les sévices ?

Elle a haussé les épaules avec désinvolture.

– Ça dépend de l'ambiance, et du contrat. Si on décide au départ de laisser les gens venir tout doucement, je n'ai pratiquement rien à faire. J'anime, je donne l'exemple, je joue la salope en fusion. Mais on peut partir aussi du principe qu'il faut se soumettre à une règle du jeu plus contraignante. Dans ce cas, il ne faut pas hésiter à forcer les gens, hommes ou femmes. Je me souviens qu'une fois…

Elle s'est interrompue et m'a souri, pour la première fois de la soirée.

– Ça vous plaît, hein, les histoires salaces ?

J'ai souri aussi, complice, d'un air égrillard.

– J'aime bien… Ça me met en condition.

– Je me souviens d'une fille, il y a deux ou trois ans. Coincée, elle était. Elle avait pourtant accepté de venir, sachant que toutes les combinaisons étaient permises. Et au dernier moment, elle a refusé. Hommes comme femmes. La séance était bien partie, et son attitude a commencé à semer le doute. Tout d'un coup, certains recommençaient à faire de la morale. Il a fallu agir. Moussard et son ami, le toubib, m'ont proposé d'organiser une sorte de rituel. On a commencé ça comme une partie de colin-maillard, à poil, et on a terminé par une sorte de cérémonie où les cinq femmes présentes l'ont initiée. Comme elle était attachée sur un lit, on l'a obligée à tout un tas de trucs. Moussard et son ami dirigeaient les opérations, et on obéissait à leurs fantaisies. Mais c'était peine perdue, parce que la fille était si peu consentante, si agressive, que ça ressemblait plus à un viol qu'à autre chose. À tel point que les hommes ont tenu à la baiser tous pour la punir, comme disait le toubib. Moi, j'étais contre cette façon de pratiquer, mais ils ne m'ont pas écoutée. D'autres femmes présentes ont trouvé que la plaisanterie allait un peu loin. Mais ils étaient trop excités. Moussard a même pris des photos, je crois.

Je l'ai écoutée complètement abasourdi. Marianne faisait peut-être partie de cette équipe, et cette pensée me tiraillait en tous sens comme une foule de mauvais fantômes.

– Parmi les hommes qui étaient là, vous n'en avez remarqué aucun qui se distinguait des autres par des réactions un peu particulières ?

– Comment ça, particulières ?

– Je ne sais pas, moi. Un type un peu maniaque sexuel, un malade, quoi. Un pervers qui aurait pu se montrer violent...

– Dans ces cas-là, tout le monde est pervers.

Elle s'est tue brusquement et a allumé une autre cigarette.

– Qu'est-ce que vous cherchez à savoir, au juste ? Et puis, qui êtes-vous pour parler de perversité ?

– Je n'émettais pas de jugement de valeur, vous savez.

Elle a regardé sa montre et a écrasé sa cigarette à peine commencée.

– Je vais aller me coucher. J'ai assez dépensé de salive pour aujourd'hui.

Elle allait se lever quand je l'ai retenue par le bras.

– Attendez. Cinq minutes, et je vous fous la paix.

Elle m'a regardé avec agacement. Laurence contemplait la salle d'un air endormi.

– Vous avez dû connaître ma fille Marianne. Une jolie brune. Je sais qu'elle aimait beaucoup ce genre de week-ends.

Sophie a secoué négativement la tête.

– Je vois pas. Elle se faisait peut-être appeler autrement.

– Je cherche le type qui l'a tuée, et qui a tué quatre autres femmes. Je me demande s'il ne participait pas à ces partouzes. Elle l'a rencontré par minitel, mais je crois que pour accepter si vite un rendez-vous avec lui, elle devait le connaître auparavant.

Du coup, Laurence s'était réveillée. Elle m'a demandé si j'étais flic en passant une main nerveuse dans ses cheveux.

– Non. Je cherche vraiment celui qui a tué ma fille. Si j'avais les moyens de la police, j'aurais déjà retrouvé cette ordure.

Sophie a eu un sourire mauvais.

– Je savais bien que vous n'aviez pas une gueule à partouzer. J'aurais dû me méfier. Pour vous, le sexe, c'est un peu sale, c'est un jeu interdit, un prétexte à des crimes ignobles. Mais comme tout ça vous excite en même temps, vous avez honte. Je me trompe ?

Son assurance m'a exaspéré. Je voulais la ramener à sa place.

– Vous êtes psychologue ? Vous avez la révélation du tréfonds de chaque être quand il éjacule ?

Elle est devenue grave, soudain. Ses joues se sont colorées malgré le fond de teint pâle dont elles étaient fardées.

– Des types, j'en suce vingt par semaine, et les trente autres me grimpent comme des chimpanzés quand ils ne me demandent pas de les battre en leur gueulant des insultes. Et la moitié, vous m'entendez ? la moitié m'en racontent suffisamment sur leur vie de con pour que je puisse en tirer des conclusions psychologiques, comme vous dites. Des comme vous, j'en vois tous les jours, coincés dans leur slip kangourou, désappointés par la ménopause de mémère ou par ses manies. Des braves types qui arrivent tout juste à jouir tellement ils se sentent coupables, péteux à l'idée de payer pour faire ça comme ils n'ont jamais osé le demander. Ils bavent tant devant les revues de cul, qu'ensuite ils me matent en se demandant si vraiment ça existe en chair et en os, un cul et des jambes pareils. J'ai toujours l'impression qu'ils vont me dire : « Vous êtes exactement comme dans le catalogue ! »

Elle a prononcé cette phrase d'une voix traînante et caricaturale. Laurence a pouffé de rire. Je me suis levé.

– Les putes sondeuses de l'âme humaine, ça me laisse rêveur, ai-je tenté de riposter.

– Votre âme, à vous les mecs, ce sont vos couilles ! a rétorqué Sophie. Et on se contente pas de les sonder ! Asseyez-vous deux minutes. Vous me faites pitié.

Je me suis rassis, la rage au cœur, une envie de pleurer me tordant la gorge.

– Votre fille, je la connais pas. Franchement. Mais votre tueur, là, c'est pas un partouzard. C'est pas quelqu'un qui passe à l'acte. C'est un solitaire, un malade. Vous ne le trouverez jamais.

Elle s'est interrompue, et m'a regardé avec une sorte de compassion.

– Laissez tomber. Rentrez chez vous. Allez rejoindre votre femme. Je suis sûre qu'elle vaut mieux que toutes les filles que vous rencontrerez en soulevant toute cette merde. Regagnez votre territoire, Monsieur. Je vous jure que vous n'avez rien à faire ni à gagner par ici.

Je me suis levé de nouveau en l'assurant que j'allais suivre ses conseils. Je leur ai serré la main à toutes les deux. Leurs sourires étaient tristes.

La ville m'a aspiré avec sa bouche froide. Le cours de l'Intendance n'était qu'un couloir glacial et venteux, dont les trottoirs brillaient de flaques ridées sous la lueur des lampes au sodium. J'ai repris ma voiture, et en arrivant face aux quais, j'ai songé que je pourrais continuer tout droit, exploser contre la murette de béton et les fortes grilles noires, plonger en flammes dans le fleuve.

J'ai mis le clignotant pour tourner à droite, en ricanant de moi-même.

17

Je me suis retrouvé chez Marianne. La porte a grincé, comme à chaque fois. J'ai fait quelques pas dans le noir, m'avançant sur la moquette jusqu'à l'endroit où elle était morte. Je me suis assis par terre. J'ai écouté le silence. Je l'ai laissé bourdonner. Tout d'un coup, le monde n'était plus qu'un vaste frelon lointain. Quelqu'un dans la rue a crié. Un coup de vent a mugi pendant quelques secondes en frottant sa gueule aux façades. La profondeur du silence foisonnait en réalité de signes compliqués. D'indices indéchiffrables. Du sang s'est pressé à mes tempes, tambourinant à mes tympans avec des coups d'épaule de fou enfermé. Je vais avoir une congestion cérébrale dans cinq minutes. Déjà, la pression artérielle dans le cerveau atteint des niveaux alarmants. Un hémisphère va disjoncter, des milliards de neurones vont se noyer dans un raz de marée écarlate qui va bousculer mes souvenirs, ma logique, mon intelligence comme des meubles de carton-pâte et tout ça va se coller aux parois comme une boue. Je vais ramper comme une plante verte sans parvenir à coordonner mes mouvements, mes intestins et ma vessie vont se vider. Tout le côté droit sera paralysé. Mort. Je vais m'agiter peut-être en soubresauts, ruant dans les chaises, et je ne verrai pas venir l'ultime convulsion. Le cœur s'arrêtera sans ralentir. D'un coup sans autre écho. Une mort sans réplique, sans résonance.

J'ai pensé tout ça en me concentrant sur le rideau de la fenêtre où venait s'affaler la lueur bleutée du dehors. Je me suis vu mort. Pour m'arracher à ce tourbillon, j'ai appelé « Marianne », fort. J'aurais aimé qu'elle me réponde. « Je suis là. Ce n'est qu'un mauvais rêve. Regarde. » Elle aurait ouvert la porte et Fanny se serait glissée dans la pièce d'un air timide.

Je me suis levé pour empêcher l'hallucination de me saisir tout à fait, et j'ai allumé une petite lampe rougeoyante qui se trouvait sur la bibliothèque. Je suis allé dans la cuisine et j'ai préparé du café. J'ai regardé le liquide brun s'écouler dans la cafetière, surveillant la montée du niveau graduation par graduation. Je l'ai bu très sucré. Un plein bol. Brûlant. Quand il a été vide, je l'ai lancé dans l'évier où il s'est brisé. Je ne sais pas pourquoi j'ai fait ça.

J'ai feuilleté quelques livres, appuyé à l'étagère branlante dont les planches, incurvées sous le poids qu'elles portaient, semblaient sur le point de céder. Je me suis plongé durant plusieurs minutes dans *Au-dessous du volcan*. J'en ai lu une trentaine de pages où j'ai senti la chape bosselée des nuages voûter la nuque du consul. J'ai dû arrêter de lire parce que mes yeux se sont mis à larmoyer et à me piquer. J'ai reposé le livre en me promettant de l'emporter. J'ai farfouillé de nouveau. Il devait y avoir là six cents bouquins dont un bon quart en anglais, que j'écartais systématiquement.

J'ai trouvé le cahier entre deux gros dictionnaires. Un cahier banal, de grand format, à couverture verte de carton plastifié qui portait encore l'étiquette du prix.

L'écriture de Marianne, plus disciplinée que dans les marges des livres qu'elle annotait, se penchait vers la droite, pointue, nerveuse. J'ai tressailli en comprenant qu'il s'agissait d'un journal intime. J'ai tourné les pages jusqu'aux ultimes mots, en date du 10 mars, la veille de sa mort. Régularité de la graphie. Petites ratures pour rectifier d'insignifiantes fautes d'orthographe.

Mardi 10 mars. *Il a plu toute la journée. Trois paquets de copies m'attendent, mais je pense que je vais les repousser à la semaine prochaine. Tant pis pour le proviseur qui s'est plaint de mon manque de régularité dans le travail. Il prétend que des parents sont venus le voir. Ils n'ont qu'à s'adresser à moi. Je ne peux plus me supporter seule ici. Depuis qu'avec S. c'est fini, je vis complètement recluse. Samedi, au Copacabana, un poivrot m'a draguée. Je me serais bien laissé faire, depuis le temps. Ça aurait meublé mon week-end. Au dernier moment, j'ai eu du mal à m'imaginer en train de subir ses coups de reins. En fait, je n'étais guère inspirée.*

Le minitel, voilà qui est plus drôle. Les inconnu(e)s. Trois tentatives, déjà. Le plaisir total. La magie de la rencontre, comme on dit. La peur et la révélation de l'étreinte. Avec cette fille, au cinéma, le mois dernier. Je me suis inondée comme jamais. On a failli devenir folles. Tous ces gens autour de nous qui ne se doutaient de rien... On a dû sortir avant la fin de la séance ; je crois qu'on aurait crié. On a terminé dans ma voiture, puis elle est partie de son côté. C'était la règle du jeu. Ne pas savoir qui elle était, ne pas chercher à la revoir. Je m'amuse à l'idée qu'elle est rentrée s'occuper de trois gosses que le mari gardait à contrecœur. En tout cas, ce genre de rencontres, ça permet de se concentrer sur le plaisir, l'étrange, le danger, pourquoi pas ?

Depuis huit jours, j'ai un nouveau contact : Hector. Le pseudo est ridicule, mais l'individu ne manque pas de finesse. On se retrouve tous les soirs dix minutes. Mais demain, le grand jour : rendez-vous au Shandy. L'endroit est moche et banal, mais c'est central. Je crois que je lui sauterai dessus, à Hector, qu'il soit beau ou pas. Mais je crois qu'il est beau. Il me l'a dit, et je ne crois pas qu'il mente. On ira peut-être à l'hôtel pour baiser. Je ferai tout ce qu'il voudra. J'ai faim, bon Dieu. Et on se quittera. Merci monsieur pour la promenade. Il se rhabillera, il me sourira. Moi, je resterai là pour finir la nuit dans son odeur. Je le regarderai refermer la porte, je serai comme une putain qui a joui.

Arrêtons là. Je me sens tout émue... Est-ce que beaucoup de femmes sont comme moi ?

J'avais cessé de respirer en lisant ça. J'ai vidé mes poumons d'un coup, au bord de l'éclatement. Follement, j'ai tourné les pages en remontant dans le temps.

Jeudi 20 décembre. *Rien ne se passe. Je serai probablement seule pour Noël. Le soir du 31, je ne sais pas. J'ai tout le temps envie de pleurer, sans aucun motif. La nuit dernière, j'ai rêvé que j'accouchais d'un petit garçon. J'ai trouvé la douleur intolérable. Jamais. JAMAIS.*

Vendredi 6 juin. *Demain, week-end avec le docteur et l'ami Moussard. Ces deux vicieux m'excitent comme une folle. J'espère qu'il y aura de nouvelles têtes. Le recrutement par minitel marche bien, mais il faut un temps fou pour mettre les gens en confiance et obtenir un rendez-vous.*

Lundi 9 juin. *Quelle journée ! J'ai eu six heures de cours avec ces petits cons et je n'ai pas pu me concentrer sur ce que je leur disais, l'esprit complètement absorbé par ce week-end. Les deux femmes rencontrées par minitel – une superbe blonde qui adore se faire sodomiser, et une rousse quelconque et vaguement vulgaire – n'ont déçu personne. Soumises à tout, à moi surtout, elles ont eu des écartèlements émouvants. Au bout d'un moment le cul de la blonde dégageait une telle odeur (de terre humide,* *d'eau stagnante) qu'à l'autre bout de la pièce, où je dressais un binoclard, je l'ai sentie, comme un appel. J'y ai traîné mon bonhomme, et on a filmé leurs ébats. Elle bramait littéralement sous les coups de boutoir de l'autre. Pendant tout le week-end, on a dû filmer presque quatre heures, ça nous fera des souvenirs. Car Moussard ne veut plus rien organiser pendant quelque temps. Il est vrai que les élections approchent, et que son amitié avec...*

Quand j'ai jeté le cahier au loin, il était plus de trois heures du matin. J'ai eu l'impression de remonter d'une lente noyade. Je me suis versé du café froid que j'ai avalé à grands traits, indifférent à son amertume. Il m'a fallu un moment pour admettre que ce que je venais de lire était de ma fille, et que ce qu'elle décrivait avec enthousiasme ou distance selon les jours lui était vraiment arrivé, qu'elle avait participé à ces orgies, qu'elle était capable de se perdre si loin.

En plus, je m'étais laissé passionner par le scénario minable du film dont j'avais vu quelques minutes, et ce que j'avais refusé de regarder m'avait empoigné sournoisement. L'estomac soulevé par tout le café que j'avais bu, je me retrouvais pantelant de dégoût et de culpabilité. J'avais lu le journal de Marianne comme s'il s'était agi d'un ouvrage érotique. La boue qu'elle avait soulevée en moi me submergeait à présent : comment pouvais-je juger, condamner, punir ? J'avais lu, avec un empressement malsain, le récit des viols auxquels on l'avait soumise, victime consentante, ou qu'elle avait imaginés, chienne parmi les chiens. Incestueux, voyeur, quinquagénaire salace, voilà comment je me voyais, lourdement rivé à ma chaise au milieu de cette pièce où celle que je croyais être ma fille, enfant silencieuse et docile, était morte.

Je suis resté plongé dans des réflexions vaines et embrouillées pendant une heure, puis je me suis secoué, il était quatre heures et demie et la nuit m'a envoyé dans le corps d'un coup toute sa fatigue. J'ai pris le livre de Malcolm Lowry et le cahier avant de sortir de l'appartement. Sur le palier, ça sentait l'eau de Javel, c'était curieux cette odeur propre au milieu de la nuit, mais des relents de moisissure tentaient de s'imposer.

Rentré chez moi, je me suis endormi tout habillé sur le lit défait. Dans le rêve qui m'a aussitôt saisi, Fanny marchait vers moi, sans jamais se rapprocher, sur une plage d'où la mer avait disparu. L'océan n'était plus qu'une monstrueuse cuvette où stagnaient des flaques d'eau luisantes, et je me rappelle mon angoisse à l'idée que l'eau pouvait revenir d'un coup, en un immense raz de marée qui aurait tout englouti pour toujours.

J'ai dormi longtemps, et longtemps le rêve s'est reformé au bord de cet océan vide comme un œil crevé. À mon réveil, je me suis aperçu que je tenais encore le cahier de Marianne, et il a fallu toute la force du soleil qui entrait à flots par la fenêtre pour me persuader que j'appartenais bien à la réalité des choses.

18

J'ai repris le travail. La parenthèse s'est refermée sans bruit, dans l'étouffement de la routine. Larrieu m'a accueilli avec le sourire. Presque amical, subitement, il m'a annoncé qu'il m'avait gardé au frais quelques dossiers délicats que j'étais seul à pouvoir régler rapidement. Je n'ai rien fait pour rendre cet élan de sympathie réciproque. Au contraire, j'ai reçu avec froideur les marques de confiance dont il m'accablait, me dérobant à sa main posée sur mon épaule, évitant soigneusement le regard complice qui était censé s'animer sous ses sourcils. Pendant qu'il me parlait, je regardais par la fenêtre les toits de Bordeaux qui moutonnaient en ordre serré. Il n'a pas semblé relever l'indifférence avec laquelle je considérais son abandon des barrières hiérarchiques, parce qu'il est retourné à son bureau en m'assurant à nouveau de toute sa confiance.

Le soir, comme il était tôt à ma sortie du bureau, j'ai pris un bus jusqu'à la place Gambetta et j'ai flâné dans les rues piétonnières sans me résoudre à rentrer chez moi. La plupart des magasins promettaient des soldes monstres, et dans les vitrines des mannequins tirés à quatre épingles contemplaient la foule de leurs yeux vides.

Je me suis retrouvé sur le cours Victor-Hugo, à deux pas de Saint-Michel et de l'appartement de Marianne. J'ai longé les murs sales du lycée Montaigne, je me suis rappelé les vieux bâtiments où je m'étais tant ennuyé, les trois cours de cette caserne géante. En essorant davantage l'imagination et la mémoire, j'aurais pu voir sortir du porche réservé aux professeurs quelques silhouettes de vieux cons voûtés sur d'antiques serviettes de cuir. Au lieu de quoi, un jeune homme en blouson de cuir, un attaché-case à la main, m'a laissé le passage. Rue du Mirail, rue Saint-François, le calme est retombé comme s'il suffisait de tourner le dos à la ville pour qu'elle se dissolve en même temps que son vacarme. Ça sentait l'urine, le légume pourri, la vieille pierre. J'aimais ce quartier à cause de cette sueur douteuse qui s'imposait à moi à certains coins de rue. Là, Bordeaux prenait encore le temps de se fabriquer des odeurs, de l'âge, des sentiments. On pouvait en pleine journée y entendre miauler des chats ou couler des gouttières. J'ai ainsi marché plus lentement jusqu'à l'immeuble de Marianne. Le soir qui tombait noircissait les façades, creusait des rides aux pierres.

Dès le premier étage, mon cœur s'est emballé comme un vieux cheval, avec la lourdeur d'une course épuisée. J'ai dû m'arrêter. Au-dessus de moi, une porte a claqué. Un bruit de pas précipités a fait craquer le plancher du palier. J'ai attendu encore quelques secondes pour voir, sans raison particulière, qui allait descendre. Comme personne, étrangement, ne se décidait, j'ai repris ma progression de scarabée besogneux.

L'appartement de Marianne faisait face à l'escalier. De part et d'autre de sa porte s'étirait un couloir sombre comme une galerie de mine que n'atteignait pas la lueur du plafonnier. Je ne m'étais jamais aventuré aux extrémités du couloir, mais j'imaginais que des toilettes y avaient été aménagées, bien qu'aucune exhalaison suspecte n'en signalât la présence sûre.

Au moment où j'introduisais la clé dans la serrure, un craquement du plancher a retenti sur ma droite. Je n'ai rien pu distinguer, parce que dans cet immeuble la nuit tombait deux heures plus tôt qu'ailleurs. J'ai refermé derrière moi la porte qui a émis un grincement aigu. Et tout de suite, j'ai su.

J'ai su que quelqu'un était venu. Ce parfum imperceptible qui flottait dans l'air comme une âme. J'ai réagi avec un temps de retard à la cavalcade dans l'escalier. J'ai couru sur le palier, mais les pas de l'inconnu rebondissaient déjà deux étages plus bas, et je ne me sentais pas la force d'une poursuite.

Je suis revenu dans la pièce sombre, au milieu de ce parfum qui semblait bouger autour de moi, foulard impalpable. J'ai laissé ma respiration se calmer, mon cœur, mes organes quinquagénaires reprendre leur grouillement végétatif. J'ai attendu presque une heure dans l'obscurité complète, espérant bêtement que le fuyard allait s'aventurer sur le palier. Je me suis mis à épier les craquements de l'immeuble, le foisonnement de voix étouffées, de musiques et de grincements amortis qui habitaient la nuit comme un peuple clandestin. Au point que les bruits de la rue, pourtant amplifiés par les façades, n'étaient plus qu'un fond sonore anodin que le moindre froissement qui me parvenait écrasait de son évidence, tant ma volonté de l'identifier écartait jusqu'à le nier le monde extérieur.

C'est un engourdissement de la jambe qui m'a ramené à la réalité. Un peu étourdi, j'ai boitillé jusqu'à la cuisine. Dans un placard, une boîte de cassoulet a provoqué chez moi un réflexe d'animal : la bouche pleine de salive, j'ai vidé le plat cuisiné dans une casserole que j'ai mise sur le feu. La sauce grésillait contre l'émail, et je remuais l'ensemble pâteux pour en accélérer la cuisson. J'ai mangé ça à la cuillère, mâchant à peine, saisi d'une fringale d'enfant. Marianne avait de ces appétits soudains et irraisonnés que rien, pas même les remontrances les plus vives, n'aurait pu endiguer. Sa mère et moi la menacions d'obésités futures, de caries dentaires ou d'indigestions, selon la nature de ce qu'elle avalait sans que plus rien ne compte autour d'elle, l'œil vague, les mâchoires agitées par une mastication convulsive.

J'en étais à recueillir des restes de sauce au fond de la casserole avec le bout des doigts, quand on a frappé à la porte.

J'ai éteint la lumière et me suis avancé au milieu du salon. La lueur pâlotte du palier tirait un trait jaunâtre sous la porte. L'ombre de deux pieds s'est déplacée latéralement, la minuterie a tout plongé dans le noir, aussitôt rallumée avec un piétinement impatient. On a frappé encore.

– Ouvrez, je sais que vous êtes là, a ordonné une voix sourde dont l'intonation m'était vaguement familière.

Je me suis décidé. La porte a grincé un peu. Les yeux de l'inspecteur Fourmond ont jeté un éclat maladif sous la lumière faible.

– Qu'est-ce que vous foutez dans le noir ? Vous discutez avec les esprits ?

– Quel humour ! Vous avez pourtant l'air fatigué.

J'ai allumé la lumière et il est entré. Il a toussé en se voûtant.

– Je vous fais du café, ai-je proposé banalement.

Il a émis un grognement difficile à interpréter.

– Vous ruminez tout ça, pas vrai ? a-t-il dit.

J'ai feint de n'avoir pas entendu, concentré sur la préparation du café comme sur une partie d'échecs. J'ai entendu ses pieds bouger, couiner sur le lino.

– Après tout, c'est humain, a-t-il ajouté.

– Parce que vous savez sans doute mieux que les autres ce qui est humain ?...

– Je vois trop de monstres pour ne pas savoir de quoi sont faits les hommes.

J'ai sifflé d'admiration.

– Lancez-vous dans la littérature, ce serait dommage de gâcher un tel talent. Vous avez le sens de la formule.

J'ai rempli deux tasses, posé sur la table une boîte de sucre.

– Vous avez mis du temps à ouvrir. Vous dormiez ?

– Vous l'avez dit tout à l'heure : j'invoquais les revenants. Ce sont des monstres que vous ne rencontrerez jamais.

Il a allumé une cigarette, et m'a tendu le paquet. J'en ai pris une et j'ai manié avec maladresse le briquet Zippo où les mots « Hollywood usa » étaient gravés, surmontés d'une caméra de cinéma stylisée.

– Joli briquet. Vous l'avez acheté où ?

– C'est marqué dessus. Sur Hollywood Boulevard, l'année dernière.

Des images ont défilé. Un homme mort dans une piscine, la silhouette d'Erich von Stroheim. Des palmiers en file indienne jusqu'à l'océan. J'aurais peut-être aimé vivre entre ces deux boulevards magiques malgré ce que m'en avait dit Fanny.

La voix du flic a déchiré mes clichés.

– Ne soyez pas impressionné. C'est plutôt tristounet, Hollywood. Les stars, tout le monde s'essuie les pieds dessus. Quant aux empreintes dans le ciment, elles ont l'air d'avoir été faites pour les touristes japonais.

Je lui ai resservi du café.

– Vous cassez tout.

Il a écrasé sa cigarette et s'est mis à manipuler son briquet.

– Je ne suis pas venu ici pour vous parler d'Hollywood. Je vous porterai des photos, si ça vous passionne. Prises un jour de smog, vous allez en pleurer. J'ai en fait une devinette à vous proposer : Le total est 51, ce n'est pas du Pastis, mais l'abus peut en être dangereux. De quoi s'agit-il ?

– Comment avez-vous su que j'étais ici ?

Il a souri méchamment.

– Vous n'étiez pas chez vous. On est loin de la frontière mexicaine, et vous n'êtes pas du genre à courir les hôtels borgnes pour vous cacher. D'où ma présence ici. Alors ? Ma devinette ?

– Je déteste les devinettes. Et les charades. Autant que vous évitiez les efforts cérébraux inutiles.

– Le minitel, Monsieur Lorenzo. 36 + 15 = 51. Quant aux abus dangereux, ce n'est pas à vous que je vais les décrire. Ils n'ont pas encore ça à Hollywood. Leurs cinglés n'ont pas besoin de pianoter sur un clavier pour s'éclater.

J'ai fait l'œuf, mal à l'aise dans ma coquille.

– Moi, vous savez…

Il a sorti des feuilles de papier de sa poche. À l'envers, ça ressemblait à des listes de chiffres manuscrites. À l'endroit, c'était beaucoup plus bavard.

– Entre le 16 mars et le 5 avril 89, vous avez appelé trente-quatre fois le 36-15. Curieux numéro, n'est-ce pas ? Chez nous, ça a fait tilt. On a vérifié : toutes les victimes du tueur possédaient un minitel. Conclusion étonnante mais logique : il a sans doute rencontré ses victimes sur l'une de ces messageries. On envoie un mouton se mêler aux listes des pseudos, et on retrouve, aux jours et heures de vos connexions, une certaine Rosalie, ou Vanessa, vers la fin, qui « Recherche Hector désespérément ». Hector disparaît il y a une quinzaine de jours, et vos appels s'espacent jusqu'à cesser totalement la semaine dernière. Aurais-je été mal renseigné, Monsieur Lorenzo ? Les Télécoms nous auraient-ils communiqué des renseignements erronés ? Je vous préviens à ce propos que votre prochaine facture de téléphone sera salée.

J'ai secoué la tête. Je sentais mon cerveau se froisser comme un vieux papier.

– Vous comprenez, a continué Fourmond, on s'est demandé ce que M. Louis Lorenzo, cinquante-quatre ans, fonctionnaire des impôts, veuf, dévasté par la mort atroce de sa fille unique, pouvait bien aller faire sur le 36-15. Contacter Antenne 2 ou France Inter pour avoir les programmes ? Faire acte de candidature à un jeu débile ? Ou bien lire les éditions télématiques des journaux ? On n'a d'abord rien compris. Puis une jeune collègue, presque une stagiaire, vous savez, une de ces femmes-flics sexy qu'on rencontre dans les films ou les romans policiers, a émis l'hypothèse délirante que vous vouliez rencontrer quelqu'un.

Notre chef bien-aimé, le commissaire Rosteau, a exigé qu'on vérifie… Gagné.

– C'est illégal, vos écoutes.

– Mais non. Le juge d'instruction a été très compréhensif, je vous assure.

– Alors, vous…

– Nous en savons autant que vous. MM. Lamantin et Moussard ont été entendus, ainsi que leurs deux hommes de main. Il a été aisé de faire reconnaître à tout ce beau monde l'assassinat de Corine Maçon, il leur était difficile de nier l'évidence après la prose anonyme que vous nous aviez envoyée. Inutile de vous dire que la notoriété des deux personnages nous doit des coups de fil empressés d'amis tout prêts à témoigner de l'intégrité de leurs amis, et qu'on se farcit déjà les grandes gueules du Barreau de Paris… Mais on ne va pas se laisser emmerder. Je suis sûr que Lamantin, surtout, a des choses à nous dire encore. Mais il est comme vous : il nous prend pour des marioles, et en plus, il n'a pas compris que c'était fini pour lui.

J'ai bu le fond de ma tasse. C'était froid et trop sucré.

– Pourquoi vous m'avez laissé faire ?

Il a eu un geste évasif.

– Si j'étais un salaud, je dirais que vous nous amusiez, en justicier du minitel. En fait, Corine Maçon vous avait mis au courant des activités de votre fille, partouzes, messageries, et grâce à ça, tout seul comme un grand, vous avez fait progresser l'enquête. Pourquoi aurions-nous brisé un si bel élan ?

– Et aujourd'hui, pourquoi vous me racontez tout ça ?

– Parce qu'on va avoir Hector. Il a réapparu il y a trois jours. Il appelle des Landes. On va essayer de faire ce que vous n'avez pas pu réaliser parce que vous étiez seul et que vous avez dédaigné de nous en parler. Je pensais que vous aimeriez le savoir. Ça ramènera peut-être un peu de paix en vous.

– Vous parlez comme un curé. Je dois remercier, ou pleurer de joie ?

– Ne vous fatiguez pas à donner le change. Vous vous êtes fait manipuler, ce n'est jamais bien agréable à apprendre.

Il a allumé une autre cigarette et a regardé devant lui le placard en formica.

– Je voulais simplement vous poser une question.

Je lui ai signifié de la main qu'il pouvait bien dire ce qu'il voulait.

– Fanny Prima… Vous l'avez connue comment ?

J'ai sursauté en entendant le prénom. Le nom, lui, faisait tinter en moi, très profond, une méfiance tapie.

– Vous le savez. Je vous l'ai déjà dit. J'en ai profité pour tenter l'aventure.

Il a eu une moue, a hoché la tête.

– Ben voyons.

– Croyez ce que vous voudrez, je m'en fous.

– Je me demande ce qu'elle fait dans cette histoire. Elle ne cadre avec rien.

Il semblait parler au placard dont il fixait toujours la blancheur insignifiante. Il s'est mieux assis sur sa chaise, puis s'est tourné vers moi :

– Si. Avec vous, elle cadre. Vous en êtes tombé amoureux comme un môme de seize ans. Il n'empêche qu'elle vous a menti sur son identité. Vous croyez que c'est par romantisme ? À propos : vous ai-je dit que nous avions retrouvé la trace de l'amie qui lui prêtait la maison ? On était inquiets, parce que les services de l'immigration américains nous avaient signalé sa sortie du territoire des États-Unis il y a plus d'un mois, et on était sans nouvelles d'elle. Mais elle a téléphoné la semaine dernière, nous lui avons demandé de passer nous voir pour en savoir davantage. Pour en revenir à Fanny Prima, elle...

– Je vous en prie, l'ai-je interrompu. Ne me parlez plus d'elle. Soyez chic.

Ma gorge se nouait comme si je venais d'avaler un serpent.

– Okay. Pardonnez-moi. De toute façon...

Il s'est levé pour prendre congé après être resté un long moment silencieux, apparemment plongé dans d'intenses cogitations. Il s'est retourné au moment de sortir :

– Je vous tiendrai au courant. C'est une question de jours.

Je l'ai écouté descendre lourdement, lentement les escaliers. Le silence m'a oppressé tout de suite, mes oreilles ont bourdonné au rythme de mes artères, comme écrasées par des tonnes de sable transparent. Puis j'ai repris le cahier de Marianne, gouffre sans fond où je me sentais aspiré. J'ai tourné les pages, les parcourant en diagonale, relisant les confidences indécentes qu'elles contenaient, l'esprit bouleversé par une sorte de panique, possédé par l'urgence de savoir, comprendre, afin de tout oublier. Je me suis attardé sur les tout derniers jours, ceux qui précédaient la mort, où courait la présence de l'assassin. J'ai essayé de me figurer ma fille en train d'écrire ces lignes : les mains s'empressaient sur la feuille, intimant au stylo les tressaillements de l'écriture ; un avant-bras fin, où était retroussée la manche d'un chemisier, guidait les petits gestes compliqués, par d'imperceptibles palpitations musculaires qui tendaient doucement la peau. Mais dès que mon imagination remontait le long de l'épaule, du cou, franchissait la plage duveteuse libérée par un chignon hâtif de toute la chevelure, le visage se dérobait sans cesse, jamais entier, jamais le même. Jamais celui de Marianne.

Le souffle presque coupé par l'effort que je fournissais pour imaginer l'évidence, j'ai tourné la dernière page, et j'ai cessé de vivre pendant une minute.

Parce que quelqu'un avait ajouté, à l'encre bleue, une ligne au cauchemar. Des lettres capitales, élégantes, liées entre elles par je ne sais quelle impérieuse nécessité :

LES MORTS, LES PAUVRES MORTS, ONT DE GRANDES DOULEURS.

J'ai laissé le cahier glisser au sol. Je n'existais plus. L'assassin avait écrit cela. J'avais saisi le cahier, tourné les pages, comme il l'avait fait lui-même. Posé les doigts où les siens avaient pincé le papier.

Je me suis senti flotter, comme ce parfum qui m'avait inquiété. J'ai flotté dans le silence de ma mort, détaché des soixante-quinze kilos de viande qui m'étaient si pénibles à traîner.

Une nausée m'a soulevé le cœur pour le faire battre encore.

19

Après, j'ai dormi. C'est étonnant, ce sommeil qui me prend par les cheveux et m'assomme quand d'autres en perdraient jusqu'à l'idée parce qu'ils ont rendez-vous le lendemain chez leur dentiste. Je crois que je dormirais enseveli sous une foule massacrée.

J'ai dormi. Et je me demande aujourd'hui si je me suis bien réveillé.

Parce que le reste a couru comme un passant sous la pluie. Pressé d'en finir avec le ruissellement glacial, de se jeter sous un porche, dans l'encoignure précaire d'une porte qui ne s'ouvre jamais. Le reste. Une façon de crier de peur tout en dormant.

Hector allait venir. Ce rendez-vous, nous nous l'étions fixé depuis le début. L'attendre, désormais, et rien d'autre. J'avais accompli mon itinéraire et je savais qu'il se rapprochait de moi. Il reviendrait dans cet appartement parce qu'il m'avait vu y entrer, et parce que son cerveau malade avait dû voir là un symbole ou un signal.

Un matin j'ai téléphoné à Larrieu que je ne viendrais pas travailler. Il a réclamé un certificat médical, a parlé de retenue sur salaire. Je lui ai raccroché au nez en marmonnant une grossièreté. Je suis passé chez moi récupérer le fusil, j'ai rempli mes poches de cartouches. Il pleuvait. Il grêlait, même, alors que je roulais sur les quais vers Saint-Michel, j'ai acheté des conserves, des fruits et de l'eau minérale, du café. J'ai laissé ma voiture au bout de la rue, et j'ai couru chez Marianne pour attendre. Trois ou quatre jours ? Cinq ? Deux repas par jour. Petit-déjeuner le matin, réveillé par la voix qui m'appelait du fond d'un rêve dont la mémoire ne cherchait pas à retenir même l'ombre ; au milieu de l'après-midi, j'ouvrais une boîte de conserve que je ne faisais pas toujours réchauffer. Quelques fruits, beaucoup de café.

J'ai fermé les volets, tamisé la lumière des lampes, appris à ne pas faire de bruit en attrapant une casserole, à effacer de la pièce principale et de la cuisine toute trace de ma présence dès que je me serais caché derrière le rideau de la douche. Je voulais qu'il entre et commence à vaquer à sa folie. Je voulais qu'il s'épanche encore de quelques mots dans le cahier de Marianne. Cent fois, je me suis entraîné à tout éteindre, bondir sans rien bousculer jusqu'au cabinet de toilette et faire taire mon souffle. J'écoutais la radio en sourdine. Les voix des animateurs provenaient d'un autre monde que je me plaisais à imaginer enfoui, fossilisé dans le temps, un peu comme dans ces histoires de survivants que j'ai lues pendant ces journées-là. Je me suis aperçu que les battements de cœur qui font la différence entre un survivant et un mort ne sont rien : je vivais l'enfermement définitif, je voulais exister à peine suffisamment pour l'avoir en face de moi.

Je dormais quand c'est arrivé. Le choc net de deux talons sur le méchant plancher du palier, puis le frottement d'étoffe. J'ai pris pied dans le tub de douche au moment où la serrure claquait. La porte a grincé à peine, et rien ne s'est passé pendant quelques secondes. J'ai présumé qu'il examinait l'appartement à la lueur du couloir avant de s'y aventurer. Les talons ont bougé un peu, puis la porte a été refermée, la serrure verrouillée. Pendant quelques instants, comme le silence était total, j'ai eu peur qu'il ne fût reparti. Je respirais bouche ouverte pour rendre mon souffle complètement silencieux, mais j'avais l'impression que mon cœur battait en résonnant dans tout l'appartement. Puis la lumière s'est allumée. Les pas sont allés jusqu'au fauteuil où je m'étais assoupi, se sont arrêtés devant la bibliothèque. J'ai repensé à ce que j'avais pu oublier. À l'ordre des livres que j'avais peut-être modifié en les reposant sur l'étagère. J'ai entendu soupirer. Il soupirait ! Je l'imaginais en train d'examiner la pièce où il avait massacré ma fille, les pieds au milieu des vestiges indélébiles de la tache de sang, peut-être, et soupirant de lassitude ? Qu'est-ce qui pouvait bien faire soupirer un tueur sur les lieux où il avait sans doute joui du sang versé ? Des bouffées de nostalgie ? La terrifiante tendresse du souvenir ? Un peu comme lorsqu'on revient dans un endroit où on a été heureux ? J'ai regretté d'avoir laissé le fusil sous le fauteuil, où je l'avais placé pour parer à toute éventualité. J'aurais annulé la chimie cérébrale de ses attendrissements en éparpillant sa tête des deux cartouches à la fois. Des larmes me sont venues de rage impuissante. Tout en clignant des yeux pour les faire refluer, je pensais qu'il avait fermé à clé derrière lui et qu'il n'aurait pas le temps de sortir avant que je sois sur lui. Il pouvait mesurer deux mètres et faire jaillir la lame de son rasoir, il ne se douterait jamais de la force qui me propulserait dans la pièce. Une chaise le déséquilibrerait, et j'aurais le temps de m'emparer du fusil. Oui. Mais je tirerais dans le ventre, il paraît qu'on souffre davantage, infiniment, et qu'on meurt lentement. J'aurais le temps de lui parler et de lui décrire la douleur de chaque plomb dispersé dans son corps à la recherche de son dernier souffle. Je lui parlerais en répétant à l'envi le nom de Marianne, celui de Fanny, et à chaque fois, un grain de plomb s'enfoncerait davantage.

J'avais la main sur le rideau de la douche lorsque la lumière de la cuisine s'est allumée. Je voyais l'éclat jaune de l'ampoule par la porte entrouverte. Le placard a été ouvert, l'eau a coulé dans un verre, une gorge a bu à grands traits en respirant fort entre chaque gorgée. Les pas se sont approchés de la porte.

Fanny a glissé son regard dans l'embrasure étroite, et elle a croisé le mien sans le soupçonner.

20

Que se serait-il passé si elle m'avait vu ? J'ai pour répondre à cette question le reste de mes jours. J'apprends à vivre avec cette goutte d'eau dans la tête, ce petit bruit opiniâtre. Si j'étais croyant, je pourrais me tourner vers le ciel et attendre sans fin la réponse. C'est ce qu'on appelle la foi. Source d'espoir.

Je l'ai entendue rincer le verre, l'essuyer – j'ai craint un moment que l'humidité du torchon ne révélât ma présence –, le ranger dans le placard. La lumière s'est éteinte. Fanny a marché dans la pièce à côté, comme indécise. Elle s'est assise. Je crois, du moins, qu'elle s'est assise, et elle a ouvert un livre – un cahier en fait, dont j'ai entendu les pages tourner rapidement. J'ai su qu'elle relisait le journal de Marianne et qu'elle y écrivait sans doute quelque chose. Le silence était effrayant. Le silence de ses yeux courant sur l'écriture de ma fille. Elle est demeurée ainsi une demi-heure pendant laquelle, tout en l'écoutant dévorer du regard ce qui restait de Marianne, j'ai vu défiler ma vie dans un montage anarchique et syncopé, comme si j'allais mourir. Une vie de soleil avec beaucoup d'herbe et de rire. Poncifs affligeants où Marianne posait entre Solange et moi, et dont aucune émotion ne me parvenait. Dans le silence absolu de cette morte qui revenait la nuit lire les confidences d'une autre morte, s'imposaient à moi les images d'un passé qui n'était plus le mien.

Je n'ai rien fait d'autre que lutter contre le déferlement de ma mémoire pétrifiée. J'ai laissé Fanny se lever puis partir. Alors seulement je me suis précipité dans la pièce pour récupérer le fusil et mon imperméable. J'ai empoché le journal intime, qu'elle avait soigneusement replacé sur l'étagère.

Dans la cage d'escalier, l'odeur de moisi, mêlée à celle, lointaine mais puissante, de la ville, m'a frappé. L'air que je respirais depuis plusieurs jours m'était parvenu, s'était lentement renouvelé au travers de filtres qui avaient laissé dehors l'atmosphère des autres, et j'ai pensé à ces bulles que la roche emprisonne pour des milliards d'années. Le bruit, aussi, m'a étonné. De la rue me parvenaient tout à coup les échos de la vie qui continuait.

Comme des ombres, nous sommes descendus sous la lueur sale d'ampoules trop faibles. Je n'entendais plus ses pas, elle n'a pas dû deviner les miens.

Quand je suis arrivé dans la rue, elle marchait à une trentaine de mètres, sans se retourner. Il y avait encore du monde : des groupes d'hommes se promenaient lentement ou discutaient devant des bars. Elle a sorti des clés d'une poche de son manteau en s'approchant d'une Alfa Romeo blanche, j'ai couru vers ma voiture, et nous avons démarré en même temps. À un feu, j'ai laissé s'intercaler entre nous deux voitures. Fanny a fait le tour de la place Saint-Michel et a tourné sur les quais vers la voie rapide qui mène à la rocade. La circulation était assez dense, ce qui me permettait de la suivre sans qu'elle me repère. J'ai pensé qu'elle me sèmerait sur la rocade : sa voiture était puissante, et ma vieille Peugeot n'était pas de taille à engager une poursuite quelconque.

On a vite laissé derrière nous Bègles et Villenave d'Ornon. Fanny roulait à cent dix, et conduisait prudemment, se servant de ses clignotants dès qu'elle dépassait ou changeait de file. On a ensuite pris l'autoroute de Bayonne, toujours à la même vitesse. Au bout d'une heure, après avoir passé Arcachon, il n'y a plus eu que nous deux sur l'autoroute. Je me suis laissé distancer, redoutant de perdre à jamais le contact avec Fanny lorsque ses feux de position se sont éloignés. On roulait toujours à la même allure, cent dix, cent vingt à peu près, sauf lorsqu'il fallait doubler les semi-remorques espagnols dont les phares blancs m'éblouissaient longtemps dans le rétroviseur. D'un coup, à Labouheyre, Fanny est sortie de la quatre-voies et s'est engagée sur la route de Sabres. Notre solitude est devenue alors absolue. Ni camions ni aires de repos fléchées ou éclairées. Seulement la trouée lumineuse des phares dans le noir de la forêt. Le chemin de l'enfer doit être bordé de pins noirs dont on ne distingue pas la tête. On a traversé Sabres à cent à l'heure. Un bar illuminé, une silhouette à peine entrevue m'ont donné l'illusion quelques instants d'appartenir encore au monde des hommes.

Il était onze heures et demie quand nous sommes entrés dans Mont-de-Marsan. Fanny s'est rendue sans hésitation dans le centre-ville où elle a garé sa voiture devant un bureau de poste. Un peu plus loin, les affiches lumineuses d'un cinéma m'ont fait du bien, seule expression de la vie dans cette rue déserte. J'ai garé en vitesse la Peugeot dans une rue perpendiculaire, et j'ai vu Fanny entrer dans un immeuble de pierre plutôt cossu. J'ai laissé la lumière du couloir s'éteindre avant de m'approcher. Trois noms s'alignaient en face des boutons de sonnettes : Susperregui, Lalaunes et Rochet. Une fenêtre du deuxième étage s'est éclairée, et je me suis collé sur le seuil contre la porte. Elle m'observait peut-être depuis un moment dans le noir, et j'ai eu peur qu'elle s'échappe. Il commençait à faire froid, je me sentais fatigué et sale. J'ai marché le long des murs jusqu'à sa voiture, un véhicule de location qu'elle avait pris à Bayonne.

J'ai aperçu un hôtel qui clignotait de rouge, au bout de la rue, et avant de m'y rendre, j'ai été tenté de dégonfler les deux roues de l'Alfa qui se trouvaient contre le trottoir, pour aider un peu plus tard le sommeil à venir, puis j'ai renoncé.

Demain. Demain, je la retrouverais. La fatigue m'a fait tituber jusqu'à l'hôtel, où le réceptionniste m'a informé que cinq chambres seulement étant occupées, j'avais l'embarras du choix. Le petit-déjeuner était servi à partir de sept heures et demie dans la chambre, si je le voulais. Je voulais bien. À huit heures moins le quart. Chaleureux, il m'a souhaité une bonne nuit.

Je me suis assis sur le lit, et j'ai posé à côté de moi l'imperméable alourdi par le fusil. Les draps sentaient la lavande, en harmonie avec le décor bleu de la chambre. Au bout d'un moment, comme j'étais toujours incapable de rien penser, je me suis déshabillé et j'ai pris une douche. Longtemps, je suis resté sous l'eau chaude, comme si toute la crasse du monde s'était collée à ma peau. Les serviettes de l'hôtel étaient rêches, mais elles sentaient bon ; je me suis frictionné un bon moment, les yeux fermés. Une partie de ma fatigue s'en était allée, et j'ai eu la très nette impression, à plusieurs reprises, que j'allais me réveiller de ce mauvais rêve : non, je n'étais pas à Mont-de-Marsan. Fanny était morte, affreusement, j'avais vu son corps mutilé. Je me retrouverais ruisselant de terreur dans mon lit, le cauchemar bourdonnant encore à mes oreilles. Cette route des Landes, jamais je ne l'avais parcourue : la silhouette dressée des pins m'était familière, j'avais tout simplement transporté la banalité du décor dans mon rêve. Je me suis allongé sur le lit en espérant me réveiller.

Au bout d'un moment, c'est en sursaut que je suis revenu à moi, tiré du sommeil par un klaxon. J'ai considéré le plafond, puis j'ai couru vers la fenêtre : la petite rue de Mont-de-Marsan dormait sous mes yeux, et plus loin, l'Alfa Romeo avait l'air de s'affaisser vers le caniveau.

Je me suis souvenu du cahier de Marianne, et je l'ai ouvert. J'y ai cherché l'écriture parasite de Fanny. Je suis tombé sur la première phrase qu'elle avait écrite, probablement tirée d'un poème, et je commençais à comprendre. C'est tout à la fin que j'ai trouvé ce qu'elle avait écrit quelques heures auparavant : « Ça pousse en moi comme un enfant qui veut sortir. J'ai peur de voir ce visage. »

Bien sûr, elle était folle, comme un fauve qu'il faut abattre. Mais tout à l'heure, quand elle avait hasardé son regard dans le cabinet de toilette, lorsque ses yeux avaient rencontré les miens, je les avais retrouvés semblables à ce qu'ils avaient toujours été : voilés d'un doute, distants. Englobant les objets ou les gens de leur éclat sans vraiment les voir. Comme ces gestes qu'on retient et qui ne sont plus qu'un effleurement. Elle était là, sa folie : dans ce décalage imperceptible du regard qui se posait juste à côté, ou au-dessus, ou plus loin. Rien à voir avec les yeux des fous tels qu'on les imagine, cette lueur fixe, cet effroi écarquillé. J'ai longtemps gardé ce regard à l'esprit, puis je me suis endormi sur un battement de paupières.

C'est le garçon d'étage qui m'a tiré de mon sommeil de brute en m'apportant mon petit-déjeuner. C'était un type jeune et taciturne qui m'a à peine regardé, se contentant, la tête basse, de poser le plateau sur une petite table placée près de la fenêtre. Il m'a souhaité un bon appétit monsieur pratiquement inaudible, auquel je n'ai pas daigné répondre. J'ai mangé avec appétit, justement, en regardant le ciel bleu parcouru de nuages qui arrivaient de plus en plus nombreux de l'océan. J'ai fumé une cigarette trouvée dans un paquet froissé au fond d'une poche de mon imperméable, et pour peu, je me serais laissé aller à ce moment de bien-être. J'ai regardé par la fenêtre si l'Alfa était toujours là. Sans raison, j'étais sûr que Fanny ne bougerait pas de la matinée, si bien que je suis sorti et que j'ai marché dans les rues du centre-ville. Dans un café, je me suis attardé à lire le journal puis j'ai observé les gens, écouté leurs conversations. Les bruits et les odeurs de cet endroit, la vie toute simple dont ils témoignaient, m'ont fait du bien. J'ai erré encore dans cette ville où je n'étais jamais venu, et j'avais l'impression parfois d'être à l'étranger. Ce dépaysement m'a surpris. Parfois, des paroles me parvenaient, que je ne comprenais pas, et les regards anodins des gens semblaient s'appesantir sur moi comme sur un être complètement exotique.

J'ai déjeuné dans une brasserie, non loin du bar où j'avais lu le journal. Le temps ne passait pas vite. Les aiguilles traînaient sur le cadran de ma montre. Peu à peu, je me suis senti engourdi par cette lenteur du temps, à mesure que le ciel se couvrait en faisant inexorablement décroître la clarté d'avril. Des gouttes, larges comme des pièces de monnaie, ont commencé à s'écraser sur le pavage du trottoir. Je me suis secoué, pris tout d'un coup par l'idée que Fanny m'avait échappé, parce que j'avais été trop sûr de moi. Je me suis levé brusquement, comme l'averse se déclenchait, mais sa violence m'a obligé à attendre une accalmie sous l'auvent du café : l'imperméable que j'avais sur le dos ne m'aurait pas protégé de la rosée du matin. Au bout de cinq minutes, j'ai pu me précipiter jusqu'à la rue où habitait Fanny. La voiture était toujours là.

Elle n'est d'ailleurs pas sortie de l'après-midi, que j'ai passé presque tout le temps derrière ma fenêtre, prêt à me ruer dehors dès qu'elle donnerait signe de vie. Je ne sais plus ce que j'ai vraiment fait ou pensé durant toutes ces heures. Je crois que toutes les cinq minutes j'allais écarter le rideau, n'interrompant mon affût que lorsque la buée sur la vitre envahissait mon champ de vision, ou quand mon front, saisi par la froideur du verre, faisait se propager dans toute ma tête un engourdissement glacial. La faim, vers huit ou neuf heures du soir, m'a redonné pour quelques minutes la notion du temps : la nuit était venue sans que je m'en aperçoive, et j'ai distingué subitement l'éclat de la lumière des lampadaires sur la carrosserie de l'Alfa Romeo. J'ai lutté contre les réclamations de mon estomac, contre la tentation de sortir cinq minutes pour acheter un sandwich, parce que j'étais sûr que la nuit ferait sortir Fanny de son refuge : je m'attendais d'un moment à l'autre à la voir s'approcher de sa voiture en secouant ses cheveux sous la pluie. Je me suis même vêtu de mon imperméable pour ne pas perdre de temps quand elle apparaîtrait, et chaque minute est devenue exaspérante de lenteur, douloureuse comme ces supplices orientaux qui retiennent inexorablement l'ultime seconde.

À onze heures, le silence a retenti d'un claquement de porte. J'ai sursauté en étouffant un gémissement.

21

Debout sur le seuil, elle a regardé le ciel ; je ne respirais plus. Je suis demeuré à la regarder quelques secondes au lieu de me précipiter dans la rue. Elle a levé au ciel des yeux que je me suis plu à imaginer pleins d'incrédulité au spectacle de la pluie que les éclairages de la ville multipliaient de lumière.

Elle a pris le même itinéraire pour retourner vers Bordeaux. Au milieu des mêmes pins, les feux de position de l'Alfa s'éloignaient parfois puis se laissaient rattraper. Ç'aurait pu être la même nuit, le même film projeté en arrière, dont les personnages agissaient exactement à l'envers. À la différence qu'elle a garé sa voiture dans un coin sombre du parking du « Vizir », une boîte de nuit géante, trapue comme un blockhaus peint en blanc. C'est lorsqu'elle s'est approchée de la lumière crue des spots qui gardaient l'entrée que j'ai remarqué le pantalon blanc, très moulant, et la veste noire, presque trop grande, dont elle s'était vêtue.

Un vigile obèse, flanqué d'un doberman attaché dans l'ombre, m'a dévisagé en plissant ses petits yeux stupides avant de me faire entrer. J'ai laissé mon imper au vestiaire, où une fille plutôt jolie, qui mâchait un chewing-gum bouche ouverte, m'a remis un ticket numéroté.

Le bruit m'a écrasé aussitôt. Les basses me pilonnaient au creux de l'estomac. Les visages étaient creusés d'ombre, leurs dents étincelaient, irréellement blanches. J'étais chez les morts. Je marchais au mileu de ces corps qui glissaient les uns sur les autres, cadavres agités monstrueusement par une énergie inconnue qui me terrifiait. De la purée de mots, broyée par la sono, me parvenait parfois. Pourquoi parler ? Quoi dire, quand on est mort ? J'ai fait le tour des tables en contournant les pistes hurlantes, j'ai exploré les recoins grouillants de mannequins convulsifs. L'air me manquait, et j'ai dû m'arrêter pour reprendre mon souffle. Des femmes installées autour d'une basse ont levé les yeux vers moi et ont éclaté de rire. Cette impression de rêve où je flottais m'a repris. J'ai pensé que Marianne était là, quelque part dans cette pénombre multicolore, et que je la retrouverais comme si rien ne s'était passé, jamais. Elle me dirait bonsoir avec froideur, accrochée au bras d'un beau garçon, me demandant ce que je faisais là. Je rêvais, évidemment. Comment pouvait-il en être autrement ? Les morts ne reviennent pas, ne parcourent pas en pleine nuit cent kilomètres pour aller danser. Fanny était morte. La police n'avait même pas mis en doute l'identité du corps. Et puis ce que m'avait dit Fourmond m'est revenu à l'esprit comme un énorme coup de pied. L'horreur, aveuglante, s'est imposée : cette amie en voyage, et dont la police n'avait plus de nouvelles depuis son retour. J'ai revu le corps martyrisé. Pour Fanny, les êtres n'étaient que viande interchangeable, objet de massacres, chair à couteau. Elle s'était inventé un alibi du nom d'Hector et le lâchait la nuit, le laissait s'arracher d'elle pour cheminer de la mort plein les mains. Elle avait tué son amie pour mourir elle-même et laisser le monstre saccager celles qu'il avait séduites. Je me suis retrouvé pantelant au milieu de la foule sombre. J'avais voulu comprendre, j'avais compris, et le bout du chemin me clouait de terreur.

Je l'ai vue sous un arc rouge. Rien n'était fini.

Elle marchait derrière une femme qui semblait chercher quelqu'un, l'a suivie jusqu'au bar, s'est installée à quelques mètres d'elle sur un tabouret haut perché.

L'inconnue jetait à sa montre des regards inquiets et épiait les visages qui passaient près d'elle. Elle pouvait avoir trente-cinq ou quarante ans et agitait entre le tabouret et le bar de longues jambes affinées par des bas résille noirs. Elle portait une jupe de laine rouge très courte, qui ne couvrait, au plus près de la peau, que le strict minimum. De l'endroit où je me trouvais, je ne parvenais pas à distinguer les traits de son visage, mais ils m'ont semblé réguliers et banals, noyés de profil par des cheveux bruns coiffés en boucles floues.

Fanny sirotait une boisson à base de Coca-Cola. Elle avait pivoté sur son siège et se trouvait dos au bar. Elle fumait une cigarette dont elle faisait tomber les cendres d'un petit coup de pouce sec sur le filtre. Elle contemplait les danseurs avec indifférence, et je percevais bien les écarts de son regard en direction de l'autre femme qui semblait se désespérer d'attendre en vain, et se retournait de plus en plus souvent vers l'entrée de la boîte.

Hector lui avait donné rendez-vous en s'assurant d'une description aussi précise que possible de ses vêtements et de son physique. La femme repérée, il ne lui restait plus qu'à la suivre. Marianne et les autres avaient eu sans doute droit au même type de rendez-vous. Elles avaient attendu un inconnu en vain, pendant qu'une folle les pistait comme du gibier. Je me suis demandé si je devais intervenir : prendre Fanny par les cheveux, la traîner dehors, lui faire mal. Mais l'ombre lui allait bien. Ses lèvres brillaient un peu sous les éclats des sunlights. J'étais comme ces gens qui trouvent beau un serpent, qui se complaisent à rechercher le contact avec des bêtes venimeuses. Comme un slow commençait, un homme s'est approché d'elle pour l'inviter. Il lui a pris la main pour la convaincre. J'aurais aimé être cet homme pendant quelques secondes et toucher Fanny, la tenir encore, sentir sous mes doigts sa peau. Elle a retiré sa main d'un air méprisant. L'homme s'est approché de l'inconnue et a recommencé son cirque : il s'est même incliné légèrement pour accompagner sa requête. La femme a sursauté légèrement, comme réveillée brusquement, s'est mise debout, le contemplant avec haine, et s'est dirigée vers la sortie. Le type a regardé autour de lui pour s'assurer que son infortune était passée inaperçue, et il s'est enfoncé dans le conglomérat de couples qui s'étreignaient sous les lumières presque éteintes. Quand je me suis rendu compte de ce qui se passait, Fanny était déjà dans le corridor de sortie et récupérait son sac à main au vestiaire. J'ai abandonné mon imper à la fille au chewing-gum et j'ai couru dehors.

La voiture de l'inconnue a démarré en trombe en faisant crisser les pneus, et Fanny s'est glissée à sa suite en la laissant prendre un peu d'avance. On a roulé vers Bordeaux en prenant la route d'Arcachon pratiquement déserte. Dix minutes plus tard, on franchissait les boulevards. La femme a tourné rue d'Ornano, puis encore rue de Madrid, et s'est garée presque aussitôt. Je me suis arrêté juste au coin, d'où je voyais toute la rue ; pendant quelques minutes, il ne s'est rien passé, puis la femme est descendue de voiture pour rentrer chez elle. Fanny a laissé s'écouler du temps, puis elle a sonné. Je l'ai vue presque aussitôt pousser la porte et entrer. C'était un immeuble de deux étages : au second, des lumières s'étaient allumées à l'arrivée de la femme.

J'ai saisi le fusil, j'ai marché rapidement vers la maison, pris de frissons comme si j'avais froid. J'ai trouvé la porte entrouverte, la cage d'escalier éclairée. J'ai monté les marches en grelottant au point que le fusil a failli m'échapper des mains. Sur le palier du premier étage, je me suis arrêté pour me secouer, m'ébrouer comme un chien mouillé. J'ai écouté le silence qui m'environnait comme un brouillard, mais je n'ai perçu que le battement de mon sang à mes tempes. Puis tout d'un coup, mes jambes ont avalé ce qui restait de marches jusqu'au deuxième. Trop de silence. Pas une voix, pas un mouvement, le froissement d'un tissu, rien qui prouvât que des êtres vivants venaient d'entrer là. Je suis resté immobile comme un plongeur, je regardais cette porte, terrifié par ce que je devinais derrière.

Je l'ai ouverte d'un coup d'épaule, avec une force que je ne me connaissais pas. L'élan m'a entraîné aux pieds de Fanny, à genoux. Je me suis relevé en brandissant le fusil.

Elle tenait un couteau à la main, elle était couverte de sang. Elle sanglotait qu'elle l'avait encore fait, qu'il fallait que je lui pardonne. Quand je me suis approché encore d'elle, elle s'est mise à hurler en me menaçant de son couteau, décrivant dans ma direction des cercles confus et inoffensifs. J'ai dû la gifler pour qu'elle se calme. Elle est tombée, je l'ai frappée encore au sol. Son corps gigotait sous mes coups. Je me suis précipité dans la pièce éclairée au fond du couloir, et j'ai vu cette femme la gorge ouverte, la tête renversée en arrière sur le dossier d'un canapé bas, formant avec le reste du corps un angle effrayant, comme si elle allait s'en détacher. J'ai tiré d'une table une sorte de nappe brodée dont j'ai recouvert la morte, parce que les yeux me fixaient, ils brillaient encore sous la lumière du lustre.

J'avais toujours mon fusil à la main, je ne pouvais pas me résoudre à le poser, sachant désormais que je ne m'en servirais pas. Je suis revenu auprès de Fanny qui était restée allongée par terre et pleurait comme une gosse. J'ai gueulé pourquoi plusieurs fois en la secouant par les cheveux. J'avais envie de la voir souffrir. Elle n'opposait que la résistance de son poids inerte, de son corps de chiffon que j'aurais pu piétiner sans qu'il frémisse. J'ai arrêté de la rudoyer, à bout de souffle, les muscles des bras douloureux d'avoir manœuvré la masse sans contours qu'elle semblait devenue. Je l'ai assise en appui contre une cloison, j'ai posé mon fusil un peu plus loin.

Je répétais « pourquoi ? », « pourquoi tu les as tuées ? pourquoi elles et pas Moussard ou Lamantin ? » Elle grimaçait de sanglots, elle était laide, je sentais l'humidité du sang dont elle était maculée sous mes doigts.

– C'est eux, qui les ont tuées ! C'est eux ! Après ce qu'ils m'ont fait ! C'est eux !

– Tu les suivais après leur avoir donné rendez-vous et tu les massacrais, hein, c'est ça ?

– C'est eux, a-t-elle murmuré. Ils m'ont attachée sur le lit, ils écartaient mes jambes. Ils se couchaient sur moi, je voulais vomir !

Elle s'est laissée glisser au sol, incapable d'articuler un mot.

– Et moi ? Qu'est-ce que je viens faire là-dedans ?

Elle a redressé la tête pour me regarder. Peu à peu, les sanglots refluaient. À ce moment-là, j'ai entendu des bruits de pas nombreux se ruer dans l'escalier, et j'ai repoussé la porte du pied, lui donnant un tour de clé. La voix de Fourmond a résonné :

– Lorenzo ! Je sais que vous êtes là ! Ouvrez-nous ! On va arrêter cette femme.

Fanny s'est tournée vers moi et m'a tendu les bras.

– Me laisse pas, Louis ! Me laisse pas avec eux !

– Pourquoi moi, bon Dieu ? Pourquoi tu as joué à ça avec moi ?

– Ouvrez, bordel ! Qu'est devenue l'autre femme ?

– Pourquoi moi ? ai-je répété.

– C'est de ta faute ! Tu n'aurais pas dû me donner ce rendez-vous ! Je t'ai reconnu, et j'ai eu peur !

– Tu m'as reconnu ? Comment ça ?

Elle s'est caché le visage dans les mains. Sur le palier, les flics se parlaient à voix basse. Je l'ai secouée :

– Réponds !

– Marianne m'avait montré des photos. Elle parlait beaucoup de toi.

Tout s'effrondrait, comme à la fin d'un monde, et j'étais au milieu, bientôt écrasé.

– Parce que... Tu as parlé de moi avec elle ? Avant de la tuer, tu as écouté ses confidences ?

Fanny est restée prostrée, la tête sur les genoux. Je l'ai empoignée par les cheveux. Je criais.

– Ouvrez, Lorenzo ! Ne jouez pas au con !

– Ta gueule, le flic ! Ou je balance un coup de fusil à travers la porte !

Je les ai entendus se conseiller mutuellement de ne pas rester dans la trajectoire.

– Il est armé, en plus ? a demandé quelqu'un.

– Réponds-moi, Fanny, ai-je bramé tout près de son visage.

Elle laissait aller lourdement sa tête contre le mur, les genoux repliés sur la poitrine.

– J'ai su qu'elle connaissait Lamantin, a-t-elle hoqueté. Ce n'était plus pareil !

– Tu l'as connue et tu l'as tuée quand même, c'est ça ? Calmement, en calculant le lieu et l'heure ?

Elle a recommencé à pleurer convulsivement, incapable de dire un mot. J'allais la remettre debout, quand quelqu'un m'a bousculé et renversé au sol. J'ai vu Fanny se redresser, son couteau à la main, et reculer vers le fond du couloir. Celui qui m'avait renversé s'est figé au-dessus de moi en disant « Lâchez cette arme ! » J'allais lui répondre que je n'en avais pas, mais la détonation l'a projeté hors de mon champ de vision. J'ai relevé la tête. Fanny était appuyée contre le mur au bout du couloir, éclairée d'un côté par la lumière de la pièce où se trouvait la morte, et je ne l'ai plus reconnue. J'ai cherché vainement cette douceur dans ses yeux, j'ai voulu que ses cheveux brillent comme ce jour où elle m'avait embrassé pour la première fois. Des gens criaient derrière moi. J'avais mal au côté, j'ai roulé contre une plinthe en essayant de progresser vers elle.

Une voix a dominé les autres en s'efforçant d'être calme :

– Lâchez ce fusil, Mademoiselle.

Le vacarme qui a suivi m'a arraché l'âme. Quelqu'un a gémi, j'ai entendu un corps glisser au sol, et là-bas, à l'autre bout du couloir, Fanny avait pivoté sur elle-même et tombait lentement face au mur, ses mains à plat comme pour se retenir.

Je me suis redressé malgré la douleur qui s'enfonçait dans mon flanc, et j'ai serré la gorge du flic qui se tenait le ventre à deux mains déjà rougies de sang, j'essayais de le tuer. Des coups se sont abattus sur moi. Je serrais toujours. Le flic râlait en me fixant avec frayeur, ses mains détrempées d'écarlate glissaient sur mes bras. Ils m'ont tiré en arrière par les cheveux, ils m'ont tordu les bras dans le dos. Leurs pieds ont fait éclater mes côtes, se sont acharnés entre mes jambes. J'ai descendu l'escalier porté par leurs poings. Je hurlais comme si j'avais pu leur faire peur. Je ne sentais rien de leurs coups. Ma douleur n'était rien. C'était celle des morts qui me faisait si mal.

DU SABLE DANS LA BOUCHE

DU SABLE DANS LA BOUCHE

Nous ruisselions de sang.
Les chasseurs ne nous avaient pas loupés. Blessure sur blessure.
Nous nous rendîmes compte que nous avions soif.
Et froid, très froid.

BERNARD MANCIET, *Un hiver*

1

Sous les hautes charpentes métalliques, les trains s'arrêtent en hurlant et font tressaillir et se taire la foule en transhumance dont le bourdonnement de voix mêlées reprend ses droits dès que les freins ont cessé leurs vocalises. Des visages inquiets se tournent en tous sens, scrutant à chaque bout de la voie pour deviner le mufle d'une motrice sans savoir par où arrivera le train qui les emmènera passer les fêtes en famille, et ils prennent l'air morne, lointain déjà de ceux qui partent au bout du monde en laissant tout derrière eux. Des lecteurs de journaux apparemment plus sereins s'appliquent à demeurer plongés dans les nouvelles du monde, qui ne sont pas bonnes, maintenant leurs pages en l'air malgré les bousculades des porteurs de sacs à dos ou les futurs skieurs qui manient leur équipement sur l'épaule comme une arme silencieuse et redoutablement efficace. Des femmes courent, suivies d'enfants, les bras étirés par des valises bourrées jusqu'aux serrures, rebondies à crever, là, au milieu des gens, vomissant de l'intimité mise au pli pendant des heures, encore parfumée d'assouplissant ou de lavande. Des mains agrippent les poignées des portières. On se hisse, on s'aide à descendre, on se marche dessus, on s'éborgne à coups de coude.

La femme boite. Elle a eu du mal à descendre de la plate-forme, en pivotant maladroitement sur sa jambe valide. Un homme d'âge mûr, élégant, un sourire aimable aux lèvres, sans doute séduit par les vastes yeux noirs et le profil soucieux et volontaire, a aidé le corps léger à prendre pied sur le béton du quai. Elle l'a remercié, d'un murmure, d'un petit mouvement de tête. Le sac ballotte contre sa patte folle. La femme change de main, s'inclinant du côté opposé à la charge pour l'équilibrer. On la remarque parce qu'elle est belle et boiteuse. Des regards s'étonnent ostensiblement de voir démenties leurs idées préconçues. Des regards d'hommes, surtout.

Elle sort par le hall des départs. Une vieille habitude. Elle louvoie parmi les voyageurs qui fixent opiniâtrement le panneau électronique des horaires, ou attendent bras croisés, leur bagage entre les jambes. Elle s'excuse parfois d'un raclement de gorge, ou doit renoncer à enjamber une valise trop haute que personne ne songe à déplacer. Sur le seuil de l'immense porte, elle considère un instant les embouteillages, plus loin, au-delà de l'esplanade réservée aux piétons. La pluie crépite sur la verrière. La femme semble humer, le visage relevé, l'odeur de la ville où l'océan, épaulé par le vent d'ouest, pousse son mufle salé.

Au début, elle a promis à qui voulait l'entendre que jamais elle ne reviendrait à Bordeaux. Tourner le dos à la région, quitter, même, le pays. Elle a pensé à l'Italie. À Rome, où elle n'est jamais allée. Ailleurs l'horizon serait moins plat, ou plus proche. On lui répondait que ce serait partout pareil. Ce qui la poursuivait ne redoutait aucune distance, ne pâlirait sous aucun climat. On ne laisse pas derrière soi son ombre. Alors peu à peu, rosée dans le granit, l'idée de revenir et de faire ce que quelque chose de béant en elle réclamait chaque jour plus fort a creusé sa fissure imperceptible. Cette évidence a couru en elle comme une vibration mortelle. Elle en a tracé la courbe sur des centaines de pages de cahiers.

« Vous serez chez vous pour Noël », lui a annoncé le directeur. « Je vous regretterai. Les détenues comme vous, j'en vois peu. » Un brave homme, ce directeur. Un humaniste. Un chrétien, sans doute, plein de foi en la rédemption de l'homme, avec son crâne luisant et ses lunettes cerclées. Parlant aux putains amères, aux infanticides ou aux toxicomanes suicidaires comme à des voleuses de cartables ou à des cancres invétérées. Un ancien proviseur de lycée ? Un ancien prêtre ? Pourquoi pas ?

L'avocate a été efficace. Elle a trouvé un appartement, payé deux mois de loyer d'avance, a décroché un emploi de prof dans une boîte d'enseignement à distance dont elle connaît le patron. Elle a garanti une réinsertion facile et rapide. Avec tout ce chômage, que demande le peuple ?

L'appartement est petit, mais bien situé, dans une rue calme, à deux pas de l'Hôtel de Police. L'avocate s'en est excusée. Tout est là, dans des caisses, et pendant un moment elle reste debout au milieu de ce désordre. Dans un coin s'entassent quelques fauteuils, quelques chaises, des tables, couverts de housses aux armes du garde-meuble. Puis elle trace des allées entre les cartons, installe le lit (les draps sentent bon et elle y colle un instant son visage), dégage une table, le tout dans la même pièce. Épuisée, elle s'enfonce dans un fauteuil, les pieds sur la vaisselle, cernée par sa vie passée étiquetée, entreposée.

À son réveil, il fait nuit. La pluie fait son bruit radoteur et têtu, milliers de petits pas pressés.

Le tube lumineux au-dessus du lavabo l'éblouit. L'eau froide de la douche lui fait du bien, la secoue de frissons. Elle se raidit sous cette pureté dont elle avait perdu jusqu'au souvenir tant l'eau, là-bas, semblait déjà souillée à sa sortie des canalisations, comme si la crasse s'était recyclée inlassablement. Au point qu'elle choisissait parfois, pendant des semaines, de rester baigner dans son propre jus, bouillon de culture personnel, senteur âcre d'animal unique dont elle ne décidait de se défaire que lorsque les démangeaisons devenaient insupportables.

Le savon lui pique les yeux, le nez. Elle sourit à cette brûlure. Elle rince, inonde sa peau d'eau très chaude, frotte violemment. Sous ses doigts court la cicatrice, au-dessus du genou. Roule la rotule artificielle. « Il ne faudra pas vous endormir trop près de la cheminée », avait plaisanté une infirmière pour essayer de dérider cette blessée pâle et muette.

Simon a ouvert presque aussitôt et il est resté planté là, bouche ouverte, sans lâcher la poignée de la porte. Puis il tend les bras, ils s'embrassent. Anne, accourue, pleure un peu. « Mathilde », répète-t-elle entre deux reniflements. « Mathilde ».

Ils boivent du whisky, mangent des pizzas prestement dégelées dans le micro-ondes. Du fromage, aussi. « Si tu nous avais appelés, on t'aurait préparé un truc sympa, je serais allée chercher un foie gras chez ma mère », s'excuse Anne. Ils sourient en buvant des verres de Saint-Émilion et écoutent du jazz, Sonny Rollins, Dave Brubeck. Les mots sont de sable. Ils assèchent les bouches et s'éparpillent en grains futiles dès que le silence se remet à souffler, souvent, malgré la musique.

Non, elle n'a pas répondu aux lettres. Elle n'a écrit à personne. À l'avocate si, un peu. Mais personne n'est venu, il faut dire. Quatre ans. La durée n'a aucune importance. Quatre mois, quatorze ans, et alors. Quatre nuits ont suffi. Elle n'osait pas dormir, de peur d'être réveillée par ce rêve, toujours le même, où Pierre se trouvait blotti contre elle, grelottant, ses bras autour de sa taille. Elle sentait ses genoux froids contre ses jambes, et lorsqu'elle tentait de se retourner vers lui pour l'attirer davantage à elle, elle ouvrait les yeux sur l'obscurité vide maquillée par les lumières du chemin de ronde. Écrasant des sanglots de son poing dans la bouche, elle s'accablait de l'odeur des autres, écœurée par le froissement des draps sur leur corps, quand les lits grinçaient au moindre mouvement.

Anne et Simon l'écoutent. Puis ils la rassurent. L'appartement est mignon, refait à neuf, ils l'ont choisi avec l'avocate comme si c'était pour eux. Ce sera différent, comme un nouveau départ, la vie qui recommence, malgré la prison, malgré... Anne se lève pour recharger le lecteur-laser. « C'est bien la peine d'avoir une télécommande et des multifonctions », commente Simon.

Ils parlent ensuite des copains : Michèle, Philippe. Comment vont-ils ? Mathilde n'écoute pas les nouvelles que Simon lui donne de la troupe en l'assurant qu'elle leur a manqué à tous. Ils monteront Pinter et Ibsen, cette année, plus une coproduction avec Toulouse. Sans compter les animations dans les lycées, c'est toujours ça de pris. Vraiment, ces profs... Le théâtre, ma pauvre Mathilde, ils n'y comprennent rien.

Ils en sont encore aux gesticulations balbutiantes de patronages laïques. Simon s'emballe, se rit méchamment de ces fonctionnaires du savoir. Il est intarissable, et s'animent entre ses mains qui modèlent l'espace, sur son visage, les anecdotes les plus irrésistibles.

Les percussions rebondissent d'un canal sur l'autre. Ray Baretto ? Mino Cinelu ? Elle demande. Simon sourit. Difficile de confondre, pourtant. Elle dit qu'elle s'en fout un peu, après tout. Elle a trop bu. Les dents de l'homme luisent dans la pénombre savamment dosée. La vie, le bonheur creusent son visage d'ombres réconfortantes. Il est beau. Elle lui sourit depuis un moment, l'air un peu absent. Encore un whisky, s'il te plaît. Sans glace, comme avant.

À quatre heures du matin elle est debout dans le couloir et les regarde tous les deux. Il n'y a plus de musique. La conversation est retombée doucement. Anne ne s'est plus levée pour changer le disque. Mathilde prend bonne note de leur invitation permanente à bouffer, à dormir, même, si elle veut. Simon la prend dans ses bras, la serre contre lui. Il presse ses lèvres à quelques centimètres de sa bouche. Elle se laisse aller contre lui puis s'en écarte presque brusquement pour s'approcher d'Anne. « Allez, ma grande. Appelle-moi un de ces jours, on ira faire les magasins comme avant », propose l'amie.

Mathilde descend l'escalier lentement, se tenant à la rampe. La minuterie s'éteint et elle reste dans le noir, respirant un peu plus fort, les mains tendues pour trouver un mur qui la mène lentement au commutateur.

Sous la pluie, la ville s'offre des rues scintillantes comme des vitrines. Mathilde contourne les flaques d'eau, les caniveaux qui débordent. Place Pey-Berland, elle ignore la cathédrale aux cimes dissoutes dans la nuit détrempée, la façade de l'Hôtel de Ville où pend un drapeau lourd de pluie. Plus loin, elle hésite devant un bar de nuit, en pousse la porte, laisse s'échapper des bribes de conversations et des éclats de rire qui l'étourdissent, et renonce. Elle allume une cigarette et la fume sous un porche alors que l'averse redouble de force. Anne et Simon ont dû penser qu'elle avait une voiture pour rentrer. Sûrement.

C'est un fusil de chasse. Il est beau. Crosse en bois verni. Plus lourd qu'elle l'aurait cru. C'est la première fois qu'elle tient une arme entre ses mains. Non, pas la première fois. Et cela change tout. Elle appuie sur la détente. Clac. Comme c'est simple.

À un vendeur étonné, elle a raconté qu'elle voulait faire un cadeau à son mari, grand spécialiste du gros gibier. Le sanglier. Elle a montré son genou raide. « Il va me venger », s'est-elle efforcée de sourire. Un sanglier. L'autre, impressionné, l'a conseillée avec sollicitude. Aucun problème avec les munitions. « Avec ça, il en fera de la viande hachée à trente mètres », a promis le vendeur avec enthousiasme.

Depuis une semaine qu'elle est revenue, Mathilde a réapprivoisé la ville petit à petit. Elle a erré d'abord dans Saint-Pierre, le long des restaurants innombrables, s'arrêtant pour lire les menus, comme une touriste sans appétit. Elle a ralenti le pas devant « La Machine à Lire », a senti la bouffée d'odeurs chaude qui est sortie avec un client. Encre, papier. Le parfum des mots, pratiquement. Elle a hésité à entrer, a posé la main sur le loquet de la porte vitrée, puis s'est contentée de regarder la vitrine avant de s'échapper jusqu'au bout de la rue.

L'église était ouverte, sur la place, si bien qu'elle n'a eu qu'à continuer tout droit pour y pénétrer. Il y faisait bon. Indifférent à la tranquillité solennelle des voûtes, un Christ de bois souffrait son martyre sous la patine. Aux rides de sa souffrance s'ajoutaient les fissures du bois sur son visage creux. Mathilde s'est assise au fond. Un peu de soleil donnait aux vitraux des folies de colibris. Elle a regardé autour d'elle avec curiosité, les yeux ronds, l'air intimidé par l'atmosphère paisible du lieu où flottaient des senteurs vieillies de pierre et de bois humide. Une porte a grincé, d'où est apparue une longue et belle femme brune accompagnée d'enfants qui riaient doucement. Ils ont trempé avec application une main dans le bénitier, et ont disparu dans une cacophonie de grincements et de battements de portes. Quand elle s'est trouvée seule, Mathilde s'est dressée vivement et a jeté autour d'elle des regards inquiets comme si elle se réveillait d'un assoupissement. Elle est sortie. Le soleil d'hiver ne pouvait rien contre l'ombre qui peuplait encore les rues en plein midi.

Elle regarde le petit écran du minitel. Autour d'elle, le bureau de poste presque vide flotte un peu. Elle a retrouvé le dernier sanglier du Médoc dont l'adresse, « Vignemorte-Cantenac », jette un éclat grisâtre.

C'est facile. Pas de vaines recherches, pas d'enquête compliquée.

Sa gorge se noue, sa bouche s'assèche, elle tousse un peu dans le silence approximatif des préposés au travail. Les doigts tremblants ont du mal à maîtriser le tracé du stylo. Elle calligraphie enfin, en larges capitales, les coordonnées de la tanière.

Tout peut alors commencer et finir en même temps.

2

L'homme tendit la main vers le radio-réveil et tâtonna pour en bloquer par avance le déclenchement. C'était un homme qui dormait peu, se réveillait toujours avant l'heure dite ou bien en plein milieu de la nuit en croyant avoir oublié de régler l'alarme du radio-réveil. Il lui fallait alors du temps pour se rendormir, et souvent il se levait pour aller dans la salle de bains boire un verre d'eau. Parfois, lorsque vraiment le sommeil ne revenait pas, il allumait une petite lampe tout juste suffisante pour lire et s'emparait d'un livre sur sa table de nuit dont il pouvait alors assimiler des dizaines de pages quel qu'en fût le genre ou l'intérêt.

La lueur qui bleuissait dehors évoquait un air froid et coupant. C'était un homme qui n'aimait pas dormir les volets fermés. Il avait besoin des lumières de la nuit, aussi faibles fussent-elles, pour se convaincre qu'il n'était pas mort.

La femme qui était couchée à côté de lui venait d'enlacer sa taille et l'attira contre elle. Elle enserra de l'étau tiède de ses cuisses une des jambes et frotta son ventre contre les muscles durs. Elle dormait encore. Il passa une main dans ses cheveux, la baisa au front, sur les yeux.

– Déjà ? souffla-t-elle dans son cou.

Il murmura que oui, laissa courir sa main jusqu'au bas du dos qui se cambra doucement.

– Téléphone-leur que tu es malade. On aura la journée pour nous.

– On aura d'autres journées.

Il l'embrassa encore, se dégagea lentement de l'étreinte de la femme.

– T'as dit que c'étaient des cons dans cette boîte.

Il sourit dans la pénombre.

– Je n'ai vu que les patrons et quelques mange-merde. Je rencontre le personnel aujourd'hui. J'ai l'impression que je vais bien m'amuser.

Il prenait dans une armoire du linge propre quand la lumière s'alluma. La femme eut un petit rire.

– Attention à ton ventre. Reprends les abdominaux !

Il se retourna, nu, ses affaires sur les bras, et la considéra d'un air interrogateur.

– Juste un peu, juste un peu, le rassura-t-elle. Ça va encore...

Il jeta un coup d'œil furtif à la glace de l'armoire qui lui renvoya une silhouette acceptable de quadragénaire correctement conservé. La femme éteignit la lumière et sembla disparaître dans un froissement de draps.

– Évite de faire trop de bruit, je vais tâcher de me rendormir.

– Je passe te prendre à la répétition ce soir, dit-il en refermant la porte.

Il passa sous la douche en hâte, s'habilla, perdit un bouton de sa chemise, fit chauffer du café dans le four à micro-ondes, avala deux cuillerées de confiture d'oranges. Tous ces gestes ne lui prirent qu'une douzaine de minutes, et il eut le temps de fumer une cigarette en écoutant à la radio les spéculations des journalistes sur l'éventualité de la guerre dans le Golfe. Vers sept heures et demie il coupa brutalement la parole à un consultant militaire qui évaluait la possibilité pour un missile de défoncer une porte sans détruire le corridor, et passa dans le couloir où l'attendait un cartable de cuir dans lequel il enfourna sommairement une cassette vidéo. Puis il retourna vers la chambre à pas de loup, actionna la poignée de la porte avec précaution. Il tendit l'oreille. Elle dormait sans doute. Au moment où il refermait la porte, il entendit la voix de la femme, distincte et ironique :

– T'enverras le bonjour aux travailleurs !

Il dit à ce soir. Il souriait, tout seul sous l'ampoule faiblarde du couloir.

3

Sous eux, l'océan soufflait à chaque coup porté contre les rochers. Ils étaient trois, signalés par la lampe-torche que chacun portait, et dont le faisceau trépidait à chaque pas. Ils avaient presque terminé. Ils fixèrent encore les détonateurs sur les charges disposées à la base des piliers de béton. L'une des silhouettes exprima en basque sa satisfaction à l'idée que ce putain d'hôtel de luxe ne serait plus dans quelques minutes qu'un souvenir en forme de tas de gravats. Un rire étouffé lui répondit. C'était une femme qui riait, et elle éclairait les mains nerveuses de son compagnon. On siffla, plus loin, du côté du golf. Le moteur d'une voiture se fit entendre. Les phares apparurent, tressautant à cause des ornières du chantier.

– On s'en fout, dit l'homme. On les laisse repartir sans rien faire.

On siffla encore, deux fois.

– Des flics, interpréta la femme. Putain de merde.

Ils décampèrent tous les deux en enjambant des flaques gelées. Un bidon de métal se renversa, roula jusque dans un trou, fit s'effondrer un tas de planches.

– Halte ! cria-t-on plus loin.

C'était un gendarme. Il était descendu de sa voiture, une 4 L, dont le gyrophare venait d'être mis en action. Il tenait à la main un pistolet dont il fit usage, en l'air, deux fois.

– Halte ! répéta-t-il.

Un autre coup de feu claqua. Le gendarme cria. On vit sa silhouette se débattre contre la mort dans les éclairs bleus, comme font les danseurs le samedi soir.

Un autre gendarme apparut, qui lâcha une rafale de pistolet-mitrailleur au jugé.

Les fuyards couraient dans l'herbe parsemée de rochers. L'océan les encourageait comme une foule.

– Ça ne mène à rien, dit la femme, qui s'était arrêtée au chapelet de coups de feu tirés derrière eux.

– On revient, dit l'homme. Ils vont avoir Mikel.

Ils rebroussèrent chemin en se tordant les pieds dans les cailloux, dans les trous de terre gelée où de la glace les faisait déraper. Ils repassèrent devant le chantier, à hauteur de ce qui devait être le hall de réception. Ils débouchèrent sur une esplanade où étaient garés des engins massifs à roues géantes, et où ronronnait le moteur de la voiture de gendarmerie. Ils étaient trop loin pour tenter quoi que ce soit : Mikel s'était approché du gendarme en train de manipuler le radiotéléphone, éclairé par une petite lampe disposée sur le tableau de bord. Le Basque tira dans la lunette arrière, et le militaire fut projeté contre le volant. La femme cria, puis courut vers la 4 L. Son compagnon la suivait en claudiquant parce qu'il s'était tordu la cheville. Au moment où ils parvinrent près de leur camarade, d'autres paires de phares se présentèrent sur la route, à l'entrée du chantier.

– À la voiture ! cria l'homme qui boitait. Je vous couvre. Je termine le boulot.

Il tripota un boîtier de télécommande pendant que Mikel et la femme couraient sur une pelouse durcie par le gel. L'explosion éclaira vivement les alentours : la prairie artificielle bordée d'arbres, et les ombres qui convergeaient vers eux, de toutes parts, tenant des armes, des lampes et des chiens. La femme infléchit sa course sur la gauche, vers un bâtiment en rez-de-chaussée dont la baie vitrée reflétait la lueur des flammes. Elle appela Mikel, mais des coups de feu partirent de l'orée des arbres. Les chiens aboyèrent. Mikel courait toujours. Il avait son pistolet, qu'il brandissait devant lui, bras tendu, comme s'il chargeait. Il cria des injures aux gendarmes dont le pointillé circulaire et lumineux se rapprochait de lui, et il ouvrit le feu à nouveau. Il courut encore pendant quelques mètres, puis fut jeté à plat ventre par le crépitement lourd qui venait de riposter. Il rampa encore, en ahanant, puis ne bougea plus. L'autre homme avait rejoint la femme qui pleurait et jurait, dissimulée derrière une haie. Il l'entraîna par le bras en lui expliquant que le camarade avait enfreint les consignes. Comme ils traversaient un chemin, un projecteur les cloua sur place, et une voix amplifiée leur ordonna de se rendre. L'homme mit une main à sa poche, et fit un tour sur place au coup de feu qui avait anticipé son geste, avant de s'effondrer à genoux. La femme lui prit son arme et fit feu à trois reprises. Un pare-brise, ainsi que le projecteur, volèrent en éclats. Des voix hurlèrent de se mettre à l'abri. La femme aida l'homme à se remettre debout et descendit avec lui un talus planté de chênes : leur course était malaisée et pénible, à travers ce bosquet encombré de ronces, aussi manquèrent-ils basculer ensemble plusieurs fois. Plus rien derrière eux ne semblait bouger. Ils avaient franchi peut-être deux cents mètres, et débouchèrent bientôt sur une étroite route goudronnée. L'homme blessé s'appuyait lourdement sur la femme, embarrassée pour le soutenir par son gros pistolet. L'homme gémissait sourdement, complètement essoufflé par l'effort. Ils arrivèrent à une voiture. La femme aida son compagnon à s'allonger sur le siège arrière, puis s'installa au volant. Elle regarda d'un air désemparé le tableau de bord, les commandes du véhicule, puis tourna la clé de contact. Le moteur fut lancé puis cala. Le blessé lui indiqua l'emplacement du bouton de starter qu'elle tira vers elle. Le moteur consentit à démarrer dans un feulement de bon aloi.

Ils rejoignirent un hameau désert, puis empruntèrent le réseau plus serré des rues de Biarritz. La femme ne conduisait pas vite. Elle jetait souvent dans le rétroviseur des regards inquiets, mais à part la circulation rare de cette heure de la nuit, rien ne s'y inscrivait qui pût l'effrayer. Il pouvait être quatre heures du matin. Ils traversèrent Bayonne, puis prirent une petite route qui traversait Tarnos, pour rejoindre la nationale 10 et la quitter à Labenne de façon à suivre au plus près le littoral, en direction de Capbreton et Hossegor. Le blessé respirait fort, et changeait parfois de position avec une plainte. La femme alors tâchait de se retourner vers lui et prononçait des paroles rassurantes.

4

Pierre Calmon gara sa voiture au pied d'un peuplier, sur un parking aux formes rondes orné de pelouses et de parterres. Il se dirigea ensuite vers les bureaux de la direction qui faisaient corps avec l'usine et se signalaient par des huisseries de couleurs vives. Comme il montait la volée de marches qui y menait, un homme apparut sur le seuil et lui adressa un large sourire.

– Pascal Gorin, directeur des ressources humaines, se présenta l'homme. J'étais à Tokyo, c'est pourquoi vous ne me rencontrez qu'aujourd'hui.

Pierre affirma que ce n'était pas bien grave, qu'on l'avait prévenu, et que le directeur de l'usine avait été charmant et très efficace.

– Sale temps, fit le cadre avant de refermer derrière lui la porte de verre. On n'y échappera pas !

Pierre le regarda sans comprendre.

– À la neige, expliqua l'autre. La météo est formelle !

Il entraîna Pierre vers un vaste bureau qui donnait sur un parc par une baie vitrée. Vitrée également était la table de travail où trônaient ordinateurs et téléphone pour le moment au repos. Il proposa à Pierre du café et des croissants. Ils avaient le temps, car la séance ne commençait qu'à neuf heures.

– Les gens sont ravis de cette petite demi-heure qu'on leur laisse par rapport aux horaires habituels. C'est excellent pour l'image de marque du stage.

Pierre laissa le croissant, reprit deux fois du café. Gorin lui brossait un tableau de l'entreprise :

électronique grand public, trois cent cinquante personnes dont un tiers d'ingénieurs et un autre tiers d'ouvrières manipulatrices. Les rendements s'étaient mis à baisser depuis un an, sans que rien y fît ; sanctions financières, mises à pied, voire licenciements pour faute professionnelle de deux ingénieurs et cinq agents de fabrication. Le malaise au contraire s'était répandu, jusqu'aux contrôleurs et chefs de groupes, des gens sûrs, pourtant, triés sur le volet, qui se permettaient de plus en plus souvent de remettre en cause le bien-fondé du projet d'entreprise.

Les deux hommes étaient assis de biais l'un par rapport à l'autre dans des fauteuils pivotants. Gorin parlait d'une voix sourde, usant d'une syntaxe parfois alambiquée, s'aidant peu de ses mains qu'il gardait doigts croisés posées sur ses cuisses.

– C'est vous qui avez dirigé ce... dégraissage ? demanda Pierre.

– Je parlerais plutôt de réajustement. Non. Je n'ai fait qu'appliquer les consignes données par Paris.

– Et les Japonais ?

– Moins on en parle ici, mieux ça vaut. On a beaucoup de mal à faire oublier cet aspect-là de l'entreprise. C'est un gros atout commercial, mais socialement, c'est catastrophique. Au moindre accroc, on nous proclame qu'on ne veut pas travailler à la japonaise, que jamais on ne prendra sur son temps de repos pour assurer le succès d'un produit, et autres balivernes. Ce que nous ne demandons jamais, d'ailleurs. Les syndicats ne sont pas très présents, mais enfin...

– N'éveillons pas le loup qui dort, sourit Pierre.

Gorin le regarda curieusement, puis éclata de rire.

– Exactement !

– Pourtant, continua Pierre, le loup a tendance à sortir du bois, ces temps derniers, non ? Cela n'apparaissait pas clairement dans votre demande d'audit, ni dans la négociation de protocole du mois dernier...

Gorin se leva, passa derrière son bureau où il prit un paquet de cigarettes. Il en proposa une à Pierre.

– Vous êtes des professionnels, observa-t-il. Nous avons été bien orientés.

Il alluma la cigarette de Pierre à l'aide d'un briquet de plastique.

– Pour être franc, reprit-il, j'ai dégonflé deux tentatives de débrayage pour des questions de salaires et de primes. Sachez qu'ils ont eu deux et demi l'année dernière, et qu'on prévoit trois-vingt-cinq cette année. Toutes les boîtes de la région ne se permettent pas ce genre de luxe !

– Qui ils ?

– Manipulatrices, contrôleurs et petite maîtrise.

– Les ingénieurs et les commerciaux ?

– On négocie individuellement à peu près tous les six mois, au terme d'une évaluation personnelle. Ça marche très bien !

Depuis quelques instants, on percevait dans le couloir un piétinement discret, des éclats de voix que la moquette, les cloisons bien isolées étouffaient efficacement. Gorin jetait vers la porte des coups d'œil rapides qu'on pouvait interpréter comme la lente montée d'une inquiétude.

– Je crois qu'il va être l'heure d'y aller, fit-il en regardant sa montre. Je... J'avais préparé pour vous un petit dossier sur chacun des participants à la session, et...

– C'est exclu par le protocole, Monsieur Gorin. Je vous demanderai de ne pas insister.

Pierre avait répliqué un peu sèchement. Il sourit.

– Cela ne serait d'aucune utilité pour le travail que j'ai à mener, vous le savez bien. Nous sommes réputés pour notre rigueur et la fiabilité de notre méthode, il serait vraiment fâcheux de la modifier. C'est d'ailleurs pour ces raisons que vous avez fait appel à nous.

Gorin reposa sur un meuble la chemise qu'il tenait déjà.

– C'est vrai, admit-il. Excusez-moi. J'avais cru bien faire.

Ils sortirent du bureau. Dans le couloir, une dizaine de personnes attendaient en fumant. D'autres se trouvaient déjà dans la salle de travail et discutaient bruyamment. On s'écarta au passage de Pierre et Gorin, puis tout le monde entra et chacun s'installa. La salle était claire et spacieuse, les tables avaient été disposées en rond ; dans un coin, un téléviseur et un magnétoscope de modèles récents attendaient le bon vouloir des utilisateurs. Gorin présenta Pierre aux stagiaires puis prit congé en annonçant que du café serait servi vers dix heures quarante-cinq.

Pierre s'apprêtait à lancer le rituel tour de table lorsqu'une femme se leva en toussotant.

– On est désolés, mais vous arrivez trop tard. On est en grève. On l'a décidé il y a un quart d'heure.

– Une grève illimitée, précisa un jeune type.

– Alors votre stage, reprit la femme, c'est un peu comme si les pompiers arrivaient quand la toiture est déjà en feu.

Pierre leur sourit. Il les regarda tous d'un coup d'œil circulaire. Ils paraissaient ennuyés, un peu intimidés. La femme s'était rassise et évita le regard de Pierre quand il se posa sur elle. Dans le couloir, des gens marchaient. Des portes claquaient. Les bruits ne semblaient plus étouffés comme dans le bureau de Gorin. Pierre revint aux brochures qu'il avait apportées avec lui et en ouvrit une, toujours souriant, comme s'il allait leur en lire un passage. La couverture portait en majuscules italiques un titre auquel personne ne parut porter attention :

COMMUNICATION ET INTERACTION SOCIALE

Les autres ne bougeaient pas et ne disaient plus rien. Un homme alluma une cigarette, et tous portèrent sur lui leurs regards. L'un d'eux chercha aux murs un panneau d'interdiction.

– On peut ? demanda-t-il.

– On peut, répondit le fumeur en le regardant intensément. On va ouvrir une fenêtre pour aérer.

Des briquets cliquetèrent. Des rires fusaient, des mots rapides firent le tour de la salle.

– Si le toit est en feu, ce sera peut-être l'occasion d'en changer, dit Pierre.

Une rumeur approbatrice lui répondit. Il se leva, rangea ses brochures dans sa serviette. Le silence était revenu.

– Alors... Bon courage, fit-il. J'ai l'impression que vous en aurez besoin.

La femme qui avait annoncé la grève sourit avec ironie.

– On n'est pas courageux. On est têtus. Comme un troupeau de mules écœurées.

5

Angel Matanzas avait garé sa voiture, une BMW grise, luisante, aussi neuve que l'étaient les fausses plaques d'immatriculation, sur le parking réservé aux ouvriers du chantier, entre deux engins de travaux publics. Il s'était caché là, tassé au volant, avant l'arrivée du commando, tant il savait, pour les avoir suivis pendant des jours entiers dans leurs repérages, où ils allaient, ce qu'ils feraient. Au point même qu'il avait téléphoné à la gendarmerie de Bidart pour les avertir de ce qui se produirait sur le chantier de l'hôtel.

Prévenir les forces de l'ordre ne faisait pas partie du contrat d'Angel. On lui avait seulement demandé, en lui remettant cent mille francs et les clés de la voiture volée en France et maquillée à Saragosse, d'exécuter les membres du commando Renteria infiltrés au nord depuis près de deux mois. On avait doté le tueur d'armes efficaces, de faux papiers authentiques, en lui recommandant de ne pas pénétrer dans le département de la Gironde où il était tricard par décision de justice. Il avait eu d'innombrables occasions de se débarrasser de ce travail, sans risque, mais n'était pas passé à l'action. Il aurait fallu chercher les raisons de cette temporisation dans le passé d'Angel Matanzas. Dans son histoire psychoaffective, comme l'avait déclaré un expert psychiatre devant la Cour d'Assises de Bordeaux. Une psychothérapie avait été tentée en prison, mais interrompue bien vite face au mutisme total du détenu. Aucune remise de peine n'ayant été accordée, il avait tiré ses cinq ans et s'était forgé une musculature puissante à l'aide d'appareils mis à la disposition des prisonniers, pendant qu'à l'extérieur ses amis lui assuraient déjà une part dans l'exploitation de manèges pour enfants qui meublaient les halls des centres commerciaux d'Espagne. Peu leur importait que Matanzas eût avec les femmes des relations si violentes, qui le faisaient passer simplement pour un givré de plus : il était un exécutant dévoué, efficace, doublé d'un gestionnaire avisé dès lors qu'on savait l'intéresser suffisamment aux bénéfices.

Il décrocha aux premiers coups de feu. Il avait jusque-là gardé la main sur un revolver de fabrication espagnole, chargé de balles dum-dum et de munitions ordinaires alternativement, dans une chambre sur deux. Sans doute une façon de jeu, un pari foudroyant à faire entre le départ du projectile et l'impact. La topographie du quartier ne laissait guère de choix dans l'itinéraire de fuite du commando : aussi Angel alla-t-il garer sa voiture dans un chemin creux pour attendre de les voir passer devant lui. Ce qui se produisit une dizaine de minutes après l'explosion de l'hôtel. Il prit à leur suite la petite route qui descendait vers Biarritz, les suivant du plus loin qu'il put.

Bien sûr, aucun barrage ne se dressa devant les fuyards entre le Pays basque et Bordeaux. Les Landes furent traversées au plus près de la côte, par une route qui évitait les lacs en brusques angles droits dans des villages déserts pétrifiés de gel, parmi les panneaux annonçant les campings, les restaurants ou les plages. Ce choix pour des routes vides, droites, bordées parfois d'un givre têtu, avait compliqué la filature : la plupart du temps, les deux voitures se trouvèrent seules, absolument, sur des kilomètres de ligne droite. Au point que Matanzas décida de doubler les fugitifs à un moment, lorsqu'il les vit s'arrêter dans un pare-feu, malgré le risque de les perdre et son ignorance des causes de cette halte soudaine : leur voiture avait freiné brutalement, dans une embardée, avant de s'immobiliser dans le sable. Il les attendit à Parentis, puis les précéda, l'œil rivé au rétroviseur, jusqu'à ce qu'avant Arcachon le trafic lui permît à nouveau de les suivre en toute discrétion.

Il les surveilla pendant qu'ils descendaient de voiture à Bordeaux. Le jour se levait à peine. La femme sortit d'abord et fit le tour du véhicule pour aider le passager à se mettre debout. Il fut visible alors que l'homme était blessé, au ventre, ou au côté, et qu'il avait perdu beaucoup de sang : le haut de son pantalon et le pull qu'il portait en étaient imbibés. La femme lui fit enfiler une parka qui fit disparaître les traces de l'hémorragie. Le couple marcha avec difficulté jusqu'à un immeuble de la rue Paul-Louis-Lande et y pénétra grâce à un trousseau de clés que la femme avait tiré de son sac. Les volets du deuxième étage s'ouvrirent bientôt en claquant, et la femme en profita pour jeter un coup d'œil au ciel menaçant, à la rue presque vide, à l'immeuble d'en face aux allures délabrées. Angel nota sur un bout de papier le numéro de la maison, l'étage, et revint vers sa voiture, qu'il avait laissée à cheval sur un trottoir. Là, comme aucun flic ou contractuel ne se manifesterait avant longtemps, il s'empara d'un petit sac de sport qui était posé au pied du siège arrière, en sortit un plan de Bordeaux jauni et froissé, et glissa son revolver dans sa poche. Il consulta le plan de la ville en s'aidant du répertoire des rues, suivit des trajets du bout de l'index, puis se débattit avec la vaste feuille de papier pour la replier correctement. Il alla garer sa voiture dans un parking souterrain situé en face du Palais de Justice, puis prit un copieux petit-déjeuner dans un bistrot qui faisait l'angle de la place Gambetta et du cours de l'Intendance. Il marcha ensuite sur le cours Clemenceau jusqu'à la place Tourny. Il croisa des femmes élégantes emmitouflées dans de longs manteaux et des écharpes de couleurs vives. Il s'arrêta devant l'armurerie de la place Tourny et y contempla longuement, à travers la grille baissée, les copies de fusils M16 et Kalachnikov équipés de leur baïonnette. Au milieu des guirlandes argentées trônaient, disposés avec soin, des bâtons de kendo et des nunchakus, des colts Python, des Smith & Wesson, entre autres fusils à pompe et carabines 22 LR. Le vent, dont une rafale lancée de loin déboula depuis le nord par le cours de Verdun, obligea Matanzas à remonter le col de son manteau et à reprendre sa promenade. Il se dirigea sans s'arrêter vers Mériadeck dans des rues qui commençaient à s'encombrer de véhicules aussi variés que nombreux, et coincés le plus souvent dans une atmosphère puante que le froid, malgré quelques sautes de vent, plaquait au sol. Il pénétra dans le hall d'un hôtel trois étoiles et expliqua au réceptionniste, étonné qu'on lui demandât une chambre si tôt, qu'arrivant de New York il avait besoin de dormir. L'employé lui attribua une chambre en lui demandant s'il voulait qu'on lui monte un petit-déjeuner. Angel déclina l'offre mais demanda à être réveillé à midi. Il prit ensuite une douche et se coucha pour s'endormir cinq minutes plus tard, non sans avoir déposé son arme sous le lit, à portée de main.

Après qu'on l'eut réveillé, il se rendit au centre commercial tout proche et erra presque une heure devant les boutiques, parmi les chalands, les employées en pause, et les glandeurs accoudés aux balustrades qui regardaient passer les gens sur les tapis roulants. Lui aussi regardait les autres, mais à la dérobée, furtivement, les yeux voilés par ses paupières tombantes aux longs cils. Il déjeuna promptement dans une cantine surpeuplée, prit son café de l'autre côté du hall, mal perché sur un haut tabouret, non loin d'une femme excessivement maquillée, trop brune, vêtue très court sous son manteau de fourrure synthétique. Il lui coula en douce quelques regards appuyés, elle le dévisagea avec dureté, ils détournèrent ensemble les yeux.

Il revint vers la rue Sainte-Catherine, levant de temps en temps le nez vers le ciel qui se chargeait de neige. Il marcha plus lentement, les yeux ronds, comme ébloui par les cheveux d'ange, les guirlandes, les boules multicolores, ralenti par la foule des consommateurs qui en profitaient pour écouter un peu de musique latino-américaine que distillait un groupe d'hommes enthousiastes à la peau cuivrée, ou un blues écorché par un guitariste maigre et poussiéreux, trahi par un ampli à bout de souffle. Le tueur s'intéressa également au travail d'un caricaturiste qui sévissait devant les Nouvelles Galeries en se payant la tête d'une adolescente à l'air stupide que ses copines, au milieu des curieux, encourageaient en ricanant. Il marcha au cœur de cette cohue encombrée de paquets cadeaux comme quelqu'un qui a tout son temps, en fumant des cigarettes, dans le froid neigeux. Il passa quelques coups de téléphone depuis une cabine, puis revint vers la place Gambetta à l'heure de la deuxième séance des cinémas pour aller voir un film d'action américain vaguement interprété par une montagne de muscles.

Quand il sortit du cinéma, la nuit était tombée et la neige était en train, à gros flocons délicats sur le chaos de l'heure de pointe. Matanzas consulta sa montre, leva les yeux au ciel avec contrariété, et marcha rapidement au milieu de la foule, comme s'il était pressé, tout d'un coup.

6

Emilia Ochoa tira le pantalon vers elle. La toile vint tout d'un coup, et la femme la roula en boule rapidement en évitant le contact du sang sur ses doigts. L'homme à présent était nu, ou presque, son slip à moitié descendu sur ses cuisses, qu'il essaya de remonter en tirant dessus faiblement. La femme lui murmura de ne pas bouger, et finit de lui ôter le sous-vêtement poisseux de sang. Après quoi elle nettoya la peau à l'aide d'un gros paquet de coton imbibé d'antiseptique en hésitant autour du trou d'entrée de la balle, situé au-dessous du foie, et dont les bords, creusés, commençaient à se tuméfier. L'homme respirait calmement et semblait dormir, grâce à la piqûre qu'elle lui avait faite dès qu'ils étaient arrivés dans l'appartement. Elle plaça tant bien que mal, remuant avec difficulté le corps inerte désormais, un pansement compressif pour empêcher la reprise de l'hémorragie.

Elle s'éloigna du blessé et marcha dans la chambre, les mains plaquées dans les poches arrière de son blue-jean. Elle resta un moment devant le radiateur électrique : il commençait à repousser efficacement le froid qui sourdait des murs, et elle regarda par la fenêtre le ciel affreusement gris. Durant quelques secondes, ses yeux noirs, que la fatigue avait arrondis et rendus plus vastes, brillèrent davantage, rivés à l'uniformité nuageuse. Elle se secoua, rentra la tête dans les épaules, et se retourna vers l'homme. Il dormait nu, accablé dans les draps par les calmants ; elle se rendit auprès du lit pour ramener les couvertures sur le corps blafard noirci de poils abondants. L'homme soupira, bougea un peu. Emilia passa dans l'autre pièce, une cuisine sombre meublée d'éléments de formica marron, et enfila une canadienne qu'elle tint serrée contre elle de ses bras croisés en fermant les yeux. Comme si elle revenait d'un évanouissement, elle jeta autour d'elle un regard perplexe, puis s'approcha de l'évier, devant lequel elle se baissa pour fouiller parmi les canalisations, sous la cuve d'inox, derrière la poubelle qui sentait encore le plastique neuf. Elle en retira un paquet ficelé dans du papier journal qu'elle déplia en hâte : un pistolet apparut, d'allure puissante, puant la graisse, accompagné de deux chargeurs. Elle nettoya l'arme vivement, avec des gestes précis, presque mécaniques, engagea les munitions dans la crosse, et laissa tomber l'objet au fond d'une de ses poches.

Dehors voletaient parfois quelques flocons de neige qu'Emilia ignora, marchant rapidement vers la place de la Victoire. Là, un vent coupant tournait rageusement, prisonnier des façades, et lui mordit le visage. Elle avisa une cabine téléphonique située non loin d'un arrêt de bus où poireautaient quelques étudiants frigorifiés. Elle composa un numéro, attendit, parla.

– C'est Emilia. Il nous faut un toubib. Non, moi ça va. Il faut que tu appelles ce mec que tu connaissais, et qu'il rapplique. Non. Je peux pas t'expliquer, là. Tu viens avec lui ? Il est toujours sûr ? Quand ?

Elle raccrocha en disant je t'embrasse, et laissa sa main sur le combiné pendant un court instant. Quand elle sortit de la cabine, le froid la fit suffoquer. Elle respira la bouche ouverte, avec effort. Les guirlandes lumineuses annonçant aux populations l'arrivée prochaine des réjouissances de fin d'année étaient allumées. Des étoiles. Des sapins. Des frises, des motifs tordus, des arabesques pointillées d'ampoules. Du coup, la nuit montait par contraste.

Emilia se dirigea vers un fast-food violemment éclairé qui remplaçait le bar immense qu'elle avait connu en d'autres temps, vaste lieu sombre aux néons sales, encombré de banquettes, rond et peu fonctionnel. Elle entra sous une voûte lumineuse et fut assaillie d'odeurs d'oignons frits, de viande grillée, dans un ronronnement continu de hottes d'aspiration. Une quinzaine de personnes attendaient leur ravitaillement, leurs regards convergeant vers les employés coiffés de petites casquettes en carton jaune et vert, affublés de chemises et de blouses assorties. Jeunes, tous, affairés, et totalement indifférents à ce qui se passait dans la salle ou même autour d'eux. Ils accomplissaient des allers-retours pressés du comptoir jusqu'aux stands de cuisson où ils laissaient tomber avec lassitude leurs bons de commandes et s'emparaient avec des gestes brutaux de petits plateaux garnis de coquilles de polystyrène et de boissons en boîte. Emilia acheta deux hamburgers pareillement conditionnés qu'elle glissa dans une poche immense qu'on lui avait tendue. Elle revint à l'appartement par le même itinéraire qu'à l'aller, mais dans la nuit présente et la neige qui continuait de tomber avec un acharnement silencieux, repassant devant l'arrêt d'autobus où grelottaient d'autres étudiants qui parlaient fort avec l'accent africain et dont les yeux brillaient de larmes froides.

Elle posa la nourriture sur la table avant d'allumer la lumière. Dans la chambre, elle regarda l'homme qui dormait en chien de fusil et ronflait doucement. Elle annonça à mi-voix qu'elle avait trouvé un médecin, qu'il passerait dans la soirée. Tout irait mieux bientôt, ils ne resteraient pas ici longtemps. Sa voix n'eut pour écho que le passage d'une voiture dans la rue. Elle s'approcha du lit, appliqua le revers de sa main sur le front du blessé, sur ses joues. Aussitôt, elle passa dans le cabinet de toilette, ouvrit un placard, fit couler de l'eau, et revint avec un gant mouillé dont elle rafraîchit lentement le visage de l'homme. Un gémissement parut la remercier. Elle prononça le nom du blessé, Tomas, d'une voix enrouée. Il déplia ses jambes, se mit sur le dos. Elle l'embrassa au coin de la bouche, puis lui passa de nouveau le gant frais sur le front.

Elle mangea un hamburger avec un empressement qui ressemblait à de l'appétit. Elle but de la bière, trouvée dans le réfrigérateur, et termina par une crème en boîte dont elle n'avala que trois cuillerées. Quand elle eut fini ce repas, elle inspecta les placards de la cuisine en attendant que le café passe : il s'y trouvait de quoi tenir un siège. Tout ce qui se faisait en plats cuisinés en boîte était là, sans compter le thon, les sardines, les potages en poudre et autres sauces italiennes en assortiments. Elle ouvrit et referma les portes sans les empêcher toujours de grincer ou de heurter les montants des meubles. Quand le café fut prêt, elle s'en servit un plein bol, s'y brûla les lèvres, grimaça, alluma une cigarette qu'elle dégusta assise les pieds posés sur une autre chaise.

Vers huit heures, deux portières claquèrent dans la rue. La sonnette retentit, Emilia se précipita vers l'interphone. Elle indiqua d'une voix mal assurée que c'était au deuxième droite, appuya sur le bouton qui commandait l'ouverture de la porte ; elle prit dans la poche de sa canadienne affalée sur une chaise le pistolet et le glissa dans la ceinture de son pantalon.

7

La neige s'effondrait sur la place de la Comédie en rideaux opaques qui annulaient le ciel. Angel Matanzas marchait avec précaution sur le sol glissant, louvoyant au milieu de la foule hésitante. Il s'extirpa sans déraper de cette cohue de petits pas et tourna dans la rue des Piliers-de-Tutelle. Il s'arrêta devant la vitrine d'un magasin de jouets où tournait inlassablement un train minuscule dominé par la mâture d'un galion réduit au 1/250. Angel se laissa surprendre par la brusque détente d'un singe jusque-là immobile dont seuls les yeux ronds, avides, tournaient lentement dans leurs orbites comme s'il allait se saisir du chemin de fer miniature pour venir y contrôler les billets. L'animal en peluche s'était jeté sur la vitre en ouvrant démesurément une gueule sans dents et avait repris instantanément sa place. D'autres bestioles étaient animées d'une vie discrète : un boa rouge et vert ondulait lentement, sa langue fourchue dardant parfois, pendant qu'un léopard, le museau dans les pattes, se contentait de respirer. Angel haussa les épaules et reprit sa marche, non sans avoir jeté au singe impulsif un coup d'œil méfiant.

Quand il entra « Chez Rintintin », la chaleur se colla à son visage comme une serviette bouillante et il passa sur son front une main étonnée. Il s'installa au comptoir sur un haut tabouret bancal. C'était l'heure de l'apéro. Deux femmes plutôt jeunes, plutôt jolies, vêtues de cuir et de velours, discutaient à l'autre bout du zinc en sirotant du vin cuit. Angel les dévisagea jusqu'à ce que l'une d'elles s'aperçût de son insistance et prévînt sa copine. Ayant interrompu leur conversation, elles le considérèrent pendant quelques secondes avec curiosité, puis reprirent leurs papotages. Le barman, un gros type d'une cinquantaine d'années, que tout le monde appelait Léopold, les cheveux coupés ras et le visage couperosé, s'approcha d'Angel pour lui demander ce que ce serait.

– Un Berger blanc, commanda Angel.

– Putain, fit le barman. Angel.

Ils se serrèrent la main avec empressement.

– Qu'est-ce que tu fais à Bordeaux ? T'es plus interdit ?

– Des affaires, répondit l'Espagnol. L'interdiction, je m'en tape.

– Ça fait bien cinq ans ?

Angel eut un geste d'excuse ironique.

– L'herbe était plus verte ailleurs. Ici, y avait trop de veaux dans le pré.

– Tu dis pas ça pour moi, j'espère.

Angel sourit largement.

– Mais non. Je serais pas venu, si j'avais pensé ça.

Un chien-loup se dressa tout à coup derrière le bar.

– T'as toujours ton chien ?

– Ouais. Le troisième Rintintin de la dynastie. Le vieux est mort l'an dernier.

Le chien appuya ses pattes avant sur le bord du comptoir et tendit son museau pointu, les oreilles dressées, vers Angel. Quand l'Espagnol eut le geste d'approcher sa main, le berger allemand émit un grondement sourd. Une paire de crocs brilla furtivement.

– Il a pas l'air commode.

– Faut ce qu'il faut. Y a deux ans, j'ai failli laisser la peau des couilles. Ça me rassure de le savoir là.

Angel s'étonna. Il lorgna du côté des deux filles qui papotaient toujours. L'une d'elles le regarda d'un air dédaigneux.

– Ouais, reprit le gros. Des bougnoules de Saint-Michel qui avaient décidé de nous taxer, dans le quartier. Putain ça a duré six mois. De la baston presque tous les soirs, les vitrines qui volaient, les clients qui venaient plus ! Les flics arrivaient toujours deux heures après, mais ça les a pas empêchés de me faire fermer quinze jours, ces enculés. Je connais du monde à la mairie, mais tu peux y aller, rien à faire ! Ils m'attendront, la prochaine fois qu'ils auront besoin de moi ! Bref. On en a profité pour nettoyer le paysage. On a distribué quelques branlées et on leur a même flingué des bagnoles. On leur a fait transpirer le méchoui, à ces tantes. Maintenant, ça va. Cambouis les fait un peu bosser pour lui, ça les calme. Mais je les veux pas ici, à cause de la clientèle.

Angel ricana en montrant les deux filles.

– Elles font la fine gueule, maintenant ?

– Pas elles. Ce sont des copines. Je t'en présenterai d'autres, si tu veux. Elles arrivent tout à l'heure. Mais l'été, c'est plein de touristes, ici ! Tu les vois débarquer en groupes avec leurs caméscopes. À midi, on a même un menu régional, confit et pâté, faut voir les Allemands se jeter dessus en noyant ça dans des litres de bière ! Et ils repartent en disant qu'ils parleront de nous à leurs potes, je te jure !

– C'est toi qui fais la bouffe ? s'étonna Angel.

– Non. Un copain.

Depuis un moment, le gros jetait des regards rapides par-dessus l'épaule d'Angel.

– Je voudrais pas me mêler de ce qui me regarde pas, mais t'as bien connu ce mec, qui est assis là-bas dans le fond, non ?

Angel se retourna.

– Tu pouvais pas me le dire, qu'il était là ?

Il prit son verre et se dirigea vers le fond de la salle où un homme d'une soixantaine d'années, dont le crâne luisait au-dessus de lunettes noires, était attablé en compagnie d'une sorte de géant au visage aussi large et carré que les épaules. Comme Angel s'approchait, le géant se leva. Il dépassait l'Espagnol d'une bonne tête, et lui barrait la route.

– Qu'est-ce que vous voulez ?

– Parler à René. Laisse-moi passer.

– Qui t'es ?

– Qu'est-ce que ça peut te foutre ? Tu veux me filer un rencard ?

Derrière le gorille, la voix de l'Aveugle s'éleva.

– Va faire un tour, Daniel. Laisse Angel approcher.

– Merde, fit le colosse. C'est toi Matanzas ? Excuse-moi, hein ?

Il tendit sa main avec un sourire embarrassé. Angel le toisa, leva la tête pour s'adresser à lui.

– Va faire un bonhomme de neige, on t'a dit. Tu reviendras pour le dégel.

Le géant soupira et sortit. L'Aveugle s'était levé. Angel et lui tombèrent dans les bras l'un de l'autre en se tapant doucement dans le dos. Ils échangèrent leurs prénoms en guise de salutation émue et sobre.

– T'as grossi, fit remarquer René.

Angel rit silencieusement, vaguement admiratif.

– Ton pas est aussi lourd que celui de Daniel, expliqua l'Aveugle. Et tu sens les ennuis. T'es en affaires ?

Pendant qu'ils s'asseyaient, Angel lui confia que c'était une affaire importante et bien payée, et qu'il serait reparti le lendemain.

– Je crèche à l'hôtel Burdigala, j'ai les moyens !

L'Aveugle émit un sifflement.

– T'es toujours dans le lavage des bagnoles, en Espagne ?

– Ouais. Ça et les manèges dans les centres commerciaux. C'est des comptas peinardes.

– Je sais. J'ai mis un peu de blé là-dedans. Mais je préfère mon boui-boui, au moins c'est sûr. J'ai un comptable, un vrai, un sérieux. C'est pas compliqué, il a travaillé pour le foot à un haut niveau.

– C'est une garantie, approuva Angel gravement. C'est que t'es plus tout jeune !

L'Aveugle fit un signe en direction du bar. La voix du gros s'enquit de la commande.

– Du champ ! ordonna René. Et du bon... Pas une de tes roteuses au rabais !

Le gros s'affaira derrière son comptoir, et apporta cinq minutes plus tard un seau cliquetant de glace et deux coupes. Comme il s'apprêtait à ouvrir la bouteille, l'Aveugle l'interrompit.

– Laisse. On s'en occupe.

Le barman se retira à reculons, s'inclinant presque.

– Débouche, Angel.

L'Espagnol eut raison du bouchon sans trop d'efforts. Il versa lentement, prit garde à ne pas faire déborder les coupes. La main de l'Aveugle survola la table et s'abattit sur l'une d'elles sans hésiter. Ils burent sans rien dire, et firent claquer leur langue presque en même temps. Les lunettes noires fixaient sur Angel un semblant de regard, vaste et luisant, où le reste de la salle se reflétait en formes arrondies. Comme le silence entre eux menaçait de s'éterniser, Angel se racla la gorge et s'agita nerveusement d'une sorte de rire.

– Je suis content de te voir. Et puis c'est bon d'être à Bordeaux.

René tendit sa coupe vide. Angel la remplit, se servit encore. Le cul de la bouteille ruisselait d'eau froide.

– Tu parles plus comme avant, fit René. T'as changé.

Angel bafouilla de vagues excuses, le regard ailleurs. Cela faisait longtemps, on perd ses repères. Il ne s'attendait pas à le trouver là.

– Je suis venu voir le gros pour avoir des nouvelles de tout le monde, tu comprends ? Je repars demain, je te l'ai dit.

– Ça vaudra mieux. Tu pues la trouille à plein nez, affirma l'Aveugle. Je me trompe jamais. Laisse tomber ton affaire, t'as la guigne, je te dis.

Angel posa sa coupe d'un geste brutal et bruyant. Son visage s'était figé, tiré vers le bas par les tendons saillants du cou.

– Arrête, René. Occupe-toi de ton restau et laisse-moi traiter mes affaires. De quoi tu veux que j'aie peur ?

L'Aveugle ne répondit pas. Il se contenta de se caler contre le dossier de sa chaise en sirotant son champagne comme s'il s'agissait d'une liqueur.

– T'énerve pas, hermano. J'ai rien dit. Je ne suis qu'un con d'Aveugle, et toi t'es un grand chasseur. Pas vrai ?

Il éclata de rire, hasarda sa main sur sa droite pour trouver la bouteille et se resservit. Angel le contemplait en tirant nerveusement sur sa cigarette. Tout à coup, il regarda sa montre. Il expliqua qu'il devait y aller, qu'ils se reverraient sûrement. L'Aveugle gardait la tête baissée, comme s'il examinait la table, la coupe de champagne appuyée contre le menton.

– Vas-y, conseilla-t-il.

– Une femme, ajouta Angel d'un air embarrassé.

– Je croyais que ça t'avait passé... Va-t'en...

Il leva la tête vers l'Espagnol dont l'image déformée semblait absorbée goulûment par les lunettes noires. Les deux hommes se serrèrent la main. Angel posa sa main sur l'épaule de l'Aveugle, qui se déroba d'un mouvement imperceptible.

– Grouille-toi, elle va refroidir, sourit-il, la tête légèrement penchée.

Angel s'éloigna, salua au comptoir le gros qui était en train de parler à son chien, et qui refusa le billet de deux cents qu'il lui tendait.

– C'est moi qui offre, fit l'Espagnol avec autorité en montrant d'un mouvement de tête l'Aveugle tassé sur sa chaise.

Dès qu'il fut dehors, il reprit sa marche précaire dans les rues piétonnières qui commençaient à se vider de leurs passants et se trouvaient couvertes d'une épaisseur de neige qui promettait d'augmenter encore, vu l'intensité de l'effondrement blanc s'acharnant sur la ville. Les clochards s'installaient sous le hall des Nouvelles Galeries ou sous les porches les plus profonds laissés à l'abri par les tourbillons glacés, en se caparaçonnant de cartons d'emballage, dégageant la neige qui s'entassait parfois au pied des murs où le vent l'abandonnait. Sur la place Gambetta, un autobus s'était mis en travers de la chaussée, son grand habitacle articulé tranformé en cauchemar urbain. La neige s'accumulait sans vergogne sur les voitures désormais bloquées et dont les conducteurs, que menaçait la panne sèche, n'avaient même plus l'énergie d'appuyer sur le klaxon pour se prouver qu'ils existaient encore.

Il trouva dans la rue du Palais-Gallien le bar où la fille lui avait fixé rendez-vous au téléphone. Il trouva la fille, aussi, enfoncée dans un manteau de fourrure synthétique assez semblable à ceux que portaient les copines du gros. Elle était plutôt blonde et peu maquillée, et fumait un petit cigare en buvant un jus d'orange. Ils échangèrent quelques mots d'identification et s'accordèrent sans peine sur le tarif. Angel suivit la fille, qui logeait non loin de là dans un studio situé au deuxième étage d'un immeuble récemment rénové dont la façade de pierre blanche tranchait singulièrement avec la noirceur unanime de la rue. Ils se déshabillèrent – la femme avait de gros seins qu'Angel s'empressa de pétrir sans douceur pendant qu'elle ôtait sa culotte – et ils se couchèrent. Le préservatif fut l'objet d'une courte négociation qui aboutit à une ristourne. Angel jouit en deux ou trois minutes, juché sur la fille à plat ventre écrasée contre le matelas. La chose faite, il se renversa sur le dos et se plaignit de ce que l'acte eût été si bref, c'était toujours pareil, avec toutes les filles, précisa-t-il. Laura – elle avait dit s'appeler ainsi – l'écouta tout en allumant un petit cigare, et lui souffla doucement la fumée au visage en le rassurant de quelques promesses lestes. Angel se redressa brutalement et envoya le cigare dinguer à l'autre bout de la pièce d'une gifle qui renversa la fille sur le côté. Elle protesta, debout, un pan de drap ramené sur son corps dans un sursaut de pudeur, et recula en lui criant de récupérer son argent et de partir. Angel s'approcha d'elle et la gifla de nouveau, du revers de sa main large et dure, et la jeta au sol. Là, il la battit encore, à coups de pied et de poing, la frappant surtout aux seins et au ventre. Comme l'envie lui avait repris, il la pénétra de nouveau et n'eut pas à s'acharner longtemps pour grogner son plaisir. Il se rhabilla en hâte et insulta la fille recroquevillée sur la moquette, il la couvrit de toute l'ordure verbale dont il était capable, et claqua en sortant la porte derrière lui.

8

Emilia leur avait serré la main presque sans les regarder, puis les avait conduits au chevet du blessé. Gérard, le médecin, avait examiné la plaie, palpé les alentours gonflés, et diagnostiqué un œdème et une hémorragie interne. La tension était trop faible, et il fallait hospitaliser pour procéder à une transfusion et extraire la balle. Il avait expliqué chacun de ses gestes à voix basse, sans quitter Tornas des yeux, et donna sa conclusion en levant les yeux vers Emilia. Pierre se tenait en retrait, dans l'ombre, et n'avait pas prononcé un mot.

– Je vais le ramener en Euskadi, décida Emilia. Les copains s'en chargeront.

– L'artère hépatique a été touchée, apparemment. L'hémorragie risque de reprendre d'un moment à l'autre en cas de mouvements trop brusques, et il peut mourir.

– Mourir ? s'étonna Emilia.

Le toubib préparait une injection d'antibiotique. Il s'interrompit pour la regarder.

– Tu vas pas me dire que vous n'y pensez jamais, à faire les cons avec vos explosifs et vos flingues ?

– Fais ta piqûre et va-t'en, dit-elle en se levant brusquement pour marcher vers la fenêtre. Je ne vois pas l'intérêt de discuter avec toi maintenant.

Elle se tourna vers Pierre :

– Je croyais que c'était un mec sûr !

Gérard piqua. Il enfonça lentement le piston de la seringue, puis massa le muscle pour hâter la dispersion du produit.

– T'inquiète pas, dit-il en rangeant son matériel. Des cons dans mon genre, t'en trouveras plus beaucoup... Prendre des risques et se faire jeter par l'hystéro de service. Bon. Tu lui prends la température toutes les deux heures, et tu la laisses pas dépasser quarante. Si ça arrive, il vous restera l'hôpital. Je ne peux rien faire d'autre.

Il se leva et marcha vers la porte. Il rejoignit Pierre qui était passé dans la cuisine.

– Ils sont mal barrés, murmura-t-il. Il faudrait l'hospitaliser tout de suite et l'opérer. Si elle le ramène dans le Pays basque, il va crever dans les Landes, son mec. Tâche de la convaincre. Mais j'ai plutôt l'impression que pour elle, c'est *Victoria o Muerte*...

Pierre raccompagna le médecin sur le palier et le regarda descendre l'escalier la tête basse. Quand il rentra dans la cuisine, Emilia le regarda fixement.

– Tu l'as entendu ? demanda-t-il.

– C'est un con... De quoi je me mêle ?

– Tomas va sans doute mourir, observa Pierre.

Elle secoua la tête furieusement.

– Demain, je le ramène à Bayonne. Là-bas, j'aviserai pour qu'on le soigne sur place ou au sud.

– Tout est bouclé. Tu as entendu, à la radio ? Un des gendarmes est mort dans l'après-midi.

Elle détourna son regard, passa une main hésitante dans ses cheveux. Elle s'approcha de la cafetière, remplit une casserole qu'elle mit à chauffer.

– Mikel aussi est mort. Hospitaliser Tomas, ça revient à le livrer aux flics. Et ça, jamais. Et puis leur bouclage au pays, c'est de la merde. Ils ne bouclent rien.

Ce n'est pas parce qu'ils occupent qu'ils contrôlent. Tu peux toujours tenir un chien en laisse. Mais pour ce qui est d'en être le maître...

– Tu ne sauveras pas Tomas avec des formules magiques de ce genre.

Les yeux d'Emilia brillèrent.

– Merde, Pierre ! Pas toi !

Elle avait parlé avec une douceur presque implorante. Elle servit le café dans deux tasses de verre. Ils le burent en silence, en se brûlant les lèvres.

– Ça fait combien de temps ? demanda Emilia.

Pierre la regarda avec étonnement.

– Enfin... Que... Qu'on ne s'est pas revus.

– Dix ou onze ans. Onze.

– Tu es marié ? Tu as des enfants ?

– Arrête. Me joue pas la scène de retrouvailles des anciens amants.

Elle rit silencieusement. D'un mauvais rire qui la renversa sur la chaise, les yeux mi-clos rivés à l'homme.

– C'est mon fond espagnol, ça, les conventions de ce genre. Les plaies au cœur et tout le tralala.

– Tu es espagnole quand ça t'arrange, on dirait.

– J'ai troublé le bel agencement de ton existence de petit Français de gauche, je crois. Rassure-toi, je vais m'arrêter avant que la jolie façade se lézarde. Dis-toi bien que je ne t'ai pas appelé pour le plaisir de revoir tes grands yeux noirs. Tomas vivant, c'est tout ce qui compte.

– C'est plutôt mal engagé de ce côté-là. Mais moi, je suis content de te voir. Je...

– Tais-toi, tu vas dire des conneries. Je suis certaine qu'elle est très belle, et douce. C'est sûrement une fille bien. Tu étais très exigeant, à l'époque. Les plus jolies y sont passées et s'en trouvaient ravies.

– Tu parles pour toi ?

– Bien sûr. Ravies, et bouleversées, quand ça finissait. Parce que ça finissait toujours, et mal.

– Tu dis n'importe quoi. Je vais partir.

Il se leva, demeura hésitant près de sa chaise.

– Je suis déçue, murmura-t-elle. Mais c'est tant pis. Tant pis pour tout.

– Comment tu vas te débrouiller, demain ?

Elle posa son index sur sa bouche en roulant des yeux.

– Secret d'orga, camarade tranquille !

Il lui fit un petit salut de la main, d'un air gêné. Il lui tourna le dos, se dirigea vers la porte, un peu voûté. Quand il fut sur le palier, au moment où il allait refermer, Emilia cria :

– Je sais comment je ferai : j'appellerai une ambulance, ça me changera des croque-morts !

9

« Je la mènerai en un lieu délaissé par les pas des hommes et l'enfermerai toute vive au fond d'un souterrain creusé dans le rocher... »

– Non ! s'écria le metteur en scène. Non ! « Toute vive ». C'est ça, tu comprends ? Le châtiment le voilà ! Créon veut qu'Antigone vive la souffrance qu'il va lui infliger, tu piges ? Alors laisse respirer la phrase à ce moment-là, un peu comme s'il hésitait à parler davantage.

Le comédien recommença, buta sur un mot, reprit encore.

Pierre s'assit à côté de Mathilde. Elle se tourna vers lui au grincement qu'émit le siège. Elle avait sur les genoux le texte de la pièce, à la bouche un crayon à papier.

– J'ai cru que tu étais rentré directement, chuchota-t-elle. T'as fini tard ?

– Le truc a tourné court. Ils étaient en grève ce matin. À dix heures, j'étais au bureau. J'ai bossé avec Philippe toute la journée, et il m'a payé un apéro à Saint-Michel.

Elle le regarda d'un air étonné.

– Je croyais que tu ne lui adressais plus la parole depuis l'année dernière !

– Oui, bon, fit-il avec un peu d'agacement. On a un peu parlé de ça aussi.

– T'as l'air fatigué, observa-t-elle en posant une main sur sa cuisse. C'est dur, ce soir. On n'y arrive pas. On bute sur Créon, et Marc est complètement coincé.

– T'as vu le bordel, en ville, avec toute cette neige ?

– Demain, on reste au lit pour cause de verglas !

Elle se pencha vers lui et l'embrassa sur la joue. Ils se turent pour écouter la sentence de Créon.

– Je le sens pas, s'interrompit le Roi de Thèbes.

– Tu ne sens pas grand-chose, depuis quelque temps, rétorqua le metteur en scène depuis le siège qu'il occupait dans la salle, au troisième rang. Et c'est pas le nez, qui est bouché.

Le visage osseux de l'homme de théâtre se tendait, excessivement creusé de rides par les éclairages durs, vers le plateau où hésitaient les comédiens. Il se leva brusquement, leur fit signe de s'approcher, et leur parla à voix basse.

– On va boire un coup avec Anne et Simon, après ? demanda Mathilde. Ils veulent aller à l'Écran Noir.

Pierre leva les yeux vers les portiques où brillaient les projecteurs. La charpente de l'ancien entrepôt se courbait en arcs tendus dans l'ombre haute. Il ramena son regard vers Mathilde qui l'examinait avec gravité.

– Tu m'as entendue ? demanda-t-elle.

Il secoua la tête, essaya de sourire.

– Qu'est-ce que tu disais ?

– Anne et Simon veulent aller à L'Écran Noir, répéta-t-elle.

– Si tu veux.

– Comment, si je veux ? Tu n'en as pas envie ?

– Si, si. Je suis un peu crevé, mais ça va passer.

Elle le regardait d'un air indécis.

– Il y a des soirs où les cercles de qualité me semblent plus vicieux que jamais, s'excusa-t-il. On peut fumer, ici ?

– Bien sûr. Tu le sais bien.

Une jeune femme blonde, aux cheveux très courts, s'approcha. Pierre se leva pour l'embrasser. Elle lui demanda si c'était d'accord pour aller boire un verre après la répétition.

– Ça fait longtemps qu'on n'a pas traîné la nuit, ajouta-t-elle.

– Pierre est crevé, dit Mathilde, et je ne sais pas si...

– Non, ça ira, fit-il.

Ils se regardèrent tous les trois et se sourirent. Pierre écrasa sa cigarette à peine commencée et ébouriffa les cheveux d'Anne. Ils descendirent les gradins pour rejoindre Simon qui était en train de prendre congé des comédiens en les traitant d'incapables.

– C'est un problème de groupe, et ça te concerne, Mathilde, grinça-t-il. Merde, pendant ce temps, toi, tu bavardes tranquillement !

Il s'interrompit pour saluer Pierre, et finit de donner quelques conseils à la troupe sur un ton acerbe.

Dehors, ils marchèrent d'un pas rapide et raide, saisis par le froid brutal. Simon racontait des histoires de bonshommes de neige.

– J'en connais qui auraient mieux joué que Marc. Qu'est-ce qu'il a en ce moment ? Il baise plus, ou quoi ?

– Il travaille avec un metteur en scène dont la finesse d'analyse psychologique est colossale, répliqua Anne. Quand on t'écoute parler, on en reste pantois.

Mathilde se tourna vers Simon pour épier sur son visage l'effet produit par l'attaque. Le metteur en scène se contenta de tordre la bouche et shoota dans un petit tas de neige qui retomba sur sa chaussure.

L'enseigne de l'Écran Noir – un bout de pellicule géant bordé de néon – brilla au loin. Quand ils poussèrent la porte, la chaleur, la fumée et la rumeur des voix mêlées à un air de jazz qui swinguait au-dessus des têtes leur sautèrent au visage. Une table se libéra, qu'ils occupèrent aussitôt, à proximité d'un billard autour duquel s'affairaient de faux virtuoses et quelques alcooliques authentiques.

Ils commandèrent en connaisseurs de vieux whiskies. Anne préféra une vodka polonaise, par patriotisme ancestral. La conversation roula d'abord sur les qualités comparées des bourbons sudistes, des whiskeys irlandais et des pure malt. Simon animait le débat avec érudition et commanda un « Bushmills » où s'incarnait l'âme résistante du peuple irlandais.

– Et les Basques se battent mieux quand ils picolent de l'Izarra, ironisa Pierre.

– Va savoir, répondit Anne. En Pologne, c'est la vodka qui sert de carburant nationaliste.

– Je croyais que c'était l'eau bénite, fit Mathilde.

Un ange se faufila entre eux, que Simon congédia en finissant son verre et en s'efforçant de rire :

– Et nos légionnaires, en Arabie, ils vont monter à l'assaut chargés à la bière sans alcool ?

La discussion roula sur la guerre prochaine qu'ils s'accordaient tous à penser inévitable : Simon parce qu'il estimait que le droit international devait être défendu face à une telle intransigeance du dictateur, Mathilde parce qu'elle pensait les Américains prêts à tout pour imposer leur loi, et le président français décidé à ne rater aucune guerre dégueulasse. Ils parlèrent longtemps, tendus et opiniâtres. Anne hésitait, avec des arguments humanistes qui se retournaient tout seuls, et Pierre se contentait le plus souvent, le nez dans son verre, d'un humour macabre qui ne faisait rire que lui et lui valait des regards furieux de la part de Simon.

– Vive la gauche cadavre, clama-t-il en levant le poing. Rigide à l'extérieur, molle et corrompue en dedans. Pourriture garantie au bout du compte.

Mathilde applaudit en riant. Simon proposa d'arrêter là la discussion. Ils parlèrent ensuite des vacances de Pâques, ils firent des projets. Anne envisageait d'acheter une maison. Avoir des murs à soi, c'était rassurant. Avec des enfants dedans, précisa-t-elle. Ils tombèrent d'accord sur cette vision des choses, puis se turent, verres vides, pour examiner la faune qui se pressait autour d'eux. C'était une foule sombre et bruyante parcourue d'éclats de rire et de mouvements confus qui semblaient se propager en ondes successives et s'abolissaient dans la semi-obscurité alourdie de fumée. Des rockers locaux traînaient leur morgue accrochés au comptoir, vêtus de noir, le visage livide et mal rasé, environnés de filles aux cheveux teints qui riaient fort. L'un d'eux poussa un hurlement en s'apercevant que la sono, quoiqu'en sourdine, diffusait un concert de Franck Sinatra et Count Basie. Il hurla de nouveau, son verre à bout de bras, et ceux qui se tournèrent vers lui purent comprendre qu'il réclamait du rock n'roll. Ses copains s'esclaffèrent, les filles firent chorus, certaines brandissant des bouteilles de bière qu'elles buvaient au goulot.

Quand Pierre et les autres se levèrent pour sortir, leur table fut prise d'assaut par trois jeunes gens hilares qui se disputèrent les chaises en chahutant, comme s'il s'était agi d'un nouveau jeu de société. Dehors, la rue était blanche, sertie dans un silence étouffé de glace.

– C'est beau, dit Mathilde en soufflant devant elle des petits paquets de brouillard intérieur.

Anne titubait un peu. La Pologne était loin, et elle le fit remarquer aux autres. Ils s'arrêtèrent tous au milieu de la rue couverte de neige et regardèrent autour d'eux sans rien dire, avec une sorte d'étonnement. Simon fredonna une chanson de Springsteen et se remit à marcher le premier. C'était « Johnny 99 », et il le chantait bien.

De retour chez eux, Mathilde et Pierre burent encore un verre et écoutèrent de la musique, assis dans les profondeurs d'un canapé coûteux, à peine éclairés par une lampe tapie dans un angle du salon. Un duo de piano et de batterie partageait la pièce en deux camps, et dans la pénombre les contretemps et les syncopes s'écharpaient sévèrement. Mathilde avait allongé ses jambes sur la méridienne et fermait les yeux. Lorsque Pierre aventura une main sous sa jupe longue, elle le laissa faire, et même, l'emprisonna entre ses cuisses. Les yeux toujours clos, elle se mordait les lèvres, pendant qu'un saxophone venait arbitrer le duel musical.

Ils firent l'amour sans ôter leurs vêtements, sans parler, avec des mouvements lents que l'ombre semblait figer parfois. Sa jupe retroussée sur les cuisses, Mathilde chevaucha Pierre. Ils se renversèrent. Il se trouva sur elle, ils roulèrent au sol. Ils ne se caressaient pas. Ils ne se regardaient pas. Ils se tenaient, accrochés l'un à l'autre ; Pierre pressait son front dans le cou de la femme avec acharnement, ses mains crispées à ses épaules. Ils eurent des râles, des petits cris qui ressemblaient à des pleurs. Après, ils demeurèrent longtemps l'un contre l'autre, dans le silence du disque qui s'était tu, presque endormis. Ils décidèrent d'aller se coucher d'une même impulsion, sans un mot.

Dans la nuit, Pierre se leva pour vomir. Il resta à genoux, la tête au ras de la cuvette, les yeux pleins de larmes, bouche ouverte. De la bave en longs filets hésitait à couler entre chaque spasme. De la chambre, Mathilde lui demanda s'il allait mieux. Comme il ne répondit pas, elle se leva et vint l'embrasser dans le dos alors qu'il se rinçait la bouche au lavabo. Elle lui dit qu'il était pâle, essuyait son visage en sueur, un sourire inquiet aux lèvres.

10

L'inspecteur principal Garcia entra dans le bureau avec précipitation, comme on se met à l'abri d'une averse. Il émit pour lui-même une remarque à propos du froid qui régnait sur la ville, protesta contre la neige qui paralysait tout. Il leva les yeux et arrêta net de s'agiter et de se plaindre. Son collègue Richard tendait vers lui une feuille de papier dont son bras filiforme, flottant dans l'immense pull-over, semblait avoir du mal à supporter le poids.

– Léopold, articula le visage osseux. J'ai pris son téléphone.

– Quoi, Léopold ? demanda Garcia en s'approchant de la cafetière électrique. Il est chaud ?

– Léopold j'en sais rien, mais le jus est tiédasse.

Garcia haussa les épaules et remplit une tasse de verre brun.

– T'es un marrant, observa-t-il entre deux gorgées. Qu'est-ce qu'il me veut ce gros con ?

L'inspecteur Richard tordit la bouche et posa le bout de papier sur la table.

– Je veux parler au commissaire Garcia, il a dit. Et à personne d'autre, c'est urgent.

– Il m'a bombardé commissaire ? Quel rampant !

Garcia finit d'avaler son café et passa derrière son bureau pour téléphoner.

– Laisse, je connais le numéro par cœur, dit-il à l'autre qui lui tendait à nouveau le papier avec effort.

Léopold dut répondre sans tarder, car la conversation démarra aussitôt. Garcia écouta surtout.

Il prononça quelques jurons, les dents serrées, pour ponctuer ce que le bistrotier lui racontait. Il prit quelques notes sur un vieux calepin qui se trouvait là, et il les orna de tracés abstraits où dominaient des motifs de damiers, à la manière d'un Vasarely indigent. Garcia raccrocha et se leva.

– Viens avec moi. Bouge tes os.

Richard le regarda d'un air mauvais, puis se leva à son tour.

– Toi aussi, t'es un marrant quand tu t'y mets. On va où ?

– Visiter un aveugle. Un vrai. Il a rien vu, mais il sait tout.

– René l'Aveugle ?

Garcia ne répondit pas. Il marchait à grands pas dans le couloir qui menait aux ascenseurs, s'engouffra dans le premier qui se présenta, sans se soucier de Richard qui sauva de justesse ses longs membres de l'amputation lorsque la porte coulissa pour se refermer.

– Matanzas, dit Garcia. Tu connais ?

– C'est pas une question à poser. Ce genre de dingue, c'est un remède contre l'amnésie. Qu'est-ce qu'il a ? Il est mort, ou il a tué une pute ?

– Il est à Bordeaux.

– Avec l'interdiction de séjour qu'il se traîne...

Ils sortirent de l'ascenseur et se trouvèrent aussitôt dans la pénombre bleuâtre des néons du garage.

– Ils ont trinqué, hier soir, l'Aveugle et lui. Champagne, si tu veux savoir. Ils se sont rencontrés par hasard, apparemment. Matanzas faisait la tournée des vieilles connaissances.

– Il aurait dû passer te voir, vous auriez pu causer de la petite Violette, dit Richard en prenant le volant d'une voiture banalisée.

Les rues étroites du quartier des Chartrons étaient encombrées de véhicules en difficulté qui manœuvraient maladroitement sur le verglas comme de gros insectes surpris par un nuage de Fly-tox. Garcia s'impatientait derrière tous ces crétins qui auraient mieux fait de rester chez eux, à cause aussi des places de stationnement qui, après trois tours complets du même pâté de maisons, demeuraient un concept urbain flou et sans doute obsolète. Ils tombèrent enfin sur un citoyen plus adroit que les autres qui parquait avec dextérité sa voiture entre deux autres.

– Pique-lui sa place, ou on s'en sortira jamais, fit Garcia.

Richard plaça sur le toit un gyrophare, le mit en marche et descendit de voiture. Il s'approcha de l'homme qui était en train d'achever son créneau, et lui montra par la vitre sa carte de police.

– On a besoin de cette place, Monsieur. Veuillez circuler.

L'homme ouvrit sa portière, et demanda de quel droit en jetant un œil indifférent à la carte tricolore.

– Du droit que nous sommes de la police et en mission.

– Je m'en tape, dit l'homme. Ça fait une heure que je tourne sur la patinoire, et j'en ai plein le cul. Je suis déjà en retard.

Il tenait ses clés à la main et s'apprêtait à verrouiller sa portière.

– Alors ce sera la fourrière, Monsieur. Avec en prime injures à officier de police judiciaire.

L'homme se trouvait déjà sur le trottoir. Il toisa Richard en faisant sauter ses clés au creux de sa main, et lorgna du côté de la voiture coiffée de son gyrophare.

– Vous êtes vraiment des casse-couilles, affirma-t-il avec force. Payés pour faire chier le monde.

Il revint sur la chaussée.

– Soyez poli, conseilla Richard, ou je dresse procès-verbal.

– Je vous croyais en mission urgente, fit remarquer l'homme. Et vous allez prendre le temps de me balancer un PV ? Vous me prenez pour un con ?

– Dis à ce peigne-cul de dégager, ordonna Garcia en se penchant par la vitre. Ou j'appelle Police Secours.

– Qui c'est, lui ? demanda l'homme avec mépris.

– Un inspecteur principal. Je vous préviens, il n'est pas commode.

L'homme ouvrit posément sa portière, et s'assit au volant.

– C'est comme dans l'armée, fit-il. Les plus cons sont à la barre.

Il claqua sa portière, et manœuvra rapidement pour s'éloigner dans la rue.

– On aurait dû relever le numéro, fit Garcia.

Richard, qui avait du mal à maîtriser la glissade du véhicule vers le caniveau, demanda à quoi bon en soufflant. Ses grands bras, qui maniaient le volant avec des gestes vastes et circulaires, semblaient compliquer la manœuvre.

Ils arrivèrent devant « La Gamelle des Chartrons », un restaurant qui proposait des menus touristiques, gastronomiques et « dégustation » à des prix prohibitifs qui en tenaient éloignés les palais rugueux de la plèbe bordelaise. Mitoyen au restaurant, l'ancien chai abritait un bar de nuit spécialisé dans les cocktails exotiques.

– C'est tout Bordeaux, ça, observa Richard.

Garcia ne prêta pas attention aux velléités critiques de son collègue et pressa sur un bouton de sonnette. Un pas traînant se fit entendre, et la porte s'entrouvrit sur un colosse en survêtement qui examina les cartes de police qu'on lui présentait.

– Bonjour, fit le colosse, vaguement étonné.

– Il faut qu'on parle à René, dit Garcia.

– Je crois qu'il n'est pas là, aujourd'hui.

Garcia poussa la porte.

– Viens, dit Garcia à Richard. Ou ce con-là va nous raconter que son patron est allé au cinéma.

– Vous avez un mandat ? s'inquiéta le géant.

– Pourquoi ? T'es fauché ? demanda Richard. Y a un problème salarial dans l'entreprise ?

– Si vous n'avez pas de mandat, je...

– Fais pas chier, dit Garcia. C'est où ?

Le colosse les précéda jusqu'au fond du bar et monta un escalier moquetté de rouge. Sur le palier du premier étage, il leur montra une porte, rouge elle aussi.

– C'est là, je vais frapper.

Garcia l'interrompit dans son geste et ouvrit la porte. Elle donnait sur un salon entièrement peint, recouvert, décoré de noir.

Seul l'acier dépoli qui portait certains meubles échappait à ce deuil général. René apparut presque aussitôt. Il s'essuyait le cou à l'aide d'une petite serviette-éponge.

– Ça faisait longtemps, dit-il sourdement. Vous me manquiez. Je sors tout juste de la douche. Je suis un mec propre, moi. Laisse-nous, Daniel. Ces messieurs sont civilisés, désormais.

Daniel quitta la pièce. On entendit ses pas descendre l'escalier. René invita les flics à s'asseoir, et s'installa lui-même dans un fauteuil de cuir. Il croisa les jambes et posa ses mains à plat sur les accoudoirs.

– J'aimerais avoir des nouvelles d'Angel, dit Garcia. On sait que tu l'as vu hier soir, et que vous avez bu le champ ensemble.

– Léopold parle trop. Je le savais, murmura l'Aveugle en tapotant les accoudoirs du bout des doigts. Angel va bien. Il n'est à Bordeaux que pour deux jours. Il avait de la famille à voir. Foutez-lui la paix.

Garcia et Richard se regardèrent.

– Que vous me croyiez ou non, c'est la vérité. Moi, je m'en fous d'Angel. Je l'ai revu par hasard, parce que je me trouvais là. J'étais plutôt content de le savoir loin, vous savez. Les types qui maltraitent les filles, on n'aime pas trop ça.

– Il a même failli en tuer deux, précisa Garcia.

– Il est fou, affirma l'Aveugle. C'est un malade. Un jour, il tuera quelqu'un.

– Au cours d'une de ces attaques à main armée où il est passé maître ?

– Là, vous affirmez sans preuves... Il a été injustement condamné.

– Bon, fit Garcia en se levant. Il faut qu'on progresse. Voilà. Angel et toi, tout le monde sait que vous étiez comme deux frères. Le jour où ta boîte a explosé, à Andernos, il t'a sauvé la vie en éteignant l'incendie sur toi, pas vrai ? Ce sont des dettes qu'on n'efface pas comme ça, chez vous, non ?

– Il aurait mieux fait de sauver mes yeux ou de me laisser crever, prononça René d'une voix enrouée. Parce que maintenant…

Garcia émit un ricanement.

– Pour un désespéré, tu te débrouilles pas mal dans les affaires, il me semble. Tu leur piques consciencieusement leur pognon, aux rupins de la ville… Et ils aiment ça, en plus !

– Ça m'occupe, et c'est mérité ! La bouffe est bonne, ici ! Confondez pas avec les mangeoires à vomi où vous allez roter en famille ! L'affaire est saine, et gérée impec.

Richard éclata de rire.

– C'est grâce à ton comptable ! Tu vas pouvoir lui expédier des colis gourmands en taule, parce que le foot, c'est de l'indigeste !

– Je l'avais prévenu, de pas se mêler de foot. C'est un métier de voleurs.

Garcia s'approcha de l'Aveugle, se pencha au-dessus de lui, et s'appuya des deux poings sur ses mains posées à plat.

– On veut savoir pourquoi Angel est à Bordeaux et où il crèche, demanda-t-il.

– J'en sais rien, répondit l'Aveugle avec une grimace.

Garcia le souleva de son fauteuil et le secoua vivement en le tenant par le col de sa chemise. Quelques boutons sautèrent, qu'on entendit rouler au sol.

– Écoute-moi, l'Aveugle. On va faire un marché. Adrien Bompi est sorti de prison le mois dernier. Tu le connais ?

René hocha la tête.

– Te rappelles-tu qui l'a dénoncé, il y a cinq ans, pour incendie volontaire et racket ? Tu te souviens de cet aveugle minable qui gémissait comme une tante sur son lit d'hôpital, et qui aurait dénoncé toute la ville pour se venger ? Il chialait, l'aveugle, mais il n'avait plus de larmes, c'était vraiment poignant comme spectacle. Alors le premier nom qu'il nous a donné on l'a agrafé et il en a pris pour un maximum, vu que les Gitans, les juges les préfèrent derrière les barreaux d'une centrale. Nous, on a eu pitié de cet infirme qui voulait se flinguer parce qu'il ne verrait jamais plus le cul d'une femme. Vrai, l'Aveugle. On a le cœur tendre, nous autres. Le malheur humain, on peut pas tolérer. C'est pour ça qu'on est flics. Mais c'est donnant-donnant, tu comprends ?

Il lâcha l'homme et le laissa s'affaisser dans le fauteuil.

– Imagine, continua Garcia. Imagine que Bompi et sa famille apprennent que tu les as donnés, alors qu'on leur a fait croire, pour te couvrir, qu'on les surveillait depuis un moment déjà. Qu'est-ce qui va se passer, hein ? Tu vois ça ? Non, bien sûr, tu peux pas voir. Alors je vais te dire : ils vont se pointer dans ton restau un jour où ce sera plein de journalistes et de personnalités qui dégusteront du pinard en enculant les mouches, ou bien au cours d'un banquet d'étudiants en commerce bien propres sur eux, et ils vont commencer à jouer les malpolis, tu sais ? Ils vont toucher les femmes, renverser les bouteilles. Casser quelques vitres, même. Ils demanderont après toi en te traitant de pourri, et ça fera un beau bordel. Du coup, les journalistes vont se rappeler que dans les années soixante-dix René Jacquart était mêlé à des trafics de drogue sur la côte Basque et qu'il a bénéficié au moment de payer sa faute d'amitiés bien placées, because ses hommes aimaient bien coller les affiches. Ça va faire grabuge, mon bon ! Scandale ! T'as pas idée ! Et puis un jour ils reviendront – c'est têtu, les Gitans, avec leur sens de l'honneur – et ils te trouveront. Je te jure que tu seras content de ne pas voir ce qu'ils vont te faire. Si ça se trouve, on ne retrouvera jamais ton corps ! Tu te rends compte ? Plus d'yeux, plus de corps... Tu seras une vraie tragédie grecque à toi tout seul !

Il se tut brusquement et arracha les lunettes de l'Aveugle. Il les expédia à l'autre bout de la pièce. Les yeux grumeleux, sans iris, parcourus de capillaires bruns, semblaient soudés aux paupières. René haletait, renversé en arrière dans le fauteuil. Il prononça une injure entre ses dents.

– Alors ? s'impatienta le flic.

– Hôtel Burdigala.

– Je le vois très bien en train de lire le *Figaro* dans le fumoir en compagnie des PDG en déplacement, dit Richard.

Garcia prit son collègue par le bras et l'entraîna vers la porte.

– On a ce qu'il nous faut. Ne restons pas là, ce type me fout la nausée. T'as vu le regard dégueulasse qu'il a ?

En bas, dans le bar, le gorille était debout sur une chaise en train de changer une ampoule. Il s'interrompit pour les regarder sortir. Garcia s'arrêta, la main sur la poignée de la porte.

– Va consoler le vieux, il a perdu ses lunettes, dit-il au bricoleur.

Quand ils furent dans la voiture, Richard demanda s'il était indispensable de faire preuve de tant de cruauté et de cynisme. Garcia le regarda sans répondre. Ils tournèrent sur le quai des Chartrons et parvinrent à se faufiler dans le flot de la circulation qui progressait à vingt à l'heure. Au moment où ils passaient devant l'ancienne Bourse Maritime, Garcia rit silencieusement.

– Je le sais que l'Aveugle est une loque. Comme tous les truands une fois qu'ils ont perdu de leur superbe. De toute façon, tu me feras jamais croire que le goût pour l'argent facile et les magouilles leur passe vraiment. Ce sont des saletés de serpents qui dorment, bordel de merde. Faut pas marcher dessus, faut les piétiner. Et puis en intimidant l'Aveugle, on a Matanzas. Tu crois qu'il nous aurait refilé le tuyau si on lui avait parlé gentiment ? Or, Matanzas, je le veux. Ça fait des années que j'attends ça. Il a eu du bol de partir trafiquer en Espagne, je te jure.

– C'est rien qu'un violent, fit Richard. Une brute épaisse.

– C'est plus que ça, tu peux me croire. On va mettre deux collègues sur lui, j'aimerais savoir ce qu'il est venu foutre ici.

Ils se turent en traversant le centre-ville plongé dans une lenteur précautionneuse proche de la paralysie générale. Quand ils arrivèrent à l'Hôtel de Police, Garcia, soudain détendu, déclara qu'ils avaient bien travaillé, et que cela lui avait ouvert l'appétit.

– Sans moi, dit Richard. Je bouffe au restau avec ma femme. Je serai là vers une heure et demie.

Il descendit de voiture et s'éloigna rapidement. Garcia le regarda balancer sa carcasse précaire en tapotant le tableau de bord avec la clé de contact.

– Ta femme, murmura-t-il. Allez vous faire mettre, ta femme et toi.

11

Mathilde avait eu du mal à s'arracher à la chaleur du lit. Déjà prête à partir, elle méditait d'un air sombre devant un bol de café noir et quelques biscottes, face à la fenêtre qui s'ouvrait sur le jardin blanc de neige et de gel. Elle frissonna, alluma une cigarette. Elle avait l'air fatigué. Des cernes creusaient son regard et donnaient à sa pâleur des accents de tristesse. Elle porta une main au chignon hâtif qui rassemblait ses cheveux. La radio ronronnait des informations, distillait des petites phrases que disséquaient des journalistes avides d'exégèse. Une voix enthousiaste annonça que la bourse de Tokyo venait de clôturer en hausse de trois et demi pour cent, et l'on se demandait si par hasard les milieux financiers n'étaient pas dopés par l'imminence de la guerre.

Mathilde soufflait loin devant elle, vers la fenêtre, la fumée de sa cigarette. Elle sursauta légèrement quand Pierre pénétra dans la cuisine. Elle lui demanda s'il se sentait mieux ; il l'embrassa dans le cou en murmurant que oui. Elle le regarda alors qu'il lui tournait le dos, en train de se servir du café, de prendre dans le placard un pot de confiture, un couteau. Il n'avait pas la migraine, non, répondit-il à une question qu'elle n'avait pas posée. Elle s'étonna qu'il fût debout si tôt, puisqu'il ne travaillait que l'après-midi. Il haussa les épaules, mâcha du pain abondamment recouvert de confiture, et la regarda soudain en souriant.

– J'avais envie de te voir.

Elle sourit à son tour, en répliquant qu'il était fou de perdre de précieuses heures de sommeil. Qu'à sa place, elle resterait au lit.

– C'est parce que je t'aime ! déclama-t-il en se frappant le cœur.

– Que t'es con, dit-elle en riant.

Elle regarda sa montre et affirma qu'elle était en retard, se leva et quitta la cuisine. Elle revint embrasser Pierre trente secondes plus tard, son cartable à la main.

– À ce soir, mon amour, ironisa-t-elle.

Quand la porte se fut refermée sur elle, Pierre posa son bol et changea de place pour s'asseoir face à la fenêtre. Le jour se levait, paresseux, sans y croire. Devant la clarté bleue qui s'imposait peu à peu, Pierre demeura sans faire le moindre geste. La radio diffusait un message promotionnel encourageant à manger du Roquefort. Finalement, après avoir fait taire le journaliste qui, pour la énième fois rappelait les titres du journal, il finit d'avaler son café, engloutit une dernière tartine en se maculant le pourtour de la bouche de confiture, comme un enfant.

La neige avait vidé le centre-ville de ses encombrements et de ses passants. Les bus ne roulaient pas, et les travailleurs profiteraient de cette première matinée d'intempéries pour ravir au patronat une journée de labeur, ce qui ne manquerait pas de compromettre le redressement économique du pays. Pierre se gara dans la rue Paul-Louis-Lande, où se trouvaient Emilia et Tomas, en faisant déraper maladroitement la voiture sur la neige gelée. La jeune femme ouvrit dès qu'elle eut identifié sa voix. Elle tenait à la main un gros pistolet ; elle le rangea dans la poche de la canadienne qu'elle avait déjà sur le dos, et déclara à Pierre qu'elle était sûre qu'il viendrait. Après lui avoir proposé un café qu'il refusa d'abord, puis accepta dans un soupir, elle ajouta qu'elle était contente de le voir.

Tomas avait bien dormi, pas elle. Elle avait redouté toute la nuit de le voir mourir à côté d'elle et de se réveiller auprès d'un cadavre. Elle fumait beaucoup et passait tout le temps une main nerveuse dans ses cheveux très noirs. Elle servit du café, qu'elle but en silence.

– Et ta femme ? demanda Emilia au bout d'un moment.

– C'est mon problème, répondit Pierre avec agacement. Tu ne parles pas d'elle.

Elle eut un geste rapide des mains, accompagné d'un écart de sourcils.

– D'accord, d'accord. Je n'ai rien dit.

– Il n'y a personne dans les rues, dit Pierre après qu'un peu de silence entre eux eut dissipé le malaise. Ce sera plus sûr. On prendra ma voiture.

Ils mirent au point les modalités de la sortie de Bordeaux. L'état des routes occuperait les flics à d'autres tâches qu'aux contrôles d'identité. Avec un peu de chance, ils arriveraient à Bayonne en cinq ou six heures.

Pierre alla chercher la voiture et l'arrêta juste devant l'entrée de l'immeuble. Ensuite, il monta pour aider Emilia à soutenir Tomas qui, à demi-conscient, demandait où ils l'emmenaient sans se soucier de l'identité de l'homme sur qui il s'appuyait. Quand ils furent sur le trottoir le blessé se raidit et commença à suffoquer, à cause sans doute du froid tranchant qui se ruait dans ses poumons fatigués. Ils le laissèrent s'affaler sur la banquette arrière et le couvrirent d'un plaid rouge et bleu qui servait à protéger les housses. Pierre engagea prudemment la voiture sur la chaussée totalement verglacée.

Ils traversèrent la ville à vingt à l'heure. Sur le cours de l'Argonne, quelques voitures avaient fini leur course sur le trottoir et semblaient avoir été abandonnées à leur situation précaire, coques de glace incongrues que contournaient prudemment de rares passants. Ils se trouvèrent bientôt dans Talence, où la nationale 10, déguisée en rue de gros village, cherche à reprendre ses droits. La circulation était pratiquement nulle. Des enfants s'amusaient à se lancer de la neige en partant à l'école, éclaboussés de gros impacts blancs qui s'écrasaient contre les cartables portés sur le dos. Pierre fit remarquer leurs jeux à Emilia, qui ne répondit pas, ne regarda même pas. Tomas s'était rendormi. Elle se retourna vers lui pour lui toucher le visage mais n'y parvint pas parce qu'il était placé trop loin d'elle, en diagonale.

Ils roulèrent dans les rails sombres que la circulation avait fini par creuser dans la neige. Par moments les roues s'emballaient sur des plaques gelées et Pierre s'accrochait davantage au volant, le buste légèrement courbé en avant. La campagne peu à peu isola les maisons. Ils longèrent des bâtiments abandonnés, surchargés de neige et menacés d'écroulement, des guinguettes dont l'âge d'or remontait aux fabuleux embouteillages du mois d'août, du temps où l'autoroute n'existait pas encore : on avait du mal à imaginer ces baraquements pris d'assaut par des touristes déshydratés se ruant sur le ravitaillement comme une population en exode. Plus loin, quelques bâtisses, trapues, construites à l'écart de la nationale, ressemblaient davantage à de gros chalets de montagne qu'à des fermes landaises. Pendant une trentaine de kilomètres ils ne croisèrent qu'une vingtaine de voitures qui avançaient pratiquement au pas, conduites le plus souvent par des femmes ou des vieillards. Dans les villages qu'ils traversèrent, rien ne bougeait. Aucun passant, pas même un chien, ou un enfant partant à l'école. Pierre évoqua la fin du monde, un périple engagé par des survivants définitivement seuls. Emilia acquiesça en souriant de façon mélancolique.

Vers onze heures, ils éprouvèrent le besoin de boire quelque chose de chaud, et sortirent de la nationale à quatre voies en empruntant une bretelle et un pont qui ressemblaient assez à une piste de bobsleigh. Le bourg s'éveillait lentement de l'évanouissement blanc, et des autochtones emmitouflés foulaient avec lenteur la neige poudreuse accumulée en paquets hâtifs contre des murs, sur des voitures garées qui semblaient sur le point de s'y enfoncer définitivement. Dans le café où pénétra Pierre, s'étaient réfugiés quelques vieux à béret qui commentaient la situation météo à voix basse en un gascon rapide, décoché par rafales qu'interrompaient de longs silences occupés par des souffles courts, des raclements de gorge, le balancement d'une pendule invisible. On aurait dit que ces hommes – ils étaient trois, assis autour d'une table proche du comptoir – se trouvaient là depuis la veille, bloqués par les intempéries. Pierre commanda un café, et demanda si on pouvait remplir la bouteille Thermos qu'il avait trouvée dans le coffre de sa voiture. Le serveur, un jeune type en bras de chemise, immense et large d'épaules, lui prit le récipient et disparut par une porte au-dessus de laquelle était placardée une affiche de corrida datant de l'été précédent. Pierre garda pendant un moment les yeux fixés sur l'illustration vivement colorée qui figurait un taureau en train de rater sa cible en la personne d'un torero cambré vêtu de lumière et chaussé de bas roses. Ensuite, Pierre sirota son café en fumant une cigarette. Les trois hommes continuaient leur conversation épisodique en version originale. Ils bougeaient très peu, portant leur verre aux lèvres d'un geste lent et précis, pour le reposer sans bruit sur un carton publicitaire posé devant eux. Parfois, ils tournaient la tête vers la fenêtre où se pressait la blancheur lumineuse du dehors, et leurs yeux brillaient alors au fond des orbites compliquées de rides, assombries par le béret rabattu.

Le jeune barman revint avec la bouteille Thermos et expliqua qu'il n'avait pas mis de sucre. Il demanda à Pierre où il allait, comme ça, par ce temps, avec ces routes. À Bordeaux, répondit Pierre, ils seraient bientôt arrivés. Il paya son café, le jeune homme lui rendit sa monnaie en lui souhaitant bien du courage. Pierre le remercia, et salua en sortant les trois vieux qui ne réagirent pas.

Emilia avait fait démarrer le moteur pour alimenter l'habitacle en air chaud. Tomas dormait, il était calme. Elle avait l'impression qu'il allait un peu mieux, confia-t-elle à Pierre. Elle remplit le gobelet qui faisait office de cabochon sur la bouteille isotherme et avala le café brûlant en deux gorgées.

– Sans sucre, fit-elle. Tu t'en souvenais ?

Pierre signifia de la tête que oui, avec un demi-sourire, et manœuvra lentement pour sortir la voiture de sa place de stationnement. Ils traversèrent dans l'autre sens le village qui bougeait toujours aussi peu sous sa couverture froide. Quand ils furent de nouveau sur la nationale, Emilia prit encore du café et en proposa à Pierre. Il se brûla les lèvres, n'osa pas quitter la chaussée des yeux, renonça finalement à finir sa tasse parce que les roues avaient souvent tendance à patiner sur le verglas qui couvrait le bitume en épaisseur. Le soleil, qui avait fini par apparaître, déclenchait autour d'eux des explosions de lumière crue contre quoi se dressait la noirceur des pins. Ils roulèrent ainsi dans un éblouissement imprévu. Ils se taisaient et clignaient des yeux parce que tout devenait soudain beau et insupportable.

12

Le commissaire Marquet avait bondi dans son lit lorsque la sonnerie du téléphone avait retenti. Il avait allumé à tâtons la lampe de chevet, tourné vers lui le réveil et émis un gémissement enroué. Il était resté appuyé sur un coude, renfrogné et perplexe, pendant quelques secondes. Sa femme lui avait demandé ce qui se passait. Il avait répondu que rien ne se passait et s'était levé en se frottant un œil du dos de la main. Il avait enfilé ses pantoufles et traîné des pieds jusqu'à la porte en protestant à voix basse contre l'insistance stridente de la sonnerie. Il avait décroché brutalement et marmonné son nom, les sourcils froncés, les mâchoires soudées l'une à l'autre.

– Vous les avez trouvés ? Ici ? À Bordeaux ?

Il frissonna, regarda autour de lui d'un air embarrassé.

– Ils sont partis depuis quand ? On ne peut pas les intercepter entre Bordeaux et Bayonne ? Ils roulent à quarante à l'heure et on ne tente rien ? Quoi, le GIGN ? On pourrait les rattraper à vélo et on fait appel au GIGN ? Mais je m'en fous, moi, de la cellule antiterroriste ! Je le sais bien, qu'il est déjà huit heures du matin ! J'arrive, qu'est-ce que vous croyez ?

Il raccrocha en lâchant un juron. Quand il leva les yeux, il vit sa femme debout sur le seuil de la chambre.

– C'est grave ? s'inquiéta-t-elle.

Il haussa les épaules, marcha vers elle, l'évita pour rentrer dans la chambre et prit du linge propre dans un placard.

– Non, ce n'est pas grave. Mais pour une fois que je pouvais dormir un peu…

Sa femme le considéra d'un air hébété et fit remarquer qu'il faisait froid. Elle lui conseilla de ne pas trop traîner en pyjama.

– Ne t'inquiète pas. Pour ce qui est de traîner, j'ai déjà fini. La journée de travail vient juste de démarrer.

Dans l'appartement qu'avaient occupé Emilia et Tomas, le contenu des placards avait été jeté par terre, systématiquement. Des boîtes de conserves avaient roulé : sardines à l'huile, raviolis, thon, plats cuisinés plus ou moins exotiques préparés selon des recettes exclusives. Des rouleaux de papier hygiénique s'entassaient dans un coin ; des brosses à dents par paquets de trois traînaient sur l'évier à côté de sachets de soupe lyophilisée. La cuisine avait des airs d'épicerie mise à sac.

Le commissaire Marquet enjamba les victuailles et s'adressa à un inspecteur qui semblait occupé, sous l'évier, à quelque obscure tâche de plomberie.

– À part le ravitaillement pour trois mois, qu'avez-vous trouvé ? demanda-t-il.

– Rien. Pas de carnet, pas d'écrit d'aucune sorte, fit le policier en se redressant. Si, la cachette des armes. Là-dessous, indiqua-t-il en montrant la tuyauterie d'évacuation d'eau. Ils ont un blessé qui a dû faire une hémorragie : le lit est plein de sang. Ça confirme bien que c'est eux.

L'inspecteur Garcia apparut à l'entrée de la chambre.

Il avait les traits tirés et regardait autour de lui d'un air hagard.

– Tiens, fit Marquet. Vous. Qu'est-ce que vous foutez ici ?

Ils se serrèrent la main hâtivement, sans se regarder.

– Ce sont des gars de chez nous qui les ont logés. On surveillait un certain Matanzas, et il les a amenés jusqu'ici. Il passait et repassait constamment devant l'immeuble, on a un peu pisté tout ce trafic ; et ce matin, on a vu partir les trois autres à la cloche de bois sans pouvoir rien faire, avec Matanzas au train. On n'a rien pu tenter, le juge n'a pas encore délivré de commission rogatoire. Alors on vous a prévenu. Les terroristes, c'est vous. Mais on a notre idée sur ce que foutait Matanzas à Bordeaux.

– Et quelle est votre idée ? demanda le commissaire.

– L'idée, c'est qu'on a le commando basque et le tueur chargé de les éliminer.

– Conneries. Vous avez trop d'imagination. Qui c'est ce Matanzas ?

– Un braqueur condamné il y a une dizaine d'années à cinq ans pour proxénétisme et coups et blessures aggravés sur la personne de quelques filles qui lui avaient plu.

Le commissaire haussa les épaules.

– Un malade, hein, c'est ça ? Qu'est-ce qu'il a foutu depuis sa sortie de prison ?

– Il était en Espagne. Il bossait dans les manèges et les laveries de bagnoles. La presse appelle ça du blanchiment d'argent... Des comptabilités difficiles à contrôler...

– Et de là à se retrouver tueur de Basques, il n'y a qu'un pas que vous franchissez gaiement. Je vous ferai remarquer qu'il aurait pu les liquider n'importe quand. Votre hypothèse est ridicule.

Garcia sourit. Il fit rouler de la pointe du pied une boîte de couscous.

– Si vous connaissiez Matanzas, vous comprendriez. Ce qui le bloque, c'est la femme.

– Mais vous venez de dire qu'il leur tapait dessus ! s'écria Marquet. Pourquoi aurait-il des scrupules, tout d'un coup ?

– J'en sais rien, moi. J'ignore ce qui peut se passer dans sa tête de barjot ! Mais il les bat jusqu'à les laisser pour mortes sur le carreau, parfois. Il ne baise qu'à cette condition.

– Allons bon. Appelons un psychanalyste !

Le visage de Garcia se crispa. Quelques rides supplémentaires creusèrent son front.

– Ne plaisantez pas avec ça. C'est pas sur un divan que j'aimerais le voir allongé. Ce mec est vraiment dangereux.

– Les Basques aussi, sont dangereux. Qu'est-ce qu'il a de plus, votre maniaque ? Il vous a massacré une de vos protégées, du temps où vous étiez aux Mœurs ?

Le commissaire fit quelques pas dans la cuisine. Sa carrure de rugbyman s'inscrivit dans le rectangle de jour naissant de la fenêtre.

– Et par qui il serait payé, votre Matanzas, pour son… travail ?

– Par les services spécialisés de Madrid. Ça s'est déjà vu, non ?

– Aucune preuve, fit Marquet à voix basse. Supputations, prononça-t-il plus haut. De toute façon, ne faites rien. On attendra qu'ils soient au Pays basque. Je vais prévenir le Préfet de Région et le ministère.

Depuis le temps que Paris veut monter un gros coup comme en 88, ils vont sauter sur l'occasion. Je sens qu'on va vivre un grand moment d'œcuménisme entre tous les services…

– Mais on pourrait les coincer avec dix gendarmes !

Le commissaire s'approcha de Garcia :

– J'ignore tout de votre contentieux avec ce Matanzas, et je veux continuer de l'ignorer. Mais un conseil : ne me cassez pas les couilles, ou il vous en cuira. Pigé ? La sûreté de l'État est en cause, alors allez jouer plus loin. On s'occupera de votre truand plus tard.

Marquet lui tourna le dos pour pénétrer dans la chambre, où un autre inspecteur fumait, assis sur une chaise. Les rares meubles de la pièce avaient été démontés. Du linge de toilette, dispersé aux quatre coins, s'était affalé en taches pastel.

– Il leur a fallu combien de temps pour semer un bordel pareil ? demanda le commissaire en désignant le désordre.

– Une petite heure, répondit le fumeur. Pourquoi ?

– Ils font des progrès. Il faudra consigner ce détail sur les rapports.

Marquet passa un doigt sur la tache de sang qui s'étalait sur presque toute la largeur du drap.

– En effet… Il va pas aller loin… Si ça peut consoler les gendarmes…

Comme il revenait dans la cuisine, un jeune inspecteur entra, légèrement essoufflé.

– Ils ont eu de la visite, avant-hier soir, la voisine du dessous prétend qu'il s'agissait d'un toubib et d'un autre type.

– Comment elle sait ça, la voisine ?

– J'ai entrebâillé la porte, fit une petite femme à cheveux gris jusque-là dissimulée derrière l'inspecteur. Il y en avait un qui portait un gros cartable, comme les docteurs, quoi. Barbu et un peu chauve, il était. Vous comprenez, d'habitude je vis seule dans cet immeuble, alors...

Marquet l'interrompit d'un geste de la main.

– Alors vous ouvrez votre porte dès qu'il y a un bruit dans l'escalier, histoire de vous faire trucider plus facilement, c'est ça ? Et vos économies ? Vous y avez pensé ? Quatre heures de tortures pour avouer où se trouvent vos fourchettes en argent, vous savez que c'est long ?

La voisine le considérait d'un air hésitant, et un sourire contrit, dissymétrique, se hasardait sur son visage. Comme le commissaire, qui s'était retourné vers ses subordonnés pour leur parler, se désintéressait de son sort, elle osa une question, l'index à demi-levé comme à l'école.

– Dites, ce sont des terroristes, hein ? Action Directe et tout ça ?

Un inspecteur se retourna vers elle :

– Qu'est-ce qui vous fait dire ça, Madame... ?

– Mangard. Gilberte Mangard. Vous savez, les appartements vides presque tout le temps avec des gens qu'on ne voit jamais, ce sont des affaires de terroristes ! Je lis les journaux, moi.

*

Les hommes du commissaire Marquet parvinrent bien vite à des résultats significatifs. De gros moyens avaient été affectés à l'enquête ; le ministre lui-même suivait l'affaire de près, soucieux de ne pas laisser l'opposition tailler des croupières au gouvernement à propos de la sécurité et du terrorisme. Des deux côtés des Pyrénées, les régimes frères se promettaient mutuellement de régler enfin, pour ce qui concernait chacun, le problème basque : la traque des commandos, la liquidation physique des réfugiés, le démantèlement des réseaux de solidarité, le quadrillage policier des provinces en cause, toutes ces opérations allaient bon train depuis des années déjà, et seule la presse régionale semblait s'y intéresser régulièrement.

Les policiers découvrirent donc que le commando infiltré en France, qui avait fait sauter l'hôtel en construction et tué le gendarme Bernard Pasquet, était constitué de Mikel Susperregui, retrouvé mort sur les lieux, d'Emilia Ochoa et de Tomas Etchebar. Ce groupe était soupçonné d'être le noyau du commando Renteria qui avait revendiqué un attentat à Barcelone au cours duquel un général de la Guardia Civil avait trouvé la mort, entre autres victimes à galons. Etchebar était sans doute un des principaux dirigeants de l'organisation militaire.

Emilia Ochoa, pour sa part, posait un problème différent : elle était française, née à Hendaye, où vivaient encore ses parents. Elle avait longtemps sympathisé avec les milieux autonomistes et était entrée dans la clandestinité en 87. On pensait qu'elle avait rejoint ceux du Sud à cause de leur plus grande efficacité. Au cours de ses études à Bordeaux, dans les années 72-75, elle fréquentait les trotskistes qui militaient activement contre le régime franquiste.

L'appartement de la rue Paul-Louis-Lande avait été loué à un étudiant originaire de Bayonne, à partir de septembre 1986. La caution avait été payée par un certain Pierre Calmon, domicilié à Bordeaux, lui-même fiché par les Renseignements Généraux comme militant trotskiste, puis de la CFDT, qu'il avait quittée en 1985. On ne lui connaissait aucune appartenance politique actuelle. Le policier qui avait rédigé la note de synthèse présumait qu'il avait dû « garder des sympathies à gauche, comme les autres ». Le dossier précisait en outre qu'il avait fait l'objet d'un contrôle d'identité en octobre 73, lors d'une manifestation contre le coup d'État au Chili, et qu'en mai 90 il avait été verbalisé sur l'autoroute Bordeaux-Toulouse pour non-port de la ceinture de sécurité. L'amende, dûment réglée, s'élevait à deux cent soixante-quinze francs.

Le commissaire Marquet avait lu les rapports en fumant un petit cigare presque noir, aux effluves pestilentiels, qu'il était fréquemment obligé de rallumer à l'aide d'un petit briquet de plastique rouge. Il reposa les feuillets dactylographiés, les notes manuscrites, et s'adossa lourdement dans son fauteuil pivotant qui grinça faiblement. Il resta ainsi, presque renversé en arrière, les yeux mi-clos et son cigare à la bouche, durant quelques minutes. Son visage, rond, plutôt gras et peu ridé, n'exprimait rien sinon de la lassitude ou une réflexion paresseuse sur ce qu'il venait de lire. Puis il se redressa soudain pour examiner le décor qui l'entourait, constitué de chaises aux montants chromés, de classeurs métalliques dont la peinture s'écaillait à tous les angles, et d'armoires de fer kaki où se trouvaient affichés des plannings de services, des invitations à des pots de départ en retraite vieilles de plusieurs mois. Il leva les yeux et concentra son attention sur une vieille photo surmontant une des armoires où un groupe de motards – ils étaient dix ou onze – se livraient à un périlleux exercice d'équilibre sur leurs engins et fixaient l'objectif d'un air imperturbable. Il s'agissait, proclamait l'affiche, de s'engager dans la Police Nationale. Le commissaire soupira et se leva. Il s'empara d'une chaise qu'il adossa au mur, y grimpa, et transforma l'acte de bravoure motocycliste en une boule de papier qu'il tassa rageusement entre ses grosses mains. Il l'expédia d'un tir tendu en direction de la poubelle, qu'il manqua.

Il se trouvait encore sur la chaise lorsque l'inspecteur Garcia entra. Malgré la surprise qu'exprima fugitivement son regard levé vers le commissaire, le policier affecta de ne rien remarquer d'anormal et demanda en s'approchant de la cafetière électrique s'il pouvait prendre un peu de café, parce qu'il faisait dehors un froid de loup.

– Faites, faites, dit Marquet, descendu de son perchoir et se dirigeant vers la poubelle. Servez-m'en une tasse, si ça ne vous fait rien, ajouta-t-il en se rasseyant derrière son bureau. Nous ferons ainsi la paix.

Il regarda en souriant Garcia s'affairer. L'inspecteur porta précautionneusement une tasse pleine à ras bord jusqu'au bureau du commissaire. Marquet remercia. Un peu de café déborda lorsqu'il porta la tasse à ses lèvres, et il lança un regard agacé à l'inspecteur qui revenait vers la cafetière.

– Qu'est-ce que vous avez de nouveau sur Matanzas ? demanda-t-il.

– Rien. Je venais un peu aux nouvelles. Le grand chef m'a appelé pour me recommander de collaborer étroitement avec vous. Voilà pourquoi je profite de votre cafetière.

– J'ai reçu les mêmes recommandations. Nous sommes condamnés à nous entendre. J'espère que vous ferez preuve de créativité. J'attends vos suggestions.

Garcia restait debout, sa tasse dans une main, une cuillère de plastique inutile dans l'autre.

– Asseyez-vous donc, fit Marquet en indiquant une chaise.

Il fit une synthèse détaillée des informations recueillies par le service, et estima que la piste de Pierre Calmon devait être explorée.

– Vous pourriez vous en charger. Voici son adresse.

– C'est le troisième, fit Garcia.

– Quoi ? Quel troisième ?

– Ils étaient trois ce matin à partir, vous ne vous rappelez pas ? C'est sûrement dans le rapport qu'on vous a remis. Ça cadre avec la visite qu'ils ont reçue avant-hier soir, le toubib et un autre type.

Le commissaire consulta vivement la liasse de papiers qu'il avait devant lui.

– Exact. Ça m'avait échappé. C'est étonnant de la part de quelqu'un qui s'est rangé des voitures, comme un tas d'autres anciens gauchistes, d'ailleurs.

Il se leva et alla se camper devant la fenêtre sans plus rien dire pendant un moment.

– Putain de neige, fit-il après avoir considéré le paysage de toits blancs. Ils ont dû arriver au Pays basque, à présent. Il est presque six heures. Vos hommes auront bien l'idée de vous appeler, quand ils se seront acheté des anoraks ?

– Allez savoir. Ils opteront peut-être pour le ski de fond en forêt d'Iraty...

Marquet se retourna vers lui :

– Je n'aime pas votre humour. Vous irez dès demain matin chez ce Calmon. Il est marié, sans enfant. Sa femme sera sans doute plus sensible que moi à vos traits d'esprit. Je téléphone au juge pour obtenir son autorisation. Et puis... Quand vos hommes appelleront, dites-leur de rentrer à Bordeaux. Ils en ont assez fait.

– Vous voulez qu'ils lâchent Matanzas ?

– Je veux. Il ne nous intéresse plus. Il a quitté le département, il n'a encore commis aucun délit. Demain, il sera en Espagne, et bon débarras. S'il avait dû tuer les Basques, comme vous le prétendez, il serait déjà passé à l'action.

Garcia se leva comme mû par un ressort.

– Vous ne voulez pas comprendre que dans sa tête de malade la mission qu'on a dû lui confier ne compte plus ? Que désormais c'est après cette femme qu'il en a et qu'il doit attendre l'occasion de la coincer seule pour jouer avec comme il l'a toujours fait avec les autres ? Il...

– Ça suffit, dit le commissaire d'un air las. Vous m'avez déjà fait part de vos spéculations psychologiques, et elles ne m'intéressent pas. À partir de maintenant c'est moi qui ai la responsabilité de cette enquête, et j'ai pouvoir sur vous. Alors vous obéissez. C'est clair ?

Garcia agita la tête affirmativement, en fourrant ses mains dans les poches de son manteau, puis sortit et retint au dernier moment le geste de claquer la porte.

13

L'arme – un pistolet rafaleur Ingram M 10 – était posée sur le siège du passager, dissimulée sommairement sous un grand chiffon blanc. Angel Matanzas soulevait l'étoffe de temps en temps pour y glisser la main et palper la froideur du métal, hasarder ses doigts sur les organes durs, dans les anfractuosités calculées, les interstices mortels. Il avait mis des lunettes de soleil, à cause de cette lumière qui se levait de partout et lui appuyait sur les yeux. À la faveur d'un trafic un peu plus dense, il avait pu se rapprocher des trois fuyards. Il avait bien vite repéré la voiture grise qui depuis Bordeaux adoptait derrière lui la même tactique : la distance égale qu'elle gardait avec une discrétion exemplaire empêchait de discerner les deux silhouettes qui se trouvaient à bord. Il avait constaté la filature avec une grimace de contrariété, et son visage, lorsque Angel jetait un coup d'œil dans le rétroviseur, trahissait un agacement mêlé de désarroi. Les deux flics étaient allés faire en dérapant lourdement un demi-tour au bout de la rue principale du village, et avaient fini par ranger leur véhicule contre un muret de neige, dans le sens du départ.

Angel en avait profité pour sortir le pistolet, vérifier son bon état de fonctionnement et avait engagé un chargeur de trente-deux cartouches, vissé au canon un silencieux. Il avait même ôté une des sûretés, et placé le sélecteur de tir sur automatique. Si ces deux flics ne s'étaient pas trouvés là, il aurait pu sans peine s'approcher de la voiture d'où était descendu Pierre Calmon et tirer les deux autres sans attirer l'attention, vider le chargeur sans que quiconque tentât la moindre glissade dans sa direction. Il semblait que la neige aurait étouffé aussitôt leurs cris en les gelant dans l'air. Au lieu de cela, Angel avait regardé du côté de la voiture grise et il avait casé une main entre ses cuisses et fermé les yeux, en frottant doucement.

Il s'était interrompu avec un grognement plaintif en voyant Pierre Calmon sortir du bar, sa Thermos à la main. Il émit un nouveau grognement quand la voiture des Basques commença à reculer pour reprendre la route. Il manœuvra à son tour, avec adresse, pour se placer dans le sens du départ. Après quoi il attendit que la Peugeot eût disparu dans un virage et roula dans ses traces, les flics toujours derrière lui.

Juste avant Bayonne, le temps se couvrit, le ciel descendit très bas comme pour mêler sa grisaille de plomb à la blancheur du paysage. Des flocons se mirent bientôt à voltiger, au moment où les deux voitures sortaient de l'autoroute et s'engageaient dans la direction d'Hasparren. La route n'avait été dégagée que sommairement, et par endroits, des tas de neige obligeaient à s'arrêter pour les franchir comme autant de dos-d'âne glissants. À mesure qu'on progressait, la couche de neige était plus épaisse, et les flocons plus nombreux. Angel jura en tapant sur son volant, et contempla autour de lui la situation d'un air catastrophé. Les autos, qui gardaient entre elles un écart d'une quarantaine de mètres, roulaient à trente kilomètres à l'heure, cependant que la neige s'accrochait aux pare-brise et obligeait les conducteurs à utiliser leurs essuie-glaces. Angel alluma la radio qui annonçait d'importantes chutes de neige sur le piémont pyrénéen.

Il faisait nuit lorsqu'il arriva à Hasparren. Il se gara le long du fronton, dont la cancha évoquait plutôt un terrain de hockey. Il vit Emilia et Pierre s'engouffrer chez un médecin. Ils portaient le blessé sans prendre garde à ses pieds qui traînaient sur le sol et creusaient dans la neige des traces parallèles comme aurait fait un skieur de fond à bout de souffle.

Le village était pratiquement désert, balayé par des paquets de gros flocons que chahutait un vent glacial. Angel avisa un hôtel dont l'enseigne lumineuse clignotait au bout de la rue. Il rangea l'Ingram dans un sac de sport, prit dans la boîte à gants un pistolet automatique qu'il glissa dans sa poche. Le froid commençait à envahir la voiture, les vitres étaient déjà obstruées par la neige. Il descendit, ferma sa portière à clé, s'éloigna en dérapant à plusieurs reprises sur le sol vers l'hôtel. Là, il trouva sans peine une chambre, l'établissement étant pratiquement vide, et échangea quelques propos aimables avec le réceptionniste au sujet du temps qu'il faisait et du menu proposé ce soir-là par le restaurant.

Aussitôt arrivé dans sa chambre, il se déshabilla et prit une douche. Sous l'eau tiède, il essaya de réveiller la mollesse de son sexe, y parvint à peu près, le secoua vigoureusement sans parvenir à se satisfaire. Après quoi il tira dessus, le frictionna avec fureur, jusqu'à ce que la douleur lui arrachât une plainte. Il se sécha et revint dans la chambre pour s'examiner dans la glace de l'armoire sombre qui occupait le fond de la pièce. Il flatta ses abdominaux irréprochables, fit jouer ses pectoraux, lissa ses cheveux en arrière. Ensuite, il remit les vêtements qu'il avait portés toute la journée après les avoir flairés d'un air suspicieux, et il descendit tout en épiant du coin de l'œil sa silhouette dans le grand miroir qui l'attendait sur le seuil du rez-de-chaussée.

14

Le film à la télévision était terminé depuis longtemps. Mathilde avait coupé le son. Les couleurs dansaient, les visages se donnaient une contenance. Elle regarda l'heure à sa montre. 23 h 51. L'horloge du magnétoscope confirma. Elle se leva. Elle resta debout sans rien faire, s'étira, cambra ses reins, pressa son visage entre ses mains. Elle se rendit dans la cuisine, attrapa sur la table un paquet de cigarettes, alluma, souffla, puis écrasa vivement la chose avec une grimace d'écœurement. Elle revint dans le salon, mains dans les poches de sa jupe, éteignit le poste de télévision, s'empara d'un livre, au hasard, sur une étagère de la bibliothèque. *Plume*. Des pages étaient cornées, lues et relues. Elle parcourut « La Ralentie » : « Ralentie, on tâte le pouls des choses ; on y ronfle, on a tout le temps ; ... On est heureuse en buvant ; on est heureuse en ne buvant pas. On fait la perle. » Elle sourit. Elle marcha lentement jusqu'au canapé, s'y assit et posa le livre près d'elle. Elle regarda l'heure. Il n'était pas beaucoup plus tard. « Où es-tu ? » murmura-t-elle. Elle s'allongea, les jambes un peu repliées, les mains au chaud entre, mises au secret. Elle resta ainsi un long moment, respirant doucement, comme si elle dormait. Elle sursauta légèrement au passage d'une voiture.

– Je m'endors, dit-elle en se redressant. Et je parle toute seule comme une vieille femme. Pourquoi tu téléphones pas ?

Elle bondit lorsque la sonnerie retentit. Ses yeux brillaient.

– C'est moi. Je suis avec Emilia. Ne te fais pas de souci.

Elle ferma les yeux.

– Tu sais, continua Pierre. Je t'ai parlé d'elle. Il fallait que je l'aide, tu comprends ? C'est très grave.

Des larmes coulaient. Elle les laissa faire.

– Dis, tu m'entends ?

– Et moi ? demanda-t-elle enfin.

– Quoi, toi ?

– Pourquoi c'est grave ?

– Je pouvais pas les laisser comme ça. Elle avait besoin de moi.

– Moi aussi, Pierre.

– Aie confiance, mon P'tit Loup.

Elle se mordit la lèvre inférieure.

– Et les flics ?

– Comment, les flics ?

– Emilia, elle est bien…

– Tais-toi !

Elle tira le fil du téléphone à elle et s'assit par terre.

– Mathilde ? Tu es là ?

– Je me tais.

– Arrête… Je ne peux pas te dire où je suis. Je reviens dans deux jours.

– Et si ça tourne mal ?

– Ça ne tournera pas mal. J'ai donné un coup de main pour sauver un type, c'est tout. Je ne peux rien te dire de plus, tu comprends ?

Elle renversa la tête en arrière, la cala contre le mur. Elle protesta d'une voix molle qu'elle était inquiète, follement, qu'elle avait peur pour lui, que cette fille…

cette fille surgie du passé comme un mauvais fantôme... Elle ne put achever sa phrase, étranglée de tristesse. Il essaya de la rassurer. Le passé n'était rien, les fantômes n'existaient pas. Il serait là dans deux jours. Ils se dirent des mots amoureux, sans âge, indécents.

Elle raccrocha avec un petit cri.

Elle se releva, posa lentement le téléphone sur la petite table où il se trouvait habituellement, et porta une main à sa lèvre. Deux gouttes de sang apparurent sur ses doigts. Elle les suça longuement, des larmes plein les yeux, et marcha vers le canapé qui grinça lorsqu'elle s'y allongea. Elle s'endormit en quelques secondes, le visage agité de petits spasmes, de sourires, de moues. Elle émit des gémissements étouffés, qui pouvaient être aussi bien des plaintes que des signes de plaisir.

La lumière s'entêtait à adoucir les courbes de sa figure, mais en y creusant désormais davantage d'ombres, presque des rides.

15

Pierre alluma le feu sous la casserole. Une flamme bleue, vive, bourdonnante, se mit à vivre dans la pénombre. Il présenta ses mains au-dessus du feu, les frotta l'une contre l'autre comme devant une cheminée. Il versa du café en poudre au fond d'une tasse décorée de personnages de bandes dessinées, y laissa tomber une cuillère, croqua une biscotte en regardant par la fenêtre. La neige avait continué de s'entasser toute la nuit. Des stalactites pendaient du toit, vaguement menaçantes. Dès que l'eau se mit à frémir, il en versa dans la tasse, chercha dans un placard situé à sa droite une boîte de sucre, qu'il trouva, auréolée de taches d'humidité. Il but, mangea une autre biscotte, alluma une cigarette. Dans le fond de la pièce, immense, couverte du sol au plafond de plancher et de lambris vieux aux relents de moisissure, se trouvait la masse sombre du lit monumental auquel l'édredon donnait la silhouette de quelque monstre assoupi. Pierre alla s'asseoir dans un fauteuil matelassé de vert émeraude, et passa machinalement le plat de sa main sur l'arrondi du bras poli par ce geste des milliers de fois refait. Il ne sut quoi faire de la cendre de sa cigarette, et se décida finalement à la laisser tomber sur le sol. Il dispersa le petit tas gris de la pointe du pied, et le mêla de la sorte à la poussière déjà installée. Il demeura ainsi, buvant à petites gorgées le contenu de sa tasse, apparemment insensible au froid qui régnait dans la maison.

Emilia bougea, et le lit, en écho, eut un grincement sourd. Elle demanda d'une voix pâteuse s'il y avait du café. Pierre précisa qu'il avait préparé quelque chose qui y ressemblait. Elle se leva aussitôt, vêtue seulement de sa culotte, et se dirigea vers le réchaud où elle ralluma le feu. Elle eut le même geste que Pierre, celui des mains au-dessus de la flamme. Il lui fit observer qu'elle allait prendre froid, que ce n'était pas le moment. Elle était grande, carrée d'épaules ; sa taille et ses hanches évoquaient assez précisément les lignes courbes d'un instrument à cordes. Elle regarda par la fenêtre, elle aussi, et fit une remarque sur la quantité de neige tombée pendant la nuit. Sa tasse remplie et fumante, elle se retourna vers Pierre et les aréoles de ses seins fixèrent l'homme étrangement.

– Arrête de me regarder, dit-elle.

– Je ne te regarde pas, je te vois. Uniquement parce que tu te montres.

Elle but à grandes gorgées le liquide brun, se resservit.

– Avant, tu me regardais tout le temps. Tu me prenais même en photo. Tu te rappelles ?

– Avant quoi ?

– Tu as gardé les négatifs, je parie. Et ta femme n'en sait rien.

– Je garde tous les négatifs. Datés et classés. Mathilde ne s'intéresse pas à la photo, encore moins à mon passé.

– Tu lui as parlé de moi ?

– Bien sûr.

– Et alors ?

– Alors quoi ? Ça fait quinze ans. Tu aurais pu mourir, j'aurais pu disparaître, qu'est-ce que ça aurait changé ? Nous n'en aurions rien su ni l'un ni l'autre, ou bien on aurait ressenti un pincement au cœur en apprenant incidemment la nouvelle un an plus tard ? Merde, loin des yeux, loin du cœur, surtout quand le temps en rajoute !

Emilia alla vers le lit, y prit un gros pull qu'elle enfila.

– Il y a une chance pour les bons souvenirs, c'est ça ?

– Oui. Parce qu'ils sont totalement révolus et fidèles comme des chiens. On les rappelle quand on veut, et ils rappliquent. On les congédie pareillement, d'un bon coup de pied s'il le faut.

– Pour ceux qu'on n'a pas sifflés et qui se pointent quand même, on fait quoi ? On fond devant leurs bons yeux et leurs blessures ?

Pierre se leva, prit ses chaussettes sous le lit et frictionna ses pieds.

– Quand je t'ai appelé l'autre soir, continua Emilia, je demandais un vétérinaire, pas une bonne âme. C'est toi qui es venu hier matin.

Pierre ramassa ses chaussures.

– Il fait froid, dit-il en s'ébrouant. Je repartirai dès qu'on aura récupéré Tomas chez le toubib. Le reste te regarde.

Il enfila sa canadienne.

– Où tu vas ?

– Chercher du bois en bas. Le poêle est presque éteint.

Elle fouilla dans une armoire et en sortit une petite serviette de toilette.

– Je vais me laver. J'ai toute la crasse du monde sur la peau.

Une voiture se fit entendre au loin, dans le silence qui pesait entre eux. Pierre sortit. À l'aide d'une pelle appuyée près de la porte, il dégagea sommairement le balcon qui courait sur toute la longueur de la façade de la neige qui s'y était accumulée. Après quoi il descendit au rez-de-chaussée et pénétra dans l'ancienne étable où dormait un vieux 4 x 4 Toyota dont les bas-de-caisse étaient maculés de boue. Du bois, il y en avait au moins trois stères dont il entreprit de débiter quelques bûches à la hache en ahanant à chaque coup, sans doute pour se donner de la force. Il s'interrompit pour entendre l'eau couler dans le tuyau d'évacuation. Le bruit des pas d'Emilia était à peine perceptible. Elle bougea une chaise, ou un meuble quelconque, car on entendit un petit choc plus net, plus sec. Pierre reprit son travail. Parfois, il s'acharnait sur certaines bûches et les réduisait en copeaux minables, échardes coupantes qui voltigeaient autour de lui.

16

La carte de police était brandie à hauteur de visage. Mathilde s'en désintéressa et fixa longuement l'homme qui la lui présentait. Deux hommes se trouvaient derrière lui, mains dans les poches de leurs manteaux.

– Inspecteur Garcia, SRPJ. Le juge a ordonné une perquisition, Madame. Je vous prierai de ne pas y faire obstacle.

Mathilde laissa entrer les policiers, qui s'entassèrent tous les trois dans le couloir d'entrée sans oser bouger pendant qu'elle refermait la porte.

– Mes hommes tâcheront d'être discrets et soigneux, Madame. Vous avez une cave ?

– Pardon ?

– Je veux dire... Sous la maison... Il y a une cave ?

– Oui. On y entasse de vieux papiers, des...

– Vous penserez à la cave, les gars, dit l'inspecteur plus fort.

Il se tourna vers Mathilde :

– J'aurais quelques questions à vous poser, auxquelles je vous demanderai de répondre avec sincérité.

Elle le fit pénétrer dans le salon vivement éclairé par le soleil et sa réverbération sur la neige. Garcia jeta un coup d'œil circulaire en hochant la tête.

– C'est bien, ici.

– J'allais faire du café. Vous en voulez ?

Garcia accepta avec empressement, debout devant les rayons de la bibliothèque. Mathilde l'invita à s'asseoir dans le canapé, se renseigna sur le nombre de sucres qu'il prendrait. Elle se rendit dans la cuisine et en revint presque aussitôt en portant un plateau. Pendant que le policier parcourait du regard, sa tasse à la main, les étagères encombrées de livres, elle avala une tartine de pain.

– Vous êtes quelqu'un de très cultivé, à ce que je vois.

Mathilde se retourna au bruit d'un tiroir qui grinça dans la pièce d'à côté.

– Je présume que vous n'êtes pas venu ici pour me parler de littérature ?

Garcia fut tiré de son attitude admirative par la vivacité du ton, et posa devant lui sa tasse à moitié vide.

– C'est exact, fit-il sèchement. Vous vous appelez Mathilde Calmon, née Dussart le 18 avril 52 à Toulouse. Vous êtes actuellement vacataire à l'université, où vous enseignez la littérature. C'est ça ?

– Je donne quelques cours à des animateurs en formation à l'IUT, rectifia-t-elle.

Garcia se frotta les mains et reprit sa tasse, qu'il termina, et dont il suçota le fond sirupeux.

– Savez-vous où se trouve votre mari ?

– Non. Je n'en ai pas la moindre idée.

Le policier sourit.

– Figurez-vous que je m'attendais à cette réponse.

– C'est vous qui choisissez les questions, après tout. Au moins, vous n'êtes pas déçu.

– Je croyais pourtant trouver en vous quelqu'un de plus coopératif.

Il recommença à se frotter les mains, la tête un peu dans les épaules.

– Arrêtez de tourner autour du pot, dit Mathilde. Pierre n'est pas rentré depuis deux jours. Il ne m'a pas téléphoné, il n'a donné aucun signe de vie, et je me sens mourir chaque jour un peu plus comme un animal abandonné au bord d'une route. Ça vous va ?

Elle se leva d'un bond, qui surprit Garcia, et alla s'adosser à la bibliothèque. Le policier demanda du geste s'il pouvait reprendre du café. Mathilde ne lui répondit pas, et tourna la tête vers la fenêtre.

– Il se trouve actuellement au Pays basque où il porte assistance à un commando basque recherché en Espagne pour meurtres et attentats, et coupable de la destruction d'un hôtel en construction à Biarritz. Un gendarme a été abattu au cours de cette opération.

Mathilde ne réagit pas. Elle revint s'asseoir dans un fauteuil, face à Garcia, et regarda fixement le sol. On entendait toujours les deux autres policiers fouiller le reste de la maison.

– Si j'étais un flic bête et borné, je vous soupçonnerais d'être parfaitement au courant des sympathies de votre mari pour le terrorisme basque, et donc de me cacher des choses. En outre, j'ajoute que le dénommé Tomas Etchebar passe pour être l'un des dirigeants de l'organisation. Votre mari et sa complice l'ont transporté chez un médecin d'Hasparren.

Mathilde rit nerveusement.

– Vous avez remarqué qu'à chaque fois qu'on arrête des militants, ce sont comme par hasard des dirigeants ? Vous vous rendez compte ? Une organisation dont seuls les dirigeants et les chefs de commandos se font cravater ? Ça voudrait dire qu'ils mettent les plus cons à la tête, systématiquement, ou que, comme dans l'armée mexicaine, ils ne compteraient que des généraux ? Et puis je ne vois pas en quoi ignorer des informations que vous possédez déjà constitue une faute ou un délit. Dites-vous bien que Pierre a toujours pensé que ces militants-là se trompaient, et trompaient la cause qu'ils croient défendre. S'il se trouve avec eux, c'est pour des motifs que je ne connais pas, mais sûrement pas par sympathie militante.

– Je vois, fit Garcia.

– Vous voyez quoi ?

– Je vois votre mari mener une double vie, comme dans les films. Je le vois se porter caution pour la location d'un appartement servant de planque à des militants, comme vous dites.

– Vous mentez ! cria Mathilde. Vous essayez de me manipuler !

Garcia sursauta puis se pencha vers elle.

– Nous avons son nom, sa signature, le montant du chèque qu'il a fait. L'appartement en question servait de base de repli, et a été occupé ces deux derniers jours par deux terroristes dont l'un, l'homme, est blessé. Leur complice, Mikel Susperregui, a été tué lors de la fusillade de Biarritz. Que pensez-vous de tout cela, Madame Calmon ?

Mathilde s'enfonça dans son fauteuil en regardant Garcia avec fixité. Le policier profita de son avantage :

– Le passé de votre mari ne contribue pas à le disculper. Il a milité dans un groupe gauchiste qui entretenait des liens étroits avec une des branches de l'organisation. Un groupe issu, d'après ce qu'on m'a dit, de la sixième assemblée. Les Renseignements Généraux l'ont même pris en photo en novembre 75 lors d'une manifestation sur le Pont International d'Hendaye.

Garcia avait graduellement haussé le ton, jusqu'à crier presque. Mathilde le contemplait d'un air totalement hébété.

– Pourquoi vous criez ? Je sais tout cela. Il n'y a rien d'illégal dans son passé ! Je ne sais pas où est Pierre, ni ce qu'il fait.

– Un certain romantisme révolutionnaire l'a certainement poussé à aider ces gens.

Elle le regarda avec ironie.

– Vous allez sûrement tout m'expliquer à ce sujet. Le romantisme, voilà une idée qui doit vous être familière.

– Ne soyez pas agressive. Le prochain entretien pourrait fort bien se dérouler dans un bureau du SRPJ, où le café est nettement moins bon, vous savez. Et pour en revenir au romantisme, vous n'ignorez pas qu'il a mené des tas de gens à des extrémismes criminels.

– Dans votre bouche, certains mots sonnent comme des obscénités ! Comment vous faites, pour tout salir ? On vous apprend ça dans vos écoles de flics ?

Garcia fit le geste de lui saisir le bras, puis se ravisa, et se contenta de soupirer.

– Vous vous défendez bien maladroitement.

– Je n'ai pas à me défendre, Monsieur !

Ils furent interrompus par l'intrusion des deux autres policiers qui portaient des dossiers de plastique et des albums de photos.

– On a trouvé ça à la cave, fit l'un d'eux.

Il ouvrit devant Garcia un album rempli de photos en noir et blanc. L'inspecteur le feuilleta, l'approcha de son visage d'un air myope, ou curieux, et le présenta à Mathilde.

– Vous connaissez cette femme ?

Mathilde prit l'album avec précaution. Il sentait le vieux papier et la poussière. Une femme brune aux cheveux courts, nue, courait sur une plage. D'autres photos, en gros plan, révélaient un regard sombre sous des sourcils toujours froncés, même lorsqu'elle souriait. Nue, encore. Alanguie au soleil. Ou couchée sur le ventre, jambes écartées, se retournant vers l'objectif pour protester contre la photo par-dessus ses lunettes noires. Luisante d'eau, exultante, bras en l'air, les seins hauts, le ventre plat, tendu par l'effort du saut joyeux. Mathilde tournait les pages. La Corogne, juillet 75. Dans les rochers, assise, jupe longue remontée en haut des cuisses, regard clos par le soleil, les lèvres retroussées en un sourire hargneux. Une ombre triangulaire, profonde, coulait dans le décolleté entre les seins. La femme se montrait, s'étalait, généreuse de sa peau et de ses courbes ; à la plage, dans l'eau luttant contre les vagues, à table en train de grignoter des crevettes, dans une 2 CV jambes par-dessus la portière, en short, les mains au creux des cuisses jointes en prière… Vingt, trente-six, quarante photos au moins, datées de janvier 75 à juin 76, où Mathilde passait, en tournant les pages, des vagues lumineuses au clair-obscur d'un lit défait, où toujours une épaule nue pâlissait, une jambe se dépliait, un ventre inscrivait son triangle noir.

Mathilde répondit qu'elle ne connaissait pas cette femme. Qu'elle la trouvait belle, troublante, redoutable. C'était tout à fait le genre de femme susceptible d'émouvoir Pierre.

– Je vous présente Emilia Ochoa. Vous saviez que ces photos existaient ?

Mathilde hésita. Oui, enfin non. Pierre lui en avait parlé, et n'arrivait pas à remettre la main dessus. Elle aussi gardait les photos de certains hommes qu'elle avait eus.

– Je parie qu'à présent vous vous attendez à ce que je vous dise où ils se trouvent tous les deux, et que la jalousie va me faire passer à des aveux ou des confidences qui pourraient vous aider ?

– La jalousie est sans doute un sentiment que vous méprisez, Madame Calmon. Tout dépend de l'idée qu'on se fait d'un couple.

– Je ne sais pas si j'ai envie d'avoir cette discussion avec vous.

Elle se leva.

– Je crois que vos collègues et vous-même avez terminé votre travail ? Je ne vous retiens pas. J'ai un cours cet après-midi, et j'aimerais revoir mes notes, un peu, si ça ne vous fait rien.

Garcia se leva à son tour, et rejoignit les deux autres qui étaient restés debout.

– Vous avez tort, fit-il en reboutonnant son blouson. Mais nous aurons l'occasion de nous revoir...

– Je n'en vois pas la nécessité. Je vous ai dit ce que j'avais à vous dire.

Elle précéda les policiers dans le couloir d'entrée.

– C'est le juge qui décidera désormais des nécessités, dit Garcia. Après tout, s'il vous est indifférent que votre mari fugue en risquant une lourde peine de prison avec une ancienne petite amie dont, comme par hasard, il a conservé les photos les plus... suggestives, c'est votre problème. Pour...

La gifle le surprit. Il sursauta sans pouvoir l'éviter. Ses deux collègues ne firent aucun geste, et se contentèrent d'échanger des regards perplexes.

– Fermez votre gueule ! hurla Mathilde. Sortez d'ici !

Garcia la saisit par l'épaule, froissant dans son poing la laine du pull-over.

– Pour nous, Madame, votre bonhomme est de l'autre côté. Sachez seulement qu'au Pays basque une centaine d'hommes, de tous les services de gendarmerie et de police, travaillent jour et nuit avec une seule idée en tête : le coincer, lui et ses deux acolytes. Vous savez ce qui se passe avec les tueurs de flics : la détente des armes se fait plus sensible, les réflexes se contrôlent moins. Alors gifle ou pas, mépris ou pas, on se reverra pour l'identification à la morgue. Vous aurez tout le reste de votre vie pour regretter de ne pas nous avoir donné les informations qui nous manquaient pour les surprendre en douceur, sans armes, et laisser ensuite la justice décider. Toute votre vie, je vous dis.

Ils sortirent. Mathilde ferma la porte à la volée derrière eux. Elle revint précipitamment dans le salon, chercha des yeux sur la table basse. Ils avaient laissé les photos, les albums, mais les clichés où cette autre femme éclatait de bonheur n'étaient plus là. Mathilde resta debout à contempler les tasses de café vides, la boîte de sucre, les photos encore.

Celle qui se trouvait sur le dessus les montrait, Pierre et elle, en train de rire dans une barque aux couleurs vives. Elle prit le rectangle de papier, l'approcha de ses yeux, et y passa, longuement, un doigt léger qui tremblait. Ses paupières battaient, battaient vite, comme des ailes d'insectes pris au piège.

17

Angel Matanzas ouvrit la porte avec toute la lenteur possible. Aucun grincement, aucune plainte du plancher qu'il foula de la pointe des pieds ne vinrent le trahir. Il tenait dans sa main un gros pistolet noir, une arme efficace au chargeur bien garni. De l'eau coulait. Il se trouvait, immobile, dans une sorte de corridor aux cloisons tachées d'humidité qui donnait sur trois pièces, et avisa la seule porte ouverte. Quelques pas lui suffirent. La femme, de profil, avait une main entre les jambes, qu'elle remua un peu avant de la retirer, couverte d'un gant de toilette. Angel avança, le souffle court. La femme rinçait le gant sous un méchant robinet de cuivre au débit irrégulier. Elle se redressa soudain et fit face au tueur.

– Ta gueule. Tu cries pas, ou je te tue tout de suite.

Emilia frissonna et chercha autour d'elle quelque chose.

– Il faut que je m'essuie, dit-elle en montrant la serviette posée sur le dossier d'une chaise. Il fait froid.

Il l'autorisa à s'essuyer en agitant le canon de son arme. Elle tendit le bras, tira à elle la serviette, mais déséquilibra la chaise qui bascula et heurta le sol.

– Te fatigue pas. Dès qu'il entre, il est mort. Si tu veux, je peux l'appeler tout de suite. Après, on sera tranquilles.

Emilia s'était drapée comme elle l'avait pu dans la serviette trop petite, et ne quittait pas Matanzas des yeux.

– Je t'ai dit de t'essuyer, pas de t'habiller. Enlève ça et montre-moi un peu tes nichons.

Emilia dénoua la serviette, découvrit sa poitrine,

mais garda le tissu à peu près ajusté autour de sa taille. Angel marcha vers elle. Il la frappa d'un coup de crosse à l'épaule, et pendant qu'elle chancelait, un peu penchée en avant par le choc, il arracha la serviette. Emilia ne disait rien. Derrière elle, l'eau continuait de couler dans l'évier. L'homme agita devant lui son pistolet avec véhémence puis gifla la femme, plusieurs fois, de sa main libre, jusqu'à ce qu'elle tombe à terre. Il lui appliqua le canon du pistolet sur la nuque, l'empoignant par ses cheveux courts, et la frappa de la crosse sur l'oreille. Emilia bascula en hurlant et saisit au passage la chaise renversée qu'elle lui expédia dans les jambes. Le tueur évita aisément l'obstacle. Il fourra l'arme dans sa poche et saisit la femme par une cheville, la tira vers lui, se laissa tomber sur elle en soufflant. Il lui maintenait les bras en croix, forçant ses cuisses d'un genou avec un râle d'effort. Quand elle ne bougea plus, il approcha son visage du sien et frappa du front, sans élan, une pommette qu'elle lui présentait. Il frappa encore, sur le nez, dont le cartilage ploya sous la violence du coup.

Puis tout bascula. Angel fut propulsé en arrière, heurta le montant du placard que surmontait l'évier. Pierre enfonça son pied dans les côtes, l'atteignit une deuxième fois au cou. Emilia avait roulé sur le côté et se tenait le visage de ses deux mains pleines de sang. Le tueur poussa un cri et se redressa à genoux, l'arme à la main. Il chancelait. Pierre essaya de le désarmer d'un coup approximatif, puis s'accrocha au bras armé qu'il tordit au niveau du coude comme pour le désarticuler. L'autre gueula quand l'arme tomba au sol et glissa plus loin. Pierre s'étira pour atteindre le pistolet, rampa sur les coudes, parvint à saisir la crosse. Angel courait vers la porte, titubant, une main plaquée sur le cou, et sortit. On entendit son pas craquer sur le plancher du balcon, et Pierre se précipita, heurta de l'épaule le chambranle de la porte qui le déséquilibra un peu, et se rétablit d'une enjambée en prenant pied dehors. Le dos du tueur bougeait derrière le cran de mire. Emilia cria de ne pas tirer, à cause de la détonation qu'on entendrait de partout, et Pierre se laissa glisser sur le sol enneigé, hors de souffle, en cognant sa tête contre le volet qui battait derrière lui.

18

« On l'a dans l'os, mon bon », fit le commissaire Marquet en rencontrant Garcia dans un couloir. L'inspecteur attendait qu'une machine qui délivrait des potages bouillants voulût bien lui rendre la monnaie. Comme Marquet ne s'arrêtait pas pour lui donner davantage d'explications, Garcia entreprit de le suivre au moment précis où des pièces faisaient contre l'acier du réceptacle un vacarme aigrelet. Il demeura durant quelques secondes comme écartelé, une main vainement tendue vers la machine, et un pied déjà lancé à la suite du commissaire. Il rafla vivement les pièces et se hâta derrière la carrure large de son supérieur hiérarchique, en tâchant de ne verser aucune goutte du breuvage rougeâtre où flottaient quelques tentatives végétales aromatiques sur ses doigts crispés autour du gobelet de plastique.

– Merde, continua le commissaire quand ils furent dans le bureau. On lève le lièvre, on prend les précautions d'usage, on informe tous les services concernés au lieu déjouer tout seuls une partie jouable, et eux, ils nous offrent un strapontin ! Le Commissaire Principal Vincent dirigera les opérations en liaison avec le GIGN et l'antenne de Bayonne. Nous, on nous planque dans un command-car à cinq kilomètres d'Hasparren. Emilia Ochoa reviendra récupérer son blessé chez le toubib le 27 au soir. Les gendarmes ont déjà investi le bourg, déguisés en agents de l'EDF. Il paraît même qu'ils ont enterré deux hommes dans le pré qui se trouve derrière la maison pour couper toute retraite. Vous connaissez le GIGN, le goût qu'ils ont pour les opérations limites ou spectaculaires...

Le Préfet et le ministère n'ont d'yeux que pour eux. J'avais demandé officiellement la direction de cette opération, vous le savez. J'estimais qu'à dix-huit mois de la retraite on me devait bien ça. Devinez ce que le Préfet m'a répondu ?...

Garcia s'interrompit dans sa succion précautionneuse du gobelet.

– « Dix-huit mois, c'est bien le problème, il m'a dit. Pourquoi aller vous mouiller à présent ? Laissez les jeunes s'occuper de tout ça, vous avez fait de l'excellent travail. » Putain de merde, il a quel âge, Vincent ?

Garcia signifia en tordant la bouche qu'il l'ignorait.

– Trois, quatre ans de moins que moi, à tout casser ! Alors quoi ?

Un silence écrasant s'abattit dans la pièce. L'inspecteur Garcia soufflait doucement sur son potage. Le commissaire s'assit à son bureau et alluma un petit cigare dont l'odeur écœurante imprégna l'air aussitôt.

– Comment savent-ils quand les Basques reviendront chez le toubib ? demanda Garcia.

Le commissaire tira encore deux ou trois bouffées empoisonnées avant de répondre.

– Le toubib. Les collègues de Bayonne lui ont fait je ne sais quel odieux chantage, alors il a parlé. C'est aussi simple que ça.

– Aucune nouvelle de Matanzas ?

Le commissaire haussa les épaules et écrasa son cigare avec méthode, jusqu'à le réduire à quelques brins noirâtres au fond du cendrier.

– Matanzas n'intéresse personne. Il a dû repasser en Espagne, et tant mieux.

– Sans avoir accompli sa mission ?

Le commissaire se leva en agitant les mains.

– On ne va pas rediscuter de cela. Madrid nie, et a toujours nié avoir engagé des tueurs. Et à moins que vous ne soyez mieux informé que moi, la mission dont vous parlez tient davantage du fantasme de journaliste que des faits.

Garcia acquiesça et se remit à siroter son ersatz de potage. Marquet s'approcha de lui avec un sourire conciliant.

– Laissez Matanzas à son destin de minable, et cessez de boire cette saloperie.

Garcia écarquilla les yeux, surpris, et estima qu'au moins c'était chaud, comme saloperie.

– Allons manger à l'extérieur, on continuera de parler. Un chinois. Chez Tong, par exemple. Vous connaissez ?

*

Le restaurant était situé tout près de l'Hôtel de Ville, aussi durent-ils marcher un peu sur des trottoirs que le gel, sous forme de plaques de neige tassée, rendait peu praticables par endroits.

– Les Russes devraient attaquer maintenant, observa Marquet. Tout le pays est sous la neige et fonctionne au ralenti.

– Vous ne croyez pas qu'ils ont d'autres soucis en ce moment ? Vous aussi, vous fonctionnez sur de vieux fantasmes. Ils s'empareront des entrepôts où se planque la bouffe à Moscou avant de déferler sur l'Europe !

– C'est vrai, concéda le commissaire. En réalité, ils nous envahiront par leur émigration… Et on ne pourra pas tous les caser comme chauffeurs de taxi !

Sur la place Gambetta ensoleillée, les parterres enneigés avaient des ombres bleutées sous les arbres, cernés de toits aveuglants.

– C'est beau, une ville sous la neige, fit Garcia en prenant la voix rauque d'un acteur célèbre.

Le commissaire le considéra avec étonnement et leva le nez vers les façades, indifférent, et marmonna quelque chose d'indistinct.

Une Chinoise au sourire affable les installa dans un coin de la salle déserte. Ils commandèrent un apéritif, que le commissaire proposa d'offrir. Avec une ironie méfiante, Garcia le remercia et supposa que ce que Marquet avait à lui dire était d'importance.

– Le mot importance est faible, sourit le commissaire.

Ils se plongèrent dans la lecture du menu qu'on venait de leur apporter en même temps que les apéritifs. Le commissaire, qui connaissait la maison, donna quelques conseils : les nems et le bœuf au curry valaient le détour. Le crabe farci, en revanche, n'était selon lui qu'une décevante blague de cuisinier roublard. L'inspecteur choisit donc du crabe et du poulet aux champignons noirs. Les deux policiers s'accordèrent sur un Côtes de Provence parce que son prix modique les mettait à l'abri d'une déception disproportionnée.

Pendant un moment, ils parlèrent à voix basse en sirotant leur cocktail-maison. Le commissaire brocarda les intrigues des romans policiers que sa femme s'entêtait à écrire et à envoyer à des éditeurs apparemment peu sensibles à son talent. Garcia, lui, donna des nouvelles de son divorce avec détachement, avouant que le plus dur était le partage des biens acquis ensemble. Quand on les eut servis, ils se turent quelques minutes. Puis Garcia se déclara déçu par le crabe farci et versa le Côtes de Provence qu'il goûta aussitôt, pour affirmer que la dénomination « vin » relevait de la répression des fraudes.

– Parlez-moi de la femme Calmon, fit brusquement le commissaire. Qu'est-ce qu'on peut en tirer ?

– Rien. Elle ignorait tout des sympathies de son mari. Je l'ai trouvée complètement désemparée par ce qui lui arrivait, malgré ce qu'elle a laissé voir.

– Aucune jalousie de savoir son bonhomme en compagnie d'une autre femme qu'il a de surcroît connue dans le passé ?

– Si. Vous avez vu les photos ? Pas farouche, la camarade basque. Mathilde Calmon est restée presque dix minutes à feuilleter l'album. On aurait dit qu'elle n'avait jamais vu de femme nue en photo.

– Jalouse, donc. Voilà qui est bien utile.

– Utile ?

– Elle est très amoureuse de lui, alors ?

Garcia vida son verre et se resservit tout en s'essuyant la bouche, le regard du commissaire collé à chacun de ses gestes.

– Je suis même sûr qu'elle ferait n'importe quoi pour le sortir de là, précisa l'inspecteur.

Le commissaire affirma qu'il n'en doutait pas un instant, et se servit un plein verre d'eau qu'il vida d'un trait, en soufflant, après, bruyamment.

– C'est une femme très intelligente, vous savez, dit Garcia. Elle déteste les flics.

Le commissaire sourit :

– Est-ce un critère d'intelligence ? Et puis réfléchissez : vous débarquez chez elle, vous commencez à fouiller dans les histoires de cul du mari en fuite depuis trois jours, vous lui montrez des photos pour lesquelles elle n'a peut-être jamais voulu poser, et vous l'agacez avec les impératifs de l'enquête. C'est sans doute vous, qu'elle déteste, et non les flics en général... De toute façon, dites-vous bien que dans ce milieu d'anciens gauchistes, cette génération de petits bourgeois rangés des manifs, on ne fera jamais un gros score de popularité.

Il but une gorgée de vin.

– C'est vrai que ce vin est particulièrement dégueulasse.

– Vin français, expliqua perfidement le serveur qui passait à ce moment-là pour aller observer de derrière la vitrine si d'autres clients s'annonçaient.

– On va se taper un dessert. Qu'en pensez-vous ? proposa le commissaire.

Il fit un signe au serveur, qui rapporta la carte.

Ils burent leur café tout en avalant quelques lychees au sirop. Le commissaire les gobait d'un geste vif, pratiquement sans mâcher.

– Vous imaginez l'effet que cela produirait si nous procédions à une arrestation dans cette affaire ? demanda le commissaire au bout d'un moment.

Garcia éclata d'un rire silencieux.

– Vous finiriez votre carrière au faîte de la gloire et de la promotion, et moi je passerais inspecteur principal avec trois ans d'avance !

– Je suis très sérieux, fit le commissaire. On va arrêter Calmon. On leur laisse le commando basque, et on agrafe le comparse.

– J'avoue que j'ai du mal à comprendre.

– Vous allez convaincre Mathilde Calmon de nous aider à sauver son mari.

– À le sauver ? Et de quoi ?

– Une fusillade pourrait éclater, vous comprenez. Les super-gendarmes sont sans aucun doute des hommes exceptionnels, aux nerfs d'acier, aux réflexes parfaitement contrôlés, mais n'en étant pas moins hommes, ils pourraient penser fortement à leur collègue de Biarritz, ce père de trois enfants fauché dans l'exercice de ses fonctions, et avoir la détente plus facile. Qu'en pensez-vous ?

– Je vous écoute. Je ne suis pas expert en psychologie gendarmesque.

– Mathilde Calmon aura peur, si vous lui racontez tout ça. De plus, elle voudra arracher son mari des mains de cette salope surgie du passé. Elle n'est pas de marbre, votre intellectuelle, non ?

– Bien sûr, mais je...

– Vous la convaincrez. Elle débarquera au milieu de l'opération, elle récupérera son bonhomme au moment le plus chaud, c'est un risque à courir, et ils partiront presque tranquillement.

– Et si votre plan foire ? Si elle est descendue, par exemple ?

Le commissaire sourit avec satisfaction.

– Alors, elle passera pour une complice de son mari, qui lui avait demandé de le rejoindre pour donner un coup de main à l'évacuation du blessé.

– Comment vont-ils s'enfuir ? Tout le secteur va être bouclé !

– Non. La consigne, c'est le secret. Tous les services sont soumis à un black-out total. La ville est parcourue et investie par des effectifs très réduits, pour ne pas attirer l'attention. Or, en plus, ce soir-là, il y a une quine au bar-trinquet. La quine de l'année, figurez-vous, à laquelle des centaines de personnes vont participer. Des gens vont donc, dès quatre heures du soir, et jusque tard dans la nuit, se balader, entrer, sortir, stationner sur la place, bref, animer quelques heures durant ce trou mortel. Pas question de dresser des barrages de CRS aux alentours : ça mettrait la puce à l'oreille à une population méfiante, et dont les sympathies pour les fuyards, les clandestins, sont fortes. On m'a dit que l'âme basque résidait dans ce trait de caractère. C'est d'une opération chirurgicale, qu'il s'agit. Le mot est d'un des directeurs des RG : encore un qui a trop écouté les consultants militaires de la télé. Ils veulent taper vite, fort, et juste. Donc vous comprendrez que le bouclage sera inexistant, à part à la frontière, parce que nuisible au bon déroulement de l'opération. D'après les experts du GIGN, l'intervention est tellement sûre que vingt de leurs hommes au maximum se trouveront dans Hasparren. Toute la logistique et les transmissions seront dispersées dans un rayon de cinq kilomètres. Voilà l'affaire. Les époux Calmon fuient vers Bordeaux, où nous les interpellerons le lendemain. Vous parlerez à la femme de l'État de droit, de la justice… Alors ? Vous marchez ?

Garcia tritura sa serviette de papier en regardant dehors par la baie vitrée où venaient se déplacer de rares passants. Il revint au commissaire qui lui plantait son regard intense dans le front.

– Si tout se passe bien, je me fais fort de vous livrer Matanzas sur un plateau.

Le visage de l'inspecteur s'anima.

– Comment vous y prendriez-vous ?

– La presse, mon cher. Il suffira que Matanzas y lise qu'il a été repéré à Bordeaux grâce à nos informateurs. Comme il n'a rencontré que deux personnes le connaissant, on peut être sûr qu'il reviendra en discuter avec eux, non ? Il est assez con pour tomber dans ce genre de piège, d'après ce que vous m'avez dit ? Vous pourrez alors agir à votre guise.

Garcia le regardait fixement, à l'évidence absorbé dans ses pensées.

– C'est d'accord, murmura-t-il. Je suis avec vous, fit-il plus fort.

Marquet sourit largement et lui tendit la main pardessus les verres et les tasses de café.

– Je vous félicite, Garcia. Vous êtes un flic intelligent.

19

Angel pleurait. On n'aurait pu dire si c'était de froid, d'effort ou de rage. Il regagna sa voiture, s'empara de l'Ingram, remonta la pente du chemin en courant sur une centaine de mètres puis s'arrêta net, le souffle coupé. Chaque inspiration lui arrachait un gémissement, et il dut se plier en deux pour récupérer un peu. Il regarda le flanc de la montagne décourageant de blancheur éblouissante, et brandit son arme vers la ferme. Il retourna vers sa voiture et y monta. Il manœuvra avec difficulté sur la neige gelée pour rejoindre la chaussée, roula au pas, trouva un autre chemin masqué de la route par un talus, y dissimula la voiture, dont il sortit pour aller se poster derrière un muret et observer la route. Il avait pris avec lui l'Ingram et le tenait sous son blouson, au chaud, comme s'il se fut agi d'un animal. Il avait dans sa poche une flasque d'alcool dont il buvait une gorgée de temps en temps.

Il n'eut pas à attendre longtemps. La femme et son garde du corps passèrent devant lui à l'intérieur d'un 4 x 4 maculé de boue. Il les suivit de très loin, faillit les perdre souvent. Il écoutait une radio espagnole et fredonnait parfois, comme machinalement, des succès internationaux matraqués des deux côtés de la frontière.

À Saint-Jean-Pied-de-Port, il put se rapprocher un peu du tout-terrain cradingue, et se débrouilla pour déplier devant lui une carte du coin. Ils prirent la route d'Esterrençuby, qui ne mène pratiquement nulle part. Angel éclata d'un rire satisfait en le constatant sur la carte.

– Connards de merde, ricana-t-il en montant le son de l'autoradio. Je vous baiserai.

À Esterrençuby, il avisa une sorte d'hôtel-restaurant, plus ou moins fermé à cette époque de l'année, et dut insister pour qu'on lui cède une chambre. La femme qui le reçut expliqua que la grosse affaire du jour était la préparation de la soirée de Noël, que cela lui donnait beaucoup de travail. Elle s'étonnait qu'on pût venir se perdre dans cet endroit avec toute cette neige. À quoi le tueur répondit qu'il n'était pas perdu, qu'il avait tout son temps et serait heureux de profiter du calme qui régnait au village.

– Il ne doit pas passer grand monde sur la route, observa-t-il.

– Vous êtes la deuxième voiture aujourd'hui.

– C'est rassurant, dit-il. Une route qui se perd dans la montagne.

La femme s'esclaffa en lui déclarant qu'il était poète, qu'il en fallait bien.

Angel monta dans sa chambre dès qu'elle fut prête. Il s'amusa à monter et démonter ses armes et fit preuve à ce jeu d'une dextérité qui dut le rasséréner, car lorsqu'il eut fini, il s'endormit tout habillé, un automatique sous l'oreiller.

La route, à peine visible sous la neige accumulée en congères, chevauchait les crêtes désertes. Le 4 x 4 de Garat, bien qu'équipé de chaînes, avait du mal à attaquer les raidillons ou les épingles à cheveux des virages. Emilia et Pierre étaient muets et raides depuis qu'ils avaient laissé derrière eux Saint-Jean-Pied-de-Port, et il était difficile d'établir dans leur attitude recroquevillée la responsabilité exacte du froid. Il faisait grand soleil. Les nuages et le brouillard étaient sous eux. Les vallées demeureraient toute la journée sans doute écrasées de grisaille, figées par le gel, ralenties par l'hiver total. Sans cesse, Emilia se retournait pour s'assurer que Matanzas ne les avait pas suivis. Elle gardait dans sa poche la main sur son pistolet automatique. Pierre avait essayé, en vain, sans trouver vraiment d'argument fort, de la calmer, lui demandant d'abandonner ce recours aux armes à la moindre difficulté. « Un tueur payé par Madrid cherche à nous abattre, et tu appelles ça une difficulté », s'était-elle contentée de répondre.

Ils avaient pris en hâte quelques boîtes de conserves, du café lyophilisé, un réchaud à alcool, des allumettes. De quoi se nourrir et tenter de se réchauffer. La cabane, assurait Emilia, était dotée de sacs de couchage et de bois. Pierre avait trouvé dans un placard de la ferme une bouteille de gnôle entamée, et, l'ayant débouchée, avait décelé un parfum de myrtilles. La bouteille était donc du voyage.

Ils roulèrent pendant trois heures environ, au cours desquelles Emilia avait donné des signes d'incertitude quant à l'endroit où se trouvait la cabane. « Une cabane de bergers en moellons et en tôle. Avec une réserve de bois à droite et les volets verts. Le berger est un copain, je suis venue là cet été. » Comme la route semblait ne mener nulle part, et donnait même parfois l'impression de se dissoudre dans le chaos neigeux, ils durent à plusieurs reprises s'arrêter et consulter sérieusement la carte.

Enfin, les volets verts apparurent. Il leur fallut marcher un bon quart d'heure, enfoncés dans la neige jusqu'aux cuisses, pour parvenir jusqu'au refuge. Le froid vif fit de nouveau saigner la lèvre d'Emilia, et le vent s'acharnait sur les hématomes qu'elle portait au visage. Le niveau de la neige atteignait pratiquement la mi-hauteur de la cabane, et bloquait à la fois la porte et l'unique volet. Pierre dut dégager les issues à l'aide d'une pelle au manche vermoulu qu'il trouva sur le tas de bois. Dès qu'ils purent entrouvrir la porte, Emilia se faufila à l'intérieur et alluma du feu, prépara une sorte de café dans de grands quarts métalliques trouvés sur place, qu'elle corsa avec l'alcool de myrtilles. Quand Pierre pénétra enfin dans l'abri, il se réjouit que la température y fût remontée au-dessus de zéro. Ils burent, assis l'un contre l'autre sur un banc boiteux qu'ils avaient tiré devant le foyer, puis s'occupèrent longtemps à attiser le feu dont l'essentiel de la chaleur, bien sûr, s'évadait par le conduit de cheminée. Ils prirent un plaisir presque muet, peuplé de grognements ou de gémissements d'aise, à remuer les bûches, à fourrager dans les braises. Des flammes dansaient, prises parfois d'envolées bourdonnantes qui secouaient alors des nuées de scories avalées par le gouffre renversé du foyer.

Ils purent même, durant une heure ou deux, retirer leurs anoraks. Pierre retroussa les manches de son pull-over pour jouer un peu plus avec le feu. Puis ils fumèrent des cigarettes en sirotant leur breuvage au café, toujours serrés l'un contre l'autre. Il vint un moment où Emilia appuya sa tête sur le bras de Pierre, l'enlaçant par la taille. Ils demeurèrent absolument immobiles, longtemps, les yeux très brillants, sans doute à cause du feu qui donnait à leur peau des couleurs aux nuances chaudes et changeantes. Ils s'embrassèrent. Pierre avait laissé sa tête basculer du côté de la femme, et plus rien ne s'était opposé à la chose. À pleine bouche. Leurs mains s'égarèrent, leurs souffles devenaient courts. Le craquement terrible d'un bloc de neige qui se détacha du toit les arracha dans un sursaut à leurs retrouvailles. Ils sortirent pour mieux se rendre compte. La neige avait bleui. Le soleil disparaissait derrière les sommets d'où la nuit semblait glisser déjà doucement vers la cabane. Emilia frissonna et déclara qu'elle avait faim. Ils préparèrent leur repas dans des gamelles en aluminium cabossées en les posant sur la braise. Le froid leur tomba sur les épaules d'un coup, et le feu qui leva, quand ils l'eurent ranimé, ne changea rien à l'engourdissement qui s'accrochait à leurs gestes. Le cassoulet en boîte, le pâté de composition douteuse furent ingurgités sans commentaire. Pour pousser l'ensemble, Pierre but plusieurs gorgées de gnôle. De longues gorgées dont la brûlure le fit grimacer. Après quoi il installa le couchage. Il étendit des matelas de mousse sur deux claies de bois, y déplia des duvets de montagne dont la violente odeur de moisi satura l'air aussitôt. Il agissait avec des gestes brusques pour effrayer le froid comme on éloigne de mauvais oiseaux. Il était maladroit, bruyant, et de la poussière de terre et de cendre mélangées se soulevait à chacun de ses mouvements. Emilia, qui le regardait faire sans bouger de son banc, recroquevillée et parcourue de frissons, lui demanda s'il n'avait pas trop bu. Comme il lui tournait le dos, courbé sur leurs lits, il répondit qu'à part se saouler, il ne voyait pas très bien quoi faire, une fois qu'on était rendu au bout du monde.

– Et c'est pour cette merde que tu veux l'indépendance, ajouta-t-il.

– Ne sois pas con, répondit Emilia. Le bout du monde n'existe pas. C'est pourquoi ils ne nous acculeront jamais nulle part.

Elle s'enfonça davantage dans son anorak, col relevé, et gardait les jambes serrées, ses mains jointes au chaud entre ses cuisses.

– Ils ont lâché leurs tueurs, continua Emilia. Tu vois bien de quoi ils sont capables. Ils utilisent tous les moyens. Sais-tu qu'en prison on impose aux camarades l'isolement total pour les briser ?

Pierre ne répondit pas. Il avait trouvé une lampe au carbure et s'efforçait de l'allumer. Une clarté précaire jeta quelques ombres sur les murs de la cabane. Dans le silence qui s'installa entre eux, le vent en profita pour courir sur les pentes, sur le toit, en faisant craquer la neige.

– La lutte armée est une connerie sous nos latitudes. Elle ne sert qu'à occuper quelques flics supplémentaires. Faudra que tu m'expliques l'efficacité politique d'une voiture piégée qui pète sur un parking de supermarché en faisant vingt morts.

Il s'interrompit et la regarda en se frottant les mains.

– De quoi on parle, putain de merde ? reprit-il. Il fait à peine deux ou trois degrés au-dessus de zéro, on est paumés dans la neige comme des trappeurs, et on cause lutte armée. Dis-moi que je rêve. Si Che Guevara nous voyait, il ferait une crise d'asthme, le malheureux. Et il attraperait la crève en prime. Dans ce pays, pas besoin d'armée bolivienne.

Pierre revint vers la cheminée où il jeta une bûche. Les flammes furent longues à venir mordre au bois dont l'écorce éclata. L'homme annonça qu'il se couchait, et entreprit d'ôter ses chaussures et son pantalon, ainsi que son anorak.

– Fais comme moi, et plie tes vêtements dans une poche, ça évitera qu'ils prennent l'humidité. C'est très mauvais de dormir tout habillé.

Il se coucha. Emilia l'imita après avoir fumé une cigarette. Mais elle garda pour dormir tous ses vêtements, à l'exception de l'anorak. Quand elle eut éteint la lampe, et que leur seul éclairage fut le feu agonisant, la nuit s'imposa tout à fait et les maintint immobiles. Dehors, le vent bousculait la cabane à coups d'épaule, avec des plaintes d'effort.

– Le vent, murmura Emilia.

– Oui, le vent. Tu as peur ?

– Oui. Comme quand j'étais petite.

20

Une lumière crue et verticale tombait des cintres sur les comédiens assis sur l'épais tapis de corde qui tenait lieu de plateau. Simon, le metteur en scène, installé au troisième rang dans les gradins, faisait courir sur la troupe un regard fiévreux. Chacun baissait le nez, comme accablé par l'éclairage.

– Parce qu'on peut renoncer, si c'est ce que vous voulez, dit-il avec des couteaux dans la voix. On travaille une tragédie grecque, pas une exposition de statues, vous êtes au courant ?

Il se dressa, les yeux à moitié révulsés, les bras collés au corps.

– Voilà à quoi vous ressemblez, tous. Voilà. Repartez dormir chez vous, si c'est tout ce que vous êtes capables de faire, merde.

Il se rassit devant sa petite table de travail et referma trois gros cahiers couverts de schémas et d'indications multicolores.

– Laurent ! appela-t-il vers les cintres. Éteins-moi tout ce bordel, ils veulent dormir !

Les comédiens s'étaient tous levés et regardèrent la salle se rallumer, les projecteurs mourir un à un.

– Bonne nuit ! déclama l'homme de théâtre en partant.

Mathilde échangeait quelques mots avec la fille qui tenait le rôle d'Antigone. Comme l'autre lui parlait en accompagnant ses mots de gestes amples, elle n'écouta plus, soudain, les yeux rivés à l'autre bout de la salle, du côté des coulisses.

L'inspecteur Garcia s'avança sur le plateau. Mathilde murmura un « bonsoir » pressé à sa camarade et marcha à la rencontre du policier qui regardait autour de lui d'un air impressionné. Ils se serrèrent la main hâtivement.

– C'est la première fois que je mets les pieds sur une scène, expliqua Garcia.

Mathilde demeurait impassible, un peu raide.

– En quelques jours, vous avez découvert qu'on peut posséder plus de trois livres, et vous avez connu l'émotion d'un plateau de théâtre. Vous finirez par devenir fréquentable !

Garcia regardait les autres membres de la troupe s'éloigner. Ils étaient tous avalés par les portes qui battaient sur eux sans bruit. Mathilde et lui se trouvèrent bientôt dans un silence absolu.

– Quel silence ! dit Garcia. C'est lourd !

Mathilde fit quelques pas, lui tournant le dos.

– C'est le silence du théâtre, répondit-elle. Il demande à être peuplé. Mais votre voix à vous l'envahit. Le profane. Allons parler ailleurs qu'ici. Tenez. Dans les gradins.

Elle descendit du plateau d'un petit bond et gravit lentement les degrés d'une allée qui séparait deux séries de sièges-coquilles bleus. Un grincement de porte résonna, qui fit se retourner le policier.

– Le régisseur ne part pas avant minuit, expliqua Mathilde.

Ils s'installèrent l'un à côté de l'autre et contemplèrent un court instant la scène vide. Garcia fouilla dans ses poches comme pour en sortir quelque chose, puis reposa ses mains sur ses genoux en les croisant, ses doigts agités parfois de mouvements inutiles.

– Je suis passé chez vous, commença-t-il. Comme je ne vous ai pas trouvée, j'ai pensé que vous étiez ici. C'est un peu étonnant, non ? Jouer un rôle alors que...

– Pour vous peut-être, dit Mathilde en haussant les épaules.

– Cela signifie sans doute que vous savez où se trouve votre mari et ce qu'il fait... Vous êtes donc rassurée.

Mathilde montra d'un geste vague la scène qu'ils dominaient.

– Quand je suis là-dessus, je ne pense à rien d'autre qu'à mon rôle.

– On dit que les comédiens se dédoublent. Ce serait vrai ? Même dans votre cas avec le souci de votre mari qui risque sa peau pour des conneries ?

Mathilde eut un rire nerveux.

– Surtout dans mon cas.

– Je ne comprends pas.

– Ne cherchez pas à comprendre. Ce serait une attitude inédite de la part d'un flic.

Garcia se tourna vers elle et la considéra avec un rictus d'agacement.

– De quoi ça parle, *Antigone* ?

– De la raison d'État, en gros.

– En gros ?

– Oui. Les subtilités vous échapperaient sans doute. Et puis ce serait un peu long à expliquer.

Le policier fouilla de nouveau dans ses poches et en extirpa en se contorsionnant un paquet de cigarettes et un briquet. Il tendit le paquet à Mathilde. Elle se servit et laissa l'homme aux prises avec la molette qui produisit une flamme bleue vacillante. Elle le remercia dans un souffle.

– Je suis venu pour vous aider à revoir Pierre vivant, dit Garcia quand il eut allumé sa cigarette.

Mathilde sursauta.

– Pierre ?

– Oui, c'est ainsi qu'on le nomme, non ?

– Bien sûr, mais...

– C'est vous, Antigone ?

– Non. Je joue sa sœur. Ismène. Celle qui hésite.

Garcia acquiesça en silence. Il fuma sans plus rien dire pendant une minute ou deux, puis déclara que c'était beau et impressionnant, un théâtre vide.

– Qu'aviez-vous à me dire ? demanda Mathilde. Qu'on en finisse.

– Un piège a été tendu à... votre mari. Surtout à celle qui est avec lui, en fait. On sait quel jour et à peu près à quelle heure ils iront récupérer le blessé chez un médecin d'Hasparren. Le SRPJ est chargé de coordonner l'opération en liaison avec le GIGN. On les attendra, on les prendra, même si pour l'instant on ne sait pas où ils se trouvent.

Il s'interrompit brusquement pour écraser le mégot de sa cigarette.

– Je vous écoute, fit Mathilde sans le regarder.

– Nous avons tout lieu de penser qu'Emilia Ochoa ne se laissera pas prendre sans résistance, et qu'alors, sa vie et celle de votre mari sont en danger. Les gendarmes ont perdu l'un des leurs à Biarritz, ne l'oubliez pas.

Ça risque de tourner à l'exécution sommaire, vous comprenez ?

– Franchement, je ne vois pas vraiment où vous voulez en venir.

– Nous avons besoin de vous pour faire foirer le plan du GIGN. On vous donne le lieu de rendez-vous, l'heure, vous attendez, et vous intervenez dès qu'ils arrivent. Vous jouerez le rôle du grain de sable.

– Ça se piétine, un grain de sable. C'est même fait pour ça.

– Vous manquez singulièrement d'imagination, pour quelqu'un d'aussi intelligent. Un grain de sable dans une mécanique aussi précise que ce genre d'intervention en devient la pièce maîtresse.

Mathilde se leva brusquement et descendit dans la travée.

– J'en ai assez entendu. Pierre, de toute façon, ne se laissera jamais entraîner dans ce genre d'affaire. Ce n'est pas possible.

Garcia la rattrapa en quelques enjambées, et la saisit par le bras. Leurs visages se touchaient presque. Mathilde regardait le policier d'un air effrayé.

– Qu'est-ce qu'il est en train de foutre, selon vous ? Quelles sont les motivations d'un ancien gauchiste qui aide tout d'un coup un groupe terroriste ? Il est déjà sous le coup des lois antiterroristes, et il sera inculpé, si on le récupère en vie. Alors à vous de choisir : un cadavre libre, ou un mari vivant grâce à vous qui rendra des comptes à la justice et pourra plaider le moment d'égarement, le romantisme révolutionnaire, ne vous déplaise, ou la nostalgie des amours passées, et qui pourra donc s'en sortir à peu près en quelques années. À moins que vous ne préfériez pleurer sa mort le reste de vos jours en enfilant la défroque douteuse des martyres et des veuves masochistes… Ça fera très chic parmi vos copains. Très tragique, surtout. Qui sait ? L'un de ces connards écrira une pièce sur votre histoire, et vous fera jouer le rôle principal, celui de la pleureuse hystérique ? C'est comme vous voulez. Vous savez où me joindre. Vous avez jusqu'à demain dix-huit heures pour vous décider.

Il acheva de descendre les gradins et se retourna vers Mathilde, essoufflé, il la regarda pendant une seconde les bras ballants, puis marcha rapidement vers une issue de secours où il disparut dans un claquement de fer.

Mathilde marcha lentement jusqu'à la scène. Elle y monta en empruntant un plan incliné qui craqua un peu sous ses pas, et se plaça au centre exact du plateau. Elle regarda fixement les gradins, l'alignement bleu roi des sièges vides, le quadrillage des travées. Des larmes coulèrent sur ses joues ; nombreuses, elles dégouttaient de son menton. Son visage demeurait impassible. Ses yeux grands ouverts continuaient de parcourir l'alignement des places avec entêtement, comme si elle cherchait quelqu'un qui aurait dû s'y trouver. Elle essuya son visage, renifla bruyamment, envoya sa tête en arrière avec énergie, mais ne bougea pas.

Une voix résonna, qui la fit tressaillir, lui demandant si tout allait bien. Elle répondit que oui, qu'elle allait partir. Comme elle se dirigeait vers la coulisse, les larmes coulaient encore. En sortant de scène, elle ébaucha le mouvement de se retourner, puis courut jusqu'aux loges avec une sorte de gémissement d'animal.

Dehors, le froid la fit instinctivement se recroqueviller sur elle-même. La neige, par plaques qui gisaient au pied des murs et s'étendaient parfois en traînées sournoises, lui tendait des crocs-en-jambe sales et durcis par le gel. Elle rejoignit sa voiture lentement. Quand elle se fut mise au volant, elle prit dans la boîte à gants un mouchoir de papier dont elle essuya son visage. Elle alluma l'autoradio pendant qu'elle manœuvrait. Un concerto de Mozart essaya de s'imposer sur le bruit du moteur durant un court moment, puis Mathilde éteignit le poste d'un geste presque brutal.

Elle roula jusqu'à l'Écran Noir, parvint à se garer non loin de là. Il n'y avait pas grand monde. Billie Holiday s'enrouait en sourdine. Au fond de la salle, trois types jouaient au billard en éclusant d'imposantes chopes de bière. Le barman reconnut Mathilde et la salua. Elle commanda un whisky irlandais en s'installant au bar.

– Vous êtes seule ? s'inquiéta le barman.

– Vous êtes drôlement observateur, fit-elle. Ça se voit tant que ça ?

– Non, je dis ça parce que d'habitude, vous...

– Faut flinguer les habitudes, surtout quand elles sont bonnes.

– C'est sûr, acquiesça le barman à tout hasard.

Mathilde jeta un coup d'œil à la salle. Une petite dizaine de personnes, agglomérées par paires ou trios autour des tables, discutaient doucement ou suintaient d'ennui. Les joueurs de billard ne s'exprimaient que par des éclats de voix qui interrompaient parfois le moutonnement sourd des conversations. Mathilde les regarda faire un moment : pieusement penchés sur le plateau vert, ostensiblement concentrés dans leur chorégraphie précipitée ou excessivement lente, selon les moments, autour du jeu, ils semblaient étudier davantage les effets du spectacle qu'ils croyaient donner que l'efficacité de leurs coups, souvent hasardeux, qui provoquaient des carambolages intempestifs. Ils ricanaient des échecs des autres, ou se félicitaient en connaisseurs, une moue admirative aux lèvres, masqués d'un fair-play tendu.

Mathilde revint à son whisky qu'elle termina en deux gorgées pénibles. Elle en commanda un autre au barman qui souriait à la partie de billard tout en essuyant des verres. La cigarette qu'elle alluma, une américaine puissante et sucrée, la fit grimacer légèrement, puis fermer les yeux, comme si elle était soudain prise d'un vertige. Elle avala coup sur coup trois gorgées de whisky les yeux rivés au miroir qui tapissait le mur derrière le comptoir. Elle souriait à l'alignement de bouteilles qui scintillait en face d'elle quand une voix l'arracha à son ravissement.

– Salut, Mathilde.

Elle se retourna vivement vers l'homme qui se tenait près d'elle. C'était un des joueurs de billard. Il attendait d'être servi et la fixait en souriant.

– On se connaît ?

– Un peu. Mars-avril 73 à la fac. Le comité lettres. C'était plutôt sympa, entre nous deux.

Elle but, sans quitter l'homme des yeux.

– Quelle mémoire ! ironisa-t-elle. Décidément...

– Quelle capacité d'oubli ! rétorqua le type. Tu ne te rappelles vraiment pas ? Gilles Lacoste.

– La barbe, fit Mathilde. Tu avais la barbe et des cheveux, enfin davantage, c'est ça ?

Il passa une main précautionneuse sur ses sommets dégarnis.

– Exact. En dix-sept ans, ça déboise. Comme en Amazonie.

Il sourit de sa plaisanterie. Il semblait assez content de lui, généralement.

– Mais toi, reprit-il comme elle ne disait rien, je t'ai reconnue tout de suite. C'est vrai que t'as pas eu besoin de te raser.

Un ange passa entre eux qui avait la voix d'Aretha Franklin.

– Et tu fais quoi dans la vie ? demanda l'homme.

– Je bois du whisky et j'écoute de la musique, à l'instar de ma génération.

– Aretha Franklin, huma-t-il dans l'air. C'est bien. Super voix.

Ses deux compères l'interpellèrent. Il sourit d'un air gêné à Mathilde et s'éloigna vers eux, un verre de bière dans chaque main. Le barman avait entrepris une fille et jouait serré, sous une grosse lampe-bouteille aux armes d'un alcool fort. Le dénommé Lacoste revint au comptoir et s'y accouda.

– Moi, je bosse dans la vidéo pour l'Éducation Nationale, reprit-il. La planque !

Il souriait, un peu hésitant, il parlait doucement, sans affectation. Il avait de longs cils noirs.

– Gilles Lacoste... fit Mathilde en le regardant intensément. Tu étais avec Andrée, à l'époque, non ?

– Je vois que la mémoire te revient, dit l'homme qui s'était un peu crispé. On s'est même mariés, et on a eu deux gosses. Encore des enfants de divorcés...

– Allons bon, murmura Mathilde.

– Et toi ?

– Moi, j'ai des amants. Des beaux et des moches. Des gras et des musclés. Le choix est difficile. Mon préféré vient de partir avec une gueuse.

Elle pouffa de rire et vida son verre.

– Tu es saoule ?

– Bien sûr. Sans quoi, je me demande comment j'aurais la force de discuter avec toi, surtout pour te raconter des bêtises. Si on allait chez toi, plutôt ? Parce que si je reste ici, je sens que je vais devenir désagréable.

– T'es bourrée... T'es sûre que...

– Sûre de quoi ? D'avoir bu ? Ça oui !

Elle eut un petit rire et embrassa l'homme sur la joue.

Il se débarrassa facilement de ses compagnons et de leurs protestations. Mathilde et lui sortirent accompagnés de leurs rires lourds de sous-entendus. Elle prit Lacoste par le bras et se serra un peu contre lui, à cause d'un petit vent froid qui rôdait dans la rue. Il habitait à quelques rues seulement dans ce vieux quartier des Chartrons au-dessus d'un ancien chai qui se signalait encore par des relents fossiles de barrique humide et de vinasse.

Lacoste fit de la lumière aussitôt en entrant. Éclairages jaunes et orangés. Aquarium d'azur. Mathilde considéra les yeux ronds le spectacle son et lumière, figée à côté du portemanteau, dans le petit hall qui servait d'entrée, séparé du reste de l'appartement par des plantes vertes. La musique du

Grand Bleu laissait les poissons bariolés totalement indifférents mener leur vie d'ondulations légères.

Mathilde fit quelques pas en direction de l'aquarium.

– On se croirait dans un sous-marin, fit-elle.

Elle tapota de l'ongle la paroi de verre. Une créature transparente, de deux ou trois centimètres de long, fixait sur elle les billes infimes de son regard en agitant ses nageoires pectorales comme des ailes de mouche. Brusquement, la bestiole disparut sous un rocher, d'où surgit un poisson bleu et rosé qui remonta la gueule ouverte vers la surface.

– Ça, c'est un...

– Laisse, coupa Mathilde. Ils sont très bien comme ça.

Lacoste avait posé une main sur son épaule pour appuyer sa tentative d'explication. Il la retira aussitôt.

– Sers-moi à boire, demanda Mathilde.

L'homme s'empressa, revint avec un ballon de cognac. Elle flaira l'alcool pendant qu'ils se dirigeaient vers une sorte de canapé, ou de banquette, plutôt informe et mou.

– On se déshabille ? proposa Lacoste.

Elle se blottit contre lui, l'embrassa dans le cou, puis s'assit dans l'assemblage de coussins profonds.

– Toi d'abord, murmura-t-elle.

Il avala un peu de cognac et posa son verre sur une table basse.

– Pourquoi pas ? dit-il.

Il se dévêtit sans cérémonie. Bientôt apparurent le torse efflanqué, le ventre bombé, que semblait soutenir le sexe au garde-à-vous.

Il s'approcha d'elle.

– J'ai commencé, j'ai droit à une faveur, dit-il en attirant vers lui la tête de Mathilde.

Elle se leva brusquement, s'éloigna vers l'aquarium. Le poisson transparent la regardait de nouveau.

– Qu'est-ce qui se passe ? On ne joue plus ?

– Je ne joue pas, répondit-elle dans un souffle, sans quitter des yeux le petit animal cristallin.

Puis elle se retourna vers l'homme. Toute raideur abolie, son corps paraissait encore plus affaissé.

– Excuse-moi, bredouilla-t-elle.

Elle fit claquer la porte derrière elle. Elle descendit tant bien que mal, titubante, l'escalier aux marches irrégulières.

Le froid qui bloquait tout et l'avait saisie ne cesserait jamais. Il pesait sur la ville plus lourd qu'une menace d'orage l'été. Mathilde conduisit avec des gestes raides et manipula avec agacement les commandes du chauffage. Elle rentra finalement sans s'être réchauffée, et se coucha tout habillée sans même se déchausser.

21

– Voilà. Vous voyez, ce n'est pas compliqué. Surtout, suivez scrupuleusement l'itinéraire de fuite. Il sera libre autour d'Hasparren pendant un quart d'heure. On ne peut pas faire plus.

Garcia s'interrompit et essaya de sourire. Le regard de Mathilde hésitait sur lui, puis se perdait dans la glace à laquelle il tournait le dos.

– Je... Je vous laisse la carte. Vous en aurez besoin.

Mathilde manipulait une cuillère à café qu'elle passait dans l'anse de la tasse vide posée devant elle.

– Vous n'avez pas confiance, n'est-ce pas ? demanda le policier.

Le serveur vint encaisser le prix de leurs consommations.

Mathilde insista pour payer.

– Ne soyez pas vieux jeu, en plus. J'aurais trop de mal à vous croire vraiment galant.

– Regardez tous ces gens, Madame Calmon. Regardez-les.

Dans le café, des gens parlaient, jouaient au flipper ; des garçons et des filles, non loin d'eux, démolissaient méthodiquement leur prof de philo en fumant beaucoup, en prenant des poses. Un poste de télévision diffusait un clip vidéo où il était question pour une blonde bouche entrouverte sur la peau d'un mâle qui ondulait au-dessus d'elle, de « justify my love ». Un vieux type assistait à la pâmoison en noir et blanc d'un air médusé.

– Ils vivent, reprit Garcia. Ils respirent. Sans se demander pour quoi, ni pour qui. Un souffle après l'autre leur suffit pour se ravitailler en oxygène. Ils mangeront tout à l'heure et déclencheront la chimie vitale de leur digestion. Ils marcheront, sentiront la pluie sur eux, contents que le froid cesse. Ils regarderont les conneries de la télé : une émission de variétés présentée par un gendre idéal, un peu niais mais si propre sur lui, et qui distribuera des chèques et des cadeaux à une mémère du Gers ou du Vaucluse. Ou bien ils se taperont un polar américain... Ils verront une ou deux bagnoles exploser au terme d'une poursuite, et ils partiront se coucher sans se laver les dents. La vie, Madame Calmon. On n'a que ça, on sait où ça nous mène, et on y tient vachement. Alors la trahison, les flics, les militants et leurs idéaux bouleversants, tout ça c'est du pipeau pour s'amuser l'esprit en attendant de crever. Mais le plus tard possible. C'est tout ce que je vous propose : une chance de continuer d'exister à petits pas ailleurs qu'en enfer. Parce qu'une fois que votre mari sera mort, tout ce que je viens de vous dire tournera dans votre esprit jour et nuit et aucun curé ne pourra rien contre ces démons-là. Il n'y a rien de pire que la mort qu'on aurait pu éviter.

Il se tut de nouveau pour la regarder.

– Ça va, dit-elle. Ne vous fatiguez pas. Je connais le truc : vivons cachés pour vivre heureux. Le bonheur des taupes. Gardez donc votre philosophie à la petite semaine pour votre commissariat.

Le policier se leva et enfila son imperméable.

– Ma philosophie, comme vous dites, en vaut bien d'autres. Et puis ma vie, votre vie, est une succession accablante de petites semaines.

Il sortit du café, elle le vit par la vitre disparaître dans la foule. Elle se leva à son tour et demeura près de sa chaise en regardant les autres consommateurs d'un air absent. Un des lycéens abandonna le procès de Socrate et leva les yeux vers elle. Il portait les cheveux très courts, presque coupés en brosse, et quelques boutons d'acné rougissaient aux ailes de son nez. Elle le fixa pendant quelques secondes et il détourna le regard en enfonçant les mains dans son blouson de cuir pour se donner une contenance.

Quand elle atteignit la porte du bar, une sirène d'alarme jaillit d'un jeu vidéo sur lequel s'acharnaient deux hommes jeunes qui injurièrent la machine. Mathilde s'était retournée vers eux d'un bond, puis haussa les épaules. Dehors, le redoux était bien là, et tombait en pluie fine sur la ville. La foule était au rendez-vous, soudain ragaillardie, comme un peuple d'escargots, et se pressait dans les rues pour refermer la parenthèse glacée. Mathilde évita les rues piétonnières autant qu'elle le put et récupéra sa voiture au parking de Mériadeck. Elle longea, tout près du quartier de béton censé annoncer l'an 2000, des pâtés de maisons vieilles aux murs noircis, aux volets écaillés. Des gouttières s'écoulaient avec des bruits de gorge. Mathilde dut louvoyer entre des sacs-poubelle et des voitures mal garées sur les trottoirs en pente. Par une fenêtre entrouverte, derrière une jardinière où végétait quelque plante grasse, elle aperçut une vieille femme dans sa cuisine, attablée, les mains posées à plat sur une toile cirée, devant un poste de télévision bruyant. Un abat-jour crasseux diffusait de la lumière jaune au-dessus de sa tête coiffée d'un chignon gris. Mathilde ralentit, s'arrêta presque. Des placards de formica marron étaient fixés au mur. Une antique horloge aux ornements baroques laissait son balancier battre malgré l'absence d'aiguilles sur le cadran. La vieille femme se retourna brusquement vers la fenêtre. Elle ne parut ni surprise ni effrayée de voir Mathilde, qui s'était tout à fait figée sur le trottoir. La bouche de la vieille n'était qu'un trou plissé, rétrécie sur des gencives sans dents.

Elle se leva avec une lenteur infinie sans quitter Mathilde des yeux, et s'approcha de la croisée. Mathilde bredouilla une excuse au regard cerné, charbonneux, qui se rivait dans le sien. Elle avait déjà fait une vingtaine de mètres quand la fenêtre fut fermée avec violence dans un vacarme de carreaux mal joints.

Elle rentra chez elle sans détour. Elle dîna d'un reste de rôti qu'elle noya sous de la mayonnaise en tube, puis fut prise de nausées qui la laissèrent longtemps sans force au-dessus de la cuvette. Elle traîna des pieds ensuite vers le salon où elle mit un disque. C'était un *Greatest Hits* des Doors, et elle s'endormit là, au moment où « Roadhouse Blues » se terminait. Depuis quatre jours elle n'avait pas dormi dans son lit, et le lendemain elle se réveillerait encore engourdie comme après une nuit blanche, étonnée de se trouver là, tout habillée, la bouche pâteuse et la tête lourde de migraine.

22

Ce jour-là, la brume ne leur laissa aucune chance de soleil. Aucune clarté ne leur parvint, en dehors de cette pâte qui semblait mêler brouillard et neige. Ils firent de grands feux qui enragèrent en grondant dans l'entonnoir étroit de la cheminée. Ils parlèrent encore de ce qui les opposait, mais sans aucune passion. Ils se contentèrent en fait de superposer leurs monologues. Ils ne prononcèrent pas un mot sur ce qui les réunissait là, dans le froid, la brume, réfugiés dans une cabane que la montagne menaçait d'avaler à tout moment dans sa vaste gueule blanche. Vers midi, ayant trouvé une vieille paire de raquettes, Pierre profita de ce que le brouillard s'était levé à dix mètres au-dessus du sol pour marcher un peu dans la neige. Il surprit un couple de choucas qui s'envolèrent en criant, à quelques mètres de lui, et il resta un long moment immobile à écouter leurs cris indignés se perdre dans les nuages bas. Il revint vers la cabane au bout d'une heure, épuisé par sa randonnée, et but encore de la gnôle, dans un quart, qu'il coupa d'une poignée de neige. Ils déjeunèrent de sardines à l'huile et de raviolis. Pierre but le jus gras qui stagnait au fond des boîtes, en expliquant que les Esquimaux résistaient ainsi au froid. Après le café, à l'heure des cigarettes, Emilia rappela que c'était pour ce soir. Elle se mit alors à démonter ses armes : deux pistolets identiques dont elle graissa les mécanismes. Elle actionna des ressorts, des gâchettes, avec une assurance de technicien. Elle vida les chargeurs de leurs projectiles et les garnit de nouveau, lentement, avec un soin extrême. Pierre la regardait agir tout en fumant, et en buvant de leur café infect qu'il saturait de sucre. La femme l'ignora pendant tout le temps où elle s'affaira sur les armes. Il essayait de capter son regard, se raclait la gorge pour qu'elle détourne son visage de sa tâche de plomb, mais en vain.

– On refait un peu de feu pour se réchauffer la couenne, et on y va, dit-elle quand elle eut achevé son bricolage.

Mais le feu hésita autour d'une bûche sans doute humide, tenta de les enfumer, les prit à la gorge en leur arrachant une toux qui les poussa dehors pour reprendre leur souffle, et ils rentrèrent pour l'étouffer avec rage comme on tue un animal nuisible.

Plus bas dans la vallée, le dégel creusait déjà ses ruisseaux noirs le long de la route où Pierre engagea le 4 x 4. La nuit venait, étrangement douce, tout autour d'eux. Emilia fumait, et avait entrouvert la vitre qui laissait entrer des bouffées d'air humide dans l'habitacle. Elle demanda à Pierre s'il avait froid, elle posa sur son bras une main qui se voulait rassurante. Sans la regarder, trop occupé à éviter les plaques de neige fondante qui parsemaient encore la chaussée, il répondit qu'il était en sueur. Ils descendirent lentement, d'un chaos l'autre, louvoyant entre les ornières, la petite route qui suivait au plus près ce versant de montagne couvert par la forêt. Ils passaient parfois sous de gros bouquets d'arbres penchés par-dessus des rochers qui s'égouttaient bruyamment sur la carrosserie, et l'eau, tassée en flaques sur le pare-brise, tremblotait longtemps avant de couler sur les côtés ou vers le bas de la vitre droite, pourtant presque verticale.

Pierre, avant de quitter la cabane, avait évoqué la possibilité d'un piège. Emilia lui avait répondu doucement, le regardant avec un demi-sourire, qu'il pouvait repartir, rentrer chez lui, que rien ne l'obligeait à rester. Piège ou pas, avait-elle ajouté, c'était terminé.

Il ne comprit pas ce qu'elle voulait dire, elle refusa de s'expliquer d'un geste de la main tout en étouffant le feu sous une poignée de neige. Ils ne parlèrent plus de ce sujet, et s'étaient contentés de ranger leurs maigres bagages à l'arrière du véhicule. Emilia s'était occupée des armes ; elle avait placé dans les crosses des chargeurs neufs, dissimulé dans ses poches deux grenades quadrillées pendant que Pierre s'affairait à l'intérieur de la cabane. Il donnait un coup de balai rapide, repliait les matelas de mousse dans leurs sacs de plastique, à cause de l'humidité, puis les casa dans de méchants placards installés en hauteur, à l'abri des rats.

À leur gauche, la Nive imposait son caprice à la route. Au détour d'un virage, ils la devinaient, en trouées sombres, qui s'engouffrait sous des ponts de neige. Quand ils traversèrent Esterrençuby, un arbre de Noël illuminé, une maigre guirlande d'ampoules colorées tendue au-dessus de la route, les fenêtres lumineuses d'un restaurant où scintillaient des cheveux d'ange firent s'interroger Pierre sur la date, le 26 ou le 27 décembre. Le 27, supposa Emilia. Le mardi 27, lui confirma sa montre. Comme ils descendaient sur Saint-Jean-Pied-de-Port, la neige devenait plus rare à chaque tournant : elle s'accrochait encore en langues tapies dans les creux, survivante traquée par le redoux, et abandonnait le terrain à l'humidité grisâtre. Saint-Jean pavoisait. Les rues grouillaient de silhouettes rapides découpées net sur les vitrines de fêtes. « Regarde-les », fit Emilia avec ironie. Pierre regarda. Les lumières des autres brillèrent un court instant dans ses yeux.

Plus bas encore, sur la route large au tracé souple, les phares de la voiture ne leur montrèrent rien que du bitume luisant, des virages tachés de blanc, zébrés de marques fluorescentes, des signaux triangulaires qui fuyaient à leur approche pour disparaître derrière eux. Puis à la sortie d'une courbe, ils tressaillirent en même temps : des gyrophares, des feux clignotants perçaient l'obscurité, à deux ou trois cents mètres d'eux. Emilia chercha autour d'elle un chemin par où éviter le barrage, et prit dans sa poche un pistolet qu'elle cala entre ses jambes. Pierre ralentit, prit sa place dans la file de voitures arrêtées. Emilia arma le pistolet.

– Qu'est-ce que tu fais ? demanda Pierre. À quoi ça servira ?

Elle lui ordonna de se taire et d'avancer, puisque la circulation avait repris au pas.

– Ils ont l'air nombreux, observa Pierre.

Emilia se pencha par la vitre baissée, et réintégra rapidement l'intérieur de la voiture en rangeant son pistolet.

– Je préfère ça, dit-elle.

– Quoi ?

– C'est un accident. Il y a un fourgon de gendarmerie et deux ambulances.

– Je te propose de remercier les blessés et les agonisants au passage, au nom de la cause. Qu'en penses-tu ? Ils devraient être sensibles à ce genre de discours, non ? Si c'est bon pour nous c'est bon pour eux, pas vrai ?

Sa voix tremblait. Il baissa sa vitre et inspira profondément l'air chargé d'humidité qui se rua à l'intérieur du véhicule.

– Tu peux descendre pour aider à les évacuer, si tu veux, répliqua Emilia. Tu te feras raccompagner par la flicaille jusqu'à Bayonne. Tu m'excuseras, j'ai pas le temps de t'y déposer.

Ils passèrent tout près des voitures accidentées. Une forme sous une couverture gisait sur la chaussée, à l'écart, comme laissée à l'abandon. Au moment où ils ralentirent encore pour permettre l'arrivée d'un fourgon de secours, un pompier éclaira de sa lampe-torche l'intérieur d'une des voitures dont l'avant n'existait plus : une femme, la tête renversée sur le dossier de son siège, était assise, la bouche ouverte. Du sang avait coulé de son front enfoncé, jusque dans son cou. Emilia détourna les yeux. La file était bloquée, et le pompier continuait de fouiller l'intérieur du véhicule sinistré du faisceau de sa lampe strié de traits de lumière par l'averse qui redoublait. On l'entendit crier « Regardez ! ». Un petit garçon se dressa alors de derrière le siège de la morte, et pressa son visage à la vitre.

Ils redémarrèrent. L'air et la pluie leur giflèrent le visage. Emilia s'était penchée en avant, la figure dans les mains. Elle dit qu'elle ne pouvait pas savoir. Elle demanda quel âge pouvait avoir le petit garçon. Pierre répondit six ou sept ans, il ne savait pas. « Mon Dieu », fit Emilia. Elle se mit à parler d'une voix monocorde. Son fils aurait eu le même âge, à peu près. Mais les coups de pied reçus dans un bureau de la Guardia Civil à Bilbao en avaient décidé autrement. Elle était restée en garde à vue quarante-huit heures avec son bébé mort dans le ventre, et les flics, en constatant l'hémorragie, la perte des eaux, la fièvre, avaient décidé de l'évacuer dans un hôpital. La démocratie espagnole ne pouvait se permettre de laisser mourir des gens dans les commissariats, surtout une femme enceinte.

– Ils appellent ça les nouvelles mœurs politiques qui effaceront peu à peu les traces de la dictature. À l'hôpital, ils m'ont enlevé mon petit mort, et un ovaire. Un toubib m'a dit que j'avais de la chance… Il y a un an, on a gardé la fille de Jon, qui venait d'être arrêté par les Français. J'ai passé avec elle l'été à Saint-Jean-de-Luz en attendant que sa mère trouve du travail. Il faisait chaud. On allait se baigner tous les jours, elle était bronzée comme une petite mauresque, et avait tout le temps des fringales de sardines grillées. Tomas venait nous voir de temps en temps, par le train, depuis Madrid. Quand il était là, elle ne le quittait plus. Ils jouaient au foot tous les deux dans le jardin. Un soir, elle s'était endormie dans un hamac, à côté de nous. Et on s'est retrouvés comme deux cons, Tomas et moi. Deux cons de militants qui ne trouvions rien à nous dire. On a commencé à s'embrasser et on a fait l'amour dans l'herbe, là, à quelques mètres de la petite.

– Pourquoi tu me racontes tout ça ?

– Parce que nous non plus, on n'a pas trouvé grand-chose à se dire.

Ils se turent brusquement. Un panneau annonçait Hasparren à cinq kilomètres.

– On va faire le tour du village, dit Emilia. Tu prendras à droite bientôt.

– Et la petite, tu l'as revue ?

– Non. Pilar est venue la chercher à la fin du mois d'août. Elles sont à Barcelone, maintenant. Jon, lui, est à Carabanchel. Il a pris quarante ans de prison.

Ils tournèrent sur un étroit chemin goudronné qui serpentait entre des murettes de pierre adossées à la terre des champs en pente. Ils ne croisèrent aucun véhicule. Ils traversèrent un quartier du village où de la lumière chaude s'encadra à quelques fenêtres.

– On a dit neuf heures précises, fit Emilia. Il faut attendre.

Pierre gara le 4 x 4 derrière le fronton, dans un coin sombre encombré de gravats. Quand il eut éteint les feux de position, la nuit se fit si noire que chacun disparut aux yeux de l'autre. Et sans le souffle irrégulier de leurs respirations, ils auraient pu croire que plus personne n'était vivant auprès d'eux.

23

Mathilde avait roulé contre la pluie depuis Bordeaux. Un vent de sud-ouest lui envoyait, par paquets, ses protestations détrempées. Elle avait déplié dès le départ la carte au 1/25 000 et l'avait posée sur le siège vide à côté d'elle. Elle y avait encerclé au stylo rouge la zone qui devait être plus ou moins contrôlée par la gendarmerie et les CRS, et avait tracé l'itinéraire de fuite recommandé par l'inspecteur Garcia. De temps en temps, elle posait une main sur le rectangle de papier qui l'accompagnait dans le noir, comme on calme un animal inquiet. Elle fumait des cigarettes, beaucoup, et devait baisser la vitre souvent pour aérer l'habitacle et reprendre contact avec l'atmosphère du dehors. Vers dix-sept heures la nuit était venue sur sa droite, à l'ouest doré puis rougi, entre les nuages lourds d'averses et de bourrasques. Elle roulait à cent trente kilomètres à l'heure, jamais plus, car l'inspecteur l'avait prévenue contre les radars et autres contrôles de vitesse : tout contretemps pourrait compromettre l'opération. Elle avait lu, relu, appris par cœur la liste des villages traversés, des sorties d'autoroute, les numéros des départementales.

Elle arriva à Hasparren vers vingt heures et se gara devant une boulangerie. La place était luisante de pluie, le sol était taché par les reflets moirés des guirlandes et des lueurs orangées des lampadaires. Par la vitre baissée lui parvenait la rumeur bruissante des participants à la quine. Éclats de voix, applaudissements, rires. Des ondes chaleureuses parcouraient le village, rebondissaient en s'amplifiant sur le fronton. Mathilde regarda sa montre, puis scruta les alentours. Des silhouettes nombreuses entraient et sortaient de l'immense bar violemment éclairé, d'autres titubaient entre les voitures garées un peu partout. Elle alluma encore une cigarette, toussa un peu, mais tira tout de même de longues bouffées, un peu tassée sur le siège, les jambes étendues en diagonale vers la place du passager. Elle ferma les yeux, comme bercée par la rumeur de la vie pas loin, tous ces gens qui riaient. Un chant, soulevé par des voix d'hommes, puissant comme un arbre qui aurait poussé là d'un coup, résonna pendant quelques instants et abolit le clapotement insistant de la pluie. Un éclat de rire énorme le conclut en secouant le silence qui l'avait accueilli. Mathilde avait entendu un de ces chants lors d'une fête, un jour, à Saint-Étienne-de-Baïgorry, peut-être. Elle se redressa et éteignit sa cigarette en la jetant dans une flaque d'eau où elle grésilla.

Un moteur de voiture s'emballait quelque part dans la rue.

Angel Matanzas attendait. Depuis trois jours, il n'avait fait que cela. Il avait profité de son oisiveté pour marcher sur la route, le plus loin possible, grâce à de solides chaussures et un bâton prêtés par son hôtesse. Il suivait les traces du 4 x 4, uniques, nettes, prometteuses. Le trafic sur cette route était nul. On aurait pu croire que plus rien n'existait au-delà du village, aucune ferme, aucun foyer. L'hôtesse lui apprit pourtant qu'une dizaine de fermes étaient installées plus loin, mais qu'avec ce temps on préférait là-bas puiser dans les réserves et ne pas se hasarder au ravitaillement, quitte parfois à fabriquer son pain soi-même. « On les verra redescendre avec la pluie, ajouta-t-elle. Ils viendront dire un petit bonjour, boire quelque chose avant d'aller faire leurs courses. Ce sont des gens rudes, vous savez. »

Il avait donc suivi ses proies jusqu'à Hasparren sans aucune difficulté. Il avait garé sa voiture à proximité du bar-trinquet d'où provenaient une lumière chaleureuse, des clameurs, des applaudissements. Il regardait entrer et sortir les joueurs du loto annoncé par des affiches, signalé par des frises électriques courant sur la façade de l'établissement.

Au bout d'une demi-heure le 4 x 4 sortit du noir, ses feux de position éteints : la femme en descendit, chaudement vêtue, les mains dans les poches, et marcha vivement sous la pluie. Matanzas arma l'automatique, s'assura de la présence de l'Ingram à côté de lui, sur le siège. Il allait descendre quand la nuit se mit à bouger de toutes parts, percée de cris. Il se tassa au fond de son siège, et referma prudemment la portière sur le chant grave et puissant qui s'était engouffré avec la pluie et le vent dans l'habitacle.

– Les voilà, signala le commissaire Vincent. Ils viennent de traverser Bouloc. C'est parti.

À bord du command-car, Marquet ricana en silence.

– Comme en 14, debout les morts ! fit-il.

– Les gendarmes ont remarqué un véhicule suspect garé près du fronton, d'où personne n'est descendu. Une BMW grise.

– Matanzas ! s'écria Garcia. Arrêtez tout !

– Y a trop de monde sur la place pour aller la contrôler, fit une voix. Putain, vous les entendez chanter ?

– Qui fait ce genre de remarque ? demanda le commissaire Vincent.

– Capitaine Pouchou à l'écoute, commissaire. Vous les entendez ?

– Pensez plutôt que parmi ces gueulards se trouve la relève de ceux que nous allons neutraliser ce soir. Ça vous rendra moins admiratif.

– Il faut tout annuler ! répéta Garcia. Donnez-en l'ordre, ajouta-t-il en tendant la main vers le téléphone que tenait Marquet.

– Calmez-vous, fit le commissaire. On ne peut plus reculer. Et puis vous devriez être content. On va peut-être le prendre lui aussi. J'aimerais savoir si la femme Calmon est là…

– Elle y est sûrement. Elle m'a donné sa parole. C'est une fille bien.

Le regard du commissaire se posa sur lui dans l'obscurité.

– Vous avez deux gros défauts, pour un flic : vous êtes impulsif et sentimental.

Garcia ne répondit pas.

– Contact visuel, dit un gendarme. La femme approche de chez le toubib.

Suivirent des ordres brefs, plus ou moins codés, débités dans un langage opérationnel dont les termes étaient relayés par des voix toutes semblables, ferraillantes et brutales.

Pierre démarra et plaça le 4 x 4 à l'entrée de la rue où se trouvait le cabinet du médecin. Des voitures étaient garées de chaque côté, à cheval sur les trottoirs. Il montra d'un mouvement de menton le bar d'où sourdait une rumeur étouffée.

– Une quine, commenta-t-il. On serait mieux là-bas.

Emilia prit son pistolet et engagea une balle dans le canon.

– Arrête de dire des conneries. Demain tu seras chez toi.

Elle s'éloigna rapidement, presque fluette malgré la grosse veste matelassée. Elle devait marcher au milieu de la chaussée à cause des voitures montées sur les trottoirs. Un klaxon, juste derrière, s'était bloqué. D'un bond instinctif, Emilia s'était mise à couvert entre deux voitures, le pistolet tenu à deux mains. Pierre embraya. La première craqua, son pied hésitait sur la pédale d'accélérateur. Une voiture approchait, traversant lentement la place du fronton, le klaxon toujours en action, puis vint s'arrêter à la hauteur du 4 x 4. Mathilde cria par la vitre baissée, à travers le crépitement de la pluie, qu'il devait venir, là, tout de suite. Emilia, plus loin, regardait sans comprendre, braquant son arme sur cette voiture inconnue puis sur le vide de la rue, la pluie, le ciel et les toits, comme si soudain tout la menaçait. D'une porte jaillirent deux silhouettes cagoulées qui se jetèrent à plat ventre dans l'eau avec des cris étouffés, et tout s'arrêta pendant d'infinies fractions de seconde. Emilia regarda le 4 x 4, et hasarda son pistolet vers les deux hommes allongés au sol absolument immobiles. La pluie s'effondrait là-dessus et s'arrondissait en halos dans la lueur des lampadaires disséminés sur les façades, puis un projecteur noya tout dans une blancheur déchirante. On vit mieux la tache pâle des yeux exorbités aux trous des cagoules ; les armes prirent un éclat soudain, inattendu et implacable. Emilia avança, se tourna encore vers Pierre, les yeux à demi fermés par la pluie. Ses longs cils brillants d'eau battaient follement. La pluie dégouttait de son nez, de son menton, sans qu'elle secouât la tête pour se défaire de ce chapelet scintillant que le vent égrenait autour d'elle. On aurait pu penser qu'à cet instant elle pleurait, car son souffle saccadé gonflait sa poitrine comme une série de sanglots et animait ses lèvres d'une moue d'enfant contrariée prête à tout. Elle se retourna vers les gendarmes, elle chancelait presque parce qu'à cet endroit la chaussée était creusée d'ornières et bombée de plaques de macadam mal jointes. Elle semblait danser, poupée saoule, elle cria quelque chose en basque. Un des gendarmes lui demanda de poser son arme, de se rendre sans faire d'histoire. Emilia se jeta entre deux voitures et ouvrit le feu. Un des gendarmes hurla, pendant que l'autre ripostait en roulant sur lui-même. Des pare-brise explosèrent, un radiateur creva dans un souffle de vapeur.

Pierre ouvrit sa portière. Il tenait une arme à la main, qu'il brandissait en direction des ombres qui progressaient le long des murs vers le corps d'Emilia. Quelqu'un donna l'ordre de ne pas tirer. Mathilde criait à l'homme de venir, que tout était fini, qu'il fallait rester vivant. Il fit le tour de la voiture que pilotait Mathilde, puis plongea tête première sur le siège arrière dont le skaï froid s'effondra sous son poids. Le véhicule s'arracha dans un aboiement de moteur et les pneus patinèrent dans l'eau. Le coin de la rue était tout près, une portière s'y frotta et laissa de son vernis. Mathilde ne déclencha les essuie-glaces qu'une fois qu'ils furent sortis du village parce que la nuit détrempée se collait au pare-brise comme une poisse.

Angel Matanzas démarra derrière eux au même moment. Des gendarmes regardèrent passer les deux voitures folles sans même braquer leurs armes, visiblement paralysés par des ordres confus. Certains se plaquèrent contre les murs ou dans des encoignures, avalés par l'ombre. Il dévala la route étroite, cassée de virages, en faisant gueuler les pneus. Il poussait des cris, il tapait du plat de la main sur le volant, les yeux rivés au noir total où parfois apparaissaient les feux de la voiture de Mathilde. Tu l'as laissée mourir, répétait-il. Je vais t'ouvrir en deux, menaçait-il en essuyant la sueur qui coulait sur sa figure.

Des hommes armés coururent vers le cadavre recroquevillé au pied d'un mur que l'averse s'appliquait déjà à laver des projections sanglantes. Un gendarme blessé fut rejoint par un de ses collègues pendant que la porte du médecin s'ouvrait à la volée et qu'on traînait dehors Tomas comme une marionnette désarticulée. Le médecin suivait, les mains sur la tête, le canon d'un fusil d'assaut dans le dos. Les éclairs froids des gyrophares avaient envahi les rues, débordaient sur les places, giflaient les maisons de revers blafards. La foule était sortie du bar, laissant les cartons pleins, les bourriches et les lots de confits et de foie gras. Les cheveux se plaquaient aux crânes penchés vers la morte que personne n'avait encore recouverte. Le corps, étrangement affalé, jambes écartées, bras en croix, la bouche ouverte sur l'épaule, semblait vouloir s'étendre dans toutes les directions. Des véhicules s'éloignèrent lentement, d'autres continuaient d'arriver et déversaient des hommes casqués, armés de fusils qui s'attroupèrent face à la foule.

Alors le chant s'éleva de nouveau. D'abord sourd, comme le piétinement des spectateurs que le vent bousculait. Puis il s'enfla, imposant et carré dans la rue étroite, et les policiers firent reculer la foule jusqu'à la place, pas à pas, où elle resta longtemps, le chant brisé par le ferraillement des haut-parleurs qui lui ordonnaient de se disperser.

24

La pluie se jetait sur eux. Tout en conduisant, Mathilde observait Pierre. Il la considéra avec indifférence, caressant le canon du pistolet d'un geste machinal.

– Pourquoi tu es venue ?

– Pour vous sauver la vie.

Il rit méchamment.

– C'est réussi. Emilia est morte. Tu le sais, ça ? Tu as entendu les coups de feu ? Ils ont dû tirer sur son cadavre. Et toi, tu te ramènes la bouche en cœur !

– Ils voulaient vous tuer. Mais les flics de Bordeaux m'ont proposé de faire foirer le piège en intervenant pour vous récupérer sains et saufs. Vous deviez vous rendre honorablement à Bordeaux.

– Comment t'as dit, là ? Honorablement ? J'aime beaucoup ton sens de l'humour. Je ne vois pas ce que l'honneur vient foutre là-dedans. Toutes les redditions sont honteuses.

– Mais toi tu es vivant !

– La belle affaire ! Ma femme se laisse manipuler par les flics, me propose de me livrer à genoux en oubliant derrière elle un cadavre, et elle affirme, des sanglots dans la voix, que je suis vivant ! Vraiment très drôle ! C'est une comédie, que tu répètes en ce moment, ou quoi ?

– Moi aussi, je suis vivante, murmura-t-elle. Je suis là pour qu'on vive encore !

Elle écarquilla les yeux pour conjurer les larmes.

– Dis-toi bien qu'après tout ça je n'existe plus, fit Pierre.

Il se tourna vers elle, empoignant derrière son cou le haut du siège qu'il secoua tout en parlant.

– Tu vis dans quel monde, Mathilde ? Ils me mettront en prison pour au moins dix ans et j'aurai cinquante balais lorsque j'en sortirai, si je suis pas crevé avant. Que veux-tu qu'on fasse, après tout ce temps ? Des enfants ? Des voyages ? Complètement bouffés par l'attente, par l'âge qui viendra, par l'amertume ? Tu crois que je vais me laisser emprisonner comme ça, gentiment, attends-moi ma petite femme, je reviens ? Jamais, tu m'entends ?

Il saisit brusquement le volant et le tourna à droite pour engager la voiture vers une aire de repos déserte battue par une averse opaque. Il descendit de voiture dès qu'ils furent arrêtés. Elle l'appela, sortit à son tour, courut jusqu'à lui qui marchait droit devant. Elle l'attrapa par l'épaule et le fit pivoter, le gifla à la volée, deux, trois fois, lui martela la poitrine à coups de poing, tenta de le secouer par les revers de sa canadienne. Le claquement de la culasse la fit reculer. Il brandit l'automatique d'un geste convulsif, jetant son regard de toutes parts. Ils restèrent ainsi face à face, incapables d'annuler la distance qui les séparait. Puis ils se propulsèrent de tout leur poids l'un vers l'autre et roulèrent au sol, leurs ventres se pressèrent encore une fois. Les cheveux de Mathilde envahissaient la bouche de Pierre comme un étouffement brun et mouillé. Le souffle de la femme se coupa, net tranché par un coup de crosse dans les côtes. Elle hurla son prénom en roulant sur le dos, les membres écartelés, comme un gros insecte moribond. Elle s'accrocha au bras qui tenait l'arme, essaya d'arracher cet acier, criant à chaque inspiration contre la suffocation. Elle frappa, elle aussi, couchée sous lui qui tentait d'amortir les coups qu'elle portait en la tenant enlacée. Elle rua du poing contre son dos, donna de la tête sur sa poitrine, silencieuse soudain, dents serrées, alors qu'il criait calme-toi, calme-toi, si bien qu'il dut la lâcher, qu'il recula en s'essuyant le visage de la pluie qui le submergeait, et que pantelante elle se remit à marcher sur lui, à le charger tête baissée.

Le coup de feu les souleva du sol tous les deux, Pierre lâcha l'arme qui fumait, et Mathilde retomba en tournoyant, sans un cri. Ses mains se refermèrent sur son genou fracassé. Elle déchira la toile trouée pour en extirper la douleur qui la fit hurler en même temps que des phares aveuglants se plantaient dans ses yeux.

Un autre homme était là, armé d'une sorte de pistolet-mitrailleur compact qu'il tenait en l'air, appuyé contre l'épaule. Il souriait en regardant Mathilde. Pierre avait reculé, et cherchait des yeux son arme, l'air hagard.

– T'as voulu la tuer ? demanda l'homme. Tu as laissé l'autre mourir.

Pierre recula encore en lui criant de ne pas la toucher.

– Elle est déjà touchée. Mais si t'insistes...

Il s'approcha de Mathilde et frappa de la pointe du pied, sèchement, son genou blessé. Le hurlement qu'elle poussa parut l'étonner, et il se baissa vers elle avec curiosité. Il la prit par les cheveux et approcha du sien le visage grimaçant.

– Elle a mal, observa-t-il en la repoussant.

Il tira sur Pierre qui marchait vers lui. Une seule balle qui le fit se recroqueviller sur lui-même. Il glissa l'arme dans sa ceinture et s'approcha du blessé.

– Regarde ! hurla Matanzas en montrant à Mathilde un couteau.

Il plongea la lame entre les jambes de Pierre, fouilla jusqu'à ce que son poing se couvre de sang. Mathilde criait des choses inarticulées puis vomit, couchée sur le côté, la figure dans l'eau. Le tueur se releva et tira Pierre par une jambe pour le placer sous la roue du 4 x 4. Le blessé gémissait doucement, d'une petite voix, sans se débattre ; il parcourait de ses mains son corps douloureux. Matanzas mit le moteur en marche et fit avancer le véhicule imperceptiblement de façon à rouler sur un bras. Pierre tressaillit sans un cri. Mathilde rampa vers lui. Elle tendit la main, rencontra des doigts qui se serrèrent sur les siens. Elle l'appela. La pluie tombait si fort que sa voix fut noyée. Elle progressa encore vers lui. Le 4 x 4 recula, libéra le bras écrasé. La silhouette de Pierre se découpa au ras du sol dans la lumière jaune des phares, immobile complètement, et la pluie crépitait sur lui comme pour le dissoudre à force de petits coups innombrables. Matanzas revint. Ses jambes se campèrent dans le faisceau lumineux, ses pieds frappèrent encore Pierre qui ne réagit pas. Puis il souleva le corps et fit lâcher prise aux mains qui se tenaient toujours, et le traîna jusqu'à sa voiture. Pierre hurla quand l'autre le hissa à l'intérieur. Les portières claquèrent, le moteur gronda. Le déplacement d'air frôla Mathilde qui s'était affaissée. Elle trouva sous sa main le pistolet et tourna le canon vers son visage en regardant s'éloigner la voiture. Elle tenta d'appuyer sur la détente, mais l'acier résista. Elle s'évanouit en hoquetant sous le regard creux de l'arme.

25

L'ambulance qui emportait Mathilde Calmon était partie depuis plus d'une heure lorsque le commissaire Marquet et l'inspecteur Garcia arrivèrent sur l'aire de repos. Ils trouvèrent, dans une demi-douzaine de véhicules dont les phares restés allumés s'efforçaient de vaincre la nuit, des hommes en train d'établir leurs rapports, ou de boire du café à l'abri de la pluie. La plupart des relevés et des constats étaient terminés, et le déluge qui submergeait la région avait depuis longtemps lessivé les empreintes, les taches de sang et autres indices. Le commissaire dédaigna d'examiner les douilles de 9 mm que lui tendait un policier montois, et demanda si des barrages avaient été installés pour coincer Matanzas. On lui répondit que le plan Épervier avait été déclenché, que le tueur et son otage avaient peu de chances de passer au travers. Le commissaire eut un sourire dubitatif qu'un officier de gendarmerie interpréta comme de la défiance. S'ensuivit une courte polémique où Marquet eut le dernier mot en invoquant la collaboration parfaite du SRPJ avec le GIGN. Comme il pleuvait beaucoup trop pour se mouiller davantage en de vaines disputes, le commissaire prit congé et entraîna Garcia vers leur voiture. Il était à peu près deux heures du matin, et Marquet parla de fatigue et de courbatures, évoqua l'attrait puissant qu'exercerait sur lui un bon lit s'il s'en présentait un, par exemple dans un petit hôtel des environs. Il regarda autour de lui l'obscurité où bougeaient les pins agités par le vent, et déclara avec mépris qu'hélas il devait se trouver davantage d'hôtels en plein Sahara.

Garcia ne disait rien. Il fixait le sol d'un air abasourdi, laissant la pluie tomber sur lui, ruisseler sur sa figure au point de lui fermer parfois les yeux, sans un geste pour s'essuyer.

– À cause de vous, dit-il sans regarder le commissaire. Tout ce gâchis.

Marquet lui conseilla de monter en voiture pour se mettre à l'abri.

– Le déluge vous ramollit le cerveau. Vous vouliez votre psychopathe, vous l'aurez pour vous tout seul. Vous savez désormais qu'il est encore dans la région. Il reviendra à Bordeaux se faire poisser dès qu'on aura monté notre histoire auprès des journalistes. Une brillante carrière s'ouvrira devant vous. Alors, pourquoi vous pleurnichez ? Ne me dites pas que cela vous laisse indifférent.

Le commissaire proposa de conduire jusqu'à Bordeaux, puisque son subordonné se sentait si déprimé. Garcia lui tendit aussitôt les clés de la voiture et s'endormit cinq minutes plus tard à cent quarante kilomètres à l'heure. L'entrée dans Bordeaux, au bout d'une grosse heure, le réveilla. Il fit jouer les articulations de ses épaules et de son cou, en grimaçant, les yeux clos. Il regarda ensuite les façades des maisons, les rues désertes, avec un étonnement de touriste en pays exotique. Ils arrivèrent bientôt dans le parking du commissariat central, où régnait un silence à peu près total.

Comme Garcia allait descendre de voiture, avec des mouvements encore lourds de fatigue, le commissaire le retint par la manche.

– Ne dormez pas trop. Ça va être à vous.

– Foutez-moi la paix. Je suis fatigué.

– D'ici trois jours, Matanzas sera de retour à Bordeaux. Je vous l'ai promis.

Garcia leva les yeux vers lui.

– Matanzas, dit-il d'un air absent. J'ai accepté de participer à toute cette merde à cause de lui…

Il se tut brusquement, sembla réfléchir.

– Je vais aller dormir. On fait des cachets très efficaces, maintenant, pour écrabouiller les cauchemars et la mauvaise conscience.

Il s'éloigna d'un pas traînant.

– Vous êtes un couillon, Garcia, dit le commissaire. Un pauvre type ! Je le savais !

Un haussement d'épaules lui répondit. Il regarda l'inspecteur disparaître dans la pâleur bleue de la rue, puis donna un coup de pied dans une roue de la voiture.

– Couillon, répéta-t-il à voix basse.

26

Angel Matanzas roula plus d'une heure avec le 4 x 4, emprunta des pistes forestières, des pare-feu, manqua s'enliser deux fois dans des mares sableuses que la pluie transformait en pièges mouvants. Aussi se perdit-il. Il n'avait plus aucune notion de l'endroit où il se trouvait lorsqu'il décida de sortir le corps de Pierre du véhicule pour le traîner sur une bonne centaine de mètres, malgré l'effort que cela représentait sur un sol spongieux, au milieu d'un enchevêtrement d'ajoncs et de bruyères que seuls quelques chevreuils devaient parcourir. Là, il vida le chargeur de l'Ingram dans le corps de Pierre, s'acharnant sur la tête et le haut du buste qui cessèrent d'exister assez vite. Il injuria ensuite le cadavre, lui reprochant, dans un langage ordurier et avec des arguments obscurs, d'avoir sacrifié Emilia Ochoa, de la lui avoir prise. Puis, avec la pelle du 4 x 4, il l'enterra à plus d'un mètre de profondeur, tassa longuement le sable, reconstitua du mieux qu'il put la couche superficielle de mousse et d'aiguilles de pins. Il prit soin ensuite, à la lueur d'une lampe, de récupérer le maximum de douilles éjectées par le pistolet. Elles n'avaient pas rebondi, et il dut en oublier quatre ou cinq, guère plus.

Il lui fallut du temps, ensuite, presque au petit matin, pour s'orienter, récupérer une route goudronnée, parvenir à un village, le situer sur la carte et reprendre la route du sud. Il abandonna le 4 x 4 à Saint-Vincent-de-Tyrosse, avec ses papiers à l'intérieur, ne gardant sur lui qu'un passeport espagnol au nom de Paco Carvalho, et prit le bus jusqu'à Bayonne. Il laissa à la gare ses armes dans un coffre de consigne et jeta les clés, prit le train de Madrid, un Talgo où il put franchir, somnolent, seul dans le compartiment, la frontière sans encombre.

Vers midi il fut à Madrid, en gare d'Atocha. Il s'y attarda au buffet devant un chocolat chaud et des churros avant de se perdre dans la foule compressée d'un wagon de métro où il mêla sa mauvaise haleine, son humeur massacrante à celles des autres.

On ne retrouva jamais le corps de Pierre Calmon, malgré les battues entreprises par la gendarmerie. On pensa que le ravisseur l'avait conduit dans la Haute-Lande du côté de Mont-de-Marsan, mais la pluie qui tomba pendant plus de huit jours sans discontinuer tassa le sable, effaça les traces, noya les odeurs que les chiens auraient pu suivre. L'abandon du 4 x 4 ne simplifia pas la tâche des enquêteurs, et les recherches furent abandonnées au bout d'une semaine. La presse s'était émue de l'horreur de cette situation, dans les quelques jours qui suivirent la disparition de Pierre. Mais des armadas, des multitudes casquées s'amassaient autour des champs de pétrole, et l'on continua d'ergoter, de spéculer sur les risques de guerre, les modalités du carnage, puis on montra les explosions, les bombardements, on se rassura dans l'abstraction vidéo et la précision formidable des lasers, les journalistes saluaient au garde-à-vous.

On soigna Mathilde Calmon. Un chirurgien adroit parvint à réparer le genou que la balle avait fracassé, en recourant à divers matériaux composites, plastiques et autres synthétiques compatibles avec la chair vivante qui tinrent lieu de rotule et de tendons. Dès qu'elle fut transportable, on la transféra dans un hôpital pénitentiaire de la région parisienne. Elle comparut devant un juge d'instruction spécialisé dans les affaires de terrorisme, menottée à son fauteuil roulant. Comme elle demeurait pratiquement muette depuis la nuit où Matanzas avait enlevé Pierre, et qu'en conséquence elle ne formula aucun vœu quant à sa défense, on commit d'office une jeune avocate, belle, volubile et à peu près incompétente qui ne put s'empêcher d'éprouver une certaine sympathie pour cette cliente triste et boiteuse. Mathilde fut inculpée de participation à bande armée, et placée en détention provisoire au quartier des femmes de Fleury-Mérogis. En attendant le procès, elle apprit à lire à une infanticide qui avait noyé ses jumeaux dans une baignoire après que leur géniteur l'eut abandonnée. Ce fut le seul contact réel avec une personne que Mathilde établit durant cette période. Le reste du temps, elle lisait les quelques livres que l'avocate lui faisait passer : elle découvrit Paul Auster, relut Huysmans, apprit par cœur des poèmes de René Char. Et comme Paris est loin de Bordeaux, les amis, découragés par la distance et les tracasseries de l'administration pénitentiaire, espacèrent leurs visites, s'efforcèrent de maintenir un contact épistolaire attentif et chaleureux qui finit lui aussi, en une dizaine de mois, faute de réponses régulières, par s'épuiser comme un coureur de fond velléitaire. Mathilde survécut, probablement parce qu'il n'y avait rien d'autre à faire alors.

L'année suivante, le procès s'ouvrit devant la Cour d'Assises de Paris. Mathilde tenta de dénoncer la manipulation à laquelle s'était livré le commissaire Marquet, mais elle ne fut pas en mesure d'apporter la moindre preuve à ce qu'elle avançait. Marquet vint à la barre démontrer la nécessité d'une lutte impitoyable contre le terrorisme. La réussite de l'opération d'Hasparren fut soulignée par tous les policiers qui défilèrent à la barre. Le témoignage de l'inspecteur Garcia, qui venait de démissionner de la police, aurait pu être interprété comme une note discordante dans le triomphalisme ambiant. Mais l'amertume du policier, sa morgue à l'égard de ses supérieurs hiérarchiques, son insistance à considérer le cas Matanzas comme un des éléments essentiels de l'affaire le firent passer pour un être déprimé et obsessionnel qui cherchait à régler des contentieux personnels, et qui avait bien fait de quitter la police. Le président soupçonna donc Mathilde de vouloir dénigrer les forces de l'ordre pour dédouaner ainsi les groupes armés qui se livraient au terrorisme, et lui déclara que ce système de défense était particulièrement maladroit. Tomas Etchebar, à ses côtés dans le box des accusés, n'eut à son égard que des attitudes ou des propos dédaigneux censés distinguer le combattant basque de la petite-bourgeoise romantique égarée dans une lutte qui ne serait jamais la sienne. Il revendiqua la colère de la justice française, qui n'était selon lui que l'expression du désarroi de l'État français. Au quatrième jour de débats, il ne s'exprima plus qu'en basque dans de longues déclarations qu'il lisait au micro malgré les interruptions et les avertissements du président. Il fut condamné à dix ans de réclusion criminelle pour le meurtre du gendarme de Biarritz. Mathilde, pour sa part, écopa de trois ans de prison et s'évanouit à l'annonce du verdict au pied d'un garde mobile qui ne sut trop quoi faire de ce corps pantelant qu'on évacua non sans l'avoir équipé à nouveau des menottes.

27

Mathilde a quitté d'un coup les façades ravalées du Bordeaux XVIIIe, la symétrie écrasante de la place de la Bourse, les murailles austères de l'Entrepôt Laine sans un regard, seulement occupée à enfoncer correctement la pédale d'embrayage à cause de la raideur de ce genou qu'elle croit toujours sur le point de se rompre. Elle entre brutalement dans la grisaille du port abandonné, le long des hangars vides couchés au bord du fleuve comme des noyés. Elle ignore les bars louches, les anciens troquets à marins ou à dockers transformés en magasins de matériel informatique ou en restaurants. Puis elle arrive à Bacalan, l'extrême nord de la ville ; la voiture bondit en franchissant le pont tournant qui enjambe l'entrée des bassins à flots. La rue Achard cache derrière ses murs des fantômes d'usines. On y clame encore Non à de Gaulle à deux pas d'un poste de police qui surveille le coin d'une rue. Le temps n'a rien pu contre cela non plus. Elle fonce toujours tout droit vers le nord, jette un coup d'œil à un mur de béton à loyer modéré troué méthodiquement de fenêtres réglementaires, ralentit dans une rue plus étroite qui file vers le viaduc du Pont d'Aquitaine. Le Médoc, c'est juste après, quand la ville s'est perdue dans une zone d'entrepôts coincée contre la Garonne.

Le fleuve dicte sa loi au paysage en l'obligeant à la tenir serrée par des talus hérissés de peupliers. Le Médoc, ça commence sans vigne par un no man's land inculte de fermes abandonnées récupérées par des ferrailleurs, au bout de chemins inondés à longueur d'hiver. On est loin des grands crus et des châteaux aux volets blancs, fardés de parterres fleuris.

Longtemps, la route tergiverse entre champs boueux et friches grises, fonce en lignes droites ou s'incurve en virages sournois. Longtemps, Mathilde pousse à fond la vieille Peugeot avant d'atteindre la route des châteaux où se succèdent les publicités prestigieuses.

Elle gare la voiture le long d'une vigne recroquevillée sous le ciel gris. La terre détrempée souffle en silence des odeurs âcres de sable et de glaise. Plus loin, une maison. Derrière, le mur moutonnant d'un bois vient rompre la monotonie des rangs de vigne. Une heure elle reste là. La maison est massive, les volets bordeaux maquillent la façade de vieille pierre. Une main les ouvre, une silhouette floue s'inscrit pendant quelques secondes dans l'encadrement de la fenêtre. Mathilde tressaille, rejette ses cheveux derrière elle, y passe une main inutile. Un bras de chemise disparaît derrière la vitre, plus rien n'existe dès que le rideau est tiré.

Dans le coffre, enveloppé dans une couverture, le fusil attend.

Vers midi, elle pousse jusqu'à Pauillac. Elle mange, et boit, dans un restaurant sur le port où rient des gens, une femme surtout, qui se ressert du vin. Tassée contre la vitre, Mathilde a écarté de la main un petit rideau de coton pour mieux voir le balancement des mâts. Puis elle a marché sous la pluie. Il n'y avait personne sur les pontons. Les gréements cliquetaient doucement, l'eau lourde de limon s'entêtait contre les coques.

De retour devant la maison, elle arrête la voiture un peu à l'écart, dans un chemin bordé de chênes, et elle marche, encore, pendant deux cents mètres, revient sur la route qu'elle parcourt jusqu'aux premières maisons du petit bourg où rougeoie au loin l'enseigne d'un bureau de tabac. Comme elle revient sur ses pas, elle se met à pleurer, secouée par des sanglots bruyants. Elle se jette dans la voiture, se blottit dans l'épaisse canadienne trop grande pour elle.

À présent, les yeux secs, alors que la nuit tombe, elle ouvre le coffre et prend le fusil qu'elle charge sans difficulté. Elle a tellement répété ce geste, les jours précédents, qu'elle pourrait opérer les yeux fermés. Dans ses poches elle entasse une dizaine de cartouches. Pendant qu'elle se dirige vers la maison, la pluie revient, hargneuse, et Mathilde se courbe sous les coups du vent. Le portail de bois s'ouvre en silence sur un petit parc et la nuit tombe à ce moment-là. Tout disparaît, sauf les deux fenêtres du rez-de-chaussée ; l'une éclairée de néon cru, l'autre chaude d'une lumière tamisée.

Le carillon lourd et profond évoque Big Ben. Une paire de savates traîne de l'autre côté de la porte, le plancher craque sous un pas pesant. Puis le visage apparaît, examinant sans surprise l'arme dressée vers lui. C'est un visage épais et las, durci par le regard pointu qui par coups rapides se perd dans la nuit, derrière Mathilde.

– Allons bon, fait l'ancien commissaire Marquet.

Mathilde lui fait signe de reculer dans le couloir.

– Qu'est-ce que vous voulez ? demande Marquet.

– Vous tuer, prononce Mathilde dans un souffle.

L'ancien policier plisse le front avec étonnement.

– Vous pensez bien que je ne suis pas d'accord, dit-il à mi-voix. Même si depuis la mort de ma femme je... C'est même tout à fait inacceptable, reprend-il plus haut. Vous savez, c'est Noël. Soir de liesse. C'est la trêve partout dans le monde. Je vais vous donner un peu d'argent et vous rentrerez chez vous boire à ma santé, ou à la vôtre, comme vous voudrez. Je vous aurais bien invitée à prendre quelque chose, mais je dois aller réveillonner chez ma fille.

– Je me fous de votre argent. Je vais vous tuer.

Mathilde secoue ses cheveux mouillés. Quelques mèches restent collées sur son visage.

Marquet sourit d'un air résigné. Il jette un coup d'œil sur sa droite, par une large porte ouverte.

– Eh bien faites-le, et cessez d'en parler. Ça s'appelle le passage à l'acte. À moins que vous ne vouliez qu'on en discute toute la nuit. Mais, je vous le répète, mon petit-fils m'attend, et il ne comprendrait pas que je sois en retard.

La décharge part bien groupée et déchiquette l'épaule. Marquet percute le mur derrière lui mais reste debout, titubant comme une statue qui marche. Il a porté une main fébrile à sa blessure ; il est déjà livide. Du sang a giclé sur la tapisserie aux motifs compliqués et vieillots.

– Qui êtes-vous ? interroge-t-il d'une voix éraillée par la douleur.

Il fait un pas vers la femme. Il boitille, à cause de la savate qu'il a perdue. Ses vêtements, sur le côté droit, luisent de sang.

– Je l'ai perdu pour toujours, articule Mathilde. J'ai vu cet homme le poignarder, du sang plein les mains, et rouler sur lui avec la voiture ! J'ai entendu les os craquer, et puis ce hurlement que Pierre a poussé quand il l'a emporté ! Je l'ai vu emporté par cet homme qui le traînait, il était encore vivant et c'était mon amour, vous comprenez ? J'étais allée le chercher pour qu'on soit ensemble et tous les soirs je me serais couchée sur lui pour qu'il ait chaud, il aurait oublié, avec le temps… Je lui aurais fait un petit, un tout petit garçon et on serait partis au soleil jouer tous les trois… Parce qu'il ne serait pas allé en prison, oh non !… J'aurais tout dit, tout dit de vos affaires et on me l'aurait rendu souriant et mal rasé, il m'aurait râpé les joues en m'embrassant !

Mathilde s'interrompt. Ses yeux brillent, elle sourit, illuminée par les mots qu'elle prononce. Elle relève le canon du fusil, parce que le policier a encore fait un pas vers elle.

Quand elle s'était réveillée de son évanouissement, une femme se penchait sur elle et lui tenait la tête. Son visage était tout près de celui de Mathilde et lui souriait en lui disant que ça allait mieux, que c'était fini. Des lumières bougeaient autour d'elle, des pas se pressaient en piétinant dans les flaques d'eau. On l'avait ensuite portée dans l'ambulance dont l'éclairage l'avait obligée à fermer les yeux. Elle avait demandé Pierre, on lui fit répéter le prénom, on prétendit qu'il allait bien, qu'il allait revenir. Un homme avait découpé le pantalon pour nettoyer le trou noir qui creusait le genou, et avait murmuré « C'est pas bien beau ». Comme elle essayait de lever la tête vers lui, il lui avait conseillé doucement de rester tranquille, de ne pas s'inquiéter. Plus tard, l'ambulance avait roulé longtemps, la sirène retentissait, lointaine et obsédante. Quelqu'un lui tenait la main, lui caressait le front et lui répétait que tout allait bien, que tout allait bien.

– Au lieu de ça, je l'entends crier toutes les nuits, le couteau plonge encore et encore dans son ventre ! Il se relève et court vers moi avec son beau sourire, mais on me le tue toutes les nuits et je n'ai plus que sa douleur avec moi, je ne sais même pas où il est, vous l'avez laissé pourrir ! Voilà ce qui me reste de lui !

Elle tire sur sa canadienne d'un poing crispé.

– Vous allez me dire où il est avant de mourir vous aussi. Vous aurez droit à votre trou, rassurez-vous. Et à des fleurs. Vos semblables sauront où venir pleurer votre charogne.

Elle se tait pour reprendre son souffle et affermit la tenue du fusil entre ses mains.

– Les renards ont dû le manger, continue-t-elle. C'est plein de renards, les Landes. Peut-être aussi des chiens errants. Ils l'ont déterré, l'ont traîné par morceaux hors du trou, vous voyez ça, n'est-ce pas ? Mais il doit rester quelque chose de lui, les animaux n'ont pas pu le dévorer tout entier ! Dites-moi où il est !

Le commissaire, qui s'est affaissé depuis un moment et gît, adossé au pied du mur, sursaute à son hurlement.

Mathilde halète, les yeux ronds, secs.

– Vous êtes cette femme ! Vous êtes folle !

Elle s'agenouille auprès de lui et appuie le canon du fusil contre son cou.

– Oui ! Vous avez laissé cet homme nous rattraper, et maintenant c'est moi qui vous rattrape !

Un rire bref la secoue, comme une toux.

Marquet tente de reculer le long du mur, son bras valide devant lui pour se protéger.

– Je ne pouvais pas penser que… Je vous jure ! On a tout fait pour l'arrêter à temps, mais il avait disparu, comme par enchantement ! À quoi cela vous servira-t-il de me tuer ?

Il se tasse davantage contre le mur.

– Vous allez mourir, pensez-y bien ! crie Mathilde. Pierre est mort lentement, lui !

– C'est idiot, dit Marquet. C'est ridicule, vraiment !

Il essaie de hausser le ton, mais sa voix se brise par manque de souffle.

Mathilde a reculé de quelques pas. La deuxième cartouche va chercher la mort loin dans le thorax de l'ancien commissaire qui se replie au pied du mur sur ses derniers souffles.

– Vous le paierez cher, parvient-il à menacer encore, du sang coulant et débordant de son nez et de sa bouche. Il aurait fallu vous tuer aussi... Tous morts...

Ensuite il se met à hurler comme un chien qui crève au bord d'une route, il se débat, il lutte contre ce qui l'étreint.

S'engouffrant dans le noir, Mathilde est longtemps poursuivie par les cris du moribond. Après que la portière a claqué, ramenant le silence d'un coup brutal, elle ferme les yeux. On croirait qu'elle dort. Sauf qu'elle respire vite, et que son visage frémit de tous ses muscles comme si elle allait éclater de rire.

Cent vingt sur cette route qui se perd en virages détrempés. Puis l'autoroute, sous la vapeur orangée des lampadaires qui ceinturent la ville. Elle n'hésite pas en déboulant sur l'échangeur, elle fonce sous les flèches qui annoncent la direction de Bayonne. Pied au plancher. La nuit est autour d'elle. Des phares viennent écraser leurs faisceaux lumineux sur le pare-brise brouillé d'eau. Elle quitte l'autoroute à Morcenx, se dirige vers Mont-de-Marsan sur une route droite menacée par la verticalité implacable des pins. Puis d'un coup de volant, elle percute ce mur intermittent, elle tranche net deux troncs, le feu se met en boule autour de la voiture qui bondit et s'écrase sur le toit.

À plat ventre, tout près de l'incendie qui fume sous la pluie battante, Mathilde lève la tête vers les flammes, puis la laisse retomber et frotte lentement ses joues contre le sable, le tapis piquant et mouillé. Ses membres bougent vaguement comme ceux d'un nageur ralenti. Mathilde pose sa bouche en sang sur le sable qui boit l'hémorragie. Elle l'embrasse. Ses lèvres s'entrouvrent. Elle mord le sol. Elle va le creuser. Le sable crisse sous ses dents, se colle à sa langue. Elle ne bouge plus. Les flammes dansent près d'elle. La lumière du brasier ne la réveillera pas.

LES EFFARÉS

LES EFFARÉS

1

Mai appuie sur les êtres humains, les bêtes et les choses avec ses doigts brûlants comme pour en extraire, avec un entêtement bleu, toute ombre de fraîcheur. Le printemps sera chaud, prophétisaient parfois les journalistes frileux. Mais l'ordre règne, et la canicule tient la rue. Effet de serre, comme diraient les aigles. Les tentatives de mouvements, les esquisses de gestes s'enlisent dans la moiteur comme une caravane dans des sables sournois. Les chiens n'aboient pas. Couchés dans une ombre que midi leur dérobe, la langue entre les dents, ils laissent leur souffle convulser leurs flancs. Les fleurs ont perdu depuis quelques heures déjà la mémoire de la rosée. Les clichés vont mal. Les velléitaires, les actifs, insectes insensés, se signalent, comme des saints martyrs, par des auréoles. Sous les bras. Dans le dos. Odeurs de sainteté. Le mois de Marie s'acharne.

Il y a trois types dans une voiture qui parle. Une Renault 25 qui s'inquiète à voix haute des ceintures de sécurité, du plein qu'il faudra songer à faire, qui se renifle sous les roues pour savoir si à vue de nez il ne serait pas temps de refaire le niveau d'huile, ou de changer les plaquettes de freins. Quand Manuel a ramené la charrette futuriste et leur a fait faire un tour dans les sièges lookés cuir, la voix de la nana leur a signalé que les ceintures devaient être bouclées, et qu'en plus la portière du conducteur était mal fermée.

François a jeté un regard super-noir au tableau de bord qui cause avec une voix d'aéroport.

– Elle va nous filer la scoumoune, cette salope. Pourquoi t'es allé tirer une caisse qui parle, putain ?

– Je l'ai pas tirée, s'est défendu Manuel en se marrant. C'est Lecoq, le ferrailleur, qui me l'a refilée. Un vieux service qu'il me devait. Je lui avais procuré des cartes grises l'an dernier. Je voulais vous faire la surprise.

Richard a demandé d'où sortait la voix. Il a ajouté qu'il aimerait bien rencontrer la propriétaire des cordes vocales à la plage.

– Va savoir ! Ces cons-là ont peut-être mis une tigresse dans le moteur ! Et quand elle est trop chaude elle se met à rugir !

– J'aime pas ces mécaniques, a marmonné François. Si elles peuvent parler pour te faire chier avec ta ceinture, elles peuvent t'enregistrer tout pareil. Non mais imagine, hein ?... Le top dans l'antivol ! La bagnole qui témoigne, qui raconte tout aux flics ! Ta voix qu'est dedans... Et puis tout ! Tu pètes un coup et les bourrins se marrent comme des cons le jour de l'audience, devant tout le monde ! Et le juge qui te colle injure à magistrat !

– Tu paranoilles, a observé Manu. Tu regardes trop la télé.

Pour l'instant, ils se taisent. Ils regardent la nationale 10 se faire avaler presque sans bruit par le monstre. Et ils ne perdent pas de vue le semi-remorque, cent mètres devant, qui roule à 110 pile depuis une heure, réglé comme une horloge, et sur la bâche duquel s'inscrit une marque japonaise de hi-fi et vidéo.

– Des magnétoscopes et des caméras, a expliqué François. On le suit de l'usine de Biarritz jusqu'au routier où il s'arrête à midi pour bouffer. Il sort de la quatre-voies pour aller se garer sur le parking poids-lourds. On l'attend là. Quand le chauffeur revient, on lui pique ses clés et à nous le bahut. J'ai prévu un endroit peinard où on déchargera dans deux fourgons qu'on louera. Ni vu, ni connu. En trois quarts d'heure, on a terminé. Les flics cherchent un camion, et nous on passera les barrages en leur pissant à la raie. On abandonnera la caisse à côté du bahut. Ça vous va ? Faut être trois. J'ai déjà l'acheteur pour le lot. Il revend tout le bordel en Pologne, il raque cash, et on le connaît plus.

Voilà. Un plan beau comme tout. À présent, ils attendent sous un platane. Le chauffeur a garé sa cabine à l'ombre d'un bosquet de pins, à l'écart des autres camions. Sous les frondaisons de l'arbre dont pas une feuille ne bouge, ils s'évaporent lentement.

François n'a pas beaucoup d'humidité à perdre : sa trentaine probable ne lui a pas laissé le temps d'accumuler les surcharges. Et les trois ans passés aux Baumettes lui ont au moins appris à cultiver sa viande : ondulations et saillies durcissent là où il faut, entretenues deux fois par semaine. En pleins et en déliés, sa force est inscrite juste sous sa peau, et le message, relayé par un regard taciturne, est toujours reçu sans interférence par ceux qui seraient tentés de jouer avec ses nerfs.

C'est lui le chef. Il est installé à la place du mort, une Camel filtre plantée entre ses lèvres fines, et il ne bronche pas.

Les deux autres soupirent, bougent leur cul, font grincer le cuir présumé des sièges, en fumant, eux aussi. Des brunes.

Manuel a le poil noir. Les cheveux, et la barbe, qui, pourtant traquée ce matin par deux lames implacables, insiste sous la peau pour l'assombrir. Noirs aussi les ongles, parce qu'il a révisé le moteur ce matin pour éviter les contretemps fâcheux. Il n'est pourtant pas du genre négligé ; au contraire, chez lui, le moindre détail est étudié, longtemps, devant des miroirs. À l'instant même, se mirant dans la petite glace du pare-soleil, il lisse de ses doigts courts ses cheveux en arrière, et dégarnit davantage son front luisant de sueur largement débroussaillé par l'alopécie androgénique. Sapé par de grands couturiers, il est. Les étiquettes en témoignent. Rien que du classieux tombé des camionnettes de livraison, au hasard des routes.

Richard émet un bruit et jette sa cigarette par la vitre baissée. Sa face large pivote, ses sourcils épais se froncent davantage, son regard prend cette fixité dont il est seul capable, suscitée par un ensemble dangereux de pulsions élémentaires et de confusion mentale.

Ça dure une bonne heure. Ils énoncent des commentaires impatients à propos du chauffeur qui doit se taper une salade de tomates bien fraîche, de la barbaque saignante, tendre comme une pucelle de quinze ans, le tout arrosé par un rosé qui baigne son cul dans un seau à glace. Richard écrase une mouche dans son poing.

– Pendant ce temps, nous, on baigne dans notre jus, putain ! J'aurais dû prévoir la glacière avec des bières dedans et de la bouffe, hein, qu'est-ce que vous en dites les mecs ?

Les mecs n'en disent rien, parce que leurs yeux scrutent l'étendue blanchâtre, aveuglante et brûlante du parking : le chauffeur du camion, un jeune type plutôt baraqué, en Tee-shirt sans manches et en short, vient de sortir du restaurant et se hâte vers son vingt-tonnes. Il tient contre lui deux canettes de bière.

– Tiens, fait François en se retournant vers Richard. En plus, il nous apporte à boire.

2

Dès que la poche est crevée, une armée noire, pleine de pattes pointues, se répand sur la table, dégringole encore un peu, puis se fige. Le grouillement intimidé fait face à une colline où l'ocre le dispute au jaune, avec des nuances rosâtres. Une colline creuse, feuilletée, que le vent pourrait disperser d'une rafale négligente. Une main s'abat sur le peuple d'insectes paralysés, en extrait deux ou trois qu'elle isole en plein no man's land, puis fouille dans le promontoire coloré qu'elle bouleverse jusqu'au tréfonds comme si Mercali et Richter se bagarraient là-dessous. Après, en l'air, tout va très vite : une tige équipée de feuilles rigides se coiffe d'une dizaine de pétales assortis, et se trouve même dotée d'appareils reproducteurs débarrassés de leurs bavures de plastique, et, aussitôt les prothèses en place, la fleur atterrit derrière la table dans un coin où elle émet au contact de ses sœurs jumelles un bruit sec de castagnettes aphones.

Les doigts s'affairent de nouveau : ils se précipitent sur la noirceur hérissée comme si elle était vivante, s'acharnent sur les pétales avec la voracité d'un mangeur de chips avariées. Une fleur s'envole toutes les trente secondes : aujourd'hui des roses, écloses ou en boutons. Les robes de pourpre sentent le synthétique, et les épines ne blessent aucun cœur.

La femme qui travaille – c'est de ses doigts qu'il s'agit mais on pourrait en douter tant leur mobilité s'oppose à l'impassibilité de ses traits – a un visage rond, souligné d'arcs de cercle qui semblent retarder des affaissements, des avalanches charnues, des glissements de terrains minés, sous les yeux, sous le menton, doubles sécurités construites par le temps comme des barrages, et qui rendent l'ensemble difficile à dater. Elle est brune, la travailleuse à domicile. On peut penser qu'elle a été belle avant de s'user trop vite. Elle porte une blouse de coton fuschia qui s'ouvre profondément sur des seins serrés l'un contre l'autre, frères siamois, par le manque de place. La promiscuité tend le tissu pourtant ample, et l'on sent là-dedans une énergie qui s'accroche et résiste à l'attraction terrestre, une force portée aux avant-postes de la personne comme un avenir immédiat. Elle s'appelle Dolorès. Tout un programme. Autour d'elle, comme abattu par on ne sait quelle tornade, tout un jardin se couche et s'éparpille, en vrac multicolore, en massifs aplatis, en plates-bandes vautrées. Des glaïeuls... Des mètres de lierre... Des chrysanthèmes Tokyo... Et puis des roses, en veux-tu en voilà, en boutons permanents pour ceux qui préfèrent.

Le nez au ras de la toile cirée, le garçon n'en perd pas un, de ces gestes rapides, de l'autre côté de la table. De temps en temps il se baisse pour ramasser une couronne d'étamines qui a fait le grand saut, ou rectifier l'entassement de pétales qui menace de s'effondrer au sol. On croirait un apprenti qu'on a posé là à observer et surtout à se taire. Il suit les opérations d'un regard fiévreux qui creuse davantage ses orbites profondes, et il s'essuie parfois le front du bas de son Tee-shirt parce qu'il règne une de ces chaleurs brutales de mai qui vous font regretter l'hiver. Les volets sont tirés, pourtant, mais la pénombre ne garde de la fraîcheur qu'une illusion de petit jour.

La femme lui demande d'aller chercher dans la cuisine un paquet de cigarettes et du feu. Le garçon se lève, se déplie, on se demande en le voyant prendre de la hauteur si son cul va finir de s'éloigner de la chaise.

Il s'appelle Olivier. Olive pour tout le monde. Comme dans *Popeye*. Ce genre-là, tout en longueur, avec des nœuds toujours possibles.

Il fait lentement le tour de la table et s'excuse à mi-voix lorsqu'il passe entre la télé allumée et un type qui vautre sa carcasse insignifiante sur un fauteuil. Le type ne quitte pas l'écran des yeux, le regard creux, où semble briller la tiédeur malsaine d'une fièvre. Sa gueule est maigre, cassée d'os qui cherchent à percer la peau grisâtre de vieux papier froissé. C'est René. À la colle avec Dolorès depuis une dizaine d'années. On ne sait pas trop lequel a recueilli l'autre. Amants de la dèche, concubins du chomdu. Ils s'aimaient vachement au début, ils se tenaient par la main quand ils sortaient prendre le frais en bas sur les bancs, Cité Lumineuse. Elle, grande et plantureuse, une belle femme encore à l'époque, on pouvait distinguer alors des formes avenantes, du convexe et du concave dans les courbes, plus comme maintenant où on cherche même plus à voir. Lui, nabot plutôt fier, petites jambes et grande gueule, droit comme un i minuscule, qui tenait le bras de son sex-symbol où tintait un gros bracelet de toc. « Dolorès sort son nain, rigolait le voisinage. Il a intérêt à s'accrocher, le René, parce que si elle tousse, il s'envole ! » René soupire, il penche la tête pour n'en pas perdre une du téléachat.

Olive se rassoit et pose le paquet de clopes. La femme souffle du bleu en toussant et reprend son travail la cigarette au bec, un œil fermé, la figure de travers.

La porte s'ouvre derrière Olive, et claque à cause du courant d'air. Le garçon se retourne, abandonnant son observation fascinée de la fleuriste. Son cœur cafouille dans la surface de réparation, la défense est débordée, au bord de la grosse faute, il ne sait plus où shooter tout ce sang figé en boule dans les tuyauteries.

– Salut, Mila, articule Olive avec ce qui lui reste d'oxygène.

– Tiens, dit un visage griffé de cheveux bruns. T'es venu pour les couronnes mortuaires ?

Elle s'avance vers lui, l'embrasse hâtivement sur les joues, et lui sur sa chaise écarte les bras, les doigts, en un geste désemparé parce qu'il sait que la toucher ne serait-ce qu'une fois le brûlerait tout entier, instantanément réduit en tas de cendres convulsif, en amas de désirs carbonisés. Elle est vêtue d'un débardeur jaune vif, avec rien dessous que cette peau hâlée qui s'arrondit de perfection aux épaules, et ces formes rondes et pointues qui dressent le tissu. D'un débardeur et d'une jupe, oh, pas grand-chose, la jupe, un petit bout d'étoffe très discret qui ose à peine couvrir le haut des cuisses.

Olive baisse les yeux et tente de les garder rivés aux pétales qui s'animent d'un mouvement de mer grosse, mais ils roulent, ses yeux, comme des fous sur la toile cirée, jusqu'au bord de la table là-bas, vers cette ligne d'horizon où Mila vient d'appuyer une hanche comme un soleil soudain, lui tournant presque le dos.

Derrière elle, le René s'est enfin détourné de sa télécon. Ses yeux brillent toujours, mais d'une autre fièvre, et se collent au cul de la fille, le touchent, le massent, tâchent d'en écarter les lobes.

– T'as pas peur d'attraper froid, habillée comme ça ? Ou c'est parce que t'as trop chaud quelque part ? Tu peux pas lui dire, toi qu'es sa mère ?

– Elle est belle, elle le montre, elle a raison, rétorque Dolorès, sa cigarette coincée à la commissure. J'étais comme elle à son âge, et je faisais pareil.

René ricane, et il s'étrangle. Il tousse, secoué comme une brassée de chardons.

– T'as une putain de mémoire pour te souvenir de ça ! Moi, je cherche même pas à me rappeler comment t'étais la veille.

Il se lève avec effort et s'allume une Gitane maïs.

– Je vais voir les copains. Eux au moins ils ont du respect.

Dolorès se tourne vers Mila en lui flattant la cuisse d'une petite tape. Il est question de couronnes mortuaires, deux énormes de cinquante pièces chacune, à livrer demain. Mila râle un peu, sa mère lui propose alors de terminer le lierre et les yuccas, ça l'avancera. La négociation prend fin et pour Olive l'horizon se dégage, la table grince imperceptiblement dès que Mila s'en écarte. Il la sent passer près de lui, le frôler, lui, l'échassier familier qui vient ici sans qu'on sache pourquoi et qu'on laisse se réfugier parce qu'il a l'air si fatigué.

Quelqu'un crie au secours dans sa poitrine, et Olive, au prix d'un effort monstrueux, envoie une petite goulée d'air pour faire patienter avant de se lever, de faire la bise à Mila en lui expliquant qu'il est midi et qu'il doit monter préparer à manger à son petit frère. Et comme un mort, avec sur les lèvres le souvenir de ce qu'il croit toujours être le dernier baiser, il cavale dans l'escalier en retenant son souffle. Et soudain il entend courir derrière lui, il se retourne, c'est elle, ses seins bougent à chacun de ses pas.

Il se tient mieux à la rampe, il résiste à l'éblouissement, à ce malaise qui menace de lui couper les jambes. Il sourit. Sa face maigre se comble de ce sourire. Mila approche encore, la voilà sur la même marche que lui, elle lui prend le bras et jette vers la porte entrouverte de l'appartement, où sa mère l'appelle, un coup d'œil hostile. Elle le regarde intensément, elle va sûrement l'embrasser pour de vrai, là, parce qu'elle a compris brusquement qu'il n'y avait que lui à l'aimer ainsi.

– T'as pas vu Tayeb ?

Il la fixe, un cri coincé dans la gorge.

– Qu'est-ce que t'as à me regarder comme ça ? Tu m'as jamais vue ? Vous vous parlez plus ?

– Tu sais où il habite, Tayeb, si t'as un truc à lui dire.

– Putain ça va ! Je te demande un service parce que j'ai confiance en toi, hein, c'est tout ! Et toi tu me reçois comme n'importe quoi ! Allez, dégage de là, va lui faire ses raviolis à ton frangin !

Elle est déjà redescendue, et il reste là planté, et il sent qu'il va tomber dans ce vide qui s'ouvre de toutes parts. Alors il se remet à grimper les marches, poussé en avant par son vertige.

3

Le chauffeur, perché sur le marchepied, range ses bières dans une glacière. Manu et Richard s'approchent lentement, mains dans les poches, comme deux couillons oisifs. Ils contemplent un court instant le cul en short du camionneur, bon, un short en coton rouge avec des bandes noires sur le côté. Si on veut savoir, il est chaussé de mocassins de cuir, et il est pieds nus dedans.

– Tu nous en files une ? demande Richard.

Manu le considère avec étonnement, et l'on sent qu'il redoute un peu les détours stratégiques de son copain. On entend le couvercle de la glacière se refermer. Le routier se redresse, et se retourne vers les deux gus qui lui sourient comme des hyènes. Et ce sourire toc, mordant, lui fait comprendre qu'il n'a pas affaire à des représentants en dentifrice.

– Ils en vendent au restaurant. Z'avez qu'à vous les payer, y a pas marqué buvette à paumés, ici.

– J'ai été poli, observe Richard. Et toi, tu nous insultes.

Le géant de la route soupire.

– J'ai du boulot. Faut que je me tire. Je suis fatigué, alors lâchez-moi.

Il redescend de la cabine et écarte doucement Richard planté comme une mauvaise herbe au bas de la portière. Il va fermer un petit coffre casé sous la remorque. Richard le suit, sans se soucier des signes d'apaisement que lui envoie Manu. Quand il se retourne, le routier manque le heurter. Il est grand, le routier. Large, baraqué façon poids-lourd, si on peut dire. Des muscles plein les bras, rien que de l'utile, ravitaillé en bon sang saturé de vitamines par des veines saillantes. Devant lui, Richard se dresse presque sur la pointe des pieds, et tente d'engager un bras de fer visuel.

– En fait, t'es un grand pédé de camionneur. Paraît que c'est plein de fiottes, les routiers.

Le type regarde loin derrière le truand. On a l'impression qu'il cherche une poubelle où il va le jeter. Il baisse les yeux vers le visage crispé qui le défie.

– T'as l'air bien renseigné. Avec la gueule que t'as, y a que les bétaillères qui doivent te prendre en stop pour te faire sucer par les gorets.

Depuis un moment, Manu transpire un peu plus. Il fusille Richard du regard mais l'autre s'est blindé, et ça ricoche en désordre. Le voilà qui s'approche, l'air patelin.

– Ça va, André, dit-il à Richard. Laisse monsieur tranquille. Je sens que vous allez avoir des mots. On va se les acheter, ces bières. On était partis pour, tu te rappelles pas ?

Le primitif le regarde ébahi. Du mou dans les transmissions.

– Mais je...

– Allez, ça suffit, reprend Manu en s'approchant encore.

Il est tout près du routier qui sue et s'essuie les mains à son Tee-shirt.

– Faut l'excuser, il est un peu à cran, en ce moment. Et comme vous, vous avez pas l'air d'aimer plaisanter, on va en rester là.

L'autre n'a rien vu venir. Ni le coup de pompe dans les roubignoles qui le plie en deux, ni le coup de poing dans la nuque qui ne parvient pas à l'abattre. Il chancelle seulement, recule d'un pas, puis se déplie en gueulant et commence à dessiner autour de lui de redoutables ellipses où ses poings jouent les satellites tueurs. Il chope Richard à la mâchoire et l'envoie valser dans la poussière. Le nase, sur le cul, glapit comme un Indien emboucanné par son nuage de fumée. Il s'agite, il insulte, il vérifie le bon accrochage de sa mandibule. Manu l'aide à se relever, et ils foncent ensemble à l'assaut de la forteresse roulante, chacun sur une aile, comme à la guerre. Le routier fait le dos rond, poings fermés, et percute le pack adverse en tarabustant au jugé. Manu sent son estomac se froisser comme un ballon de foire et ses poumons, son cœur, changent de place pour se mettre à l'abri. Son agencement intérieur est tout bouleversé pendant un moment, comme quand on s'apprête à faire le ménage en grand. Il parvient à lancer un pied devant lui, il tape dans du mou, ça l'encourage à recommencer, mais là ça résiste, un orteil de tordu, dix de repliés. Puis dans sa brume douloureuse il aperçoit l'autre s'effondrer brusquement et heurter le réservoir d'essence, et remuer la tête, sur quoi Richard s'acharne à coups de poing en râlant d'effort, tout en continuant à envoyer des ruades dans l'entrejambe que l'homme ne protège pas.

– Ça va ! crie Manu. Les clés ! Où il les a mises, cet enculé ? Viens ! On y va !

Il cherche par terre, ne voit rien, demande à Richard de l'aider. Mais l'autre prend goût au massacre. Le chauffeur au sol ne bouge presque plus. Il le couvre de coups et d'obscénités.

Manu monte dans la cabine, il trouve le trousseau sur le siège, s'installe au volant, pose ses poignes sur le cerceau démesuré. Dehors, il entend encore des chocs sourds et un gémissement monocorde interrompu par des hoquets. Il descend et aperçoit aux doigts de Richard une série de bagouses chromées, et tout de suite il voit la gueule ensanglantée du routier, le nez écrasé, la mâchoire entamée jusqu'à l'os. Richard cogne là-dedans en fermant les yeux, avec sur la figure une sorte de sourire bienheureux, et Manu lui crie arrête, arrête, tu vas le caner, et Richard émet une plainte impatiente et lascive qui se mêle à la voix de l'homme étranglée de douleur et de sang. Il cogne, Richard. Il s'acharne sur le côté droit du crâne et son poing rougit jusqu'au poignet, et Manu hurle au craquement terrible que ça produit soudain, il bondit sur le dingue et le renverse, il se campe entre lui, assis bêtement sur le gravier, en sueur, de la poussière collée à sa figure qui lui fait un masque gris, et le chauffeur qui ne dit plus rien, agité de spasmes brutaux, comme un électrocuté. Richard se relève et avance en titubant, poing américain brandi, vers Manu qui sort de sa poche une petite matraque dont il frappe aussitôt le barjot plusieurs fois au plexus, connard, connard, tu l'as tué, pauvre taré, ne me menace pas. À genoux, Richard pleure avec une voix de môme et avance comme un pénitent vers le corps qui ne bouge plus et il le secoue en lui ordonnant de cesser de faire le con, de se réveiller, un costaud pareil descendu par un petit mec qui lui rend vingt centimètres et trente kilos, on croirait un manager qui tente de remettre son poulain sur pieds pour la quinzième reprise, merde merde, tu dormiras plus tard.

– Faut le planquer, maintenant, lui dit Manu tout près de l'oreille. Tu vois bien qu'il est mort, putain de moine. Ça nous fera gagner un peu de temps.

Il se tient l'estomac, où résonne encore l'impact du coup de poing amplifié maintenant par la nausée qu'il ressent devant la face ravagée du cadavre. Il entend un bahut démarrer et l'aperçoit à une cinquantaine de mètres qui s'éloigne pour reprendre la nationale.

Richard est sorti de sa stupeur, il traîne le mort par les bras jusqu'au pied des pins, et l'allonge derrière un genêt déplumé. Il revient vers Manu, et quand il lève les yeux on s'aperçoit qu'il n'a plus de regard, mais à la place deux organes ronds et fixes, d'un bleu presque transparent désormais, chargés de percevoir lumières et volumes, une paire d'yeux amibiens, qui absorbent tout ce qu'ils voient comme un trou noir gobe des morceaux d'univers.

Manu fait décrire au camion une vaste courbe sur le parking, et il prend la route qui les mène au lieu de déchargement où François doit commencer à se demander ce qu'ils foutent. Le semi laisse derrière lui un gros nuage de poussière, et Manu espère un instant qu'il ne se dissipera pas tout de suite, de façon à cacher encore un peu la catastrophe.

– Quand François va savoir ça, il va te trépaner, bordel. T'as vu la merde où on est, à cause de toi ?

Richard ne répond rien, occupé à régler le rétroviseur pour y surveiller on ne sait quoi, peut-être le mort en train de se relever pour se marrer de cette bonne farce, tout sanglant, tout défoncé de coups par ce qui ne serait alors que le maquillage facile à nettoyer d'un cauchemar criant de vérité.

Ils roulent pendant une dizaine de kilomètres et bientôt ils aperçoivent François au bord de la route qui leur fait signe. Manu engage le camion dans le chemin cahotant menant à une ferme en ruine dont seul un hangar de brique se dresse encore, coiffé de sa charpente hirsute d'acier tordu. Quand il les voit descendre, blêmes et sales comme des gamins qui ont traîné n'importe où leur costume du dimanche, il comprend qu'il y a eu embrouille. Il s'approche en courant, il a envie qu'on le rassure quand même.

Manu explique en bredouillant. Le gars costaud et insolent, la prise de contact qui tourne mal, l'entêtement de Richard. Le tueur observe la cime des arbres et semble se bercer à leur balancement régulier. Alors François s'assied sur une souche et se prend la tête entre les mains, sans rien dire, et se contente de regarder le sol où des fourmis s'échinent à transporter la dépouille d'un scarabée qui jette par moments sous le soleil des éclats précieux.

4

Jambes ouvertes sur un entre-deux luisant, la fille fixe Olive en souriant d'un air candide, suçant son pouce, renversée dans la fourrure synthétique, nylon tacheté, léopard d'éprouvette. Plombée par ses gros seins, elle est figée dans sa pose provocante, un doigt hardiment pointé où on lui a dit, poupée obéissante. Il aimerait bien qu'elle parle, la poupée, sans trop savoir ce qu'elle pourrait dire, et même si ce serait intéressant. Il ne peut s'empêcher de caresser le corps bronzé, de bas en haut et retour, d'un regard fugitif ramené toujours vers l'intimité rose de cette cicatrice qui le zyeute avec insistance et que n'éblouit pas le soleil truqué des projecteurs. N'y tenant plus, essoufflé et stupide, il tourne la page de papier glacé pour chasser la vision et se retrouve dans un univers bleu où nagent des requins, des monstres de trois mètres de long, précise la légende. L'un des squales montre en gros plan un sourire déchirant. On devine aisément un attirail sauvage. Derrière lui, un plongeur fait des bulles, on a peur que l'animal ne se retourne.

– Chouf !

Olive jette un coup d'œil à côté de lui. Tayeb lui montre une turlutte plein cadre. Engin violacé, rouge à lèvres écarlate, paupières vert fluo. Tourne la page. La chevauchée torride. Piston, bielles, sont bien visibles. Admission, combustion. Vue rapprochée. Échappement libre. On comprend bien comment ça marche. Cours de mécanique génitale.

– Vous les achetez, ou vous les posez, les revues ! gueule le marchand de journaux. C'est toujours pareil !

– Un Tac-o-Tac et un Millionnaire, demande une grosse femme qui vient d'entrer en soupirant. Et pis *France-Dimanche* et *Télé 7 Jours*.

Tayeb s'est retourné. Il fait semblant de remettre la revue sur le rayon, et la glisse sous son Tee-shirt, calée dans sa ceinture. Et puis cette autre, là, emballée sous plastique.

– Laisse ça, murmure-t-il à Olive. C'est pour les blaireaux. Y a que des teuches. Moi, j'aime quand ça ramone bien. Va lui prendre *Mickey* et *Sud Ouest*, à ce bâtard. Après, on s'arrache.

Olive se dirige vers les publications pour enfants. Il en prend une au hasard, avec un gros cochon rose et noir qui se marre, une marguerite au groin. On annonce en couverture la suite des aventures de Mélanie la truie et d'André le cochonnet.

– Alors ? On vous voit quand à la télé ? demande le marchand de journaux, tout en lorgnant Tayeb qui s'est plongé dans le *Magazine littéraire*.

La grosse gratte. Le type se penche au-dessus du comptoir pour lire à l'envers les titres de la presse à scandale.

– Encore enceinte, celle-là ? Et lui ? Y paraît qu'il a un cancer. Regardez. Il est enflé comme Pompidou.

– Cinquante balles ! s'écrie la femme. Le début de la fortune ! Bientôt, moi aussi je serai en première page avec un de mes amants sur une plage ! Y en a bien que pour les rupins !

Olive s'est approché de la caisse. Il observe la mémère en train de s'affairer sur ses tickets. Comme ça dure un peu, il prend *Sud Ouest* et lit rapido le récit de la énième défaite des Girondins. La femme souffle sur les dorures prometteuses, approche de ses yeux les bouts de papier bariolés, s'acharne encore avec sa pièce de vingt centimes. Ses seins ballottent au rythme de son espoir. Elle se redresse et prend un air indifférent.

– J'ai jamais eu de pot, y a pas de raison que ça commence, fait-elle. Dix francs, c'est tout ! Je vous prends un Banco illico !

Olive peut enfin payer ses journaux, puis il s'écarte pour laisser manœuvrer la mastarde vers la sortie. Les deux garçons sortent dans le sillage aigre des aisselles à replis. Dehors, le soleil les attrape tout de suite et les tient dans ses grandes mains brûlantes, et les ralentit, les accable, essaie de les clouer au sol comme des mouches piégées. Ils marchent l'un derrière l'autre en serrant l'ombre au ras des murs. Tayeb va devant, comme toujours. Démarche souple, très déliée, jambes de caoutchouc montées sur coussins d'air, ample bermuda fleuri autour des muscles sûrs, ventilation des organes vitaux, des recoins moites, puisée à chaque pas. Olive traîne son ombre démesurée qui ondule sur le sol, grimpe aux murs comme une grosse couleuvre, cascade sur les bordures de trottoirs, dans les caniveaux. Il a les yeux rivés au sol. On ne sait pas ce qu'il regarde. Rien, souvent. C'est surtout pour ne pas voir. Ils longent l'ancienne raffinerie de sucre, transformée en zone d'activités. Rien que le mot les fatigue, avec la chaleur qu'il fait.

– On va au bunker, décide Tayeb. Et cet aprèm', piscine.

Olive ne dit rien. De toute façon, il est d'accord. Même si la piscine ça le gêne un peu, rapport à ses os qui dépassent trop, pointus à rayer les carreaux du fond quand il plonge. Il a l'impression que les filles le regardent bizarrement, parfois avec pitié, comme un de ces malheureux qu'on montre à la télé en train de crever. Alors il se fait discret. En gros, ou bien il reste collé à sa serviette, regrettant que les boucles de coton ne soient pas angora pour mieux s'y cacher, ou bien il séjourne longuement dans l'eau à reluquer les soutiens-gorge qui se défont et les rondeurs qui jaillissent, ou les culottes arrachées par l'eau farceuse, et il s'imagine en créature aquatique, quasi invisible et à peine palpable, parcourant le sein de l'onde et frôlant des cuisses, enlaçant des tailles, s'immisçant entre des jambes vers les grottes sous-marines pour aller y pêcher quelques coquillages salés et tièdes, et y prendre entre ses lèvres des perles rares, comme Aronnax et Nemo dans le livre. Et ces idées lui font pousser au bas du ventre un mât de galion, un Nautilus toujours retenu par une banquise invincible.

C'est tout soudain que la cité se dresse. La Cité Lumineuse. C'est ainsi que l'ont nommée les logeurs de la classe ouvrière, en 59. Cinquante mètres de haut. Vue de profil, d'où ils arrivent, c'est une grande bitte carrée. Deux cents de long. De face, un paravent planté entre le quartier et la Garonne en arrondi, bombant le torse vers le fleuve. Percé des ouvertures réglementaires pour aérer les clapiers. Trois cent cinquante caissons, bien tassés. Olive lève les yeux vers le sommet à mesure qu'ils approchent. Il fait toujours ça. Il ralentit, s'arrête presque. Il a vécu ici. Il y est né. Maintenant c'est presque vide parce qu'ils vont détruire. C'est trop vieux, et trop moche. C'était rempli de pauvres pleins de problèmes. On a viré les pauvres, en les priant d'emporter leurs problèmes ailleurs. C'est ce qu'a fait la mère d'Olive, en pleurant, après avoir menacé, un soir où elle était fatiguée plus que d'habitude, de se balancer par la fenêtre avec ses deux gosses. Olive lui a demandé de ne pas le faire, il pleurait lui aussi, du coup. Benjamin, qui avait six ans à l'époque, bramait également, sans trop savoir. La mère a refermé les volets, et elle a proposé de leur faire des crêpes. Depuis, ils habitent deux cents mètres plus loin, dans d'autres blocs plus petits, hideux, d'où on ne domine plus qu'un parking et des pelouses envahies de trèfle.

Ils passent sous les coursives venteuses. Un courant d'air y rôde en permanence, un petit zèphe à refiler, l'hiver, la grippe à l'inventeur du vaccin lui-même. Tout est désert. Il ne reste plus dans la cité que douze appartements occupés par des vieux récalcitrants qu'on n'ose pas expulser, et qui refusent toutes les propositions, repoussent les menaces, méprisent les tentatives d'intimidation.

Bloc D. Ils prennent l'ascenseur. Direction le quatorzième étage. Ça bringuebale, dans le monte-charge. La mécanique est chahuteuse, elle a de longs frémissements parfois, des grondements vrillés de bruits de chaînes, des convulsions qui secouent les parois de fer couvertes de graffiti, rayées de gros mots, d'initiales, de pornographie minimaliste illustrée de schémas tracés à la pointe d'acier. Des tags signalent l'existence d'un certain Kamel, et l'on se demande si c'est là son territoire. Le revêtement du sol est usé en son centre, la ferraille affleure. Les deux garçons se tiennent à l'écart de cette surface métallique comme s'ils redoutaient, mettant les pieds dessus, qu'elle ne cède d'un coup et les précipite dans la cage trente mètres plus bas. Ils ne disent rien. Le risque, c'est que la boite à bétail tombe en panne et qu'ils se fassent prendre alors qu'ils n'ont rien à faire là, mettant en péril le secret bien gardé du bunker. D'où une appréhension certaine.

Le bunker, c'est l'ancien appartement 1521. Dernier étage. Pour empêcher l'installation de squatters, les HLM ont fait souder sur les cadres des portes de fortes plaques d'acier brut. Huit points de fixation, de la tôle de huit, du costaud. C'est peut-être ce que la cité a connu de plus solide, comme équipement. C'est le grand frère de Tayeb, Mohammed, qui s'est chargé de démonter le blindage. Il est métallier, faut dire. Chaudronnier, quoi. Le genre de mec à se battre avec le fer à peine refroidi, à grands coups de masse, de flamme. Il voulait être boxeur, Mohammed. Il a disputé quelques combats, qu'il a gagnés sans trop forcer. On disait qu'il donnait l'impression de vouloir rentrer dans son adversaire pour ne plus en sortir tant que l'autre bougeait encore. Un teigneux, rapide et précis, archi-violent. On ne savait jamais où il regardait. Sur le ring, son regard se dérobait comme sa gueule évitait les coups. Et puis les entraînements, la discipline, l'hygiène de vie, ça l'a vite fatigué. Un soir, il a foutu un pain à un arbitre. De façon préméditée, exprès pour se faire virer. Après, il a allumé l'espèce de Pied-noir qui lui servait de manager. Rideau, la boxe. Alors depuis, il fout des branlées à des morceaux de fer de dix tonnes et plus. Il a travaillé six mois au tunnel sous la Manche. Contrat à durée déterminée, ils appellent ça. Mobilité. Il est parti se geler le cul dans le Nord, il en voulait, du travail. Maintenant, la manche, il pourrait la faire. Et le tunnel, il est dedans. La plaque qui bouchait la porte, elle ne lui a pas fait peur. Il s'est amené avec un chalumeau, et deux heures après, l'accès était libre. Avec quelques petites cales de bois on peut refermer sans que personne se doute de rien. C'est mieux camouflé que la grotte de Zorro, et d'un coup de pied-de-biche ça s'ouvre plus facilement qu'une boîte de thon.

Dedans, c'est sombre. Ils évitent d'ouvrir les volets dans la journée pour ne pas qu'on les repère d'en bas. Encore que les peupliers qui font monter leur feuillage jusqu'au huitième empêchent que les curieux s'aperçoivent de rien, si bien que de temps en temps ils peuvent se rincer l'œil, la ville étendue au loin, rien que pour eux. « On est des rois, dit parfois Tayeb en tirant sur un pétard géant. Mate un peu le panorama. En hélico t'y verrais pas mieux. »

Pour l'instant ils entrebâillent un peu, pour aérer, et un petit vent commence à cavaler dans la pénombre découpée net par des barres de lumière crue. C'est un F5, rien que pour eux deux. Tapisseries à grosses fleurs, moquette à grosses taches. Les derniers locataires devaient avoir un chien incontinent, ou alors y avait quelqu'un de très malade. Chacun sa chambre, en principe. Ils ont récupéré des vieux matelas que Tayeb a nettoyés et désinfectés à l'eau de Javel et à l'insecticide, et pour lesquels Olive fournit des draps-housses qu'il fait régulièrement laver par sa mère en les mêlant au linge normal. Ils occupent surtout la salle de séjour où trône un bouquet de chrysanthèmes artificiels fabriqués par Dolorès, la mère de Mila. Une sorte de canapé-lit-sofa, composite et mou, accumulation de coussins et de matelas, de couvertures et de couettes, immense, leur permet de vautrer leur flemme sans promiscuité. Côté confort, deux radio-cassette-CD. Des monstres. Origine douteuse. Pas de facture, ni de garantie. Un solde de Johnny, le Gitan. Celui qui est mort en janvier, décapité dans une BMW en passant sous un camion qui transportait des vaches à l'abattoir. Sacré Johnny. Con comme un îlotier. Méchant comme une patrouille de la BAC. Mais quand vous étiez son ami, il vous aurait même volé votre cœur.

Olive se laisse tomber sur le canapé et attrape au hasard un magazine dans la pile. Une publicité de mousse à raser montre les contours parfaits d'un menton viril. Le type a l'air assez content du produit. Les pages tournent. Les couleurs se mêlent. Verdures exotiques, écarlate des voitures de sport, pastels des peaux bronzées. Une enquête sur les pit-bulls. Gros plans de cicatrices de morsures. Visage d'enfant arraché. Il manque un œil. Olive le cherche. Trouve les dents, qu'on distingue au milieu de la viande hachée. Stop ! Il peut plus. C'est comme les films d'horreur que Tayeb lui montre. Au bout de dix minutes, il transpire, la tête lui tourne, il peut plus respirer. Il cherche fébrilement sa préférée. Une brune boudeuse, qui montre ses petites affaires d'un air farouche. La voilà. Elle porte autour de la taille une mini serviette bleu pâle. Page 138. Olive approche ses yeux pour ne pas qu'ils roulent sur le papier et se mettent à taper un flipper torride sur les corps de la nana. Seins. Vingt mille points. Bonus. Tirage. Partie gratos. Droite-gauche. Ça repart vers le triangle fatal, pente tueuse du regard. Trop tard. Le gouffre. Canyon brûlant aux escarpements plantés d'une végétation clairsemée. Berges sinueuses où l'on ne s'aventure pas les yeux fermés. Chaud. Très chaud. Même dans l'ombre où se perd la perspective écartelée. Olive se laisse aller en arrière, la fille sur lui, telle quelle en sa page centrale. Il ferme les yeux. Il écoute son bourdonnement intérieur, ce bruit d'orage dans l'œuf, de foudre qui se retient… Il touche sa palpitation géante et reprend la revue, un peu essoufflé. Il pense à Mila, ça le gêne. Non. Pas elle, ici, là-dedans. Ne pas confondre avec ces créatures qui montrent leurs secrets grands ouverts, ces femelles qui offrent leurs bonbons roses nonchalamment. Déjà le reflux sanguin abandonne son bas-ventre dans l'humide et le déçu. Il éjecte le magazine et se couche sur le ventre, la bouche entrouverte contre le drap. Il articule le prénom, Mila, Mila. Et il bave un peu.

Soudain, un râle, un petit choc, de l'autre côté de la cloison. Un juron obscène. L'eau coule dans le lavabo, versée du jerrycan qui sert de réserve. Juste après, Tayeb apparaît, une lampe de poche encore allumée dans une main, et dans l'autre la revue chouravée qu'il lance sur Olive.

– Tiens, fais ton éducation de puceau.

Olive l'envoie balader en marmonnant, la figure enfouie dans un oreiller.

– Qu'est-ce que t'as ?

– Rien.

– T'as jamais rien.

– Si, des fois.

– Remarque, je m'en branle.

Olive ricane. Tayeb ne capte pas tout de suite. Musique, pour donner au silence une contenance. « Metallica » explose, au beau milieu d'un solo sidérurgique. Tayeb shoote dans le mur, en cadence. Puis il s'approche de l'entrebâillement d'un volet, épaule un fusil imaginaire.

– Putain, les snipers, ces chiens !

Il crache deux ou trois coups, simulant le recul.

– Carton ! J'en vois un qui tombe !

5

Moi, c'est Marion Ducasse. Inspecteur Marion Ducasse, s'il vous plaît. Pour l'instant, je me tiens auprès d'un cadavre assez amoché que mes collègues de l'Identité judiciaire prennent en photo sous tous les angles, après avoir fait des prélèvements de terre, de cheveux, de sang, de poussière, de fils, de fibres, et tutti quanti. Bon. D'après les premières constatations, la victime, Laurent Delage, vingt-huit ans, chauffeur routier de l'entreprise Dumas Logistique, a été tabassé à mort et traîné ici, à l'ombre de trois pins et d'un chêne, derrière un buisson de genêts. Traumatismes crâniens multiples, enfoncement de la boîte crânienne, mâchoire sortie de son logement et profondément coupée, il paraît qu'on aperçoit l'os, j'ai pas eu le courage de m'accroupir pour voir de plus près. L'œil droit et l'arcade sourcilière qui va avec ont éclaté sous les coups, et c'est très écrabouillé à cet endroit-là aussi. Poing américain, sans aucun doute. Je passe sur les côtes cassées et sur les probables lésions internes : foie, rate, reins, le médecin légiste nous en dira plus, mais ça ne nous apprendra rien.

Un beau mec, ce mort. J'examine une photo que nous a apportée son patron il y a cinq minutes. Grand, bien balancé, belle gueule. On a du mal à le reconnaître, à présent. Il transportait du matériel vidéo, rien que du japonais fabriqué près de Bayonne. Destination Poitiers. Encore le Vidéo-Gang, a commenté le commissaire Etchart, mon chef. On les appelle ainsi, ces mecs qui en sont à leur quatrième attaque en sept mois. (Ce genre d'humour montre s'il en était besoin que les flics sont des citoyens à peu près comme les autres : ils regardent des conneries à la télé.) À chaque fois, le même scénario : ils piquent le bahut, quels que soient sa taille et son poids, ils le vident, y foutent le feu, et ensuite c'est cours-moi après que je t'attrape. Rien. Pas une empreinte, pas un indice, rien. Des témoignages, ça oui, et même des tas, qu'on tape en trois exemplaires pour épaissir le dossier et le mystère, et qui établissent qu'on a affaire à deux ou trois hommes de type européen dont l'un est plutôt petit et très brun. Avec ça, à moi les suspects ! On a montré des centaines de trognes aux témoins : et lui ? et celui-là ? Non ? Et cet autre ? Je sais plus, je suis pas sûr, j'étais loin, il faisait sombre. Bref. En plus, vu le talent des photographes de la boîte pour vous faire une gueule de pervers psychopathe ultra-violent, la moitié des bonnes volontés se découragent et osent à peine regarder notre collec de regards torves. Jusqu'à aujourd'hui, on n'a pas eu le moindre geste de violence, on mesure bien la difficulté de la tâche désormais. Sauf qu'ici, on a zéro témoin. Tout s'est passé loin du restau routier, et le soleil s'est chargé de tenir tous les curieux à l'écart.

Voilà l'affaire.

Je ne sais pas si je l'ai dit, mais il fait ici, bien qu'à l'ombre, une chaleur épouvantable. Tout le remue-ménage des bagnoles, des allées et venues, soulève une poussière qu'on aspire à pleines narines comme si on avait pour fonction de purifier l'air. Je me sens sale, poisseuse, moite de partout. Je songe à une douche presque froide, à un plongeon à poil dans l'océan – d'ici on est à vingt bornes de la côte. Je m'essuie la figure avec un mouchoir en papier et tout de suite c'est gris, vachement douteux comme fond de teint.

Comme l'équipe de l'IJ a terminé, on décide de mettre le pauvre mort au frais. Au moins un qui ne souffrira plus de cette canicule de la mi-mai qui fait tomber les records de chaleur comme un athlète dopé à bloc. Je laisse les pompiers emballer le malheureux conformément à la réglementation et je rejoins mon commissaire préféré qui palabre sous un autre bosquet de pins avec un officier de gendarmerie. En m'approchant je lui fais signe que c'est fini, il acquiesce d'un battement de paupières. J'écoute ce qui se dit, ça ne présente pas un grand intérêt. J'apprends qu'on attend le substitut Daguerre, qui a tenu à faire le déplacement pour se rendre compte. Très bien. Il doit vouloir remercier la gendarmerie de son concours, et se faire pardonner de ne pas lui avoir confié l'enquête lors de la première attaque, malgré l'insistance de la boîte à pandores. Très diplomatique, tout ça. Justement, j'aperçois mon collègue Cazeaux qui s'approche sous le soleil, flanqué d'un gendarme. Ils trimbalent une grosse glacière, et la posent au pied d'un arbre. Un trésor bleuté apparaît dès qu'ils ôtent le couvercle : des bouteilles d'eau minérale parmi de gros glaçons. Les flics de toutes obédiences accourent, se pressent, font des politesses. On se réjouit. Même les chefs cessent un instant leur conciliabule pour venir communier en s'envoyant quelques décilitres de flotte d'utilité publique, et glou et glou. Yoyo généralisé des pommes d'Adam. Pour ma part, j'ai le larynx plus serein, mais je me siffle la moitié de la bouteille sans reprendre mon souffle. Merde, c'est trop bon. On est tous regroupés à l'ombre chiche et trouée de ces pins comme un troupeau qui se trempe le mufle dans l'abreuvoir qu'on vient de remplir sous l'arbre unique d'un pré.

Ensuite, le substitut Daguerre arrive, tout luisant de sueur, et je vois le moment où personne ne va lui proposer de réhydrater sa juridique personne. Finalement, un gendarme lui montre la glacière. Daguerre se jette dessus comme s'il venait de traverser le Ténéré en vélo tout-terrain. Le commissaire le met au parfum en détail, et ça dure encore une demi-heure. Le magistrat insiste pour que cette affaire trouve rapidement une issue. Ça n'a que trop duré, et maintenant un meurtre. Il exhorte tous les services à prendre ces attaques au sérieux, puisque le pire est survenu. On écoute la leçon d'un air attentif, il a entièrement raison, faudrait pas qu'il aille croire qu'on ramasse les macchabées par plaisir comme on relève les fautes d'orthographe dans le rapport d'une patrouille de nuit.

On rentre à Bordeaux à fond de train, en buvant jusqu'à l'ultime molécule l'eau de nos bouteilles qui a fini par tiédir. Je laisse le courant d'air me peigner en arrière, je sais que ça ne me va pas mal. Les yeux mi-clos je fais un gros effort pour ne penser à rien, puis je m'aperçois que Cazeaux, assis à côté de moi, plonge du regard dans le décolleté de mon débardeur. Pour le distraire un peu de ce zoom décevant (je suis pas mal roulée du tout, mais côté nichons je suis restée très adolescente), je relève mes jambes pour caler mes genoux au dossier du siège avant où le commissaire observe, lui, un mutisme complet, comme on dit dans les journaux. Ma jupe étroite remonte aussitôt sur mes cuisses, et j'entends mon aimable collègue se racler doucement la gorge.

Quand on arrive rue Castéja, je lui souris en appuyant ça d'un clin d'œil, et je lui demande s'il n'a pas trouvé le trajet un peu long.

– Y a pas grand-chose à voir, entre les Landes et ici. Des arbres, encore des arbres, et de l'autoroute.

– Je m'en fous, de toute façon j'ai somnolé la moitié du temps, ment-il.

Je m'allume une clope – la dixième de la journée seulement, je suis en progrès – et je lui souffle la fumée au visage pour le réveiller. Au moment où on se sépare, parce que le commissaire, qui est homme de bon sens, a estimé qu'il ferait jour demain, je fais la bise à Cazeaux, ce qui ne m'arrive pratiquement jamais. Il a l'air surpris, il cafouille un peu, sa main survole mon épaule, il ne sait que faire de cette soudaine familiarité.

– Ne pionce pas devant la télé, ta femme et tes gosses vont faire la gueule, sinon.

Il essaie de dire un truc que je ne cherche pas à déchiffrer, et je m'éloigne avant qu'il ait fini de faire le tri. Je sens son regard posé sur mon cul et j'arrive pas vraiment à lui en vouloir.

Arrivée chez moi, vite une douche, presque froide, comme prévu. Je reste là-dessous un bon moment avec la musique qui me parvient du salon, quelque chose d'assez énergique des Go Go's. À peine suis-je rhabillée, robe en coton fleuri ultra-light et nuage d'Eau de Rochas, qu'on sonne. C'est Daniel, mon bien-aimé depuis quelque temps déjà. Contrat libre à durée indéterminée, résiliable à tout moment. Avec la crise, ce n'est déjà pas si mal. Il entre, je me colle à lui pour lui montrer combien je suis fraîche, et il se frotte à moi assez sommairement. Tiens donc. Il est plus ardent, de coutume. Sur quoi il me demande s'il est bien nécessaire de faire gueuler la musique ainsi. Il pose sa serviette, ôte veston et cravate, me regarde en souriant pour masquer sa mauvaise humeur.

– Sers-nous à boire, je lui dis. J'ai eu un mort aujourd'hui, alors il va falloir que tu me distraies. Y a du Sauternes au frigo. Et puis des olives aux anchois dans le placard.

Il disparaît dans la cuisine, fait du bruit, revient avec un plateau correctement garni. On trinque. Le vin est fameux. Je vide mon verre comme si c'était du sirop, et dois me resservir. Daniel n'en décroche pas une. Il pioche abondamment dans le bol d'olives.

– Moi aussi, dit-il au bout d'un moment.

– Quoi, toi aussi ?

– J'ai eu un mort.

J'ai envie de lui dire que c'est tout de même plus fréquent dans son métier que dans le mien, ce qui prouverait que les flics sont en gros moins nuisibles que les toubibs, mais je renonce à faire du sous-Molière.

– Monsieur Fenoglio, continue-t-il après avoir refait le niveau de son verre. Tu sais, je le traitais pour de l'hypertension. Et ce matin il a fait un AVC. Il est mort dans l'après-midi.

– Il a fait un quoi ?

– Un accident vasculaire cérébral. Une attaque.

– Le mien aussi, il a été victime d'une attaque. On lui a volé son semi-remorque bourré de magnétoscopes.

On parle de nos morts. Lui de son vieux monsieur ancien résistant et communiste, généreux et drôle, et moi de mon beau garçon étendu à l'ombre, la gueule fracassée, comme un « Dormeur du val » sans poésie. Au bout d'un moment, la bouteille de Sauternes est vide, et on éprouve, un peu partis, le besoin de parler d'autre chose. En fait, on ne dit rien. On se met à communiquer avec les mains. Nul besoin d'explications compliquées. On se comprend. Du tac au tac. La bouche c'est mieux des fois quand ça sert pas à causer. Daniel c'est pas un grand bavard, mais ce qu'il me dit en ce moment je sais le lire sur les lèvres.

On se grimpe dessus. On roule. On transpire. On est plus que du gémissement moite. Bonne baise. Dans le genre goulu, vorace, tapageur. Je suis assez expansive quand je vais bien.

6

Richard a bien cru qu'il le ferait. Il a vu s'écouler ses dernières secondes quand la bouche noire du pistolet l'a baisé sur le front et y a pressé le rond parfait de ses lèvres. François venait de lui prendre l'arme et de faire monter une balle dans la chambre. Richard a tressailli au claquement de la culasse. Il a ressenti la faible détente du ressort. Il s'est vu coincé dans les quelques millimètres séparant le percuteur de l'amorce. Tout ne se réduisait plus désormais qu'au jeu de quelques bouts d'acier savamment disposés. François hurlait qu'il allait débarrasser la planète d'un taré irrécupérable, d'un fardeau mal fini qui allait mal finir. Il gueulait ça au sein d'une nature accablée de chaleur, dans une lumière aveuglante qui figeait tout, et les cigales se sont tues, et le vent est tombé. Il écumait, François, lui qui s'impatiente si rarement, tendu de nerfs d'acier. Sauf que des nerfs d'acier qui se mettent en boule, ça percute sévèrement. Il a plaqué Richard au sol, la gueule dans le sable, et lui a collé le flingue dans la nuque, prêt à lui poinçonner la cervelle pour être sûr qu'elle servirait plus jamais. Il appuyait là-dessus comme on se sert d'une perceuse.

– Tu vas gicler partout, sale con !

Il a tiré. Dans le sable. Richard a vu retomber une douille avant de prendre une gerbe de terre dans les yeux. Assourdi par la détonation, la couenne brûlée par la chaleur du canon, il a émis un petit cri d'animal dont on ne l'aurait pas cru capable.

Maintenant, il pleure, Richard. Toujours à plat ventre. Il a très peur de mourir, c'est une question nouvelle pour lui. L'argument métaphysique brandi au-dessus de lui pèse un peu plus d'un kilo, il jette des éclats vifs de chrome spécial, et concentre ses questions essentielles dans la quinzaine de pruneaux de 9 mm parabellum entassés dans la crosse. Richard cafouille faiblement dans la problématique. Reptation immobile. Poussière. Tu ne soulèveras que poussière.

Au bout d'un moment, une main le secoue. Je suis mort, ils m'emportent, pense-t-il.

– On décharge, dit Manu. Bouge ton cul. Ça y est, il s'est calmé.

En travaillant, ils ne disent plus rien. Isolés dans la brume chaude qui s'est abattue sur leur cerveau. L'odeur de la poudre se mêle aux vapeurs d'essence et aux relents d'huile qui s'élèvent des moteurs bouillants. Leurs avant-bras ruisselants laissent sur les cartons d'emballage des traces mouillées. Les mains détrempent bien vite les épais gants de manutention.

Ils s'échinent ainsi presque deux heures, encouragés par le grésillement têtu des cigales dans les pins. Richard est couvert de poussière et de sable collés. Comme il s'est frotté le pourtour des yeux et de la bouche, on dirait le clown miteux du cirque Borgnol.

Pour le retour, François est seul dans le fourgon, à ruminer ses regrets. Il se dit qu'il aurait dû éparpiller la cervelle primitive de l'autre nul dans les aiguilles de pins. Il passe en revue, dans une frénésie sanglante, tous les moyens qui auraient pu abolir l'existence de cette erreur de la nature. L'arme blanche, les explosifs ? Un bain d'acide, peut-être ? Tout à ses idées teintées d'hémoglobine, il roule à plus de 110 à l'heure en agglomération, et lève le pied aussitôt qu'il s'en aperçoit, avec un coup au cœur qui le fait presque bondir. Il scrute les petites rues qui débouchent sur la nationale, tous les recoins où ils pourraient planquer leurs sales gueules et leurs motos, mais il ne voit rien, et s'oblige à respirer à fond.

De toute façon, il ne s'arrêtera pas. Le premier képi qui met un pied sur le bitume va tout comprendre, en une seule leçon, de la mécanique des collisions, et deviendra un cas d'étude en pathologie des catastrophes. Il fait ce serment, François, parce que désormais il appartient à un gang de tueurs, et ça change tout dans sa vision de l'existence. Il sent que la vie des gonzes qui vont se trouver en travers de son chemin sera d'un poids dérisoire dans la balance de ses valeurs.

– Plutôt crever plein de trous ! proclame-t-il à voix haute.

C'est un ancien garage dans la zone de Tartifume, où la commune de Bègles se perd dans les herbes folles et les entrepôts désaffectés dont le gardiennage est assuré dès la nuit tombée par des escouades de putes que le maire et tout ce que la ville compte de petits commerçants et de pères de famille vertueux aimeraient bien voir partir jouer plus loin, rapport aux préservatifs et aux seringues qui traînent partout et avec quoi les enfants pourraient jouer. Sans parler de la pornographie live. Il y a des cassettes vidéo, pour ça.

L'homme leur a ouvert les portes de fer en les saluant d'un air jovial. « Salut les hommes ! » a-t-il gueulé. Il porte sur sa figure grise, osseuse, aux yeux charbonneux, un sourire permanent qui lui donne une expression stupide et sournoise. Quand ils sont descendus des camions, il s'est précipité en se frottant les mains, en se les tapant sur le cul sans raison apparente.

– J'ai des mousses au frais, annonce-t-il avec enthousiasme.

Aussitôt, il se précipite vers une glacière qu'il ouvre, et entreprend de décapsuler quatre canettes.

– Sacré René ! T'as pas tout sifflé ? s'étonne Manu. Avec cette chaleur, t'as dû te réhydrater le foie !

– Je bois pas forcément quand j'ai soif! répond René.

Ça le fait rire. Et tousser. Ses éructations résonnent dans un silence aussi épais que le jus jaunâtre qu'il crache au loin.

Les autres boivent, et ça déborde un peu de leur bouche, et ça dégoutte à leur menton. François rote avec fracas et laisse errer autour de lui un regard accablé. En gros, il éprouve un sentiment assez compliqué de solitude, de colère et de vacuité. René plonge à nouveau la main dans la glacière.

– Arrête un peu de picoler, fait François. On a du boulot. Il vient quand, Monsieur Philippe ? Tu l'as appelé ?

René grimace en aspirant la fumée de sa Gitane maïs. Il tousse un peu.

– Oui. Pas de problème. Il m'a dit qu'il serait là vers sept heures.

Il les dévisage derrière ses paupières à demi fermées par la fumée. Richard a fini sa bière depuis un moment déjà, et il lorgne au fond de la bouteille avec attention comme s'il assistait à la noyade d'une mouche.

– Vous faites une drôle de gueule. Y avait quoi dans le semi ? Des pianos à queue à la place des magnétoscopes ?

– C'est à côté du bahut, qu'il y a eu un problème. Un macchab qu'était pas prévu dans la livraison, explique Manu.

– Quel macchab ? y avait un mort au milieu des cartons ?

– Richard a canné le chauffeur. Il s'est un peu énervé. Ils ont eu comme qui dirait des mots, et...

René laisse pendre son clope à sa lèvre. Il se tourne vers Richard qui considère les deux fourgons d'un air absent, complètement sourd à la discussion.

– Il s'est un peu énervé, tu dis ? et il a tué ce pauvre mec ? Et s'il avait vraiment pris les boules qu'est-ce qu'il lui aurait fait ? Il l'aurait coupé en morceaux ? Merde ! Il s'est un peu énervé ! Pince-moi, je rêve ! On est des assassins, maintenant ! Tous complices, tu te rends compte ?

Ses joues se teintent d'une colère rosâtre. Un vacarme l'interrompt. François vient d'ouvrir les portes des fourgons.

– Nous fais pas chier, René. On fera le débat plus tard. Pour l'instant, ferme ta gueule et ouvre tes bras, on a du travail. Va falloir jouer serré si on veut pas se faire niquer.

Pendant que les va-et-vient ruinent un peu plus sa précaire carcasse, René se laisse aller à la noirceur dans le genre clip convulsif et cadré au ras du sol. Des flics qui sonnent à la porte et lui sautent dessus. Ses mains ornées de bracelets. Le box des accusés, la gueule du juge, l'écho confus de la lecture d'une sentence. Dix ans de placard. Il va crever en taule, c'est sûr. Pour se rassurer, il essaie d'imaginer une tentative de fuite dans les escaliers de son bâtiment, le souffle court, les poumons ramonés au goupillon de fer, le cœur qui lui bat dans la bouche. Mais des flics surgissent de partout, projetés vers lui par d'invisibles ressorts comme dans le train fantôme et jaillissent des flingues qu'on lui colle sur l'œil, et valsent des coups de pompe dans ses recoins privés. Il entend Dolorès à sa fenêtre bramer de pas l'abîmer trop. Il manque s'affaler en avant, entraîné par le poids du colis qu'il porte et le vertige de son cauchemar. Il se reprend de justesse, s'appuie au carton, haletant. Il se retourne vers les autres qui n'ont rien entendu de son tohu-bohu mental et durant quelques secondes ça l'étonne. Il ne sait plus parfois faire la différence entre ce qui s'agite en lui-même et ce qui bouge au-dehors. Il est de moins en moins étanche. Il a des moments d'existence virtuelle, sans casque électronique ni gants spéciaux. Il est de son temps, comme alcoolo. Mais son espace est plein de trous, et il tombe dedans.

Monsieur Philippe est entré sans qu'ils l'entendent. Il est vêtu d'un costard de lin noir, d'une chemise de soie grise, et les semelles ferrées de ses chaussures tout cuir claquent et crissent sur le sol de béton. Il est blond, grand, bronzé, ses yeux sombres fouillent les êtres sans ménagement pour y examiner ce qui s'y passe et il les laisse en désordre et béants une fois qu'il a vu. Ce qu'il voit pour l'instant le satisfait et l'inquiète. Les colis rangés comme à la parade le font s'émerveiller devant tant d'efficacité, et il se met à offrir des cigarettes king size à bout doré que les quatre hommes acceptent à la façon d'enfants qu'on récompense enfin. Mais les regards fiévreux que François jette à la dérobée, l'air fuyant de Manu qui s'efforce de lui tourner le dos le plus possible, s'occupant à des bricoles, le teint grisâtre et les yeux luisants de René, le mettent en alerte. Nul besoin de chercher davantage. Dans ce hangar ça sent l'embrouille aussi sûrement que le tabac blond et la sueur. Il n'est qu'à voir l'allure incertaine, les gestes ondulants, imprévisibles, du dingue qui fume sa cigarette en soufflant la fumée au-dessus de lui en cercles bleus. Ils ont déconné, et c'est à cause de ce branque.

– Bon. Y a un problème ?

Il aurait mieux fait de tirer un coup de flingue en l'air, ils auraient accueilli la détonation plus calmement.

– Un gros problème, répond François.

Et il raconte. Il en rajoute juste un peu sur l'agressivité du chauffeur.

Quand il a terminé, Monsieur Philippe ne dit rien d'abord. Il réfléchit tellement que ça s'entend presque.

Puis il prend une autre cigarette, qu'il allume avec un briquet d'argent. Cette fois-ci, il n'en offre à personne.

– Bon, dit-il en les toisant tour à tour. Ça sera cinquante pour cent de moins. Je vous laisse à chacun vos cinq appareils pour votre argent de poche, comme prévu. Ça me déçoit. Jusque-là tout s'était passé si bien... Vous devez bien comprendre que je prends un risque supplémentaire, désormais. Et j'entends le facturer, c'est bien naturel, non ?

– On peut aussi se dire qu'on a eu du bol que tout se soit passé sans bobo jusqu'à cet après-midi, rétorque François. Les risques, nous aussi on les prend, faudrait pas oublier.

Monsieur Philippe salue d'un sourire bienveillant l'argumentation prévisible.

– C'est pourquoi je vous prends tout de même le lot. Je ne peux pas vous laisser au milieu du gué quand la crue menace. J'ai ma morale, voyez-vous.

Il tape doucement dans ses mains, et sourit encore.

– C’est pas tout ça. La marchandise part demain. La Roumanie, ce coup-ci. Le camion est prêt, et le chauffeur toujours vivant.

Tir de barrage des quatre regards.

– Je plaisante... Mieux vaut en rire qu’en pleurer, comme on dit. Et ça vaut mieux que si l’un d’entre vous avait été tué, non ?

En disant ça, il lance un coup d’œil en direction de Richard. René hasarde une faible approbation. D’un coup, Monsieur Philippe entreprend de leur serrer la main en leur conseillant la plus grande prudence. Comme François le raccompagne dans la rue, il le prend par le coude :

– Vous allez me surveiller l’abruti que vous traînez avec vous, et éviter qu’il fasse des conneries. Je croyais que vous étiez sûr de vos hommes.

En remontant dans sa Jaguar, il redit sa déception, François l’assure à nouveau de son entier dévouement et de la prudence extrême qui sera désormais la sienne, mais il n’a pas le temps de développer : déjà la portière claque sourdement, on sent qu’en usine des techniciens ne travaillent que là-dessus, le claquement des portières, juste pour que le bruit soit plein, mat, soft. Juste pour qu’une femme ait l’impression en se coinçant les doigts dedans que ça va lui vernir les ongles. François regarde s’éloigner la voiture en s’imaginant au volant, vitres bleutées remontées, clim’ à fond, roulant vite et sans bruit dans la cambrousse. Le cadavre de cet empaffé dans le grand coffre moquetté.

Puis il observe les petites maisons de la rue, dissimulées derrière des rosiers exubérants, et il pense soudain qu’une bicoque tranquille avec un carré de gazon pour boire l’apéro, quelques pots de fleurs, un arbre ou deux, juste de quoi se taper trois cerises à la saison, avec aux fourneaux une petite femme qui saurait préparer les ris de veau et le magret farci au foie frais, qui serait bien obéissante et propre, et au lit un peu salope, bien roulée, pas trop chiffonnée de la gueule, tout ça suffirait bien à sa quiétude.

Mais comme il a oublié de se mettre à l'ombre, de la sueur vient brouiller son champ de vision, et les appels des autres, qui résonnent dans le hangar, brisent net les harmonies sucrées de sa mélodie du bonheur.

7

Tayeb tire une longue bouffée de sa cigarette et rejette la fumée loin au-dessus de lui, vers le plafond sombre où le nuage odorant se disloque. Il se redresse un peu, se cale contre un coussin, et se regarde. Il examine en les flattant du plat de la main ses abdominaux durs de force, descend son regard satisfait vers son sexe encore humide, jusqu'à ses cuisses musclées. Beaucoup de muscles partout. Il tend le bras pour atteindre le cendrier, puis le fait passer à Mila.

Elle est dans la même position que lui. Ses cheveux dégringolent en boucles lourdes sur ses épaules. Sa bouche charnue s'entrouvre sur la fumée qu'elle souffle. Les yeux, noirs. Très longs, les cils faiseurs d'ombre. Elle est toute nue, posée là, dans l'obscurité chaude, et elle jette autour d'elle des regards étonnés. Elle s'attendait à la caverne d'Ali Baba, encombrée de cadres de vélos, de roues dépareillées, de pièces de mobylettes, un trou insalubre où le pied roule sur des canettes de bière, parmi les papiers gras, les préservatifs. Ici, rien de tout ça. C'est vide et un peu triste, assez monacal. Ce dépouillement sent la Javel et le désodorisant d'ambiance.

– C'est super-propre, comme squatt.

Tayeb hausse les épaules.

– On est pas des clochards, nous. On la joue clean. Tu veux de la musique ?

Il est déjà debout au pied de l'espèce de lit. Mila enfile un Tee-shirt.

– Reste pas à poil comme ça. C'est nul de se balader les couilles à l'air.

Le garçon reste immobile, l'air stupide. Lard ou cochon ? De toute façon, sa religion lui interdit toute alternative. Puis il baisse les yeux vers son arsenal qui reprend peu à peu sa position de combat. Il enfile slip et bermuda, et a du mal à tout caser dans le taille-basse.

– J'ai plus de thunes, dommage, murmure-t-il.

Mila s'est levée elle aussi. Culotte, jupe. Tayeb colle ses yeux à ce qu'elle lui laisse : de longues cuisses dont il sait désormais comment elles finissent. Elle cherche son petit sac de toile rouge en chantonnant un truc américain. Elle se baisse, il entrevoit un triangle de tissu blanc, là-haut. Roulements de tambour entre oreillettes et ventricules. Le batteur semble avoir dix bras. Vichnou on drums. La grosse caisse lui cogne durement dans les tripes. Mila dit quelque chose qu'il n'entend pas, du coup.

– Je me casse, répète-t-elle.

– Déjà ? Tu veux pas boire un coup ? On a du Coca au frais dans la baignoire.

– Ma mère m'attend. J'ai un bouquet de lys blancs à faire.

Il s'approche, un peu voûté, l'enlace, cherche sa bouche. Elle se débat doucement.

– Non. Pas ça.

Tayeb s'écarte. Il cherche des mots, des idées, mais tout reste bloqué, alors il ouvre la bouche comme un poisson qui essaie de comprendre la vitre de son aquarium.

– On est copains, c'est tout ! T'as la thune, on s'arrange. Mais après, c'est juste moi toute seule. Tu comprends ?

Non, il ne comprend pas. Il ne comprend même plus rien. Devant lui hésite un être absolument mystérieux, fuyant, quelque peu improbable, auprès de qui il sent sous sa peau et dans ses chairs, en des zones difficilement accessibles, se consumer des incendies simultanés, comme qui dirait criminels. Jusque-là, le feu prenait en un point précis de son individu, et il savait, d'instinct, comment le circonscrire. En jetant vigoureusement de l'huile de coude sur les flammes. Sinon, les Canadair avaient tous des noms féminins : Stéphanie ou Cindy. Il suffisait de bousculer un peu la carlingue pour qu'elles prennent l'air, bonnes filles, patientes et disponibles, qui gloussaient d'abord, puis pleuraient parfois quand c'était allé trop vite, quand ça leur avait fait mal. Quatorze, quinze ans, tour à tour godiches et salopes, petites amoureuses qui branlaient mal et qui un jour se laissaient casser la serrure en fermant les yeux, et juraient qu'on ne les y prendrait plus.

Mila, elle, l'a regardé, tout le temps. Dans les yeux. Fixement, d'un air attentif, curieux, perplexe. Il lui souriait, dans les moments où il calmait le jeu, hasardait une caresse, essayait de trouver des endroits déterminants. Il avait l'intention, pour une fois, de soigner les préliminaires. Il en voulait pour son argent, et puis Mila, c'était tout de même très particulier. Mais quand il a commencé à mettre ses doigts et sa bouche un peu partout, sans trop savoir ce qu'il faisait, agissant de mémoire d'après ce qu'il avait vu dans des films où le moindre contact provoquait pâmoisons et grands écarts, elle l'a attiré contre elle et lui a montré le chemin en soupirant imperceptiblement. Ensuite, il a commencé à faire ce qu'il devait, ragaillardi, dosant son effort, maîtrisant l'amplitude de ses mouvements.

Puis il y a eu ce regard de Mila. Il s'est arrêté, au bord du reflux complet, et lui a demandé si ça allait, tout en cherchant quelle erreur il avait bien pu faire. Elle a battu des paupières en signe d'acquiescement, et a détourné les yeux. Alors il a recommencé, en évitant de la regarder. Ou alors à la dérobée. Et elle, elle semblait le maintenir en l'air, au-dessus d'elle, par la seule force conjuguée de ses yeux. Il a essayé de se retenir, il a pensé à ce con d'Olive, à ses parents, même à l'école. Mais rien n'a pu retarder l'échéance. Il est venu dans un geignement ravi et déçu à la fois. Et dès qu'il a eu fini, elle l'a doucement écarté. Elle a murmuré qu'elle avait chaud.

La voilà qui s'en va. Il ne sait pas ce qu'il doit faire, la prendre par le bras et lui dire des choses comme dans les films, les vrais, où les gens prennent le temps de parler un peu et d'exprimer des sentiments, vite, vite, des mots, des phrases, par quoi je commence ?

La porte a claqué derrière elle. Mila court dans le long couloir sombre, longe les murs sales et les portes condamnées par les plaques d'acier couvertes de graffiti et elle se figure un instant, alors qu'elle piétine en attendant l'ascenseur, qu'elle se trouve dans un château maléfique dont elle serait la princesse dérisoire. Seule dans la cabine secouée de longs frissons métalliques, elle passe sa main entre ses cuisses comme si ce geste pouvait apaiser la brûlure, toujours la même depuis la première fois, l'année passée, quand le grand Christophe, au fond du jardin de ses parents, debout contre le mur, l'avait retournée brutalement et avait forcé le passage, échauffé par tout un après-midi de jeux torrides et de promesses mouillées, et lui avait murmuré, en la tenant par les hanches, toute l'ordure verbale dont il était capable pour ensuite lui glisser un billet de cent balles dans le slip parce que le sang qu'il avait sur la queue était un beau cadeau qu'elle lui faisait. Elle retire sa main et l'examine, redoutant à chaque fois de saigner encore, et elle la sent, puis la cache dans son dos, parce que cette odeur n'est pas la sienne.

De retour chez elle, elle se débrouille pour laisser sa mère ronfler doucement devant la télé, puis elle s'enferme dans la salle de bains et se lave, se frotte, savonne deux ou trois fois, rince, essuie, désodorise, et finit par nettoyer de fond en comble la baignoire. Quand elle en sort, presque neuve, elle retrouve Dolorès assoupie dans son fauteuil, un petit magazine de télé sur les genoux, avec en couverture le brushing souriant d'une andouille américaine. À ses pieds, des monceaux de fleurs. Des roses pas finies, des pétales en jonchée assortie. On dirait une grosse reine qui récupère après avoir passé la journée à visiter les orphelinats. Le visage est avachi, penché d'un côté, sur le point de couler tout à fait sur l'épaule. Par moments, un encombrement des sinus aggrave les ronflements, provoque des hoquets, fait vibrer le menton. Quand elle ouvre les yeux, elle sursaute en apercevant Mila. Elle fait claquer sa langue pour la dégourdir.

– Ah ! c'est toi, balbutie-t-elle. Quelle heure il est ? J'ai dormi. Y avait rien à la télé.

En effet, sur l'écran, deux héros, sous un soleil écrasant, se demandent en observant le décor désertique si on ne leur aurait pas tendu un piège, cependant qu'on entend au loin des sirènes de police. Ils font alors démarrer une grosse voiture et s'en vont en soulevant beaucoup de poussière.

– J'ai mal à la tête, se plaint Dolorès en se frictionnant le crâne. Je dois avoir quelque chose aux yeux, à tout le temps regarder ces saloperies de fleurs.

Elle se racle la gorge, et finit par tousser douloureusement.

– Je vais crever, oui ! s'énerve-t-elle, convulsée par une quinte de toux.

Mila décide de ne pas attendre l'accalmie. Elle tourne les talons pour rejoindre sa chambre et ne plus entendre le remuement glaireux qui secoue sa mère.

– Où est ton père ? souffle Dolorès, qui a fait soudain la paix avec ses poumons.

– Qu'est-ce que j'en sais, moi ?

Il est peut-être mort, à cette heure, pense Mila. Tellement bourré qu'il s'est noyé dans une cuvette de chiottes en dégueulant. Et puis c'est pas mon père. Elle essaie d'imaginer la scène, pour se réconforter un peu.

– Il a encore voulu coucher avec moi, l'autre soir. Il est venu pendant que tu dormais. Il a sorti sa queue, il voulait que je la touche.

Dolorès bondit sur ses pieds, propulsée par les puissants ressorts de l'indignation.

– Parle pas de lui comme ça ! gueule-t-elle. C'est un ivrogne, une feignasse, mais pas un sadique ! T'exagères tout ! T'es tout le temps à raconter des saletés, ma parole, t'en aurais envie que ça m'étonnerait pas ! Il vient te dire bonsoir depuis que t'es toute petite. Et toi, tu vois du mal partout ! T'étais bien contente, quand il te racontait des histoires rien que pour toi, en disant que j'avais pas le droit de les écouter ! Je t'entendais rire, et tu dormais comme un ange aussitôt après ! C'est pas ton vrai père, ce fumier, qu'aurait fait ça, avec sa belle gueule de maquereau ! Dès qu'il a su que j'étais enceinte, il est parti en courant, et il cavale encore !

Elle éructe, elle s'enroue, Dolorès. À la façon des molosses derrière leur grillage. On n'a pas envie d'y mettre le doigt.

Mila a l'habitude. À chaque fois c'est pareil. Au début, elle vomissait, quand elle essayait d'en parler. Maintenant, elle ravale du fiel.

– Et puis, ajoute la grosse un peu calmée, je lui en donne, à René. Crois pas qu'il manque ! Il est gourmand, et j'ai de l'appétit ! On s'arrange toujours !

Elle tend les bras à sa fille. Le sein droit déborde un peu dans l'emmanchure pour exprimer un trop-plein de générosité.

– Allez, c'est fini. Viens faire un câlin.

Mila avance lentement. Se laisse serrer. Odeurs d'assouplissant du corsage, de sueur aux aisselles. De tabac macéré près de la bouche. Je le tuerai. Je le tuerai. Elle est vraiment sûre de cette évidence qui lui vrille la tête. Je le tuerai.

8

Je dis merde à la chaleur. On est – quoi ? – à la mi-juin, et il fait un cagnard subsaharien qui nous fait nous tapir dans l'ombre moite comme des cloportes sous des pierres. Je veux des orages, de la pluie bretonne, une dépression bien creusée sur le Groënland, mettons, une de ces écharpes bien enroulées comme on nous en montre à la télé. Faut déclarer la guerre aux Açores. Passer des accords avec l'Irlande. J'ai envie de marcher dans les flaques d'eau comme quand j'étais gamine. Je veux troquer mes nu-pieds glissants de sueur contre des bottes en caoutchouc. Aller bosser en ciré jaune, comme les marins, sponsorisée par K-Way. Parce que c'est là que le bât blesse. Si j'étais en congé, un Tee-shirt, une petite jupe, des espadrilles encordées au Pays basque me suffiraient amplement pour sortir faire mes courses ou traîner parmi les soldes. Je montrerais mes avantages à des connards ni vus ni connus qui en profiteraient anonymement, et basta. Mais je me vois mal me pointer au bureau légère et court vêtue avec presque rien dessous. Figurez-vous que la flicaille est une corporation très majoritairement couillue. Et volontiers moustachue pour ce qui concerne les tuniques bleues. Les en-civil étaient polis et propres sur eux du temps où ils étudiaient le droit. Mignons comme tout, disciplinés, respectueux des institutions. Pas comme en lettres. Enfin... Je parle d'il y a une quinzaine d'années. Il paraît que la typologie s'est homogénéisée plutôt dans le mauvais sens. J'en parlais une fois avec Leclerc, un vieux coyote des RG, cuvée Poniatowski, pour vous situer la bestiole. Il a connu les gauchos de Marseille, Toulouse, surtout, qu'il évoque encore des frissons plein sa vieille peau de vache :

« Des féroces, vachement organisés, avec des anars dressés à l'espagnole, des trotskards méfiants comme des loups ! Ils nous pétaient des manifs de dix mille sans qu'on ait rien vu venir ! Et unitaires, ces cons ! Le consulat d'Espagne, à cause de cette charogne de Franco, c'était devenu une baraque à lutte ! Baston avec les CRS à la moindre occase, et c'est pas ce qui manquait ! Jets de cocktails comme à la foire ! On aurait pu peindre une cible et organiser des concours ! On avait même des poseurs de bombes, le GARI, ce genre ! Que du feu, on y a vu, c'est le cas de le dire ! C'étaient des branques, mais au moins on s'amusait, même ici à Bordeaux ! Ils étaient plus tendres, moins prolos... Des romantiques... Mais maintenant, ma pauvre, sont plus foutus d'organiser une AG qui se tienne un peu ! Pas l'ombre d'un slogan un peu dur ! Des tables, des chaises, des profs, ils demandent ! On leur refile un vieux banc et ils rentrent en cours ! Il fut une époque où ils balançaient chaises, tables et même profs par les fenêtres... Faisaient pas de détail ! Les gauchos se battaient même entre eux pour savoir s'il convenait d'opérer du premier ou du deuxième étage ! Merde, maintenant, on est obligé de se taper les réunions du PS avec tous ces veaux qui cherchent le frein à main dans une bagnole en panne ! » Bref. La dernière fois qu'on a causé à la cafèt', j'en ai eu pour une heure et demie de tchatche. Je l'ai laissé causer, ce vieux réac, gaulliste jusqu'aux roubignoles, toujours dans son âge d'or. Je le soupçonne de préférer le désordre à l'inertie... Je me suis laissé dire qu'il avait été un maître dans l'art douteux de la manipulation et de la provoc policière, avec un faible pour les maoïstes, plus faciles à manœuvrer. Et puis tous ces souvenirs m'en ont rappelé d'autres, comme mes parties de jambes en l'air avec un chevelu de je ne sais plus quelle chapelle qui, lorsqu'il venait me faire jouir de son temps libre, entre deux réunions décisives, garait son Solex dans une rue voisine de la mienne pour tromper les filatures. Leclerc part à la retraite au mois de décembre, et j'irai boire un pot à sa santé. Sinon, les types des RG me font plutôt vomir, autant l'avouer. J'ai retrouvé chez un bouquiniste *Vers la guerre civile*, un livre de Geismar et July. Entièrement annoté au crayon à papier. Ça va sûrement lui faire plaisir.

Pour en revenir aux flics normaux, si je puis dire, je suis obligée d'observer avec eux la plus extrême prudence vestimentaire : pantalon, chemisier. Boutonné assez haut, le chemisier. Sinon, j'essuie leurs regards humides, et je sens partout dans mes échancrures les petits doigts sales de leurs œillades. Et j'ai la nette impression qu'ils écoutent mal ce que j'ai à leur dire quand on se penche sur un problème.

Ce soir, c'est spécial. Le commissaire Etchart se prend pour Eliot Ness. Comme depuis dix jours on patauge gravement dans l'affaire du Vidéo-Gang, il a décidé, dit-il, de remuer le cocotier. C'est-à-dire qu'on met cinquante guignols en tenue de combat, ou peut s'en faut, et qu'on monte à l'assaut des bars et boîtes du centre-ville où notre belle jeunesse s'étourdit en attendant que la situation économique s'améliore. Le gibier recherché, bien sûr, est censé avoir laissé sa trace au pied des comptoirs. Donc me voilà en jean, Tee-shirt et blouson, mon beau brassard orange au biceps, mon flingue et ma paire de pinces à la ceinture, en train de me garer cours de la Somme en compagnie de Cazeaux, avec qui Etchart m'a contrainte de faire équipe. Ça se passe bien entre nous, il ose à peine me regarder quand on se parle, si bien que j'en suis tout le temps à me demander ce qui cloche dans ma tenue, ce qu'on voit, ce qui se devine, susceptible de troubler une sensibilité masculine que je sens à fleur de peau chez ce garçon. À l'arrière on a posé un stagiaire, Germain, il s'appelle, l'allure athlétique et l'air renfrogné qui a, pendant tout le trajet, vérifié que le barillet de son arme était bien approvisionné. Je lui ai demandé s'il avait l'intention de se spécialiser dans la bavure, ou s'il voulait devenir cow-boy au RAID ou à l'OCRB. Depuis il fait ostensiblement la gueule, et il a enfin cessé de manipuler son artillerie comme un chiard qui se tire sur la zigounette en redoutant de la voir se détacher un jour.

Trois fourgons sont déjà en place, et en descend une escouade de képis, au trot, façon CRS. On les suit, et tout ça s'engouffre dans un vaste troquet grouillant de joyeux drilles. On montre nos cartes à la bonne cinquantaine de clients médusés, et on leur annonce qu'on est la police, au cas où ils ne s'en seraient pas aperçus. Une certaine crainte se lit sur quelques visages, dès lors que leur première impression est confirmée. Le patron, derrière son comptoir, nous assure qu'il n'y a jamais de problèmes dans son établissement, et que c'est bien fréquenté. Je lui demande s'il existe une autre sortie à l'arrière, il me dit non, puis oui, enfin à côté des toilettes. J'envoie deux gardiens vérifier.

– Corvée de chiottes, grince l'un d'eux.

– Vous resterez garder l'issue, et méfiez-vous des courants d'air, je lui dis.

Non mais. Jamais contents, ceux-là. Dans le reste de la salle, les contrôles vont bon train. On a convenu de tâter vite fait le terrain des trafics de matos vidéo, non pour que ça marche tout de suite, mais pour que ça se sache et que les braqueurs aient un peu chaud au cul. En plus de ça, fouille rapide, revue de poches, on ne sait jamais. On peut tomber sur de la dope ou un calibre, le hasard fait parfois bien les choses. Le stagiaire me fait signe. Il tient par le bras le dealer de service. Qu'est-ce que je disais. C'est un métier, la police. Je m'approche. Papiers apparemment en règle. Francisco Pessoa, né le 9 octobre 67 à Saint-Laurent-du-Médoc. Profession : électricien. L'inventaire est vite fait : trois mille francs en liquide, quatre képas d'héro, quelques barrettes de shit, une dizaine de pilules d'ecstasy. Conso personnelle, économies retirées l'après-midi même à la banque pour acheter un cadeau à sa mère qui est malade. Je me demande si je ne vais pas fondre en larmes. Je me ressaisis de justesse pour le confier aux agents, et je demande à Cazeaux de prévenir les Stups qui seront contents sans doute de retrouver un vieux client. Je confie le type aux agents et j'envoie le stagiaire les accompagner et commencer à établir la procédure. Je regarde Pessoa s'éloigner, et avant de sortir il se retourne et me jette un regard super-noir, dans le genre tueur sanguinaire. Hou, j'ai peur. Je lui souhaite bonne nuit en agitant ma main comme font les petites filles. Ça le tue. Du coup, il se met à se débattre en gueulant des insanités où ma qualité de femme est sévèrement mise à mal, il s'accroche à la porte, des pieds et des mains, et les agents en profitent pour lui faire manger le coin d'une table sur laquelle ils l'ont fait s'affaler. Le type se redresse, l'arcade ouverte, et il pleure. Ça impressionne beaucoup le reste de l'assistance, et tout le monde file doux. Je dis à ceux qui sont près de moi qu'il s'agit d'une pourriture de dealer, et qu'il s'est montré, comme ils ont pu voir, assez difficile à appréhender.

Pour le reste, pas grand-chose. Un cran d'arrêt, deux poings américains, quelques joints pré-roulés au fond des poches. On confisque les jouets, on disperse l'herbe qui fait rire dans les cendriers, et bonsoir tout le monde. Au bout d'une grosse heure, on a terminé, et le bar est vide, à l'exception du patron et du serveur. On reçoit un message d'urgence : il y a eu grabuge à la gare, lors d'un contrôle du même genre. L'équipe de Marquez a merdé : avec son couteau un gus a coupé un inspecteur à la joue, puis a ripé. Ils ont tiré un coup de sommation, mais il y avait trop de monde pour le reste. Tant mieux. On ne remerciera jamais assez la SNCF de faire arriver les trains au bon moment. L'inconnu est parti en direction du quartier Son Tay, une zone sordide entre centre de tri et abattoirs. En fait, tout le monde s'en fout. Comme le plus gros des moyens est bloqué à secouer le fameux cocotier, on est bien obligé de laisser courir les singes énervés.

Je m'approche de Cazeaux qui a l'air en grande conversation avec le patron. J'apprends qu'il le connaît depuis longtemps. C'est un petit mec noiraud, nommé Simon Bertole, qui doit avoir dans les cinquante-cinq ans. Il parle avec l'accent de Bab-El-Oued, il pourrait jouer les porte-flingues dans un polar pied-noir. Pendant qu'il est à l'autre bout du zinc en train d'expliquer quelque chose à son serveur, Cazeaux me glisse que notre client a flirté, comme on dit, avec l'OAS avant de rallier les colleurs d'affiches de Chaban. Et que son sens aigu de la trahison et de l'intrigue en fait un informateur assez sûr.

Ils étaient en train de se taper une vodka pleine de glaçons, et comme je demande ma part d'émotions fortes, Bertole me propose quelque chose de « doux ». Je plante dans son front bas et probablement national un regard chargé d'ironie, et j'allume la mèche avec un sourire sarcastique pour exiger l'alcool des cosaques.

Pendant qu'il prend des glaçons, je tâche de déchiffrer les caractères cyrilliques de l'étiquette pour découvrir que la gnôle a été concoctée à Gloucester, Grande-Bretagne. Bon. On fera comme si. De toute façon, il fait trop chaud pour coiffer la toque de fourrure.

Le patron nous fait remarquer que si on s'était adressé à lui directement, ça aurait évité tout ce remue-ménage fâcheux.

– Ça effraie le client, vos contrôles. J'ai rien contre, notez bien. Je trouve qu'on en fait pas assez.

– Vous préférez qu'on aille plutôt faire chier les Arabes en bas de leurs HLM, et qu'on laisse votre petit commerce prospérer. C'est du libéralisme bien compris, ça, je lui rétorque.

J'éprouve une antipathie immédiate pour lui. Il s'efforce de sourire, de rire, pour établir je ne sais quelle connivence avec nous. Et surtout, quand il parle, comme il est près de nous, il pose ses mains humides sur nos épaules, nos bras. Je déteste qu'on me touche ainsi, sans autorisation préalable et négociée. Il nous explique qu'il ne peut pas fouiller les clients, que son établissement est plutôt bien réputé, tiens, le midi, par exemple, où d'honnêtes travailleurs, des chauffeurs de taxi, des plombiers, ce genre, viennent se régaler du menu à quarante-neuf francs cinquante qu'il leur prépare. On l'écoute nous endormir en sirotant notre bibine, puis comme l'heure tourne, et que je commence à avoir entendu assez de conneries pour la journée, j'embraye :

– On va pas vous fermer, vous inquiétez pas. Nous, on veut mettre la main sur les types qui ont tué un chauffeur routier l'autre jour, et qui font dans la vidéo. Alors, ou bien vous avez des choses à nous apprendre, ou bien on part se coucher, en vous promettant de revenir régulièrement s'assurer de la bonne moralité de votre clientèle. Correct, non ?

Bertole hésite, il jette un coup d'œil au garçon, qui se tient soigneusement à l'autre bout du comptoir, en train d'essuyer le même verre depuis cinq minutes.

– En fait, ça tourne pas mal en ce moment, ce genre de matos. Tiens, Cédric, fait-il en se tournant vers le garçon. Raconte-leur comment t'as acheté le caméscope à ta sœur !

L'autre pose enfin son verre, mais garde le torchon. Il s'approche en s'essuyant les mains à son tablier de plongeur.

– Je savais pas que ça venait de l'attaque du camion, sinon...

Histoire de cadrer la situation, je lui fais décliner son identité. Il répond d'une voix monocorde, les yeux fixés sur le calepin que je viens de sortir, comme pour relire ce que j'écris.

– C'est un mec qui vient ici de temps en temps avec des copains. Un qui parle pas beaucoup. Ils se mettent dans un coin, l'après-midi surtout, et ils jouent aux cartes en buvant un coup. Ils embêtent personne, ils font pas de bruit. Un jour, comme on causait de tout et de rien, il m'a demandé si j'étais intéressé par des appareils tout neufs et pas chers. Comment résister ? Ma frangine devait se marier le samedi suivant, et j'avais aucune idée de cadeau, je me suis dit que ça serait original.

– Vachement réussi, observe Cazeaux. Tu lui as offert comme qui dirait une pièce à conviction.

– C'est le geste qui compte, ajoute le patron. Quand c'est fait avec cœur.

– L'assassin du chauffeur routier y est allé de bon cœur, en effet, je dis. Je vous ferai lire le rapport d'autopsie, on l'a tapé sur papier cadeau.

Ça les refroidit un peu. Cazeaux m'adresse un regard de reproche. Il doit me trouver trop cassante.

– Comment s'appelle ce type ?

– Richard. Tout le monde l'appelle comme ça.

Je sens brusquement des picotements partout. Le patron semble avoir arrêté de respirer.

– Vous savez où il habite, par hasard ?

Le loufiat secoue la tête.

– Je sais même pas s'il est du quartier.

– Il doit revenir ?

– Il est revenu mardi soir, tout seul. On a parlé un peu. Il faisait la gueule, et il arrêtait pas de reluquer les femmes et de faire des commentaires. Il disait qu'il avait envie... euh...

– D'en tirer une ? C'est ça ?

Il sursaute presque, et me considère avec une expression de surprise et de réprobation mêlées. De si vilains mots dans une si jolie bouche, avait coutume de me dire ma mémé quand j'étais petite. Je ne lui laisse pas le temps de s'étonner davantage.

– C'est quoi, comme type ? La brute épaisse ? Un obsédé sexuel ? Il va voir des putes ?

– Richard lieur de cons ? ajoute Cazeaux finement.

Le patron nous regarde tour à tour en se demandant, visiblement, qui des deux l'attriste le plus.

– Je le connais pas plus que ça. C'est vrai qu'à mon avis, il a pas inventé l'eau chaude, mais bon, des fois, les apparences sont trompeuses.

Il a bien raison de se méfier, dans son métier. Je laisse retomber du silence pour réfléchir un peu à un plan machiavélique. Pendant ce temps, le patron s'agite.

– Merde alors ! Quelle affaire ! Je vous remets un petit coup de raide russkof ? Je constate que mademoiselle est pas du genre à sucer les glaçons !

Il me reluque d'un air vicelard, tout en dévissant le bouchon. Cazeaux se racle la gorge, s'efforçant de ne pas ricaner. Je regarde ma montre.

– Les glaçons ou autre chose, ça commence à faire un peu tard pour moi. Je vais pas tarder à aller mettre la viande dans le sac, Messieurs.

Ces trois couillons se mettent à rire bêtement. Je sais que j'en fais trop dans le genre poil aux pattes et grande gueule, mais ils détestent trop ça pour que je me prive du plaisir de les faire grincer. J'attire Cazeaux à l'écart, et il ne rit plus.

– Je viens d'avoir une idée. On va se servir de ce con de serveur comme appât. Une grosse commande de caméscopes, un truc dans ce genre. Avec un peu de pot, on peut sauter deux mecs du gang.

– Je sais pas si Etchart va beaucoup aimer. Ça risque de faire des bulles, si on intervient.

J'indique au couple de balances qu'ils devront passer demain rue Castéja pour signer leur déposition. Plutôt demain après-midi, je précise, pour me donner le temps d'en toucher deux mots avec mon commissaire. Après ça, j'obtiens sans peine de Cazeaux, qui est au fil des jours de moins en moins pressé de rentrer chez lui, d'établir les procédures au bureau. Il me propose de me raccompagner avec le gyro-deux-tons, mais je lui dis que je suis à dix minutes à pied, que ça me fera du bien de marcher un peu.

De retour chez moi, je tâche d'être discrète pour ne pas réveiller mon toubib préféré. Je me douche longuement pour me détendre et ne plus penser à rien, mais il me vient des images d'arrestation mouvementée ou de piège foireux qui se termine en tuerie. Je ferme le robinet et je mets ces idées bizarres sur le compte de la fatigue. Après, je me glisse sous le drap où ronfle doucement la bête qui sommeille. Il bouge un peu. Je me blottis, je promène mes mains partout et là, stupeur, le dormeur me présente les honneurs au garde-à-vous ! Ma parole ! Il fait semblant de pioncer, et il ne va pas tarder à me jouer la grande scène du somnambule lubrique. Finalement, sa respiration régulière, et des petits soubresauts nerveux qu'il a m'apprennent qu'il est en train de rêver. Ça leur fait ça, souvent, les rêves, aux hommes. C'est assez dire le fond de leur pensée. Je sens sa peau et je l'embrasse en secret, puis je crois bien que je m'endors assez vite, la main posée sur la clé de ses songes.

9

Devant lui, le verre plein d'alcool le nargue de son œil humide. René est bien au chaud derrière la vitre, profitant chichement du soleil, comme une plante malingre. Le verre le fixe toujours, figé dans l'attente de la bouche ravagée de caries, encombrée d'épaves d'ivoire noirci où hésite, peut-être, encore clandestin, un cancer subventionné, une de ces attaques sauvages et monstrueuses qui durent longtemps et coûtent cher à la sécu, engloutissant dans les proliférations anarchiques les cotisations des porteurs sains.

Il tapote le bord de la table ronde cerclée d'aluminium usé, pour briser l'ironie du regard liquide. C'est à ce moment-là que la grande vitre bascule sur lui, et que le plafond pisseux du bar s'effondre d'un bloc et renverse ses chiures de mouches. La chaise craque et le propulse sous la table d'à côté, où un vieux fait son tiercé.

Le verre n'a pas bougé, indifférent au cataclysme halluciné de l'ivrogne.

– Ça va, René ? Putain de moine, tu tiens plus assis ?

Le patron s'est précipité pour le remettre debout, redresse la chaise, appuie le corps tremblant contre la vitre en relevant le col de la chemise.

– Bois un coup, ça va passer, conseille le bistrotier, sûr de sa thérapeutique.

Cul sec, René. Ça lui fait pas peur, un verre. Le voilà vengé. Il lorgne en direction de la vitre, d'un air méfiant. Elle demeure froide et droite. Le plafond est toujours au-dessus de lui. Il frissonne, il a froid, tout d'un coup, et allume une Gitane maïs pour se chauffer les poumons.

Dix heures et quart. François est déjà en retard. Tant mieux. Il ne viendra peut-être pas. Peu à peu les frissons refluent, le vent se calme, René rentre au port la voilure en berne, laissant derrière lui la haute mer du delirium. Il se lève lentement, comme une statue qui fait une fugue, et s'appuie aux tables pour progresser vers le comptoir qui surgit d'un brouillard de larmes.

– Je peux téléphoner ? articule-t-il en dominant l'engourdissement de sa gueule jaunâtre.

– Bien sûr, René. Je te branche. Ça va mieux ?

René tangue vers le récepteur, sous le regard inquiet du patron.

Le numéro. Il tire de sa poche un bout de papier crasseux. Les doigts tremblent sur le cadran. La tonalité lui fait grincer la tête. Ça sonne. Il voit ça d'ici. L'autre se lève juste, il avait oublié le rendez-vous, il a négocié toute la nuit la vente d'un lot pour essayer de doubler ce fourgue pourri qui va les lâcher en pleine mouise. René le sent agacé par la sonnerie qui l'a peut-être réveillé, ou dérangé à un moment critique, et va le plonger dans une humeur massacrante pour toute la journée, on ne pourra rien lui expliquer. Il vaut mieux raccrocher et attendre demain, ou cet après-midi, enfin un meilleur moment, voilà, c'est ça, le laisser se reposer. Pendant qu'il hésite, la sonnerie continue de retentir sans que personne décroche. Sueur. Il doit être en route. Comme il habite à côté, il sera là dans cinq minutes. René constate qu'il tremble. L'alcool ? La peur ? Il est imbibé de l'un et de l'autre. Et en même temps il transpire.

Tiens, l'autre, justement, le voilà. Sa haute silhouette se lance en avant et pousse la porte vitrée. Il aperçoit René, il sourit.

– On s'assoit ? propose François en lui serrant la main.

– Oui, souffle René en se grattant la joue. Je suis là-bas dans le coin.

François le toise de la tête aux pieds, l'air mécontent.

– T'es déjà bourré ? À dix heures du mat' ? Tu déconnes, ou quoi ?

Il sourit encore, mais à présent c'est Croc-Blanc qui se marre, deux rangées de couteaux bien alignés qui sentent encore le dentifrice.

René le suit péniblement jusqu'à la table, François s'installe avant lui, tournant le dos à la salle. Dès qu'il se retrouve en face de lui, René se remet à suer, et son cœur bat de façon brouillonne.

– Ça va mal. On est grillé de partout. On peut rien revendre si Monsieur Philippe nous lâche.

– Tout ça à cause de ce dingue, fait René. On devrait le foutre à la Garonne avec une pierre au cou, il va encore nous attirer des ennuis.

– Ça fera jamais qu'un mort de plus, observe François.

– Tu l'as revu, Monsieur Philippe ? On pourrait baisser les prix, on pourrait...

– Ta gueule. Et baisser aussi le bénard, pour se faire mettre ? T'es encore plus con que je croyais.

Voix sèche. Un coup de fouet qu'ils sont les seuls à entendre claquer.

René sursaute, se voûte imperceptiblement.

– T'as commencé à vendre ton lot ? demande François en s'efforçant de parler avec douceur.

Son haleine chlorophylle charrie des tonnes de glaçons.

– Ouais. Trois. J'ai récupéré quatre mille balles. Il faudrait plus de caméscopes, ça part tout seul. Les gens sont vachement équipés, de nos jours.

François se sert à nouveau de son sourire carnivore.

– T'as raison. Je vais téléphoner à l'usine pour qu'ils nous livrent demain. T'as le blé ?

René s'attendait à la question, et pourtant elle le dessoûle brutalement. La douche est glaciale, et il ne sait pas comment fermer le robinet.

– Non, François. Avec Dolorès on a eu des petits problèmes de fric, et j'ai dû taper dans la caisse. Je...

– Qu'est-ce qu'on avait dit ?

François tapote du bout des ongles contre la surface de la table. Il se concentre sur les mains fébriles de René qui hésitent autour du verre.

– On avait dit qu'on remettait aussitôt dans le pot pour les papiers dont t'avais besoin.

– Ouais, parce qu'on a tous les flics de la région au cul, et qu'on pourrait avoir besoin d'aller faire un tour en Espagne, où on aura besoin de louer un appart, d'acheter une nouvelle bagnole, enfin des bricoles qui coûtent vite, tu comprends ça ? Peut-être même qu'avec ta grosse tu pourrais venir passer quelque temps au pays de ses ancêtres, non ?

– Tu sais, nous, les voyages, c'est pas notre truc, hein. Ce qu'on voudrait c'est une petite baraque dans le Médoc et plus se faire chier dans notre HLM avec les Arabes.

– C'est bien, René, d'avoir de l'ambition. À propos d'Arabes, j'espère que tu leur as rien vendu…

– Pour qui tu me prends ? On avait dit qu'on traitait jamais avec eux.

François scrute la face blême, cherche derrière les yeux larmoyants de l'épave. Il a envie de se mettre en colère mais n'y parvient pas vraiment.

– Bon. Écoute. On est mardi, t'as jusqu'à jeudi soir. Dernier carat. Après ça, on se pointe dans ton gourbi et on fait une saisie. Tu vois le genre ?

René voit très bien, il imagine d'ici le spectacle : les portes qui volent, les molaires qui roulent dans les escaliers.

– D'accord. Oui. Jeudi soir je t'appelle, t'auras l'argent. J'aurai vendu du matos, je me débrouillerai. Tout ira bien. D'accord, répète René comme pour se convaincre, tordant sa gueule d'un sourire maladif.

Puis d'un coup, il s'aperçoit que François est parti. Il ne l'a pas vu se lever. Il regarde autour de lui, il se demande si par hasard il ne se serait pas assoupi devant la télé. Le bar est toujours autour de lui. Le verre scintille chaudement. Dans la rue, des bonnes femmes passent en riant. Il liche au fond du verre l'ultime goutte d'alcool. Ça recommence à tanguer, un vent mauvais forcit. Il préfère fermer les yeux.

10

– Et vous avez fait ça où ?

Tayeb hésite. Il regarde la nuit devant lui, où coule la Garonne, par-delà une rangée de peupliers. On entend l'eau suçoter la berge, on sent son haleine lourde.

– Au bunker, putain. Pas sur le parking.

– On avait dit qu'on le montrerait à personne. Même pas à des meufs. C'était top secret, on l'a toujours dit, non ?

– À quoi ça nous sert d'avoir un bunker si on fait qu'écouter de la zique et se branler, merde ? C'est clean, y a de quoi se coucher sans choper des boutons, c'est bien d'en profiter, non ? Quand tu voudras niquer t'auras qu'à faire pareil, et c'est tout ! Et puis Mila c'est pas pareil. On la connaît depuis qu'on pisse plus aux culottes. C'est comme une sœur.

Olive ramasse un caillou et le lance au loin. Dans l'eau, d'après le bruit.

– C'est pire. C'est lamentable.

– Quoi lamentable ?

– On nique pas sa sœur.

Tayeb soupire.

– Je m'en fous. Elle est trop bonne. Tu peux pas imaginer. C'était comme dans un film. Elle en voulait toujours ! Tu m'aurais vu pistonner, putain, t'aurais eu peur que ça fume !

– Ça va, murmure Olive.

– Elle est encore plus belle à poil ! Et puis elle te fait tout ! merde ! Je l'aime trop !

Olive se lève. Il fait quelques pas vers le fleuve invisible. Sa tête est un vrai nid de frelons. Bourdonnements et venin. Il se retourne vers son copain qui s'allume une Camel.

– T'es un enculé. Putain de ta mère.

Tayeb souffle sa fumée vers lui. On voit mal son sourire. On croirait qu'il grimace.

– T'es jaloux, tête de pou. T'as qu'à faire pareil.

– Elle voudra jamais avec moi. Toi, t'as dû l'embrouiller ou je sais pas, elle devait avoir vachement envie.

– Cent balles.

Les frelons arrêtent leur vacarme. Ils se posent tous ensemble, frémissants.

– De quoi cent balles ?

– Tu files cent balles à Mila et tu la niques. C'est tout. Comme avec une pute, sauf que tu la connais bien et que t'as l'impression qu'elle te veut vraiment.

Tayeb voit arriver le coup de pied d'assez loin. Le temps que l'autre dénoue ses articulations, il peut attraper le Nike-Air, le tordre comme pour le dévisser, et laisser le reste s'emmêler au sol, à l'autre bout. Il se dresse.

– Tu veux te battre ?

Il demande ça d'un air attristé, et tend la main à Olive pour l'aider à se remettre debout.

– Tu le sais pas que c'est une sorte de pute, Mila ? Que depuis des mois et des mois elle se trouve des coups un peu partout et qu'elle prend que cent balles ? Y a que toi qu'es pas au jus !

Olive lâche sa main et retombe assis, puis se couche, face au ciel. Il marmonne des injures sans objet, les frelons ont repris leur tapage et se battent entre eux, et se piquent cruellement.

– Ce que je t'ai raconté, c'est de la frime, continue Tayeb. Elle veut rien ni personne, elle dit rien, elle t'embrasse même pas. Elle attend juste que ça soit fini. Elle te touche un peu la queue au début, et c'est tout, elle veut même pas qu'on la touche, tu comprends ? T'as envie de lui filer un walkman ou un bouquin pour pas qu'elle s'emmerde ! Je te jure ! T'as l'impression de niquer une poupée en plastique... Sauf que c'est Mila, qu'elle est super-belle et qu'elle te regarde tout le temps avec ses beaux yeux, et que tu peux lui embrasser ses nichons de rêve...

– Tu dis tout ça pour me faire plaisir, fait Olive.

Il se lève et revient s'asseoir à côté de Tayeb. Il secoue, incrédule, sa tête d'épingle.

– C'est pas vrai, il dit faiblement.

– Mais si, c'est vrai. Elle sera jamais pour nous, je veux dire toi ou moi, tu vois, quelque chose de cool. Elle se trouvera un blaireau plein de thunes, elle lui pondra des lardons et elle lui préparera la croûte. Elle finira avec un gros cul comme sa mère. C'est joué d'avance.

– C'est pas possible, dit Olive.

Il se masse la cheville doucement.

– Tu m'as ruiné le pied.

Il se lève, marche un peu, boitille. Sa longue silhouette vacille en désordre, on croirait qu'elle va se démantibuler pour tomber en vrac. Tayeb l'observe en tirant les dernières bouffées de sa cigarette.

– Bon, faut qu'on y aille. Presque minuit, l'heure du crime. Ça nous changera les idées.

Olive lève les yeux vers les fenêtres, cherche celle de Mila.

– Qu'est-ce que tu crois qu'elle fait, en ce moment ?

Tayeb s'est mis en marche. Dans sa poche, il tripote quelque chose qui rend un cliquetis métallique.

– Ce que tu veux, elle fait. Disons qu'elle pionce toute nue dans ses draps, et qu'on aimerait bien être les draps. Un dessus, un dessous.

Olive le rejoint en trois foulées. Sa tête dodeline un peu. Il regarde autour de lui à l'affût d'une éventuelle voiture de flics.

– C'est où, déjà, ton machin médico truc ?

– Après la Lumineuse. À côté des vieux.

Ils pressent le pas pour aller se mettre à couvert sous les frondaisons des platanes du boulevard qui vient là finir sa course sans issue au bord du fleuve. Olive demande à Tayeb de l'attendre. Il a un truc dans la chaussure, et claudique, et se déhanche, il va se rompre comme un mannequin de bois vermoulu. Tayeb s'arrête pendant que l'échalas se cure la semelle.

– T'es lourd, comme mec, commente-t-il.

– Tiens, un putain de caillou. Je savais bien.

La cité dresse tout aussitôt au-dessus d'eux, sombre, ses alignements de fenêtres condamnées. Tayeb lève le nez.

– J'ai toujours l'impression que ma mère nous surveille de derrière sa vitre.

Ils cavalent sous les coursives. Ils ignorent le moche ballet d'ombres des toxicos qui évoluent lentement, un peu plus loin vers la Garonne, alentour de la voiture de Gino le dealer, cousin pourri de Johnny, le Gitan décapité. Ils sont cinq ou six qui attendent leur tour sans en avoir l'air, à petits pas hésitants, parfois recroquevillés un peu comme s'ils avaient froid dans cette tiédeur nocturne de juin, ou bien décrivant de larges cercles avec la lenteur de fantômes qui prennent le frais.

Tayeb se met à courir.

– Grouille, je veux pas rester près des tox. Et puis le Gino, je vais le tuer un jour.

– Y m'a proposé du brown gratos plus une pompe, l'année dernière, halète Olive en le rejoignant. Je l'ai envoyé se faire enfler.

Ils parviennent sans s'en apercevoir devant la porte du Centre médico-social.

– Tu vas voir, fait Tayeb en sortant de sa poche un trousseau magique et une petite lampe torche. Éclaire-moi. Ces portes, ça s'ouvre en soufflant dedans.

Il tripote, il manipule, à genoux devant la serrure.

– Arrête ! dit Olive en éteignant la lampe.

Tayeb a bondi.

– Des flics ?

– L'alarme. Y a toujours des alarmes.

– Pas ici, parce qu'y a rien à voler. Ni thunes ni rien. J'y suis venu souvent avec ma petite sœur Chadia pour l'orthophoniste. Arrête de me faire peur pour rien.

Un déclic. La porte s'ouvre.

Il fait noir, et ça sent le médicament comme à l'hôpital. Ils se cognent un peu dans les meubles jusqu'à ce qu'Olive ait l'idée de rallumer sa lampe. Le faisceau faiblard les rassure un peu, mais leurs ombres qui mollissent sur les murs, les auréoles de lumière jaunâtre au plafond, donnent au hall des allures de manoir maudit. Ils s'arrêtent devant une porte. Docteur Lebru. C'est là, pas de problème pour ouvrir ici non plus. Tayeb ricane avec cynisme. Le bureau massif, au milieu de la pièce, s'impose dans la lueur hésitante de la lampe de poche. Olive s'énerve sur les tiroirs qui ne veulent pas se laisser fouiller, et s'empare finalement d'un stylo qui traîne à côté d'un semainier dont il disperse les pages au sol.

– On y est, murmure Tayeb.

Il s'immobilise devant une armoire vitrée. Olive s'approche et pousse un cri. Le reflet de la lampe sur le verre l'a surpris, il se baisse, par réflexe, plie son long corps osseux. Tayeb se fout de lui.

Sur les étagères, des instruments métalliques luisent tranquillement dans leur emballage stérile. Quelques bouteilles, quelques fioles où dorment des antiseptiques, la clé est sur la serrure. Elle résiste un peu, puis claque violemment. Olive s'étrangle :

– Tu vas nous faire repérer !

Ils restent quelques secondes devant l'armoire ouverte, le souffle coupé, comme devant un coffre-fort plein de dollars. Tayeb s'empare d'une grosse bouteille brune. ÉTHER NE PAS AVALER.

– Je m'en fous, je l'avale pas ! Allez ! On s'arrache, fait-il en serrant le flacon contre lui.

En trois pas, il est à la porte.

– Tu te bouges, oui ?

Olive lui fait face en souriant de toutes ses dents émerveillées. Il brandit un objet long et mou dans son poing. Dans la clarté incertaine de la lampe, ça ressemble à un serpent à grosse tête et à deux corps.

– Et alors ? C'est quoi ?

– Un *testoscope*, s'embrouille Olive. Tu vois pas ? Un truc pour t'écouter les poumons. Ça fait longtemps que j'en voulais un.

Tayeb lève les yeux au plafond.

– Bon. On y va, ou on reste pour la visite médicale ?

Olive se décide, fourre l'instrument dans sa poche, referme l'armoire, jette la clé dans la poubelle vide.

Quand ils arrivent dehors, sous les grands platanes, le vent sèche leur sueur dans la rumeur du feuillage bousculé. Olive indique d'un coup de menton la bouteille d'éther :

– C'est ça que tu voulais prendre ? Pour quoi faire ? Ça endort et ça pue.

Tayeb secoue la tête. Il a un sourire doux et satisfait.

– Si t'en sniffes un peu, tu te sens léger et t'as des hallus. Et t'es pas accro comme à l'héro.

– T'es accro pareil, mon con. C'est pas parce que tu shootes pas…

– Comment tu sais ça, toi ? Ta mère elle est junkie ?

– Je l'ai lu dans des livres. Tu devrais jeter cette merde dans un caniveau.

– T'inquiète, un petit snif de temps en temps, juste pour déconner dans le bunker, je vais voir des volcans et des fées qui volent sur des balais.

Ils se remettent en marche.

– C'est des sorcières.

– Qu'est-ce que tu dis ?

– Sur les balais. C'est les sorcières qui volent sur des

balais. Elles emportent les enfants pour les bouffer. J'ai vu ça dans un vieux film, une fois.

Ils marchent sans plus rien dire. Olive laisse les sorcières donner la chasse aux fées, découvrant leurs gencives vides et crevassées en des sourires effrayants, proférant des obscénités dans un ciel parcouru de nuages en lambeaux. Tout se déchire aussi là-haut. Les belles images s'éparpillent. On souhaiterait un bon orage, des traînées de foudre pour foutre le feu. Les deux garçons arrivent en bas de leurs blocs et se séparent sur un vague signe de main. Les portes vitrées, étoilées de chocs, grincent ou claquent. Les ampoules nues des plafonniers leur font des visages creux et tirent sur leurs traits et ils vieillissent d'un coup. Soixante watts de plus.

Tayeb pousse la porte d'entrée, et reste un moment en arrêt. Il est tard, pas loin d'une heure, et à moins que la télé diffuse un match Maroc-Brésil, il ne comprend pas pourquoi elle jette encore cette lueur pâle sur le mur de la salle de séjour. Ou alors, le vieux s'est endormi devant. Après avoir dissimulé la bouteille d'éther au milieu des chaussures entassées au pied du portemanteau, il s'avance.

Ahmed est assis à deux mètres à peine du poste, à califourchon sur une chaise, le menton posé sur les avant-bras. Et il ne dort pas, les yeux écarquillés, collés à l'écran, avalés par les couleurs.

Couleurs chair, un peu orangées. Une femme pétrit entre ses cuisses largement ouvertes la tête d'un type qui la butine en grognant. Elle tourne son visage de droite et de gauche, mécaniquement, en râlant de façon syncopée et volontariste, comme un démarreur grippé. Gros plan humide.

– Qu'est-ce que c'est ? demande Tayeb en s'approchant pour mieux voir.

– T'as vu à quelle heure tu rentres ? Ta mère elle croit que t'es mort ou quoi.

– Un magnétoscope ? À qui tu l'as acheté ?

On aura tout vu. Le père dit toujours qu'il n'a pas d'argent pour ces conneries. Tayeb s'approche encore, les yeux aimantés lui aussi par les plans gynécologiques qui se succèdent dans un crescendo de cris et de glapissements.

– D'où tu viens ? marmonne le père sans détourner son regard.

Sans transition, la partie de jambes en l'air se poursuit au bord d'une piscine vide, avec un doberman qui tire sur sa laisse, attiré hors-champ par quelque chose qui le fait abondamment baver, sans un regard pour l'enchevêtrement de corps qui grouille et gémit à côté de lui. Tayeb se demande furtivement ce que fout ce chien-là, puis essaie de déterminer qui tient la laisse.

– À qui tu l'as acheté ?

– D'où tu viens à cette heure ? insiste le père.

C'est rare qu'il s'intéresse à ce que font ses fils. Ça le prend quand il est content de lui, quand il retrouve un peu de superbe. Au Maroc, par exemple, avec la famille, il serre la vis, il fait la morale, il vaut mieux se tenir à carreau. Mais ici. Il dit toujours qu'il est trop vieux, qu'en France c'est trop dur de tenir les enfants.

– Fais chier, murmure Tayeb en lui tournant le dos.

Il a dit ça pour lui, sans vouloir offenser, persuadé que le père n'a pas entendu, absorbé par l'action plutôt haletante du film.

– Tu répètes ce que t'as dit ? se redresse le père.

– Rien. J'ai rien dit.

La gifle a griffé l'écran et expédie Tayeb sur le canapé aux ressorts épuisés où il s'écrase, la tête rentrée dans les épaules. Quelques comètes traversent en trombe son champ de vision, pendant qu'une bonne femme clame son plaisir.

– Je fais ce que je veux ! comme toi ! t'achètes un magnétoscope à qui tu veux, et moi je vais où ça me plaît !

À côté de lui, comme sa main tâtonne, peut-être à la recherche de son souffle, elle trouve un emballage défait qui dégueule du plastique à bulles et des torsades de câble électrique. Un caméscope, tout neuf. Tayeb approche l'appareil de ses yeux. Le paternel marche sur lui. Il est petit et râblé, ses mains s'agitent en ombres menaçantes sur la lueur de l'écran, comme des battoirs. Revers et revers. Bague. L'arcade sourcilière s'ouvre et pisse. Tayeb recule en chancelant. Il gueule et balance le caméscope par la fenêtre ouverte.

– Tiens ! va le chercher !

Derrière lui, il trouve une sorte de vase bleu hérissé de chardons. Même trajectoire.

Le père s'est figé net, la main en l'air, le bras armé.

– Encore ! gémit la télé.

Ahmed se retourne, surpris, vers les images qu'il avait oubliées. Il a perdu le fil. Tayeb essuie du bout de ses doigts le sang qui lui coule sur la figure, puis se met en garde.

– Approche pas !

Son père offre son torse, bras écartés.

– Vas-y ! Tape ton père !

La porte d'une chambre a un petit grincement, la chemise de nuit bleu roi de la mère s'agite dans le noir. La femme fait quelques pas, s'immobilise devant la télé, mains sur la tête, bouche bée au spectacle d'une fellation en plan rapproché. Ahmed se tait. Il laisse retomber ses grosses mains. Son regard hésite entre sa femme raide d'écœurement et son fils qui attend son assaut.

Bruits mouillés sur l'écran.

– Plus vite ! fait le poste.

– Mon Dieu ! Mon Dieu ! geint la mère. Quelle horreur !

Elle se retourne vers le chef de famille :

– Tu veux nous envoyer tous en enfer ! C'est des saloperies pour les Français !

Elle saisit son homme par le col de sa chemise et le secoue comme un dattier. Il tente de la calmer en souriant quand même, tout en la repoussant vers la chambre. C'est pour les hommes, il explique. Ça ne la regarde pas, qu'elle aille se recoucher. Mais elle s'accroche, les yeux pleins de larmes, et tente de lui choper la joue, toutes griffes dehors, en poussant des cris aigus.

Gifle claque. Non mais des fois. Une autre, pour équilibrer le corps qui chancelle. La femme se protège comme elle peut, coudes pointus. Ahmed se fait mal et l'envoie dinguer contre un guéridon. Le poste ahane, la femme battue gémit, un étalon de service mugit des obscénités en s'acharnant sur une croupe convulsive. Salaud, oui, plus fort, pars dans ta chambre si t'en veux pas une autre, c'est bon couine une voix vulgaire.

La sonnette fait taire tout le monde, baiseurs compris, enroulés dans la bande qui se termine. La femme se replie dans la chambre. Ahmed avise son fils qui baisse soudain sa garde. Ils restent tous les deux suspendus dans leurs gestes bloqués. Le père se décide à aller ouvrir.

Le mouvement de recul qu'il a. Le regard qu'il jette, là-haut, à ce visage de grand flic masqué de pénombre par la visière ramenée sur les yeux. Pouces fichés dans le ceinturon, le colosse lui fait vraiment peur. Derrière, un grand type en gilet de peau se tient le front, d'où coule un peu de sang. Il tient aussi, de l'autre main, un gros chien en laisse.

– Qu'est-ce qui se passe ici ?

– C'est rien, monsieur l'agent, c'est mon fils qui...

– Quoi c'est rien ? Vous réveillez tout l'immeuble, et vous jetez des trucs par la fenêtre. Ce monsieur a été blessé ! regardez !

Le type au gros chien montre sa plaie. Du bleu qui enfle, du rouge qui coule.

– Avec ça ! intervient un autre flic, courtaud et gras, la moustache tombante. Un caméscope !

Dans le couloir, une petite foule commence à se rassembler. On entend pleurer des enfants, résonner des questions. On sent un certain flottement : ces deux flics au milieu du couloir, l'homme qui saigne, son chien à la main, on a du mal à interpréter.

– Allez vous coucher ! conseille le grand flic.

– Ouais ! Demain y a ANPE, faut pas louper ça ! rétorque un Noir qui tient un bébé dans ses bras.

– T'as qu'à devenir flic, c'est un vrai métier de feignant ! lui balance un gamin qui remonte tout le temps son vaste bermuda.

Les gens se marrent. Quelques-uns obtempèrent.

On envoie l'homme au chien se faire soigner, et les deux flics demandent à entrer chez Ahmed. Ils se campent au milieu de la salle de séjour, en jetant dans tous les coins des regards curieux.

– Sont pas mal, ces logements, observe le moustachu.

– Oui, ils sont bien, ici. Ils ont la Garonne tout près. Moi, quand j'ouvre ma fenêtre, j'ai le mur du voisin.

Ahmed leur propose des chaises, du thé. Ils s'assoient, et le plus grand sort un calepin de sa poche.

– Bon. Je vous signale que M. Gachou a décidé de porter plainte. Demain, il va chez son médecin pour se faire faire un certificat médical.

– C'est l'emballage du caméscope, ça ? Il est tout neuf ? demande le moustachu. Vous jetez des appareils à cinq ou six mille francs par la fenêtre à deux heures du matin ?

– Peut-être qu'il l'a pas payé cinq mille francs, fait l'autre. Vous avez la facture du caméscope, monsieur euh... El Mestari ?

Ahmed le regarde fixement. Il y a quelque chose qui meurt dans ses yeux. Il va jusqu'à un placard où il fouille un peu, puis revient avec un portefeuille.

– Là mon passeport, et ma carte de séjour. Tout est bien en règle.

Le flic jette un coup d'œil hâtif aux papiers, et les pose sur la table.

– La facture.

– Je l'ai perdue. Vous avez pas le droit, plaide Ahmed.

– Le droit ?

Les deux flics se regardent. Le moustachu secoue la tête lentement.

– Vous n'avez pas le droit de blesser les gens en jetant des objets par la fenêtre, vous n'avez pas le droit de foutre le bordel à deux heures du matin. Vous pouvez comprendre ? Nous, on a le droit de vous embarquer pour outrage et rébellion si vous continuez à nous prendre pour des cons.

Son collègue s'est approché du magnétoscope. Il éjecte la cassette.

– Du cul. C'est pour ça qu'ils sont excités. Et la fatma, où elle est ? Elle se remet de ses émotions ? Il est neuf, lui aussi, le magnétoscope. T'as perdu la facture aussi ?

– Laissez ma femme tranquille, dit Ahmed. Tout est de ma faute.

Un petit claquement leur fait tourner la tête à tous : Fousia sort de sa chambre, minuscule dans sa longue chemise de nuit. Elle vient se fourrer dans les jambes de son père. Elle dit qu'elle a soif. Tayeb se précipite et la prend dans ses bras pour l'emmener dans la cuisine. En chemin il embrasse les joues tendres, les yeux très noirs et tout écarquillés. Il lui chuchote des mots rassurants, une histoire de bonbons qui volent et qu'elle retrouvera sous son oreiller demain matin. La gamine boit à longs traits son verre d'eau en observant tour à tour les deux flics, son père, son frangin. Elle demande entre deux gorgées qui sont ces messieurs.

– C'est rien, ils comptent pas, chuchote Tayeb. Faut te recoucher. Chadia est réveillée ?

– Ouais. Elle m'a demandé de venir voir.

– Alors va lui dire, et rendormez-vous.

La petite trotte vers sa chambre en se grattant une fesse et fait au revoir à toute la compagnie. Le flic moustachu lui renvoie son salut et son sourire, attendri, mais son collègue l'ignore. Il n'est pas venu ici pour border les petits Arabes. Ne pas confondre.

– Bon. On perd du temps, fait-il. J'appelle le Central.

Il manipule son talkie-walkie, s'identifie, explique sommairement de quoi il s'agit. Un peu d'attente, rayée d'interférences et de grésillements.

– Vous le ramenez, fait une voix. Prenez les appareils avec vous. On enverra un OPJ demain. Vous voulez du renfort ?

– Non, c'est calme.

Il se tourne vers Ahmed.

– Vous allez nous accompagner au commissariat. Il faut qu'on vérifie quelques bricoles. Prenez vos papiers et une veste.

Ahmed se rapproche de Tayeb. Il est soudain petit, précaire. Puis il s'empare d'une chaise, qu'il brandit vers les deux flics.

– Je viendrai pas ! gueule-t-il.

Tayeb lui conseille à voix basse de se calmer. Il lui fait observer que les flics vont tout casser, que ça va faire peur aux petites.

– Je peux venir avec lui ? demande-t-il.

– Toi, reste en dehors de ça, dit un flic. Écarte-toi.

Il marche sur Ahmed, il saisit un pied de la chaise.

– Bon. Tu te calmes, ou on te fait descendre les cinq étages à coups de pompe. Nous oblige pas à être durs.

Il attrape à son ceinturon une paire de menottes. Ahmed baisse la tête, tend les mains.

– Dans le dos. Et tiens-toi tranquille.

Ils sortent. Ahmed ne regarde plus rien que le sol. On ne sait pas s'il le voit. Il ne sait pas où il met les pieds. Tayeb l'accompagne jusqu'à la porte de l'ascenseur, il observe bien la gueule des flics pour s'en souvenir, et il n'a pas le temps, lorsque la porte se referme, de croiser le regard de son père qui a cherché le sien.

11

C'est là qu'il est bien, René. Quand il flotte et qu'il sent sous ses pieds chaque coup sourd des petits remous du fleuve contre la coque. Une ligne pend à droite, un petit filet rond s'accroche à l'arrière, qu'il plonge avec de la viande accrochée au fond, ou des sardines étripées, et qu'il remonte d'un coup sec pour surprendre les poissons entre plat principal et dessert quand il les imagine grouillant les uns contre les autres à grands coups de caudale dans les flancs du voisin, avec les crevettes pour arbitres. Mais attention, pour la remontée. Bras durs et vitesse, il faut. Souvent pour rien. Vu la vase épaisse que l'eau transporte, toute cette merde en suspension, ce limon qui vous fait les plaines fertiles et les fruits du Lot-et-Garonne hors de prix, on peut se demander si les bestioles ne s'arrêtent pas là comme par hasard, tout heureuses de rencontrer un hamac en se cognant dedans et de s'y reposer deux minutes en grignotant, c'est encore loin la mer.

Il flotte, René. Paisible. Il oublie ses soucis. Il est très fort pour ça. Une vraie machine à refouler. Un peu comme une drague, justement : il absorbe la boue et rejette de l'eau claire, ou presque. Ce ne sont pas les bateaux entrant dans le port qui vont troubler son œuvre d'assainissement mental en lui faisant le coup de la vague meurtrière. Il y a quelques années, oui. Vous aviez souvent des remorqueurs qui poussaient devant eux des remous d'un mètre cinquante de haut, puis derrière venait le navire qui coupait dans l'eau grasse des paquets de saindoux marron comme un charcutier malpropre s'énerve après ses rillettes et éclabousse tout autour de lui. Ça compliquait tout, en ondes croisées, pas question de faire la sieste en attendant les aloses. Il valait mieux placer la barque face aux vagues et s'accrocher. Maintenant, c'est la paix. Ceux qui remontent encore jusqu'à Bordeaux sont du genre cargo de poche, qu'on pourrait décharger avec des caddies de supermarché ; ou alors des yachts pour rupins, tout blancs et chics, pointus à l'avant comme des couteaux. Avec des braves gens qui font bonjour depuis le bastingage, salut mes cons. Un jour, vu que le chenal s'envase et que le dragage coûte cher, ils vont rester plantés dans la merde avec leurs chapeaux de paille, et il faudra attendre un gros coefficient de marée pour les dégager. René se dit qu'il aimerait être là, avec sa barque, pour leur tourner autour et tâcher de leur vendre des cartes postales, parce que la place des Quinconces, les belles façades rénovées, les toits d'ardoise bien alignés comme pour la revue de détail, ils risquent de ne jamais les voir venir lentement à leur rencontre dans l'émerveillement de la découverte. Il imagine ça en souriant, René. Des cadres suédois en rade sous le pont d'Aquitaine ou devant la Cité Lumineuse, le zoom triste, le caméscope en berne.

Heureusement, il y a davantage de poissons que de bateaux, et ça lui convient. Pas des tonnes, mais de quoi vendre à la criée sous les fenêtres en gueulant « aloses ! », « crevettes ! », « poissons frais ! » selon les cas. Il est connu pour ces cris frétillants, ces longues plaintes qu'il accentue et module comme une sorte de chanson rituelle. C'est un peu son enseigne sonore qui enfle et grimpe les étages pour ouvrir les fenêtres. « Je descends ! » lui crie-t-on, et il attend en fumant une maïs, bien campé sur ses petites jambes.

Aujourd'hui, une alose, sans doute la dernière de la saison, et deux cents grammes de crevettes, juste de quoi prendre l'apéro. Il vendra l'alose à Ahmed, quand les flics le relâcheront. Il adore ça. Il lui achèterait n'importe quoi les yeux fermés, sauf des crevettes « parce que ça bouffe des cadavres », comme si les poissons se contentaient de sucer de l'herbe... Mais il adore ça, et puis il a tellement confiance en René. Pourquoi il est allé foutre le bordel à deux heures du matin en se battant avec son fils, alors qu'il est si tranquille d'habitude Ahmed ? Va savoir. Paraît même qu'ils ont jeté des trucs par la fenêtre et que le père Gachou a pris quelque chose sur la gueule alors qu'il promenait son chien. Grosse affaire, tout le monde en parlait dans les couloirs ce matin quand René est parti à la pêche. Mais il n'a pas cherché à savoir le fin mot. Il s'en fout complètement des ragots. Ils auraient bien pu balancer leur télé par la fenêtre, tant que ça tombe pas au milieu du poiscaille qui zone autour du filet.

Il rame encore un peu contre le courant du montant qui commence, histoire d'aller voir sous le pont suspendu comment la situation se présente. Il se mettra à l'ombre du pilier rive gauche, parce qu'aujourd'hui est un jour à prendre un coup de soleil à peler jusqu'à l'os, et il s'ouvrira une bière pendant que ça trempe. Au fond de la barque, cinq ou six canettes roulent parfois leur tintement vide au gré des remous. Il ne les a pas balancées dans le fleuve parce que depuis quelque temps il se sent vachement sensible aux thèses des écologistes. Avec cette chaleur, il n'y a que la bière. Y a bien le pastis, mais sans les glaçons, René trouve que le plaisir est gâté. C'est que ça donne soif, toute cette eau dégueulasse autour de soi. Mais on devient méfiant vis-à-vis des robinets.

Il jette une petite ancre, tout en sachant que dans une heure il sera repoussé vers la ville par la marée qui aura forci. Pour l'instant, il s'accroche à peu près. Un monstrueux renvoi lui tord l'œsophage. Une boule d'air prédigéré se coince, hésite, remonte affreusement en lui dilatant le conduit. Il chasse d'un geste de la main la nappe nauséabonde qui stagne devant son visage dans l'air épais de chaleur. Pour conjurer cette pollution, il allume une maïs et décide d'ignorer la protestation de ses bronches qui se hérissent.

12

La tête est arrachée par un coup de hache qu'on n'a pas vu venir, et du cou déchiqueté jaillit une gerbe de sang cependant que la lame se plante dans le thorax convulsé et y traque méchamment ce qui reste de vie. Puis la scène se fige, la hache soudain se retire, la tête revient sur les épaules. Richard écrase la touche lecture de la télécommande et relance l'action. C'est la scène qu'il préfère. Quand ce type qui se croyait plus fort que les autres est décapité et que le tueur lui bouffe ensuite à pleines dents tripes et boyaux. Il a monté le son assez fort pour mieux vivre ce grand moment. Il mange des saucisses cocktail à même la boîte, comme autant de bouts de doigts qui auraient été livrés avec la cassette pour donner au film un prolongement singulier dans la réalité. Il est vautré dans un fauteuil de camping, les pieds calés sur des cartons d'emballage. À côté de lui un petit ventilateur agite un peu l'air chaud accumulé dans la pièce, ancien bureau du garage, où il s'est installé. Un réchaud à gaz, des conserves, un matelas jeté dans un coin, sur lequel il a posé tout à l'heure son pistolet démonté puis remonté pour la troisième fois aujourd'hui. Il regarde le film sans ciller, les paupières lourdes, comme s'il allait s'assoupir. Il ne pense à peu près à rien. Il y a un quart d'heure, il s'est levé pour aller regarder par la porte du fond le jardin à l'abandon, planté de deux cerisiers dont les fruits noircissent au soleil dans un désordre de moineaux affamés, et de quelques rosiers en fleur peu à peu étouffés par des ronces qui envahissent tout. Il a jeté un coup d'œil aux murs de ciment qui séparent cette friche d'autres jardins. Mais la chaleur, la lumière aveuglante du soleil, l'ont vite obligé à refermer la porte. Après, il est allé pisser, il bandait un peu, ça l'a surpris, et il a eu envie d'une femme, n'importe laquelle, qu'il aurait pu bourrer sans retenue. Aux images obscènes que son petit cinéma a produites, son érection s'est raffermie, et il a eu du mal à se rajuster pour sortir des toilettes.

À présent, des flics ramassent les morceaux du cadavre et ils dégueulent copieusement. Richard vérifie dans la boîte qu'il ne reste plus de saucisses, et la jette à l'autre bout de la pièce. Au même moment, une main se pose sur son épaule et il sursaute, il étouffe un cri, il bondit sur ses pieds. François et Manu regardent l'écran avec dégoût.

– Comment tu peux rester devant ces saloperies ? C'est vraiment dégueulasse, ces films.

Les hurlements d'une victime résonnent dans la pièce, ponctués de chocs, de craquements d'os et de meubles brisés. François prend la télécommande et arrête le massacre.

– Merde ! proteste le cinéphile. C'était bientôt la fin ! Y sont bien faits ces films. Si t'aimes pas ça, n'en...

– Ça va, ça va, l'interrompt François. On va pas faire un débat.

Il examine le réduit, puis se baisse vers le coffret d'une cassette.

– Du cul, en plus. Faudra que je te prête des films avec Van Damme, c'est quand même plus malin !

– Au moins, y a une histoire, ajoute Manu. Là, tu t'abrutis.

– Qu'est-ce qui pue donc tant ? demande François.

– Les chiottes. La fosse septique a pas dû servir depuis longtemps.

– Bon. Faut qu'on discute. On va se mettre à côté.

Richard éteint le poste en soupirant. Au passage, il prend son pistolet, qu'il glisse dans sa ceinture. Ils s'assoient autour d'une petite table de camping sur des pliants en nylon. Manu est allé chercher dans la voiture un pack de bières fraîches. On boit ensuite sans rien dire, on zyeute en douce l'entassement de cartons qui dégage une petite odeur de neuf.

– Où t'as planqué les flingues ? demande Manu à Richard.

– Dans le faux plafond du bureau. Je me suis fait chier à caser le fusil à pompe, mais ça va. Ils sont au frais. Pourquoi tu me demandes ça ?

En guise de réponse, François et Manu décapsulent une autre canette. Ils échangent un regard lourd de sens. On comprend, même Richard, qu'ils ont des choses importantes à dire.

– J'ai revu Monsieur Philippe, commence François. Il a encore repoussé le chargement. Il prétend qu'en ce moment ça craint trop aux frontières. Il veut aller livrer tout ça en Pologne, il paraît qu'ils ont un pouvoir d'achat meilleur qu'en Roumanie. Je sais pas... Je connais rien à ces conneries, moi.

– Moi non plus, précise Richard. Mais les Roumains c'est des minables, moitié manouches et compagnie... Des fois, on les voit à la télé. Sacrée merde, dans leur bled. C'est mieux, les Polonais. T'as raison.

Manu soupire. Il allume une cigarette, il se lève, fait le tour de sa chaise, assez tendu. Il se rassoit avec effort. Un peu de sueur luit sur son nez.

– François veut dire que ce fils de pute est en train de nous lâcher. Il devait passer avant-hier avec ses gars, et il a annulé au dernier moment. C'est la deuxième fois. Il nous prend pour des billes. C'est pas une histoire de Polonais ou de Roumains, tu comprends ?

– Alors ?

– Alors, reprend François, s'il ne se décide pas demain dans la journée, on ira chez lui prendre le pognon qu'il nous doit.

– Bonne idée, ça, dit Richard. Cet enculé. À propos... Il garde tout son blé dans son buffet, chez lui ? Ou alors on accepte les chèques ?

François et Manu le fixent, l'air ahuri. Il les habitue peu aux raisonnements, aux performances logiques.

– Tu phosphores, toi, dès qu'on parle dollars, observe Manu. Il vit depuis un an avec une fille, une espèce de pouffe qu'il a ramenée du Venezuela. On la gardera au frais pendant qu'on l'enverra faire un petit retrait à sa banque, accompagné de l'un de nous. À son retour, on prend les sous et on se casse. Y a juste dans la maison un grand pédé qui monte un peu la garde et fait la bouffe, mais ça devrait pas être un problème.

– On l'enfermera dans la cuisine ! s'exclame Richard. Et la nana, elle est belle ?

Ses yeux se sont allumés d'une lueur trouble. François décide d'éteindre ça tout de suite :

– Même si c'était Carla Bruni, on n'y touche pas. On la garde, on la regarde, on lui fait du café, on lui offre des gâteaux si elle en veut. Monsieur Philippe, c'est un amateur de femmes. Je veux dire un branque. Il considère un peu ça comme des œuvres d'art, comme une sorte de collectionneur. Que des canons, des tapins de luxe, comme dans les revues de cul, tu vois ? C'est un de ses secteurs, ça. Il fait un peu l'impresario, à ses moments perdus. Alors c'est bien simple. Si on en menace une, on le tient. Si on l'abîme, il nous raye de la carte. Il bosse avec des gonzes plutôt mauvais, si tu veux savoir. Des pros de la came et des putes, pourris jusqu'à l'os, avec de la puissance de feu et si ça se trouve des relations haut placées. On joue vachement serré, mais pas question de baisser culotte devant ce mec.

Silence. Bouteilles décapsulées, gargouillement sourd et saccadé des œsophages. On ne se regarde plus. On pose ses yeux où on peut.

– Moi, j'ai pas peur de ces tantes, marmonne Richard comme pour lui-même. Vont prendre ma puissance de feu dans la gueule, putain, ça va pas traîner. On pourra même pas compter leurs dents pour les identifier.

Il a une rage sourde qui gronde dans sa cervelle, Richard. Qui lui bouscule encore plus le désordre intérieur. C'est comme des éclairs, mais rouges, et qui durent, et qui chauffent fort. Une espèce de forge infernale où ne se fabriquent que des armes, et d'où ne sortent que des morts.

– C'est pas la peine de s'énerver, dit François comme s'il avait entendu le vacarme. Du sang-froid.

Méditation. Richard calme les feux. Il place juste sa main dans sa ceinture, sur la crosse de l'arme. Il s'écoute respirer.

Au bout d'un moment, Manu allume une cigarette, et remue faiblement sur son siège.

– Et puis y a le problème de René.

François a un sourire crispé. On dirait qu'il a mal.

– C'est un vieux pote, mais il charrie vraiment. Il nous doit du blé, il sait qu'on en a tous besoin pour les cartes d'identité. On passera le voir ce soir, de nuit.

Ça m'embête de le secouer, mais je le sens mal sur ce coup.

– À nous trois, on devrait l'émouvoir rien qu'en prenant l'air brutal, dit Richard.

– Non. Toi, tu restes ici planqué, dit Manu précipitamment. Pas question de courir des risques. Les flics chauffent toute la ville pour nous trouver. Ils doivent savoir qu'on est trois, on peut pas se balader ensemble comme des cons et tomber au premier contrôle.

Richard se lève brusquement. Le pliant vole derrière lui. Il brandit son pistolet sous le nez des deux autres.

– Dix jours que je bouge pas d'ici ! Comme un rat, je suis, et vous, vous jouez les petits chefs, vous décidez de tout ! On tombera à aucun contrôle ! Je leur transforme leur panier à salade en écumoire, moi, putain ! Et z'avez intérêt à pas me casser les couilles !

– C'est quoi, ton calibre ? demande François mezzo voce.

– Star M 28 ! proclame le branque fièrement.

– Hyper doux dans les départs, on m'a dit. Du matériel de pro.

– Je veux, ouais !

– Alors tu fais gaffe avec. Si on en a besoin un jour, je compte sur toi.

Il fixe l'énervé droit dans les yeux, et lui sourit avec une sorte de tendresse.

– Tu viens avec moi chez René ce soir. Mais sans ça.

Richard pose le pistolet sur la table avec les précautions dues à un objet de cristal.

– D'accord, fait-il en se rasseyant. Je suis cool. Excusez-moi.

Manu lui donne une tape amicale sur l'épaule avec un sourire contraint.

– Allez, va, c'est rien. On va tous les baiser. Tu vas voir.

Il reprend une bière, et la boit lentement en contemplant le stock d'appareils sagement emballés. On a l'impression, à la lourdeur soudaine de ses paupières, qu'il ne pense pas un mot de ce qu'il vient de dire.

13

Au début, on croirait King-Kong qui marche dans la forêt en faisant les gros yeux, avec dans la main l'héroïne qui respire fort en gros plan. Il écarte de grands arbres d'un revers de pogne et ça se froisse, ça craque, des troncs millénaires sont abattus d'une manchette, et se produisent de sourds effondrements. Puis ça fait tambour au loin, tam-tam de jungle. Une guerre s'annonce, cannibale sûrement. Le souffle bloqué, on entend les saletés de serpents ramper dans tous les coins. Frottements suspects, petits bruits humides, le sol se digère lui-même en suçant sa pourriture, et gobe parfois une bestiole imprudente. On sent partout bouger, sous des feuilles où s'égoutte la dernière pluie, des créatures forcément venimeuses ou velues, du poison plein les poches. Le bruit de forge reprend, c'est un ciel qui râpe la cime des arbres. Un abrasif invisible mais régulier.

Olive ferme les yeux, et c'est technicolor. Du vert partout. Des éclats rouges. Des mares glauques irisées de mauve. Bourdonnements bleus autour des pourritures. Des sons monstrueux remontent en foule dans ses oreilles par les écouteurs du stéthoscope et viennent inquiéter ses tympans, se bousculent dans son cerveau, déguisés en images rapides. Des singes sautent dans les branches, effrayés par le vent chaud d'un soupir large et profond qui secoue leur perchoir comme un fagot de sarments. Il perçoit, juste au-dessous, le Niagara étouffé de son estomac qui sécrète avec un clapotement marécageux.

Méfiant, il explore ses cavités comme si elles étaient peuplées d'animaux visqueux dont il imagine les yeux luisants, les mufles écailleux. Il se laisse couler dans cette forêt viscérale où remue sa vie comme un Eldorado mouillé, mouvant, parcouru de plaintes aiguës, de tonnerres épais. Le conquistador s'enfonce dans une vase animée de bulles, ridée de gros frémissements, paralysé par la peur, cherchant un ciel qu'il ne voit plus.

À chaque fois, c'est la même trouille de ne plus pouvoir sortir de là. De rester prisonnier de ce nouveau monde qu'il trimbale pourtant avec lui. Il pose le tympan de l'appareil sur sa poitrine, il est presque assourdi par l'horloge de son cœur qui explose à chaque seconde, puis il fait glisser l'appareil sur son ventre et se sent plonger, se noie sans résister, dégringole dans le vacarme mou. À chaque fois, il doit arracher le petit rond froid, le souffle court, et se débat contre les branches des écouteurs plantés dans ses oreilles comme si c'étaient des reptiles surgis de lui-même.

– Qu'est-ce que tu fous ?

Cette voix, ici. Il ouvre les yeux sur la pénombre rectangulaire de la pièce. La lumière découpe des angles droits contre les volets tirés. Les cuisses de Mila dressent leur angle aigu. Compas. Le centre est en haut. Triangle rêvé. Fin de la géométrie.

– Rien, rien… Je m'écoute en dedans.

– Le cœur, les boyaux, tout ça ? Où tu l'as eu ?

Elle montre du doigt le stéthoscope.

– Je l'ai chourav' au dispensaire.

Mila pose au sol le minuscule sac qui pend à son épaule, puis elle regarde sa montre. Le garçon ne la quitte pas des yeux. Il se demande si c'est la vraie. Des fois, dans ces cas-là, on se réveille et tout s'évanouit.

– Bon, dit-elle. Je suis venue.

Elle entreprend de dégrafer sa jupe. Elle regarde le mur, au-dessus d'Olive. La tapisserie à gros motifs pastel.

– J'ai les sous, murmure Olive.

Pour le prouver, il se tourne de côté et fouille sous un coussin. Il pince le billet de cent entre index et majeur, et quand il la regarde à nouveau, elle est nue. Tout simplement. Et ce coup-là ses yeux sont rivés sur lui, mais vides, absents. On ne sait pas si elle le voit. Il se pousse un peu, elle s'allonge lentement, une jambe repliée.

– Tu restes comme ça ? Je veux dire habillé ?

Il a toujours, comme collé aux doigts, son billet dont il ne sait pas quoi faire. Il a le geste de le poser par terre, au pied de l'espèce de lit.

– Donne, dit Mila.

Elle lui tourne le dos pour ranger l'argent dans son petit sac. Olive en profite pour ôter son Tee-shirt, puis se contorsionne pour tirer sur son short. Vite, tant qu'elle ne le voit pas. Mais ça bloque à la ceinture. Il force. Un muscle de son bras se tétanise. Il est au bord de la crampe. La sueur coule. Mila se retourne, puis pouffe de rire. Elle lui demande s'il fait sa gym. Il retombe découragé, humilié. Il va peut-être pleurer. La honte. Il veut ne plus exister. Il ne mérite rien.

– Tiens, je vais t'aider. C'est bien parce que t'es mon amoureux transi.

Les doigts de Mila sur sa peau, au pointu de la hanche, puis dans le creux tout à côté. Elle s'agenouille et tire vers elle, soudain grave et appliquée comme si elle changeait un chiard. Il soulève un peu son bassin, elle va chercher par-derrière ce qui coince encore et l'ensemble se met à glisser sur les cuisses raides, accompagné de dizaines de petits impacts électriques qui énervent la peau glabre, et ça descend toujours, Olive a envie de cacher son grand truc palpitant que les mains de Mila ont soigneusement évité, il n'ose pas regarder, c'est tellement ridicule, alors il porte ses yeux sur les seins, ce regard de chair aussi fixe que celui de la fille, puis sur les courbes, soulignées d'une clarté mate, puis dans les coins d'ombre, il parcourt ainsi à toute vitesse le relief de la planète inconnue, se demandant s'il pourra s'y poser et quels périls l'attendent... Il a déjà vu ces films où l'on se fait dévorer pour rien sur des corps célestes non-identifiés sous prétexte qu'on a tenté d'explorer une grotte luisante aux lueurs incertaines. Il tend la main, touche l'arrondi d'un genou, tant pis pour son scaphandre, il n'en reviendra probablement pas.

– Laisse, dit-elle tout bas en écartant son bras. Laisse.

Elle vient sur lui. Elle le prend entre ses cuisses, elle le couvre. Bouge lentement contre lui, sa figure perdue dans son cou.

– Touche-moi, elle dit.

Il pose ses mains sur son dos. C'est chaud, mouillé de sueur, mobile et glissant. Il trouve un oued dont le courant doux l'entraîne vers la chute... Il n'y croit pas. Il n'ose pas regarder parce qu'il lui faudrait se redresser un peu et la déranger, silencieuse qu'elle est depuis un moment sur son épaule. Il en a vu, pourtant, et des vertigineux, en photos ou en films, de ces canyons torrides. Mais sous ses doigts, il apprend le volume, la troisième dimension et les suivantes.

Après, quand elle le happe, enfin redressée, c'est un grand roulis, un vol plané d'oiseau de mer, il se dit que Tayeb a raconté n'importe quoi, parce qu'elle ne le regarde pas fixement, elle ferme les yeux, elle sourit un peu. Il aimerait que ça dure encore beaucoup mais une sorte d'onde commence à rouler au rythme de leur bassin, tango, valse, les tempos se mélangent en accélérant, rien à voir avec le trash métal branleur ou la java foutre de la veuve poignet, c'est de la houle music, avec des percussions dans le ventre et des basses inaudibles qui vibrent fort. Et quand Mila s'abat sur lui en criant il a un instant de doute, il croit qu'elle a mal ou qu'elle va se mettre en colère, si bien que ça le retient un peu et qu'elle en profite pour s'exaspérer, ses seins écrasés contre sa poitrine maigre, ses chairs bouleversées et douces frottant les aspérités de sa carcasse, elle lui dit viens, et il obéit, ciel, arbres, falaises, il frôle tout et repart vers le bleu aussitôt, bouche ouverte, il veut se mettre les nuages vers quoi il fonce plein la gueule pour les mâcher mais retombe mollement sur un matelas d'herbe chaude. Tant pis, il ne lutte plus, il ne veut plus rien, et il la serre contre lui, et elle pèse plus lourd à mesure qu'elle s'apaise. Il peut alors pleurer, vannes béantes, avec des sanglots qui le secouent en silence, il y a si longtemps qu'il n'a pas chialé comme ça, c'est tellement bon.

Elle ne bouge plus. Il entend juste son souffle calme. Il hasarde un baiser sur la peau tiède. Puis elle se dégage un peu, elle le regarde avec curiosité. Elle sourit pour de vrai, la figure rayée par des cheveux collés. Elle l'embrasse doucement au coin de la bouche, ne rien faire, se dit-il, sinon je vais me réveiller, cette fois-ci ça va pas rater, et en s'écartant de lui d'un petit bond, elle lui mordille le bout du nez.

Elle fume une cigarette, qu'elle regarde parfois, entre deux bouffées, comme si c'était la meilleure du monde. À un moment, elle rit silencieusement.

– Merde, j'aurais pas cru...

Olive ne cherche pas à comprendre. Trop de brouillard, mais doux, avec le soleil pas loin derrière. Il observe bien la pièce, il détaille les quelques objets qui traînent, les fringues, le poste de radio, il se concentre sur les bruits du dehors, tiens, un train qui passe sur l'autre rive du fleuve, un qui s'en va, qui va voir ailleurs si c'est mieux, avec des gens impatients d'arriver. Il énumère mentalement tous ses repères habituels puis conclut tranquillement qu'il est bien là, à côté de celle qu'il aime, comme dans les films, enfin, les vrais films... Désormais, il ne regardera plus que ceux-là.

Ils se sont rhabillés sans rien dire. Pas la peine. Mila a rendu le billet de cent francs. « Ça se paye pas, ça. » Bon. Comme elle veut.

– On pourrait aller se promener, ce soir, propose Olive, au bord de l'étouffement.

Elle rit.

– Se promener ? Où ça ? Au bord de la Garonne ? À Claveau ? Sous le pont suspendu ? Où tu veux te promener dans ce quartier de merde ? Main dans la main comme deux cons ? Sans moi.

Sans elle.

– Ça fait rien, dit-il. C'était comme ça.

Elle recommence à bouger autour de lui, le regard inquiet qui saute partout comme un piaf en cage. On dirait qu'elle a tout oublié.

– Bon, Je me casse, faut que je passe chez Tayeb.

Non. Pas lui. Olive se passe dans les cheveux un peigne de doigts maigres. Ça grince dedans, ça gratte dehors, façon moutarde en surdose.

– Son père a été arrêté par les keufs. Ils se sont battus l'autre jour. Il a pas été relâché, encore. Tu viens avec moi ?

Il dit non. Plus tard, il ira. Il doit ranger un peu, et puis il va s'écouter un peu de zique. Elle dit d'accord. Comme tu veux. À plus. Puis soudain elle n'est plus là. Il essaie de suivre le bruit de ses pas dans les escaliers, mais il n'entend rien. Alors, il se précipite à la fenêtre pour la regarder s'éloigner mais les arbres trop hauts l'empêchent de voir. Plus loin, il y a seulement Bordeaux, les blocs du Grand-Parc, la confusion des toits, les flèches des églises, tout ça flottant dans une vapeur ocre. Il s'en fout. Il en veut aux arbres.

14

On lui cogne la tête par terre, et ça ne lui fait pas mal. Il sent la pression de la main qui le tient par les cheveux et il a peur. Il a peur surtout qu'on les lui arrache, et de se retrouver chauve, une tonsure sanglante sur le crâne. D'ailleurs, du sang, en voilà. Il y en a sur le sol, une flaque luisante dans laquelle on lui écrase la face. Il sent l'humidité sur lui, il ne sait plus si c'est son sang, ou celui d'un autre, et il essaie de crier, et aucun son ne peut sortir de sa gorge. Puis il voit tout près de lui, par terre, la face enflée d'un homme qui le regarde fixement, bouche entrouverte. La pommette est ouverte d'une plaie aux pourtours enflés, le nez est écrasé, et quelque chose de rosâtre y remue imperceptiblement, avec la régularité d'une respiration, luisant par instants de bulles épaisses. « Je l'ai pas tué ! » tente de crier René. C'est au moment où on le tire en arrière, et où il sent qu'on va le jeter du haut d'une falaise, il sait, sans l'avoir vue, qu'il se trouve au bord d'une falaise, il en ressent même le vertige déjà, qu'il se réveille. Le vertige est relayé par le faible tangage de la barque et au-dessus de lui le ciel est repeint par le soleil couchant de teintes surprenantes. Il se redresse mais n'ose pas se mettre debout tout de suite parce que la tête lui tourne, c'est manège autour de lui, et montagnes russes, un peu. Il se tâte l'estomac, plein, et lourd, et sensible au toucher du côté droit. Merde, quel rêve. Il cherche des yeux autour de lui son petit sac, et s'aperçoit qu'il est à moitié assis dessus. Dedans, il trouve une bière, qu'il s'envoie en trois gorgées, avec un gros soupir de soulagement. Ça lui remet les idées en place, comme quand on ramasse le linge sale pour le porter dans une panière. Il s'allume une maïs, ça le ramone sévèrement, alors il tape du poing sa poitrine cachectique pour décourager la toux. Ensuite, il ramène le filet, où remuent quelques crevettes et deux anguilles énormes. Les bestioles se tordent au fond de la barque, et il en bloque une sous son pied, la saisit par la tête, et la brandit à hauteur de sa figure. Il la secoue parce qu'elle enroule ses anneaux visqueux autour de son poignet, puis il prend son couteau et décapite l'animal. Il balance la tête à l'eau, mais pour la créature, ça ne change pas grand-chose. Elle se raidit, se dresse, parfois presque droite à l'horizontale, cependant qu'un peu de sang gicle à la plaie. Elle fait comme si de rien n'était, elle s'entête, elle se débat contre quelque chose qui doit la picoter, et qu'elle n'est plus du tout en état de comprendre. René la glisse dans le sac de grosse toile où elle vient troubler le repos des poissons morts et des crevettes, comme si elle voulait les réveiller pour tenter une évasion en masse. Il exécute pareillement sa frangine et l'envoie s'emmêler à l'autre dans une étreinte complexe et mortelle.

Après, il faut rentrer. La barque a dérivé vers l'amont, presque en face des bassins à flot. D'ailleurs, René hume dans l'air les relents de vieille pisse que dégage l'huilerie non loin de là. Il tire sur le starter du moteur, qui consent à démarrer avec un vacarme de gros mixer. On est au gros du montant, et le vieux moulin Evinrude suffit à peine à le contrer. On ne voit plus des rives que ce que la ville veut bien en éclairer. C'est-à-dire pas grand-chose rive gauche, à Bacalan. Quelques lampadaires dans la cour d'une usine, l'éclairage intermittent de la rue Achard, par quelque trouée. Les arbres ne sont plus qu'une foule haute et noire qui attendrait la nuit un bateau qui ne viendra pas. René s'est assis à l'arrière et tient d'une main molle la poignée du moteur. L'air frais s'efforce de vivifier sa gueule engloutie par l'obscurité, et s'écorche sur la tête de mort qui pointe sous la peau en arêtes coupantes. L'homme frissonne. Il tire vainement sur le col de son Tee-shirt. Les canettes vides roulent au fond de la coquille de noix à cause du clapot, et leurs chocs castagnent en écho dans sa cervelle congestionnée. Il cherche à tâtons s'il n'en resterait pas une, par hasard, qui aurait échappé à sa soif, parce qu'il sait de quoi il a besoin pour aller mieux. Tant pis. Devant lui le pont d'Aquitaine tend son arc lumineux, où glisse un trafic permanent et silencieux. Tous ces cons qui roulent à cette heure. Même chose sur la rive droite, où la route est sur la berge. Il se rappelle qu'à l'époque où ils habitaient la Cité Lumineuse, avant qu'on les vire, il passait des soirées à regarder la circulation des autos et des trains de l'autre côté, en bas des collines de Lormont. Il voyait luire les lueurs de la cimenterie de Poliet-et-Chausson, et flotter le panache grisâtre que crachait en permanence la grande cheminée. Le fleuve était noir, et quand la marée montait, on entendait le remous rigoler doucement, et parfois un peu d'air plus frais, moins lourd que celui de la ville, accompagnait le mouvement.

Justement, la Lumineuse, la voilà. Écran noir. Immense. Le coefficient est gros, alors René est presque au niveau du remblai, et voit bien les allées vides, les terrains de jeux abandonnés sous la lueur bleutée des lampadaires. Dans la muraille de béton, une seule fenêtre éclairée, bloc C, au huitième. Putain de moine, dit-il à voix haute. Il essaie de se rappeler d'autres choses, en passant là-devant, mais ça bloque, sous ses méninges. Les neurones ont les pieds dans la bibine. Faudrait écoper. Trop tard. Voici l'appontement. Il manœuvre en douceur, mais heurte tout de même un pilier. Il jure sourdement, manquerait plus qu'il coule sur place, au pied de l'échelle, sabordé comme un vulgaire croiseur en rade de Toulon. Les quatre barreaux sont escaladés le cœur au fond de la bouche, l'estomac pas loin. Le tout poussé vers la sortie par les battements paniques du cœur. Oh ! putain ! marmonne-t-il. Il tire derrière lui son sac où gigotent encore les anguilles sans tête. Le poiscaille doit plomber dans les dix kilos, tout de même. Il ne se sera pas usé la santé pour rien.

Il n'y voit rien dans le couloir d'entrée. Il pose son sac sur un vieux paillasson qui sert à se déchausser quand il pleut. Il a eu du mal à localiser le trou de la serrure, et il attend, pas très stable sur ses jambes, que le vertige qui lui ouate le cerveau se calme un peu. Il doit s'appuyer sur les cartons de vidéo qui s'entassent dans le couloir. Il allume la lumière, ça lui troue la tête, ça lui enfonce les yeux sous le front. Mais au bout d'une petite minute, il sent mieux la terre ferme sous ses pieds. Il tend l'oreille. Et au-delà du bourdonnement de l'ivresse, il constate le silence complet. Ah ! non. Le gazouillis d'un poste de radio en sourdine. Il fait deux ou trois pas. Sous la porte de Mila, un trait de lumière est tiré comme une frontière.

Il éteint dans le couloir, et il se dirige en aveugle dans la salle de séjour. Direction le frigo. Il en salive d'avance. Il tire sur la poignée chromée, prêt à l'arracher si elle résiste. C'est soudain éclairé comme une vitrine. Il hésite. Mousse ? Vin blanc ? Il prend la bouteille de Monbazillac, celle qu'il a entamée dimanche sur le gâteau. Le verre est frais. Il trace sur la buée un petit zigzag du bout du doigt. Le bouchon force un peu. Goulot à sa bouche. Il ferme les yeux, et ça coule. Un, deux gorgeons. Il garde un peu de vin, le fait aller et venir contre ses joues. Il goûte le sucre, l'alcool. Il existe sûrement d'autres parfums, mais il s'en fout. Il avale. Derrière lui, une chaise semble s'être approchée. Comme elle a raison. Il pose son cul dessus, la bouteille entre les cuisses, froide, dure, sûre. Il se détend. Tout se décoince. Il n'a plus chaud, il n'a plus mal, il bouge même tranquillement ses orteils dans ses sandales humides. Il s'y remet. Dans sa bouche, c'est le plein emploi. Sa langue dirige les flux, se baigne dans la fraîcheur sucrée comme une femme à poil dans une de ces rivières à la télé, heureuse, sans souci. Ses dents mâcheraient presque l'épaisseur du goût. Ses joues se gonflent, sa gorge s'ouvre, et s'emplit, et bouge lentement. On croirait un trompettiste muet.

Il repose la bouteille, au bout d'un souffle qui pourrait être le dernier, et alors ? Il fait noir autour de lui et il regarde cette obscurité phosphorescente rien que pour lui, et il se laisse aller en arrière, les jambes étendues. Sa queue est dure comme un frontignan. Ça lui fait souvent ça. Il se retrouve debout sans savoir comment. Il ne se rappelle pas avoir donné cet ordre. Ce n'est plus lui qui commande, semble-t-il. Il décide de laisser Dolorès dormir. On verra demain, si elle ne prend pas trop de cachets. Il marche lentement, se cognant au montant des portes sans s'en apercevoir, vers la chambre de Mila.

La porte, quand il l'ouvre, émet un court grincement. Dans la lueur orangée d'une lampe de chevet, la radio diffuse très bas quelque chose de rythmé, et sous le drap on devine le corps de Mila, aux formes plissées et approximatives, qui tourne le dos à l'ivrogne. Au sol, jetés là, quelques vêtements. René s'approche et se baisse vers eux pour s'emparer d'un débardeur, qu'il renifle les yeux clos. Il écarte un pantalon de coton léger, il fouille, il cherche une culotte. Elle l'a encore sur elle. Il se fige lorsqu'elle bouge pour replier ses jambes, car s'inscrit la courbe de son dos et de son cul.

Il soulève le drap et s'étonne que tout ça soit si près maintenant, rond, offert, chien de fusil dont il suffirait d'effleurer la détente. Pendant un moment il reste debout sans rien faire et oblige sa respiration au silence, face à Lauren Bacall qui le regarde par en dessous depuis le poster qui domine le lit.

Puis Mila se retourne, ouvre les yeux, tire aussitôt le drap sous son menton.

– Qu'est-ce que tu veux ?

Elle le sait bien ce qu'il veut. Toujours la même chose. Il est bourré. Elle le sent d'ici. Elle le voit à ce regard brillant et voilé aux paupières lourdes. Elle se met à trembler.

– Je vais crier. Va-t'en.

Il s'assoit en grimaçant un sourire, et entreprend de caresser une cuisse à travers le drap.

– Tu sais que t'es belle ?

Sa voix est enrouée. Il a un sourire d'animal. Elle essaie de se retirer hors d'atteinte de sa main.

– Fous-moi la paix, ou j'appelle ma mère.

– Laisse-la tranquille. Avec tous les cachets qu'elle a dû prendre, elle entendrait pas une grenade péter sous son lit. On doit te le dire tout le temps, que t'es belle. Tous ces branleurs avec qui tu vas, ils te le répètent sans cesse, non ? Et moi je pense comme eux, parce que je te connais depuis que t'es toute petite et que t'étais déjà superbe quand t'avais cinq ans et que tu venais sur mes genoux, hein, tu te rappelles ? Tu m'aimais bien, à cette époque.

Ses cordes vocales s'emmêlent un peu et les mots sortent mal dégrossis, glaireux et lourds de relents d'alcool. Soudain il arrache le drap, les seins jaillissent, le ventre se replie au creux des jambes que Mila a ramenées contre elle. Elle tremble comme un arbre tout entier qui va s'abattre, bouffé de l'intérieur par des tronçonneuses géantes. René tend les mains vers elle et tente de se faire un chemin entre ses cuisses.

– Laisse-moi, dis, implore-t-il la bouche sèche. Laisse-moi juste une seule fois...

Il pétrit un sein d'une main rugueuse aux ongles encore souillés par la vase du fleuve. Mila s'accroche à son poignet pour le repousser, mais il se crispe sur elle davantage. Puis René saisit la main droite de la jeune fille et attire contre son pantalon un poing serré qu'il frotte contre son sexe tendu.

– Tu le sens, hein, comme je te veux et comme je t'aime ! Laisse-toi faire, tu vas voir, avec un homme c'est bon, pas comme avec tes puceaux !

Il déboutonne son pantalon, le tire sur ses cuisses, et apparaissent des poils vaguement roux, monte une odeur de sueur confidentielle, rance et aigre. Déjà, il est allongé sur elle. Il essaie de déchirer la culotte et grogne, et s'exaspère. Mila ne dit rien parce que pas un mot ne vient, plus un souffle dans ses poumons, alors qu'elle sent contre son poing la roideur tiède du poivrot. Elle ne dit rien, car les larmes qu'elle ne peut empêcher de couler, larmes de fiel, brûlantes, devraient suffire à faire déborder son dégoût, cette envie de meurtre qui monte d'un coup en raz-de-marée. Il essaie de s'immiscer entre les jambes qui ont cédé sous le poids, elle ne voit plus rien, que du noir qui bouge en contre-jour, assourdie par ce râle sur son visage, écœurée par cette langue pourrie qui force ses lèvres, la peau écorchée par les joues râpeuses de cette ordure qui la submerge de son poids mort, son poids de cadavre.

Il griffe le ventre en s'agrippant à la toison pour la profaner pendant que Mila rue de ses poings inoffensifs contre ses flancs. Puis il a un grondement de satisfaction quand il sent la main de la fille descendre le long de son ventre doucement, il rumine sa victoire, prêt à se ruer, presque surpris de la sentir s'ouvrir, elle va y prendre plaisir, comme avec les autres, pense-t-il dans l'ivresse qui le prend de plus belle.

La main de Mila se fraye un chemin vers le sexe de l'homme, mais soudain le contourne pour se refermer, d'un coup sec, tranchant de cinq ongles vernis d'écarlate, sur les valseuses du René qui sursaute, tétanisé, et cherche à rouler sur le côté pour lui faire lâcher prise mais ne parvient à aucun mouvement, car elle tient le centre de gravité et le laisse suspendu dans la douleur, la bouche ouverte, maintenant dégrisé.

Elle l'éjecte d'un coup de genou, et il tombe à quatre pattes sur la moquette, et s'ébroue, gros chien groggy, entravé par son pantalon roulé aux genoux. Mila attrape ses affaires et s'habille, debout sur le lit car elle ne sait plus où se tenir pour demeurer hors de portée. Elle le regarde se redresser d'un bond et finalement s'adosser à l'armoire en la considérant d'un air ébahi, salope, marmonne-t-il, il répète même ça plusieurs fois, puis fonce à nouveau sur elle. Il la rate et s'affale à plat ventre sur le lit d'où elle a sauté, elle cherche dans un tiroir de son secrétaire de gosse quelque chose, elle fouille une trousse de plastique bleu décorée de photos de chanteurs, et au moment où il la saisit par le bras, lui expédiant un coup de poing dans la tempe, elle le frappe au bas-ventre, plusieurs fois, elle sent sur sa main le contact des poils, de la chair molle désormais, et du sang qui lui inonde brusquement le poignet. Ils reculent tous les deux d'un même pas. Elle regarde la confusion sanglante qu'est devenu l'entrejambe de l'homme et elle se met à hurler, le sang, le sang pisse vraiment avec de courtes impulsions, et René se regarde aussi, il ne comprend pas ce qui lui arrive, il fourgonne ses couilles et pousse une plainte rauque en retirant le cutter dont il examine la lame avant de le jeter au loin, et tout en prenant à pleine main ce qui pend encore entre ses jambes, il remonte son pantalon comme si en cachant ses blessures il allait les annuler.

Mila cavale dans le couloir, elle appuie sur le bouton d'appel de l'ascenseur et commence à attendre. Elle ne sait pas. Elle pense que par l'escalier ce serait plus rapide, mais elle ne parvient pas à se décider. Puis au bout du couloir, elle voit René arriver en titubant, qui rebondit d'un mur à l'autre en y laissant l'empreinte de sa main couverte de sang, son autre main crispée au bas du ventre à travers le pantalon luisant d'une large tâche rouge. Il gueule, René, qu'il va crever, qu'il va la troncher quand même avant, qu'elle n'est qu'une pute, un trou à bite, il passe en revue les troupes de choc de son vocabulaire et parvient presque à courir au rythme de ses injures, au bord de l'effondrement définitif. Alors Mila prend l'escalier, elle dévale les trois étages en poussant de petits cris et n'entend pas les portes qui commencent à s'ouvrir sur ce remue-ménage, ni les questions qui fusent, les rappels au calme, rapport aux enfants qui dorment.

Elle débouche au bas de l'immeuble, cueillie en douceur par un petit vent qui furète entre les blocs.

Derrière elle, une vitre éclate et elle se retourne pour apercevoir la carcasse de René s'encadrer dans le montant. Il saigne de partout maintenant, et c'est une hémorragie ambulante qui trébuche dans sa direction sans plus rien dire d'intelligible, émettant seulement des plaintes de bête. Elle pousse encore un cri, se remet à courir, jusqu'à ce qu'elle tombe sur deux types qui tendent vers elle leurs bras, un peu à tout hasard, parce qu'ils regardent, épouvantés, le Masque de la Mort rouge, l'Homme hémoglobine, clopiner dans leur direction en se tenant le ventre. Elle se laisse aller contre le premier qui se présente et s'accroche à lui en bramant.

– Putain, René ! s'exclame-t-il.

L'autre type se précipite vers le moribond et le reçoit de justesse au moment où il s'effondre, il le secoue pour le réveiller, mais on sent que le geste est hors de propos. Mila regarde le couple d'hommes tassé dans la mauvaise lueur bleuâtre et elle pleure en disant « il est mort, il est mort, je l'ai tué ».

– T'inquiète pas, murmure la voix tout près d'elle. Calme.

– Merde, il est mort, confirme François. C'est la merde. Allez. On s'arrache. On embarque la fille.

Ils montent dans leur voiture, François démarre en trombe sous les regards chassieux qui s'éberluent au spectacle. À l'arrière, Richard tient Mila contre lui et lui parle doucement, « t'affole pas, tout va bien ».

15

J'ai entre les mains la photo d'une fille superbe. Elle a dix-huit ans, le regard insolent, la chevelure sauvage, la bouche un rien dédaigneuse, et elle présente avec défi une épaule bronzée à l'objectif. Question corps, rien ne manque. Mince aux bons endroits, ronde où il faut. En d'autres circonstances, je serais assez jalouse. Cazeaux me pique le cliché et apprécie avec une moue admirative, en connaisseur. Enfin... C'est sûrement vite dit... Mais il en va des lieux communs comme des non-lieux. On les prononce souvent faute de preuve. Bref, il se rince l'œil, mais a le tact de ne faire aucun commentaire. Probablement parce que cette Mila a tué cette nuit son beau-père, un certain René Castéra, en le châtrant, ou peu s'en faut. J'imagine que le mâle de base doit ressentir quelque effroi à l'évocation de ce genre de blessure, mortelle ou pas. En l'occurrence, la belle enfant a utilisé un cutter, de modèle standard, le genre d'outil qui sert à découper quand on bricole. L'hémorragie a été massive, sans doute aggravée par le fait que la victime a poursuivi la nana jusque dehors, où il est mort.

– Tu parles, a expliqué Cazeaux. C'est plein d'artères, ces endroits-là. Je sais pas si t'es au courant, mais y a des moments où il faut une sacrée pression ! Faut de la tuyauterie premier choix !

Il a ricané en enjambant la tache de sang qui souillait largement le tapis de la chambre.

– Il a dû vouloir lui faire tâter sa grosse veine bleue. Il est mort par où il a péché, ai-je rétorqué sans le regarder.

Il n'a plus ri. Il s'est contenté de me jeter un coup d'œil dépité. Il ne faut pas me chercher sur ce terrain-là.

De plus, les témoins, ameutés aux fenêtres par les cris, ont vu la fille emmenée par des types dont l'un a appelé la victime par son prénom et l'a reçu dans ses bras au moment où il s'effondrait. Et quand les collègues ont pénétré dans l'appartement, outre un sac en toile plein de poisson, ils ont trouvé un petit stock de matériel vidéo entassé dans l'entrée. Bingo. Les deux types qui ont embarqué la fille sont ceux du Vidéo-Gang, pas la peine de parier là-dessus, on a déjà tiré le gros lot.

Bon. On repasse dans la salle de séjour où la mère, Dolorès Almayerda, a posé ses quatre-vingts kilos de chagrin sur une chaise, et s'envoie pour le moment un petit coup de rhum de cuisine pour se requinquer. Elle demande sans cesse qu'on retrouve sa fille, répète qu'il faut lancer des avis de recherche dans tout le pays. On a essayé de la rassurer, en arrivant, mais à part une piquouse du docteur Calmos, je ne vois pas comment on y parviendrait. On a du mal à deviner la fille dans la masse bouffie de larmes et de gras qui fume clope sur clope et empuantit l'atmosphère malgré les fenêtres ouvertes. Moby Dick installée sur un volcan, si vous voulez mon avis.

– Je dormais, elle nous dit. Je prends des cachets contre la chaleur, sinon je tourne et je vire, et je vois tout en noir. J'ai des insomnies dépressives. Alors le docteur me donne d'autres pilules pour la journée. Comme ça la vie est moins dure. Oh mon Dieu ! Mila m'avait bien dit qu'il cherchait à faire le vicieux avec elle, mais je la croyais pas, la pauvre ! Ah, on est bien aveugle, des fois, hein ?

Elle s'interrompt et cherche un assentiment de notre part. Elle se tamponne les yeux avec un Kleenex, puis se mouche. On la laisse s'occuper un peu de son corps, puis Cazeaux relance :

– Et pourquoi vous ne l'avez pas crue ?

Elle lève une main fataliste au-dessus de la table et la laisse retomber mollement. Elle est vêtue d'une chemise de nuit translucide et d'un déshabillé vaporeux. Les masses qui ne débordent pas du décolleté ou des emmanchures, on les devine à travers le vêtement. Si je lui prêtais un de mes soutiens-gorge, il lui servirait à peine de jarretelle.

– Je peux le dire, après tout, maintenant. René, il était pas malin, ça non, et il picolait. Quand je l'ai connu, déjà, il avait une sacrée descente, mais il tenait bien le coup ! Jamais saoul... Et ça le rendait plutôt gai, pas méchant comme certains hommes qui se mettent à vous taper dessus dès qu'ils ont un pastis dans le nez. Tiens, le voisin du dessus ! Faut voir ce qu'il leur met, à sa femme et à ses gosses, le vendredi soir ! C'est la baraque à lutte, là-dedans, et tout le monde y passe ! On a appelé la police plusieurs fois, et...

Je lui fais un signe un peu sec pour qu'elle enchaîne.

– Bref, René, vous faisiez pas plus brave. Toujours prêt à rendre service, les gens vous le diront ! Ma gosse, elle avait un an quand on s'est connu. Le père de la petite m'avait larguée au troisième mois de grossesse. Pour moi les hommes, c'était salauds, cochons et compagnie, qui pensaient qu'à vous caser leur morceau de viande... Eh bien il a considéré la petite comme sa fille, tout de suite, et pour toujours. Rien n'était trop beau pour elle. Il disait souvent qu'on achèterait une maison pour qu'elle ait un jardin, et qu'il lui installerait une balançoire. Mais on n'a jamais pu !

René, il avait la santé fragile, les bronches et tout ça. Tout le temps enrhumé l'hiver, à cracher ses poumons, collé au plafond par la fièvre, qu'il était. Et aux grandes canicules, comme maintenant, il s'épuisait… Il attrapait les coups de chaleur comme les courants d'air ! Vu le genre d'homme, pas grand ni gros, quoi, le style demi-portion, faut dire ce qui est, il résistait pas. Alors le docteur l'arrêtait, et on touchait demi-salaire, ou bien il allait pas à l'embauche. Pensez, docker, même avec les machines, c'est un métier dur ! On lui promettait toujours une place de grutier, mais rien ! Quand le port est parti au Verdon, là-bas, c'est des lèche-cul qui ont eu les postes, des planqués du syndicat ! Et avec ça, y a eu moins de travail, avec les containers… Mais bon… La petite, il l'aimait tellement ! Trop, même. Il y touchait jamais, pas une fessée, rien ! Quand elle a commencé à se plaindre, il y a deux ou trois ans, j'ai cru que c'était la puberté qui la travaillait. Les filles, maintenant, elles sont plus précoces que nous à leur âge… Et puis c'est vrai, des fois la tendresse c'est mal compris !

– Il y a tendresse et tendresse, observe Cazeaux, profitant d'un moment de répit.

Il me glisse un regard de connivence, censé souligner l'importance de ce qu'il vient de dire. Je hausse les épaules. La matrone est plongée dans les gouffres d'une réflexion sans fond, et comme elle n'a pas l'habitude, elle risque de se retrouver coincée dans un siphon. Son regard est posé lourdement sur le mur, comme si la réponse au dilemme se trouvait sous le papier peint. Elle commence à m'amuser, la mère aveugle. Et à m'user. Cette affaire est chaude, on ouvre des poupées russes brûlantes, et on ramasse les refroidis. On peut redouter le choc thermique. Aussi, je me sens nerveuse. On ne tirera rien de cette bonne femme. Je décide d'interrompre ses cogitations à propos de la tendresse :

– Vous savez à qui votre... M. Castéra a vendu du matériel, ces temps derniers ? Vous savez que ça provient d'une attaque au cours de laquelle un homme a été tué ?

– J'en sais rien. Il me disait jamais rien de ses affaires.

Celle-là, j'ai dû l'entendre deux cents fois. Les gens n'ont aucune imagination. C'est toujours pareil. Un mec se ramène avec trois BMW qu'il case au fond du jardin, plus un coffre-fort usagé, et aucun abruti de sa tribu n'a l'idée de lui demander combien il a acheté tout ça et chacun respecte le silence de l'homme d'affaires probablement jaloux de ses méthodes. Les sachets de poudre blanche planqués dans la chasse d'eau ? On croyait que c'était une farine spéciale pour les crêpes bretonnes.

– Et les gens avec qui il travaillait sur ce coup, vous les connaissez ?

Elle lève vers moi des yeux terrifiés, puis se sert un coup de Negrita.

– Non. J'ai vu personne. Et figurez-vous que quand il ramène un peu de quoi mettre du beurre dans les épinards, je demande pas les numéros des billets. Les fleurs artificielles, ça nourrit personne.

– Je vous demande ça, parce qu'on est à peu près sûrs que les types qui ont emmené votre fille hier soir sont ceux qui lui ont fourni cette camelote. Comme ils ont déjà massacré le chauffeur du camion, et qu'il y a parmi eux un type particulièrement dangereux, je me disais que vous nous auriez aidés à les coincer le plus vite possible, avant que...

Je quitte le mur où j'étais appuyée, et je range mon calepin comme si j'allais partir.

– Non, parce que les truands de ce genre, quand ils détiennent une belle fille comme ça, ou bien ils... ils en profitent, à tour de rôle, ou bien ils la louent ou la vendent à des réseaux internationaux. La fille se retrouve alors...

– La traite des Blanches, tout ça ? Les harems en Arabie ?

Depuis un moment, elle me regarde avec un effroi grandissant. Elle n'est plus qu'un vaste tremblement désynchronisé.

– C'est son copain François. Le Toulonnais. Enfin je sais pas, moi. C'est comme ça qu'il l'appelle des fois, il est de par là-bas. Il a eu des ennuis sur la côte quand il était plus jeune, et il peut plus y retourner, même pour embrasser sa pauvre mère.

Bigre. Un interdit de séjour. Ça se muscle.

– Vous l'avez déjà vu ? À quoi il ressemble ?

– Une fois, y a deux ou trois ans... Un beau gosse. Très brun, toujours bronzé, avec des yeux gris. Vachement intelligent.

Un intellectuel de la truande. On a levé le professeur Moriarty.

– Ah bon ? À ce point ?

– Oui. Il réfléchissait toujours avant de causer. Et puis il savait ce qu'il voulait faire de sa vie. Et puis si beau...

Je lui proposerais bien de me garder un petit si jamais sa fille et lui se reproduisent, mais comme j'ai bon fond, et horreur du mauvais goût, je me tais. Je m'en veux presque de plaisanter avec ces choses-là. De toute manière, je crois qu'on a fait le tour de la question. Je la remercie, je lui souhaite bon courage, et je l'assure qu'on ne va pas tarder à retrouver ces salauds. J'appelle deux agents pour qu'ils descendent les cartons de vidéo dans un fourgon.

Quand j'arrive à la voiture, téléphone. Bon. Si c'est pour une cuisine équipée, je sais quoi répondre.

– C'est Germain. J'ai du nouveau à propos de René Castéra. Il a vendu du matos à un de ses voisins, un certain Ahmed El Mestari.

– Comment vous savez ça, vous ?

– Il s'est fait embarquer avant-hier par une patrouille pour vérification, suite à tapage nocturne et jet d'objets par la fenêtre ayant entraîné une incapacité de plus de huit jours sur la personne d'un passant.

– Jet d'objet ? Ça doit faire mal !

– Je vous lis le rapport, moi.

– Et où il est, El Mestari ?

– À l'hosto.

– Qu'est-ce qu'il fout là-bas ?

– Les collègues qui l'ont interrogé lui ont fait peur, ils ont un peu crié, tout ça, et il a commencé à se débattre et à foutre le bordel dans le bureau. Il paraît qu'il voulait tout casser. Bref, il s'est fait un traumatisme crânien. Ses jours ne sont pas en danger, on m'a dit.

Bonne chose, ça. La police est bien faite. Il y a même des Arabes qui survivent à des passages à tabac.

– Dites, je demande, en forçant sur l'inquiétude. Il n'a pas endommagé le mobilier, j'espère ?

– Non, non, de ce côté...

Germain s'interrompt. Fine mouche.

– Ah oui, bon, d'accord.

– On peut savoir pourquoi ils ne nous ont pas communiqué le dossier ?

– Je ne sais pas, ils allaient le faire, apparemment. J'ai su ça un peu par hasard grâce à Fourmond. Il paraît qu'ils ont entamé une procédure d'expulsion.

– Bon. En attendant d'acheter le billet de charter, vous me recherchez dare-dare au fichier un gus prénommé François, dit le Toulonnais, et qui serait sous le coup d'une interdiction de séjour là-bas.

– François ? C'est tout ? Le département c'est le Var ?

– Oui. Un bien beau pays. Vu le nombre de truands au kilomètre carré, vous aurez un peu de mal, mais vous ferez le tri. Pas la peine de chercher parmi les élus, ça fera gagner du temps.

On raccroche. En attendant Cazeaux, je contemple la résidence à loyer modéré, dite Le Port de la lune. Poétique, n'est-ce pas ? C'est également ainsi qu'on appelle Bordeaux, dans les salons chics du centre-ville. Rapport à la courbe de la Garonne qui autorise la métaphore. D'ailleurs, elle coule à cinquante mètres d'ici. Ils ont tout, ces pauvres. Le fleuve est pareil à leur peine, il s'écoule, et ne tarit pas, aurait pu dire le poète. Dans le détail, on peut discerner des signes d'art brut : verre sécurit étoilé aux portes, tags bariolés, coulures noirâtres sur la peinture des façades interprétables à l'infini. Là une main à quatre doigts, plus loin la jambe qu'un géant a laissée en souvenir. Le linge sur les balcons fait des personnages incomplets qui se penchent, sans tête et les bras mous, par-dessus les garde-fous rouge sang. Et je ne parle pas de la partie de parking réservée à l'expo permanente d'épaves de voitures, dont certaines semblent avoir déjà goûté la flamme de quelque artiste au chalumeau. Du pré-César postindustriel, comme on dirait au centre d'art contemporain. Le Port de la lune. Le Port de l'angoisse, c'était déjà pris. J'aime l'humour des bâtisseurs de clapiers. Juste à côté, on a la Cité Lumineuse. Une barre de béton de deux cents mètres de long, sur cinquante de haut. Il n'y a plus que les junkies à s'allumer la tête, en bas de la ruine future.

Tiens. Voilà Cazeaux qui s'amène, en roulant un peu de la caisse devant six ou sept jeunes qui s'écartent à peine pour le laisser passer.

– À quoi tu penses ? me demande-t-il en montant en voiture.

– À l'art brut, je lui réponds. À la beauté convulsive. Les lieux y invitent, tu trouves pas ?

– J'y connais rien en peinture, dit-il en tournant la clé de contact. Moi, je suis plutôt cinéma. Spielberg, tous ces mecs.

16

Ils ne parlent tous que de ça. La mort du pauvre René, l'ivrogne du troisième, assassiné par sa belle-fille. Elle-même kidnappée par des truands. Paraît qu'elle lui aurait coupé les choses, au René. Voyez un peu cette fureur. Il voulait la sauter, ce salaud, et elle voulait pas. Je la comprends, notez. Mettez-vous à sa place. Pourtant, elle disait pas souvent non, avec son physique avantageux qui faisait se retourner les hommes sur son passage. Cette pute. Traînée. Elle n'avait qu'à claquer des doigts, et ils décarraient entre ses cuisses. J'en connais, moi, qu'en ont croqué. Je donnerai pas de noms, mais tout le monde les connaît. Et puis elle se cachait pas, hein… Une fois, à onze heures du soir entre deux voitures sur le parking… Si, si ! Faut que ça la démange ! Même que mon mari il voulait descendre pour leur jeter un seau d'eau comme aux chiens. Je l'ai pas laissé y aller, on sait jamais… Ils vont vite lui trouver du turf, les bandits. Elle va passer professionnelle, ça lui fera le cul ! Et Dolorès, pauvre femme, courageuse comme elle est. On mérite pas tous les malheurs qu'on a ! Il paraît qu'elle dessoûle pas depuis hier. Confite au rhum, elle va finir, si personne la console. Moi j'ose pas y aller. Le chagrin des autres ça me désarme. Et les journalistes ? Vous les avez vus ce matin ? Fouille-merde, ceux-là… Attirés par les catastrophes, ces vautours. Faut qu'on assassine les gens pour qu'ils viennent par ici avec leurs caméras et leurs appareils photos. Ils ont fureté partout… Vous sortiez de l'ascenseur, et vous trouviez un gonze en train de vous faire de l'œil à travers son objectif ! Remarquez, ceux qui m'ont interviouvée, ils étaient bien gentils et polis, alors j'ai accepté de leur parler. Je savais rien, mais j'ai tout dit ! C'est ça qu'ils aiment, le soir aux infos ! Ils m'ont dit que ça passerait au journal régional, à sept heures dix. Il me reste une cassette, on va enregistrer, c'est pas tous les jours qu'on me voit à la télé !

Olive a tout entendu. Il a glissé sa longue carcasse parmi les groupes et les conciliabules, les conférences des grandes gueules qui la ramenaient sur tout et le reste. Il a voulu aller voir Dolorès, mais un flic lui a barré le passage, et plus loin il n'a pu apercevoir que la porte de l'appartement, béante, qui jetait dans le couloir un écran lumineux où s'affairaient des ombres.

Alors, il est allé au bord de la Garonne, il a descendu le remblai, et il a vomi dans l'eau sale. Ça lui est venu d'un coup. Un éblouissement, un coup de poing de méchante lumière dans l'estomac. Il a cru mourir ainsi, dans le crade et le liquide. Il aurait préféré pleurer, ou pousser des cris effrayants pour qu'au moins, tous, ils ferment leur gueule et rentrent dans leur trou. Appeler Mila et ne plus rien prononcer d'autre. Mais il n'a pas pu. Sec de larmes. Étranglé par ses propres cordes vocales. Il s'est demandé ensuite s'il ne valait pas mieux se jeter à la flotte, il a réussi à se concentrer quelques instants là-dessus, mais il s'est aperçu qu'il ne savait pas comment on se noie.

Il y avait bien le pont d'Aquitaine, tout près, si haut et tellement pratique. Mais il aurait fallu marcher, gravir le viaduc d'accès, longer longtemps le garde-fou. Voir arriver l'endroit le plus élevé, lentement, penser qu'il va falloir l'enjamber. Fournir le dernier effort.

Il court vers la Lumineuse. Bourdonne en lui un peuple obscur de bêtes énervées, pleines d'aiguillons, qui se bousculent et s'estropient. Arrivé sous les coursives, il marche dans cette rumeur intérieure, étourdi, surpeuplé de terreur. Il croise un vieil homme et son chien aux yeux voilés de cataracte, et l'homme parle à son chien et l'insulte à voix basse, et le garçon les regarde s'éloigner du même pas, cheveux et poils blanchis, interchangeables. Il continue son chemin vers le bloc D, et il distingue la silhouette de Nordine, emmitouflé dans son perpétuel imperméable, avec la chaleur qu'il fait. Probable qu'il est en manque, et qu'il marche en attendant Gino, le dealer, en croyant qu'il est huit heures du soir et que l'autre pourri ne va pas tarder à pointer sa tête de nœud. Olive se planque dans le hall du bloc C pour éviter le junkie parce qu'on s'en sort plus quand il commence à vous parler de la cité déserte où il revient toujours parce que c'est là qu'il est né, lui aussi, et que sa mère est morte. Et il n'en finit plus de vous demander votre avis sur les raisons pour lesquelles les habitants s'en sont allés, ou sur la beauté du paysage, tous ces arbres, ces pelouses, un vrai parc d'hôpital, dit-il, tellement c'est beau. Et on ne sait quoi lui répondre, qu'il soit chargé à bloc ou qu'il se tienne les coudes parce qu'il a mal partout, et il vous retient par la manche en souriant quand vous voulez vous tirer, et vous croyez que si vous forcez le passage il va s'écrouler pour ne plus se relever.

Olive s'est tassé sur l'escalier et laisse filer le pas traînant de Nordine et ses quintes de toux. Il repense au bon élève que c'était, en troisième, on leur parlait, à eux les petits de sixième, de ce grand garçon timide qui écrivait de vrais romans pour ses rédacs et qui les aidait le soir à faire leurs maths. Nordine c'était un de leurs héros, il tirait pas de voitures, pourtant, il faisait les courses pour sa mère, il portait sa petite sœur sur son dos, il voulait être instituteur, putain, quelle idée, et tout le monde disait qu'il y arriverait. Et puis sa mère s'est tuée dans cet accident de mobylette en partant bosser un matin, faire des ménages au Centre André Malraux, ce truc près de la gare où ils font de la musique et du théâtre. Nordine a failli en crever. Il venait d'entrer en terminale. Quinze jours d'hosto à faire des crises de nerfs, on lui faisait des piqûres tout le temps pour qu'il arrête de pleurer. Quand il est sorti, il parlait plus, il souriait plus, il avait tellement maigri qu'on voyait ses os de mort sous sa peau. Quelque temps après, il a commencé à se shooter, il prenait des thunes à son père qui comprenait rien à rien, qui a toujours été con à manger du foin. La brute épaisse.

Olive se lève et sort. Nordine a disparu à sa vue dans l'arrondi du bâtiment, mais il l'entend encore tousser. Olive se demande ce qu'est devenue Nadia, sa sœur. Puis il pense à Tayeb, à son père arrêté, et ça se remet à bourdonner aussi sec dans sa tête et partout ailleurs là-dedans, et il se remet à marcher vers le bunker. Comme l'ascenseur n'arrive pas vite, il décide de monter à pied. La rampe de métal est poisseuse et laisse sur ses mains des traces de rouille. Il monte en zigzag dans tout le bloc, prenant parfois les longs couloirs transversaux pour changer de cage d'escalier. Il donne des coups de pied dans les plaques d'acier qui condamnent les portes des appartements, et soudain il a peur, parce que quelque chose a claqué dans les étages au-dessus de lui, qu'on lui réponde derrière une des portes, qu'un mort oublié là lui fasse savoir sa présence en tapant lui aussi contre les parois du tombeau pour protester contre le vacarme qui trouble son repos. Alors Olive se met à courir, puis ses immenses jambes avalent les marches par paquets de trois. Quand il arrive devant l'entrée du bunker, ses poumons ne cherchent même plus à fournir et le laissent sans air, plié en deux contre le mur, le cœur au fond de la bouche.

Il pousse un cri. Devant lui, découpée sur la clarté de la fenêtre ouverte, cette ombre qui ne bouge pas. La puanteur de l'éther. La voix de Tayeb, pâteuse, enrouée. Il a cru que c'était un mort.

– Oh ! T'es là...

Tayeb a un petit rire aigu et idiot.

– J'ai la gueule en carton-pâte, putain. C'est plein de moineaux, dehors.

– Des moineaux ?

Ouais, mec. Je les nique avec ça. Il secoue devant lui une fronde. « Y » en acier, gros élastique de section carrée. Au pied de la fenêtre, un sac de billes. Des agates. Parmi, quelques berlons* d'acier.

– J'en tue plein ! J'irai les ramasser tout à l'heure et j'en porterai à mon père à l'hôpital.

Il revient à la fenêtre en titubant et arme la fronde. Il suit une proie qu'Olive ne voit pas, tend l'élastique au maximum, et lâche la bille.

– Loupé ! ils volent vite, ces cons !

– Comment il va ton père ? Il sort quand ?

Tayeb regarde le soleil en face, puis ferme les yeux. Il se retourne vers Olive.

– Je vois rouge. Tout à l'heure, je croyais que les murs étaient mous.

– Il sort quand ton père ? répète Olive.

Tayeb se bouche les yeux des deux mains.

– Qu'est ce que ça peut te foutre ? Ils le laisseront pas sortir.

* Nom qu'on donne, à Bordeaux, à de grosses billes, d'acier ou de verre, très cotées dans les cours de récréation.

– De l'hôpital ?

Tayeb émet encore son petit rire idiot.

– Ils veulent le renvoyer au Maroc. Ils veulent foutre le bicot dehors. Faut qu'on retourne crever au soleil.

Il marche lourdement vers le lit et s'y laisse tomber. Il se prend la tête entre les mains, se masse les tempes.

– Putain j'ai la tête en vrac. Comme mon père. Tu verrais la gueule qu'il a... Ils lui ont foutu une branlée pour qu'il leur lâche le nom du René... T'imagines, cette raclure qui nous met dedans avec son matos de merde.

Olive s'assoit près de lui. L'odeur d'éther l'écœure, ou bien autre chose qu'il ne sait pas définir. Il a dans la bouche une salive acre, épaisse, et il demande à Tayeb s'il n'y aurait pas un Coca dans le placard. Tayeb ne répond pas. Il continue à émettre des propos menaçants, il dit qu'il va tuer un flic, qu'il lui faut une arme, qu'il sait où en trouver. Olive ne l'écoute pas vraiment. Mila était couchée là, à peu près où se trouve Tayeb maintenant. Il entendait son souffle, il pouvait toucher sa peau, l'embrasser. Il ne l'a pas fait assez. Il n'osait pas. Elle était là. Elle avait joui. Et il est resté à côté d'elle sans bouger, cherchant juste sa main pour se convaincre qu'il ne rêvait pas. Et maintenant elle est prisonnière de ces types qui vont la violer, ils vont vider leurs couilles en elle, ils vont l'obliger à leur faire des trucs, elle sera une chose dont ils s'amuseront, elle rampera devant eux pour leur demander d'arrêter et eux ils riront, ils n'auront pas de pitié, ils la traiteront de chienne et elle sera leur chienne, je peux pas, je peux pas, Olive se précipite vers la fenêtre et il regarde au loin la ville, elle est là-bas avec eux, elle a mal, il se retourne vers Tayeb pour tâcher de lui dire tout ça parce que ça va exploser, il ne ressent plus en lui que cette énorme rumeur qui le brûle, ce venin qui le met à vif, qui l'étripe, qui le massacre.

Mais Tayeb dort. Il ronfle doucement. Alors Olive se couche à côté de lui et prend son stéthoscope. Il n'entend que son cœur qui bat, bruyant, têtu, malgré tout. Et ça l'endort, cette vie qui pulse sans plus savoir pourquoi.

17

« Merde, putain de chierie », s'est exclamé François en démarrant, sa voix prolongée dans les aigus par le crissement des pneus qui laissaient de la gomme sur le bitume. La voiture a enfilé la rue Achard, le pont tournant, puis les quais. Mila sanglotait à l'arrière, tassée contre la portière. Richard l'observait à la dérobée, facile grâce à la pénombre où se jetaient régulièrement des paquets jaunâtres d'éclairage urbain qui suffisaient à révéler ce qu'il avait cru voir : l'objet de rêve, la page de catalogue, la femelle majuscule. Le brutal la couvait du regard avec des yeux de poule shootée à l'ecstasy. Il adorait son chagrin, éprouvait sa peine, se crispait au bord du choc esthétique.

– Fais-la taire, putain de moine ! a crié François comme ils passaient devant la place des Quinconces.

– Allons, calmez-vous, a conseillé Richard doucement. On est avec vous. On va vous aider.

De fait, elle s'est calmée un peu. Elle reniflait contre la vitre, elle tenait ses bras serrés autour d'elle, et Richard a été jaloux des bras, ainsi que du Tee-shirt trop grand sous quoi pointaient les seins, tout ce tissu qui la touchait platement.

À deux reprises, ils ont croisé des voitures pleines de flics qui fonçaient vers le nord. François les a insultés. Il tapait parfois sur le volant en disant que c'était la merde totale, qu'on allait leur coller le meurtre du René sur le dos, qu'on ne le prendrait pas vivant. Il se baladerait désormais enfouraillé au calibre maousse, customisé dum-dum, assuré sur la mort par les mutuelles Smith & Wesson. Prêt au combat de rue, paré pour la fusillade nourrie à la cervelle.

– Qu'ils me cherchent, ces pédés de flics ! Je vais réduire le nombre de fonctionnaires, moi, ça fera moins de retraites à payer !

Il a lancé la voiture sous le panneau COMPLEXE DE LA VIANDE, et ils sont passés devant les abattoirs, puis devant des putes qui stationnaient à proximité du marché de Brienne. Après, ils ont longé le quartier moche où Bègles commence, en contrebas de l'autoroute, fouillis de bicoques lépreuses à moitié abandonnées et d'entrepôts aux portes rouillées. Quand ils sont arrivés devant le garage, François a demandé à Richard d'ouvrir l'œil, des fois qu'ils seraient déjà là en embuscade.

– Mais non, a fait Richard, très apaisant, sans quitter Mila des yeux. T'inquiète.

Il s'est tout de même arraché à son siège et à sa contemplation pour aller ouvrir la porte. François a rentré la voiture, il a stoppé au ras du stock en jurant.

Dès que la lumière s'est allumée, il a pu voir Mila, que Richard aidait précautionneusement à descendre. Il l'a bien regardée, il a secoué la tête, il s'est approché un peu et l'a toisée lentement.

– Bon, a-t-il murmuré. On n'a peut-être pas fait le voyage pour rien.

Dans le bac à soldes, Richard farfouille sans ménagement, à l'instar des femmes qui l'entourent, parmi la dentelle, le balconnet, la baleine. Il teste les bretelles, tâte les coussinets, se retrouve à l'autre bout d'un article satiné que tire à elle une créature famélique. Il insiste, c'est lui qui l'a pris le premier, il sent monter un peu de colère. La jeune femme ne cède pas. Elle lève les yeux vers lui et découvre avec stupeur la gueule carrée du tueur dont les maxillaires frémissent. Elle échange avec une autre cliente un regard ironique. Sourires. Richard entend que ça gronde méchant dans sa calebasse. Il fixe ostensiblement ses yeux vides sur le buste de sa rivale. Morne plaine. Il secoue la tête. De quoi elle a besoin ? Quelques piquouses d'hormones, pour faire pousser l'escalope... Une greffe plastoque, ce genre. Il la dévisage avec un sourire mauvais, lourd de sens. La nana comprend, on la sent tout de même vexée. Elle lâche le bonnet. Les regards de six grognasses convergent sur les mains noircies de poils qui continuent de fourrager dans le frou-frou comme des rats dans la chantilly. Bon. L'ambiance devient lourde, et il n'est pas venu pour brutaliser. Serait plutôt en mission. Il extrait de l'amoncellement délicat trois tailles différentes, contrarié aussi de n'avoir pas songé à ce détail avant de partir.

Il laisse les femmes à leur congrès de nichons moqueurs et louvoie entre deux grands mannequins sous-vêtus de noir et de rose. Une main de plastique est tendue vers lui, et instinctivement, il lève la tête vers le regard aveugle. Au premier contact avec une culotte, une chaleur inédite se répand dans sa viande. Il va cuire de l'intérieur. Il caresse du revers de la main l'entrejambe décoré, sur fond blanc, de petites coccinelles. Il a envie de se transformer en bête à bon Dieu. Courir où il veut, explorer cette touffeur vivante. Apporter le bonheur. Une vendeuse le fait sursauter en lui demandant si elle peut l'aider. Non, c'est pas la peine. Il voit très bien ce qu'il y aura entre ces triangles courbes. Volumes, creux, lignes de fuite...

Il paye avec la Carte bleue qu'il a gagnée l'autre jour au tarot. Code bon, affiche la machine. Pas la peine de jouer au Loto.

En sortant dans la rue Sainte-Catherine, il ne perçoit qu'un pavage luisant de têtes, aussi loin qu'il regarde, là-bas vers la Victoire, où tout s'évanouit dans le flou de la chaleur.

Bon. Elle dort. Il la détache aussitôt, il enlève le bâillon. Il s'excuse à voix basse et l'embrasse sur le front.

– Tiens. Je t'ai apporté ça. J'espère que ça va t'aller. J'ai pas trop l'habitude, moi.

Il dépose ses achats autour d'elle sur le matelas, avec la délicatesse d'un représentant en lingerie. D'une autre poche, il sort des boîtes de conserve, du pain de mie, un paquet d'assiettes en carton.

– Dès que tu te réveilles on va bouffer, faut pas se laisser aller ! Cassoulet, pâté, et de la confiture, t'aimes ça ?

Il se retourne vers Mila, et aperçoit la tache claire de sa culotte. Oh ! putain. Je peux pas te faire ça. Il s'approche, effleure du doigt le satin d'une cuisse, remonte lentement. Il a envie de mettre sa main là-haut, de prendre à pleine paume la motte qui bombe le coton. D'y coller sa bouche, d'y fouiller avec la langue, d'y fourrer sa queue. Le film passe dans sa tête, couleur et gros plan.

– T'es trop belle pour ça.

Il rabat le drap sur elle.

– Pas comme ça, tu comprends ? Seulement si tu veux. Les autres j'en avais rien à branler. Je les niquais juste pour moi. J'aimais bien les faire morfler.

Il se rappelle certains cris. Des séances de rodéo où il bastonnait des croupes en aboyant des insultes. Le sang qui venait parfois. L'odeur de la merde. La gueule au maquillage défait qui se levait vers lui, les yeux enflés de larmes, les paupières bleuies de fard délavé. La bouche trop rouge, enflée par les coups et les baisers forcés, comme une plaie répugnante qu'il avait pourtant encore envie d'obliger à s'ouvrir. Et son mandrin qui fatiguait jamais, qui pistonnait féroce des heures durant, jusqu'à la douleur. Boudins, gnasses, trous, chiennes, fentes, c'étaient. Rien que de l'objet un peu plus confortable que du caoutchouc. Pas une dont il se rappelle le nom, ou la figure exactement. Il en a peut-être tué une, par inadvertance ou par jeu, comme on fait des insectes. Tout d'un coup, il se demande. Laquelle ? Quand ? Il s'inquiète des trahisons de sa mémoire. Redoute les lueurs qui lui parcourent les hémisphères des fois et lui brouillent toute la réalité. Non. Je serais en taule. Ou chez les branques à me baver dessus dans un fauteuil roulant. Et puis il y a elle, qui lui est tombée dans les bras. Il est content rien qu'à la regarder. Rien qu'à l'idée d'être seul à se rincer l'œil toute la journée. À la couvrir des yeux toute la journée. Lui tout seul. Il se répète ça, quand l'envie le prend d'allumer la télé et de se voir un film peuplé de cadavres dévoreurs. Non. T'es con. Elle est belle, t'as cette beauté sous le blair, alors mate-la, ça va pas l'user. Pour le reste, y a toujours les putes, en attendant qu'elle s'apprivoise. Il est sûr de pouvoir attendre. Persuadé d'avoir du temps. Il pige pas bien les contraintes, ni les contraires. Braquages, meurtres, flics. Bon. Mais à présent c'est fini. Du passé. Elle est là. Preuve que la page est tournée. Il a des rêves de plages, de promenades au clair de lune, de rivages exotiques, avec Mila dedans qui bouge au ralenti. Dans le genre publicité pour un parfum, ou une eau minérale, tiens, bourrée d'azur et de limpidité. Il a l'imaginaire découpé en spots. Il zappe au petit bonheur, par bouts de quarante-cinq secondes d'extase bleue. Et puis ce soir, il ira se refaire le self-control pour pas casser la télécommande : vider quelques godets avec des ploucs, puis se décontracter le chinois avec une frangine pas trop moisie des recoins. Ensuite, il pourra, l'esprit purgé des humeurs peccantes, envisager sereinement l'avenir.

18

« On le fait et c'est tout, comme ça, on sera paré ! Alors, tu te décides ? »

Olive tapote un oreiller, il tire sur la couverture pour en supprimer les plis.

– Putain, arrête de faire la femme de ménage et réponds-moi ! insiste Tayeb.

– Et s'ils sont plusieurs dans la caisse ? On fait comment ? Tu te les manges au karaté ? T'es Bruce Lee, peut-être ?

– Je t'ai déjà dit qu'on le ferait une autre fois, merde ! Tu te chies dessus, ou quoi ? Avec un calibre, on pourra voir venir. On se fera plus enfler. Si mon père est expulsé, je te jure que ça va morfler ! Et de toute façon, la branlée qu'ils lui ont foutue, ça va se raquer cash !

– Tu vas pas tuer un flic pour ça, Tayeb. Déconne pas !

– Quoi, pour ça ? Qu'est-ce qu'il me fait lui ? C'est pas ton père qu'a pris des pains. Ils l'ont humilié, comme ils font avec les Arabes à chaque fois.

Olive a baissé la tête. Il lisse machinalement la couverture sur le lit.

– Mon père... murmure-t-il.

– Ça va, fait Tayeb. Pardon. Je pensais pas à ce que je disais.

Olive signifie d'un geste de la main que c'est passé. Il regarde l'heure à sa grosse montre.

– Et les tox qui zonent ? Comment on fait avec eux ? Y en a toujours toute une chiée.

– Ils font quand même pas la queue. T'as qui, le soir ? Nordine, Marco, Vincent, Majid ? C'est les réguliers, ça. Les autres, ils viennent pas toujours, ou ils vont à la Victoire ou à Gambetta.

Ils glissent dans leurs poches quelques billes de verre. Tayeb manipule son cran d'arrêt pour en vérifier le mécanisme. Avant de sortir, ils enfilent leurs cagoules, et se regardent mutuellement.

– On fait ninja, observe Olive.

Ils assujettissent la plaque d'acier à l'encadrement de la porte et décident de descendre à pied pour se mettre en jambes. Quinze étages d'échauffement.

La voiture de Gino est bien là, sous les platanes, un peu à l'écart du terrain de boules désert. La nuit s'annonce. Elle met de l'ombre un peu partout, elle s'attaque à la netteté des choses, mine de rien. Ils décrivent un vaste circuit par le bord du fleuve pour gagner un peu de temps, attendre qu'il fasse plus sombre. Le ciel se peint des fantaisies habituelles auxquelles ils ne s'intéressent pas. Ils s'arrêtent derrière le terrain de foot, s'adossent au grillage, et regardent vaguement l'autre rive, la circulation à Lormont. Tayeb sort une cigarette, en propose une à Olive, qui accepte. Le briquet ajoute sa chaleur à celle de l'air.

– Tu fumes, toi, maintenant ? demande Tayeb.

– Oui, mais pas souvent.

La nuit leur tombe dessus au moment où ils écrasent leur cigarette. Ils se retournent vers le boulevard où rien ne bouge. On aperçoit la silhouette du dealer au volant. Il a l'air seul. On distingue un point incandescent qui bouge parfois. Ils se mettent en marche. La carrosserie luit sous la lueur lointaine d'un réverbère.

– Vise un peu la caisse qu'il s'offre, ce bâtard, fait Tayeb. T'as la fronde ? Je fais le tour.

Il s'éloigne dans l'obscurité pendant qu'Olive se dirige droit vers la voiture. Il sait que les yeux de Gino sont rivés sur lui. Il sait sa méfiance d'animal. À dix mètres à peine, Olive s'arrête. Il prend la fronde, la charge d'une bille, tend l'élastique. Dans la fourche s'inscrit la surface bombée du pare-brise. Il lâche son coup. La bille rebondit contre le verre, elle a probablement éclaté. Il recharge, tire à nouveau. Il ne voit pas si le Securit a pété ou quoi, mais il entend le dealer gueuler dans l'habitacle. Les amortisseurs flottent faiblement sous son agitation. Olive balance une troisième bille, plus bas, et fait éclater un phare. L'autre bondit hors de sa bagnole en brandissant quelque chose. Le flingue. Olive se dit qu'il va se faire trouer sans rien pouvoir faire. Gino c'est un impulsif. Il marche vers le garçon qui n'a pas bougé, qui ne sait plus quoi faire. C'est une matraque que l'autre tient dans la main. Olive a envie de chier. Son ventre se déchire en dedans, gonfle de trouille, se tord et brûle. Il recule de deux ou trois pas. L'autre hurle des insultes, enculé, salope, je vais t'arracher la gueule. Olive arme à nouveau le lance-pierres et tire au jugé. C'est comme un aboiement de chien. Johnny se courbe en deux, les mains sur la figure. Il titube, il tombe à genoux. L'élastique tendu, Olive s'approche. L'autre a la position de la prière, le front sur les cailloux. Il brame. Il a du sang sur les mains qui dégoutte au sol. Puis il parvient à se redresser. Olive commence à se demander ce que fout Tayeb. S'il ne serait pas le nez dans l'éther ou quoi. Gino est debout, chancelant, et il laisse retomber ses mains le long de son corps, impuissant. Son œil droit n'est plus qu'une purée sanglante, d'où s'écoule une crème blanchâtre.

Sa bouche ne produit plus que des râles, et de la respiration courte. Puis quelque chose bouge derrière lui. Tayeb. Le dealer a le mouvement de se retourner, mais perd l'équilibre et tombe sur un genou. Tayeb est allongé sur les sièges avant, on l'entend fouiller. Il sort en tenant un gros pistolet noir. Il le manipule vivement, fait claquer la culasse.

– Qu'est-ce que tu branles ? demande Olive.

Tayeb ne répond pas. Il s'approche de Gino agenouillé qui souffle bruyamment. Et d'un geste facile, le bras tendu vers le bas, comme s'il donnait du pain aux petits oiseaux, il lui tire dans la tête. Le fracas de la détonation arrache les deux garçons du sol, et y projette le dealer, qui s'écrase parmi les morceaux de son crâne et de ce qu'il y avait dedans. Ça se répand autour de ce qui reste de sa tête, mais la nuit, le sang est noir, et l'on distingue mal ce qui s'est éparpillé et coule doucement.

Olive geint, piétine, s'enroule les doigts dans l'élastique de sa fronde. Merde, merde, parvient-il à articuler. En plus de ses intestins noués de trouille, son estomac remonte d'un bloc dans son thorax, et il redoute le trop-plein général, le débordement incontrôlable.

– Tu l'as tué, putain ! il s'écrie, histoire de se concentrer sur quelque chose de précis.

Tayeb est accroupi et cherche autour de lui en tâtonnant sur le sol. Il se relève en fourrant un petit objet dans sa poche.

– J'ai la douille. Je la ramasse, comme les pros. Savent pas à qui ils ont affaire, maintenant. Il se précipite vers la voiture.

– Je vais voir s'il y a de la thune. Un dealer c'est toujours plein de blé. Cherche sur lui, dans ses poches, des fois que.

Olive considère avec horreur le mort à la gueule incrustée dans les cailloux. Il recule d'un pas, puis s'approche de Tayeb qui fouille la voiture.

– Je peux pas le toucher, moi. Il est mort.

– Ben justement, c'est plus pratique que s'il était vivant !

Tayeb soulève les tapis de sol, arrache les housses des sièges.

– Cet enculé, il a pas de cash. Il doit passer à la banque trois fois par jour, je veux pas le croire. Y a un peu de dope, c'est tout !

Il marche vers le cadavre et le retourne avec violence. À la place du visage de Gino, on ne discerne plus qu'un chaos de viande déchirée et d'os. Tayeb détourne le regard. Une nausée le fait tousser. Puis il entreprend de fouiller les poches du veston, d'où il tire un portefeuille à peu près vide.

– Laisse-le, on se casse, les keufs vont se pointer, prévient Olive.

Tayeb n'entend pas. Il explore le pantalon, mais retire sa main comme si une bestiole l'avait mordu.

– Il s'est pissé dessus ! Y a des thunes, mais c'est tout mouillé !

Il se relève et s'essuie la main à son jean. Il tient toujours le pistolet, il se met à marcher vers Olive le pistolet toujours au bout du bras qui balance en cadence, comme un appendice naturel.

– Éteins les phares, c'est pas la peine d'user de la lumière pour ce tas de merde.

Olive manipule des manettes. Le klaxon corne bruyamment, bien sûr. La nuit revient enfin, et elle couvre leur fuite vers le bunker. Presque arrivés au bas du bloc D, ils croisent Nordine. Il fait rouler sur eux son regard absent, et s'écarte à leur passage. Sous la lueur du plafonnier, sa figure est creuse, son teint carrément blanc. Vampire, zombie, spectre flottant. Il a l'air plus mort que Gino.

– Tu vas pouvoir shooter à bloc, lui dit Tayeb. La dope c'est gratos aujourd'hui. Libre-service sous le siège.

Le visage du junkie se tord d'un sourire imprécis.

– Ah ? C'est cool, alors.

Il s'éloigne d'un pas un peu plus vif, l'ombre absorbe sans mal sa silhouette effilée.

Dès qu'ils arrivent dans le bunker, Olive allume la lampe à gaz, et il se laisse tomber sur le lit. Il écoute Tayeb qui fourgonne dans la salle de bains, sous la baignoire, pour cacher l'arme. On a tué ce mec, ouh putain, et je lui ai fait sauter un œil avec la fronde, schlack, je crois que je vais dégueuler, on a massacré ce salaud, qu'est-ce qui m'arrive.

– Tayeb, t'entends ça ? On est des assassins, on a buté un mec, tu sais ce que ça veut dire ? Tu le crois, toi ?

– C'était pas un mec, c'était un dealer. Nuance. Une salope totale. T'as guetté la gueule à Nordine ? S'il crève pas d'overdose, ça sera le SIDA... Sûr qu'il est séropositif. À une époque il shootait avec n'importe qui. Alors Gino, on a bien fait de le crever.

– On va se faire arrêter, merde. On va faire du trou.

Olive n'a plus de voix. Chaque mot lui reste dans la gorge.

– Pas moi, fait Tayeb sourdement.

– Quoi, pas toi ?

– Pas moi, je te dis. Tu verras.

Tayeb s'approche de lui et lui donne une petite claque.

– Cool, mec. Les flics ils vont pas te pourchasser jusqu'en Chine pour cette truie de Gino. C'est bon débarras pour tout le monde.

Quoi, la Chine ? Qu'est-ce qu'il me joue, ce branque ? Olive n'a pas envie de fuir en Chine, ni ailleurs. Il ne veut aller nulle part où Mila ne sera pas. Le cœur lui pince en y pensant.

Tayeb l'appelle depuis le palier. On y va. Olive éteint la lampe, et part vers la sortie à tâtons. Tayeb lui demande l'heure. Le petit cadran s'éclaire. Vingt-trois heures huit.

– Je me dépêche, dit Tayeb en fonçant dans l'escalier. Ma mère va encore pleurer, je sens.

19

Ils se trouvent devant un portail de fer gris, qui clôt une muraille de gros moellons, escaladée par de la vigne vierge. Derrière, des arbres et des chants d'oiseaux, le tout baigné d'une lumière déclinante et dorée.

Manu descend de voiture et appuie sur un bouton surmonté d'un interphone. Une voix grésille, il dit c'est nous, et presque aussitôt le portail s'ouvre. Dès qu'il est remonté à bord, la voiture s'engage lentement sur un chemin de gravier. Les pneus crissent lourdement. Le parc est touffu, fleuri, plein d'ombre tiède. Les pelouses sont rafraîchies d'une vapeur diffusée par un arrosage intégré.

– Regarde où on t'emmène, dit Manu à Mila. Ça va te changer de ton clapier !

Mila regarde sans voir, les yeux battus. Elle bâille.

Ils stoppent au pied d'une terrasse où les attend Monsieur Philippe. Il est vêtu d'un polo et d'un short. Blancs. Une grosse chaîne dorée luit sur son poitrail où prospère une pilosité poivre et sel. Ses yeux de métal observent les deux hommes en train de s'extirper du véhicule. Il ne sourit pas, il ne cille pas, son visage n'exprime rien. Il suffit pour l'instant qu'il les domine depuis la terrasse surélevée. On se serre la main, on échange des formules polies.

– C'est elle ? demande aussitôt Monsieur Philippe en indiquant la voiture d'un coup de menton. Montrez-moi ça.

Manu se précipite. Il ouvre la portière, plonge à l'intérieur de l'habitacle. Il tire vers lui la fille, qui vient mollement. Comme elle est pieds nus, elle regarde par terre en contractant ses orteils, puis avance précautionneusement. Elle garde la tête baissée, les cheveux sur sa figure comme un voile. Manu la soutient comme il peut, ses mains posées sur le corps mince presque au hasard. Il l'aide à gravir les quatre marches de la terrasse.

– On lui a filé des cachets pour qu'elle se tienne tranquille, explique François.

Monsieur Philippe ne l'écoute pas.

– Montrez-moi sa gueule.

Manu écarte les cheveux, les repousse en arrière. Sifflement admiratif de maquignon. Monsieur Philippe toise la fille d'un air satisfait. Il pose une main sur les seins, descend vers le ventre, tâte le pubis. Sa respiration est plus rapide, presque sifflante. On sent qu'il s'efforce de maîtriser des tas de réflexes et d'instincts assez rudes. Il soupire finalement, et, prenant Mila par le bras, il invite Manu et François à entrer. Les deux truands échangent un clin d'œil et foulent le parquet ciré comme s'ils marchaient sur des œufs. Monsieur Philippe installe Mila dans un fauteuil de cuir blanc où elle se love aussitôt pour se remettre à dormir. Il indique aux deux autres un canapé assorti, et se laisse tomber dans un autre fauteuil. Le salon, vaste comme une salle de bal, est meublé de blanc, décoré de rouge et de noir. François se sent attiré dans la mollesse de la mousse et redoute que le siège lui avale le cul. Il résiste à l'objet cannibale en s'accrochant discrètement au bras qu'il trouve à main droite. Manu, lui, est déjà engoncé dans les profondeurs du confort chamallow. Monsieur Philippe siffle, appelle une certaine Lucienne. Il ne quitte pas des yeux Mila qui, en ronflant doucement, montre ses cuisses jusqu'à la lisière de la culotte.

– Vous vous rachetez bien, dit-il à François. J'ai bien fait de voir, comme au poker. Premier choix.

On entend un pas s'approcher. Les trois hommes tournent la tête en même temps vers une femme vêtue d'un maillot de bain deux pièces en latex noir. Très peu de latex, en surface comme en épaisseur. On croirait que la chose a été taillée dans un préservatif fantaisie. C'est Lucienne. Belle, grande. Elle a dû copier son maquillage sur un modèle de GMC customisé. Elle ne ressemble pas à son prénom, plutôt dévolu de nos jours au tablier à carreaux option espadrilles. Elle s'incline au-dessus d'une table basse et dépose un plateau où trône une bouteille de champagne dans son seau à glace. Des coupes de cristal montent la garde. Elle tourne le dos à Manu dont le regard se perd dans le sillon caoutchouté qu'elle lui montre, en attendant que ça craque, ça s'ouvre, ça s'écarte…

– Chouette maillot de bain, pas vrai ? fait Monsieur Philippe.

Manu hoche la tête, bafouille que oui, c'est sûr. Un sourire vient se coincer entre ses mâchoires. Lucienne ondule en direction de son homme, et s'installe d'une fesse sur le bras du fauteuil. Monsieur Philippe décapsule la bouteille, laisse échapper un peu de vin.

– On contrôle pas toujours tout, hein, chérie ?

Il adresse à la femme une œillade entendue, à quoi elle répond d'une moue dédaigneuse.

– Pas vrai, les mecs, qu'on ne contrôle pas toujours tout ? À propos, qu'est-ce que vous avez fait du branque ?

– Il a pris sa soirée, s'empresse de répondre François. Ça fait trois jours qu'il la gardait, il avait besoin de se détendre.

Ils boivent en silence. On entend grésiller le champagne dans les coupes. On pourrait aussi entendre grincer le cerveau de François qui commence à se gripper sous l'effet corrosif d'un mélange instable d'hormones et de neurotransmetteurs. Il aurait un peu de mal à l'expliquer, mais il sent sa chimie neuronale devenir explosive. Monsieur Philippe a posé négligemment une main entre les cuisses de Lucienne.

– Bon, dit-il au bout d'un moment. Cinquante mille. Cash. J'ai le blé, vous l'aurez tout de suite.

François se retient de lui sauter à la gorge.

– Il me semblait que ça valait plus, fait-il d'une voix étouffée. Vous avez vu la fille. Y a plus qu'à prendre les photos. Un vrai bijou.

Monsieur Philippe secoue la tête. Il sourit franchement, la chose semble le distraire. Il refait le niveau en bulles élégantes, puis s'avance au bord de son fauteuil.

– Désolé. C'est cinquante mille, ou vous vous cassez avec elle. Comme ça, vous aurez une accusation d'enlèvement et de séquestration sur le dos. C'est vous qui voyez.

François se lève d'un bond, comme si le canapé le recrachait après avoir tenté vainement de l'avaler. Manu le regarde faire d'un air indécis, puis il se lève à son tour.

– Alors on s'en va. On peut plus faire d'affaires avec vous.

Il s'apprête à réveiller Mila.

– Rasseyez-vous, ordonne Monsieur Philippe doucement. Dis, ma poule, y avait rien à la télé, ce soir ?

Lucienne comprend et s'éclipse en chaloupant comme par gros temps. Les deux truands se concertent du regard et se rassoient.

– Soixante mille, propose Monsieur Philippe.

– Fous-la à poil, dit François.

Il va étriper ce mec avec un tesson de la bouteille de champ. Mais il a décidé de temporiser avec l'horreur. Manu s'approche de Mila et commence à retrousser la jupe davantage, et entreprend d'ôter la culotte, qui reste coincée sous le corps de la fille.

– Ça suffit, l'interrompt Monsieur Philippe. Ne soyez pas ridicules, en plus.

Il se lève et marche vers une sorte de bibliothèque où quelques livres d'apparat prennent la poussière. Il prend dans l'un d'eux, qui n'est qu'une boîte déguisée, une grosse liasse dont il vérifie le montant.

– Voilà soixante-dix mille. Et on ne se connaît plus.

Il jette l'argent sur la table basse, et fourre les mains dans les poches de son short. Il prend un air buté et impatient. Derrière lui apparaît un type grand et fort qui se campe au milieu de la pièce, les mains croisées sur le bassin. Il porte un veston. À cette heure, et avec cette chaleur. François et Manu le zyeutent avec méfiance. Ce que cache le veston comme argument dissuasif ne fait aucun doute.

– On s'en va parce qu'il vaut mieux qu'on reste calme, dit François en ramassant le paquet de billets. Mais j'aime pas ta manière de nous parler. Tu respectes pas. T'es une fiotte, tu le sais, ça ?

Le type a fait un pas en avant, et il a décroisé ses mains, qui ballent le long de son corps, prêtes à l'emploi.

– Tu tiens ton clébard tranquille, sinon je lui botte son gros cul, moi. Il peut sortir son calibre et se le carrer, ça lui sert qu'à ça. Aujourd'hui, tu nous tiens par les couilles, mais ça changera. T'auras pas toujours ton larbin enfouraillé avec toi. Je te montrerai comment on cause avec les hommes.

Il fait un signe à Manu, et les voilà qui sortent sans regarder derrière eux. Ils soupirent en arrivant près de la voiture, et font claquer les portières très fort, et François fait chasser méchamment les roues sur le gravier en démarrant. Ils foncent comme des dingues sur l'allée, se faufilent de justesse entre les battants du portail qui achève de s'ouvrir, et enquillent la rue étroite en regardant devant eux d'un air farouche, comme si leur honneur avait cinq minutes d'avance sur eux.

20

Tiens, un dealer s'est fait descendre à Bacalan, où il se passe décidément chaque jour quelque chose. Les gars des stups sont sur les dents parce qu'ils allaient coincer sa filière après six mois de planques et de filatures. Nerveux, les mecs. Justement, je croise Atxaga, un copain, qui part se coucher après une nuit blanche passée devant une échoppe de Bègles. Il pue le tabac, il a la peau grise et les yeux gonflés de fatigue.

– On n'y comprend rien, à cette histoire. Tu parles d'un sac de nœuds, il me dit.

Je lui propose de prendre un petit noir à la cafèt'. Il décline en m'expliquant qu'il aimerait bien dormir un peu ce matin, parce que les amphéts commencent à lui tirer sévèrement sur les nerfs, mais il accepte de m'accompagner. Je crois qu'il m'aime bien, j'en suis même sûre, mais il ne se croit pas obligé à des regards en coin ou à des sous-entendus de vingt tonnes. Il me tient la porte de l'ascenseur, il s'efforce de sourire alors qu'il en a à peine la force. Gentleman.

Une fois qu'on s'est attablés, il lorgne avec envie ma tasse de café – il est plutôt bon ici – et s'allume une cigarette sur laquelle il commence à tirer avec une mine dégoûtée, et qu'il écrase au bout de trois bouffées.

– Putain, j'ai du plomb dans la gueule. J'ai bien cramé deux pacsons depuis hier soir.

Je me lève et je vais lui chercher un grand verre de jus d'orange, frais et épais. D'abord surpris, Atxaga se l'envoie avec un plaisir visible. Il me fait pour le coup un vrai sourire, et son teint se colore un peu.

– Comme je te disais, ce dealer, c'était Gino le Gitan, une belle ordure, un empoisonneur de première. Lui-même complètement clean. Touchait à rien, l'enculé. C'est les pires, ceux-là. Bref. Il a pris une balle dans la tête. Classique. Paix à ses putains de cendres.

Comme oraison funèbre, c'est assez loin de Bossuet. Atxaga, dans le genre, ce serait plutôt l'aigre de mots. Ses yeux brillants m'observent par-dessus son verre qu'il vide lentement.

– Mais là où c'est mariole, reprend-il, c'est qu'on a retrouvé sur le pare-brise de sa voiture des impacts bizarres. On s'est demandé d'où ça venait. D'autant que le Gino avait un œil éclaté, ça complétait le tableau. On a cru à des cailloux, on comprenait mal. Puis un flicard a trouvé des billes. Ouais ! Des billes en verre, des agates, comme on dit dans les cours de récré. On en a retrouvé quatre en tout, dont une sous le cadavre. Ils lui ont pété l'œil avec une bille, probablement au lance-pierres. Ensuite, ils l'ont achevé avec son propre flingue, qu'on n'a pas retrouvé. Gino était toujours armé d'une espèce de gros pistolet chargé au parabellum... Il le montrait à qui voulait le voir, comme si c'était sa bite. Le calibre le plus célèbre de Bordeaux.

J'écoute ça vachement intéressée. Le coup du lance-pierres me laisse rêveuse. Qu'est-ce qu'ils vont pas chercher, dirait ma grand-mère ! Atxaga termine son jus d'orange, pendant que j'assèche ma tasse de café.

– C'est pas des junkies qu'ont fait ça. On a retrouvé la dope éparpillée dans la bagnole, mais en quantité notable. Ils se seraient servis, tu penses bien. Ceux qui l'ont buté ne s'intéressaient pas à ça.

Il s'interrompt encore, et s'absorbe dans la contemplation de son verre vide. Ses paupières se ferment toutes seules, et je me demande si je dois le réveiller vraiment.

– Alors ? je me décide. Vous en pensez quoi, chez vous ?

Il revient un peu à la réalité, hausse les épaules, bouge malaisément sur sa chaise.

– On a peur qu'un autre gang essaie de s'implanter sur le quartier avec d'autres méthodes. Gino on le connaissait par cœur, et en plus, il y a parmi ses cousins des indics précieux. Des mecs qui vendraient leur propre mère aux flics contre la pérennité de leurs magouilles. Mais là, ils vont se méfier, on va mettre des mois à les récupérer. Et puis on sait ce qu'on perd, on ignore ce qu'on gagne.

– C'est conservateur, la police, comme institution. Ça craint le changement ! je fais remarquer.

Atxaga sourit faiblement. Je ne sais pas s'il est en mesure de réfléchir là-dessus, à plus forte raison de répondre quelque chose. Il étouffe un bâillement, et se frictionne les joues. Encore trois mots, et je l'endors tout assis sur sa chaise. Finalement on se lève. Je le raccompagne jusqu'à la sortie en le remerciant pour l'intérêt documentaire de son récit. Ça ne me sert à rien pour mon boulot, mais c'est bon de se renseigner. Comme Atxaga s'éloigne, je lui recommande de bien dormir, et il me promet de suivre mon conseil. Pour un peu, j'irais le border, le pauvre chou, tout flagada qu'il est. Ai-je précisé qu'il avait les yeux verts et de longs cils noirs et doux ?

Je remonte dare-dare, c'est pas le moment de faiblir. Sur mon bureau, j'ai le compte rendu d'autopsie de René Castéra, que je feuillette en limant l'ongle de mon pouce droit qui accroche. Rien de neuf. Hémorragie massive, mutilation sexuelle presque totale. Il est mort par où il a péché. D'après ce que je comprends on se demande comment le service trois-pièces est resté accroché, surtout après que l'agonisant a couru derrière sa coupeuse. Prodiges de la nature ? Hasard et nécessité ? Je trouve que cette question résume assez bien le boulot de flic, mais je ne me donne pas la peine de développer. D'ailleurs, le téléphone m'arrache à mes réflexions. La voix d'Etchart s'impatiente, s'efforçant à la douceur, trois bureaux plus loin.

– Ah ! Marion, vous êtes là. Bon. Vous rappliquez en vitesse. On a du travail, aujourd'hui.

– Du travail, on en avait déjà hier, je vous signale.

– Je sais, je sais ! Faut pas laisser refroidir, donc. Je vous attends.

Quel faux-cul ! Tous les chefs, grands ou petits, le sont, mais il les bat tous dans l'art du sous-entendu. Comme les autres, il est persuadé d'être le seul à bosser, et d'avoir affaire à une bande de feignasses dissipées qu'il s'agit de remettre au taf en tapant dans ses mains. En plus, je ne supporte pas qu'il m'appelle par mon prénom. Ça sent la galère, la corvée demandée comme un service, sans aucun droit à l'erreur. J'achève de m'aiguiser les ongles avant d'y aller. S'il m'emmerde, je lui crève un œil.

Quand je pénètre dans son bureau, il m'accueille la cafetière fumante à la main, et il me sourit comme s'il allait me refiler un contrat d'assurance-vie.

– Je viens de le faire. Vous en voulez ?

J'acquiesce en allumant une clope. Je remarque son air contrarié, et j'avise l'un des trois panneaux DÉFENSE DE FUMER qui ornent les murs.

– J'ai pas de cendrier, fait-il.

– Ça fait rien. Je me contenterai de mettre le feu à votre poubelle.

Pendant qu'il ouvre la fenêtre, j'épie son bide qui, pendant ce court moment de distraction, se permet de déborder par-dessus la ceinture.

– Bon, dit-il en se servant une tasse de jus. Où on en est ? Ne me dites pas que c'est la merde, je le sais déjà. Faites-moi plutôt des propositions raisonnables. Donnez-moi quelque espoir.

Il accompagne ses paroles d'un sourire enjôleur.

– On ne sait pas où se trouve la fille, ni ce qu'ils en ont fait. Le piège qu'on voulait leur tendre est mal emmanché. Il paraît qu'ils sont beaucoup moins pressés de vendre leur stock.

– Le petit barman vous promène, non ?

– Non. On le tient par les... (Les sourcils de mon commissaire chéri se sont dressés instantanément.) On a trouvé qu'il faisait marner une toxico cliente du bar. On a des témoins, et la plainte de la fille. On peut le faire tomber pour proxénétisme quand on veut. Alors il file doux, il fait tout son possible. Mais on n'a pas envie non plus qu'il en rajoute et que ça leur mette la puce à l'oreille, aux autres, vous comprenez ?

Je m'arrête net. J'en ai trop dit. Je me laisse toujours entraîner. Etchart se redresse vivement dans son fauteuil.

– Bien sûr, que je comprends. Ne vous inquiétez pas pour ça. Si vous, vous vous y retrouvez, il n'y a pas de raison.

Bon. Un partout. Je m'excuse, ça ne coûte rien, et je le sens se détendre. Voilà ce qu'ils aiment, tous ces cons. Sentir bien stable sous leurs pieds la petite marche d'où ils prétendent dominer leurs semblables. Il est en train de consulter un calepin noirci de notes désordonnées.

Moi, j'ai terminé ma cigarette, que j'écrase au fond de la poubelle vide, et je suçote le fond sirupeux de ma tasse. Après, pendant que le chef réfléchit, ça dure en tout peut-être une petite minute, je pense à Daniel, en petite forme en ce moment, qui m'a laissée sur ma faim avant-hier soir, n'a pas appelé hier, et mon p'tit cœur a un pincement, oh ! très léger, pas de quoi abîmer le Playtex, mais voilà longtemps que je n'avais plus ressenti ça. Du coup, je sursaute au grincement de la porte derrière moi, et j'entends la voix de Cazeaux qui, saisi par notre silence, demande s'il ne dérange pas. Etchart lève les yeux vers lui en soupirant.

– Je présume que vous n'avez rien de nouveau vous non plus ? La grosse Dolorès ne sait rien, n'a rien vu, ni rien entendu ?

Cazeaux se sert du café, dos tourné à la hiérarchie. Il nous la joue méthodique et froid, il touille son café avec une application maniaque, en faisant juste le petit bruit qu'il faut pour agacer.

– On a trouvé François le Toulonnais, lâche-t-il d'une voix neutre après sa première gorgée.

Je crois bien que le patron et moi on tressaille des mêmes recoins. Ça doit se voir à notre pâleur semblable, parce que Cazeaux ajoute aussitôt :

– Je veux dire au fichier.

La tension retombe. On s'éloigne de la collapse.

– Il s'appelle François Mercurios, né à Bastia le 10 juillet 1959. Première condamnation en 74 pour vol et trafic de bétail avec un oncle à lui, adjoint au maire d'un bled de la montagne corse. Il prend six mois ferme. Ensuite, il a été mêlé aux milieux nationalistes, on le soupçonne de plusieurs braquages, mais on n'a jamais aucune preuve, ou les témoins se rétractent. Bref. Il passe sur le continent en 82 et s'installe à Toulon. Là, il sert de chauffeur à Robert Dominati, vous savez, l'affaire du casino de Gratte-sur-Mer, ce croupier qu'on a retrouvé coupé en deux sur une plage. Ensuite, au moment où son patron s'enfuit en Italie, François fonde sa petite entreprise, et monte plusieurs fois au braquage. Il se spécialise dans les transports de fonds en se servant de bazookas comme ouvre-boîtes. On lui attribue la mort de deux convoyeurs, mais on trouvera jamais de preuves là non plus. Il tombe pour une histoire de dope, on retrouve un kilo de coke dans le coffre de sa voiture. Il tire six ans pour ça, et depuis sa sortie, plus personne n'en avait entendu parler. On savait même pas qu'il était à Bordeaux. Inconnu aux impôts, aux cartes grises, à la sécu. Bref. Le clando parfait. On a envoyé sa photo à la DICILEC, et un peu partout. Mais ça va être duraille de le prendre.

– Merde, commente le commissaire. Fallait que ça tombe sur nous. Moi qui étais persuadé que le Vidéo-Gang c'étaient des minables, des braqueurs de vieilles qui essaient de monter en grade. On tombe sur une pointure d'importation, made in magouille-land ! En fouillant un peu, on va découvrir qu'il a été l'homme de confiance d'un président de Conseil général !

– D'après les collègues, il aurait quitté le Var juste après sa sortie de prison, ajoute Cazeaux. Ils m'ont pas parlé de politique.

– Pourquoi veux-tu qu'ils en parlent ? je dis. Ils sont dedans jusqu'au cou. Ils causent pas de ce qui blesse !

Etchart semble sortir de son abattement, et se lève, et s'étire. Le cuir sera pas cher cette année.

– Et les autres ? On n'a toujours rien sur eux ? La grosse les a jamais vus ?

– Elle en a vaguement décrit un, le genre élégant, brun, taille moyenne, bronzé. L'air méchant, elle a dit.

– Je propose d'arrêter tous les mecs qui ont l'air mauvais, je rigole. On fait sauter les congés des tuniques bleues, et on transforme le vélodrome du Lac en centre de tri. Et on nomme Papon préfet de police.

Le commissaire bondit vers moi, et j'ai aussitôt son torse large et bombé devant les yeux. Je le regarde droit dans les trous de nez, par où il souffle une rage à peine contenue dont je sens par ailleurs se diffuser les effluves âcres.

– Ça y est ? Vous avez fini ? me demande-t-il sourdement.

J'opine du bonnet. D'accord, chef. Je ne vais quand même pas m'excuser pour la deuxième fois. Je l'emmerde, lui et son enquête pourrie.

– J'en ai autant marre que vous de ne pas avancer sur cette affaire, je dis, pour l'apaiser. Ça fait un mois qu'on piétine, qu'on cavale partout, qu'on secoue les rares indics qu'on a, et on voit rien venir. Alors à part dire des bêtises, je ne sais plus ce que je pourrais faire d'autre.

Sur ces mots, je leur tourne le dos et je les plante tous les deux là, et je claque bien fort la porte pour signifier clairement l'émotion d'une femme-flic vachement à cran. Dès que je suis de retour dans mon bureau, j'ouvre la fenêtre et je regarde voler les pigeons au-dessus des toits en pensant à Daniel trop fatigué pour venir me voir, depuis trois soirs, mais absent de chez lui à une heure du matin, comme c'est bizarre, je me demande amèrement s'il n'aurait pas par hasard trouvé à traiter d'autres urgences la nuit. Je ravale vite fait l'envie de chialer qui me prend, mêlée à l'envie d'aller de ce pas dans son cabinet lui casser la gueule. Puis je décide de me rendre utile : j'appelle le juge Vernier pour savoir où en est Monsieur El Mestari et proposer de l'entendre à nouveau dès qu'il sera sorti de l'hôpital pour quelques précisions sur notre affaire. Je me dis que ça bloquera la procédure d'expulsion, il est plus témoin que suspect, je me prépare des arguments en attendant que le standard du Palais de Justice me passe la communication. Le juge n'est pas arrivé, je tombe sur son greffier, un connard pète-sec qui me laisse à peine parler.

– Vous voulez parler du receleur de Bacalan ? Celui que vos collègues ont tabassé ? Il est sorti avant-hier de l'hôpital, et il a été mis dans le premier avion pour le Maroc. Monsieur le juge n'a rien pu faire, c'était une procédure d'urgence. On nous a expliqué qu'il pourrait être entendu sur place si c'était nécessaire. Enfin… Rappelez vers dix heures, le juge Vernier vous donnera peut-être d'autres détails. Excusez-moi, j'ai beaucoup de travail.

Et il raccroche. Je reste comme une andouille, le combiné à la main, la tonalité qui me transforme le cerveau en gros clignotant. J'essaie de faire le point. Je me dis que j'ai mal entendu, que c'est moi qui ne tourne pas rond aujourd'hui. Je tâche d'être convaincante avec moi-même, j'envisage même la possibilité d'un rêve très réaliste. C'est à ce moment que le stagiaire entre en trombe dans le bureau, tout rouge, l'air fébrile. La réalité a bel et bien sa sale gueule.

– On a l'heure du rencard. Le barman vient d'appeler.

Je le regarde se balancer d'un pied sur l'autre, les yeux brillants comme si une fièvre brutale le dévorait.

– Le Vidéo-Gang ! il m'explique. Un coup de bigo chez le patron, y a une heure. Demain matin à dix heures. Ils seront là tous les trois. On sait même où ils planquent le matos. Un ancien garage de Bègles. On a l'adresse, tout ! Putain ! C'est grand ! Ça va être la guerre !

Je devrais lui conseiller d'aller se mettre la tête sous un robinet d'eau froide, ou de se tremper l'engin dans la glace pilée. Il va me faire une crise de priapisme là au milieu du bureau, et je sens que ça va me gêner. Le téléphone turlutte, l'autre en profite pour s'esquiver. Etchart m'apprend ce que je sais déjà, il me dit qu'il compte sur tous les membres du groupe, qu'il s'agit d'une grosse opération, risquée et tout. Il parle avec la volubilité de l'arnaqueur de base.

– Les risques, on devrait pouvoir les limiter en attendant les types au garage. On peut même les attraper avec un minimum de personnel.

– Non. Je viens d'en parler au patron, il pense comme moi : il faut aller vite, on ne va pas encore prolonger le cirque des surveillances pendant huit jours. En plus, ils risquent de nous filer entre les doigts si on en prend un et qu'ils s'en aperçoivent. Non. On les prend tous ensemble, et l'affaire est réglée. On aura les moyens nécessaires. Allez. Tout va se passer comme sur des roulettes. Je vous attends dans mon bureau avec tous les autres pour mettre ça au point. On a du boulot.

Bon. Je repose le combiné, qui commençait à se faire lourd. J'ai l'impression que quelque chose se noue, d'inquiétant et d'irrémédiable, dans le genre nœud coulant. Je m'allume un clope et je le fume en m'efforçant de ne penser à rien, mais c'est dur. Tout se mélange, Daniel, les flics et leur coup foireux, ma tristesse et ma colère. L'envie de tout plaquer, ce boulot de merde, ce mec qui me prend pour une cruche, sûr qu'elle va lui péter à la figure, la cruche, d'ailleurs. Devenir institutrice, tiens. Comme papa et maman. Beau métier. De l'humain qui cavale partout, qui se marre et se cure le nez, des lardons tout frais à qui j'apprendrais de belles choses. Sans compter les papotages dans la cour de récréation, la dernière manie de l'inspecteur commentée avec l'ironie de circonstance. Merde, là aussi il y a des inspecteurs, et pas piqués des vers, si je suis bien renseignée. Cernée, je suis.

J'écrase ma cigarette et je chasse ces perspectives déprimantes de mon esprit. Au moment où je me lève, Cazeaux entre dans le bureau, avec aux lèvres la grande nouvelle.

– Je sais, Etchart m'a appelée. Prends ton flingue, il paraît que c'est la guerre.

21

Ils sont arrivés à l'hôpital vers une heure et demie. La mère était un peu fatiguée de toute cette marche à pied depuis l'arrêt de bus sur les quais. Tayeb l'a prise par le bras pour monter les quatre marches qui menaient au grand hall. Il tenait à la main une poche pleine de cerises. Ahmed adore ça. Quand ils sont passés devant la réception, ils n'ont pas compris qu'on s'adressait à eux. Une femme en blouse blanche s'était levée derrière le comptoir et faisait de grands signes.

– Vous venez voir monsieur El Mestari ?

– Oui, mon mari, a répondu la mère.

– Mais il n'est plus là ! On ne vous a pas prévenus ?

Dans la tête de Tayeb, c'est bombardement nocturne. Détonations sourdes dans le noir. Flashes. Lueurs d'incendie.

– C'est quoi c't'embrouille ? Où il est ?

– Calmez-vous, jeune homme, conseille l'employée, qui n'imagine pas comment il peut s'énerver. On n'y est pour rien. La police est venue le chercher ce matin. Deux inspecteurs. Il allait beaucoup mieux, vous savez…

– Où il est, là ?

– À la police, je suppose… À moi on ne m'a rien dit.

Elle a pris pour dire ça un petit air revêche qui lui raidit le dos, et elle se rassoit devant son écran d'ordinateur.

La mère a pâli. Elle se met à demander en arabe des précisions que l'employée néglige en se concentrant sur les tableaux qui quadrillent son écran. Tayeb fait taire sa mère en lui posant doucement les mains sur les épaules. Il lui explique qu'il faut aller rue Castéja, où sont les flics, que c'est un peu loin, mais qu'ils pourront sans doute repartir avec Ahmed. Il essaie d'être convaincant alors qu'il entend à peine sa voix parmi le chœur d'alarmes hurlantes qu'il est devenu. Il prend sa mère contre lui, il la serre, il cherche des mots. Il aimerait pouvoir lui parler dans sa langue à elle. Alors il ne dit rien.

Ils marchent encore. Tayeb la soutient parfois parce qu'elle trébuche en descendant des trottoirs. La femme s'essuie le front de son foulard, se plaint des jambes, dit qu'elle est fatiguée par tout ce bruit. Il leur faut vingt minutes pour arriver à l'Hôtel de Police. Le flic de faction leur barre le passage, l'air buté sous sa casquette. En lui expliquant ce qu'ils veulent, Tayeb pense au flingue de Gino. Il a compté les balles hier. Posées devant lui par terre. Puis remises dans le chargeur. Clic, clic. Il regarde droit dans les yeux le planton méfiant qui épie leurs réactions, et il envisage clairement les dégâts qu'occasionnerait le premier impact. Comme un grand coup de poing dans la gueule qui enfonce le nez et qui continue ensuite sa route et arrache l'arrière de la tête. Il repense au visage de Gino, emporté comme un masque de viande et d'os. Puis il voit le flic tourner les talons et comprend qu'ils doivent le suivre. Il les conduit à un bureau d'accueil où ils redisent leur requête à un autre flic, tête nue, la figure couperosée et luisante de sueur qui se met à téléphoner, d'un poste l'autre, en saluant poliment à chaque fois, sans perdre des yeux les deux quémandeurs.

– J'ai là deux personnes, oui... des Maghrébins, qui cherchent un certain Ahmed El Mestari. Oui. J'attends.

Il attend, l'oreille collée au combiné, promenant son regard de Tayeb à la mère comme s'il cherchait l'air de famille. Au bout d'un petit moment il dit « d'accord », il remercie, il raccroche. Il note quelque chose sur un bout de papier qu'il tend à Tayeb. Bureau 334. Inspecteur principal Rousseau. Le flic s'éponge le front en leur indiquant l'escalier.

Trois étages. Des portes qui claquent, qui grincent, laissant cavaler des courants d'air chauds. Et des flics, évidemment. Il en sort de partout. Qui les croisent, les dépassent en trombe, leur tiennent la porte, leur sourient, même. En civil, en tenue, cravatés ou débraillés. De tous âges, tailles, corpulences. Il y en a même qui n'ont pas des gueules de flics, et sans les papiers qu'ils portent ou les suspects qu'ils traînent au bout de menottes, ce pourrait être des postiers, ou des voleurs. Tayeb se figure être un héros qui pénètre dans le repaire des pirates et s'étonne qu'ils n'aient pas tous un bandeau sur l'œil. On fait maintenant de belles prothèses, trompeuses... Des leurres qui redressent les regards torves. Des panoplies de borgnes pour niquer les aveugles. Il évite de les regarder dans les yeux, de capter l'éclat qui tue. Se demande comment on sort de là.

Dans le couloir du troisième étage, un type vient à leur rencontre. Polo noir, jean, hernie de comptoir au stade primaire. Il se présente, inspecteur principal Rousseau, et les entraîne dans un bureau vide qui pue le tabac froid malgré la fenêtre ouverte.

– Où il est mon mari ? demande la mère.

L'inspecteur jette un coup d'œil à sa montre.

– Son avion a dû se poser à Rabat.

– Rabat ? répète la mère.

Ses doigts parcourent le bord du foulard qui lui enserre le visage. Il fait soudain plus chaud.

– Au Maroc, précise le flic. Il a été expulsé ce matin. Procédure d'urgence. On allait vous prévenir, de toute façon.

Il regarde Tayeb et sa mère d'un air embarrassé.

– Et qu'est-ce qu'on devient, nous ? demande la femme d'une voix plaintive.

– Votre mari était mêlé à une sale affaire.

– Ma mère vous a demandé ce qu'on allait devenir, parvient à articuler Tayeb. Mon père, il travaillait honnêtement depuis vingt-deux ans qu'il était en France. Jamais de chômage ni d'embrouilles.

Il est allé chercher l'air très profond en lui pour dire ça. De tous ses muscles, il en a maîtrisé le débit pour ne pas crier. Il s'est efforcé d'appliquer les méthodes asiatiques des super-combattants qu'on voit dans les films, et cherche à localiser dans son corps le flux d'énergie pure qui s'est concentré sous la forme d'une barre métallique virtuelle, probablement phosphorescente la nuit.

– Alors, fallait pas qu'il commence, rétorque l'inspecteur. Et c'est pas la peine de le prendre sur ce ton.

Il se tourne vers la mère en soupirant :

– Je regrette, Madame. Vous recevrez copie de l'arrêté dans quelques jours. Tâchez de dissuader votre mari de revenir en France, parce qu'alors c'est la prison, qu'il risquerait. Il existe des centres de rétention administrative dont je ne voudrais pas pour faire garder mon chien.

Il reluque encore sa montre. Il a l'air pressé. D'ailleurs, on frappe à sa porte pour venir le chercher. Tayeb entraîne sa mère dans les couloirs, les escaliers.

Comme elle pleure, et qu'elle s'affaisse parfois, il la soutient et l'encourage. Il lui fait observer que pleurer ne sert à rien. Il parle doucement parce qu'il ne ressent pas vraiment de colère, en tout cas rien qui le ferait vociférer et s'agiter en les traitant tous d'enculés. Ou alors armé d'un fusil à pompe et de quelques grenades, dans le genre desperado palestinien… En incruster le maximum dans les cloisons à la chevrotine, du gros plomb dans les yeux, des grands coups de crosse dans les dents… Ni chomdu, ni embrouilles, il a dit, pour son père. Voilà où ça l'a mené, le respect et la soumission. Merci, m'sieur, y'a pas de quoi… Après vous ! Mes papiers ? Bien sûr ! En règle comme il faut, tu peux voir le tampon ! La mosquée ? je sais même pas où elle est, vous voyez comme je suis sage ! Et merci pour le clapier, les salaires de merde, le chômage des fils ! Il pense à tout ça méli-mélo, Tayeb, la conscience affûtée comme un écheveau de barbelés, il se voit cavaler dans la maison poulaga transformée en hôpital libanais, à soigner les rhumes au lance-flammes, façon clip hémoglobine, orchestre et chœurs de la Police nationale… C'est pas de la colère, oh non, c'est de l'imagination sanglante qui lui envahit la pensée comme une armée de pillards et qui fait se mêler les bruits qui les entourent, sa mère et lui, à la bande-son étourdissante.

Heureusement, il a sous ses doigts cette chair lourde et molle qu'il doit ramener à la maison avant de passer aux choses sérieuses. Dès qu'ils sont dehors, tout reflue comme une bande de créatures effrayées par le soleil. Il sent sa gorge sèche, sa poitrine écrasée, la lenteur laborieuse de leurs pas dans la ville qui ne sait rien. Il sent, raide en lui et vibrant en silence, la détermination rouge qui le tient debout et le fera tomber pour de bon.

De retour dans l'appartement, après qu'ils ont récupéré les petites chez la voisine, le silence se jette sur eux. Tayeb sourit quand même aux yeux noirs de ses sœurs. Boucles sombres et folles des cheveux qui coulent tout autour du visage. On sert de l'orangeade, on laisse tinter les glaçons. La mère ne veut plus pleurer à cause de ses filles. Alors elle tend ses bras et recueille sa progéniture contre ses rondeurs. Tayeb regarde ça comme un passé lointain, puis se lève en annonçant qu'il va faire un tour.

C'est étrangement froid et lourd. Ça jette un éclat glauque à la lueur du Lumogaz. Vu de près, c'est plein de courbes et d'angles doux. Tayeb tourne et retourne le pistolet dont il caresse les rondeurs du bout du doigt. Puis il approche les yeux de l'inscription qui le fascine : SMITH & WESSON MADE IN USA REGISTRADAS MARCAS SPRINGFIELD MASS.

Plus tard Olive pointe ses os et ils décident d'aller voir un film en ville, n'importe quoi qui bouge avec de la baston, et ils prennent le bus désert jusqu'à la place Jean-Jaurès. Ils sont installés au fond, et juste derrière le chauffeur somnole une vieille toute grise. Ils arrivent à la fin des séances précédentes et attendent dans une rue derrière, à la sortie des issues de secours que les premiers spectateurs apparaissent. Là, ils s'infiltrent en expédiant ceux qui protestent contre leur intrusion se faire mettre bien profond, ces bâtards. Ils ne savent pas derrière quelle porte on projette *Exterminator Death Soldier*, et Tayeb demande à deux filles qui ne savent pas lui répondre parce qu'elles viennent de voir le dernier Angelopoulos. Enfin, ils croisent une flopée de branleurs de douze ou treize ans qui sortent en paradant comme des karatékas, et c'est bien ça. Olive passe devant et commence à courir dans le dédale de couloirs où les veilleuses jettent plus d'ombre que de lumière. Tayeb le suit en lui criant de l'attendre. Et d'un coup, après l'angle que fait une sorte de boyau étroit en béton brut peinturluré de kaki, il entend Olive s'arrêter net, puis l'aperçoit qui recule lentement.

– Qu'est-ce que t'as, putain ?

Olive ne répond pas, mais bientôt pointe la gueule muselée d'un berger allemand tenu en laisse par un vigile. Dans les deux mètres de haut, large comme un buffet. Combinaison noire, rangers, talkie-walkie et matraque à la ceinture. Plutôt jeune, blond, le cheveu ras. Sans rien dire, il décroche son talkie, les yeux rivés sur les deux garçons.

– J'ai deux comiques, là, au 7B. Vous arrivez ?

On lui répond que ça va venir, dans deux minutes.

– Vous bougez pas. Mes collègues vont s'occuper de vous.

– Ça va, fait Olive. On va partir bien tranquillement, et c'est tout. On s'excuse.

– Non non, dit le vigile. Les mecs comme vous on les connaît. Vous faites chier les clients qui payent. C'est fini, ça, les conneries.

Il dénoue la muselière du chien qui en profite pour se dégourdir les mâchoires en aboyant comme un perdu.

– Vous bougez pas, ou je le lâche. Je vous préviens, il est pas commode. Tais-toi, Bill.

Le chien gueule de plus belle, il tire fort sur la laisse. Olive adresse un coup d'œil interrogateur à Tayeb, qui est resté un peu en retrait.

– Cherchez pas à me baiser, les mecs, ou ça va chier grave pour vous. Je vous jure que je vous fais bouffer les couilles par mon clebs.

– Comment t'as dit, enculé ? fait Tayeb. Tu veux nous faire bouffer par ton chien ? Tiens, mate un peu ce que je vais te balancer dans ta gueule de con, que t'auras même pas le temps de penser à ta grosse mère.

Tout en parlant, Tayeb a sorti le Smith & Wesson de sous son blouson, et il fait monter une balle dans la chambre.

– Eh, mes couilles ! Tu sais ce que c'est, ça ? Tu le sais ? Je vais te décalquer la tronche sur les murs, moi. T'es au courant que tu vas crever ?

Le vigile avale sa salive péniblement et lorgne le trou du canon qui lui fait de l'œil. Il tire à lui le chien furieux.

– Y a une balle au fond. Elle est pour toi.

Olive écarquille ses yeux à trente centimètres du pistolet. Puis il fixe le visage luisant et pâle de Tayeb.

– Arrête, Tayeb. On se casse. Laisse ce bâtard avec son frangin en laisse. Viens.

Tayeb jette un coup d'œil du côté de son copain.

– Je vais d'abord shooter le clebs, pour lui montrer, à ce con.

Il baisse l'arme vers la tête du berger allemand qui bondit au bout de sa chaîne. On voit bien son doigt se crisper sur la détente, tout se fige dans les quelques millimètres qui séparent le percuteur du cul de la balle.

– T'es branque ! gueule le vigile. Tu vas pas faire ça !

Au même moment, on entend résonner au loin des éclats de voix et un piétinement précipité. Le vigile crie « non ! » au moment où Tayeb fonce sur lui et lui éclate le nez d'un coup de crosse. Le chien saute en arrière et roule au sol avec son maître, puis lui marche dessus en essayant de poursuivre les deux garçons. Ils entrent dans une salle obscure, cavalent au pied de l'écran où se déclenche une fusillade d'armes automatiques. Comme Olive crie des choses à Tayeb, du genre « Où on va putain ? », et que Tayeb lui conseille de suivre et c'est tout, des spectateurs protestent dans le noir contre la violence de l'intrusion.

Ils se retrouvent dans un couloir aux murs tendus de rouge et leurs pas rebondissent souplement sur la moquette. Il n'y a presque personne dans le hall, seulement les caissières qui les regardent passer derrière leur vitre. Dehors, un peu de souffle leur revient. Le bruit de la circulation submerge leur vacarme interne. La nuit couvre leur fuite. La foule les avale.

Plus tard, ils sont seuls à l'arrêt de bus, aux Quinconces, assis sur une bordure de béton. Ils ne disent rien, ils se contentent de regarder la ville allumée devant eux, les colonnes rostrales illuminées, les façades des immeubles. Toute cette vieille pierre orgueilleuse dressée contre eux.

– Merde, fait Olive au bout d'un moment.

– Quoi, merde ?

– Tu l'aurais buté, ce connard !

– Putain oui ! Mais ça fait rien. Je t'ai dit pour mon père ?

Olive secoue la tête. Il murmure quelque chose d'indistinct.

– Ils l'ont expulsé. Ce matin. Il est au Maroc, à présent. Sûrement en taule. Ils lui pètent la gueule, et ils le foutent dehors.

Tayeb parle doucement. On le croirait apaisé, ou abattu. On ne peut pas voir ce qui demeure brandi en lui, ce bloc de fer qui bat en même temps que ses artères.

– C'est pour ça. J'ai bien fait de garder des munitions.

22

La première chose que Richard fait en se réveillant, c'est de secouer la fille allongée à côté de lui pour s'assurer qu'elle est bien vivante. Il a un souvenir confus de ce qui s'est passé pendant la nuit, il se rappelle juste qu'à un moment il a voulu entrer dedans tout entier et qu'elle gueulait fort, il ne savait pas vraiment s'il y aurait de la place mais il avait envie d'essayer, faut dire qu'elle lui avait fait fumer un calumet un peu spécial avec de la poudre et des cristaux, et qu'il avait eu la sensation très précise d'être deux, lui et un autre tout pareil, un qui joue et l'autre qui marque les points collé au plafond. Il est donc sûr d'avoir cafouillé, mais il ne sait plus comment, ni jusqu'à quel point.

La nana se réveille en gémissant et le considère d'abord d'un air contrarié, puis avec une terreur qui lui dilate la figure et la fait bondir hors du lit. Elle essaie de lui dire quelque chose mais ça s'enraye dans sa gorge. Sans prendre garde au sang caillé qui lui macule les jambes, elle se rhabille en vitesse et part à la course en claquant la porte derrière elle. Il reste dans le lit, les mains derrière la tête, et l'injurie à voix basse.

Il était pourtant heureux de sortir enfin et de retrouver l'agitation de la ville et de tous ces cons qui se baladent sans souci d'la galette. Suivre sans le vouloir ces petits culs en minijupe, entrevoir à une terrasse leurs nénés libres, imaginer le reste, au bout des jambes croisées quand ça remonte loin… Commençait à saturer un peu, auprès de sa belle au bois dormant, Richard… Il avait comme l'impression de garder une mounaque*

* Mounaque : de l'espagnol *muñeca*, poupée. Terme utilisé à Bordeaux et dans sa région.

vachement bien imitée, avec tout ce qu'il faut, mais vachement molle, en fait. Le phantasme, il ne le conçoit, lui, que mis en œuvre sur-le-champ. Alors, hein, les écartèlements fortuits d'une dormeuse, les scénarios hard qu'il se faisait en la paluchant de temps en à autre, il finissait par trouver ça assez pauvre. Pas du genre à déborder dans le virtuel, le tueur.

Et là, toutes ces femmes qui le frôlaient, qui faisaient tricoter par leurs cuisses bronzées des devinettes chaudes en forme d'abricot, elles étaient toutes à lui, y avait qu'à poser la bonne question, ou la main, c'était à portée… Il a déambulé au bord de l'hallucination dans le champ du possible, il reviendrait plus tard dans le conte de fées.

Il a bouffé un bout de viande saignante dans son troquet préféré, où le serveur lui a confirmé l'heure du rendez-vous avec un Roumain qui reprenait tout le stock à bon prix. Le lendemain à dix heures. François avait donné son accord, de toute façon c'était ça ou rien, il fallait voir. Pendant trois secondes, Richard s'est demandé s'il ne fallait pas se méfier, puis il a décidé de profiter tranquillement de son premier vrai repas depuis huit jours. Plus tard dans la soirée, après un poker avec des habitués, il a reluqué une paumée potable, ni toxico ni maquée, le genre dans la dèche qui arrondit les trente derniers jours du mois en michetonnant à l'occase, un peu barge, prête à tout pour gagner mille balles en une nuit. Richard a trouvé que c'était un tarif raisonnable et il l'a embarquée jusqu'à un hôtel pourri situé derrière le cours Pasteur où elle avait ses habitudes.

Il l'a suivie dans l'escalier, la flamme au chalumeau, puis ils sont entrés dans la piaule aux murs tachés d'humidité, pas grave, il se sentait capable de décoller le papier peint rien qu'à la chaleur de son engin. La fille s'est dépiautée, puis s'est couchée illico sur le grabat en le provoquant du ciseau de ses cuisses. De ça il se rappelle bien, la fourrure qui bougeait doucement, lui qui se jette là-dessus, là-dedans, puis en trois coups de râble la perte d'enthousiasme. La mollesse qui prend, une langueur invincible, les doigts impatients et pointus de la fille qui s'enfoncent dans son dos pour l'encourager, à coups d'invitations obscènes. Et surtout sa gueule, quand il se met à la regarder. Les yeux cernés, brillants, écarquillés, la bouche crispée. Le masque de la fatigue pour un carnaval triste. Popaul dans la déprime. Le cigare le jour des Cendres.

Et l'image de Mila qui s'est couchée entre eux. Plus rien n'était possible. Même en maniant à la rude son mandrin de guimauve. Même devant les tentations béantes que la fille lui offrait. Vas-y. Passe par-derrière, si t'aimes, on te verra pas sortir. Queue dalle. Chiffon. La fille a proposé alors de s'en fumer un, pour se détendre, ou se tendre, enfin quoi, un pétard dosé en mégatonnes, une chimie qu'on lui vend quand ça va pas fort dans sa vie de merde. Elle lui a expliqué ça en préparant le cocktail de poudre et d'herbes, et lui, planquant sous les draps son chinois assoupi, se demandait comment mettre fin à ce désastre flasque. Quand elle a eu fini ses mélanges, elle a allumé la mèche et lui a tendu un mince cornet de papier qui se consumait en pétillant. Il a tiré là-dessus comme si c'était de l'herbe à bison, et à la deuxième bouffée, il a commencé à se voir en noir et blanc et de loin allongé sur le lit, bras en croix, avec la fille qui lui jouait du saxo. Après, black-out. Jazz-band. Dizzie Epilepsie et son orchestre.

Alors bien sûr, quand il ouvre les volets, tout ce soleil lui broie les yeux et dans sa calebasse on reprend les essais souterrains. Il se précipite sous le robinet du lavabo, manque s'éborgner, reste là à tremper dans l'eau qui tiédit vite. Après il nettoie vigoureusement son outil avec un vieux bout de savon qui traîne là, mais comme le faux frère est douloureux, il le range avec douceur.

Le rencard est à dix heures. Richard a le temps d'aller prendre un petit déj' en terrasse place de la Victoire. Le vacarme et la puanteur des bagnoles submergent tout, mais il n'y prête pas attention. Il ne peut pas causer *bizness* le ventre vide. Avec l'argent, chacun tracera sa route. Lui, il prendra la gosse sous le bras et il l'habituera au bonheur, loin d'ici. Il connaît une plage près de Cadix où un pote lui prêtera pour la saison un petit cabanon à cinquante mètres de la mer.

Le troquet est fermé à cette heure-ci. Richard frappe à la vitre, le loufiat vient lui ouvrir, souriant et pâle, prévenant comme une carpette. Au fond de la salle, près d'un flipper, il aperçoit Manu et François attablés devant des croissants.

– Il est pas là ?

– Non, répond François en mâchouillant. Il a téléphoné qu'il serait à la bourre, à cause du camion. Il paraît qu'il prend tout, et qu'il paie cash.

– Comme pour la gamine, fait Manu.

Richard agite sa main devant sa figure comme pour chasser les parasites qui lui brouillent l'écoute.

– Quoi la gamine ?

Manu baisse la tête, l'air contrit. Il s'est trompé quelque part.

– Merde, se décide François. On l'a refilée à Monsieur Philippe. Soixante-dix mille. Et basta ! On n'allait pas l'adopter, non ? Si on l'avait relâchée, elle nous aurait balancés aux flics. On était pris aux couilles, de toute façon. T'es pas d'accord, maintenant que c'est fait ?

Richard les regarde tour à tour, pendant que son cerveau migraineux est partagé entre perplexité et pulsion meurtrière.

– Vous avez pas pu faire ça. La vendre.

Il dit ça sans conviction. Son regard se met soudain à flotter. Ça y est, il ne voit plus vraiment les choses ni les êtres. On dirait qu'il regarde en dedans, ou très, très loin, comme dans un désert, à la recherche d'une oasis, ou saisi par un mirage.

– Qu'est-ce qu'il veut, ce con ? demande Manu tout à coup. Il voit pas que c'est fermé ? C'est pas lui, non ?

Le loufiat secoue la tête en revenant derrière son comptoir.

– Ça fait trois fois qu'il passe, avec sa sale gueule.

– Des flics, fait François d'une voix sourde.

Il se lève et sort un pistolet.

– Tu nous as baisés, dit-il au serveur. Viens ici.

L'autre tombe à genoux au pied des fûts de bière. Il pleure.

– C'est eux qui m'ont obligé, il gémit.

François passe derrière le bar. Juste sous le zinc, il trouve, accroché à des clous, un calibre 12 à pompe.

Richard s'est tassé au coin de la baie vitrée. Il tient lui aussi son gros pistolet espagnol. Puis il sursaute.

– Putain ! Y en a plein la rue !

Ni une ni deux. Trois bastos à travers la vitre. Il recule vers le fond de la salle en renversant des tables. Il se jette à plat ventre, et nettoie l'encadrement de la vitre au parabellum. Le rideau se déchire de toutes ses fleurs convulsives. Derrière le bar, François appuie le canon du fusil sur la gueule du serveur, et presse la détente. Le haut du type est projeté en arrière cependant que le bas hésite à suivre. Finalement, la tête s'arrache confusément et met tout le monde d'accord. Juste un peu de silence parcouru de bruits mouillés, d'écoulements glaireux, d'ultimes sécrétions. Puis l'air se met à aboyer, sautillant de plâtre et de verre. Les flics refont la déco façon pointilliste. Des rafales court-jus éclatent les ampoules et font sauter du plomb, habillent l'ombre d'étincelles bleues. Ça disjoncte chez les pistoleros. « Enculés ! » hurle Manu qui a mis du temps à réagir. Il a saisi le flingue que lui lançait François et le voilà qui charge vers le soleil du dehors, bras tendu, en arrosant la rue où l'on distingue des silhouettes qui sautent partout comme des grenouilles. Mais au moment de franchir le seuil massacré, il s'arrête net, se plie, pousse un cri de chat en rut, saute en l'air et recule de deux mètres. Il bascule par-dessus une table et s'affale par terre en se tordant. Il tient à deux mains son bide troué à la bastos ultra-lourde, il refuse de laisser partir sa tripaille en charpie, et il gueule, il appelle maman, il dit qu'il a mal, et c'est sincère. Non loin de lui, à quatre pattes, chien approximatif, François lui dit que ça va aller, le menteur. Et comme il aperçoit une silhouette qui se dresse entre deux voitures (c'est bien des voitures, non ? pas des blindés ?), il envoie une cartouche de chevrotine faire le ménage et on entend des plaintes, et le feu redouble.

Poussière. Rayons de soleil déchirés. Ça râpe et ça bourdonne. Les dum-dum font ripaille. Derrière le comptoir ajouré d'éclats fantaisistes ça sent le pastis, à la nôtre, casse pas le bol. Les liquides se mêlent aux breuvages. Le cocktail qui tue. La mixture Molotov ; la vraie, celle qui met le feu à la plaine. Qui transforme la banquise en vulgaires glaçons, et les phoques en amuse-gueule. Bloody-Mary au jus d'homme, servi tiède. Trente-sept degrés exactement. Sous Manu, qui dit plus rien et ferme les yeux à chaque impact, c'est-à-dire tout le temps, ça coule et ça méandre avec une lenteur fatale. L'inexorable a une couleur. Rouge-sale.

« Merde », crie François à la balle qui vient faire un peu de rangement parmi les os de son pied droit. « Putain », dit-il en voyant qu'elle veut en jeter la moitié. Tout en rampant vers le flipper, il canarde au jugé, et ne parvient qu'à tuer un cercle de néon. Il secoue sa jambe pour tâcher, vaine démarche, de se défaire de cette bonniche brûlante qui lui a transformé le pied en éventail troué, et il essaie de faire l'appel de ses orteils bloqués au fond de la chaussure qui serre, qui fait ce qu'elle peut pour éviter le déploiement déchiqueté de ce farniente d'enfer. Il s'effondre sous le flipper, projeté contre le mur par une sorte de coup de poing qu'il reçoit dans le foie, et il ne sent plus contre sa joue que le carrelage froid et voit dans le flou les motifs réguliers qui inventent une géométrie d'épouvante. Une ombre gigantesque se dresse au-dessus de lui, il pense à son père, allez savoir pourquoi, et il largue une cartouche au hasard qui fait si mal les choses, le voilà vengé.

Richard ne bouge plus. Tête dans les épaules. Il a récupéré les armes des copains, et se blottit au pied du comptoir, derrière une table fendue en deux. Il regarde clamser les deux autres, puis jette un coup d'œil au plafond, labouré au calibre maousse, où fuse une cathédrale de trajectoires, la nef des fous, la balistique Saint-Pierre. Dans sa tête un signal s'allume, il se dresse, clé de voûte incendiaire, ramasse le calibre 12 et actionne la pompe, éjection, la douille rebondit au sol mais le fusil est vide, Richard branle l'acier pour rien et finalement balance l'arme dans une étagère à bibine qui finit de s'effondrer.

Retraite. La porte du fond. Un long couloir obscur et frais, encombré de casiers à bouteilles. Il porte le flingue espagnol à bout de bras et balaye du geste l'espace d'une petite cour grise où jamais le soleil ne vient. Des pigeons roucoulent. S'envolent. Il les braque à l'estime, et s'étonne du carré de ciel bleu qui le domine. Trois portes. Il en guigne une, s'avance, elle s'ouvre sur un flic casqué, visière rabattue, qui porte un rafaleur compact. Richard allume le guignol juste au-dessus du col montant de son blouson de combat, et lui fait rendre gorge. Débit écarlate. Le mec recule en s'étranglant pour colmater la fuite, et s'abat les quatre fers en l'air dans un vélo appuyé contre un mur. Richard fonce vers lui, l'enjambe, récupère son arme. Il s'empêtre un instant avec son attirail. Un pistolet à la ceinture, un autre dans la veste, le rafaleur en pogne. Soudain, autour de lui, contre les murs, ça recommence à voler en tous sens. Le crépi noirâtre est rénové vite fait, le plâtre n'était pas loin. On voit sur le mur de gros yeux blancs qui s'écarquillent. Ça vient de sa droite. Une porte branlante s'ouvre à la volée. Il arrose. Rafale courte. Le panneau de la lourde se transforme en collection de bûchettes. Il se rue dans un escalier, merde, il faut bien faire quelque chose. C'est sombre, les vieux immeubles. Pas le temps de chercher l'interrupteur. Il monte vers un puits de jour pâlot, l'odeur de poudre le poursuit jusqu'ici. Sur le palier du deuxième étage, une femme, large et pastel, sort de chez elle en robe de chambre. Elle appelle au secours d'une voix de diva amplifiée par la cage d'escalier. Richard pointe son arme vers elle. Ferme ta gueule, t'auras chaud aux dents. Il grimpe jusqu'à l'affolée, lui colle un pain et la balance dans l'escalier. Roule, roule sur les marches la téméraire femelle : tête, cul, bras, cuisses et nichons rebondissent dans le désordre, tiercé bouffon. Richard entre dans l'appartement en bousculant portes et meubles et va jeter un coup d'œil par la fenêtre de la salle de séjour qui donne sur une petite rue apparemment déserte, méfiance, méfiance, tous les circuits du tueur ont sauté mais subsistent les branchements de sécurité reliés directement au cerveau reptilien, celui de la survie et de la prédation. C'est probablement une des alarmes qui lui signale dans la pièce une présence humaine. Il pivote, les yeux greffés sur le cran de mire. À l'autre bout, il aperçoit une masse grise affaissée que surmonte la tache claire d'un visage. « Bouge pas ! » halète-t-il. De fait, rien ne bouge. C'est un vieil homme au regard creux qui le fixe bouche ouverte comme un trou sur des gencives sans dents. Ses mains sont accrochées faiblement aux bras d'un fauteuil roulant. Il regarde le pantin surarmé qui le braque et ses yeux luisent dans cette pénombre du matin et ils ne bougent pas, ils semblent ne rien vouloir dire qu'une vague stupeur sans écho mental. Richard baisse son arme, il jure à voix basse, putain, merde, qu'est-ce que c'est. À côté du fauteuil est posé un seau d'aisance de plastique jaune, et plus loin, sur une table aux pieds chromés, comme on en voit dans les chambres d'hôpital, s'entassent des fioles de médicaments, une bouteille d'eau de Cologne.

Et Richard s'excuse. Il lisse par réflexe le rideau qu'il a soulevé en arrivant. « Je savais pas », il dit. Il quitte la pièce, sort sur le palier, va voir où en est la femme qu'il a balancée dans l'escalier. Elle remonte péniblement en se frottant les reins, et quand elle le voit, elle s'arrête net et se laisse glisser sur les marches. « C'est rien, c'est fini. Je lui ai rien fait. Je m'en vais. » Il monte au dernier étage et avise une trappe vitrée dont il fait sauter la fermeture d'une balle. En montant sur la rampe, il se hisse au niveau du toit. Le soleil le frappe durement d'une clarté aveuglante. La chaleur est déjà sur les tuiles, il en distingue au ras du faîte la vibration luisante.

Il marche doucement là-dessus accompagné d'un petit bruit de castagnettes, il saute sur le toit voisin, grimpe sur le suivant. Droit devant, au loin, se dresse la flèche Pey-Berland. Il marche doucement sur le dos de la ville. Il ne regarde rien, n'admire rien, déplore les pentes, redoute de glisser. Au bout d'une centaine de mètres, il rencontre un vasistas et le brise à coups de crosse. Il saute et prend pied sur un palier cerné de portes condamnées, entreprend de descendre un escalier où la nuit s'éternise. Il épie le silence en passant devant des appartements aux portes mal ajustées. Il ôte la sécurité de son pistolet et le laisse passer devant. Le premier qui se pointe, je le tue.

23

Ça a merdé. Et vilainement. Quatre morts, trois blessés. Voilà pour le bilan chiffré. L'équipe de Munier, de la Brigade criminelle, s'est fait allumer sans avoir rien tenté. Les types du gang ont juste repéré un collègue qui venait en reconnaissance, et ils ont ouvert le feu tout de suite. La fusillade a duré quoi ? cinq ou six minutes, mais nourrie, comme on dit. On était dans une voiture à une cinquantaine de mètres avec Cazeaux et le stagiaire, on attendait le feu vert pour intervenir en masse, mais en douceur, enfin quoi, sans flinguer à tout va. On était une vingtaine sur le coup, on avait reçu des renforts d'un peu tous les services, et Etchart s'était même débrouillé pour qu'une équipe du GIPN soit présente en couverture parce qu'on avait peur d'une prise d'otage, ou d'une fuite en pleine ville, c'était le risque à courir, puisque ce cher commissaire avait choisi de tenter un gros coup en les interpellant tous les trois ensemble. On avait astucieusement disposé des tuniques bleues dans tout le quartier pour boucler le dispositif. Le préfet nous avait même refilé un effectif de cinquante CRS. Tout ça pour ça. Plan vigipatate, ça va s'appeler, dans les archives et les mémoires.

J'entre dans le bar dès que ça cesse de canarder, et je me retrouve dans un décor de guerre. Chouette bar bosniaque après une orgie serbe arrosée à la kalachnikov. Des gravats plein le sol, de la poussière en suspension dans l'air comme si on venait de poncer les plâtres, des éclats de verre partout, et cette odeur de cordite et d'alcool qui évoque un massacre perpétré par d'invétérés poivrots. Bref. Un petit résumé du pire dont sont capables les hommes. Attesté par les deux macchabées recroquevillés sur leurs dernières coliques, les mains crispées sur le ventre. Cazeaux m'appelle derrière le bar. Il est tout pâle. Je crois sur le moment qu'il déplore le gâchis d'apéros et de liqueurs d'hommes dont les bouteilles ont presque toutes morflé. Je m'approche, histoire de faire quelque chose parce que pour le moment je ne sais pas par quel bout appréhender la situation. Et là, pendant trois ou quatre secondes, je ne comprends pas ce que je regarde. Ou du moins, je présume qu'une partie de mon cerveau a très bien saisi le spectacle, mais qu'une autre s'interdit d'analyser, ni d'envoyer le moindre message. Black-out. Il y a un corps affalé au bout du comptoir, sous un distributeur de cacahuètes. Du sang plein la chemise. Les jambes écartées, avec cette indécence si commune aux morts violentes. Et, j'ignore si c'est à cause de l'obscurité, mais je ne vois pas la tête. Je n'ai pas trop envie d'y croire. Je n'ai vu ça qu'au ciné, ou à la télé. Je saisis le bras de Cazeaux. « Quoi ? » il me demande. Au-dessus, sur une petite étagère où sont encore posés des verres en réserve sur un torchon, il y a une boule informe, sanglante, mélange écœurant de cheveux, de bouts d'os, et de cervelle. J'ai à peine le temps de reconnaître le vague dessin d'un visage, façon Francis Bacon ultra-branque, que je dégueule d'un trait dans les liquides qui souillent le sol. Je vois les pieds de Cazeaux qui se retirent prestement de la zone humide, et je l'entends jurer sourdement, rapport sans doute à la sauvegarde de son cuir pleine peau de vache en fleur, je sais plus comment on dit et je m'en tape.

– Qu'est-ce qu'elle a ? demande-t-on dans mon dos, où ça s'agite pas mal.

– On a retrouvé notre contact, commente Cazeaux sobrement.

On s'approche. Des pas crissent dans le verre et les gravats.

– Oh ! putain ! dit quelqu'un.

– Chevrotine, explique un expert. Le fusil est là-haut, dans les étagères à bouteilles. Touchez à rien, on va ramasser les douilles.

Je suis toujours courbée au-dessus de mon vomi, les yeux entrouverts, brouillés de larmes. Je ne sais plus où regarder, car je m'aperçois qu'il y a du sang partout, en gouttes, giclures, flaques. Une masse blanche s'impose dans mon champ de vision.

– Tiens, essuie-toi, me dit Cazeaux. On va se tirer d'ici, on n'a plus rien à foutre dans cette boucherie.

Je prends le mouchoir qu'il me tend. Ça sent la lavande. Alléluia. La vie. Il existe donc autre chose que ce cloaque. J'ai des visions bleues de montagnes du Vaucluse. Un petit coin au-dessus d'Apt que je connais et que j'aime. J'y allais quand j'étais petite. Des toits de tuiles au soleil. Je me redresse. J'ai la sensation d'avoir dans la bouche le goût de toute la merde du monde, mais ça va quand même. Le troquet grouille d'équipes qui se marchent dessus. Des pompiers demandent s'il y a des blessés à évacuer. Un collègue les envoie chier avec ironie. Un autre les prie d'attendre un peu qu'on ait fait les photos et tracé les positions. Comme on sort, les gens du labo et l'IJ débarquent et commencent à gueuler qu'on dégage pour qu'ils puissent faire leur boulot.

– Cassez-vous, putain ! aboie Reyes, leur chef. Vous nous piétinez le gagne-pain ! Virez vos chaussures à clous, bordel !

Tout le monde sort, à part Etchart, qui tire une gueule de dix mètres, et l'officier du GIPN qui communique à voix basse avec son groupe par le truchement d'une HF fixée à son treillis.

Une demi-heure plus tard, on a pris place dans un fourgon qui sert de PC de transmissions. Etchart et l'officier nous ont rejoints, renfrognés. Personne ne dit grand-chose. On écoute les émissions radio des patrouilles qui cherchent le dernier fuyard, armé comme un croiseur. Deux pistolets automatiques, un rafaleur Uzi. Rien à signaler. Il s'est barré par les toits, et s'est évaporé dans une rue qui aurait dû être surveillée... On ne sait pas à quoi il ressemble ni comment il s'appelle. Parmi les deux complices morts, on sait qu'on a François Mercurios, le Toulonnais. Quant à l'autre, on devrait être fixé dans la journée, s'il est fiché. Sinon, il faudra attendre que la famille réclame le corps, s'il a une famille.

– C'est un féroce, votre mec, commente le chef du GIPN d'une voix éteinte. Pour flinguer un de mes meilleurs gars, faut qu'il soit cador.

J'apprends que le gars en question s'appelait Sébastien Borce et qu'il avait vingt-cinq ans. Etchart, pour ne pas être en reste sur le plan du prix payé, évoque la personne de l'inspecteur Gravier, abattu d'une balle en pleine tête, âgé de trente-trois ans, marié, père de deux petites filles. La presse va beaucoup aimer ça. Émotion à la une. Ce soir à la télé, ces cons vont nous montrer une photo d'identité floue ou ancienne sur laquelle même ses copains ne le reconnaîtront pas. Comme le silence se fait aussi lourd que si on attendait la sonnerie aux morts, je demande l'autorisation de rentrer au bureau me poser au peu parce que je ne me sens pas très bien. Etchart me congédie mollement d'un geste de la main. Mais au moment où je vais descendre du camion, un appel signale qu'un automobiliste s'est fait braquer cours d'Albret, à un feu rouge, et qu'un dingue lui a piqué sa Peugeot 406 en tirant un coup de feu en l'air. Il aurait pris la direction de la rue Judaïque. Bon. Je me rassieds, le cœur dans l'estomac qui bat comme si j'avais avalé un lapin vivant. Quand c'est fini à saint-nini, ça recommence.

24

Bientôt, c'est la ville et tous ces gens qui bougent sans cesse. Il aurait aimé, Richard, que tout s'arrête, pour courir dans un silence de statues en bousculant des guignols figés.

Laissez passer la mort et son regard violent !

En flinguer quelques-uns. Les voir s'effondrer dans les vitrines aux pieds des mannequins angoissants aux yeux vides qui le regardent ahaner sur la géométrie grossière de la rue piétonne. Qu'est-ce que je fous ici ? Il est rue Sainte-Catherine, il court toujours, il ne manque pas d'air à cavaler de la sorte, taché de sang, de plâtre, de vin cuit. Il a vaguement planqué ses armes dans sa ceinture, sous sa veste, mais leur contact lui fait mal, leurs angles lui mâchent le dos, le bide, les burnes, que le canon de l'Uzi vient parfois renifler durement de son blair cylindrique, et puis les crosses dépassent de tous côtés, on voit bien de quoi il retourne dès que son veston montre son revers.

Si bien que devant la bijouterie Privys un gros mec a vu tout l'attirail de guerre et se campe sur la trajectoire du branque, bras écartés, jambes ployées à demi, comme il a vu faire au rugby. Impact ! Richard s'enfonce du pied dans l'estomac du citoyen modèle qui part valser avec deux passantes. Polka, plutôt ! Un container à ordures invite le trio, on s'emmêle un peu les quilles, comme au bowling porno, le capot vert de la poubelle bâille largement, c'est pas des façons avec les dames ! Mauvaise haleine, humeur massacrante ! Cris et vacarme creux. Le gros à quatre pattes patauge dans l'entre-deux des pauvres femmes. Une culotte pâlit, un sac à main se vide.

Richard laisse rouler les bâtons de rouge à lèvres. Étouffé, ébloui de spots et d'arcs tendus de néons, il est happé par l'air conditionné d'un grand magasin, sans choisir, où des consommatrices horrifiées le voient foncer entre les présentoirs de parfums dans un brouhaha cristallin de fioles qui rebondissent, de senteurs délicates qui fusent à sa poursuite, cependant que de toutes parts se déclenchent les alarmes humaines : les vendeuses fardées comme des starlettes fonctionnent du gosier, cordes vocales en automatique, à plein régime.

Les collections d'été lui font des barrages chatoyants toujours recommencés, tailleurs sorciers, chemisiers maléfiques, maillots de bain mortels même à des doses infinitésimales. Magie de fleurs vénéneuses imprimées à Macao. Parano soldée. Hallucination grand teint. Richard se cogne obstinément aux meubles de cet univers maudit qui ignore la ligne droite. Flingue en main, flâneur speedé, il se perd dans le chiffon promotionnel, se noie dans les chemises de nuit, submergé de dentelle industrielle, suffocant sous des tonnes d'élégance bâclée. Il presse des corps affaissés accrochés aux cintres. Il se méfie des grandes poupées sapées qui lui sourient comme des jocondes toc.

Soudain, la rue, encore. Étroite, bordée de maisons de pierre noirâtre. Appuyé à une porte vernie, il sait à peine où il se trouve. Une voiture de flics corne un peu plus loin. Il repart en s'efforçant de marcher. L'ombre le rassure. Il maintient à l'abri ses armes, et s'oriente à nouveau. Tout est calme, c'est comme si je me promenais, se rassure-t-il. J'ai bien le droit.

Il joue les touristes en longeant la cathédrale. Des chauffeurs de taxi bavardent en tête de station, devant la mairie, et il sent leurs regards le suivre un moment derrière leurs lunettes noires. Un fourgon de police ralentit à sa hauteur. Les képis se tournent vers lui. Il évalue rapide combien il lui reste de balles dans les chargeurs. Il songe qu'une grenade serait pratique. Les flics apostrophent un des taxis, et s'ensuit une conversation amicale, plutôt gaie.

Sur le cours d'Albret, il attend au feu, l'esprit vide. À deux cents mètres, sur sa gauche, on voit la masse austère du Palais de Justice. Il y pense soudain, reluque le bâtiment de malheur. Feu rouge. Les bagnoles à l'arrêt surchauffent déjà. Tout près, attend une Peugeot toute neuve, et dans l'éblouissement que lui envoie la carrosserie impeccable, il croise le regard perplexe du conducteur qui le dévisage. Il saisit l'automatique espagnol, fait grimper une balle dans le canon, et se précipite à la portière, côté passager.

– Dégage !

Le type proteste. Il affirme que c'est sa voiture. Richard lui colle le canon dans l'œil, c'est très douloureux vu la vivacité du geste.

– C'est la voiture à celui qui la prend ! glapit obscurément le tueur.

Le gars décarre sur le bitume au moment où le feu passe au vert. Il est assis, main sur l'œil, le cul sur la ligne blanche. Richard pousse un cri et se débarrasse de la balle qui bouchait le canon en trouant la couche d'ozone.

Pendant un quart d'heure, Richard parvient à tolérer qu'on vive autour de lui dans la confusion du trafic, grâce à la climatisation et aux vitres teintées. Bonne caisse. Il envisage de la garder. Il se dit même qu'il est mieux là-dedans qu'à l'extérieur. Protégé. Seul.

La barbaque au frais. Il roule tranquillement jusqu'à Caudéran, tourne un peu en rond dans des petites rues verdoyantes et vides. Trouve la bonne adresse. Il range la voiture un peu plus loin, descend et ferme à clé, on ne sait jamais. Quand il parvient devant le portail de fer gris, il n'hésite pas. Il l'escalade prestement, puis trotte à l'ombre des chênes vers la maison. Il n'est jamais venu, mais il ne prend pas le temps de s'émerveiller sur l'étendue du parc, ni sur la vigueur des massifs de rosiers. Il gravit la volée de marches qui mène à la terrasse, ouvre doucement une porte-fenêtre. Respiration bloquée. Il prend l'Uzi parce qu'il n'a ni le temps ni l'envie de faire du détail. Un peu de musique flotte dans le vaste salon décoré de noir et de blanc. Il traverse la pièce en crabe, la guibole souple, le mollet en alerte. Nijinski enragé. Il avance lentement, sans suivre le tempo.

Il pousse une porte qui grince. On entend mieux. Une sorte de mambo cubain. Beaucoup de percussions. C'est assez langoureux. Tropical pour être honnête. Il traverse un corridor vide de tout meuble, occupé seulement par une grosse plante caoutchouc. Il perçoit maintenant une voix. Non, plusieurs. Un homme, une femme. Au moins. C'est derrière cette porte bleue, vers laquelle il fait mouvement à pas glissés. Le loquet résiste un peu.

Hollywood. Des spots. Une caméra. Un mec assis dans un fauteuil de metteur en scène, devant un écran vidéo.

Au milieu de la pièce, un immense lit couvert de draps satinés bleu nuit et de deux filles nues dont l'une agace l'entrejambe de l'autre avec sa bouche. L'autre, c'est Mila. Richard reconnaît le teint de la peau, le délié des cuisses. Il se demande s'il doit d'abord flinguer la caméra ou le type assis. Mais quelque chose bouge dans un coin de son champ de vision. Un autre homme. Large et haut. Il tient à la main un fusil de chasse à canons superposés. Il ne dit rien, comme s'il fallait régler un différend d'ordre privé sans déranger l'artiste au travail. Il s'avance vers Richard, son arme bien en main.

Deux balles. Ça fait un boucan du diable, mais c'est drôlement efficace. Une dans le ventre, l'autre dans la poitrine. Le gorille recule vivement, et heurte derrière lui le mur, dans son élan. Il s'effondre par terre, où il ne bouge plus guère. Bien sûr, l'émoi est à son comble sur le plateau. La brouteuse, une brune très peinte, s'est mise à couiner, cependant que l'artiste, Monsieur Philippe, bondit de son fauteuil et fournit un effort mental visible pour analyser la situation. Richard marche vers lui, le renverse d'un coup de pied dans les valseuses, et se dirige vers le lit où gît Mila écartelée. La gamine remue mollement. S'étire, comme si son réveil venait de sonner. Le tueur jette sur sa nudité un drap pudique.

– Ses fringues, dit-il à la brune qui gémit et râle tout à la fois. Où sont ses fringues ?

Lucienne se précipite dans un recoin de la pièce et rapplique avec un tas de vêtements.

– Habille-la, ordonne Richard.

Pendant qu'elle s'affaire, il s'approche de Monsieur Philippe. Il ne sait pas bien ce qu'il va faire. L'autre se met à genoux.

– Pitié ! s'exclame-t-il assez piteusement.

Pitié. Richard laisse le mot cheminer dans ses circuits auxiliaires. C'est comme dans les films. Il secoue la tête, il veut que ça décante vite, tant cette histoire semble peu vraie. Cinoche ? Ah ! non. Le gorille, environné de sang, essaie de se redresser sur les coudes.

– Prends la fille, elle est à toi, implore Monsieur Philippe. Laisse-nous.

Richard est vraiment indécis, et s'en trouve agacé. Il tourne la tête vers le lit, où l'opération d'habillage est presque terminée. Il ressent une grosse émotion en voyant l'espèce de maquerelle enfiler à Mila une culotte blanche. Il revient au vidéaste, considère sa posture soumise, perçoit dans un brouillard sonore le son de sa voix, puis lui décoche un coup de pied à la face. L'homme saute en l'air sans un cri, et retombe sur le dos. Richard frappe encore de la pointe de sa chaussure la gueule du blessé. Il espère la voir éclater assez vite comme un melon, sentir céder cette boule qui grimace. Mais quelque chose se prend dans ses jambes. Des bras. Ça l'étonne. Il trouve la situation irréelle, puis s'aperçoit que c'est la femme qui l'entrave. Elle est nue. Il ne veut pas lui taper dessus. À jeun, ça le gène. Mais elle est sur le point de le déséquilibrer, alors il cogne sèchement sur l'oreille qui se présente à lui avec le canon de l'Uzi.

Plus tard, il se retrouve sur les quais en train de rouler à quatre-vingts, et il ne se rappelle plus ce qui s'est produit. Mila est allongée à l'arrière, alors tout va bien. Elle ouvre un peu les yeux. Elle lui dit d'une voix pâteuse que c'est toujours tout droit.

– Je sais, répond-il.

Ils arrivent assez vite au pont tournant, puis à Bacalan, qui commence juste après. Quand il aperçoit la Cité Lumineuse, Richard dit qu'il trouve ça haut, mais que ça ira. Il gare la voiture à l'écart, à côté de la bibliothèque, sous des platanes. Il demande à Mila si elle peut marcher.

– Oui, ça va mieux, murmure-t-elle.

Elle se frotte les yeux. Son visage se colore un peu.

– Qu'est-ce qui s'est passé, chez ces gens ? Qu'est-ce qu'ils m'ont fait ?

– Je te dirai après. On se cache d'abord là où tu m'as dit, chez tes copains.

– Et ma mère ?

– Après. Je te protège. Faut attendre que ça se calme.

Ils descendent de voiture. Mila flageole un peu, mais elle avance. Ils passent derrière une série de blocs. « Chez les vieux », précise Mila. La cité vient vers eux lentement, comme un mur qui menace de s'abattre. Béton aveugle. Vertigineux. Richard guette tout autour de lui. Rien que du vide, des pelouses où sautillent des moineaux, un terrain de sport grillagé, la Garonne derrière un rideau d'arbres et de roseaux. Même pas un bateau, une barque. Pas un chien errant. Peut-être la silhouette d'un vieux, là-bas sous les platanes, et encore il n'est pas sûr que ce soit un vieux. C'est voûté et ça marche pour tenir debout.

Richard se sent apaisé : l'idée qu'il se faisait du bout du monde s'étend autour de lui. Ils ne le trouveront pas ici. Il en est persuadé. Une grande sérénité lui embrume l'esprit. Après, se dit-il, ce sera fini. Après quoi ?

25

Olive est à la poursuite d'un bruit de pas qu'il a repéré juste au-dessous de son estomac et qui s'est éloigné en vitesse quand il a voulu savoir où il allait. Il l'entend encore résonner faiblement dans les profondeurs, et il promène le tympan du stéthoscope du côté du foie, jusqu'à son flanc, pour ne pas le perdre. C'est un pas lourd et régulier, celui d'un homme corpulent et déterminé qui se rendrait à un rendez-vous, ou suivrait un but précis dont dépendrait sa vie. Par moments, Olive parvient à imaginer la silhouette glissant dans une ruelle humide et tortueuse aux maisons arrondies séparées entre elles par des replis noirs, puis elle s'évanouit au détour d'une zone d'ombre. Nul silence, autour de ce pas solitaire. Une rumeur de chocs assourdis, d'écoulements soudains, de grognements qui pourraient faire redouter la présence de créatures dangereuses, anime l'obscurité qu'il écoute. Et toujours ce rythme binaire dont l'écho têtu résonne partout.

Le bruit de pas s'est perdu. L'image que le garçon s'était faite se disloque. Il ouvre les yeux. Il suit au plafond le parcours capricieux d'une fissure. Il est allongé sous la fenêtre, la tête calée contre un coussin qu'il a tiré là pour laisser Tayeb dormir. Il a entrouvert les volets pour que l'odeur d'éther se dissipe. Il se lève, les écouteurs encore fichés dans les oreilles. Il contemple son copain vautré sur le ventre, enfoncé dans la mollesse du grabat. Sa main droite est glissée sous l'oreiller. Olive sait qu'elle est crispée sur le flingue. Tayeb répète depuis quatre jours qu'il veut tuer quelqu'un. Il ne sait pas qui, mais de préférence un flic. Plusieurs flics, même, si on lui en laisse le temps. Il le fera sûrement. Olive essaie de réfléchir à ça, de se concentrer sur le scénario, ses développements, son dénouement. Et pour le moment, l'ensemble lui paraît confus et redoutable. Il sait seulement que ça va finir mal. Il déteste les histoires où le héros meurt à la fin. Il trouve qu'au moins dans les films ou dans les bouquins on pourrait donner leur chance aux guignols qui s'agitent tout du long.

Olive regarde l'heure à sa montre. Quinze heures dix-huit. Il laisse filer les secondes vers leur prochaine étape. Dehors, la chaleur soulève du fleuve une haleine lourde. Olive jette un coup d'œil par l'entrebâillement du volet : le ciel a la teinte d'un acier bleui par le feu. La Garonne n'est qu'un ruban d'un brun douteux. Aperçu au travers de cette meurtrière, le décor est encore plus décourageant.

Au moment où il s'approche de Tayeb pour essayer de le réveiller, un fracas du côté de la porte d'entrée l'arrache du sol. La plaque d'acier. Un juron qui résonne sur le palier. Olive croit à un tremblement de terre, se dit qu'à ce quinzième étage ça va twister pas mal. Puis aussitôt, un gus hagard, grand et large, un gros pistolet à la main, surgit dans la pénombre.

– Ta gueule, bouge pas, fait immédiatement le nouveau venu.

Olive ne bouge pas. N'a pas l'intention de le faire. Mais Tayeb, que l'autre n'avait pas distingué, se retourne sur le matelas. Le canon de l'arme se pointe sur lui.

– Qui c'est ça ? demande Richard.

Olive est sur le point de répondre, quand Mila arrive en titubant. Illumination. Feu d'artifice. Il a la cervelle en quatorze juillet. Rien que du bouquet final, des rideaux étincelants. Le pire en pyrotechnie. Il s'approche de la fille qui le reconnaît faiblement et sourit de même. Malgré les injonctions de Richard qui brandit son flingue sous son nez, ils tombent dans les bras l'un de l'autre. Mila, surtout, s'affale contre lui, toute molle soudain, comme si elle dormait, au point qu'Olive ne sait plus trop quoi faire de cette chaleur qui se colle à lui, jambes entrouvertes sur sa cuisse. Richard essaie de les séparer, il lutte contre leurs bras qui s'accrochent, comme un arbitre de boxe, en grognant des menaces, jaloux de ce corps à corps, de cette valse lente qui dérive en l'entraînant vers le centre de la pièce. Il ne peut rien contre la soudure de ces retrouvailles, et dans sa tête entamée il songe à utiliser l'Uzi comme un chalumeau pour découper ce couple en suivant les pointillés, maintenant ça suffit, parvient-il à dire malgré la rage qui lui visse les mâchoires, et d'un coup en plein visage, il rejette le garçon au loin cependant que Mila s'effondre avec un petit cri.

– Qui c'est ce bâtard ?

Voix très très pâteuse de Tayeb, qui jusqu'à présent regardait la scène entre deux éclipses de paupières.

– Putain, Mila ! articule-t-il plus distinctement.

Il se redresse, parvient à s'asseoir, secoue sa tronche transformée en anneau de vitesse. Le canon de l'Uzi est si près de ses narines qu'il sent son odeur de poudre.

– Vire de là, intime le tueur. Magne.

Tayeb roule sur le flanc, reste un instant sur le ventre. Sa main a disparu sous l'oreiller. Il la ramène sous lui, se contorsionne en gémissant, quitte le pieu en rampant avec la souplesse d'un gros phoque. Pas le temps d'actionner la culasse, d'ôter le cran de sûreté, sans que l'autre lui décalque les neurones sur la tapisserie. Il s'éloigne en titubant, tournant toujours le dos à Richard pour ne pas lui montrer la crosse qui dépasse de sa ceinture.

Quand il se retourne enfin, le branque a saisi Mila sous les bras et la jette sur le lit. Pas le temps de dire ouf qu'il remet les deux garçons en joue.

– Ça sent quoi ici ? L'éther ? Vous vous défoncez à l'éther, bande de pédés ! Toi, tu vas avec le raton dans le coin, là-bas, et tu bouges plus ou je te refais la gueule à coups de crosse.

Olive se traîne vers Tayeb à quatre pattes. Son nez difforme et bleu pisse le sang. Tayeb le tire contre lui, l'aide à se caler contre le mur.

– J'suis stone, mais je vais me le faire, cet enculé, souffle-t-il à Olive. T'as vu ? C'est Mila !

Olive le regarde de derrière son masque de douleur.

– Merde oui, c'est Mila. Ça fait dix minutes. Si t'avais pas été stone, on l'aurait déjà trépané, à l'autre.

– Taisez-vous, les fiottes ! gueule Richard. Il s'allonge auprès de Mila, appuyé contre un coussin. Il tient les deux garçons au bout de son arme.

– Vous bougez rien que pour respirer ou je vous brûle. J'en ai rien à branler, maintenant.

Il les fixe, complètement écarquillé. Il essaie de penser, de concevoir ne serait-ce que l'idée de partir d'ici avant que les flics se pointent, mais ça bloque sévèrement. Il a du mal à se rappeler comment il est arrivé ici. Dans un coin de son champ de vision, à l'orée d'une couronne aveuglante qui l'empêche de voir ses pieds, il aperçoit de Mila le dessin clair d'une cuisse. Du coup il pose une main dessus. Ça lui réveille les instincts. Des sécrétions primitives se déclenchent. Il sent sa queue plantée en bas de son ventre, palpitante et dure comme un gros flingue, et il a envie de se vider par là, et tout son être ne vit plus que dans ce mauvais sang prisonnier. Il sait aussi qu'à quelques centimètres de ses doigts sont cachées les cavernes qu'il veut remplir à la sauvage, saccager pour s'y répandre jusqu'à l'éclatement.

Il se voit faire. C'est aussi précis qu'un souvenir de cinq minutes. Il imagine même autour de son machin le contact humide et facile des parois qu'il veut envahir.

Puis il distingue de nouveau, derrière le cran de mire, la silhouette des deux garçons tassés au pied du mur.

Il prend l'arme à deux mains, s'aperçoit qu'il ne tremble plus. Geste sûr, précis. Je suis Richard. J'ai vu clamser des mecs, vilain, c'était. Ils coulaient partout, mes deux potes. Voilà, je sais ce qui s'est passé, ça me revient. Ils gueulaient après leurs putains de mères qui les avaient pondus, ils voulaient qu'elles viennent avec leurs gros nichons pour la dernière tétée. Pas humains comme cris. J'en ai canné d'autres. Ça m'a rien fait. Cartons à la foire. Alors. Je massacre ces deux merdes et je la baise. Je la baise. Je pourrai crever, après.

Il se lève. Titube un peu. Brandit le flingue. Alignement œil, canon, cible. Puis il ne comprend pas. Mila se met debout, contemple la scène d'un air affolé, puis cavale vers la porte. On l'entend déjà crier dans les escaliers. Elle va rameuter tout le quartier. Richard effectue une sorte de bond assez lourd, s'entrave dans le lit, trébuche en jurant, puis disparaît à son tour.

La voix de la fille résonne dans les couloirs, lointaine, avec des modulations de sirène d'alarme. Richard débouche sur une coursive longue et sombre.

Le silence s'établit brusquement, il n'entend plus que sa propre respiration d'animal en chasse. Elle a pu prendre deux cages d'escalier. Il balance un coup de pied dans la porte d'un ascenseur, mais ça ne le fait pas venir plus vite. Il choisit l'escalier du fond, court, s'accroche pour virer à la rampe rouillée. Il dévale. Il rebondit à chaque palier intermédiaire contre le mur. Il pousse des grognements, des soupirs, il émet des sons de machine pneumatique.

Les cris reprennent. Il s'arrête pour les situer. Ils pourraient provenir de n'importe où. D'en haut, par exemple. Il s'aperçoit qu'il ne sait plus à quel étage il se trouve, et remonte quatre à quatre. Il fait le gros dos, on dirait un gros cafard qui s'est perdu. Un cafard fou comme une guêpe coincée entre vitre et rideau.

Tayeb et Olive se sont propulsés hors du bunker avec un temps de retard. Olive très inquiet de son nez qui saigne sans arrêt, ahuri par la douleur qui lui serre la face comme un masque cloué. Tayeb a armé le pistolet et fonce sans un mot, en poussant juste un geignement, à cause de l'effort, à cause de la migraine qui écrase les plis de son cerveau, repasseuse acharnée. Ils prennent la cage d'escalier centrale sans s'être concertés, sans savoir pourquoi. Olive parvient à crier le nom de Mila, trois ou quatre fois, d'une voix étranglée qu'il est probablement le seul à entendre. Confidentielle démence. Il n'imagine plus que le massacre qui s'organise quelque part sur les marches, sous eux. Ce fumier avec tous ses flingues lancé aux trousses de Mila. Un vertige le fait chanceler, il se rattrape de justesse à la rampe, il se laisse tomber au pied d'une porte condamnée, appartement 907, au-dessous d'une énorme bouche rouge en train de pomper un dard gigantesque. Il respire trois fois et redémarre en ignorant la fresque.

Tayeb ne l'a pas attendu. Au bout d'une vingtaine de marches, il est stoppé net par un silence compact, au point qu'il entend presque dans sa poitrine les bruits chaotiques de sa vie qui grouille et se bouscule. Il pense à une foule noire qui se battrait confusément pour sortir d'un cinéma en flammes.

26

C'est la première fois que je participe à une chasse à l'homme. À midi, la radio a donné la nouvelle de la fusillade et de la fuite d'un des tueurs, avec le bilan, quatre morts et trois blessés. Puis le mec derrière son micro a embrayé sur la chasse à l'homme qui mobilise tous les services de police de la ville. Et deux minutes après, pendant ce qu'il a appelé le briefing avec le préfet, le colonel de gendarmerie, des officiers de CRS et le chef du GIPN, le commissaire Etchart a parlé à son tour de chasse à l'homme, de nasse, de plan Épervier, de souricière. Vachement imagé, comme dispositif. Manque plus qu'un siffleur en cuissardes imitant la bécasse. Surtout que les pièges, le commissaire les monte tellement bien qu'il se prend les doigts dedans. Le genre à poser des collets et à s'étrangler avec. Cazeaux et moi on a écouté leurs palabres d'une oreille assez distraite, en pensant aux deux collègues plombés au parabellum. Ils ont mis pas moins de cent vingt hommes sur le coup, et leurs petits points rouges piqués dans le plan de la ville, c'était beau comme la Tempête du Désert. Cazeaux s'est demandé à mon oreille si les RG allaient jouer les chasseurs furtifs, tout mariolles qu'ils sont. Je n'ai pas trop aimé qu'il se penche vers moi en me diffusant dans les narines le flux de sa mauvaise haleine.

Vers treize heures, on pouvait enfin sortir et regagner la voiture. On a tourné un peu en ville, sans but, à épier la fréquence d'alerte. J'avais envie de rentrer chez moi, de prendre une douche, de me taper ensuite une bière glacée à la santé de la Police nationale et du branque en cavale armé comme le croiseur Saratoga.

Et de passer un coup de fil à Daniel pour qu'il laisse ses malades et vienne me parler, me dire enfin des choses rassurantes, m'expliquer que cette autre n'est qu'une chimère et qu'on ne baise pas les chimères, ou sinon c'est de la branlette, du solitaire cracra, je vais pas être jalouse de la veuve poignet, fût-elle déguisée en poufiasse sexy. Et surtout qu'il vienne m'honorer de ses fluides. Merde, alors qu'on était bloqués près de la gare dans un embouteillage, j'ai eu entre les jambes une envie de lui qui m'a presque brûlée, et j'ai dû serrer les cuisses, comme une catcheuse qui veut étrangler son adversaire dans une prise au sol, pour que ça me passe un peu. J'étais sûre qu'une bonne séance de corps à corps torride, avec sueur et pénombre, effacerait la semaine de malaise qu'on avait passée. J'attendais sans trop y croire un appel qui lèverait le dispositif de guerre et nous renverrait chez nous jusqu'à la prochaine.

Il y a eu un appel, alors qu'on revenait sur le cours de la Marne, au cul d'un semi-remorque qui s'était perdu dans le quartier. Mais pas celui que j'espérais, rêveuse que je suis.

C'était chaud sur la ligne. La 406 du dingo avait été repérée sur le quai de Bacalan, se dirigeant vers le nord. Pas de poursuite ou d'interception tentée. Il y avait une fille avec lui. Le mot d'ordre a été donné : il a une otage, on suit, on ne tente rien.

– Roule, je dis. Prends les quais.

On met le gyro deux tons et on double ce gros con de routier en train de réinventer le bouchon. Cazeaux me demande où on va. Vers le nord, je lui réponds. Comme on t'a dit. Il s'inquiète des instructions d'Etchart.

– Fais pas chier avec Etchart.

La radio de bord nous annonce que le tueur vient de se garer à proximité de la Cité Lumineuse. Il sort en soutenant l'otage. J'interviens pour demander qu'on nous la décrive. C'est la fille de Dolorès Almayerda.

– La jolie fille sur les photos, j'explique à Cazeaux qui a du mal à synthétiser. Celle qu'ils ont récupérée le soir où.

On se retrouve vite fait sur les quais sans plus rien dire, avec autour de nous le raffut du deux-tons et le bourdonnement des paquets d'air qui nous giflent la figure. En cinq minutes, on est en bas de la Cité Lumineuse, où attendent déjà plusieurs voitures rameutées là par radio. J'avise un chef de patrouille qui parle fort dans un téléphone. Il me salue d'un signe de tête, l'air absorbé dans sa communication.

– Il est là-haut, dans les étages. Y a un vieux qui l'a vu monter avec la fille. Le Central dit de ne rien faire. On attend des renforts. Etchart, enfin... le commissaire... arrive.

Il m'explique ensuite qu'il a posté des hommes au bas des trois cages d'escalier du bloc D, où se trouve le dingue. Je m'aperçois qu'on ne connaît toujours pas son nom.

– C'est tout muré, les appartements, intervient un vieux type qui porte à la main un panier en osier plein de tomates. Avec des plaques de fer, il continue. Soudées faut voir comme. Y a plus que le 821 et le 918 qui sont occupés, par des vieux comme moi.

On le remercie, et il s'éloigne un peu pour aller s'installer sur un banc de béton où on a tagué VIVE SADDAM.

– Les gens sont chez eux ? demande Cazeaux au chef de patrouille.

– J'en sais rien. On peut pas aller voir, on risque de se retrouver nez à nez avec le mec.

– Merde, des vieux. Il a dû se planquer dans un des apparts, en déduit Cazeaux.

On se demande pendant deux minutes ce qu'on pourrait faire, puis je rappelle le vieux, qui semble s'être assoupi sur son banc. Il se lève vivement et trotte vers nous.

– Comment ils s'appellent, ces locataires ? Vous le savez ?

– Harriot et Colin. Je les connais bien, ils sont à l'association de défense, rapport aux expulsions qu'on nous prépare.

– Appelez-les, je dis au flic.

Comme il paraît désemparé, je m'énerve un peu.

– Les renseignements. Le 12. Prenez de quoi écrire.

Le flic bougonne, cependant qu'au loin arrive la cavalerie : deux cars de CRS et une voiture de commandement, d'où jaillit Etchart.

– Putain de putain, fait-il en approchant.

Il lève les yeux vers le mur de béton, puis nous demande si l'immeuble a été évacué.

– Non, je réponds. On n'a pas eu le temps de prévenir les habitants de l'arrivée imminente d'un tueur armé jusqu'aux dents.

– C'est ça, faites de l'humour, grogne-t-il en s'épongeant le front. Vous faites chier, Ducasse.

Pendant qu'on papote, d'autres équipes débarquent. Des inspecteurs qui sortent de leur coffre des fusils à pompe et des gilets pare-balles. Le GIPN arrive à bord de son fourgon. Six hommes, déjà casqués, équipés de fusils d'assaut, en sautent avec souplesse, la ranger bien cirée, le jarret ferme. Et tout ce petit monde caparaçonné n'a qu'un geste : lever la tête vers les alignements de fenêtres aux volets tous clos, comme si on allait leur demander d'en faire l'ascension à mains nues.

– Ça répond pas chez les locataires, m'informe le flic qui téléphonait.

– De qui il parle ? demande Etchart.

La coordination des initiatives est assez floue, je me sens de plus en plus mal à l'aise, j'en ai plein le cul de cette parade militaire devant cette cité fantôme, en plein pic du soleil. J'informe mon supérieur, comme il convient. Je lui fais valoir le danger encouru par les locataires isolés qui habitent encore le bloc où se planque le tueur. Je fais mon devoir, vachement pro. Mais ma voix tremble. J'ai envie de tous les planter là, surtout quand je m'aperçois, ô surprise, que je suis la seule femme. L'officier du GIPN n'entend que la moitié de ce que je dis, alors il s'approche d'un air catastrophé.

– Comment vous dites ? Des locataires là-dedans ?

Je le branche sur la fréquence d'Etchart, et je m'éclipse un peu plus loin. Un inspecteur charge son fusil de cartouches bleues, clope au bec, et je lui demande s'il a de quoi fumer.

– Dans la bagnole, sur le tableau de bord, il dit, sans s'interrompre.

Il manie le calibre 12 comme s'il s'agissait d'une canne à pêche. Une cartouche rebondit sur le sol. Drôlement entraîné à la guérilla, le collègue. Si on doit progresser dans des escaliers ou des couloirs, je le veux à vingt mètres devant. Il est équipé pour la chasse à l'éléphant, mais il en raterait un dans un corridor. Je reviens vers lui pour le remercier. Il est en train de fourrer des munitions dans sa poche de blouson.

– T'as l'intention de tout dépenser ? je l'interroge.

Il ne comprend pas tout de suite. C'est décidément un problème, aujourd'hui, ces transmissions défaillantes entre flics. Il n'y a que les bastos qui n'ont pas de retard à l'allumage. Pendant ce temps, toutes sortes de véhicules ne cessent de déverser de la flicaille supplémentaire qui prend possession des carrefours, des pelouses, des bosquets. J'en vois même qui en profitent pour soulager leur vessie de la bière ingurgitée avec le casse-croûte de midi. Cette chaleur, ça fait drôlement pisser. À part ça, tout ce beau monde discute calmement, portant négligemment l'arme à l'épaule. On entend des éclats de rire, des apostrophes de types surpris de se retrouver là, en ces circonstances. Des nouvelles des enfants, des vacances futures, s'échangent. Ça cause mutations. On se croirait à une sorte de congrès syndical. Je les regarde tous, et, à part chez Etchart et les gars du GIPN, je ne décèle guère d'inquiétude, ou d'appréhension. Ces gens sont venus faire leur job, et ils attendent tout bêtement que ça commence ou que ça se termine, sans états d'âme. Moi, j'ai le cœur qui tressaute, et je transpire comme une entrecôte sur le grill. Je lève les yeux au ciel, dont pourtant il n'y a rien à attendre, et une surface aveuglante m'appuie sur les yeux, et le fond de mon estomac se soulève, se met en boule, et j'ai l'impression d'avoir avalé des serviettes de table souillées sans avoir défait les nœuds. Derrière moi, j'entends la voix du commissaire :

– Si seulement on pouvait s'assurer de ces vieux dans leurs appartements.

Je me retourne vers lui. Il n'est plus qu'un masque rougeaud et luisant de sueur. Il me regarde avec l'étonnement accablé de l'amnésique récent. Le temps que je cherche quoi lui dire, il me tourne le dos et s'éloigne vers un command-car de CRS. Je repense à Daniel. Ou du moins j'essaie de penser à lui, de retrouver des sensations, comme disent ces cons de sportifs, mais son image ramollit à vue d'œil, et j'aime pas du tout quand Daniel se défait de la sorte. Motte de beurre en pleine cagna. J'essaie de faire quelques pas, parce que j'ai l'impression d'être soudain collée à un sol qui entre lentement en fusion. Sous mes pieds tout semble mou, et je ne sais plus si mes jambes sont de guimauve ou si le goudron de la chaussée se transforme en réglisse liquide. Je sens que je vais vomir, et je dois m'appuyer sur le capot d'une voiture où le mot POLICE se lit à l'envers. Le temps que mon cerveau décortique l'effet de miroir, je me retrouve à quatre pattes, nez à nez avec la calandre. Quelqu'un me demande si ça va, et je m'entends répondre que oui, j'ai seulement perdu une boucle d'oreille. Je me débrouille pour me relever rapidement en portant une main à mon lobe, et dès que j'atteins mon altitude normale, le vertige me reprend. Du coup, en tâchant d'y voir clair, parce qu'autour de moi l'armada policière évolue dans un flou peu artistique de mouvements et de couleurs, je me demande si par hasard je ne serais pas enceinte. Je me tâte le ventre instinctivement, des fois qu'une vie clandestine aurait commencé de s'y blottir et y bougerait déjà. Merde à la pilule, si c'est ça. Et bienvenue, pourquoi pas ?

– Tu veux boire un coup ?

Cazeaux me tend une grosse bouteille d'eau gazeuse. Merci camarade. J'en assèche la moitié, et je reprends immédiatement le contrôle de mes circuits vidéo. J'arrive même à zoomer sur l'air inquiet de mon collègue.

– Qu'est-ce que t'as ? T'es vachement pâle.

Je lui dis rien, la chaleur, le soleil, et puis ce qui est arrivé ce matin. Ça va passer. Je marche un peu. Le sol a retrouvé sa consistance habituelle. J'avise dans la voiture le chef de patrouille qui téléphonait tout à l'heure aux vieux peut-être coincés chez eux. Il a ôté sa casquette et s'évente, les pieds dehors, avec une liasse de feuilles.

– Vous avez les numéros des apparts ?

Il tend le bras vers le siège du conducteur et me passe un papier.

– Huitième et neuvième étages. Dans les deux cages d'escaliers latérales.

Je m'éloigne en repliant la feuille dans ma poche. Cazeaux me demande où je vais, très père-poule. Je lui réponds que je vais juste faire un tour de l'autre côté de la cité, au bord de la Garonne. Il me rattrape en courant et me refile un petit talkie-walkie.

– Reste à l'écoute. Les chefs sont en train de phosphorer, ça va pas tarder à démarrer.

D'accord. Je bidouille l'appareil, et, dès qu'il a le dos tourné, je l'éteins. Arrivée à l'entrée du bloc, je montre ma carte aux deux flics de faction.

– Le commissaire m'a demandé de faire un tour, je leur explique.

L'un d'eux me propose de m'accompagner, mais je lui fais valoir qu'il sera plus utile ici pour stopper le tueur si jamais il se pointe. Ça a l'air de le convaincre, et il se redresse imperceptiblement, vachement plus motivé.

Dès que je commence à gravir les marches, j'ai froid. Sous ma main court une rampe de fer rugueuse de rouille. Il fait sombre. De grandes vitres s'ouvrent sur chaque palier, mais on dirait que la lumière aveuglante du dehors ne parvient pas à s'imposer ici. Quand je prends pied sur le premier couloir, au deuxième étage, je m'arrête sur ce long corridor bordé de portes condamnées. Les unes murées de parpaings, les autres obturées par des plaques d'acier soudées au chambranle. On se croirait dans une maison d'arrêt désaffectée. J'essaie d'imaginer ce que ça pouvait donner avec des gens dedans, je veux dire des habitants, et non des détenus, et j'ai du mal. L'idée que pendant trente ans des gosses ont pu courir dans ces couloirs et ces escaliers en sonnant aux portes, que de braves ouvriers sont sagement rentrés le soir après l'turbin s'empiler dans leurs boîtes en béton me paraît saugrenue. Je peux mettre ça sur le compte de mon éducation de fille d'instits : les seules cages à lapins que j'ai longtemps connues se trouvaient au fond du jardin, à côté de la balançoire. Et mon père chaque soir me racontait leurs aventures interstellaires pour m'endormir. Pourtant, des lieux sordides, quand on est flic, on en visite pas mal.

J'en suis là de mes réflexions sociologiques quand éclatent ces cris, au-dessus de moi. Les cris d'une femme, ou d'une fille. Suivis de hurlements rauques. Impossible de situer ça dans les étages. Mon cœur se transforme en paquet convulsif, et je prends mon flingue comme si c'était une baguette magique.

Je monte ces putains d'escaliers en essayant de garder l'esprit clair, et d'oublier la transpiration qui m'aveugle. Je monte. Je ne sais pas trop vers qui ou quoi. Et je n'ai même pas envie de le savoir.

27

Olive descend les marches pas à pas, sa fronde tendue devant lui, où se loge une bille qui lui mâche les doigts. Les cris ont cessé mais il aimerait les entendre. Savoir que Mila respire encore, même pour hurler sa terreur. Il sait maintenant très bien ce qu'il va faire : incruster la bille de verre dans le front de ce type, lui greffer un œil monstrueux, et partir avec Mila. C'est simple. Il va la prendre par la main et lui parler doucement, et marcher longtemps avec elle au bord d'une route où passeront en trombe des voitures puissantes. Au loin grondera peut-être un orage qui s'allumera vraiment avec la nuit. Il voit très bien la scène. Une route droite au cœur d'une plaine infinie. Ils se réfugieront au petit matin dans une bicoque abandonnée et ils dormiront l'un contre l'autre. Il lui embrassera les cheveux. Il ne la touchera pas, oh ! non. Il la tiendra seulement contre lui, il sentira son odeur, s'endormira avec cette promesse. Spectateur de son propre film, il manque rater une marche comme si l'obscurité s'était faite autour de lui. Il lâche sa fronde, se raccroche à la rampe, tombe à genoux. Il ne perçoit pas tout de suite le souffle plaintif qui erre dans le long couloir où il est arrivé.

Mila est assise là-bas, adossée à une porte condamnée, la tête contre les genoux. Sa silhouette se tasse dans une lumière incertaine. Il essaie de l'appeler mais sa voix se contente de grincer dans sa gorge. Il boitille vers elle en tâchant de prononcer son prénom, un peu comme une formule magique capable de la faire se lever et marcher. Elle redresse enfin la tête, la masse folle des cheveux remue lourdement.

Mais ce n'est pas lui qu'elle regarde.

Richard bondit sur le carrelage râpeux du couloir et se reçoit à quatre pattes. Il pousse un juron parce qu'il s'est coincé les doigts sous la crosse de son arme. Il voit la fille, à dix mètres de lui. Ses cuisses, surtout, à cause de la jupe retroussée. Le reste est dans l'ombre, mais il imagine bien. Il se met à courir dans sa direction, il ne voit rien d'autre que ce qu'il veut, il ne peut pas deviner le caoutchouc qui se tend à l'autre bout de la coursive à l'extrémité de ce bras maigre, raide au point de se rompre. En approchant, il distingue le regard écarquillé de la fille, sa bouche ouverte en un cri muet, ses mains qui le repoussent déjà. Et au moment où il va l'atteindre, il entend un grand bruit dans sa tête. Comme une porte qui claque. Il reste une seconde ou deux encore debout, à chercher d'où vient le courant d'air, puis ne sent plus ses jambes, redoute soudain d'être devenu cul-de-jatte, tombe par terre sans lâcher l'Uzi. Comme il est sur le dos, il guette au plafond une improbable explication, puis essaie de rouler sur le côté pour y voir mieux. C'est là que ça le prend. On lui a mis un casque lourd sur la tronche, et on tape dessus à coup de marteau. Il se débat pour choper l'ordure qui s'acharne, mais ses battoirs ne rencontrent rien autour de lui. Restent les bons réflexes. Il balance une rafale au jugé, droit devant, et attend que ça crie de douleur, ou que ça meure en silence. Rien. Il parvient tout de même à se redresser un peu, à se traîner contre un mur à quoi il s'appuie et arrive même à s'asseoir. Il constate de la main qu'il saigne, qu'il en a plein la figure, et dans son cerveau bloqué par les alarmes, la peur et la rage se marchent sur les pieds pour trouver la sortie. Quand il tourne la tête, il aperçoit la fille qui court vers une ombre, là-bas. Il lève le canon et vise l'ombre. Il croit pouvoir se fier encore à ses dons de tireur d'élite. Ça part violent en lui secouant le bras, et il voit les deux silhouettes se jeter l'une contre l'autre puis se coucher au sol. Après, tout devient flou, et il perd la mémoire, et il ne sait plus pendant quelques secondes ce qui vient de se passer.

Tayeb s'arrache en entendant les coups de feu. Il est au cinquième étage, ça vient d'au-dessus de lui. Il fait le dos rond en grimpant les marches. Gros insecte speedé. De la migraine entre les antennes. Surdose de Fly-tox. Arrivé sur le palier du septième, il se laisse tomber à genoux et se prend la tête entre les mains. Le canon du pistolet, froid et dur, lui donne l'illusion de le rafraîchir. Il n'a plus de souffle. Plus de muscles. Il regarde vers la fenêtre pour s'assurer qu'il fait bien encore jour, tant l'obscurité envahit tout. La seconde rafale le fait tressaillir, et il se traîne dans l'escalier, se tirant vers le haut des deux mains sur la rampe. Et là, il tombe sur une paire de jambes immobiles. Quand il lève le nez, le trou noir d'une arme le regarde. Au fond du barillet, les balles luisent un peu. Derrière, une femme. Flic. Brassard orange. Elle lui dit quelque chose qui résonne confusément, et il recule, manque une marche, bascule en arrière. Il croit que sa tête explose contre le mur qui le reçoit, il croit qu'il va mourir en éclatant là comme un fruit. La femme n'a pas bougé. Elle le braque toujours, elle lui parle, elle a l'air effrayée.

Une femme. C'est pas pareil. Il aurait préféré un bon gros con ordinaire, comme à la télé. Il sent faiblir sa détermination sous les coups redoublés de la douleur qui lui cisaille le cerveau. Et soudain, il sent le pistolet sous sa main. Il lève le bras avec effort, et aligne la flic au moment où elle commence à descendre vers lui. Il entend distinctement le chien qu'elle arme.

– Lâche ça, elle lui dit. Arrête ces conneries.

Son bras retombe. Il a beau donner tous les ordres qu'il faut, serrer la crosse, fermer un œil, stabiliser le cran de mire, presser sur la détente, rien à faire. Ça n'obéit pas. La femme est à deux mètres de lui, à peine. Elle tend la main vers lui :

– Donne.

Ses doigts laissent glisser le flingue au sol. La nana se baisse, s'apprête à le ramasser, et il fonce. Tête la première, il la bouscule, la renverse, continue de forcer sur elle comme pour entrer dedans. Il remonte son genou entre ses jambes, elle pousse un cri, lui tarabuste les flancs, il ne sent plus rien que la migraine de sa tête transformée en caillou avec quoi il frappe la femme au visage. Entre deux coups, il voit du sang, la face défigurée.

Sur sa droite, il perçoit quelque chose qui fonce vers lui, et ressent une secousse illuminée qui le soulève du sol. Au second choc, des blocs de nuit tombent devant ses yeux, et il s'écroule sur le côté, et il se met à vomir, vomir, avec des plaintes d'enfant triste.

28

Il reçoit tout sur lui : le corps de Mila, projeté en avant par les impacts, et le sang, et ses cheveux qui le bâillonnent. Il ne comprend pas tout de suite ce qui se passe, il sait seulement qu'il étouffe sous ce poids et serre instinctivement la fille dans ses longs bras sans même entendre son souffle court, la plainte sourde qui s'échappe d'elle tout près de son oreille, à cause du fracas des coups de feu dont ses tympans résonnent encore. C'est lorsqu'il la sent trembler, puis se raidir, puis s'agiter de sanglots, qu'il pressent le malheur. Il essaie de la regarder, écarte son visage du sien, et voit sa bouche entrouverte qui bave du sang et se tord de douleur. Il lui parle doucement, il l'assure que ce n'est rien, juste une blessure, un mauvais moment qui passe en bousculant tout. Mais le regard de Mila ne voit plus rien, fixe et vague, comme bloqué dans la contemplation du sol, et Olive se dégage, s'accroupit, soulève le corps inerte et embrasse le visage blême, la bouche sanglante, les cheveux emmêlés. Soudain, il la repose délicatement, il murmure je reviens, et marche à grands pas vers le tueur. L'homme s'est traîné contre un mur, laissant l'Uzi à ses pieds. Il a, au-dessus de l'œil droit, dans le front, le trou rond, enflé et mâché, où la bille s'est fichée tout à l'heure. La moitié de sa figure est gonflée, bleuie, barbouillée de sang. Il regarde Olive approcher en battant des paupières, et tente de prendre à sa ceinture un automatique noir. Le garçon lui shoote dans la gueule. Choc de la tête qui rebondit contre le mur. Richard essaie de se redresser, puis s'affaisse en grimaçant. Olive lui prend le pistolet. Il examine l'objet avec méfiance, il actionne la culasse comme il a vu Tayeb le faire, puis met le cran de sûreté.

Il revient vers Mila en glissant l'arme dans une grande poche de son pantalon.

Il soulève la fille en soufflant. Ses bras vont s'arracher de ses épaules. Sa longue carcasse va se rompre en trois. Mila est effondrée contre lui. Il porte sa mariée de chiffon. Il laisse aller sa tête transformée en ruche folle contre la figure de la morte, et il lui dit des choses qu'il n'a jamais dites. C'est plein de clichés très sombres, de mots d'amour sous-exposés. Il monte les escaliers. D'abord lentement. Ça semble assez solennel. On voit ça à la fin de certains opéras. Mais des gouttes de sang tombent sur chaque marche gravie, et le long d'un bras ballant de Mila, deux fils écarlates descendent jusqu'aux doigts. La respiration s'extirpe des poumons du garçon en gémissant. Il monte ainsi plusieurs étages. Plus vite, les yeux presque fermés. Il ne sent plus l'effort, il n'est plus qu'un assemblage d'os apparents et de muscles durcis qui avance. Il parle encore à la morte, il essaie d'être rassurant, il s'oblige à sourire, il se dit que ça peut lui faire du bien. Berceuse essoufflée.

Sur le palier central du quinzième étage, il y a une trappe. On grimpe à l'échelle accrochée au mur, et on déverrouille facile en tirant fort sur une grosse targette. C'est ce qu'a fait Olive. Après, il a repris Mila dans ses bras et l'a hissée comme il a pu vers la terrasse. La tête de la fille a heurté un montant de la trappe et c'est lui qui a geint, et c'est à ce moment-là qu'il s'est mis à pleurer. Après l'avoir couchée au pied d'une grosse cheminée de béton, il s'est inquiété du choc, il a caressé son front, elle n'avait rien. Il s'est couché près d'elle.

Il a été réveillé par le claquement de la trappe qui s'ouvrait. Il a bondi sur ses pieds, il a braqué l'automatique noir sur la tête qui était apparue. Il a ôté la sécurité, et a appuyé sur la détente. Hurlement. Il a tiré encore deux fois. Il les a insultés. Puis il s'est approché du trou et a encore tiré une balle pour se couvrir, il a rabattu la trappe et l'a bloquée avec des bouts de ferraille qui traînaient là. Il s'est alors approché du garde-fou et a jeté un coup d'œil en bas. Les flics couraient partout, c'était plein de voitures, tout était minuscule. Au loin, la chaleur poudroyait sur la ville. Une brume sale flottait à mi-hauteur au-dessus de la multitude d'immeubles. Il regardait tout ça et ne pensait à rien. Son esprit se contentait d'enregistrer les sensations et de les effacer aussitôt. Il n'était plus qu'un grand silence déserté par les habituels bourdonnements d'insectes de la peur. Il ne s'en étonnait pas.

Il est revenu se coucher auprès de Mila en gardant les yeux bien ouverts sur le bleu du ciel qui devenait plus dense et plus profond. Il ne fallait pas dormir, parce que les autres, sinon, le surprendraient et viendraient la lui prendre. Il avait envie que la nuit arrive vite parce qu'il voulait voir des étoiles, et la course des sorcières sur leurs balais. Elles aussi tenteraient de lui prendre Mila pour l'emmener dans le noir. Il a serré dans son poing le pistolet en se demandant s'il pourrait tuer les fées Carabosse avec, ou si elles se boucheraient en ricanant les dents creuses avec les balles qu'elles stopperaient rien qu'en les regardant arriver.

Plus tard, il a été tiré de son assoupissement par le vacarme d'un hélicoptère qui s'est mis à tourner à trente mètres au-dessus de lui. Il a brandi son arme et mis en joue l'appareil, qui s'est éloigné d'un brusque écart. Ils allaient venir, il le savait. Il s'est demandé combien il serait capable d'en tuer. Il s'est également demandé si c'était très intéressant comme idée.

Il a posé le pistolet puis a pris dans sa poche le stéthoscope. Il s'est penché vers Mila dont la pâleur était atténuée par l'ombre de la cheminée. Son chemisier était maintenant amidonné de sang brun, et il l'a déboutonné lentement. Dessous, elle n'était pas nue. C'est pourquoi il n'a pas vu la beauté parfaite des seins, que les balles avaient épargnés. Mila était habillée de cratères sombres et luisants qui avaient coulé tout autour et dont l'éruption s'était figée en souillures qui marbraient sa peau. Il a alors enlevé sa chemise et l'a humectée de salive, puis il a nettoyé le corps à petits coups délicats. Par moments, il ne pouvait s'empêcher d'épier sur le visage immobile les signes d'une douleur. Il contournait le souffle suspendu les plaies déchirées, leurs bords tuméfiés. Souvent, il ne respirait pas.

Quand il a eu terminé, il a posé le tympan du stéthoscope au-dessus de la poitrine, juste à côté d'un trou boursouflé. Il a écouté. Il n'y avait rien à entendre. Mais en fermant les yeux, il commence à se sentir marcher sur un sol mou, spongieux, dans une vaste canalisation aux parois luisantes. Alors qu'il espérait percevoir au loin le battement lourd du cœur, résonne devant lui un bruit de pas précipités, et un cri bref. Au détour d'un embranchement, il aperçoit, qui enjambe des flaques de boue rougeâtre, la silhouette de Mila courant vers lui. Il se lance à sa rencontre, mais ses jambes refusent d'accélérer. Il pourrait la rejoindre en quelques pas, mais l'écart entre eux ne se comble pas. Puis d'un coup, il la voit mieux. Elle le regarde sans sourire, se rapprochant imperceptiblement. Quand elle se trouve à une vingtaine de mètres, elle semble courir plus vite, mais quelque chose de terne et pulvérulent la couvre de gris. Elle se désagrège à chaque foulée, au seul souffle de sa course. Olive crie, tente de se jeter vers elle pour empêcher ça. Il tombe à genoux dans un tas de poussière lourde. Il fouille de ses mains, malaxe des poignées de sable noirâtre, comme s'il pouvait la remodeler. Il s'affale face contre le sol. Le choc le réveille.

Une masse noire s'interposait entre lui et le bleu du ciel.

– Ne bouge surtout pas, a dit une voix. Laisse tes mains où elles sont.

Ses mains, Olive les avait juste posées sur la poitrine de Mila. Il ne savait pas ce qu'elles faisaient là. Alors, au lieu de chercher à comprendre, il a tourné le dos à la silhouette et s'est couché sur la morte. Là, il n'était pas près de bouger, oh ! non, maintenant je reste avec toi, ils ne peuvent plus rien nous faire.

29

J'ai dû assommer ce petit con à coups de crosse. J'ai bien vu le moment où il aurait le dessus, énervé et costaud comme il était, et j'avais la trouille qu'il se serve de son arme, persuadée qu'il pouvait aussi bien la retourner contre lui-même que me vider le chargeur dans le bide. Bon. Je l'ai jouée un peu brutale, mais c'est lui qui a commencé, et j'en ai pris moi aussi plein la gueule. Encore aujourd'hui, deux semaines après, je me fais peur quand je me regarde dans une glace. Je ne vais pas faire la liste, mais en gros, entre les dents qui manquent à l'appel, les lèvres fendues et enflées, et l'arcade sourcilière ouverte, je ressemble à Quasimodo battu sur jet de l'éponge par un Mike Tyson en grande forme. Quant à mon corps juvénile, on dirait un gros morceau de bleu d'Auvergne.

Après, je l'ai laissé K.O. sur ce palier qui sentait la pisse, et j'ai grimpé comme j'ai pu deux ou trois étages. C'est là que je suis tombée sur Richard Leroy, le branque après qui on cavalait. Il n'était pas très beau à voir. Plutôt mort, en fait. Il respirait vite, comme pour rattraper je ne sais quel temps perdu, et il articulait des trucs incohérents. Il avait la tête enflée, avec au-dessus des sourcils un trou bien rond et bombé, provoqué par l'impact d'une bille de verre tirée à la fronde, comme on l'a constaté plus tard. Il y avait près de lui un de ces pistolets rafaleurs très compacts, un Uzi, m'a dit Cazeaux plus tard, au cas où ça m'aurait passionnée. Le temps que je me retourne, le couloir était envahi par des flics de toutes catégories qui se sont jetés sur moi pour me demander si j'allais bien. Je les ai envoyés se faire dorer, et je leur ai indiqué que la fille était encore dans le bâtiment, puisque je l'avais entendue crier. Le commissaire Etchart m'a murmuré en passant que je devrais rendre des comptes sur mon attitude et mes actes, et je lui ai répondu que c'était quand il voudrait. Je n'en avais plus rien à battre, de toute façon. Il est allé se concerter avec les autres, et les types du GIPN sont partis en reconnaissance, équipés comme des astronautes.

C'est un quart d'heure plus tard qu'on est tombé sur le squatt où les gamins se retrouvaient, et presque au même moment, alors qu'on explorait leur antre, on a entendu deux coups de feu et le hurlement du collègue qui a pris une balle en pleine tête. Il venait de passer le nez par la trappe qui ouvrait sur le toit. Le temps qu'on se précipite, une autre balle a été tirée, apparemment au hasard, et c'est là que j'ai pris un éclat de béton dans l'œil et que je suis tombée dans les pommes.

Le reste, Cazeaux est venu me le raconter à l'hôpital. Le môme, transformé en zombie, un stéthoscope vissé aux oreilles, qui se trouvait sur le toit avec le cadavre de la fille. Il paraît qu'il dormait quand les flics sont arrivés sur lui, et que pour toute réaction, il s'est couché sur elle quand on a voulu le neutraliser. Depuis, il est demeuré mutique, ou presque, il se contente de demander des nouvelles de la fille. Il a fallu l'hospitaliser en psychiatrie, les toubibs parlent d'état de choc, ou même de psychose, ils disent qu'il faut attendre, qu'il peut très bien revenir à lui ou continuer de couler dans sa nuit personnelle. Quant au jeune Tayeb El Mestari, il a avoué le meurtre du dealer gitan en expliquant qu'il avait fait ça pour se procurer une arme et tuer un flic, rapport au passage à tabac et à l'expulsion de son père.

Voilà l'affaire. Un vrai sac de nœuds. Coulants, bien sûr. Avec au bout quelques chats qui s'étranglent.

Comme des cons, on n'avait rien vu venir, rien compris. Dès que j'ai pu, j'ai rédigé à Etchart une chouette lettre de démission. Il m'a fait répondre que ça ne me dispensait pas de justifier mon intervention ce jour-là. Je verrai bien ce que le juge me demandera. L'action en force qu'avait prévue le commissaire aurait abouti à un bain de sang plus grave encore, vu la disposition des lieux, cette vieille Cité Lumineuse aux corridors étroits, cette espèce de mausolée monstrueux. On devrait transformer ça en attraction pour amateurs de sensations fortes : un compromis entre le train fantôme, la maison hantée, et le labyrinthe. Parcouru par un minotaure dément armé jusqu'aux burnes. Je suis sûre qu'on trouverait les clients et les respectables golden-boys chargés de ramasser les dollars, bientôt promus managers de l'année. Je sens que je vais me recycler comme conseillère technique.

Daniel m'a rendu visite à l'hosto, le premier jour. Il était tout pâle, il a vachement hésité avant de m'embrasser. Comme il avait dû passer se renseigner auprès de ses confrères, qui ne savaient alors, pas plus qu'aujourd'hui, s'ils parviendraient à m'éviter le charme douteux des borgnesses, il parlait d'un ton plaintif comme si c'était lui qui se trouvait à ma place. Pour mettre fin à son cirque, je lui ai demandé si elle allait bien, l'autre. Il a semblé à peine surpris, il a même trouvé le courage de sourire. « Il faudra qu'on en reparle, il a dit. Quand tu iras mieux. C'est pas trop le moment, je crois. » Je lui ai demandé de se casser. De me foutre la paix. Il est sorti de la chambre lentement, comme à regret. Puis il s'est retourné et m'a dit qu'il m'aimait. Qu'on se retrouverait. J'ai réussi à rire. C'est ça, ai-je pensé.

Mon œil.

Achevé d'imprimer
pour le compte
d'Ours polar &
Pleine Page éditeurs
en juin 2007